秀華文創

戰後臺灣文學的建構者 鍾肇政研究

The Constructor of Postwar Taiwanese Literature: A Study of Chung Zhaozheng

錢鴻鈞三部曲第二部

本書以鍾肇政所藏六百萬字書簡為基礎，鋪陳鍾肇政建構了臺灣文學的主體性，揭露鍾肇政認定臺灣文學是世界文學的一支，以及獨立於中國文學之外的企圖。

錢鴻鈞——著

推薦序一　鍾肇政研究新里程碑

本書是鍾肇政作家研究的新里程碑，研究主題設定在：鍾肇政終其一生為建構臺灣文學而奮鬥的歷程，書名「戰後臺灣文學的建構者」也成為相對於「臺灣文學之母」外，鍾老值得重視的新定位、新關鍵詞。

「臺灣文學」在戰後因二二八事件、白色恐怖和長期戒嚴，名稱與定位都被消音，成為禁忌，而鍾肇政自一九五〇年代開始創作，就矢志成為「臺灣文學開拓者」，被林海音冠以「臺灣文學主義者」；之後連結文友，創刊《文友通訊》、主編《臺灣文藝》、《民眾日報副刊》，開展創作空間；主編《本省籍作家作品選輯》、《臺灣省青年文學叢書》、《光復前臺灣文學全集》、《臺灣作家全集》，完全彰顯臺灣人的文學、臺灣文學，和主流的、官方的「自由中國文學」、形成鮮明的對比，最終在鍾理和、賴和等作家紀念館和國立臺灣文學館的建置以及大學院校的臺灣文學系所的成立，「臺灣文學」的主體得以建構完成。

錢鴻鈞依照不同時間進程，詳盡討論鍾肇政為建構臺灣文學所面對的不同人事和階段性目標，其間涉及戰後文壇知名作家、編輯，如：穆中南、林海音、吳濁流、朱橋、陳映真、李喬、鄭清文、呂昱等，彼此間的交往、討論、合作、爭議，尤其勾勒了鍾肇政在白恐監視和臺獨陰影下的戒慎恐懼與委曲求全。這些面向，前此不為研究者所悉，而錢鴻鈞主編過鍾老全集，出版過《鍾肇政六百萬字書簡研究：戰後臺灣文學之窗》，所以他能夠運用這些書簡，再現當年不便公開的心聲，甚至於揭示近年始得公開的調查局檔案，釐清鍾老「涉嫌藉文學搞臺獨」的汙衊構陷。

以書簡作為探究鍾肇政在創作之外的文學志業的心路歷程，而肯定其建構臺灣文學的苦心與成就，確實是此書的重大貢獻；然而以書簡作為主要研究的依據，也有其限制：私信有其隱微或不便表明之處，其間多有曖昧或令人難以推測之詞，譬如陳映真與鍾老在「臺灣立場」上的合與分，此書顯然未能揭示陳映真兩度不願被鍾老納入臺灣作家選集的心靈曲折，或許我們也只能期待鴻鈞與研究者，多方面持續探究臺灣文學在戰後被消音，復活到整體建構的完整歷程。

陳萬益
清華大學臺灣文學所退休教授

推薦序二　鍾肇政研究的新頁

很高興拜讀錢鴻鈞主任的大作《戰後臺灣文學的建構者——鍾肇政研究》。錢主任長期整理鍾肇政先生的全集（以下「先生」從略），並撰述《鍾肇政大河小說論》、《臺灣文學的萬里長城——鍾肇政六百萬字書簡研究》、〈吳濁流與鍾肇政的二二八書寫——客家集體意識與歷史記憶的變遷〉等論述，此次新論再次提昇了鍾肇政研究的新頁。

臺灣文學學術體制化豐富了這學科的廣度與深度，不過相對的也可能讓臺灣文學的研究成為規訓，為了符合各種評鑑、升等、爭取研究案而去累積研究成果，與早期臺灣文學創作與研究諸前輩披荊斬棘，不畏艱難，不計毀譽的實踐精神有所差異，所謂「有路，咱沿路唱歌；無路，咱蹽溪過嶺……」的開創精神有所落差。

面對大時代的改變，創作語言由戰前的日語國語，改變為戰後的北京話國語，跨語世代的臺籍作家面對創作環境的重大改變，必需重新適應與學習新語文，鍾肇政當時雖為國小教師，不計困難，從 1957 年 4 月發出的第一期《文友通訊》，到 1958 年 9 月停刊為止，《文友通訊》共發行了 1 年 4 個月，共計 16 次通訊，誠屬十分不容易，專書第 2 章「1951-1960——臺灣文學初衷與《文友通訊》」，探討《文友通訊》發行前的意識與動機，《文友通訊》對於本土語文創作的張揚，並論述鍾肇政與鍾理和、林海音的互動關係。撫今思古，專書的論述豐富了臺灣文學史的內涵。

第 7 章「1977-1982——《臺灣文藝》與《民眾日報》」也是十分精彩。負責《民眾日報》副刊主編時，宋澤萊曾以戰後初期隱約觸及二二八背景的內容投稿，鍾肇政擬接受這篇稿件，但其他編輯群卻談虎色變，「紛紛以報紙本身的存廢來反對此篇的刊載」，讓鍾肇政有「人人心裡有個小警總」戒嚴心態的感慨，不僅如此，鍾肇政這段期間同時掌握了《臺灣文藝》與《民眾日報》副刊的編輯權，這亦不見容於當時的統治者，《民眾日報》副刊的編輯權即被剝奪而改由他人負責，透過這些描述與再研究，我們可以更深刻明瞭戒嚴體制對於臺灣文學創作的重大傷害，在 21 世紀自由民主的年代重新挖掘與詮釋這段文學史別有意義，更讓來者認知到臺灣文學創作與研究環境的改善實經過許多前輩的努力才得以獲得，當今我們更應珍惜這份成果，開創臺灣文學的新境地方不致辜負前人的辛勞付出。

除了這些精彩篇章，專書對於鍾肇政與葉石濤及文壇互動關係、《臺灣文藝》編輯權的變遷、「臺灣作家叢書」與「臺灣作家全集」的出版、臺灣作家事件、臺灣文學發展基金會的構想、民主與客家運動等內容來龍去脈的闡釋均有許多可觀之處，可以讓我們更具體而微深入到文學史及文化史的脈絡當中。

2020 年 6 月 14 日鍾肇政的追思會，總統蔡英文於會場追頒一等景星勳章及頒贈褒揚令，其中特別提到「臺灣文學之母」令譽，這也是對鍾肇政一生奉獻臺灣文學的高度肯定，而經由《戰後臺灣文學的建構者：鍾肇政研究》開創了「鍾肇政研究的新頁」，這是十分值得推薦的研究成果。

翁聖峰

臺北教育大學臺灣文化研究所教授兼圖書館館長

目 次

第一章　緒論

本書研究鍾肇政對於臺灣文學的創作之外，在臺灣文學運動上作為一個不折不扣的臺灣文學建構者，他的成就與精神是相當重要，更是有著獨一無二的地位，貫串老、中、青三代，從 1951 年他開始創作到 2020 年過世。儘管並非他個人就可以建構出來，但是在他與文友伙伴的合作中，他確實是在樞紐的地位，是一個領導者，犧牲奉獻、跑上第一線。

過去相關的研究是相對零散的，儘管有幾篇重要論文，探討他辦理《文友通訊》與編輯兩大《臺叢》等的貢獻，但是還是值得以一本專著來貫串他七十年的文學生涯的作為，以及他打一開始就標榜臺灣文學的旗幟，如何克服白色恐怖的困難，漸漸的集結一個臺灣文學隊伍，最後企圖將臺灣文學帶入世界文壇這樣的目標。

在第三節講述本書以歷史研究方法，並主要使用鍾肇政收藏書信與發表出來的與文友的往來書信的第一手資料作為研究範圍。第四節除了概念釐清，還討論鍾肇政建構臺灣文學的分期作法，也是作為分章的方式，以及每一章都以三節來構成的架構為何？

第一節　研究動機與目的

這是筆者二十年前就想研究的題目，也陸續以「鍾肇政六百萬字書簡研究：戰後臺灣文學之窗」為名寫過零散的隨筆。也不斷的挖掘如鍾肇政遇到的幾個重大的白色恐怖事件。如《臺灣作家叢書》與臺獨的傳聞等，鍾肇政所遇到的獨裁統治的壓力。

過去筆者寫作的態度比較傾向辯誣的方式，也就是鍾肇政在建構戰後臺灣文學的發展的過程中，所受到的誤解。現在將針對鍾肇政的國家認同與對臺灣文學的定位做探討。然後，在近四年來，筆者利用進修傳播碩士的機會，仍舊主要以鍾肇政的書簡作為研究基礎，將鍾肇政打出臺灣文學旗幟的過程，還有對其他的作家互動與影響，做了探討。

隨之，筆者認為有必要更全面的以《鍾肇政全集》為基礎，進一步的整理鍾肇政做為戰後建構臺灣文學的形象給鋪陳出來。儘管基本上，鍾肇政是以創作第一，來建構臺灣文學的。但筆者發現，鍾肇政不僅是自己努力創作，抓緊臺灣文學最重要的主題之外，還鼓勵其他人創作。以至於影響了李喬、東方白寫出大河小說。也提供雜誌、報刊的版面，幫助他們發表出來。後來也鼓舞了黃娟，並且也幫助她在《臺灣文藝》發表出來作品。

那麼，除了鍾肇政自己創作與鼓勵他人創作，創作第一的理念，自然他成為最重要的臺灣文學建構者。其次，他希望結合成一個臺灣文學團體的筆隊，他要培育後進，牽涉的就不止是寫私信溝通、傳達訊息的方式了。他還編輯雜誌、出版伙伴們的第一本創作、鼓勵評論與幾位伙伴能夠撰寫臺灣文學史，然後希望臺灣文學作品能進入教育與國家的體制，也就是來到一般學生與人民的視野當中。如他推動臺灣文學系、國立臺灣文學館與作家紀念館等的設立。

臺灣文學是臺灣獨特的社會與歷史的產物，但是也需要獨特的人物去努力推動。這背後需要抱持一種臺灣意識而才能造成獨立自主的臺灣文學。由於數百年來都是移民、殖民的狀態下，臺灣人一直是被統治者，統治者來來往往，造成了臺灣人認同、臺灣人的意識緩慢的發展或者游移不定，也使得臺灣文學的定位不明。鍾肇政就是抱持強烈的文化的臺灣意識在建構臺灣文學。

鍾肇政十分理解，臺灣人的處境也等於就是臺灣文學的處境。而臺灣人被殖民統治的歷史，也終將成為臺灣文學的泥土、養分，造成臺灣文學的特色，那就是鍾肇政所言的臺灣文學是血淚的文學、掙扎的文學。[1]臺灣文學特別是指 1920 年之後的現代文學，至今已經一百一十年

---

[1] 鍾肇政，〈血淚的文學、掙扎的文學——七十年臺灣文學的發展縱橫談〉，《鍾肇政全

了，最能夠顯示出臺灣文學已經發展成具有無可動搖的主體性，也就是臺灣人有獨立自主的身分，臺灣文學也就是獨立自主的。

這一百一十年來當中，「臺灣文學」的名稱，長久以來的定位與不確定性很高。名稱的出現，甚而也被日本人所喜用。而在戰後，中華民國遷臺之後，臺灣文學斷層，香火幾乎湮滅。這是因為政治壓迫與語言轉化的因素。終於有一群人組成了《文友通訊》的不成為組織的友誼性質的團體，這當中正是有鍾肇政這樣子肯犧牲的領導人。他勇敢且目標確定，在不同年代對建構臺灣文學作出貢獻。

因此，本書研究鍾肇政投入臺灣文學的志業，他以超過五十年以上的努力對臺灣文學做出巨大的貢獻，堪稱是整個臺灣文學建構的歷史上最重要的作家。

第二節　文獻探討與問題意識

一、文獻探討

對鍾肇政文學的研究文獻有相當的多，不過對於臺灣文學史中除了創作之外，對鍾肇政的研究很少。主要是一般的研究都針對目前戰後臺灣文學的分期，以反共文學、現代主義、鄉土文學、本土文學、臺灣文學正名等主流文學論來分期研究的。而鍾肇政在表面上被視為是不參與論戰，發言不多，都是做幕後編輯工作，因此在戰後臺灣文學的建構上，很少提到鍾肇政。

事實上，鍾肇政一開始就堅定的定位臺灣文學的獨立性，以及他的純文學的本位，也就是文化臺灣意識，戰戰兢兢的作臺灣文學的傳播，[2]避免遭受統治者的打壓。而且他是以創作為第一的理念，他認為

集 19》，桃園縣文化局，頁 206。（《鍾肇政全集》為《桃園文化局》出版，以下皆同，不另加入。）

[2] 錢鴻鈞，〈隱蔽下的文學世代傳播：鍾肇政與葉石濤的臺灣文學旗幟〉，淡江大學大眾

論戰並不會帶來太多的文學成果，釐清雙方的理念。他更希望團結臺灣文學各派別，無論統獨或者左派、鄉土本土派等。

而基本上只有兩篇論文，特別針對鍾肇政的建構臺灣文學的作為中，提出深入的討論。一是林慧姃研究《文友通訊》，[3]二是陳恆嘉研究鍾肇政在 1965 年編輯的兩大《臺灣作家叢書》。[4]

林慧姃在論文中點出重要時代背景、重要議題、發表過程與歷史意涵，也分析參與者的作品。但是，沒有把鍾肇政在《文友通訊》之前的狀況，加以描述，例如有關他的動機與人格部分所受到的影響。以及停止後，文友之間的重要的往來的部分。特別是與鍾理和的關係，持續到 1960 年 8 月。然後「文友聚會」，持續的延續，有第二次，第三，甚而第四次的「文友聚會」。這會在本書的第二章、第三章討論到。

而林慧姃所結論的歷史意涵分析，提到不少《文友通訊》象徵臺灣文學的獨立自主，鍾肇政是一個臺灣文學主義者，臺灣文學有臺灣文學的特色等內涵。也提到不少作家各自想法的差異。但本書主要是針對鍾肇政來研究，且利用更為大量的書信資料，來驗證上述的歷史意涵中，所有主張、象徵更為詳細的討論。

而陳恆嘉的論文，研究了鍾肇政所編輯的兩大《臺叢》的內容，列舉當中的重要作家所被收錄的作品。陳恆嘉說如果沒有這兩套選輯，後人看 50、60 年代的臺灣文學恐怕是一片荒煙漫草。陳恆嘉並比較了 90 年代也是鍾肇政編輯的《臺灣作家全集》，進一步的詳列當中作家的文學進展。最後他不僅舉出鍾肇政，還提到穆中南、林海音等都是重要的播種者。

而本書的第四章，更重視的是鍾肇政作為編輯，在編輯過程中所遇到的險阻。這些過程中文友間書信的研究，可以更清楚《臺叢》是鍾

傳播學系碩士論文，2023 年 1 月。

[3] 林慧姃，〈《文友通訊》研述〉，《淡水牛津臺灣文學研究集刊》4 期，2001 年 7 月。

[4] 陳恆嘉，〈夜寒星光冷——五〇至六〇年代省籍小說家的出現〉，《臺灣現代小說史綜論》，臺北：聯經出版公司，1998 年 12 月 12 日，頁 224-244。

肇政發起的，並且所經歷的困難為何？他如何遭受到白色恐怖的迫害，在臺獨的質疑之下，如何解決這問題。而由於本書是專討論鍾肇政，所以分期中，除了研究兩大《臺叢》，還同時研究《臺灣文藝》的創刊，鍾肇政在此扮演的角色。以及研究此時相關的人物，如吳濁流、穆中南與朱橋。

在歐宗智的鍾肇政書信研究中，已經全面性的把當時發表出來的鍾肇政往來信件整理過，而提出建構臺灣文學的意義重大，討論作家們相濡以沫、建立臺灣文學、提拔新人、呈現寫作理念、提升批評水準、編輯臺灣文藝、催生大河小說的過程，重點式引用書信舉證出來。[5]這在本書每章的第三節針對往來書信，將上述的重點進一步的鋪陳。畢竟歐文是一萬多字的論文，自然比本書要討論的簡略，但是已經提到不少本書相關的重點。本書更是把一些尖銳性的論爭、臺灣文學的定位加以闡述出來，並利用尚未發表出來的書信、政治檔案作為研究的材料。

還值得注意的是陳明成的博士論文研究而出版的專書《陳映真現象：關於陳映真的家族書寫及其國族認同》。[6]他大量引用陳映真給鍾肇政的書信，論述陳映真在 1962 年與鍾肇政開始通信，對鍾肇政表達仰慕，到理解鍾肇政對於臺灣文學、臺灣人的苦難，而漸漸的顯現出與鍾肇政的文學理念不合。他兩度的拒絕鍾肇政把他的作品編入以臺灣文學為名的作家作品輯。

而本書在第二章，則擴大研究，引用了陳映真、陳有仁等書信的研究。更能瞭解到鍾肇政對於臺灣文學主體性，在臺灣文學與中國文學之間的關係為何？鍾肇政與陳映真所主張的臺灣文學是中國文學的一支，陳映真甚至對臺灣文學的名稱都抱著懷疑的態度，從兩人的書信往來，更能知道鍾肇政在這個臺灣文學主體性，甚而是獨立性的把握，與

---

[5] 歐宗智，〈臺灣文學的萬里長城：鍾肇政相關書簡對於建構臺灣文學之意義〉，清華大學主辦鍾肇政國際學術研討會，2004 年。

[6] 陳明成，《陳映真現象：關於陳映真的家族書寫及其國族認同》，前衛出版社，2013 年 6 月 1 日。

陳映真有相當大的差異。

儘管陳映真在現實上，對臺灣人的苦難的理解與感受，以及臺灣人與外省人的合作經驗上的失敗，有相當體驗，但是陳映真仍是主張融合與合併，且認為在未來是光明的，沒有問題的，也是一種中國文學主義式的意識形態。與鍾肇政被認為是臺灣文學主義的意識形態，剛好是相對的。

王惠珍的專書第五章〈析論 1970 年代末臺灣日語文學的翻譯與出版活動〉，[7]有討論鍾肇政在接掌《臺灣文藝》、《民眾日報》副刊的細節，以及討論《光復前臺灣文學全集》的出版，不過針對的是鍾肇政在翻譯上對臺灣文學的貢獻。該文還討論了 1970 年代末對皇民文學的接受如何，並且比較了《中國時報》、《聯合報》兩大報的副刊，與鍾肇政的競爭關係。但本書針對的是鍾肇政在鄉土文學論戰中的位置與文學觀為何？並且他與葉石濤是如何的理念一致，一同努力推動臺灣文學的建構的情況。儘管本書也提及了鍾肇政翻譯上的努力，但王惠珍的討論，剛好補足了本書對於鍾肇政在翻譯上貢獻的更多細節。

張金墻的碩士論文，[8]其中論述《臺灣文藝》的重要性，主要仍是集中在吳濁流的創刊與維繫上面。事實上，《臺灣文藝》的名稱，是鍾肇政所建議「臺灣文學」而來的。當然，這不能否定吳濁流堅持《臺灣文藝》的名稱的申請，突破警總的審查。這在本書的第五、第六、第七、第八章都會提到鍾肇政與《臺灣文藝》的關係與付出的努力。本書特別提到《臺灣文藝》的合法創刊，其相關活動可以保護臺灣作家的集結，這是如呂新昌、張金墻的研究所沒有提到的。[9]

另外，在 1960 年代的臺灣文學史的分期上，當下主流上被認為是

---

7 王惠珍，《譯者再現：臺灣作家在東亞跨語越境的翻譯實踐》，聯經出版社，2020 年 10 月 15 日，頁 199-245。

8 張金墻，〈斷裂與再生——《臺灣文藝》研究（1964－1994）臺灣文藝研究〉，成功大學歷史學系碩士論文，1997 年。

9 呂新昌，〈從《臺灣文藝》的發行看戰後臺灣文學的發展——以吳濁流、鍾肇政為中心〉，清華大學主辦鍾肇政國際學術研討會，2004 年。

所謂的現代主義時期。但在鍾肇政的戰後臺灣文學的建構上而言，則是臺灣文學持續的發展，在技巧上融合現代主義與土俗的題材。這時期的作家，是所謂的戰後臺灣文學的第二代作家，他們的鄉土味與臺灣的特色，屬於比較薄弱的作家。

而這時期在本書主題更重要的，將描述鍾肇政如何與新生代，當時所謂的光復後第二代作家（現在稱為戰後第二代作家）開始有了互動，進一步的往來，而對鍾肇政的臺灣文學的號召下反應如何呢？

在 1970 年之後，或者解嚴之後，鍾肇政在所謂的鄉土文學論戰中的角色，在 1982 年之後鍾肇政失去《臺灣文藝》與《民眾副刊》主編後，持續的建構臺灣文學主體性的努力為何？他在中間也遭受到最多的質疑的年代，都值得說清楚。而解嚴以後，在不同的時代環境之下，鍾肇政已經六十五歲了，還是持續的努力，都值得本書一一記錄整理，做個總結。

臺灣文學的主體性的建構，跟臺灣民主的進程一樣的艱辛困難，是由許多人所努力而成的成果，更有一些犧牲奉獻特別大，主張堅定持續不斷的努力而成的。鍾肇政正是最為特殊的一個建構者。

筆者在自撰的碩士論文中，[10]標榜鍾肇政所進行的文學運動，有一個鮮明的旗幟，這個旗幟顯現在書信中，報章發表的文章，更有編輯叢書與協助《臺灣文藝》的進行。以及釐清在鍾肇政心目中，臺灣文學與中國文學之間的關係。該論文主要還有研究鍾肇政對世代的影響與傳播。

筆者二十多年來，對鍾肇政在臺灣文學運動中的表現，也有幾篇研究，這些都可參考在本書最後提到的「說明全書內容構成情況」。從鍾肇政被東方白給予臺灣文學之母的美稱，可見鍾肇政除創作之外，在臺灣文學建構中的重大貢獻，在每一個分期中都有重要的活動，以及各種的方式來建構臺灣文學。他的全集、書信集，等於就是戰後臺灣文學

[10] 錢鴻鈞，〈隱蔽下的文學世代傳播：鍾肇政與葉石濤的臺灣文學旗幟〉，淡江大學大眾傳播學系碩士論文，2023 年 1 月。

的歷史見證。因此，把鍾肇政在各個時期，如何彰顯臺灣文學的主體性的想法，他做了怎樣的努力，遇到怎樣的困難，予以綜合整理，應是相當有研究的重要性的。

二、問題意識

根據上述，在此提出一些問題可探討：第一：鎖定 1965 年之後，鍾肇政與外省籍文人的來往，考察鍾肇政的省籍意識及其界定。鍾肇政是抱著一種疾惡如仇的意識型態，這是鍾肇政一切行為的基礎與特色之一。

第二：來自於黨政方面的中國文學論述與鍾肇政臺灣文學論述的比較，進一步的瞭解鍾肇政的心靈世界在「臺灣文學的定位上」選擇獨立自主的方向。

第三：從「省籍情結」的特別意義，觀察出鍾肇政在族群、國家與文學上並非「自然」的認同什麼。而「認同」對他而言，是一個值得判斷、思考的「主題」，但並非「問題」。他很清楚「臺灣人」認同在政治性與文學性的區別。

第四：闡述鍾肇政在「臺灣文學」意識發展的過程。鍾肇政在臺灣文壇被外省人霸佔的情況，變成了退稿專家，「臺灣文學」追求不得，荒涼，被壓抑，被歧視，鍾肇政要經過了四十年以上的努力與煎熬，才獲得普遍一致的肯定。過程中間，鍾肇政在 1980 年代所遭致的誤解。

因此本書提出兩個重要問題：A、鍾肇政對於臺灣文學的定位一直是抱持獨立自主的認定，他並不選擇臺灣文學要成為中國文學的一支。B、說明鍾肇政對臺灣文學的啟蒙過程與追求的堅定，敘述在「省籍」壓迫下的鍾肇政如何堅定展開「臺灣文學」的旗幟。

本書在回答上述問題外，希望可以得到以下若干解答：

1.鍾肇政如何以臺灣文學作為旗幟，如何定位臺灣文學是獨立的。而凝聚臺灣作家共同努力創作、引導大家從鄉土文學、本土文學的正名來到臺灣文學的大旗下。

2.鍾肇政的創作意識為何？他首創臺灣大河小說，作為臺灣文學的特色，影響臺灣作家創作方向。但他如何以文化臺灣意識、純文學觀點，帶領臺灣作家度過戒嚴恐怖統治時期。

3.他編輯《本省籍作家作品選集》、《臺灣省青年文學叢書》、《光復前臺灣文學全集》、《臺灣作家全集》的種種努力為何？目的又是什麼？

4.他編輯《臺灣文藝》，讓臺灣作家有自己的發表園地，培養下一代作家，詳細的艱辛的情況如何？鍾肇政在鄉土文學論戰及美麗島事件的態度又是如何？

5.他編輯《民眾副刊》，鼓勵評論，又如何與葉石濤一同鼓吹臺灣文學意識，面對誤解攻擊，不屈不撓。

6.解嚴後，他為何開始參與政治，如何帶領「臺灣筆會」參與民主運動，最後促成國立臺灣文學館、臺灣文學系的成立。他又如何協助成立鍾理和紀念館、賴和紀念館、楊逵紀念館與吳濁流紀念館等。

7.他撰寫大量的文學回憶錄、留下約六百萬字書信史料、接受訪談與留下文學下鄉等演講記錄，這些對戰後臺灣文學史的意義為何？

在回答上述問題中間，本書還試圖解釋臺灣文學在外省文人中，被認為是狹隘的、地方意識的糾葛，鍾肇政是怎麼看待的；而這與政治檔案中的看法，又不謀而合的狀況如何？這又與臺灣人作家的作品在1960 年代之初，開始被認為是「鄉土文學」帶有歧視味道的稱呼，這也是鍾肇政理解「鄉土文學」的開端的狀況，本書都將在適當的歷史脈絡中呈現出來。美國人介入臺灣文壇又如何呢？鍾肇政在政治與文學之間又如何判斷？也都會討論。

第三節　研究方法與研究範圍

一、研究方法

本書基本上採用歷史分析的研究法，儘管是以鍾肇政為主角的個人的歷史。但是，要瞭解個人，也要瞭解鍾肇政的成長背景，以及各個時代，他所受到的影響與努力。因此，臺灣歷史的背景也是相當重要的。

而本書首先必須要對鍾肇政對戰後臺灣文學的建構，做分期的動作。這是怎樣的歷史脈絡需要進一步的考察。

浦忠成在他的著作說：

> 當要進入文學歷史脈絡的整理與串聯之，「有沒有文學傳統」、「有沒有建構的工具」將是被質疑的前提，而「有沒有建構的主觀意識」則是是否擁有文學歷史主體性的基本要件。[11]

歷史研究法是以系統收集與客觀評鑑往昔事實的資料，以考驗有關事件的因、果或趨勢，俾能提出準確的描述與解釋，進而解釋現況以及預測未來的一種歷程。本書在重建過去，因此：歷史研究法從現代出發去研究人類過去，可以重現歷史的原貌，而且目的則是瞭解過去歷史的發展，如此就可以瞭解鍾肇政如何建構臺灣文學。而因為人類社會中所發生的任何事件有過程，如起源、成長、衰退或消滅，歷史研究可以為事件在時間軸上定位。基本上，本書抱持的是樂觀的，臺灣文學將蓬勃發展。但是不可避免的，如果臺灣被共產中國所佔領統治，臺灣文學必然遭受到毀滅性的打擊。

本書基本上大多以鍾肇政等人的書信資料作為研究的對象。筆者

---

[11] 巴蘇亞．博伊哲奴（浦忠成），《臺灣原住民族文學史綱（上）》，臺北：里仁書局，2009 年 10 月 20 日，頁 8。

已經做了二十多年的準備，將書信資料作了相當的整理與出版。除了一手資料外，還有在筆者與莊紫蓉所編輯的《鍾肇政全集》中，有不少鍾肇政的回憶錄、隨筆，以及演講筆錄，可以研究。

相對於日記的私秘性與公開發表的文章，書信介於中間，其內容是通信雙方並不公開陳述的意見。而書信在整理編輯或者展示後，等於呈現公開性，書信運用有其可靠信度。書信雖然比不上日記，但有時書信比發表的文章更接近個人傳記，而在研究運用，更具備有效性。[12]

因此，筆者做了相當大量的書信史料的研究，並且挑選與組織起來，進一步的論述來支持研究所探索的關係和結論。而歷史研究所需要運用觀察法、比較法、分析法等科學方法，也是筆者在書中常運用的。特別是比較法應用到不同作家，在與鍾肇政通信時，對同一主題的探討，有不同的結論或意見，這種比較可以相當程度的定位鍾肇政與文友各自對臺灣文學的看法為何。

最後在這些書信的資料整合分析、解釋後，可以得到若干重要的結論。總之，筆者在經過整理、詮釋，這些書信，這些文獻資料在筆者適當的組織和解釋，終究可以對研究的問題提供有意義的答案，瞭解彼此的因果關係。筆者也對這些史料的解釋後，給予再評價，特別是在瞭解鍾肇政所遭受的時代困境與成長背景。可以給予更多、更新的解釋。

二、研究範圍

這本書最重要的研究資料，就是來自於《鍾肇政全集》，包括他的書信、作品、隨筆等，還有他個人所收藏的大約五十年的文友書信。缺乏的資料，大概就只剩下了他的日記，有二二八前後的日文日記約兩年。然後 1950 年後，一年一本的日記，一直到 1960 年。[13]

---

[12] 可參考許俊雅，〈故事書札：書信文獻與王詩琅研究〉，《文訊》320 期，2018 年 7 月，頁 89-92。

[13] 日記部分，就筆者瞭解，現存在於桃園市政府文化局。

雖然說，鍾肇政的創作成果，應該是建構臺灣文學的最重要的部分。筆者已經寫過《鍾肇政大河小說論》，[14]因此在本書除非需要強調，不會細評鍾肇政的小說，只是稍稍提及而已。

本書只研究他的臺灣文學的社會參與部分，而個人創作的部分，雖然也可以算是一種社會參與，也跟戰後臺灣文學的建構有關係，但是比較列為私人的創作，而有別於編輯、出版刊物、「文友聚會」、通信、評論等等。

另外，還有筆者從國家檔案局，自費申請來的鍾肇政與重要文友相關資料。主要是來自於調查局的檔案，這是從 1964 年開始的檔案。只是，應該至少從 1962 年就會有警備總部的檔案才是，可惜尚未開放索閱。

其他還有李喬、鄭清文往來的書信，還有李喬、鍾理和紀念館所收藏的書信，都作為本書研究的範圍，以論述鍾肇政作為一個臺灣文學建構者的更全面性的論述。比較不足的地方是，如果對李喬或東方白等人作進一步的口述訪談，將會更充分。

第四節　概念釐清與章節構成

一、概念釐清

本書最重要的概念，就是臺灣文學。鍾肇政第一次對臺灣文學做出定義，就是臺灣的文學，臺灣人的文學。這是從 1964 年成立臺灣文學獎時，鍾肇政第一次說出什麼是臺灣文學。基本上，臺灣首先是一個地區，而且是一個島嶼。以及，臺灣文學是源遠流長的，從日本時代就有了，且日本人也愛用這樣子的稱呼。

而臺灣人，就是居住在這個島上的人，或者更嚴密一點出生在這

---

[14] 錢鴻鈞，《鍾肇政大河小說論》，遠景出版社，2013 年 2 月。重編為《鍾肇政大河小說論第一冊、第二冊》，臺北：元華文創股份有限公司，2021 年 4 月 15 日。

個島上的人，甚而認同這塊土地的人，客觀的說，應該包含了客家人、福佬人，甚而原住民。因為在 1965 年，鍾肇政編輯《臺灣作家叢書》時，也收錄到一位排灣族陳英雄。而林海音雖然父親是苗栗頭份人，可是林海音長久居住在中國，鍾肇政甚至不認為林海音是半山，而是中國人。

更不要說白先勇、朱西甯等在大陸出生的作家，成長雖然在臺灣，可是鍾肇政不認為他們是臺灣作家，他們自己也不認同臺灣、不認同臺灣文學。鍾肇政認為不必勉強他們。甚而朱西甯的幾個女兒，鍾肇政也認為不必勉強，這是無禮的。[15]

其他嫁給外省人的臺灣女作家，鍾肇政也是相當排斥的。認為這種女作家已經不認同自己是臺灣人了。這在《臺灣省青年文學叢書》被官方硬塞了兩個這樣子的女作家，鍾肇政並不大願意。

而陳映真雖然很早就主張臺灣文學是中國文學的一部分，甚而不承認有臺灣文學，可是鍾肇政一直都認為陳映真是臺灣作家，作品是臺灣文學。在 1990 年的《臺灣作家全集》，鍾肇政還是希望收錄進來。

而戰後第三代作家，如王幼華、張大春出生在臺灣，願意被編入《臺灣作家全集》，可見在八十年代，鍾肇政很自然的承認這些作家是臺灣作家。

另外，鍾肇政在 1957 年的《文友通訊》中，也認定了臺灣文學有臺灣文學的特色，以及臺灣人作家應該有創作臺灣人的史詩、寫下臺灣人的心聲的使命，創作再創作。

以上臺灣文學的定義、臺灣文學的特色，在鍾肇政的長期時間的實踐中，是以一個文化上的臺灣意識來操作的。這個臺灣意識，不僅是認同臺灣人的意識，更是一個帶有反抗性的、歷史性的意識。而文化上的意思就是非政治的，而是地區的、地理的，認同這塊土地的意識。在

---

[15] 筆者告訴鍾肇政朱天心提到：「就像伊底帕斯一樣不知道自己的罪孽，在『真相』揭發之後亦選擇刺瞎雙眼，『補修臺灣學分』。」說出這麼狠的話語，好像意思是要她當一個臺灣人是很困難的，鍾肇政回答說不必勉強。約於 2002 年於鍾肇政宅。

這一點上，鍾肇政是作為一個純粹的文學家，以創作第一，創作沒有意識形態的文學為職志。可是他又認為臺灣作家，因為歷史上一直處理被殖民被統治、被歧視的地位，很自然的作家本身會帶有意識形態。這是無可奈何的。

因此進一步的推廣說，在戒嚴時代鍾肇政抱持的文化上的臺灣意識從事文學創作。可是事實上，他本人有政治上的臺灣意識，也就是支持臺獨。對於臺灣文學不屬於中國文學，是世界文學的一支，這是他在1950 年代就這麼認知了。而真正講出臺灣文學是獨立的，這樣子的犯了國民黨禁忌的臺獨的話語，是到了解嚴之後，鍾肇政才喊出來的。不過，戒嚴時代，除去保護、猶如脫去外衣的方式來比喻，他一直認為臺灣文學是獨立的。

猶如他的論述的方式，他在日治時代是日本人（也就是日本國民）、國民黨時代是中華民國國民（也就是中國人），可是他一直都是一個臺灣人。而臺灣文學在日本時代不屬於日本文學，且語言上包含日語、臺語，因此在中華民國時代又不屬於中國文學，所以臺灣文學只能是臺灣文學。

因此鍾肇政一直被林海音稱為臺灣文學主義者，鍾肇政感到這樣子說也是正確的，儘管鍾肇政認為林海音是在嘲諷著自己。而他自己認為自己是「臺灣文學論者」。

> 我表明自己是臺灣文學論者，且是從一開始便這麼給自己定位的。我舉身旁的海音女士為證。遠在三十幾年前，當我們這些「戰後第一代臺灣作家」拚命地把一篇篇寫成的小說稿往她所主編的聯副投寄的年代，我在給她的信中常常提起「臺灣文學」這四個字，她自然也有過反應。雖然事隔那麼多年，我相信說不定在她記憶裏仍然留下若干陳年舊事的印象。[16]

---

[16] 《鍾肇政全集 17》，隨筆集一，〈臺灣文學論者之辯——參加「四十年來中國文學會

以筆者的詮釋來說，「臺灣文學論者」就是以建構臺灣文學為終身的使命，除了個人的創作之外，孜孜念念的還是以伙伴精神，大家都來努力創作，在臺灣文學的旗幟下。

二、章節構成

利用歷史研究法，最重要的就是歷史分期的部分，這將代表筆者的研究態度。而基本上寫書也就利用下列的斷代的想法來鋪陳。而到底怎麼斷代分期，首先就是列出所有的鍾肇政建構臺灣文學中，重要的貢獻。

例如《文友通訊》是他一開始創作那段時間，最重要的貢獻。加上想要討論他辦理這個刊物的前因後果。也就是他的動機與結果。而在這中間最重要的是他提出臺灣文學的旗幟。而觀乎《文友通訊》的停辦之後，鍾肇政在文友中，最為契合的鍾理和先生，還持續通信，彼此影響，通信直到 1960 年鍾理和過世為止。因此第一個分期就是 1951 年開始創作到 1960 年。

《臺灣文藝》的創辦與兩大《臺叢》的編輯工作，鍾肇政在建構臺灣文學的重要記錄。因此 1964 年到 1965 年，也是一個分期。而 1961 年到 1963 年，筆者認為鍾肇政在這段時間，延續了《文友通訊》的聚會方式，且認識了更多的年輕一代的作家的加入，等於臺灣文學的旗幟影響到所謂的戰後第二代作家，而參與《文友通訊》的作家稱為戰後第一代作家。因此，1961 年到 1963 年作為一個分期，也是重要的。

1966 年發生了所謂的「臺灣作家事件」，有與鍾肇政通信相關的作家，同時的被約談，鍾肇政開始在調查局有案底。事實上，1960 年前後鍾肇政應該就有警備總司令部的案底才是，但是尚未出土。而 1966 年直到 1969 年，鍾肇政接連得到大獎，表示國民黨要積極的吸收鍾肇政或者利用鍾肇政，這部分值得討論。而斷代於 1970 年，乃是之

議」小記〉，1993 年 12 月 29 日，頁 162-165。

後國內外局勢因為退出聯合國、釣魚臺事件變化巨大，海內外開始有所謂的回歸熱的關係。這個時間比較是政治性的、時代背景的判斷。

再來是 1970 到 1976 年吳濁流的過世，這一階段有鄉土文學論戰的前奏可討論。之後鍾肇政接辦《臺灣文藝》，然後手中又握有《民眾副刊》，中間經過美麗島事件。可是這一時期是從 1977 到 1982 年，原因是鍾肇政在失去《民眾副刊》的編輯權後，他接辦《臺灣文藝》只到 1982 年為止。然後是 1983 年到 1987 年的解嚴。最後是 1988 年到鍾肇政過世的 2020 年為最後一期。

因此主文將從鍾肇政開始創作的 1951 年到他過世的 2020 年，中間分為八期，以八章來處理。第一章為序論，第十章為結論。另外還加上「附錄一」的論文，是筆者利用國家檔案局的政治檔案，處理鍾肇政被監控，打成臺獨的起始與結束調查為止。可以作為本書的時代背景參考，理解鍾肇政在建構臺灣文學當中，被調查監控的狀況。官方是如何理解鍾肇政的作為與對他的一種迫害。

而主文的每一章分為三小節，重點在第二節是鍾肇政建構臺灣文學在該時期的重要貢獻。例如在創作、編輯刊物、編輯作品集、辦理文學獎、文友凝聚到成立組織團體的理想、翻譯日本時代的臺灣作家、翻譯外國文學創作與理論、爭取文學在國家政治與教育上的地位。

第一節則講那些重要貢獻的時代背景與鍾肇政身分地位的改變。書寫這段時期的文學特色與鍾肇政在這段時期的歷史處境。他在建構臺灣文學，或者參與他的臺灣文學運動中，遭遇到怎樣的政治打壓等等的困難，又如何克服。

第三節，則主要以兩位在該時期與鍾肇政通信往來密切，甚至有好幾位可以說，是鍾肇政建構臺灣文學的伙伴。採用往來的信件去鋪陳他們彼此的友誼之外，更重要的是從書信當中講述鍾肇政的重要貢獻的操作細節，以及分析歸納出鍾肇政在政治、文學的種種看法。例如鍾理和、陳有仁與陳映真、吳濁流與穆中南、陳韶華與朱橋、張良澤、葉石濤、呂昱、東方白。這些作家都是跟鍾肇政在創作、編輯、翻譯、評論等等互動密切，跟鍾肇政合作或者受到鍾肇政鼓勵，或者理念上差異上的探討，有關的文友。並在不同時期有相當重要的貢獻或者足跡，或者跟鍾肇政密切合作的時期。

除了在這八章中分期，以時間軸排序下來的種種探討。另外，在每一章中也會有一個空間軸，探討省籍問題的糾葛，在這個糾葛中，臺灣文學、鄉土文學分別是怎樣被呈現的，特別是以鍾肇政的視角來看待的時候。以及每一個時期，所遭遇到的白色恐怖的狀況，對世代的壓力如何，而扭曲了自己的真正的看法。

第二章　1951-1960：臺灣文學初衷與《文友通訊》

鍾肇政在戰前並非是一個熱衷政治與社會的青年，但是確實是一個文學的愛好者，從小到大的養成閱讀習慣，終究在戰爭最快結束時熱愛西洋文學。到了 1951 年他開始從事創作，為何他很快的建立起臺灣文學意識與創作以臺灣人為題的使命，又為何有熱烈的伙伴意識，不僅成就自己，他更有建構臺灣文學的壯圖。

在第一節討論他在 1957 年辦理《文友通訊》的動機，以及幾個影響到他的個性與作為的幾個可能。第二節討論他一開始在《文友通訊》集結臺灣作家，就是標舉著臺灣文學的旗幟，而非日後社會上普遍認識的鄉土文學或者本土文學。然後討論他在《文友通訊》討論的語言上的重大議題。第三節鋪陳他與鍾理和、林海音之間的在情感友誼上的契合與差異，甚而衝突的地方。

第一節　辦理《文友通訊》前的意識與動機來源

一、父親與時代的影響

在鍾肇政從事的臺灣文學運動中，是相當需要勇氣抵抗來自於政治上的壓力的。但是就一些資料，初步來判斷，就鍾肇政的家族性格是偏向保守的。這是指鍾肇政的父親與叔父都擔任日治時代教師的工作。

除此之外，鍾家也擔任地方的庄長。甚而在 1895 年日本人接收臺灣，儘管客家人的反抗是相當有名而普遍的，可是在九座寮的鍾家並沒有參與抗日的行動。日本人接收臺灣之後，鍾肇政的曾祖父也是帶著族人回到原鄉的，但是留下了鍾肇政的祖父在臺灣耕作，提供回到原鄉的親人生活。這些家族的故事，並未如鍾肇政後來寫《沉淪》那般的悲壯。而就鍾肇政的自述也可以看得出來：

> 先祖搬來這龍潭庄九座寮以後，到我是第六代，有一百幾十年歷史，而且在鄉下算得上家大業大，曾經雄踞一方過。尤其第三代，也就是我的曾祖父，由於上一代人吃了些文盲的虧，於是受命從小攻讀詩書。這位曾祖父是個極用功的人，也熱衷於科場，就是屢試不第，老了以後還與自己一手調教的子姪輩同赴科場，險些被認為是槍手，吃上官司。可惜乙未鉅變，這樣的機會也失去了，一度曾為了不願受異族統治而率一群子弟返回原鄉。
>
> 最苦的是身為長子的先祖父。他必須負責不事生產的父親及弟弟們的生活，尤其乙未後還得留下來苦守家園，並匯錢奉養回轉長山的曾祖父他們。這樣的日子自然無法長久，加上日人苛捐暴斂，一家幾乎弄成窮困，正好也應了「好額無三代」的臺諺，不得已曾祖父他們祇好又一次來到「故鄉」（相信他們也會認定九座寮才是他們安身立命並落葉歸根的故土吧），從此他老人家專心教課子侄輩，還被附近幾個門館爭相禮聘，八成也是過了相當悠然自得的晚年吧。
>
> 族裡一位伯父被日人看中，不會說幾句日語，卻給塞上了「庄長」（鄉長）職，且一幹就是四任十六年；又如父親與二叔都在公學校裡當上了教書先生，在鄉下算得上是家世顯赫。這該說都是曾祖父調教之功吧。屘叔在這樣的兄弟們當中，越發地顯得黯淡了。因為他在曾祖父的私塾裡，根本識不了幾個字，送到公學校，也不幾天就逃學，從此不肯再去，成了一個不折不扣的文盲，祇有做工的份。[1]

---

[1] 《鍾肇政全集 19》，隨筆集三，頁 98-99。

基本上，鍾家一如平民百姓，是順民，是服從殖民統治者的，但是並非是積極配合統治者的。猶如鍾肇政家族最後並未有改姓氏的舉動。某些部分還是堅持自己的文化傳統，並不會一點好處而配合，能夠承受某種壓力。

> 不知從什麼時候起，「非國民」這頂大帽子也四處亂飛，動不動就會往頭上給拋過來。不改姓名，自然也得戴上這頂帽子。然而，奇怪的是同學之間改了的，還是寥寥無幾。我也曾聽父親提過，老家那邊已經有親戚改過了，取的日式姓氏就叫「中川」，意思是仍然可以在頭上頂著一個中（鍾）諧音字。父親告訴我，他和叔叔對這個姓氏都不表贊同，所以暫時還是不打算去「申請」，等到真正非改不可的時候再打算吧。聽父親口氣，身為「訓導先生」，不率先去「申請」，好像是很為難的事。不過到頭來還是教我們給拖過去了，直到戰爭結束，我們仍未改。當時改了的人可以配到和「內地人」一樣的配給物，可是一般而言，真正改掉的，恐怕還是居少數。父親服務的分教場已經獨立，成了「八結國民學校」，也來了一名日本人校長。有時我不免想，萬一校長先生問起為什麼還不改，他該怎麼回答呢？[2]

而以現代開化啟蒙來講，鍾肇政父親鍾會可又是鍾家第一個接受現代化教育的，且鍾會可是第二代的基督徒。這也讓鍾肇政後來跟隨著堂兄去念了淡水中學。接受進一步的現代化教育，也就是西式教育。

從鍾肇政的自傳小說《八角塔下》，以及其傳記類隨筆，可以瞭解到鍾肇政面對無理的日本教師除了暴打他，還拿出小刀做裝作要殺他的樣子。他的反應僅僅是丟掉對方塞過來的刀子。頂多是把憤怒放在內心當中，沒有其他行動。但是這也造就了他認知自己是殖民地的人民。

---

[2] 《鍾肇政全集 19》，隨筆集三，頁 49。

我懂得了苦思，獨自探索，也許同學們的那些高談闊論也啟發了我，我逐漸有了反抗的意識，對深深烙印在內心的創痕，也有了新的體會。有一次晚自習後的點名時，高橋舍監照例做了一番訓話之後宣布解散。就在這時，排在比較遠處的一群同學突地發出了似歡呼似怪叫的喊叫聲。我確定那是從我附近發出來的，卻絕不是我身邊的人，更不是我。就在這時，高橋舍監忽然大發雷霆，喝住了大家，並下令止步。大家只好站住了，恢復了原先的隊形，但是沒有一個人認真，好像都以為了不起再挨一頓說教吧。不料高橋舍監走到我那個隊的前面，左右看了一會兒，最後眼光停在我臉上。

……

來到辦公室，同學都走光了，只剩下我和他兩個。他詰問我為什麼叫，我矢口否認，我自知確實未叫，可是他根本不聽，先是巴掌，繼而是拳頭，一記記落在我臉上、頭上、胸腹上。看我堅持不認錯，他好像忍不住了，突地掉頭走到辦公桌邊，打開抽屜，找出一把小刀，硬要塞進我的手裏。他一次次地塞，我一次又一地推還，或扔下。

……

在我懂得了想心事以後，這個可怕的場面常常浮現腦際。我仍然想不出那時那個樣子隱忍是對還是錯。也許我該攻擊他，反抗他，即使冒被他殺死的危險。最後我終於從記憶裏的他當時的扭曲的面孔與發紅的眼睛裏讀出一直沒有能察覺出來的兩個字：「仇恨」。他自知得不到自己教的學生的信賴與尊重；他以為那個晚上同學們的怪叫，是對他最嚴重的侮辱；他甚至也得不到別的老師、教官們的敬重……不，不，這些恐怕都不是重要的。我終究領悟過來了，那是日本人對臺灣人的仇恨……換一種說法，正也是臺灣人對日本人的仇恨！[3]

而鍾肇政第一次感到現實上的不公平，則是公學校畢業時，成績不好的日本同學，居然可以考中新竹中學。這讓他感到深刻的殖民地下的不公平待遇。

> 原來，我們上了六年級後，任課的日本老師在晚間給我們補習，參加的同學大約十個，其中女生三個，黃 XX 每次考試成績都排在我後面。而考試結果是三個女生都上榜，男生則全軍覆沒。不過這項不平倒無關宏旨，因為我們都知道女生升學的很少，競爭不算激烈，上榜沒有男生這麼艱難。
> 使我有痛切的不平感的是校長先生的兒子。這位日本少爺白天是坐自動車到鄰鎮的「小學校」（供日本子弟就讀的，稱為小學校，臺灣人子弟唸的，稱為公學校）去讀的，晚上參加我們的「受驗勉強」（升學輔導），每次考試成績必在倒數兩三名內。七八個男生一起到州內唯一的中學（祇收男生，招收女生的稱為高等女學校）去考，而上榜的祇有這位成績平平的日本少爺。[4]

之後已經出社會了就更不要說這種臺灣人被欺負的感覺很強烈。他在擔任大溪宮前國民學校教師，他的薪水，竟然比資歷淺的日本女老師還低。日本人都有加成。

這一切可以說，是他的臺灣意識的啟蒙，體會出做為臺灣人的悲哀。臺灣是殖民地，臺灣人是作為一個被殖民者的，而感到痛苦。

鍾肇政性格保守的部分原因，還有來自鍾肇政做為獨子的關係。時時念及父母，讓他必須注意個人的安全是相當首要的心靈基礎。因此對於日本徵兵，更是不能大意，能夠抗拒則抗拒。這也是他在 1943 年

---

[3] 《鍾肇政全集 19》，隨筆集三，頁 54-56。

[4] 《鍾肇政全集 19》，隨筆集三，頁 90。

去投考彰化青年師範學校的緣故，可以暫時免去受到徵召。

> 是的，五年間的中學生活就要結束了！
> 我依然懵懂，我只知道我已決定不到內地去找學校唸。我告訴自己：航海險象叢生，而我是父母的單丁獨子，豈可輕率地去冒這個險。我心中也還有一個秘密，父親每月薪金就那麼一點點，如今大妹也在唸女學校了，供我唸了這幾年中學已經吃盡千辛萬苦，而到內地去升學，費用比目前恐怕不止貴一倍吧。父親不曾問過我怎麼打算，但我在信中稟明過不去內地了。[5]

但父親也給他相當在精神上正面的影響，這是鍾肇政日後常提起的，就是鍾會可在土地上勞作的精神，認為土地是誠實的。筆者的解釋是從耕作的過程當中，可以體會到希望、信心。這也是基督徒的基本的感受，且融合了農人默默付出、實實在在與客家的硬頸精神、吃苦耐勞。

> 我們家屋後那一小塊花園，各種花幾乎是四時不斷，牽牛、夕顏、鳳仙、菊、秋海棠，還有好多好多種我叫不出名稱的。您是那麼熱愛他們，培育他們。您一生憂患，彷彿就祇有面對那些花朵時，才是唯一心靈獲得舒坦的一刻。
> 爸：我但願也有您那一份面對大自然時的悠閒與自得；我更希望能夠有您那一份勤懇。「祇有土地是真正正直而誠實的，您滴了多少汗出了多少力，她便回報你多少收穫。」您曾不祇一次地這麼述懷過的，記得不？
> 想起來，您雖然當了一輩子的教師，但是也大半輩子與泥土結下不解之緣。您的勤懇，您的熱愛泥土，是不是得自代代務農的我

[5] 《鍾肇政全集 19》，隨筆集三，頁 60。

> 們鍾家血統？儘管我們家在您上面也出了幾個讀書人，可是自原鄉來臺以後的七八代人，豈不是多半都是農人嗎？[6]

鍾肇政內心深處還懷抱著對父親感到愧疚，他在長大之後，小叔告訴他，鍾會可早年因為年資過高，一份薪水可以請兩個新人教師，於是被日本政府強迫退休。鍾肇政感到自己不夠用功，無法回報父親的辛勞。

> 在那以後的歲月裏，我還漸漸明白了您從事這樣的工作，部分還是為了家計。當時，戰爭越打越劇烈，日用物資漸趨匱乏，食物實施全面配給，尤其三餐所吃的米，配給是極有限，要維持起碼的量，非靠昂貴的黑市貨不可。蕃薯花生沒有配給，但價錢仍不便宜。為了供我唸北部那所私立中學，以父親微薄的薪金收入，無論如何是不會有餘力吃黑市貨的。
>
> 以後，每次放假回來，我不再以勞動為苦。直到目前，我從事另外一種耕作——筆耕，也頗自以為能鍥而不捨，二十餘年如一日，想來也是您的賜予啊。[7]

鍾肇政面對父親的愧疚感，以及感受到的家族的懦弱，自己的不長進的感受，這些都對他的個性的形塑起了相當的作用。既使如此，家庭與自身成長經驗對一個人的影響還是相當複雜的。

例如鍾肇政的父親也算是「問題人物」，因為他擔任國小校長的父親鍾會可在 1953 年，竟然不顧危險，將兩位被槍斃的臺灣人「匪諜」遺孀，帶進學校中代課，希望給她們一點生活之資，結果地方黨部主任常常來斥責，鍾肇政受父命只好代寫〈報告〉說明原委，總算獲黨部以「過去種種譬如昨日死」，而認為視鍾會可為不知好歹，但這次就

[6] 《鍾肇政全集 19》，隨筆集三，頁 341。

[7] 《鍾肇政全集 19》，隨筆集三，頁 344-345。

饒了他。

這一點正義感與強烈的人情味，仍是鍾肇政願意說出來的。父親除了在土地上的勤於耕耘農家人精神，也是有一種硬頸的，有一些溫暖人心與熱血的氣質在內心當中。

> 四月二日晚上東方白說：當中講到鍾老為什麼加入國民黨。鍾老起先不說，一直叫我們吃水果，又走開。神情非常非常的嚴肅、悲傷，好像有什麼不可告人的景況。東方白不肯放過他，一定要他講，直說陳水扁請了一個國民黨的資政。一兩分鐘間，鍾老也不知道顧慮什麼沒有說話。終於鍾老心情平靜，似乎想到怎樣表達，很自然的輕鬆的說，喔，那沒什麼，是民國三十八、九年的事情。他的國小校長膽子很小，鍾老心很不忍，不忍心看到民眾服務社的一直來逼這位校長，於是就加入了國民黨。
> 魏廷朝的舅舅就不肯加入，還有一個女的，那女的後來還因為履歷用的照片被拔下來，人家自動幫她申請，後來黨證下來，她鬧著，而大家勸服她，鍾老想假如當時她真的鬧上去，問題不知道會怎樣。鍾老的父親當校長，有兩位女的，拉她們來學校教書解決生活問題，因為她們的先生都因政治問題判了死刑。惹來很多困擾，服務站的特務常來找鍾老父親麻煩。[8]

從上述的例子來看，鍾肇政所體驗到的處世的方式是趨向於靈活的。有一定的堅持，但是也不會無謂的犧牲。往自己的目標前進，把握住最重要的理想，也嘗試解決日常生活上的困境。因此，特別在 1980 年之後，被文壇的人士，甚而自己一起奮鬥三十年的伙伴，也會不理解鍾肇政最深處的志氣，與統治者周旋的方式，而讓鍾肇政感到被伙伴背叛的痛苦感受。[9]

---

[8] 東方白問鍾肇政於鍾肇政宅，筆者在旁聆聽記錄，於 2001 年 4 月 2 日晚上八點左右。

[9] 這部分將在本書第八章詳細討論。

二、沈英凱的影響

從上述來看，鍾肇政基本上是一個文化人、知識分子的身分，努力求上進以榮耀父親為目標。儘管有初步的臺灣意識，但是家族意識強烈，還看不出來有任何社會意識，甚而強烈的國家意識。現實上自己是日本人，但是也不會有強烈的愛國心，更不要說反抗日本人。

沈英凱是鍾肇政在彰化青年師範學校的同學，他是啟蒙鍾肇政閱讀世界文學的朋友。在此之前，鍾肇政的興趣在日本的和歌。

> 以後年齡漸大，嗜讀文學作品的習氣則從未改變。這中間，曾有一段時間迷戀於日本的古典如和歌作品之外，到了十九歲時進入彰化青年師範學校就讀時，受一位好友沈君（願吾友在天之靈安息）的影響，開始接觸西洋文學名著，在文學的欣賞方面，算是有了初步的登堂入室境界。狂妄的少年初涉文學殿堂即自以為高同儕一等，連日本文學、臺灣文學都認定是不值一顧的東西。不過倒也不知不覺中養成了對那些文學巨擘的無限的崇敬，以及一卷在手，可以渾忘身外一切的讀書習慣。[10]

而沈英凱所以能夠影響鍾肇政，主要原因是沈英凱的英雄般的氣質，是讓鍾肇政深深認同的原因之一。幾次，看鍾肇政筆下的描述，沈英凱在面對日本同學的欺負或者挑戰之時，沈英凱的態度是正面以對，不怕挑戰。並且無視於日本同學的不公平的暗算，卻仍保持自己的正當的身段，最終打敗對方。

> 從初識時，我就發現到他有驚人毅力，後來也有一件往事證明我這項感覺是正確的。有一次同學們在教官命令下玩起了單腳互撞的遊戲。沈碰上的是一名常向本島同窗肆虐的日本人，照規定，

[10] 《鍾肇政全集 19》，隨筆集三，頁 153。

> 曲在胸前的手腕是不能動的，光用肩膀來互撞。人人都看清那個日人同窗肆意地用肘部來毆擊對方的頭、臉。幾個回合下來，沈嘴邊血淋淋了，但依然堅守規則，且越戰越勇，終究把這位號稱柔道二段的對手打垮。[11]

除了沈英凱成為鍾肇政的英雄的崇拜的理想寄託外，在努力的實踐與理想的追求上，鍾肇政也是與好友的相處中，獲得極大的感觸。成為他的一大信念，學到能夠自我鼓舞，堅持到底的方式。

> 我與沈學會了帶一本書或札記本，使我們差不多大半個日子裏都可以沉浸在文學之中。這樣的讀書生活，也使我領悟到一個生活的基本態度，即：尋覓「酷熱中不是靠風的微涼」。八成也是在哪一本書裏看來的吧。我知道暑熱中是不可能存在微涼的，但去尋覓，便可得之；或許，那是原本即存在的，卻非去尋覓便不可能得之。這「微涼」好像也成了此後我生命中的一項信念，使我獲益良多。

自此兩人無所不談包括愛情經驗、前途，甚而戰後沈英凱在鍾肇政罹患重聽之際，鼓勵鍾肇政走向文學之路。鍾肇政的第一篇小說〈婚後〉，正是以信件書寫的方式來描述婚後的生活，而小說中收信的對象，就是以面對沈英凱的態度來寫的。

沈英凱在戰後的志向是趨向於政治方面的，儘管如此，鍾肇政創作的作品，都會寄給沈英凱作為第一個讀者。而沈英凱都會給予批評與鼓勵的意見。並且從信件得知，沈英凱與鍾肇政都雙雙有撰寫主題為「臺灣人」的小說。

---

[11] 《鍾肇政全集 19》，隨筆集三，頁 267。

> 你已經確確實實成為一名文人了。文學家的生活是清苦的，開始時可能也沒有自由之身。臺灣或者可以說迄今還沒有一位真正的文學家。我希望你能成為臺灣文學的創立者，憑你的努力與企圖心，必能成為臺灣文壇巨匠無疑。我雖然跟文學脫了節，決心在實業上打基礎，將來如果有機會，可能進軍政界。儘管如此，我也還想寫一本或題為「臺灣人」的書。如果一輩子都不能留給後世的人一點東西，那豈不等於白活了？這一點，我早就規劃好了。不過在還不能像你那樣對自己的文筆充滿信心之前，就容我藏拙吧。[12]

而鍾肇政在十三年後，於 1964 年開始實行「臺灣人」的創作的計畫，更是獲得沈英凱的大力加油。

> 我對你的「臺灣人三部曲」抱著相當大的希望。但願它能像「大地」或「陳夫人」那樣，寫出我們臺灣人的心路歷程，那才讓人興奮呢！[13]

以及沈英凱在鍾肇政所辦理的「文友聚會」、宣揚臺灣文學，還有沈英凱對《臺灣文藝》的刊物非常的認同。

> 臺灣文士的聯合是件好事，尤其是像你所說的那樣能出版同仁雜誌的話，我想效果會更好。真希望我能成為有錢人。如果你不能來的話，或許就我去吧。[14]

---

[12] 沈英凱給鍾肇政信，1951 年 3 月 13 日。（原日文，李蔦英翻譯；原藏於真理大學臺灣文學資料館張良澤處。）

[13] 沈英凱給鍾肇政信，1964 年 8 月 10 日。

[14] 沈英凱給鍾肇政信，1957 年 8 月 23 日。

另外也給鍾肇政在創作上一些閱讀的意見，進一步的鼓勵鍾肇政創作。也可以從信上的口氣，看得出來兩人的深厚的不帶功利性的友誼。

> 收到來信跟「臺灣文藝」。你的作品是相當成功的，在心情描寫方面，稱得上是臺灣作家當中最出色的一位，只是對性的描寫還不夠切實。或許是因為你欠缺玩的經驗所致。性的歡愉是很難描寫到極致的。如果是我，可就是老經驗了，在這方面可能要比你高明些喔。
>
> 你的《臺灣文藝》今天才開始拜讀。《臺灣文藝》四字算是相當恰切的，推出這樣的雜誌，是我十數年前就懷抱的「夢想」。只不過是文藝跟我不如跟你那麼有緣。你跟文藝是先天就有緣的。[15]

因此，可以說沈英凱與鍾肇政，不僅一起受到相同的日本精神的教育，崇尚正義的價值觀。而且沈英凱甚至聲稱在 1964 年的十多年前，就想推出類似《臺灣文藝》為名的雜誌。鍾肇政在臺灣意識與反抗意識，或者社會意識的所受到外界的影響，沈英凱應該是扮演相當重要的角色。且在 1956 年，廖文毅宣布成立臺灣共和國臨時政府的消息，也是沈英凱在拜訪於龍潭國小上課的鍾肇政，在沒有人的地方散步，交談時所提供給鍾肇政的，鍾肇政感到欽佩與高興臺灣有這樣的人在推動臺灣獨立。

鍾肇政與沈英凱彼此結交為最好的朋友，沈是新營的福佬人，也推進了鍾肇政對於閩客融合理念。閩客融合的理念，緣起則是是鍾肇政的母親是福佬人、父親為客家人所致。而這個經驗造成他在童年成長過程中，被罵成雜種的不愉快經驗，讓他進一步的有了反省的機會。

---

[15] 沈英凱給鍾肇政信，1964 年 4 月 10 日。

> 我這個轉學進來的少不更事的小孩，好像受到一些欺負，尤其因為一下地就隨父親任所居住在外，學會的語言又是福佬話，所以在這客家庄裡，我成了「福佬屎」，經常都是大家取笑與捉弄的對象。
>
> 蕭老師是父親以前的高足，對我另眼看待，所以在學校裡情況還不致太糟，並且日人教育以「國語常用」為目標，語言上的隔閡不算太嚴重，然而老家的一些親戚卻不肯放過我，除了「福佬屎」的通用的稱呼之外，瓩叔還發明了一個「反種仔」的諢名，一碰面就反種仔長，反種仔短，小小心靈裡，不免也領略到含在其中的歧視與輕蔑味道。——稍後我才漸漸明白了這個諢名的意義，原來那是由於母親是福佬人之故；並且說不定我這個都市長大的嬌客，在鄉下的農人親戚之間，是有若干非我族類的成分，因而遭到嫉視的吧。[16]

因此鍾肇政的對日本人與後來對國民黨、祖國不滿的，帶有反抗性質的臺灣意識，是包含閩客融合的理想，甚而是同情弱小民族，同是臺灣人的原住民。後者的情況，來自於他住居接近原住民，而產生對原住民的好奇心與理解所致，並且也有讚賞原住民的善良又豪邁的性格的成分。

為何鍾肇政不退讓，堅持純文學，不涉政治，就不怕國民黨的打壓。有些關鍵性的紅線、禁忌，似乎是鍾肇政所理解的，也就是連思想也不要涉及，而所謂的思想，其實就是左派的、馬克斯主義的，也是前衛的這樣子的思想。而在沈英凱這邊似乎也見不到有關於馬克斯主義的討論。

因此，未來他在遇到如陳映真這樣子親近左翼思想的作家，也是謹守不做任何相關的禁忌的討論。陳映真在信件中，也不會把這類想法

---

[16] 《鍾肇政全集 19》，隨筆集三，頁 88。

告訴鍾肇政。但是，鍾肇政還是會以文學的理由接近如安部公房這類左派的作家，或者被列為禁書的留在中國的作家如魯迅、巴金。

以鍾肇政在 1975 年撰寫《滄溟行》，時代背景牽涉到農民組合的反抗事件與人物，應該是內容與左派思想相關的，但是鍾肇政在書中不談階級、剝削的觀念，僅以知識分子以文化、法理方式展開對日本人的鬥爭。知識分子如何學習相關有現代性的反抗方式，以關懷土地與農民的理念，進行書寫。

總之，就沈英凱在戰後積極參選議員、鄉長，想以政治方式改造臺灣，為臺灣人爭取權益，在政治上理念、臺灣人的意識，對鍾肇政的影響是相當大的。也對鍾肇政撐起臺灣文學的旗幟是非常認同，甚而沈英凱自己除了作為政治家，也曾經想要創作。

三、《文友通訊》發行前的動機

鍾肇政在 1951 年開始創作，第一篇作品〈婚後〉獲得刊出，鍾肇政得到莫大的鼓勵。可是後來卻成為退稿專家，接連失敗。雖然幾年內退稿漸漸的少了，可是長篇小說於 1953 年所寫的《迎向黎明的人們》、1954 年《圳旁一人家》卻在投稿如中華獎金委員會從沒有得過獎。

鍾肇政這時會懷疑是否自己的文字修養還是太差，要成為作家是否沒有希望了，非常痛苦。一方面也會懷疑自己的題材是否沒有反共與歌功頌德所致，才被退稿。更會想到是否臺灣作家被歧視，臺灣文壇被霸佔了呢？如 1955 年的光復節，就沒有出現有關臺灣人作家的報導，更讓鍾肇政感到相當失望。他清晰的感受到文壇是被霸佔的，並且叫做自由中國文壇。那麼，何時可以有臺灣文壇呢？

我們臺灣人的文學，自然的應該就是臺灣文學，何時有我們自己的園地才不會沒有創作發表的空間，甚而自己的團體，可以討論互相鼓勵，努力的創作。這就是鍾肇政提倡《文友通訊》前的意識了。也是上述一直提到的臺灣意識，含有閩客融合的臺灣人意識，反抗國民黨、外省人的意識。

從臺灣光復節十週年紀念日，可以發現鍾肇政對於節慶、重要時間點把握的非常不同於他人。這種能力對其未來在利用臺灣光復二十週年的紀念日時，有莫大的幫助。[17]當然他，並不是真正的認同光復節的：

> 鍾肇政在 1962 年作品《流雲》與 1991 年作品《怒濤》即微微的批判為「臺灣降服節」或者為「臺灣降伏節」，約略亦可看出一個端倪。[18]

基本上，創作本身就是極為孤獨寂寞的事情，何況是鍾肇政渴望能認識一樣是臺灣人的作家，更能夠相互請益與鼓勵。就在 1955 年 8 月鍾肇政的右耳戴上了助聽器（左耳已經全聾），這可以排除一些自卑感，讓他想像著可以到社會上，跟臺灣作家交談、認識，不會有太大的障礙。

當 1957 年 3 月，鍾肇政收到廖清秀寄來的新書《恩仇血淚記》，並且知道原來過去得過文獎會大獎的鍾理和、李榮春也是臺灣人。於是他立刻著手《文友通訊》的發行計畫，也就是他希望有一個全部是臺灣人作家的群體，互相砥礪、勉勵。大家互相通信、交換作品審閱。而可以由他這樣子的一個渺小的作家來服務，以《文友通訊》的方式，免去各自通信的麻煩，建立一個未來的臺灣文學。鍾肇政想著這新生的一代就是臺灣新文學的開拓者。

鍾肇政強烈期盼著，在一種伙伴意識下，要建設一個「我們的」文學概念，也就是臺灣文學這樣子的旗幟。1957 年 4 月 23 日，他發出第一次的通訊，共有七封。陸續回應的有七位作家。第一個回應的是鍾

---

[17] 這部分在第四章將詳細討論。

[18] 錢鴻鈞，〈鍾肇政內心深處的文學魂：向強權統治的周旋與鬥爭〉，《文學臺灣》34 期，2000 年 4 月。

理和，第二個是李榮春，以及廖清秀、陳火泉，另外還有鄭煥回信給鍾肇政。鄭煥，也就是鍾肇政的妹婿，他竟然在信中表達鍾肇政此舉「恐干禁忌」，[19]讓鍾肇政感受到被淋下一盆冷水。當然之後，鄭煥沒有參加通訊，不過鍾肇政仍會寄給他。

鄭煥曾於 1950 年因為讀書會事件而被逮捕，但僥倖尿遁脫逃。直到 1952 年經由鍾肇政的姊夫（任警察）得知，可自首減刑或無罪，鄭煥出來自首後逃過牢獄一劫。這時鄭煥已經訂婚兩年多，終於得以順利跟鍾肇政的大妹鍾連喜結婚。在入罪逃亡期間，鄭煥曾來到三洽水找鍾連喜。但被鍾肇政父親鍾會可趕走，以免受到牽連。事實上，鄭煥的匪諜案底，也確實成為鍾肇政日後來自於警總檔案的案底之一。[20]當然這是鍾肇政所不知道的。

除了鄭煥警告鍾肇政以外，施翠峰也來信提出警告：

> 萬一某一文友或者某文友之朋友有問題，全體文友必受窘……本人自法，應以互相連絡友誼為主，其他計畫尚屬其次……[21]

多虧鍾理和堅定的支持，且認為「立場清楚，不干涉政治時勢，則有何干犯可言？」[22]鍾肇政才持續辦理，最後參與的總共七位文友。後來又加上兩位文友。說回來，施翠峰、鄭煥的顧慮不是沒有道理的。大家除了僥倖過關之外，也是透過廖清秀，外省人如楊品純知道內容。文心也告訴過林海音，或者特務機關，後者因此掌握住這個臺灣文友集團，並沒有進一步的打壓。

在《文友通訊》活動期間，因為文心將通訊交給「外人」林海音

---

[19] 鄭煥給鍾肇政信，1957 年 5 月 1 日。（原藏於真理大學臺灣文學資料館張良澤處。）

[20] 參考國家檔案局相關檔案，並見本書最後的「附錄一」之論文，筆者著〈涉嫌藉文學搞臺獨：調查局檔案中的鍾肇政形象〉。

[21] 《鍾肇政全集 24》，書簡集二，頁 628。

[22] 《鍾肇政全集 24》，書簡集二，頁 628。

看，鍾肇政有著非常複雜的情緒。怕危險？怕告密？或者認為這是自己人的東西，這時臺灣文學根本不為任何人所承認。筆者稍稍能體會鍾肇政當時怪罪文心的心情。

事實上，廖清秀在參加《文友通訊》之前，早就與外省友人楊品純商量過與本省文人通訊聯絡的「可行性」，假如外省文人認為有危險，那《文友通訊》將會胎死腹中。事後這位外省文人當然知道《文友通訊》，除了外省人可以容忍此事外，也等於將消息放出，「文友通訊」不再是秘密的集會通訊組織。當然，特務早就知道這中間種種，根本不必透過楊品純，他們猜想一個人有大量的往來通信「豈不有可疑處呢？」鍾肇政這時早就受到「安檢」、「信檢」了。當然包括往後每一個參加的人。

施翠峰、廖清秀、楊品純幾位若知道有這等事情，不知會如何想。而鍾理和也是因鍾浩東的關係而為「問題人物」。這是當時大家都不知道的。可以福禍相倚來想，鍾肇政、鍾理和若非都有殘疾而帶點「保護色」與活動能力受限制，很多事情都很難保證不會發生。[23]

從這件事情判斷，鍾肇政此時限制臺籍參與，是可以理解的，當然更重要的鍾肇政是要成立一個意氣相投的純臺灣人文學社團。可是過分的將通訊的事情封閉起來，不願意外人知悉，似乎就過分隱密，容易引起揣測了。或許可以說，鍾肇政的行事風格不如往後的靈活。跟統治者周旋還是需要一定的學習才是。[24]

---

[23] 錢鴻鈞，〈論陳火泉、鍾肇政的戰後文學歷程〉，《臺灣文學評論》2 卷 1 期，2002 年 1 月，頁 195-218。

[24] 比較本書第四章討論《臺灣文藝》的存在，正可以有某種公開性，可以讓情報單位檢驗，甚而外省人的參與，無論外省人或者某個臺灣人附有特殊情報任務。

第二節　臺灣文學旗幟與臺灣方言

一、臺灣文學旗幟的第一次張揚

《文友通訊》在臺灣文學史的歷史定位，猶如鍾肇政將廖清秀在「文友聚會」後所說的，於第七次的通訊公布出來：

> 八月卅一日是令人難以忘懷的，值得紀念的一天；至今憶起，回味無窮。五日清秀兄來信說：「如果我們臺灣文學將來有發揚光大的一天，那麼這次小聚可能在臺灣文學史上值得大書特書的。」[25]

因為這次「文友聚會」是在國民黨遷臺後，臺灣文學的香火斷層之下，未來所謂的戰後臺灣第一代作家，在當時則被鍾肇政稱為光復後第一代作家，所進行的第一次臺灣文人的集會。除了凝聚了大家的感情之外，確實有象徵意義了。從他們冒著甘犯禁忌的危險，決心通訊之外，現在真正的集會了，也是統治者不願意見到的。到底警總這時候有什麼動作，因為部分政治檔案沒有公布，只能猜測。但是信件檢查，想來是一定發生的。

《文友通訊》絕非單純的交友、互相鼓舞創作為目的。何況他們也無法有自己的刊物，連同仁雜誌都沒辦法。但是，藉由通訊的發起人鍾肇政，第一次通訊就喊出了臺灣文學這樣子的旗幟，在戰後臺灣文學的建構上更為重要：

> 光復後，臺灣的文壇熱鬧了一陣，例如若干報章上即有過有關臺灣文學的諸多討論。然而，我自知不過是個無其數的渺小讀者之一，只能置身事外，看人家熱鬧的份。而這樣的熱鬧也僅是曇花

---

[25] 《鍾肇政全集 23》，書簡集一，頁 649。

> 一現，二二八事件後那種蓬勃氣象一下子熄滅，隨著政府撤退來臺，一切不同聲音也在強大的有形無形的壓力下悉告岑寂，臺灣文學這四個字也沉沒在地平線下而不復可見了。
> 在過了這些年頭之後，如今有新的一代出現——他們是繼起的一代，但無疑更是新生的一代，他們必需、也勢必負起下一代臺灣文學的責任。並且臺灣文學有了這些人，便也必然會有新的局面出現。他們可以說，正是荒蕪多年的臺灣文學這塊園地的開拓者。[26]

在第二次通訊，鍾肇政提到，一位文友來信（上述已說是鄭煥）表示臺灣作家的串聯「恐干禁忌」，幾乎使鍾肇政的計畫胎死腹中。儘管鍾肇政認為自己是純潔的，不涉及政治只談文藝。鍾理和也說：「只要立場清楚，不干涉政治時勢有何干犯可言？」問題除了是每一個人的交友圈複雜，很容易被連累，國民黨抓人是不需要證據的，罪名是可以羅織的。何況，鍾肇政是不斷的標榜臺灣之外，也是明顯的排斥外省人，這種地域的意識是國民黨的禁忌。

《文友通訊》第一次發出，就明顯揭櫫了其職志「我們是臺灣文學的開拓者，臺灣文學有臺灣文學的特色」。而最後一次通訊（第十六次）要停刊時，鍾肇政更有如血淚般悲憤的喊出「臺灣文學」的口號：

> 《通訊》雖沒有了，但它在天之靈將永久為各位祝福，也將為未來的「臺灣文學」祝福，但願各位文友埋頭努力，寫、寫、寫，盡力地寫，寫出臺灣人的心聲，為「臺灣文學」開出一朵璀璨的花！[27]

所謂臺灣人的心聲，他所想到的題材在給鍾理和的信中透露出

---

26 《鍾肇政全集 20》，隨筆集四，頁 12。

27 《鍾肇政全集 23》，書簡集一，頁 713。

來，那是臺灣人史詩的寫作計畫。這個創作的總題為《臺灣人》，分成三部，第一部是臺灣淪日初期為時代背景，第二部是日治時代，第三部是光復後到現在。

不過鍾肇政在第一次通訊說：

> 我們是臺灣新文學的開拓者，將來臺灣文學之能否在中國文壇上——乃至世界文壇上，佔一席地，關乎我們的努力耕耘，可謂至深且大。[28]

這不僅反應臺灣人沒有自己的地盤，鍾肇政習慣的說出要在中國文壇上佔一席地。真正的原意卻是驕傲的希望臺灣文學能在世界文壇放光明，但中間因為「臺灣文學」的敏感，不得不先加上中國什麼的。往後，在談到「臺灣文學」時，也不得不同時補上「是中國文學的一支」。因此，鍾肇政在某種層面，也確實做到了不干涉政治。高喊臺灣、臺灣文學、臺灣作家、臺灣文友之時，避免在政治上的臺獨的指控。但是就國民黨的眼中，這就是一種臺獨的主張。鍾肇政就是傾向於臺獨或者同情臺獨，儘管鍾肇政應該是自限於一種文化上的臺灣意識。

無論如何，這些對於臺灣文學的香火與主體性而言，鍾肇政諸多宣言，以及文友們的響應是相當重要的。因為就學術研究而言，解嚴之後很長的一段時間，史料沒有被進一步的研究，甚而鍾肇政的年輕文友，並不會認為鍾肇政在那麼早會喊出臺灣文學四個字。事實上除了在《文友通訊》外，在《聯合報》中的副刊，也如此喊出「臺灣文學」四個字。

> 你不曉得「臺灣文學」（恕我用這個我所杜撰的，尚不為任何人所認可的名詞）是多麼需要你。[29]

---

[28] 《鍾肇政全集 23》，書簡集一，頁 359。

[29] 《鍾肇政全集 23》，書簡集一，頁 616。

這粒種子——我堅信在你細心的播種灌溉下，一定會發芽茁壯，而致開花結實的。是的，當那麼一天來臨時，「臺灣文學」就有福了！

讓你我，跟幾位伙伴們，永久攜手向前邁進。[30]

我真禁不住又要為「臺灣文學」慶幸了。但願 R．R 呵，結結實實地下個寒窗十載的工夫，為「臺灣文學」爭取最高榮譽……[31]

這些在《聯合副刊》登出的是 1958 年 8 月 28 日與 9 月 25 日。林海音就是在此看到鍾肇政執拗的要打出臺灣文學。事實上，文心也早就將《文友通訊》披露給林海音看了。這使得鍾肇政對文心很不諒解，認為這是伙伴的通訊，不該外傳。更重要的不該給伙伴以外的人，特別是作為編輯的林海音。

近乎執拗般地提出「臺灣文學」四個字，以致當時採刊了最多我們這一批人的作品的聯副主編林海音女士，有一次在信中說我是「臺灣文學主義者？」（已記不清原來說法，不過大意如此。海音女士此信自然也還在我那一大山舊信堆當中，說不定將來有人會幫我找出來）。當時，我還以為林女士語帶揶揄呢？如今一想，便又覺得說不定她是在警告我吧。過了這麼多年，仍然使我無限心感。[32]

上面也提過，這時候的鍾肇政並非很老練。讓外界知道《文友通訊》的事情，特別是外省人。事實上這是有好處的。一如《臺灣文藝》

30 《鍾肇政全集 23》，書簡集一，頁 616。

31 《鍾肇政全集 23》，書簡集一，頁 620。

32 《鍾肇政全集 23》，書簡集一，頁 354。

雜誌的聚會，就特別該邀請外省人來看看。讓他們知道，這是純文學的聚會。也好回去向有關單位報告時，鍾肇政等人是相當純潔的不涉及思想與政治的，只是一個純文學的團體。

> 也該有個屬於我們的地盤，我們更該有一面鮮明的旗幟。但是目前談此為時尚早，而且有關當局也未必喜歡我們結成一個グループ（編者：團體）但我總念念不忘我們全體的——臺灣文學——的命運。人們看了這兩篇介紹也許一時還有些印象，但不出幾個月仍要被葬在陰暗的角落的，這就看我們能不能振作了。[33]

不過，鍾肇政在一些細節上，還是注意到了謹慎。只是這個謹慎，也不一定有用。就是鍾肇政還是希望大家能結成一個文友的團體，比方筆會，或者發行刊物的組織。這鮮明的旗幟，也就是臺灣文學。有任何的機會，鍾肇政也不會放過，用臺灣文學的名稱向外界打出去。如李榮春有可能編輯《公論報》的情況下，鍾肇政也建議了有一個名為「臺灣文學」的固定於一週刊載出的刊名：

> 榮春可能（前些時給兄的信是由我轉的，寄到了吧？）接編公論報副刊，但他總是嫌麻煩。我想如果他肯幹，未始不可設一臺灣作家的園地，轟轟烈烈幹一番的，只要他能設法爭取到稿酬，我想文友們沒有不響應的道理。如闢一週刊定名為「臺灣文學」，推出一鮮明旗幟，每期可發一萬字左右稿，必要時可單張發行。每期三四百塊錢就辦得下。這意思只是我個人的遐想，尚未與榮春討論。這事已到了需要人出面幹的時候了，對嗎？[34]

當然鍾肇政這種寄望，事後並未實現。不過，在吳濁流決定辦一

---

[33] 《鍾肇政全集 23》，書簡集一，頁 565。

[34] 《鍾肇政全集 23》，書簡集一，頁 554。

個雜誌時，鍾肇政又作了相同的建議。可見鍾肇政標榜「臺灣文學」的旗幟、意志，都是長久以來就有的，且十分的堅定。總是，年輕一代的作家，特別是戰後第二代作家之後，很長一段的時間，除了恐懼的原因，可能也有認同的原因，不知道鍾肇政長期都是打出臺灣文學的旗幟。他們認為鍾肇政也是謹慎而懦弱恐懼的，不可能喊出臺灣文學四個字，而喊出來的，據他們的印象都是「鄉土文學」或者「臺灣的鄉土文學」，至少都是加上鄉土兩個字的。

而造成很長一段時間，直到 1980 年代的臺灣文學正名運動之前，大家所認同的都是鄉土文學。造成好像臺灣作家、臺灣文學都是寫所謂的鄉土文學，而與現代主義有所區隔。日後的臺灣文學史，也把「臺灣文學」的分期，分為反共、現代主義、鄉土文學時期。這與當時鍾肇政喊出的「臺灣文學」的含意，所謂臺灣的文學、臺灣人的文學，意涵是完全不一樣的。[35]總之，作為戰後臺灣文學的建構者，鍾肇政堂而皇之打出「臺灣文學」的旗幟是相當勇敢與正確的。

二、臺灣方言文學之我見

既然臺灣文學的意識、概念、定位，在鍾肇政這邊是那麼明確的事情。他在創作一段時間之後，思考到臺灣文學是我們的文學，為何不是用我們的語言、我們的文字來書寫呢？臺灣文學的書寫變成了是翻譯，創作成為翻譯自己的語言客語成為北京話。難道他不能用客語書寫嗎？寫下作品用自己的語言嗎？

在 1951 年鍾肇政有了第一篇創作，初步擺脫了腦譯的方式寫下中文字，也就是之前要寫下中文字，但一開始是先寫下日語在稿紙，然後在稿紙上翻譯成中文。腦譯就是用日文思考，然後直接在腦中從日文翻譯成中文，然後寫下中文在稿紙上。之後，就是直接用中文思考而寫下中文，不必透過翻譯了。不過，很長一段時間，鍾肇政還是感到很難擺

---

[35] 這議題將於第六、七、八章都會討論到。

脫日文，筆下還是充滿日本味，想要盡量去除日式的詞彙。

另外，日文在日本時代稱之為國語，而戰後的國語則是北京話。鍾肇政相當直接的體會到北京話只是中國的地方的方言，卻又為何變成了國語呢？因此，鍾肇政認為用自己的語言客家話來寫作，不是應該的嗎？特別是臺灣文學的作品。客家人用客家話，福佬人就用福佬人的語言。

於是鍾肇政在第三次文友通訊當中，提出這個問題「關於臺灣方言文學之我見」，並且之後寫了全客語的創作〈過定後〉，鍾肇政還刻意盡量的用閩客都通用的詞彙。不料獲得文友負面的意見居多，大多數文友並不贊同。大家對鍾肇政的創作問題的起源，並沒有深刻的理解。而是專門在實踐上，提出質疑認為不可行。最後鍾肇政在回應時仍執拗的說：

> 我們似不必以臺島地狹人少為苦，問題在於我們肯不肯花心血來提煉臺語，化粗糙為細緻，以便應用。我們是臺灣文學的開拓者，臺灣文學有臺灣文學的特色，而這特色——方言應為其中重要一環——，唯賴我們的努力、研究，方能建立。我們在這一點，實在也是責無旁貸。[36]

鍾理和與廖清秀特別提到了閱讀者是外省人的閱讀障礙或者希望不分省籍都能夠閱讀。文心更是強調國語的重要性，陳火泉也沒有積極的看法。

雖說如此，鍾肇政雖然說要花心血提煉臺語，但是現實上能夠著力的只有文學中的方言這部分，表面上是跟鍾理和達成共識了。但是筆者認為鍾肇政思考的基點是從建立臺灣文學出發，他希望以自己的語言來從事寫作。也就是建立臺灣語言的文學或者說是臺語文學的理想。

---

[36] 《鍾肇政全集23》，書簡集一，頁635。

可見，鍾肇政對臺灣文學有臺灣文學的特色的主張，以及自稱臺灣文學的開拓者來思考，其他更有臺灣文學的獨立性以區隔中國文學的思考在裡頭。

有關文字的鍛鍊，鍾肇政走過兩條冤枉路，一個是學習女作家的散文的文體。一個是想利用翻譯來增加文字的豐富度。在許久之後，他才發現文學應該要有自己的文字風格，如此才是創作。一味的模仿女作家的閨秀、細膩、文采豐富的文字，應不是正途。而翻譯日文到中文，在所謂鍛鍊文字當中，造成一味注重文字的表達，而忽略了結構、布局與思想面的關係。[37]

因此，他自認為《濁流三部曲》的第一部、第二部都是失敗的，無用的。直到第三部《流雲》，他才滿意的認為找到了自己的風格，所謂的充滿了泥土味的文字。運用客語詞彙融入小說當中，他已經能夠自然切實的使用了。

過去鍾理和輪閱作品〈竹頭庄〉，鍾肇政便不同其他文友的看法，認為應以寫實主義來看，對白還是要以客家人的口語來進行。這仍是鍾肇政的臺灣方言的一種堅持。

> 大作中「對白」有人以為生動流利，弟卻未盡同意。因為該對白與吾臺灣人口頭語頗有離，看似北方人口氣。鄙意，描寫吾臺民，尤其客家人，似應有客家人語氣，否則鄉土氣息深則深矣，卻缺乏地方色彩。而地方色彩若有賴人情風俗另行選出，則藝術完整性不免受損矣。[38]

鍾理和的回應是這樣子的：

> 〈竹頭庄〉能獲各文友如此好評實出意外。能看出對話之非作者

---

[37] 筆者訪談鍾肇政約於 1999 年，鍾肇政宅。

[38] 《鍾肇政全集 23》，書簡集一，頁 387。

> 鄉土語言者，兄一人而已。兄所見極是，它乃北方語言，正是「不怕千人看，只怕一人識」，觀音面前燒不得假香了。兄同是客家人，故能一眼看出破綻來耳。但我之所以如此作，自有所考慮。這又回到從前提到的方言問題來了。在今日，無庸諱言的客家語所站地位極為可憐，故在創作時除開稍具普遍性的句子，可得借用外，若純以客家語對話，恐將使作品受到窒息的厄運。這就是為什麼我慣以北方語言用上對話上的原因。因此而減損鄉土色彩的真實亦屬無可如何之事。
>
> 要想把客家語搬上文學，則還欠提煉的工夫，這工作就落到我們頭上來了。願與兄共同努力開拓這塊新園地。[39]

鍾理和自然是順應鍾肇政的批評了。鍾理和畢竟在中國北方生活過，熟悉中國北方的地方口吻。基本上鍾理和是贊成文學中的方言，而非方言中的文學，儘管鍾理和並非完全贊同鍾肇政的看法，但是鍾理和是贊同鍾肇政想要建設臺灣文學的想法，認為方言是重要的一環。

到了鍾肇政擔任《臺灣文藝》的編輯時，在發表東方白的《浪淘沙》時，對方言的態度一樣是沒有改變的。但是，或許可以說是謹慎。鍾肇政贊成、尊重東方白的創作方式之外，一樣認為方言是要鍛鍊的。鍾肇政說：

> 文字的問題。你刻意運用方言，苦心之處是可以理解的。可是一些譯音字，如嘟住、代事等，過去即被詬病。你當然知道這樣的字，還要用，這是有深意的，我明白。但正也是我過去所反對的。看你這樣的老手這麼堅持，也覺得不知如何是好。文字、語言，這是我們這一代的困擾。[40]

---

[39] 《鍾肇政全集23》，書簡集一，頁389。

[40] 《鍾肇政全集23》，書簡集一，頁59。

東方白的態度也很堅定，理由是：

> 方言問題叫我頭痛了足足兩年，但我決定照我的意志做了。在學習過中、日、英、德、法、俄六種文字之後，我發現世界上的任何語言都無貴賤之分，只是用不用而已，常用了就知其美。在臺灣時不知覺，來國外才特別對自己的方言迷戀起來。再細讀《紅樓夢》之後，才知道用方言對話才能使文學臻於完美的境地。《紅樓夢》中的對話，哪裏是標準國語？所以高中時第一次念它，完全不習慣，久了才知其妙。若用標準國語改寫，就完全失其文學之美了。他們有用方言的權利，我們何不能有？而且我這小說的時代根本就是方言時代，叫林雅堂、林之乾說一口流利的京片子，那簡直是笑話。說普通國語，則無味；說純福佬話，味道全出來了！我說過語言無貴賤，常用而已。《紅樓夢》中的「害臊」當初看了不知何意，但出現過三次後，就可猜出其意，而今日已成日常用語。臺語「修理」，不是今日大陸人最愛用的字嗎？蔣經國還推薦過「牽手」呢！當然不必百分之百都用臺語，但有好的臺語無妨使用，特別在對話中用。你想想，「稀微」、「歹勢」、「古意」，多美！而這些字在國語中是找不到相對的。就像曹雪芹強迫我們習慣於北方土話一樣，我嘗試要叫他們習慣於我們部分的方言，叫我們自己臺灣人不要以自己的方言為恥為賤。此事能否成功，不在乎方言之好壞，端在於《浪淘沙》有沒有寫成功而已。如果《紅樓夢》沒寫好，「害臊」兩字恐怕早已從國語中剷除矣！[41]

鍾肇政認同東方白的想法，方言總是要去實驗、琢磨、研究、實踐的：

---

[41] 《鍾肇政全集 23》，書簡集一，頁 61-62。

> 很高興我的一些不算好的意見沒有使你不愉快。我知道你有這麼做的理由，你也有權在作品中安排一切。作家的自由絕對是不容侵犯的。你說的方言的主張我當然都很瞭解，我們的方言，在文字創作上是一大問題，有待我們努力去探索、去解決；你的真摯與純潔，必會為你及我們的文學荒蕪多時的園地帶來生機，這是我確信不疑的。
>
> 「浪」就照原文刊出，也許你我都得準備挨罵，並接受極少極少的人的嘉許。這就夠了。對不？續稿，我想不必限定時間，你認為可以交來時就交來。如果能夠處理時，約三、四萬字成一個段落（也不必太明顯），那就最方便了。[42]

東方白也發現過去鍾肇政在《濁流三部曲》的寫作狀況，就有方言的困難。東方白得意的希望由自己來貫徹到底、接棒。

儘管鍾肇政仍擔心著發表出來，裡頭有許多令人不大習慣的大量方言，內容又鬆散的文字，會讓讀者有所排斥，遭遇閱讀上的困難。

而鍾肇政個人卻在日後，創作以二二八為背景的小說《怒濤》，原音重現的方式，將那個時代的日語、客語、福佬語，甚而英語，特別是在對話的時候，將各種語言、文字都放上去。只是，又刻意的在相同的地方用北京話翻譯了一次。這是鍾肇政解決讀者閱讀上的困難的方式。

回到《文友通訊》時期的文友對方言的看法，大致是反對的，儘管如部分文友回應如鍾理和比較中肯溫和，認為可以加入方言增加鄉土風格與親切。但是他們對臺灣文學的特色的進一步主張，成立所謂的方言文學是激烈的反對。或者他們認為是沒有園地可以發表方言文學，當中似乎更有一種白色恐怖的恐懼感使然，認為這是相當的政治性的主張。

---

[42] 《鍾肇政全集23》，書簡集一，頁65。

而相對的鍾肇政認為他們現在所寫的中文，其實是北京話，也是一種方言。鍾肇政既然打著臺灣文學的大旗，更是義無反顧的在文字上要建立臺灣文學的基礎。果然在當時是完全失敗，解嚴以後，他也僅能在對話中加入客語、福佬語而已。

第三節　鍾肇政、鍾理和與林海音的通信

鍾理和的創作成果本身，也就是《文友通訊》最重要的支持者。《文友通訊》，最大的意義，除了凝聚了戰後第一代作家，最重要的是培植了鍾理和這位作家，留下了巨大的身影。

一、兩鍾意氣相投

從雙方的通信數量來看，儘管鍾理和的生命停留在 1960 年，可是數量還是遠遠勝過文友通訊中的其他幾位文友的。這當中還不僅僅有同情心的因素。且如果是同情心而言，倒有一個小插曲，是張良澤在日後對鍾肇政的質疑，鍾肇政說：

> 一位年輕一代的作家、臺灣文學研究者，以研究鍾理和文學聞名的張良澤，以帶有一絲責備的口吻問我似乎在《文友通訊》的時代，何以有特別關注李榮春其人，而稍稍忽略了處境更堪憐的鍾理和跡象。記得當時我覺得這疑問太唐突，一時無以為答，但事後想想，即令在《文友通訊》結束以後，我與理和魚雁往返還不斷，交情特深，細節擬在後文詳述，我是可以否認良澤這番觀察的。然而，在《文友通訊》一開始之際，與理和來信的熱情但簡扼相較，榮春從給我的第一信起就把我擲進熱血沸騰當中，其更

引起我的關切與同情，自然不足為怪。[43]

唐突的原因，當然是指鍾肇政對於鍾理和的幫助、文學作品的重視，都是遠遠超過李榮春的。甚而有一種把鍾理和的為寫作，犧牲一切直到吐血而死的命運，就是當成臺灣文學的命運，臺灣文學悽慘的過程中的象徵呢。

因此，在《臺灣文藝》的第五期、《臺灣文藝》的革新號，鍾肇政都推出了鍾理和專輯。而吳濁流在第五期的鍾理和專刊，似乎稍有微詞，不能理解鍾肇政力推紀念鍾理和的道理何在。[44]

對鍾肇政而言，《文友通訊》通信不久，感覺得出來鍾理和是最熱烈響應文友通訊，這給鍾肇政是相當大的鼓舞。然後私底下的通信也是越來越密切、親近。漸漸的明白，彼此同樣是客家人的關係、又是同姓氏，除了這個鄉親情誼的因素外，在方言文學之我見，也會一起感受到方言除了臺語之外，還有客語又該如何考量。

更重要的契合的地方，應該就是兩人同時有各自的「臺灣人三部作」這樣子的計畫了。然後誠如鍾肇政在回憶中所言，幾位都是得獎的作家，他甘願為大家服務、犧牲。而特別對鍾理和居住在鄉下，訊息不通，鍾肇政願意幫助鍾理和，代投稿件。因此刺激了鍾理和有更多新作品。總之，對臺灣文學旗幟的響應，最支持的非鍾理和莫屬了。

在這種情況下，因此也間接造成鍾肇政終身的一種傷痛，是鍾理和給他的，也等於是對臺灣文學的悲運的痛苦的感受。那就是所謂的逼鍾理和寫出《雨》這樣的長篇，好像讓鍾理和身體轉趨直下，鍾肇政認為是自己害他的。

---

43 《鍾肇政全集 20》，隨筆集四，頁 15。

44 吳濁流給鍾肇政信：「要像以前的漢詩作者那樣，視所有的死者為偉大的人物，這種觀念就有問題發生。我們應該避免發生將來有人認為「臺灣文藝」也有這種幼稚作家的情形。現在社會上最流行的是，凡事謊話說得漂亮就行。我擔心這一點，也要請你留心。因為我太忙，所以要拜託你，要小心不超過六萬字。」，1964 年 5 月 27 日。黃玉燕翻譯，錢鴻鈞編，《吳濁流致鍾肇政書簡》，九歌出版社，2000 年 5 月，頁 100-101。

另外就是林海音不發表鍾理和的得獎作品《笠山農場》，而到鍾理和死後才發表。鍾肇政想著，如果林海音在鍾理和生前發表，不也讓鍾理和得到一份稿費，或許就可以多延長幾年生命，至少讓鍾理和家人過輕鬆一點的日子嗎？

當然，這樣子的看法，對林海音不一定公平，可是鍾肇政或許把林海音當成是臺灣人、自家人，因此執拗的為鍾理和不平。日後，鍾肇政對林海音的態度，表面上是尊崇的，可是實際就不認定林海音是臺灣人，甚而也不是三腳的（筆者註：稱呼日治時期旅居中國的臺灣人，已不令人信任者，而帶有貶意），他認為林海音就是中國人。[45]

鍾理和的長篇小說計畫，篇名為《大武山之歌》，在《文友通訊》出現就受到文友的注意，特別是獲得鍾肇政的熱烈回應，也提出自己也有類似計畫。但鍾理和因病早逝，而未能完成，實在是臺灣文壇的一大遺憾。當時，鍾理和也好奇著兩人若都寫出來，比較一番，不知道多有趣。

而鍾肇政的小說已有相當多人研究，典律化過程也清楚展現出來。[46]研究者除了對鍾理和感到遺憾外，[47]並且看到鍾理和也熱烈回應鍾肇政的「臺灣文學」主張，令人不禁好奇鍾理和的長篇到底是怎樣的內容。

在《文友通訊》之前，根據鍾理和日記，記載著 1956 年 3 月 15

---

[45] 根據鍾肇政口述，林海音擋掉聯合報本來要捐給鍾理和紀念館十萬元的捐款。另參考鍾肇政給葉石濤信，《鍾肇政全集 29》，書簡集七，頁 337-338。

[46] 藍建春，〈在臺灣土地上書寫臺灣人歷史——論鍾肇政《臺灣人三部曲》的典律化過程〉，臺南：國家臺灣文學館籌備處，《臺灣大河小說家作品學術研討會論文集》，2006 年 12 月，頁 43-74。

[47] 楊傑銘，〈論鍾理和身分的含混與轉化〉，《臺灣學研究》4 期，2007 年 12 月。另見，陳宏銘、莊紫蓉、錢鴻鈞編，《鍾肇政全集 37》，桃園：桃園文化局，2003 年，頁 435，「臺灣鄉土討論會」中聽眾提問；陳宏銘、莊紫蓉、錢鴻鈞編，《鍾肇政全集 31》，桃園：桃園文化局，2003 年，頁 86，「浩然藝文講座」觀眾提問。胡紅波，〈南北二鍾與山歌〉，清華大學主辦：「民間文學與作家文學研討會」，1998 年 11 月 21 日，頁 175-202。

日他就開始著手寫《大武山之歌》。因此一般人會認為鍾肇政是被鍾理和鼓勵、激發、催生《臺灣人三部曲》。而在《鍾理和全集 3》該書附錄中，編者有按：

> 作者計畫寫臺灣人一家三代之故事，總稱《臺灣人三部曲》然僅寫第一部《大武山之歌》數節，便自知體力不支，無法完成，遂寄望其好友鍾肇政先生全力以赴，果成《臺灣人三部曲》，雖取材內容各異其趣，然用心則一。[48]

編輯者認為鍾理和也打出「臺灣人三部曲」的作品標題，這部分有點誤導。要還原事實的是，對鍾肇政而言打出「臺灣人」的標題，是經過一番曲折的。原來鍾肇政的標題，就是「臺灣人」，並於 1965 年 3 月 30 日發表於《公論報》，後並未完成。[49]原打算成書後將會如《濁流三部曲》一樣，分為「濁流」的第一部、第二部、第三部。而成「臺灣人」第一、第二、第三部。在鍾肇政留下的一本起自 1963 年 2 月 2 日的 memo，封面是大壩二字。memo 其中就有〈「臺灣人」第一部各章筆記〉的篇名，時間估計為 1967 年。可見於 1965 年於《公論報》發表的抬頭是一致的。並且在 1967 年 7 月（或者 6 月開始放暑假）第二次續筆一開始時，鍾肇政仍想照原題為「臺灣人」而尚未有《沉淪》的書名。

之後鍾肇政怕被誤為呼應臺獨主張，只好於 1967 年 11 月 14 日發表於《臺灣日報》時改為《臺灣人三部曲》的第一部《沉淪》，減緩原來名稱的政治效應。因此，《鍾理和全集》的編輯者，認為鍾理和在鍾肇政之前便有「臺灣人三部曲」，這樣的說法是不合事實的。

但是在友人沈英凱給鍾肇政的書簡中發現，在 1955 年暑假快要結

---

48 鍾鐵民主編，《鍾理和全集 3》，高雄：高雄縣立文化中心，1997 年 10 月，頁 329。

49 錢鴻鈞，《臺灣文學的萬里長城——鍾肇政六百萬字書簡研究》，臺北：文英堂，2005 年 11 月，頁 399。

束時，鍾肇政在構思「巨大的三部作」[50]。雖然並未說是「臺灣人三部作」，但確實與兩鍾討論的題材相關。只是，當時鍾肇政計畫如何，並未有詳細的史料出土交代。而該年鍾肇政也只留下有相同抗日背景的五萬字中篇〈老人與牛〉，題材的時間背景還延續到戰後十幾年。此作於次年發表於《現代戰鬥文藝選集》。[51]這個「巨大的三部作」，有可能是 1956 年完成的長篇《姜紹祖》，可惜也只留下篇名。在 1958 年時，鍾肇政加以整理，改名為《黑夜前》九萬字。

而沈英凱於 1951 年 3 月給鍾肇政的信就提到了，沈想寫一本題為「臺灣人」的作品。[52]而 1964 年沈英凱未成為作家，反而是鍾肇政開始執筆「臺灣人」，沈又來信對鍾肇政的新作：

> 《臺灣人三部曲》抱著相當大的希望，希望能夠像《大地》、《陳夫人》那樣，寫出我們臺灣人的心路歷程。[53]

1963 年代或更早前稱為「臺灣人三部作」，1963 年後則稱「臺灣人三部曲」，這名稱在臺灣文學史上的重要性關係到兩鍾的計畫緣起。而對鍾肇政作為一個戰後臺灣文學的建構者來說，是除了臺灣文學的旗幟外，首重的打臺灣兩字的創作了，而且還是大河小說的巨作，是撐起整個臺灣文學的代表性樑柱。

若說鍾肇政受到鍾理和啟發，甚至說承吳濁流《亞細亞的孤兒》的遺緒，開啟或觸發鍾肇政寫大河小說，而必須回到吳濁流的文學世界

---

[50] 黃克明致鍾肇政信，1955 年 9 月 6 日。（原日文，李鴛英翻譯，原典藏於真理大學臺灣文學資料館。）

[51] 虞君質主編，《現代戰鬥文藝選集》，由中華文化出版委員會印行，1956 年 1 月。

[52] 錢鴻鈞，《戰後臺灣文學之窗——鍾肇政六百萬字書簡研究》，臺北：文英堂，2002 年 11 月，頁 423-425。

[53] 沈英凱致鍾肇政信，1964 年 8 月 10 日。（原日文，李鴛英翻譯，原典藏於真理大學臺灣文學資料館。）

來觀察。[54]不如深入瞭解，確實是來自於鍾肇政、沈英凱這一代臺灣人歷史造就的內心世界與動機。而吳濁流在 1968 年發表《無花果》，雖隱含臺灣人精神，也算是臺灣人的史詩，反映臺灣人的心聲。卻略晚於鍾肇政於 1967 年發表的《沉淪》。鍾肇政的視野與吳濁流來比較應該是各有千秋的，只是吳濁流更敢於在獨裁統治之下就大力的突破白色恐怖。幾位作家包括鍾理和，都是代表不同世代臺灣人的立場，有著不同的創作風格。

二、兩鍾的差異

回過頭來看看鍾理和留下的些微史料，以比對鍾肇政的想法。首先他給廖清秀信提到：

> 我現在搜集和準備第二部作品的資料。我想自日人領臺前數年起，一直到現在臺灣人的生活史，由側面予以描寫，名為《大武山之歌》，分上中下三部，字數可能很長。[55]

鍾理和的作品內涵是臺灣人的生活史，由側面描寫。所謂側面是指由臺灣的小人物做為主人翁，並受時局影響，起而反抗的生活變動，而凝聚出臺灣人的精神面貌。這一封信是給廖清秀，他在給鍾理和回信時，則提到自己的長篇計畫：

> 打算以蘭、澳開墾為題材，寫一長篇小說「祖、父、子」，但心有餘而力不足，到現在還沒有動筆，近日中打算到蘭澳去住幾

---

[54] 陳芳明，〈戰後大河小說的起源——以吳濁流的自傳性作品為中心〉，收錄於《臺灣現代小說縱論》，臺北：聯經出版社，1998 年 12 月，頁 84。

[55] 鍾理和致廖清秀信，1957 年 3 年 22 日，鍾鐵民主編，《鍾理和全集 6》，高雄：文化局，頁 96。

天，看看情形再決定是否寫，目前尚無法詳細計畫奉告我兄。[56]

小說中是單純的平民生存開發的開墾故事，描寫接觸的對象將是原住民。比起兩鍾，更無臺灣意識、或者反抗意識。有趣的是，廖清秀與鍾理和通信中，較以中國人自稱。在《文友通訊》中的作家，文心也是類似情況。似乎只有鍾肇政像是受到什麼人欺壓而忿忿不平，拼命的要強調臺灣作家、臺灣文學。

鍾理和在強調生活變動、小人物為主角，這一點與鍾肇政的《沉淪》類似，只是《沉淪》的核心是反抗鬥爭而並不在日常生活。他寫給鍾肇政的信則表示：

> 本年決計拋開短篇試將全力向長篇發展。頭一篇訂為《大武山之歌》內容描寫一家三代人在起自光緒末葉至今約七十年間生活和思想的演變。分三部。第一部，自開始至七七事變前後一段，字數暫訂二十萬字。[57]

因此，《大武山之歌》據鍾理和說法是敘述臺灣人的生活和思想的演變。以七七事變作為此書終點，可猜測鍾理和要將臺灣人的祖國意識與思想加入其中。這與鍾肇政的第二部《滄溟行》的結尾若有所合。只是鍾肇政的結局設於 1925 年的中壢農民抗議事件的歷史（作品中的設定時間則是 1923 年），是臺灣農民運動風起雲湧，臺灣文化改造運動最為熱烈的時候。

鍾肇政在小說中也涉及臺灣人的生活在經濟、愛情、家族面。但據鍾肇政在回信給鍾理和表示，他自己所強調的風格是臺灣人的史詩。推論這表現該是莊嚴、轟轟烈烈，並且以歌頌臺灣人的民族精神為內

---

[56] 廖清秀致鍾理和信，1957 年 3 月 28 日，（典藏於鍾理和紀念館，尚未出版）。

[57] 鍾理和致鍾肇政信，1958 年 1 月 25 日，鍾鐵民主編，《鍾理和全集 6》，高雄：文化局，頁 23。

涵：

> 兄所言的新作，我也曾在「臺灣人」的總題下計畫過三部作，一部是臺灣淪日為時代背景，第二部是日治時代，第三部是光復前後至現在，計畫只不過是計畫，迄今仍無具體化的勇氣。我們生為臺灣人，任何一個有志文學的人都會想到這樣一部作品的。……臺灣人的史詩，終歸需要臺灣人來執筆的，當然，日後我如有這個「本錢」，我也要試試。[58]

鍾理和隨後回應鍾肇政表示，臺灣人的史詩確實需要臺灣人來寫，肯定鍾肇政的說法。筆者認為先不管兩者分為三部在時間上的細微差異。也就是對於臺灣第一部大河小說的創意，誰先誰後是其次的問題。重要的是對於瞭解鍾理和創作的《大武山之歌》的初衷，到底與鍾肇政的差異何在，這是在此要探討的第一個問題。從比對兩書的基本史料開始著手，並對「大武山之歌」的計畫稍作瞭解，然後探討「臺灣大河小說」的特色。[59]

其他兩鍾的差異，還有對託管的態度、對舊式婚姻與性的關係，以及文章詞句的看法，就先點到為止。不過鍾理和的日記中說贊成託管的人是禽獸，這表達他不希望美國介入臺灣的主權，雖然沒有說不贊成臺灣人自治等想法。其實託管是自治的一個過程與手段，筆者認為鍾理和可能寄望共產黨能夠取代國民黨來統治臺灣。

---

[58] 鍾肇政致鍾理和信，1958 年 2 月，錢鴻鈞編，《臺灣文學兩鍾書》，臺北：草根出版社， 1998 年 2 月。

[59] 錢鴻鈞，〈談臺灣大河小說的起點與創作歷程——《濁流三部曲》、《臺灣人三部曲》與「大武山之歌的計畫大綱」〉，高苑科技大學主辦「2012 南臺灣歷史與文化學術研討會」，2012 年 5 月 31 日-6 月 1 日。

三、鍾肇政與林海音的糾葛

對鍾肇政而言，林海音給他的最深刻的記憶，莫過於說出了鍾肇政是一個「臺灣文學主義者」這樣子的封號。當時最被提起的主義，就是三民主義了。在這些自由派的知識分子的批判意識中，一個人懷抱著什麼主義，大概是腦筋僵固的意思。因此鍾肇政的感受，他自己則認為林海音在嘲諷他。

從兩人交往的脈絡來看，林海音對鍾肇政標榜著臺灣文學的舉動，首先是從《文友通訊》的內容來的。可能文心有交給林海音看過，或者在《文友通訊》結束後，鍾肇政寫過兩篇文友書簡，刊載《聯合報》上，林海音也照常刊登了。[60]後因廖清秀有點嘮叨，說鍾肇政將文友的訊息寫出去，形同因此賺了稿費。鍾肇政就不再寫類似報導了。

重點是在什麼事件下，而讓林海音說出「臺灣文學主義者」，而讓鍾肇政反感呢？林海音來信說：

> 對於你要出版的「廿週年省籍作家集」一事，我沒有意見，因為我知道你一向是「臺灣文學主義」者一笑！你為一個理想和方向努力，我也只有盡力幫助你。你所問的誰家肯出版這書，我也可以替你問問。但是，我們雖然不是商人，並替商人想一想，他們出版這 12 冊書，既使不營利，也要讓人家撈回本錢，才可以不致於使人家的出版事業倒下去（固然這部書不至於真倒了！）你說是不是？因此我要問，你的意思是說，把原稿交給出版商去經營嗎？還是自己出版，而請出版商經營呢？既然如此的「臺灣」，是否應當有本省籍出版商來熱心，才更有味兒呢？你以為如何？省籍出版商，臺中的中央書店很好，你認識嗎？我可以找人問問看。
>
> 請你寫一個使出版家更瞭解的計畫與說明，油印或抄寫幾份以便

[60] 《鍾肇政全集 23》，書簡集一，1958 年 8 月 28 日與 1958 年 9 月 25 日，頁 613-621。

> 使用，好不好？另一個問題是，你所謂的本省籍作家，是誰？還是文心，耿沛，鄭清文，黃娟……這些人嗎？你知道還有多少更年輕的小弟弟小妹妹也在寫作更新的作品，而你並不知道他們的籍貫就是本省籍的嗎？如何處理？[61]

事實上，鍾肇政也跟吳濁流請教這事情，吳濁流的回答是：「我很贊成出版『臺灣光復二十週年紀念專輯』。若要放進我的作品，我想排進『亞細亞的孤兒』。」[62]而吳濁流只關心應該編入自己的什麼作品，既沒有瞭解鍾肇政為臺灣作家出一口氣的用心，也沒有想到該如幫助鍾肇政，諸如資金、出版社該怎麼找。鍾肇政連外省作家有意思多多扶助臺灣作家的想法，都會感到反感。鍾肇政認為臺灣作家水準已經很不錯了，並不需人家同情。臺灣作家只是文壇被別人霸佔罷了。

而林海音的反應則是加了些話，認為「既然如此的臺灣」，出版商應該找臺灣人。而進一步的似乎質疑鍾肇政分割出本省、外省人，尤其對年輕作家，可能會出問題，因為無法分別出來。總而言之，林海音似乎對凸顯臺灣、省籍，並不以為然。沒想到，最後幫助鍾肇政達成這個想望的，竟然仍是外省人穆中南。這在第四章會談到。

從整個歷史背景來看。黃娟告訴過筆者，在 1962 年左右黃娟多次私下聽及林海音談到鍾肇政過分標舉「臺灣文學」，言下之意不無鍾肇政太區分省籍地域。鍾肇政當然也是知道林海音是不以為然的，或許鍾肇政尚對林海音還抱有一絲絲同鄉情誼，再加上自己客家硬殼的反骨「人家越不聽，你越是堅持自己的志向」，繼續向林海音鼓吹「臺灣文學」四個字，終於惹來「臺灣文學主義者」的譏笑。而當在繼續鼓吹

---

[61] 林海音給鍾肇政信，1964 年 9 月 30 日。事實上，1964 年 8 月穆中南就已經回信說願意全力支持《臺灣作家叢書》的出版，但是因為經濟問題，也無法把握「文壇社」真的可以出版。

[62] 吳濁流給鍾肇政信，1964 年 10 月 14 日。黃玉燕翻譯，錢鴻鈞編，《吳濁流致鍾肇政書簡》，九歌出版社，2000 年 5 月，頁 112。

時，鍾肇政心裡還是「在偷偷地笑，並告訴自己：臺灣文學有什麼不好？臺灣文學主義者有什麼不對？」或者林海音對其也有恐惹分離意識的警告呢？鍾肇政也是有如此善意的解答。但不免也是受冷水一盆的感受！

有關林海音個人的身分認同與鍾肇政對林海音的認知，是相當複雜，不容易釐清的。在人際關係上確實也引爆一些不愉快，特別是在文心婚宴事件上，鍾肇政對文心發了些牢騷。認為文心不該過於接近編輯，特別是對林海音。因為畢竟林海音聽不懂日語，而且還有一個外省的丈夫，相當容易引起誤解，或者尷尬的場面。

那是《文友通訊》結束後，在鍾理和過世之前，於 1960 年 3 月 18 日，大家利用文心結婚，等於又聚會一次（當然鍾理和仍舊因路遠、身體不佳沒來）。參加者有鍾肇政、鄭清文、鄭清茂、陳火泉、施翠峰、李榮春、鄭煥、林鍾隆、慕容欣、何明亮等（廖清秀未去，說是腹痛），之外還有林海音夫婦。鍾肇政對文心請林海音夫婦來，非常不以為然。此中心情，一言難盡。問題在於他們這一夥人一輩子通信都以中文，而談話卻都滿口日語。尤其陳火泉考慮很少，或者他就是故意發洩臺灣人悶氣，尤其喝酒以後，日文談話更是大剌剌毫無顧忌。[63]

> 你的什麼朋友那樣愛指責，攻擊你？所謂「他老人家」嗎？他既然「倚老賣老」，就隨他去不客氣吧！看你上次傳中說他的性格，我想起冰壁中魚津的那位上司——常盤人老爹，多討厭，所以被我刪掉了那許多！一笑！他為什麼要那樣罵清茂呢！在這些人中，清茂是最年輕有為的一個，他是貧農的子弟，家裡的讀書人連讀過小學畢業的都沒有，但是他苦心的自力讀到大學的研究院畢業。他真為臺灣人爭光，在全班外省人中，他和文月小姐說是考試前兩名，而文月實際不如他的。這樣的青年不鼓勵，而要

---

63 鍾肇政、鍾理和著，錢鴻鈞編，《臺灣文學兩鍾書》，前衛出版社，1997 年。又收錄於《鍾肇政全集 23》，書簡集一，桃園縣文化局，2001 年 4 月，頁 591。

罵嗎？翻譯，也許他日文程度差些，但也不是頂差的，翻譯的錯誤，人人在所難免，但是像清茂那樣中文的好文筆並不多。他的錯，可以指正他，何必吹鬍子瞪眼的罵他？這樣一來，他如不敢翻譯了，多麼可惜。看你的信，我有一種感覺，是不是大家以挨「他老人家」的罵為榮？

你上次要我見了清茂替你致歉，我不擬這樣做，我還是當做不知道這回事的好，免得他在我面前也難為情，是不是？他的軍中地址是「北投復興崗七〇四八附二三」。

文心結婚，原本是很高興見到大家，也想暢快一番的，在臺北，我和翠峰，文心，清茂，都有來，但是那天並不如我理想的能暢快，我從來沒有那樣拘束過，因為我的能談，是人共知的。那天是因為只有我是女性？是因為我是「半山」，還是因為身旁我的外省丈夫？區域的觀念真可怕，但它對於我卻淺極了，「國家的偏見」這篇文（文壇上）您讀過嗎？[64]

鍾肇政收到林海音這樣子的信，感受是十分雜陳的。也因此埋怨了文心，畢竟文心之前答應過鍾肇政，婚宴時取消邀請林海音。[65]畢竟鍾肇政是希望《文友通訊》之間的臺灣文友來參加即可，會更親切、放得開而熱鬧許多。不過，矛盾的是，未來林海音對於《臺灣文藝》的活動，甚而鍾肇政入新厝或者五十大壽，林海音參與也算十分熱烈了。鍾肇政的父親鍾會可更是幾次去拜訪林海音與送禮。林海音的父親跟吳濁

---

[64] 林海音給鍾肇政信，1960 年 4 月 2 日。

[65] 鍾肇政給鍾理和信，1960 年 3 月 21 日。《鍾肇政全集 23》，頁 591。又參見，文心給鍾肇政信，1960 年 2 月 20 日，「我們一家人幸虧有你這位戶長，（不是瞎棒）戶長既能照顧自己，又能照顧大家；誰說會輸給別人呢！盼望你的『夢魔』中獎！……臺北的『宴會』，清文也包括在內；祇是鍾隆，我和他只有片信的來往（通二次信，其中一次是賀年片），送他喜帖，是不是太那個？你以為怎麼樣？我願意照你話做。至於海音先生，我已考慮不請了。日期，再過些日子以後，我會按扯通知。如果你跟文友有信來往時，請順便提一提，好不？你說，投稿者與編輯保持一段距離比較好，我同意。想不到你和彭歌還沒見過面。」

流也有師生關係。

林海音也曾在給鍾肇政的信上直陳，自己就是臺灣人。不過，鍾肇政在給李喬的信中，卻認為林海音就是四腳的，而不是三腳的。但是說回來，鍾肇政也給林海音一個稱號「臺灣文學之寶」。[66]就林海音在早期提供了版面，讓臺灣作家有機會發表作品這一點，恐怕就是這個稱號的意思了。

而後來林海音也於《文星》等雜誌推介過省籍作家，也幫忙美國新聞處與臺灣人牽線，推介臺灣人作品予以翻譯成英文。[67]另外，林海音對於鍾理和的文業的關心，儘管沒有達到鍾肇政的理想，但是也算是盡了許多心力了，甚至在幫助鍾理和的後人鍾鐵民也是出過不少力。相信也是鍾鐵民所感激的。

最後就 1965 年，鍾肇政終於編輯了《本省籍作家作品選集》[68]表面上冠冕堂皇是為了展現本省人在光復二十週年受祖國慨然相助的成果，臺灣人從精神上回到祖國懷抱，將來光復大陸，這支臺灣筆隊必能發揮壯大的貢獻。[69]究其實是鍾肇政對外省人的示威。而林海音之所以不被考慮其中，那是極端自然的。在《本省籍作家作品選集》第六輯編輯的話有謂：

> 收在本輯的都是女作家，但省籍女作家自然不衹這幾位，在本叢書裏的第五、七輯裏也都有。在我國文壇上，前些年有陰盛陽衰

---

[66] 鍾肇政，〈青春的日子：悼念老友文心〉，《鍾肇政回憶錄二》，臺北：前衛出版社，1998 年 4 月，頁 253。

[67] 筆者推測，這正是林海音日後在《聯副》下臺的原因，與美國人走太近了，美國新聞處當然負有情報任務的。1963 年 4 月 23 日林海音採刊諷刺詩〈故事〉，得到的指控是欲加之罪何患無詞，林海音早被情治系統盯上了。

[68] 原計畫名為《臺灣作家叢書》，「臺灣」不見了，連「叢書」也改為「選集」。為避免《臺叢》被認為係「臺獨」之敏感性。

[69] 鍾肇政，〈二十年來臺灣文藝的發展〉，徵信新聞報，臺灣光復節特刊，1965 年 12 月 25 日。

> 之說，不過在本省文壇，有個時期情形卻恰恰相反，在光復後第一代作家們正在獨撐本省文壇之際，女性作家竟一位也沒有，直到黃娟於民國五十年崛起，才有了萬綠叢中一點紅之概。不過這種情形早已過去，目前的女作家可以說人材蔚起，洋洋大觀了。也許有人要對上面的說法表示異議，並舉出林海音為證。不錯，林海音也是本省籍，苗栗縣頭份人，她不但是本省文壇之寶，亦是我國文壇之寶，她之享有盛名，可說與自由中國文壇同其歷史，不待編者詞費。但是，她的文學造詣是在大陸上培養的，而且在大陸時即已成名。她表示參加本叢書與否都無所謂，而我們也覺得留下篇幅介紹更需要介紹的人，似乎更具意義，也就沒有請她提出作品來參加。多年來她除了努力地寫了不少傑作以外，提攜後進更不遺餘力。當本省文壇在萌芽時期，她辛勤地培植灌溉，光復後第一代作家差不多都受過她的扶持與獎掖，她的眼光與魄力，實在了不得，其功績更在臺灣文學史上佔有崇高的一頁。本叢書的編輯工作得力於她的地方也著實不少，這兒一併表示編者個人的深摯謝忱。

鍾肇政的意思是非常明白的。林海音雖然說參加本叢書與否無所謂，鍾肇政當然知道這是文人謙虛之詞罷了。但也就自然的順應此調。

還有更明顯的省籍意識可觀察鍾肇政編輯另一套叢書，《臺灣青年文學叢書》十冊中被「硬塞」了兩位嫁給外省人的作家。鍾肇政對她們就是覺得格格不入。筆者不知道他們往後實際的交往上發生什麼事情，不過筆者覺得會講出「多一隻腳，有什麼了不起」等話語，可以讓我們知道鍾肇政對於祖國來的人的反感，連帶對嫁給祖國來的人也無法接受。

我們要認識鍾肇政對於「臺灣文學」的認定與界定，這樣的情況是不能忽略的。甚至，在 1960 年代對某人也有張科羅、支那人、四腳、狗去豬來、阿山仔的講法與認定，且這種講法一直延續到今日鍾肇政的內心。這是戰後在二二八事件期間，普遍報導於報章雜誌的反歧視與仇恨心理，並且還被注入這個時代的臺灣人血液裡。

因此 1960 年代，雖然也有幾位善意的外省人，參與《臺灣文藝》也好，幫忙鍾肇政修改《流雲》的作品，[70]甚至也有外省人編輯自己講出「**今後中國文壇應由青年作家和省籍作家共同擔負，那些老牌作家們應個個自殺以謝天下**」。[71]鍾肇政也必須對他們存有戒心，若說是省籍意識造成，該進一步的說明這中間有個害怕被告密的，存在於省籍間的不信任感。也就是說臺灣人要吐露心底的聲音，就像不斷強調「臺灣」兩字，不加任何修飾，其危險不言可喻。輕者惹來譏笑、被視為狹隘，重則「分離意識」加身，也就是「臺獨」也就是叛國，要判死刑。這般省籍鴻溝，對於瞭解鍾肇政深層心裡是很重要的。而相對的，鍾肇政面對的是臺灣作家，那就是伙伴囉，主動報以熱切親密的態度，相去不可以道里計。[72]

在 1990 年代，鍾肇政還是沒有把林海音算到臺灣文學、臺灣文學作家當中。沒有把她編入《臺灣作家全集》。而傾向明確，也兩次拒絕被編入《臺灣作家全集》的陳映真，鍾肇政卻仍認同他，邀請他。差異在那裡呢？或許可以說，林海音的文學成就是在中國完成的。把她編進來，用鍾肇政的說法，是對林海音不敬了。在鍾肇政的想法中，林海音確實是不屬於戰後臺灣文學的第一代作家。

---

[70] 鍾肇政，《濁流三部曲上-下》，《鍾肇政全集 1-2》，《流雲》後記，桃園縣：文化中心，1999 年 6 月。

[71] 鍾肇政給鄭清文信，1967 年 11 月 1 日。《鍾肇政全集 26》，頁 225。

[72] 錢鴻鈞，〈臺灣文學：鍾肇政的鄉愁〉，收錄於《臺灣文學十講》附錄四，2000 年 7 月。2001 年 1 月-2002 年 1 月，《共和國》連載六期。

第三章　1961-1963：「文友聚會」持續辦理

從鍾理和過世後，鍾肇政仍持續的辦理「文友聚會」，而且比過去更積極，要聚集更多文友，書信上遇到契合的文友，也不稍加修飾自己強烈的反抗意識，數說著臺灣人的苦難。而在此時，筆者認為鍾肇政在警總留下政治檔案，被監控與書信檢查。

這一時期，更由於美國的介入臺灣文壇，使得鍾肇政遭受更加危險的境地而不自知。而在這第一節也提到了戰後第二代作家的興起，鍾肇政感到與他這一代的文風已有風味上的差異。

第二節詳細的說明第二次、第三次的「文友聚會」的狀況，以及鍾肇政在鍾理和過世後持續為鍾理和的文學事業發揚光大，這等於是在鍾肇政建構臺灣文學中的重要的一環與象徵。第三節則講鍾肇政、陳映真、陳有仁三方的通信，可以以比較的方式知道鍾肇政、陳映真在這時期相知相惜，在臺灣文學的認同上已經有絕對的差異。而從陳映真兄弟與陳有仁的通信中，可以知道，白色恐怖已經來到他們身邊，並且更清楚陳映真對臺灣文學定位為中國文學的一支的理念。

第一節　美國介入臺灣文壇與戰後第二代作家興起

一、美國人接觸臺灣作家

鍾理和的死，給鍾肇政打擊很大。鍾肇政認為他催促鍾理和創作長篇，促使鍾理和的病情加劇使然。另外，他也因此對林海音於鍾理和生前沒有發表他的《笠山農場》耿耿於懷。鍾肇政對林海音似乎有相當矛盾的情緒，一方面希望林海音能幫助他許多理想，除了支持鍾理和的長篇作品的發表外，就是臺灣文學的出版，甚而臺灣文壇的組織。可是失望之後，對林海音又堆積不滿的情緒，認為林海音並非鍾肇政所希望構建的臺灣文學的一員。

而另外一方面，1960 年以來，美國方面藉由美國新聞處似乎希望透過林海音拉攏臺籍作家，例如要出版臺灣作家的短篇作品，加以翻譯。

> 海音先生要我們本省作者提供作品，由美國新聞處審查通過後，譯成英文。你拿些什麼作品去呢？她說要專函通知你，想你已寄出。（清文已由我代為聯絡）。也拿出兩個短篇。（漁家和畚箕谷）
> 你在新生報發表的星期小說都是上乘的，不要漏掉他們。預祝你入選，為咱們爭光。[1]

甚而有出版「臺灣作家合集」的傳聞。

> 海音女士來信說起印行「本省作家合集」事，問我意見如何？我已於前天去信表示贊成，我想你也一定和我一致的，是不是？我們既然無力自印書，則別人要給我們印有何不可？何樂而不為？[2]

鍾理和好幾次問鍾肇政，似乎問得很急切、很關心。可惜，不知道什麼原因，終究沒有印成。或許，沒有成立，也是一種好處，免得讓臺灣作家提早被國民黨打壓。而鍾理和這麼關切臺灣作家合集，這似乎也刺激了鍾肇政在將來是以此為目標的。

---

[1] 文心給鍾肇政信，1960 年 7 月 30 日。

[2] 鍾理和給鍾肇政信，1960 年 6 月 22 日。《鍾肇政全集 23》，頁 605。

鍾肇政也於 1961 年 9 月應美國大使邀請到臺北參加茶會。[3]筆者認為美國人嘗試接觸臺灣作家，這是對國民黨政權的一種威脅，將會造成獨裁政權認為對作家的失控，甚而認為臺灣作家在美國人的扶持之下，因此會搞臺獨之類的政治活動。

在這年代間，美國人似乎想藉著在臺的美國新聞處，透過林海音、聶華苓等人，與省籍作家接觸。在這個美國積極推動「兩個中國」的年代裡，美國人並沒有直接接觸鍾肇政等人，事實上他們曾經要翻譯鍾肇政作品《濁流》，但是幸好沒有作下去。這中間種種波折，筆者認為是非常危險的事情。這種接觸，比鍾肇政與牢獄中放出來的人接觸通信，還危險。如「孫立人事件」就是最有名的例子，美國人就是要接觸孫立人，結果加重了國民黨對孫立人的不信任。

因此林海音終於在 1963 年被藉故罷黜了《聯副》主編職務，此實與《自由中國》、美國人接觸而被猜忌有關。有趣的是，美國人要編輯臺灣作家作品翻譯成英文，林海音自己牽線，自己卻沒有被選上。這一點讓鍾肇政好像也不好意思似的。[4]

在六十年代前，香港就有諸如美國國務院連同中央情報局等成立了一個亞洲基金會，經由「亞洲基金會」支持報刊雜誌做文化宣傳工作，如第一個就是《友聯出版社》。第二個是《亞洲出版社》，第三個是《今日世界出版社》。出版如《祖國週刊》、《祖國雜誌》、《亞洲畫報》。這些雜誌就算是反共往往也是禁止運到臺灣的，進來就被警總沒收。不過，《文友通訊》等文友都嘗試往香港投稿，大都沒有成功。而外省籍作家則有多人刊出，如彭歌、朱西甯、司馬中原。想來這中間免不得內幕重重。[5]

---

3 鍾肇政給鄭清文信，1961 年 9 月 15 日。《鍾肇政全集 26》，頁 43。

4 鍾肇政給鄭清文信，1962 年 8 月 28 日。《鍾肇政全集 26》，頁 66。

5 主講人：鄭樹森教授（香港科技大學教授）。主題：香港的文學旅途（二）。高中生人文及社會科學營，2001 年 7 月 9 日。主持人：李豐楙教授（中央研究院文哲所研究員）。

到了六十年代，美國人則在臺灣培養通外文的臺灣作家以外文發表與寫作。這讓陳映真非常不以為然。

> 然而我尊敬您，您不能從這句話中嗅到任何虛假，我斷不是那種能在虛文中出賣我的尊敬的那種人。這一封搶白的信也說明了這一點。我想這是甭多說的。您尚存長遠的文學生命，我有信心您必能成為什麼。至於說用日文寫作，我則不贊成。五四開化之初尚且不致遺漏魯迅的偉大，今天更沒有機會使一個真正的巨人淹沒；問題是在於是否是個巨人，否則用英文寫作也徒然的。（我知道有許多年輕人在以英文寫作，受 U.S.I.S 的資助，然則這絕不能使蛙成為鷹的。）[6]

不僅如此，陳映真也否定臺灣作家用日文發表。某個角度來說，陳映真對中文、中國文學的愛護，再度看出來是非常強烈的。在這裡，筆者認為陳映真對時代掌握的深度與敏銳是超乎多數人的。那些組織就是：

> 除了這三個出版社跟臺灣的關係以外，還有一個跟臺灣關係很密切的交流計畫，就是美國愛荷華的國際作家交流計畫，還有另外一個夏威夷大學的東西文化，中西的交流計畫，這些都是冷戰時期，累積促進發展的效應。[7]

第一個去愛荷華進修的作家，就是在鄉土文學論戰時喊「狼來了」而出名的余光中。可見，余光中也是美國人刻意拉攏的人選。

---

[6] 陳映真給鍾肇政書簡，1963 年 4 月 26 日。

[7] 主講人：鄭樹森教授（香港科技大學教授）。主題：香港的文學旅途（二）。高中生人文及社會科學營，2001 年 7 月 9 日。主持人：李豐楙教授（中央研究院文哲所研究員）。

或許也是因為美國人這樣的有聯繫臺灣作家的動作，所以在 1965 年，國民黨正式在搶奪《公論報》得手後，開辦「鄉土副刊」，並邀請省籍作家與會，凝聚鄉土文學的寫作方向。不過不知何故，這件事胎死腹中。

而美國人「重視」臺灣作家，大概就這段時間前，自此之後到 1980 年代前，臺灣人一直是被美國人與整個世界所遺忘的，日本則有一、兩個人獨力在重視著。臺灣人總還是先要自立自強，天助自助者。[8]

國民黨對美國人感到敏感的考量，一如孫立人事件，國民黨藉由匪諜案將孫立人軟禁。而林海音於 1963 年 4 月離開《聯合副刊》編輯，也是一樣的道理。如上述，筆者認為主要原因是林海音過分接近美國人，造成國民黨政權並不信任林海音。不過，此時國民黨方面，也開始要利用臺灣作家或者拉攏。所以 1963 年 3 月國民黨中央黨部召開了「作家座談會」，使得鍾肇政與吳濁流在此有第一次見面的機會。

筆者也可以推論，中央黨部因為美國人的重視臺籍作家，因此中央黨部等單位，也開始注意連結臺籍作家的可能，藉以拉攏。而從「國家政治檔案」之「國家檔案」來自於警備總部的「文星專案」就提到：

> 「奉　總裁五十四年十二月三十一日手諭文星書店應即從速設法封閉為要，特函請查照辦理見後。」[9]

可見得《文星雜誌》脫離國民黨掌控，越來越有違反國策的言論為當局所注意。又比如有資料提到李敖：

> 李某與美新聞處前副處長司馬笑有關，因此似與「臺獨運動」有

---

[8] 錢鴻鈞，〈論陳火泉、鍾肇政的戰後文學歷程〉，《臺灣文學評論》2 卷 1 期，2002 年 1 月，頁 195-218。

[9] 國家檔案局「文星專案」，1966 年 1 月 14 日。A305000000C/0053/521.4/0040/1/13/0009。

關，李某與殷海光、雷震均有關係。[10]

從這裡可以聯繫到美國新聞處在 1960 年代初，就是臺獨運動的支持者。[11]當然他們的臺獨是兩國論的臺獨，並非為臺灣人設想的臺獨，而是希望國民黨放棄對中國的代表性，承認中華人民共和國而與中華民國共同加入聯合國，配合世界的局勢。如此，國民黨當然忌諱美國新聞處接近臺籍作家，將兩國論的臺獨與島內的臺獨主張（脫離中國人的統治）合而為一了，等於都是要推翻國民黨的統治。[12]

---

[10] 國家檔案局「文星專案」，1966 年 1 月 13 日。A305000000C/0053/521.4/0040/1/13/0021。

[11] 可參考張作錦，〈葉公超，擅離文學樂土，亡於政治叢林〉，《聯合報》，2022 年 5 月 16 日，「1961 年因外蒙古加入聯合國問題，蔣介石總統急召葉公超大使返國，葉只帶了幾件換洗內衣匆匆就道。回到臺北，蔣總統卻並不召見，僅傳諭：不必回去了。隨即派任他為行政院政務委員，不許出國，形同軟禁，直到 1975 年老蔣總統逝世，他才獲得自由。……作家李敖曾回憶，他在美國新聞處副處長司馬笑（John Alvin Bottorff）家裡，葉公超曾對他說：『他加入國民黨，原希望兩腳踩到泥裡，可以把國民黨救出來，結果呢，他不但沒把國民黨救出來，反倒把自己陷進去。言下不勝悔恨。』」由此可見，葉公超聽從美國人壓力，不動用否決權，讓外蒙古加入聯合國。觸怒的蔣介石的中國代表權的神經。該文中也印證李敖與司馬笑的關係密切。另有關美國的兩國論，可參考魏廷朝給鍾肇政信，1964 年 4 月 16 日，「兩個中國的提倡者費正清和蔣廷黻來所，弄得我們忙碌不堪，這個禮拜天天有會——討論會，座談會，個別談話，會餐，雞尾酒會，交誼晚會……苦死了！最近腦袋又笨又重，精神也差。代問新林及其他老師好」；亦可見筆者著，〈臺灣文學：鍾肇政的鄉愁〉，收錄於《臺灣文學十講》附錄四，前衛出版社，2001 年。

[12] 國家檔案局「文星專案」，1964 年 8 月 27 日。A305000000C/0053/521.4/0040/1/4/0001。有胡秋原向警備總部檢舉《文星》一事，胡秋原認為《文星書店》在 1962 年就開始污衊他是共產黨。《文星》說胡秋原對國家各方面領導人有計畫之全面毀謗，破壞國家信用，隱然與國際上一部分陰謀家鼓吹臺灣獨立運動相唱和等。警備總部認為這是由於 1962 年 2 月開始的「中西文化論戰」引起的爭端造成的結果。雙方的謾罵、攻訐應該制止。妙的是胡秋原也反指控《文星》是臺獨，因為刊登了所謂假借外國人士，挑撥臺灣教授、強調「嘴巴筆桿解決不了問題」，這也就是公然主張以暴力推翻憲法。這種企圖就與目前國外鼓吹臺灣獨立之一種陰謀相唱和。以上，就是 1960 年初，只要有批評政府的言論，就跟美國人有關，也就跟臺獨有關，背後更跟共匪有關。這是當時的國民黨統治集團的思考方式。由此，也可以看出來，李敖得罪黨政要員，早有案底，名氣大雖然能夠保護他。但是遲早也會因為莫須有的罪名被逮捕入獄。而相對的鍾肇政比較之下，顯得渺小，且表面上恭順謹慎，待人和藹熱誠，雖然持續被監視，被認為是臺灣文壇的領袖，但是終究逃過入獄或約談等劫數。

也是這樣子的時機，鍾肇政在 1960 年代初期，長篇小說《魯冰花》、《濁流三部曲》的第一部第二部獲得刊載，筆者推測是跟上述的時局有關。包含之後的鍾肇政編輯的兩大《臺叢》也是。都是一種骨牌效應，美國人要拉統臺籍作家，引起國民黨的注意，也開始拉攏臺灣作家，並打壓美國人方面的拉攏。

而鍾肇政這邊，他在發表過《魯冰花》之後，決定將筆觸指向更廣大的歷史經驗，也就是後來的《濁流三部曲》。這種日治時代的自傳性小說，一方面可以避開現實的、批判性的題材，避免受到查禁的危險。而《魯冰花》正是在小說中批評了貧富的差距、教育制度的崩壞，以及選舉的問題。這讓鍾肇政一方面感到自己成功發表了長篇小說，成為名作家，再也不是退稿專家。但是也遭受到莫名的監視、打壓的恐懼。國民黨一直是某種兩手策略的，多少抬舉臺灣作家，但是是絕對的不信任臺灣作家。

而《濁流三部曲》在第一部《濁流》的情節中，部分符合了國策的需求。儘管鍾肇政並非是特意要迎合抗日的國策的。當然，當時的中華民國跟日本仍有外交關係，國民黨政權也是不希望過分的醜化日本的作品出現的。總是，鍾肇政的這本長篇小說獲得了在《中央日報》刊載的機會，且連載之後，第二部的《江山萬里》也獲得續稿。

除此之外，《中央日報》在 1962 年 5 月把《濁流》給出版了，並且還有打算把《濁流》改編為電影。只是電影改編並未成為事實。畢竟執行起來，經費、人力、時間都是相當龐大。這也可能是在國民黨的考量之下，培植臺灣作家是可以的，但是也不能讓臺灣作家過分出名的策略性政策。

鍾肇政除了個人的成功，在創作上有了後來葉石濤所言的臺灣第一部大河小說之稱。可以說，確立了臺灣文學主體性的重要基礎，也就是有了足堪在世界文學立足的臺灣文學創作。

從美國在政治上的態度，觀察在 1960 年 9 月 4 日國民黨逮捕了《自由中國》的雷震、傅正等主要成員，打壓他們企圖與臺灣人共同組織新黨。而美國人是袖手旁觀的。

當時的美國大使莊萊德認為不能放任反對黨成立，讓國民黨政權出現危機，這勢必會影響美國利益：

> 此一結果將對美國利益造成災難性的損害。臺灣人政治人物主要是對於自治缺乏經驗、沒有原則的機會主義者，他們未曾展現過協力合作的能力，他們所組成政府的前景將是一團混亂。甚至，臺灣人政治人物都是採取「臺灣獨立」的政策，將會撤回蔣介石在反攻大陸政策下所答允的重軍事承諾。
>
> ……
>
> 我的判斷是，為了我們自己的安全，我們沒有其他的選項，只能繼續過去十年的政策，支持蔣介石與國民黨。這裡的世界局勢與客觀條件，都不允許奢侈地自由組織政治反對黨。[13]

由此看來，美國人原本要多方接觸臺灣文人，試探性行動的可以讓臺灣人親美外，也培養臺灣人可能有自己的力量，讓臺灣的社會、政治可以更穩定，與美國更密切、穩定的合作，達成共同反共的團結陣線。雷震事件後，由上述美國的態度轉變來看，美國停止了在跟臺灣文人的進一步接觸。轉而繼續支持外省人文壇，以與國民黨有更多合作。

進一步的看美國方面跟臺灣作家的接觸，可能在林海音事件當中得到警告，就沒有更多類似的行動。如上文所說轉而支助如《現代文學》，以其他管道來宣揚美國文化，拉攏臺灣社會對美國的好感與信任。

美國文壇或者官方對臺灣文學、臺灣作家到今天也沒有特別的關注，比較特別的只是藉由愛荷華大學主導國際寫作計畫，接觸新作家或者成名作家。[14]而對於臺灣人的政治人權的關注直到美麗島事件後才漸

---

[13] 陳翠蓮，《重探戰後臺灣政治史》，臺北：春山出版有限公司，2023 年 11 月，頁 219-220。

[14] 由保羅・恩格爾和聶華苓創辦，並以其「非學術」、「國際聚焦」的宗旨，隸屬於愛荷

漸的伸出援手。在此之前都是以扶持國民黨政權為首要工作，然後在 1970 年代轉向支持中華人民共和國代表中國，取代國民黨的中華民國政權。

二、戰後第二代作家崛起

鍾肇政仍繼續著《文友通訊》以來的理想。也就是，不僅他一個人的創作成功，還要更多伙伴，一起創作，一起為臺灣文學而創作。其次，除了凝聚光復後第一代作家（鍾肇政當時所言，現在統稱為戰後），也要集結更年輕的臺灣作家，所謂「光復後第二代作家」。

> 一九六〇年，似乎可以看做是兩個年代交替的一個關鍵年分。夏濟安的《文學雜誌》雖然早已停刊，但風氣已成，林海音主編的聯副則繼續踏著穩健的步子。新一代的作家——如果我們這一批稱做光復後第一代臺灣作家，那麼這新一代的，便是光復後第二代作家了——也次第出現。他們不用說更年輕，而且光復後受到較長期間的中文教育，日文包袱也幾乎等於沒有。例如黃春明、鄭清文、陳永善、七等生等，我都是在這前後因他們發表作品而結識。
> 而堪稱文壇大事的，便是《現代文學》的創刊。也就是說，文學上一個新的時代，開始萌發。[15]

華作家工作坊，1967 年創辦。「2014 年 2 月 10 日，美國普洛威頓斯學院英文系助理教授艾力克．班尼特（Eric Bennett）在《高等教育紀事報》發表長篇文章，敘述美國中央情報局與 IWP 的關係；他研究發現，聶華苓和保羅．恩格爾創辦 IWP 的經費來自中情局的外圍組織『法菲德基金會』（Farfield Foundation），中情局的另一外圍組織『亞洲基金會』（Asia Foundation）、洛克菲勒基金會與美國國務院也都曾資助 IWP，中情局希望 IWP 透過海外作家向全球推廣反共政治宣傳、並介紹美國文化。」Google「國際寫作計畫（International Writing Program，簡稱 IWP）」。

[15] 《鍾肇政全集 19》，隨筆集三，頁 161。

因此，鍾肇政除了幫助死去的鍾理和，出版遺著。在 1963 年他給朋友的信中，還想要辦臺灣人自己的文學雜誌，以及出版一本《戰後臺灣作家選集》，可惜都未成。

不過，他陸續的每年舉辦「文友聚會」，聯繫當年的《文友通訊》作家的伙伴，也集結新一代的作家。這在下一節仔細整理。

而這段時期，可說鍾肇政把自己置於相當危險的處境當中，他個人在創作上、書信上有不少傾向於批判性的言論。社會活動上，積極聯繫年輕文友，除了舉辦「文友聚會」外，還有類似要組織化的傾向。另外，他的名聲因為《魯冰花》，特別是《濁流三部曲》陸續在《中央日報》的大報刊行，還受到美國方面的注意。人越是成名，將獲得更多矚目，也等於是讓情報單位注意。當然越成名，也是有保護的作用，或者被利用的價值。總之，鍾肇政是走在鋼索上。這一段時期，鍾肇政仍是比較不那麼小心的。特別在書信上的一些批判性的言論。

除了警總方面，至少在 1962 年有鍾肇政的案底外，更早之前情況就不清楚了。這當中，有林海音告訴過鍾肇政，警總方面有朱介凡上校在負責他的案子。[16]只是鍾肇政並不知道，調查局有鍾肇政的案底已經有一段時候了。而引發的根源卻是與陳韶華之間的通信。而只要社會上有什麼臺獨方面的文宣，臺灣作家就可能被認為是撰寫的可能人選。因為特務的一般常識是臺灣人不會有如此的中文能力，這樣子歧視臺灣人。而且特務也會去對照傳單上的筆跡與信件上的是否相符。

因此可以說，鍾肇政一直是被特務懷疑的臺獨分子。只是，鍾肇政在之後幾年卻連連得到大獎，如中國文藝協會文藝獎章小說獎、教育部文學獎，以及嘉新新聞水泥獎。等於國民黨是一邊監控鍾肇政，一邊也有收買的意思。比方朱橋就曾經要鍾肇政到救國團來上班。被鍾肇政拒絕後，甚而朱橋也容許鍾肇政不必辭掉教員的工作，直接在龍潭教書，等於也是在救國團上班這樣子的情況。

---

[16] 林海音就曾經跟鍾肇政說過，朱介凡上校就是在警總處理鍾肇政的案子的。這是鍾肇政轉述給筆者知道的，筆者約在 2000 年在鍾肇政家裡所聆聽。

回到有關光復後第二代作家，鍾肇政不僅刻意這樣子命名，他在這段時間開始論述或者向外推廣臺灣文學，寫了幾篇重要的文章，如〈光復後二十年來臺灣文壇〉、[17]〈二十年來臺灣文藝的發展〉、[18]〈由「臺灣省青年文學叢書」的印行，看光復二十年來臺灣文學的成長〉。[19]這些都是在重要的媒體上刊登，裡頭「臺灣文學」的旗幟飄揚，如此猛力宣傳，相信對文友、對讀者的影響是甚大的。

以及談到「光復後第一代作家」一一點名做了介紹。新一代的人才輩出，被鍾肇政稱呼為第二代作家，說跟鍾肇政聯絡的就有二十多位。並且把兩代之間的背景差異、文風差異給點出來。以及宣揚《臺灣文藝》、「臺灣文學獎」、《臺灣作家叢書》。[20]也提到臺灣文藝的發展，目標是有朝一日向世界文壇進軍。[21]而且利用兩大《臺叢》的出版，細細的唱名所有收錄的臺灣作家的大名。[22]

而 1990 年由鍾肇政所主編的《臺灣作家全集》的分期，也是按照鍾肇政這時候的第一代、第二代作家的分期法，甚而推廣下去到戰後的第三代作家。這種分期，是跟葉石濤撰寫《臺灣文學史綱》完全不相同的方式，也跟目前一般寫「臺灣文學史」的著作，或者教科書上的分期法，所謂的反共文學時期、現代主義時期、鄉土文學時期、臺灣文學正名時期，都是跟鍾肇政的分期法不同。基本上，鍾肇政就是以「臺灣文學」的旗幟來總括臺灣作家、臺灣文學作品的，而每一個時期都產生了

---

[17] 《鍾肇政全集 19》，隨筆集三，頁 534-545。（1965 年 1 月 1 日刊登於《自由談》16 卷 1 期。）

[18] 《鍾肇政全集 19》，隨筆集三，頁 545-554。（1965 年 10 月 25 日刊登於《徵信新聞報》光復節特刊。）後鍾肇政翻譯為日文〈二十年來的臺灣文學〉，發表於《今日之中國》4 卷 2 期，1966 年 3 月，頁 8-15。此日文翻譯可參考，王惠珍，《譯者再現：臺灣作家在東亞跨語越境的翻譯實踐》，聯經出版社，2020 年 10 月 15 日，頁 176-179。

[19] 《鍾肇政全集 20》，隨筆集四，頁 293-305。（1965 年 10 月刊登於《幼獅文藝》。）

[20] 見〈光復後二十年來臺灣文壇〉。

[21] 見〈二十年來臺灣文藝的發展〉。

[22] 見〈由「臺灣省青年文學叢書」的印行，看光復二十年來臺灣文學的成長〉。

鄉土味的作品、也產生了現代主義的作品。

到底鍾肇政跟第二代作家如何聯繫、怎樣進一步集會，又最終遭遇到怎樣的狀況，在下一節詳細討論。

第二節　鍾理和過世到《臺灣文藝》創刊前

一、第二、第三次「文友聚會」

1960 年 8 月 4 日鍾理和過世，鍾肇政一生都記得這個日子，才會在《臺灣文藝》創刊前的「青年作家集會」，建議在《臺灣文藝》上刊行「鍾理和專輯」。吳濁流手上《臺灣文藝》五十三期後，鍾肇政真正接手《臺灣文藝》，又製作一次「鍾理和專輯」。可以說，只要是鍾理和的事情，鍾肇政沒有不關心的。而鍾肇政與鍾理和之子鍾鐵民的交誼，這又是另外一件可貴的經過。

在鍾理和過世前，《文友通訊》的伙伴曾辦過一次「文友聚會」，廖清秀還認為這次聚會是臺灣文學史上值得大書特書的。那麼，其後鍾肇政還有舉辦兩次或者三次的聚會，應該也是非常重要的歷史，值得書寫的。因為，鍾肇政就是利用這樣子的聚會，凝聚臺灣文學意識、臺灣意識，傳達一些創作、辦雜誌的可能性。

也就是鍾理和過世，到《臺灣文藝》創刊之間的三年，鍾肇政在建構臺灣文學上有什麼重要活動呢？那是他在這三年間延續有三次的「文友聚會」。如 1957 年在施翠峰家是第一次聚會，而 1961 年 6 月 4 日算是第二次「文友聚會」在龍潭鍾肇政宿舍，參加者有陳有仁、陳火泉、慕容欣、文心、鄭清茂、張良澤、林鍾隆、鄭煥等。[23]大家在龍潭

---

[23] 可參考文心給鍾肇政信，1961 年 5 月 31 日，「文友聚餐之事，已經與臺北各文友接洽完妥，決定於六月四日（星期日）上午八時在臺北站集合（鄭清文與陳有仁兩位將直接偕赴貴地）前赴貴地，大約於該日上午十時左右到達。現決定往者有陳火泉、鄭清文、陳有仁、慕容欣和我。鄭清茂尚在聯絡中，如果他能去，將帶一位旅行社徐先生同行。施翠峰與廖清秀尚未回覆。李榮春兄已經回家羅東，已由鄭清文寫信通知，參加的可能

國小校門口附近的松樹留下照片，陳火泉站在最中間，鍾老的老爸爸鍾會可也加入其中了。[24]鄭清文其後來信稱，出發到一半的路途，肚子痛而回去了。

第三次聚會在 1962 年 4 月 22 日陳火泉家。參加者有二十多人：劉兆祐、黃娟、翁登山、陳有仁、陳永善、鍾肇政、施翠峰、賴傳鑑、鄭煥、林鍾隆、鄭清茂、文心、鄭清文、江文雙（未到）等等。

第四次在鄭清文家於 1963 年 4 月 14 日，這次似乎只有鍾肇政、陳火泉去的樣子，或者沒有辦成。[25]而之前 1963 年 2 月 1 日曹永洋、文心、鍾肇政則到了陳永善家中聚會。之後 1963 年 6 月 5 日陳有仁結婚，鍾肇政也與文友一起前往祝賀了。

第二次的聚會活動，似乎對張良澤影響甚大。聚會後，鍾肇政還帶大家坐計程車往石門水庫參觀，風雨甚大，張良澤在《四十五自述》有描寫大家因此擁抱一起，避免被風吹下瞭望臺。[26]這可比就是臺灣文學的伙伴必須團結一致的象徵。而他自己也因此立志將來要撰寫臺灣文

性很小。鄭煥與鍾隆二位，請吾兄聯絡好嗎？這是又一次紀念性的文友聚餐會，我們很有理由揀選貴地好聚餐地點，想吾兄會高呼萬歲的。」可以比對照片（總共十人合照），可知道參加者是誰。鍾肇政將寄送照片的事情交給張良澤辦，並且附一張「文友通訊錄」總共十四人（不含鍾會可）。可參考鍾肇政給張良澤信，1961 年 6 月 8 日。《鍾肇政全集 24》，頁 12-13。

[24] 照片刊登於《臺灣文藝》177 期，2001 年 8 月。

[25] 或許只是一個小聚會而已，很難找到確實的資料，只有在鍾鐵民給鍾肇政的信（1963 年 4 月 10 日）提到是在新莊辦理的，時間是 4 月 14 日星期天。不過因為雨天的關係，鍾鐵民仍是未能出席。1963 年 3 月 12 日左右，鍾鐵民來到臺北錢女士家中居住。參考曹永洋給鍾肇政信，1963 年 4 月 7 日，「四月十四日的文友聚會我準時 9：50-10：20 在新莊公路局候你。永善與我一樣，對春天的來臨，有一種複雜的蠢動？可是不得不加以殺戳，那冷不防襲來的情熱，好像痛苦，好像融解，好像撕裂……的熬煎，真不是味道。」不過，根據曹永洋給鍾肇政信，1963 年 4 月 14 日，「勞你久等，我終於爽約了，很對不起，我原已計畫要去的，很不湊巧，十四日早上七時到九時雷雨交加，士林下了傾盆大雨，只好作罷。我很想與文友們見見面的，所以日前永善來信說近來心緒很不好，決定不去，我還寫了一張明信片勸他去呢。」如當日辦成，或許也只有鍾肇政、陳火泉赴約。

[26] 張良澤，《四十五自述》，前衛出版社，1988 年 9 月 15 日，頁 72。（筆者補充，該書寫文友聚會為 1960 年 7 月，事實上為 1961 年 6 月 4 日。）

學史，並希望鍾肇政之後能將文學資料都交給他來整理編輯。

為什麼 1962 年有二十多人參加，1963 年似乎鍾肇政辦不起來。主要原因該數 1962 年這次集會時，在陳火泉家附近有多人在監視。如文心看了這種狀況，假裝路過就跑了。而集會中間警察上門說明是「查戶口」，據陳有仁回憶說施翠峰此刻已不見人影，該是從後門跑了。[27]

多虧陳火泉老大哥風範，說不要緊不要緊，拿了印章出門說明是文人聚會，才解除危機。想來大家必是印象深刻！其實，特務早就知道大家在幹嘛，只是不想找麻煩而已。而管區警察也是形式上，不得不來問一下罷了。警察的干擾真是煞風景，事實上說這是生死關頭也不為過。調查局的檔案室是這麼記錄的：

> 陳永善應鍾肇政之邀請，於五十一年四月二十二日參加陳火泉之集會，事後陳永善於五十一年四月二十八日致函其父親陳炎興稱：「……上個禮拜天我去參加了一個老作家陳火泉，到會的人有二十人光景……他們似乎很世故，一點也不像一群文人之集，對於陳火泉氏，我知道的很少，如果你知道可否告訴我一些……」
>
> 又據陳有仁於五十一年四月二十七日致陳永善函稱……以前我參加兩次聚會，第一次是四十七年夏天在施翠峰家，參加者有陳火泉、廖清秀、許炳成（文心）、鍾肇政、鍾理和（不能來只寄來照片）。第二次是四十九年鍾肇政家舉行（參加者共有陳火泉、文心、鄭清文、張良澤（奔煬）、鄭煥、林鍾隆八人，那二次參加的人少，聚餐的情形也冷清一點，不過都表現著內潛伏的熱烈，今年這一次有這麼多人來參加……實在是意外的是，足以證明我臺籍作家都麼渴望著團結起來，如從這三四年孕育著發展看

---

[27] 錢鴻鈞，〈認識一位逝去的作家：李榮春〉，《宜蘭文獻》31 期，1998 年 1 月。之後更名〈戰後臺灣文學之窗：鍾肇政六百萬字書簡研究：為「李榮春專輯」寫〉，收錄於錢鴻鈞，《戰後臺灣文學之窗——鍾肇政六百萬字書簡研究》，文英堂，2002 年 11 月。

> 來，反應都是自動的，也都是熱情的，只是目前尤其將來……做到有組織、有活動、有形式……二十二日在火泉家就找到我們的麻煩來了……因為在火泉家的情形叫我氣憤，叫我刺目，也因此叫我們不得不生出防慮與抗拒的覺醒心理……。
> 且該次與會者有教員、教授、學生、銀行員等分子複雜足見其集會並非單純。[28]

從檔案中，得知陳映真與他的父親的往來似乎很密切、親近。還會交談自己的交友情況，並提出問題，請教陳火泉是何人？「世故」指的是應酬、敷衍甚而虛假的意思，不夠真誠、熱情、坦然、單純。這在陳映真給鍾肇政信時，也提過，不過是以「snob」英文來表達。[29]

陳有仁給陳映真信中則稱，之前參加過兩次「文友聚會」。只是第一次為 1957 年，第二次應為 1961 年（陳有仁記憶有誤），而第二次鄭清文沒有到現場。鄭清文是 1959 年 12 月才跟鍾肇政有第一次通訊。陳有仁對第三次聚會被查戶口干擾，似乎非常的不滿意。根據調查局檔案，陳火泉出來對警察解釋是，大家的聚會是為了慶祝鍾肇政在《濁流》刊出完畢後，準備出書的紀念。

> 彼等集會意義經詢，據陳火泉解釋，為紀念鍾肇政近在中央日報發表長篇小說「濁流」於四月二十二日刊載完畢，及本人（陳火泉）自四月二十二日起決定不喝酒不吸煙不再寫散文小說，又說大家對文學有興趣而舉行文學會與特別節目。[30]

---

[28] 國家檔案局「陳映真案」，AA11010000F/0051/301/08563/0002/virtual001/0094-0095。

[29] 這個英文詞彙，在 1994 年時，鍾肇政告訴了筆者。經過了三十年，鍾肇政仍能正確無誤記得此字眼，表達陳映真卓而不群的樣貌。鍾肇政也對在場的年輕作家，特別來自於國小老師或者師專畢業的作家以「雜魚」稱呼，表示他們對文學的熱情與視野的缺陷。

[30] 國家檔案局「陳映真案」，AA11010000F/0051/301/08563/0006/virtual001/0052。

陳火泉不改幽默，怎麼可能之後不喝酒呢？甚而不寫散文小說？事實也並非如此。陳火泉利用鍾肇政的《濁流》小說刊載完畢，也是另類黑色幽默。以此為擋箭牌，提出《中央日報》這個黨報的保護傘。而這一天確實是《濁流》刊載完的最後一天，日子確實巧合。實際上，他們通信當中，並沒有提到這回事。最後，從調查局的報告來看，純粹文學為目的，是可以過關的。畢竟國民黨也提倡文學，只是方向是反共抗日歌功頌德那類主題。

感覺陳火泉的說法好像過關，但是另一份調查局的報告，卻仍認為此事跟臺獨之類的反政府有關連：

> 陳（指陳映真）等似係出於連串有計畫之行動，揆其目的非僅在文藝界掀起劃分地域鴻溝之風潮，並進而意圖籠絡臺籍作家，從事反政府活動，殊堪重視，等情節，完全吻合，印證本案偵辦計畫正確。[31]

從這裡可以感受到，第四次聚會就更不容易了。且根據檔案，調查局對傳聞鍾肇政要在 1965 年 5 月間舉辦「臺籍作家大會」，非常敏感，引起高度重視。調查局還派人去疏通或者警告鍾肇政不要辦。事實上，鍾肇政根本也沒有這個計畫。[32]

總之，從這三次的聚會可以發現，除了《文友通訊》作家群以外，屬於戰後第二代作家紛紛出現。如以下名單與給鍾肇政第一封信的日期觀察，可以有個想像：鄭清文（1959 年 12 月）、鍾鐵民（1960 年 8 月）、張良澤（1961 年 6 月 18 日）、黃娟（1961 年 6 月 2 日）、江文雙（1961 年 7 月）、吳濁流（1962 年初）、陳永善（1962 年 2 月 21 日）、曹永洋（1962 年 6 月 8 日）、洪銘水（1962 年 9 月 1 日）、黃文相（1962 年 9 月 30 日）、余阿勳（1963 年 12 月 30 日）等。

---

[31] 國家檔案局「陳映真案」，AA11010000F/0051/301/08563/0004/virtual001/0013。

[32] 國家檔案局「陳映真案」，AA11010000F/0051/301/08563/0006/virtual001/0143。

之前鍾肇政的文友，因為李榮春的關係，陳有仁與鍾肇政認識了，且大力的支持鍾肇政標榜臺灣文學的旗幟，陳有仁自稱是敲邊鼓型的小人物。陳有仁在《文友通訊》時代就跟鍾肇政認識了。而上述新一代的參與「文友聚會」的文友中，曹永洋（1937 年生）在鍾肇政文友中，也算是相當核心的人物，與鍾肇政通信到解嚴後多年，相當密切。

> 《筆匯》似是政大同學編輯的一種刊物，我渴望有機會讀到陳君的作品，讀到七等生的作品彷彿還是這一件的事，他寫得「黑眼珠與我的片斷」那筆調的清新淋漓與奇幻，像極了二三年前暢銷一時的《羅麗泰》（一位美籍俄人所寫），他的短篇都有一種戲劇味兒，可以看出才情，唯一美中不足的那字彙稍帶洋味，不過他的出現確是頗能一新耳目，從他的作品中去判斷，他應該是住在瑞芳那裡的人，在我的想像中他應該是一種又懂得靜又能極端品嚐興趣的年輕人（當然，不一定要必然地從作品中去愚蠢地判斷一位作者）。[33]

從信中，可以發現曹永洋不僅認識鍾肇政，陸續也認識了陳映真，陳有仁也認識了，彼此都有通信。他也非常能欣賞七等生的文風，且對於鍾肇政的《濁流》、《江山萬里》都非常欣賞，給鍾肇政信件中，有不少的回應。另外，洪銘水是曹永洋大一屆、在東海大學的學長，彼此也有往來。[34]鍾肇政也扮演的讓這些年輕的文友彼此認識的機會。

曹永洋非常欣賞陳映真的文采，也跟陳映真密切的往來，甚而集

---

[33] 曹永洋給鍾肇政信，1962 年 8 月 19 日。

[34] 曹永洋給鍾肇政信，1962 年 8 月 21 日，「我有一位大我一屆的同學（東海中文系）洪銘水君，很想認識你。他是西螺縣人，目前在軍中服務，二月前移防龍潭，常來士林玩，宿吾處，屢談起你。洪君八月廿五日，即可卸下軍衫，所以我們相約八月廿三日（星期四）在龍潭車站約晤，假如一切順利，廿三日晨約九點左右可到你處。」

會。也因此 1968 年調查局漸漸收網將陳映真為核心的周遭的文友，一一約談。包含曹永洋也是被約談，幸好曹永洋被認為沒有參與陳映真的組織，而被釋放。[35]後來陳映真被逮捕入獄，曹永洋向鍾肇政回報陳映真的消息，都用陳映真的別名如康雄來稱呼，並且說康雄病了，要住院多久才能出院。[36]

或許被約談的原因，筆者曾向曹永洋索借有關鍾肇政寄給他的信件，應該有不少才是。不過曹永洋回應都丟了，連陳映真的也都丟了。以曹永洋的世界性的文學眼光，把珍貴的信件都丟失，相信是有怕信件被查出有什麼把柄的關係而捨棄。這方面葉石濤也是有同樣的心理。從這裡可以發現，鍾肇政要串聯文友，除了自己有危險，彼此相關連的文友，其中一人有危險，在戒嚴時代真的就可能發生被牽連的狀況。[37]

而如陳火泉比較特別的是，他在每次文友聚會都赴會，相信對於鍾肇政的文友計畫是很有鼓勵作用的。而大家聚會不免是一種情感的聯繫，而且都是臺籍的身分，如同《文友通訊》上內容所表現的常常出現「臺灣文學」無可取代的四個字，因此在臺灣文學意識的凝聚上有一定的意義。如筆者在下文提到的陳有仁，他是最大熱情呼應鍾肇政要成立組織、要辦刊物，還說出「臺灣文壇獨立期」這樣的說法。

陳有仁也記得鍾肇政在聚會時告訴過他，鍾肇政在淡水中學的老師陳能通後來在二二八被幹掉了。[38]相信曹永洋也知道有關訊息才是。

---

[35] 根據國家檔案局「陳映真案」，AA11010000F/0051/301/08563/0006/virtual001/0143：「曹永洋在 1965 年夏某日，曾參加在李作成家舉行之十一人座談會，討論彭明敏案判決書等問題。涉有可疑，應與約談澄清。」約談情形為：「一、經鍾肇政介識陳永善。二、五十四年夏確曾參加座談會，但事前陳永善告以係『劇場』聚會，而不知情。」「曹永洋經約談雖尚未發現具體不法情事，但佢參加十一人會與鍾肇政、陳永善等交往，思想偏差，除已飭回外，並繼續偵查。」。

[36] 鍾肇政與呂昱通信，也都是以病院、住院來代替監獄與坐牢，另外會說是「遠行」。

[37] 這在《文友通訊》時期的臺籍作家串聯，就曾引起文友們的擔憂，比方鄭煥還潑了鍾肇政冷水似的，希望《文友通訊》失敗而不要進行。這讓鍾肇政非常不以為然。但是，這些恐懼，似乎都沒有打消鍾肇政進一步串聯文友的工作。

[38] 錢鴻鈞，〈臺灣文學：鍾肇政的鄉愁〉，收錄於《臺灣文學十講》附錄四，前衛出版社，2001 年。

妙的是陳永善對鍾肇政想法的反應，陳永善認為臺籍作家沒有必要辦刊物。他認為文壇上已經沒有省籍的隔閡。而鍾肇政是更激昂將他這一代的心情講給陳永善聽。陳永善或許瞭解，不過路線已然不同，故後來兩大《臺叢》，陳映真（即陳永善）不參加，其中道理這是很可以思索的。[39]

總之，鍾肇政在建構臺灣文學的運動上，不斷的利用通信、「文友聚會」拉攏年輕一代的作家，打壓的力量越來越大，也越來越危險。而鍾肇政沒有任何資源，這樣子的類似聯誼的行動，遲早也會跟《文友通訊》一樣，盡了時代的使命，很快的就結束了。而進一步的有臺灣文友的組織，更是非常危險、不可能的事情。所幸《臺灣文藝》在隨後 1964 年創刊，鍾肇政終於有一個園地集結這些年輕一代的作家，集會討論、宣揚臺灣文學，也就順理成章，非常的自然了，儘管一切是侷限純文學的領域中。這部分，將在下一章討論。

二、為鍾理和做的事情

相對於之前的《文友通訊》，以及這一章所標舉的時期之後的《臺灣文藝》、兩大《臺叢》，鍾肇政在戰後臺灣文學的建構，最重要的就是後來被葉石濤所稱呼為臺灣第一部大河小說的《濁流三部曲》，這個創作的完成。在這中間，鍾肇政繼續的凝聚、影響、鼓勵下一代的作家。然後比較實際的編輯工作，則是協助鍾理和的兩本遺著的出版，以及對鍾理和的後人鍾鐵民的照顧了。

---

[39] 陳映真給鍾肇政書簡，1964 年 11 月 1 日（原存於真理大學臺南校區「臺灣文學資料館」），「關於出書的事，我還是沒有改變初心。這或者便是『兩代』的差異罷。我知道我的書有一點兒力量，卻斷不是那可以叱咤，可以使人膽顫的那一種。我須要不斷鍛鍊，而且最近我才真的認真地想到把自己的筆當正事去磨礪呢！請假我以時，肇政哥。請您瞭解我的心情，再容我一次任性罷，兄貴！」；另為 1989 年 9 月 12 日，「大函敬悉。猶憶少時蒙吾兄格外抬愛，必為弟在『省籍作家作品集』中書出一冊，年少失禮，不肯伏從，至今思之，感動與愧怍歉之，但恨無機會補贖少時魯拙。現在您出來編書，於情於理於禮，皆應欣然玉成。今又再思而恨不能相從，於我實痛苦不堪。」

不過，對出版、照顧後人，林海音相對上仍是扮演相當重要的角色。林海音掌握了《聯合副刊》的編輯，又有相關的出版社的門路，如「文星書店」、「學生書店」。之後鍾鐵民來到師範大學讀書，住宿、經濟的問題，也靠林海音介紹朋友協助鍾鐵民。

由林海音、鍾肇政、文心、陳火泉等委員成立了「鍾理和遺著出版委員會」。[40]稿件的整理、修訂、校對，鍾肇政出了很大的力氣，林海音則是在募款、聯絡廠商方面盡力，並且讓鍾理和的作品，連載於《聯合報》的副刊上。然後其他文友，就是協助推銷的工作。

由於有一定的銷路，所獲得的一些金錢，也幫助了鍾鐵民一家人很多忙才是。特別是鍾鐵民在 1963 年 9 月考入師大夜間部國文系時，仍需要林海音向梁實秋（當時的師範大學文學院院長）拜託，才解決鍾鐵民因為身體因素，被師大擋於入學門外的狀況。

而鍾肇政日後除了在《臺灣文藝》，製作「鍾理和追念特輯」1 卷 5 期，1964 年 10 月。在《臺灣文藝》（革新第一期），也編輯了「鍾理和作品研究專輯」14 卷 54 期，1977 年 3 月。以及《臺灣文藝》（革新第十五號），做了「原鄉人──作家鍾理和的故事專輯」，68 期，1980 年 6 月。

鍾肇政所撰寫的隨筆在 1990 年後，有大量的關於民主與客家運動方面的。而有關臺灣文學運動的，在《鍾肇政全集》（莊紫蓉主編）中第一篇就是有關鍾理和。[41]題名為〈哭理和〉發表在 1960 年 9 月 1 日出版的《自由青年》。內容一開始提到鍾肇政是 8 月 10 日（1960 年）

---

[40] 最後組成人員：「鍾理和遺著出版委員會」

王鼎鈞　林海音

呂天行　文　心

施翠峰　陳火泉

廖清秀　鄭清文

鍾　正　鄭清茂

[41] 《鍾肇政全集 19》，隨筆集三，頁 527。

收到鍾鐵民寄來的信。這時候距離鍾理和於 8 月 4 日過世，已經接近一個星期了。鍾肇政的難過是有很多理由的，甚至怪罪自己起來。而在文末，看得出來，鍾肇政想為鍾理和做的事情很多：

> 理和遺言，要我替他完成「雨」的改作、出版「笠山農場」。前者，我也許勉強可付託。但是出版遺作，我雖在心中於看到鐵民信時就答應下來，然而我不得不懷疑自己有沒有這個力量。我一直都在想著，不僅要出版「笠山農場」，而且還要把所有的作品集成一冊，並印行書簡集。我不敢否認曾經想擁有我們自己的刊物乃至出版機構，可是這願望從沒有像這兩天這麼迫切過。如果有了這些，我要出版一期鍾理和紀念專輯，由朋友們集體執筆，並立即印行全集與書簡集。然而，當我想到這祇不過是可笑幻想的時候，我又不得不為理和而哭了。不管如何，為理和出全集已成了我畢生願望之一。我以後的努力，除了往前目標外還要再加上這一條。不論要付出怎樣的代價，祇要我付得起，我一定要達成這個願望！海音姊會幫我，朋友們也一定肯出力，我又怎能不負起這個責任呢？火泉兄在獲悉噩耗後給我來信，提到關於遺作整理出版事時說：「兄有副古道熱腸，我極盼兄為故人盡點力。我不說，你也會這樣的。」是的，我會這樣的，確實會這樣的。我為什麼不呢？[42]

原來，除了作品集以外，鍾肇政也盼望印出鍾理和的書簡集。並且鍾肇政希望有自己的刊物甚而出版機構。然後他要做一個「鍾理和紀念專輯」，最後是鍾理和的全集。其中專輯在上文提到，1964 年時就在《臺灣文藝》達成了。還有鍾理和的長篇小說《雨》、《笠山農場》，特別經過林海音的人脈關係與辛勞，很快的印出來。

---

[42] 《鍾肇政全集 19》，隨筆集三，頁 530-531。

而其他對鍾理和文學的整理、研究，只有等到張良澤出現了。他算是對傳播鍾理和文學最有貢獻的了。張良澤在 1970 年代從日本回國後，比如編輯《鍾理和全集》就是最重要的一項。而有關鍾理和紀念館、拍攝鍾理和傳記影片、撰寫鍾理和傳記的事務，又是 1980 年代的事情，這些將在第六、七章詳細討論。

另外，鍾肇政因為推銷鍾理和的遺著時認識了黃娟，當時黃娟都還沒有筆名，也不懂得稿紙為何。黃娟跟鍾鐵民一樣，日後都成戰後臺灣文學第二代的重要作家，也是領導臺灣文學運動、客家民主運動的重要人物。

鍾肇政因為鍾理和生前在臺灣沒有出版自己的作品的關係，鍾肇政就一直想幫臺灣的年輕作家出版第一本集子。畢竟這是鍾理和生前相當盼望的願望。儘管鍾理和在中國時期，已經出版過一本小說了。無論如何，這也是每一個作家的想望。

因此 1963 年鍾肇政想出一本《戰後臺灣作家選集》，交由「明志出版社」出版。不過並未成功。鍾肇政事實上也想要辦臺灣人自己的文學雜誌。

而於此同時，跟鍾肇政接觸的年輕作家，也同時會跟林海音走的非常的近。各自似乎是自然的或者是刻意的，等於是臺灣人跟外省作家一般，初步的爭奪與年輕作家的接觸時所發揮的影響力。這些年輕作家，也刻意的，或者自然的受到影響，在跟鍾肇政接近時，在通信中就會刻意的提到臺灣人、臺灣文學。而跟林海音接觸時，就不會有這種情形。未來，朱西甯等人也是一樣的情況，左右著對臺灣青年作家的影響。

而有關鍾理和的死，鍾肇政更急切的想要建構臺灣文學，不僅在鍾理和身上要達成，而且目標是整個戰後的臺灣文學。這些他也跟陳映真討論過，如有自己的刊物等等。可是陳映真卻是不贊成，或者認為是不需要的。下一節就是在詳細的討論這一點爭論，以及兩人在背後抱持的認同與心態是非常不一樣的。

第三節　鍾肇政、陳映真、陳有仁三方通信

一、陳有仁、陳映真與鍾肇政的互動

陳映真與鍾肇政的互動非常早且密切，他非常早就認識到鍾肇政，因為二二八事件的經驗，而對於鍾肇政感受到的臺灣人的苦難，體會很深、回應的很熱切。也清楚鍾肇政有強烈的臺灣人意識，或者說省籍意識，而且這兩個人意識，在某個時期，彼此之間可以說是互相等同的。而鍾肇政對於外省人則非常的憎惡，陳映真也是知道的。

在 1960 年代初，鍾肇政仍繼續著《文友通訊》時代，急切的想要連結臺灣作家，特別是現在所謂的戰後第二代作家。這一世代作家，幾乎可說接觸到完整的中國意識的教育或者說國民黨的教育，至少在國小高年級時就接受了中國式的教育，而相對的日本教育只接受低年級的程度而已，且已經是太平洋戰爭末期，上課還特別少，大多是在躲避空襲，或者協助日本官方一些勞務。

鍾肇政雖然從 1961 年底開始，於官方、外省人所掌控的《中央日報》、《文壇》連連發表長篇小說。那麼，鍾肇政對於「中國文壇」，會開始感到希望了嗎？覺得臺灣人出頭，而減輕省籍意識嗎？事實上鍾肇政是更悲憤，更為臺灣人的文學奮發向上，希望臺灣人搶回屬於自己的文壇，或者建立自己的臺灣文壇。從陳映真給鍾肇政的信，應該可以反推鍾肇政的心情。

> 肇政吾兄：
>
> 來信收到。一直為之有一種欲哭底感覺，我從不曾見著你的這一悲憤面。我深切地認識到，不瞭解您這一代，由於歷史的傾軋而來的創傷，是無權批評的。特別是近半個月來，尤有些感。我是相當自以為是，而且故意偏見的人。但唯獨這一次我覺得我錯了，使我痛苦不堪。也許你不明白我的意思，但終有一天你會明白罷。我正在重新學習之中。我們之間不會寂寞得太久的。

> 關於出書的事，我還是沒有改變初心。這或者便是「兩代」的差異罷。我知道我的筆有一點兒力量，卻斷不是那可以叱咤，可以使人膽顫的那一種。我須要不斷地鍛鍊，而且最近我才真的認真地想到把自己的筆當正事去磨礪呢！請假我以時罷，肇政哥：請您瞭解我的心情，再容我一次任性罷，兄貴！
> 關於 XX（編：不清晰。可能是魯迅。），我想大約您沒有認識到他的真實的偉大性罷。但不論如何，他已是一代巨人，令人膜拜。肇政哥，你知道嗎？我們似乎離開著，卻從沒有這麼接近過，尤其進入十月份以後。我一定仔細批判自己，放眼去學習我所銘感忽略的一股普遍的悲願。　擁抱
> P. S. 您的信直到 29 日才到我手。用語請謹慎。[43]　　永善[44]

這正是鍾肇政要辦理兩大《臺叢》的年代，也是要寫《臺灣人》的年代。[45]也正是為了即將光復二十年，要讓外省人看一看，臺灣人不是沒有能人的。而表現出鍾肇政的那種氣憤、那種痛苦的心境。或者說到仇恨的地步，遠者來自二二八，近者來自受到歧視打壓狀況。並非單單自己的《濁流三部曲》、《大壩》、《大圳》得到發表，就讓他對於「自由中國文壇」又有信心了。鍾肇政要整個臺灣文壇、臺灣文學的獨立與確立，這才是他的目標。他的悲憤與熱血也才會平靜。底下再引一信，也可以看到鍾肇政不服氣的心情。

---

[43] 信中提到用語請謹慎，更可以臆測出鍾肇政悲憤的心情。或者說明了悲憤的來由為何，可以猜想是跟臺灣人的命運有關。而書信似乎被檢查了，這裡證明戒嚴與隱蔽環境的存在。這方面可參考錢鴻鈞，〈戰後臺灣文學之窗（系列一）：1965 年的兩大《臺叢》〉，《臺灣文藝》172 期，2000 年 10 月。文章中指出 1964 年的有關廖文毅投降回臺與彭明敏臺獨事件的敏感時代背景。

[44] 陳永善（筆名陳映真，1937 年生）給鍾肇政信，1964 年 11 月 1 日。

[45] 1965 年 3 月 20 日正式以手寫「臺灣人」三字為刊頭，發表於《公論報》。可惜隨即被命撤下。

> 我覺得明年是臺灣光復二十週年，二十年光陰，總可以造就一些臺灣作家了吧。讓人家看看咱們這些いも們到底能拿出些什麼貨色來。[46]

這封信連いも的日文用語都出來了。意思是蕃薯，指的就是臺灣人。其中的象徵來由，以及解嚴前後用語的語意，應該是一致的。表現出「我們臺灣人」、「你們中國人」，再也沒有以いも的日語更具有顛覆性意義了。當然國民黨、特務、三腳仔並非不懂いも為何意。這是兩方在內心中作意識上的競爭與區隔。

不過漸漸的陳映真的思想，對鍾肇政的省籍意識卻不大認同，陳映真說：

> 關於雜誌的事，我想如果我們顧慮的那麼多——或者本來就應該有許多顧慮的——那倒不如不辦。事實上，今天的文壇上不會有省籍的壁壘的。只要有水準的作品，發表的機會不會有多大的出入的。[47]

陳映真似乎在認識鍾肇政之前，就有強烈的中國意識，他並不認同鍾肇政擁抱的省籍意識。從他給鍾理和的信件可以看出來。

> 鐘（筆者註解：原信有誤，應為鍾）先生：
> 在這樣一個愉快的五月的早晨，看完您的大作之後的感覺就像那溫煦煦的太陽一般輕快而溫暖的。
> 祝賀您的成功。我經常注視著新的花朵，您該算是一朵精緻的紫色羅蘭。我已經找到了幾許，等那些醜得叫人長毛的荊莉枯萎

---

[46] 鍾肇政給鄭清文（1933 年生）信，1964 年 6 月 12 日。《鍾肇政全集 26》，頁 103。

[47] 陳映真給鍾肇政信，1963 年 2 月 21 日。這裡似乎可以推論鍾肇政想要辦臺灣人自己的刊物。

了，等這些花朵長滿了文學的「草坡上」，中國的文學不會再荒蕪的，不會再寂寞的。
祝賀您的成功，也請接受我的敬禮　　　　　　　　一讀者[48]

在此看得出來，陳映真是十分強調中國文學的，相對的鍾肇政可以說不曾講過自己所創作的文學是中國文學。有趣的是因為李榮春的關係，一位同樣是頭城青年陳有仁也與鍾肇政通信，並且比陳映真更早給鍾理和寫信。

鍾先生：
在我心目中有了李榮春外，一年多來更有了鍾先生您深印在我心中，誠然是我覺得榮幸之餘，還感到對先生莫大崇仰！
您們無疑是給我臺灣文壇開闢路徑，當然在過程中難免覺得孤掌難鳴的困難，但是以往多少的英雄偉人之所以永垂不朽，其生平還不是像先生勇猛博聞，得在歷史上記上一頁永恒的光芒。所以您們的奮鬥是正確的，是崇高的，更是驚慟天人的。我站在後生的地位謹以最高心意為您們致敬！
聞貴體以欠健康，我更因此為您的健康而衷心祈禱！
榮春現在是和我住在一起，他白日勤讀，更非我青年人所及，並在萬惡的逆境中寫作，都是令人驚嘆的！至於你所未收到的「祖國與同胞」順此代寄上一冊，盼查收：　　　　謹此祝您
康樂！　　　　　　　　　　　　　　晚陳有仁敬拜六月二日
榮春老兄：謹此並為您致意不另書。[49]

---

[48] 陳映真致鍾理和書簡（筆者自「鍾理和紀念館」抄回），寄件人地址是淡水平遠街 59 號，署名陳永善，信上指名要臺北市《聯合報》副刊編輯部煩轉五、一、「草坡上」作者「鐘理和先生」，1959 年 5 月 2 日。

[49] 陳有仁（約 1934 年生）給鍾理和信，1958 年 6 月 2 日。

陳有仁也是相當有臺灣意識，也閱讀過《文友通訊》，並與鍾肇政通信的關係，並且很快的認識了陳映真。陳有仁在信上提到的是臺灣文壇，而不講中國文壇。因此，從兩封信件的比較，很明顯的令人感到，陳永善的文藝表現力超過陳有仁許多。從鍾理和在給鍾肇政的回信中也特別提到「一讀者」的來信，指的就是陳永善，令鍾理和想到「和氏之璧」並一夜失眠。這一部分，可說留下臺灣文學史上一段小小的令人嘆息的佳話。

奇特的倒是，兩人同樣的面對鍾理和的作品，為什麼陳永善稱「中國的文學」，陳有仁稱「臺灣文壇」呢？若以今日的瞭解來推論，可知道這兩個人在當年就已經存有基本的思想，類似統獨的分立。可以推想，這是之前所說，陳有仁是受了《文友通訊》許多的用詞的影響所獲得的「習慣語」。不過，是否有陳有仁「自然的」心境呢？所謂的「自然的心境」即從教育成長背景來瞭解。

陳有仁與陳映真在 1960 年代之初，開始有相當好的交情。若說陳有仁由於與鍾肇政文友集團的關係而接近，大致也不偏離事實。兩人當年的意識有相當大的交集之處。從鍾肇政給他們的影響，看他們日後接受資訊、選擇資訊的情況來觀察。從以上兩封信對照起來可以看出來，鍾肇政的影響，從史料呈現，用字的不同，顯然認知差異已有某種不同的突顯。尤其陳有仁出生於 1934 年宜蘭頭城的貧苦人家。後來確實變成臺獨的支持者，強烈反國民黨的臺灣人。

這個結果，當可讓我們對 1960 年代兩陳足跡，縱然是模糊的，但是仍有跡可尋，而理解他們未來的意識認同的發展可能。這都不是美麗島事件而造成的對立與改變，而是 1960 年代就存在的認同上的對立。儘管鍾肇政對陳映真的臺灣人身分，一向給予寬厚的包容與信任。

從兩人給鍾理和的信，初步判斷，兩陳的意識形態已經略有不同。而對於呼應鍾肇政的想法，有關發展臺灣文學的心情，兩人的差異也就更大了。有一封信講到 1962 年 4 月「文友聚會」於陳火泉家的一次。陳有仁事後提出「臺灣文壇獨立」的說法，這與上面陳映真給鍾肇政的信所表達的完全是不一樣的。[50]陳有仁與鍾肇政的契合，還可以從下面信件可知：

> 久未問候，每以為念。執教之餘，諒忙於握筆吧，就近年來兄的在報端長、中短篇之多，真可謂多產作家之一了。拜服拜服。
> 偶而到書攤去看看亦發現兄有好多篇被選輯在當前的作品之內，真為我臺灣文藝界打破被歧視的心理。（當然兄之外，理和先生我們是不能忘記的。）[51]

更可以獲得陳有仁真實心境的最佳寫照，然後比較陳映真在《聯合副刊》發表的文章〈評介《雨》〉：

> 他以他那種感人的努力，使臺灣作家的藝術加盟於中國五四新文學運動的洪流的時間提早了十多年。因為嚴格地算起來，臺灣光復迄今才只十五年，在這十五年之間要養成一個像鐘理和那樣的作家，從算學上說應該還要十五年。但鐘理和用他的血和心填補了這一段歷史。我們可以說，從「雨」的出版，臺灣在文學上，

---

[50] 陳有仁給鍾肇政信，1962 年 4 月。信內容參考錢鴻鈞，〈臺灣文學：鍾肇政的鄉愁〉，收錄於《臺灣文學十講》，前衛出版社，2000 年 10 月 27 日。裡頭重要的一段話為：「吾兄對於省籍的作家多有聯繫，而且您又是那麼熱心文學的人，前些年您刊行《文友通訊》用意也在於聯繫臺灣文友，雖然那時候參加的人是那麼少，而且也在不久便么逝了！但是如果要寫出一部『臺灣文藝史』的話，至少《文友通訊》便是臺灣文壇獨立醞釀期中的先鋒。再說吾兄對這運動的功績是不可磨滅的——我敢這麼說。至於您的創作的成就在文學史上，自然是另有地位的。我說過：『臺灣文壇』是獨立的時候了，吾兄已擁有很大的聲望；更具有領導的才能；與號召的力量，總之的功績正等待您來建立，您能失去這個時機嗎？」

[51] 陳有仁給鍾肇政信，1961 年 4 月 1 日。

在文化上才始真正光復了！[52]

文中充滿外省人的一種「臺灣文學是中國文學的一支」的論調。不過文中提到很多有關鄉土趣味、臺灣的鄉土文學，當也可知道他閱讀廣泛，受到外省作家、中國左翼作家很大的影響。那幾年間，鍾肇政還非常期待陳映真能夠寫臺灣文學史，陳映真也曾給鍾肇政如此的回應，可惜因為意識型態漸漸的已然不合，陳映真並不願意參加《臺灣文藝》集團，或者被編入兩大《臺叢》中。最後也因陳映真對於政治運動另有所屬，也就離開臺灣文學或者文學了。陳映真出獄後，沒有幾年他能夠提出葉石濤的臺灣意識主張帶有分離主義，這種「真知灼見」，從對陳映真早年的認識，可以理解到更深一步。

> 大函敬悉。猶憶少時蒙吾兄格外抬愛，必為弟在「省籍作家作品集」中書出一冊，年少失禮，不肯伏從，至今思之，感動與愧怍歉之，但恨無機會補贖少時魯拙。現在您出來編書，於情於理於禮，皆應欣然玉成。今又再思而恨不能相從，於我實痛苦不堪。弟以「民族立場」，數年來備受誤解，攻訐、侮蔑，卻始終未肯逞文筆口舌之快以為駁論者，以深知歷史傷痕，其來有自，且必不欲兄弟相殘也。
>
> 但際此天下不分朝野喻喻然，必曰民族應該分離的時代不辭孤獨，堅守「民族立場」的自己，把作品交宣傳民族分離論的出版社出版，對自己實難交代。何況，同出版社曾欲出布農族詩人莫那能詩集，只因該書由我寫序，便拒絕出版，只好另由他社出書。以此，出版社既自由立場，吾兄也請再讓弟任性一次，守住這小小的，無用的立場。但因此沖犯吾兄，實為弟所千萬不願

[52] 陳映真，《筆匯》第 2 卷第 5 期，1960 年 12 月。（原文用「鐘」。）

者。知我如兄，尚請寬諒　耑此　大安[53]

從此信反推當鍾肇政在 1964 年要編輯《臺灣作家叢書》，陳映真卻拒絕了。這封信是這麼說的：

肇政兄：
這世界上能像你這樣縱容我，愛護我的人，除了你以外，是很難於見到第二人的罷。對於你我一直是懷著一個被慣溺的任性的親切感的。而且我竟一直很泰然地接受你給我的自由。
實在我是應該為此羞恥而且乞求寬恕的。——雖然你對我一直便是這樣親切。
關於出書的事，最近篤恭兄也來信提到過。但我想關於我這一部分，似乎不必列入計畫裡罷。我給他的信中是說這樣作未免有些地域主義的氣味，是我所不好的。但更大的理由是我總共才寫不到 20 篇，選都沒法選，怎麼能出？況且我一向真的不很重視自己的剪作（比方說我身邊一篇也沒留下，倒是永洋卻很熱心地為我收集著），這不是什麼「謙虛」的封建美德，而且我自己有許多超不過的偶像如沙特，卡繆，……。我是連個 minor writer 都撈不到的。既然，就實在不該浪費物質去印什麼書了。
我一點也不忽視自己去臺灣這塊荒涼的文壇上的那麼一丁點兒稍微與別家不同的文章上的氣味，而且也因此被關愛我的一些朋友（比如你）所承認。我覺得我可以得到僅只是這些，而且便夠了。但我也十分清楚自己缺乏一個作家的偉大性（greatness）。出了書不能對於這個我的實際有所幫助。你說對罷？便是這個「氣持」我很婉然地拒絕幾個願意為我出書的書店和出版團體以及許多熱心朋友（比如永洋）的慫恿。肇政兄，我絕不是個什麼

---

[53] 陳映真給鍾肇政信，1989 年 9 月 12 日。

不好名利的人，而是我很明白我是不可能因出書而得到什麼我應得以外的東西的——比如說像青年李敖那樣一夜成名。好罷，既便是那樣成了名，我也知道誰也逃不脫時間這個公正而殘忍的批評家的批評而又復歸於藉口了。

最後的一個理由是我的作品中不少表達了我過去了的，或者現在還有但自己還沒法克服過來的壞情調和不健康的思想和感情的態度。自己批評都來不及，怎好印成書流行起來呀？

總之，請你瞭解我這個似乎很做作的心情罷。至少暫時間不去考慮出書。也許我萬一在未來的時日中能寫出較好的東西，到了可以有所選擇的時候，再純只是為了個人的紀念性那樣地出他一個小薄本兒也說不定。但卻不是現在罷。

但我對你的感謝和敬愛卻是一樣的。也只有你這樣豪情的人，我才敢這麼安心地任性著，總之，謝謝你。

緊密地握手　　　　　　　　　　　　　　永善上即刻[54]

內情也就是因為不願意參加，鍾肇政所一心一意要突出臺灣人作家為一個集團，一個獨立的單位，以成就所謂的臺灣文學。背後如前所述，陳映真深知鍾肇政身上背負的臺灣人歷史的傷痕。而陳映真希望這個省籍衝突可以趨於和緩融合，以最後達成民族統一的目標。陳映真對李篤恭說到地域主義，其實正是拐彎說鍾肇政編輯《臺叢》的作法是一種地域主義，他並不贊同。

筆者認為陳映真一方面是因為自己接觸《筆匯》等等外省人的雜誌、同仁很多，所以做了這樣的判斷。他也是夠敏感的，他不希望省籍分裂。問題是統治者或者一般的外省人大體而言也正是不斷的以統治者身分，繼續壓榨歧視臺灣人啊！[55]就這一點，他也是清楚的。

---

[54] 陳映真致鍾肇政信，1964 年 10 月 22 日。

[55] 這些都還不只是二二八歷史所造成的，一直到今日深藍一樣的懷抱著有統治者心態，只是失去了統治者的大部分的資源了，卻獲取從中國來的資源。

鍾肇政一直都相當欣賞陳映真，除了創作外，更是寄望陳映真能撰寫臺灣文學史。可惜這並非陳映真的志向，很奇特的似乎只因為陳映真是臺灣人，到 1980 年代，鍾肇政對陳映真仍是有很深的期許。從陳映真出獄後，鍾肇政仍鼓勵陳映真，提供版面讓陳映真發表小說，多方接觸欣賞陳映真的讀者與評論者。

> 陳永善寫的小說，使我著迷了，最近幾乎確乎沒有見過這樣一位因理想和熱情之幻滅而特化其悲痛為文學的作家，而其作品取向準確，亦可謂並世無兩，以我之管見來不客氣地評一句，其人心氣質和天分似在先生與理和先生之上，先生賞鑒不謬，譽為臺灣文學之王牌，屬今日甚多人尚未知名，甚或未見其作品，相信終有一天，大家會佩服先生有伯樂一樣的眼光。[56]

由上述通信的內容，自然可以發現鍾肇政與陳映真，對臺灣文學的主張、歸屬有很大的部分是差異甚大的。但是在培育作家方面，鍾肇政對意識形態不同的陳映真，仍持續給予愛護、包容與鼓勵，儘管陳映真對鍾肇政所要建構的臺灣文學一直是不認同的。

二、陳映真與陳有仁、陳映朝信

從陳映真給弟弟的信中，可以看出陳映真對於外省人、臺灣人的糾葛是十分清楚的。也願意站在臺灣人的角度上去體會被歧視的感覺。

> 我參加筆誌的動機就是在許多位編輯人員中，唯我一人是臺灣人。所以要叫他們外省人認識臺灣人的能力，實在不可忽視。更進一步言我的志向在於支援提拔臺籍的文學青年自從九月的事件發生後，我深切的體會到中國文學無是如何地「滑稽」和「無

[56] 駱璜（筆名雨峰、沙漠，1927 年生，1949 年來臺灣）給鍾肇政信，1962 年 7 月 1 日。

力」。同時我確曾因此事而失望然而在失望之餘「大魯迅」的精神卻異乎尋常地鼓勵了我。魯迅曾說：「如果嘗過歷史：背正史而野史：之後才能清楚我們中國為什麼數千年來毫無進步的原因」我雖然對於中國的歷史並沒有相當的認識，然而根據我自己的所體驗的種種「暴力」和「黑暗」正可以看出魯迅在散文中，所描寫的時代與現代非但毫無進步反而倍增了「惡」與「愚」的程度（魯迅的散文充滿著悲憤與嗟嘆）。

以上就是我在最後必須從「筆誌」退出理由之一，其次是我早就有如下的想法就是「文學」這東西比「繪畫」、「建築」、「音樂」、「科學」等等富於宗教意味！比在「托爾斯泰」、「哥德」等人作品和思想之中，顯然比較莫大的影響還有就是宗教（神學）和文學。對於新舊聖經的批評是絕對相同。我對「文學藝術」這東西是從宗教說脫胎之後又復退回宗教的範疇的想法，是不能贊成的。難道「文學」和「宗教」（基督教）是形成對立之關係。文學絕對不能在「絕對」之中存在著。

正因為這樣我對「文學」和「宗教」乃至「政治」的絕對（蘇聯社會主義寫實主義的公式）間的矛盾不自不覺中發生迷惑。為什麼呢？就是我對宗教政治文學問題又為面對「魚與熊掌」形成了不可得兼的現象。

而後，有一天我選擇了宗教之時就是我退出「筆誌」的日子更可能是我從「全文學」退出的一天。將於十一月份出版的「筆誌」所刊登的「編輯室」、「至高終生的朋友們」二篇是朝寫作（在編輯室一篇中可以（窺出強調「編輯獨立權」在後一篇中即表明我參加的志向）我心想感謝鄭先生對我的關心，然而我是更驗證先生所討厭的東西。請放心自然有被他利用的危險，然而我絕不忘記利用他們。善 24 日[57]

[57] 陳映真給陳映朝信，1962 年 10 月 24 日。國家檔案局「陳映真案」，aa11010000F/0051/

這是從調查局的檔案中所保留下來的信件。從裡頭表示了陳映真是理解外省人，甚而中國人的文化負面問題。正是如此，他想要做一番努力，不過終究他失敗了，而退出了「筆誌」。他更深刻的體會到外省人掌握權力時的惡劣的狀況。在另外一封信中，他也表達了，以臺灣人的立場，不服輸的心態。並且致力於臺灣人的獨立自主。雖然如此，他也並非是支持臺灣獨立的想法。

> 光復已經十餘年「臺灣人已應在文化上獨立，而不應仰賴大陸人的供給，我將計畫一個個中學（特別是優秀中學）的讀書運動，到時候希望你與我合作特別在發掘省籍青年作家上（或思想青年）[58]

特別是陳映真在面對鍾肇政時，如上一節所述，他可以感受到鍾肇政真正的是臺灣文學的獨立主張者。而他並不贊成鍾肇政的想法，並且不願意參與屬於鍾肇政的文學運動。

從陳映真給陳有仁的信件中，更可以進一步的確立，他相當主觀的意見，他不希望臺灣文學是獨立於中國文學之外的。並且認為臺灣作家不該有地域的思想，甚而臺灣民族的思想。

> 有仁兄：⋯⋯，關於省籍作家出路的問題，十分複雜但下面是我對於這一問題的看法的大略，請吾兄指惑，第一，文學（文藝）比其他的藝術更離開一國的文字語言和文化乃至於歷史等諸條件，因此儘管是「臺灣文學」（這一名稱的意義需待討論，以下亦將有我的拙見。）他是無論為何是離不開中國的⋯⋯，在我看

301/ 08536/0077/virtual001/0077jpg。

[58] 陳映真給陳映朝信，1962 年 11 月 10 日。國家檔案局「陳映真案」，aa11010000F/0051/301/08536/0076/virtual001/0076jpg。

起來省籍作家應比其他部分的省籍人更加沒有地域思想，乃至於民族思想的。一個真正的藝術家他的心先是包容宇宙的……，但是不幸的是治安的當局，卻不能瞭解這個重大的意義，對於省籍作家的活動存有戒心，那一天的小麻煩便是一例。如果當局賢明一些，那麼這些作家不但不會受到干擾，反而應受到獎勵和鼓勵的，而且據我看來，要消滅殘存之地域偏差，其最好的方法，莫過於多多支持並鼓勵臺籍作家多方培植從文化文學上使臺灣人與大陸人合而為一，而且我深信臺灣作家一定樂意負擔這個使命的。第二點所謂（臺灣文學）過去的就以文學史的眼光看來實在是臺灣人復歸祖國的願望的表現……，第三點……，目下文壇現勢，我們的文壇一直在不景氣中，若干比較風行的刊物和文人機構，組織，大半有其特殊的背景和特權上的便利……，因此我以為省籍作家目前努力的方向只有一途，像世界上一切真誠的藝術家一樣，努力創作，努力提升作品的素質，其成為與發表的機會在（今天我認為是無問題的……，所以我對於省籍青年作家的將來，毋寧是樂觀的，讓我們勇敢地敢愛，勇敢地表現吧，至於當局部分無知之人的杞憂，我以為不過分敵意，愚昧不會是永遠存在的，而我們也應從我們的工作中，快快消除這種愚昧才對，吾兄以為然否？我仍對於若干事物或許不滿，但我仍滿腔愛心卻被人所忽視了……，我實熱誠高興認識你這樣一位熱腸同道。

讓我向你

敬禮

弟永善敬上　五月一日深夜[59]

儘管陳映真是相當痛恨統治者對他們的文學活動的監控，指的是鍾肇政在辦理第三次的「文友聚會」，於陳火泉家中被警察查戶口，或

[59] 陳映真給陳有仁信，1962 年 5 月 1 日。國家檔案局「陳映真案」，aa11010000F/0051/301/08536/0006/virtual001/0006jpg。

者信件的檢查。他也相當一廂情願的，認為統治者會放過他們從事純文學的集會活動。甚至於對臺灣作家的集合，能夠更有信心、更放心。臺灣作家是不會從事反政府的活動。

如此臺灣作家自然的，會符合陳映真的理想，對中國文學或者臺灣文學的態度，會是一致的、統一的。臺灣人更不需要有自己的刊物。臺灣人會忠誠於中國的文學。

在這一章結束前，可以簡單的探討「鄉土文學」在名稱上的起源。首先是臺灣作家漸漸多了起來，黨政方面有必要給這些臺灣作家的作品給一個名稱，那就是鄉土文學。一方面也可以避開所謂的省籍文學這種含有地方意識、分裂意識的稱呼。鄉土文學更可以表達一種歧視的、邊緣的意思。因此上述提到《公論報》要辦理一個「鄉土副刊」，另外下面一段，更可以表現令臺灣人難堪的感受：

> 文友們聚在一塊兒，常常戲稱邱淑女為「鄉土文學家」。[60]

這在第五章提到的《青溪》雜誌，也是採用「鄉土文學」的編稿策略。第二個來源就是陳映真的帶有左翼階級思想的「鄉土文學」稱呼。從他對鍾理和文學的定位中，可以瞭解。這也讓陳映真可以避免提到臺灣文學的一種說法，否則還要加上中國的臺灣文學、中國文學的一支的臺灣文學的說明。

而王詩琅在《臺灣文藝》的革新號所提的鄉土文學是來自於日治時代的傳統，基本上指的就是「臺灣文學」。[61]不過，可能王詩琅對鄉土一詞也有偏好也說不一定。但是葉石濤的相關論述，其中的「鄉土」兩字，是完全可以去除了。這討論在第七章詳述。

特別是鍾肇政的一直主張臺灣文學這樣子的旗幟，他最敏感於

---

[60] 晴晴，〈鄉土文學家──邱淑女〉，《自由青年》，1965年8月16日。

[61] 錢鴻鈞，〈隱蔽下的文學世代傳播：鍾肇政與葉石濤的臺灣文學旗幟〉，淡江大學大眾傳播學系碩士論文，2023年1月，頁27-34。

「鄉土文學」的歧視味道。他是非常清晰「鄉土文學」、「臺灣文學」糾葛的歷史發展的脈絡。[62]不過對於第二代作家，部分原因是恐懼臺灣文學的稱呼，部分是偏愛鄉土的親切性，而忽略了鄉土只是臺灣文學的一個特色、風味，跟現代主義的關係是需要進一步的去探討的。當然，1960 年代更多第二代作家是排斥鄉土文學某種狹隘的、鄙夷的氣息，如外省人所看待的那樣子。這部分在第六章也會討論到。

第六章還提到李秋鳳夾在朱西甯與鍾肇政中間接受指導，儘管朱西甯後來被稱為懷鄉作家，在指導李秋鳳時也是鼓勵李秋鳳走鄉土文學的路線。事實上如李秋鳳，甚而黃娟因為都是都市長大，文風不同於一般所謂的鄉土。可以看得出來，李秋鳳所寫的鄉土文學是不成功的。其中有一個道理就是對鄉土文學的理解太過於狹隘所致，以為就是寫鄉間農民小人物的生活。李秋鳳當然也嘗試寫臺灣歷史方面為題材的，但是對歷史不熟悉，研究過少，所以也是失敗的。[63]

總之朱西甯表面上好像是支持臺灣人的鄉土文學，事實上是把臺灣人的文學看小了。而且這時候支持，卻在鄉土文學論戰時，面對臺灣作家的意識形態表現的張牙舞爪。

儘管目前主流的臺灣文學史的分期，把 1970 年代以後列為回歸的、鄉土文學的時期。但是鄉土文學卻在論戰後急速的萎縮，而被本土文學取代，或者正名為臺灣文學。部分的原因，就是上述所提到的鄉土文學在某個角度上來說，是臺灣文學被壓制、臺灣文學被歧視之下所產生的一時的風潮。另外，鄉土文學在 1960 年代初，也可以說是崛起的年代，漸漸的在社會上暫時取代臺灣文學的旗幟的時代。

---

[62] 錢鴻鈞，〈隱蔽下的文學世代傳播：鍾肇政與葉石濤的臺灣文學旗幟〉，淡江大學大眾傳播學系碩士論文，2023 年 1 月。

[63] 李秋鳳，《X 先生在橋上》，萬卷樓，2022 年 10 月。

第四章　1964-1965：《臺灣文藝》與兩大《臺叢》

《臺灣文藝》的創刊與兩大《臺叢》的編輯是臺灣文學史中在這個年代最為重要的兩件大事。對鍾肇政也是最重要的，當然，還有《臺灣人》的發表，儘管發表不順利，一開始稿子就被警總給拿走了。而上述兩件大事，鍾肇政在前者扮演著編輯的角色，後者更是獨立編輯完成。因此在第一節討論《臺灣文藝》創刊的重要性與《臺灣人》發表的背景，為何這個稿子這麼敏感呢？

第二節講鍾肇政在協助吳濁流創刊的《臺灣文藝》花了最大的心血，目的就是培養新一代的作家，而編輯兩大《臺叢》也是同樣情況。兩者一樣對特務單位，都是引起注意的，經歷相當困難的。特別是兩大《臺叢》更是被打成臺獨。其詳細經過，值得仔細鋪陳。

第三節講鍾肇政與吳濁流，還有與穆中南、朱橋在通信中，顯現的情誼以及交流溝通的過程，進一步的談及他們的合作，在建構臺灣文學的一些細節。

第一節　《臺灣文藝》與《臺灣人》

一、《臺灣文藝》創刊的重要性

1965 年臺灣光復二十週年即將來到，是國民黨賦予所有臺灣人的值得「紀念」、「感恩」的「偉大日子」。但是，鍾肇政對時代的敏感性，一如光復臺灣十週年一般，現在則是二十週年快到的時候，鍾肇政便藉此名義得以實現他在光復十週年來的想望，即網羅當時已有中文作品發表的臺灣作家，參與《臺灣作家叢書》與《臺灣青年文學叢書》的編輯計畫。他的真正用心是向外來統治者宣揚光復不到二十年已有了強大的臺灣作家筆隊。

約在 1960 年前後，外省人作家之間有謂「臺灣人大概還要再等二十年才有像樣的中文作家出現」。那麼這時光復才十五年，即已經有了臺灣人的優美經典大河巨作《濁流》打入《中央日報》，這與幾年後於 1965 年出版的兩大《臺叢》等書的出現時相同，這是向蔑視臺灣人的統治者狠狠賞了一個嘴巴嗎？不過，當年的臺灣人還不到驕傲的時刻，後來也有人謂《中央日報》是腐臭不堪的地方，臺灣人不願與此報刊沾染，這是鍾肇政自己也知道的批評，只是當時還有其他地方可以發表長篇小說嗎？

1965 年，就鍾肇政個人言，因為《濁流三部曲》和《魯冰花》的成功，初步突破被壟斷的臺灣文壇，這帶給他信心與安全感。連帶這個「光輝」日子的即將來到，他越加瞭解「臺灣人的命運也就是臺灣文學的命運」。於是鍾肇政開始向自己的生命主題《臺灣人》進行熱烈的挑戰，鍾肇政深處的靈魂便又開始震顫了，一如他創作《濁流三部曲》之前的感受。

鍾肇政為了迎接臺灣光復二十週年而實踐的兩個目標：撰寫《臺灣人》與編輯《臺灣作家叢書》，也都是之前的幾個階段所累積的成果。如在創作上他需要更有信心，技巧也要更好。而編輯《臺灣作家叢書》這事情，需要掌握住更多臺灣作家的名單與作品。然後一樣的必須要合作的單位，或者發表的場所。

也正是這個時間點，吳濁流適時的出現，一方面帶來相當多的日治時代的作家給鍾肇政認識、或者能夠在 1964 年推出的《臺灣文藝》的刊物，讓老、中、青三代有齊聚一堂的機會。以及，吳濁流辦了臺灣文學獎，增進大家對《臺灣文藝》的認同，投稿到《臺灣文藝》，並解決沒有稿費使得稿源不足的問題。從此，過去要藉由比較孤單，又容易被打壓的「文友聚會」的方式，可以更為公開以評審臺灣文學獎與頒獎典禮，還有紀念《臺灣文藝》發行幾週年的方式，臺灣作家都集合在一塊。

而且藉由吳濁流在社會上的聲望與交遊，能夠進一步的保護《臺灣文藝》的集會，以及主動的邀請外省人、其他也有特務的身分的人，來到會議上，一起交談、參與。這可以公開表示，《臺灣文藝》的聚會確實是一個單純的文學上的集會。

《臺灣文藝》對鍾肇政個人還有一個重要的意義，就是鍾肇政利用《臺灣文藝》發表現代主義的實驗作品。第一篇〈溢洪道〉略帶黃色，引起他人關注問題，特別有一位就是朱介凡。筆者判斷，林海音在1963 年 4 月因為刊登問題，被警總逼迫辭去《聯合報》副刊主編的位置。林海音的案，也正是朱介凡管理的。朱介凡曾說幫助了一位臺灣作家免去牢獄之災，可能就是在說林海音。[1]

有關鍾肇政發表在《臺灣文藝》的實驗性作品，後集結為短篇小說集《中元的構圖》。當然鍾肇政並非是沒有其他園地發表的作品投到《臺灣文藝》來。或者他是要做一個示範，將具有創新意義的作品在《臺灣文藝》發表，而讓《臺灣文藝》有完全不同於所謂臺灣人只寫「鄉土文學」的風貌。

二、《臺灣人》發表的時代背景

在 1960 年前後，美國開始推行兩國論，即希望臺灣與中國都入聯合國。並且除了對現代文學雜誌支持外，也開始接觸本省籍的作家。特別是鍾肇政是受到矚目的。之前提過，美國的方面，及透過聶華苓、林海音來接觸鍾肇政。而筆者推斷，林海音致使遭受國民黨這方面的猜忌。

在國民黨這邊，也漸漸的有拉攏本省籍作家、青年作家的傾向。

---

[1] 當然，林海音下臺，上一章也提過，筆者認為林海音與美國方面過於親近，這才是長期被監控，最後導致下臺的原因。「船長事件」只是一個藉口而已。而幫助客家裔之說，參考維基百科之朱介凡條目。當然，此客家作家也有可能是鍾肇政。鍾肇政被警總監控的時間點，筆者認為最晚不晚於 1962 年，鍾肇政辦理文友聚會，在陳火泉家時，四周被監視的情況。另參考，謝武章，〈朱介凡先生二三事〉，《人間福報》，2012 年 10 月 1 日。

儘管不如 1970 年代蔣經國漸漸的掌握行政權，推行所謂的吹臺青、提拔本省人。由於國際情勢的關係，如釣魚臺事件、日本與臺灣斷交、被趕出聯合國，國民黨更進一步的引導社會愛家與愛鄉，讓人民多關心現實的社會，以轉移外交失利，國民黨失去統治臺灣的正當性問題。

當然國民黨提拔本省人，那是一種政治策略，是一直都在進行，卻也都是不信任臺灣人，仍是有很多歧視與不公平。更不可能把權力、利益分配交到臺灣人手上。

有關「臺灣人」第一次發表是在《公論報》，恰好是《公論報》改組復刊，而剛好穆中南又是被指派編輯《公論報》的副刊，穆中南的編輯計畫第四點是：

> 弟接編改組後之公論報副刊，除文藝篇幅力求請本省籍作家撰稿外（也以臺叢作家為底班）並力爭設臺灣文物版，以臺灣之人物、山水、思想為主題的內容，如各地風光、人物介紹、小典故以及以臺灣為對象的小說、故事等，也以本省籍作家撰稿為限，希兄指導協助。[2]

並且穆中南一直關心著鍾肇政撰寫「臺灣人」的進度。這三部曲的寫作計畫，是鍾肇政在 1964 年 8 月上旬就告訴穆中南的。當時穆中南也很希望能在《文壇》中發表。當然，穆中南在第一時間美言、說好話，然後批評與談條件，這都是生意人的一種手腕。不過，無論如何，如兩人合作出版「臺灣作家叢書」一次十本，不僅牽涉到的作家、版權，還有金錢、時間的緊迫都是非常複雜、累人，需要大量的溝通與容忍。甚而有政治上的干涉或者遭人嫉妒種種問題。

且剛好 1964 年發生彭明敏、魏廷朝與謝聰敏的「臺灣自救運動宣言」的臺獨事件，以及次年臺灣共和國臨時大統領廖文毅投降歸臺的敏

---

[2] 穆中南給鍾肇政信，1965 年 3 月 2 日。

感時間點。鍾肇政在此時發表《臺灣人》為名的作品，是很被特務機構感到聯想性的。果然，發表第一天，就被警總下令停刊，鍾肇政已經寫了四萬字的稿子，也在報社中被警總帶走。

而鍾肇政開始撰寫生命的主題，也就是《臺灣人》，他的想法是這樣子的：

> 以上這些工作，在我來說都是「外務」，對我的寫作影響不可謂不大。然而，這工作卻也使我更感受到在「臺灣文學」旗號下的一種連帶感。我不得不常常想到臺灣文學的過去、現在及未來命運。我覺得這正是臺灣人的命運。在這種心情下，長久在胸臆中盤踞的生命主題便也明顯地浮凸了輪廓。那就是——臺灣人。
> 光復二十週年了，我行年屆滿四十。在我的生命裡，光復前我做了二十年「大日本帝國臣民」，光復後成了中華民國國民，也滿二十年。可是，與日本是斷絕了，大陸卻始終在遙遠的地方，因此我一直都祇是臺灣人。那是不含任何政治意識的單純想法。於是，我為我的下一部著作命名為《臺灣人》。也許這是可笑的書名，但當我這麼決定的時候，我又開始輕顫了。整個構思的階段，我都會感到那種靈魂的顫慄。不管有沒有人認為可笑，我卻絕對是嚴肅的，正經的，因為我要寫的是日據五十年間臺灣人的遭遇。我要向歷史挑戰。我開始寫第一部，名字就叫「臺灣人」，預定中將來全部寫完，總名便叫《臺灣人三部曲》。我發現到我筆下展現了一個廣闊的天地。寫《大壩》、《大圳》時，來自現實的窒息與掣肘，暫時離我而去了。[3]

最後，《臺灣人》終於成功發表於 1967 年，只不過題目改為《臺灣人三部曲第一部沉淪》，但仍然堂堂的打出「臺灣人」三個字。直到

---

[3] 《鍾肇政全集 19》，隨筆集三，頁 166-167。

1976 年，三部曲才整個完成。但第三部與第二部寫作時間順序顛倒。使得原來第一部安排好的人物必須完全捨去。當年透露出的《臺灣人》寫作計畫，第三部要寫戰後到現在，也僅能寫到戰前的日治時代。雖然《臺灣人》故事背景都只能在日治時代，反抗的強權表面上是日本人。「統治強權與外來的殖民者」在其內心深處所指向的無疑就是使其寫作上經歷更大壓迫，來自中國的國民黨政權。臺灣人反抗的強權也就是另一個比日本人還兇惡的來自祖國的極權統治者。使臺灣人更加的屈辱與更壓抑臺灣人意識的國民黨。

之後，鍾肇政似乎對穆中南有稍稍吐露心機，故意表達一些與主流不合的言論。而從這封穆中南的覆信，可以推論出，鍾肇政去信的內容，鍾肇政似乎還有一種年輕氣盛的不服氣的心理。也就是容易給人誤會，鍾肇政對反共小說是非常不認同的。並且指出臺灣的歷史是反暴史，可能會讓當下的統治者感到不愉快，被警總認為是諷刺國民黨統治的情況。於是，鍾肇政很可能就會被抓小毛病，如林海音的船長事件一樣，鍾肇政被約談甚而關押。

> 另外一來，即吾兄給弟之短文中，有「臺灣未受共匪之蹂躪而不必寫反共的作品」一句，弟代為去掉這一句僅可以引起誤會的問題，而且在理論上也難能站得住，反共是今天世界兩大陣營之自然趨勢，不待受到共匪之塗炭而始反共，如果到了那一天，再反共也不可能了，如何反共是角度的問題，從任何角度都可反共的。另一觀念即本省自鄭成功入臺之後的是一部反暴史，勿寧說保持我中華民族原氣的基地，恢復國本是本省的特質？而不是反抗一切，如果說不明白也是以引起誤會，所以關於這方面弟代因為加潤色，特此奉告，耑此並頌。[4]

---

[4] 穆中南給鍾肇政信，1965 年 5 月 23 日。

當然鍾肇政內心中是反對反共文學的，甚而對所謂的反共本身不以為然。臺灣人不僅反抗日本，也能反抗其他外來政權。也就是鍾肇政寫的抗日小說，最後也一定要符合這是配合國民黨、中華民族的抗日，如此才是國民黨政權所安心的反抗意識。不過，或許說也是這種憤怒、氣盛、不平，推進了鍾肇政的臺灣文學建構的運動。

就上一章提過，陳映真也警告過鍾肇政寫信要小心。可是鍾肇政總還是不聽的。這種小心謹慎，可能也是鍾肇政慢慢學習到的，大概在兩大《臺叢》被指控成臺獨，鍾肇政才漸漸的收斂鋒芒。也還好是穆中南收到信，否則其他外省人可能會舉發鍾肇政，報告給警備總司令部才是。

1964 年 8 月吳濁流因為江文雙的建議，推薦鍾肇政參與十大傑出青年的選拔。鍾肇政也接受配合推薦。相信鍾肇政也認為這種獎有保護的作用。可惜，沒有入選。或許因此，也獲得蔣經國方面的人所認識了。未來，鍾肇政希望穆中南推薦葉石濤得個文協的獎，也是同樣的道理，希望得獎能帶給葉石濤一些保護、「洗清」名譽的作用。因為在一些外省人的來信中，總會提到葉石濤坐過牢。

第二節　《臺灣文藝》與兩大《臺叢》

一、編輯《臺灣文藝》擴大接觸文友

吳濁流在 1963 年底即有創辦雜誌的意思。此意念在此時出現，可謂適得其時。他在歷史上偉大的地位，也是因為他艱困持續至死無悔，雖然被人批判為頑固，事實上他的頑固與柔軟之處都值得再深入研究，並非隨便三言兩語可以透析他的個性，這也就是他的偉大之謎，似乎與大正民主時期教育下成長起來的時代背景有關。這點「頑固與柔軟」讓鍾肇政非常感念吳濁流。[5]另外該是這雜誌名稱，吳濁流原來屬意「青

---

[5] 第二屆吳濁流文學營，鍾肇政於錢鴻鈞演講「《濁流三部曲》與《亞細亞的孤兒》」

年文藝」，[6]後來參考鍾肇政所建議的「臺灣文學」，之後吳濁流支持鍾肇政，而且堅持要掛「臺灣」兩字。這可以說鍾肇政激起了在吳濁流心中深處最動人的地方「為了臺灣人」。走筆至此忍不住想起「吳濁流致鍾肇政書簡」1964 年 2 月 21 日信件，透露出兩人共鳴之處，特別令人領悟吳濁流的偉大：

> 魏兄今天來北。我把不能變更的理由詳細地告訴他，讓他瞭解。也就是說，今後我的方針絕對不會改變。總之，這是為了臺灣文學，而跟其他一切事情無關。我們的雜誌是同人雜誌，而目的並不在於賺錢。我們是要給年輕的臺灣籍作家提供一些寫作的空間為目的的。
>
> 如同你所主張，作品必須是屬於臺灣文學的。連在名義上，你都要如此主張，所以絕對不能分心於其他的事。年輕人過度地熱忱，固然也有綜合雜誌之必要，但是這由別人來辦就可以，我們所追求的究竟是文學，而不能去想文學以外的東西。對文學以外的一切事情，我是外行的。像我這種老人家，只能把全部的精神貫注在自己的事業上，哪會有去想別的事情的餘力呢？我這樣已經使出最大的力量了。反正，我所需要的是，你熱烈的協助。一切在見面時談吧。我女兒在初六結婚，初八回娘家，明天要開座談會，還是很忙的。年輕作家的座談會預定在三月一日舉行，情形已告訴李子惠，收到他的回信就要決定，然後也要通知你。[7]

鍾肇政在回答筆者的問題：假如雜誌名稱不是「臺灣文藝」或者

前，為筆者介紹與作開場白時發言，地點：新竹縣文化局，2001 年 7 月 14 日。

[6] 吳濁流給鍾肇政信，1967 年 11 月 4 日。黃玉燕翻譯，錢鴻鈞編，《吳濁流致鍾肇政書簡》，九歌出版社，2000 年 5 月，頁 72。

[7] 吳濁流給鍾肇政信，1964 年 2 月 21 日。黃玉燕翻譯，錢鴻鈞編，《吳濁流致鍾肇政書簡》，九歌出版社，2000 年 5 月，頁 84-85。

「臺灣文學」，你還要與吳濁流合作嗎？鍾肇政的答案是當然會的。[8]而筆者從這裡判斷吳濁流也是堅定的支持「臺灣文學」的旗幟，不過，臺灣文學跟中國文學的關係，吳濁流的認定可能跟鍾肇政不同。但是，在純文學的角度上，或者對鄉土文學帶有被外省人蔑視的味道，吳濁流跟鍾肇政應該是一致的。

而因為 1964 年創刊的《臺灣文藝》，給鍾肇政第一信的文友名單大致如下：李篤恭（1964 年 1 月 5 日）、[9]張彥勳（1964 年 1 月 11 日）、陳垣三（1964 年 3 月 8 日）、龍瑛宗（1964 年 3 月 10 日）、許義雄（1964 年 4 月 1 日）、王詩琅（1964 年 5 月 29 日）、陳韶華（1964 年 6 月 23 日）、鍾瑞圓（1964 年 8 月 6 日）、陳秋濤（1964 年 9 月 12 日）等。

另外，因為 1964 年底開始臺叢計畫緣故，給鍾肇政第一信的文友名單為：林柏燕（1964 年 10 月 12 日）、楊逵（1964 年 11 月 22 日）、李喬（1964 年 12 月 2 日）、劉武雄（即七等生，1964 年 12 月 16 日）、黃春明（1965 年 1 月 9 日）、陳千武（1965 年 1 月 12 日）、許達然（1965 年 2 月 13 日）、葉石濤（1965 年 12 月 27 日）等。

而鍾肇政在此年所收信件暴增為去年的兩倍以上。在《文友通訊》時期，鍾肇政信件自然比 1956 年以前暴增。而 1960 年則因為《魯冰花》，讀者信件雪片般飛來，又增加很多讀友通信友誼。而在 1962 年、1963 年原為一年間二百五十封左右，1964、1965、1966、1967 這幾年則超過五百封。[10]特別是 1967 年數目接近到七百封。這些有趣現象反映出，鍾肇政因為《臺灣文藝》的關係稍稍與日治時代幾位作家熟悉，而與年輕文友，因為有了自己的地盤，能夠進一步往來合作。不過

[8] 約於 2001 年，鍾肇政回答筆者於鍾肇政家。

[9] 括號中的日期，就是第一次通信的時間。

[10] 根據張良澤教授整理「鍾肇政所藏書簡」所統計。

楊逵倒是因為《臺叢》的關係，而非吳濁流的關係認識的。[11]但是，應該說吳濁流、鍾肇政共同整合了跨過日治時代的臺灣作家，意義非凡。這些信件往來當然是一個見證。

這時鍾肇政還認識幾位戰後第一代作家如葉石濤、李篤恭、張彥勳等人，他們與《文友通訊》時期認識的戰後第一代作家不同的是，都以日文通信，僅張彥勳有時日語有時中文。葉石濤來信前幾封為中文外餘皆為日文。而後者《文友通訊》時期的老文友則全為中文信。這中間實在有點微妙。另外比較特殊的是吳濁流、龍瑛宗雖然都仍有祖國故國的心，但都不得不以日語通信。龍瑛宗很不願意人家說他沒有中文寫作能力，但是他執筆時卻說出忘不了日文的「滋味」，令人印象深刻。吳濁流也曾說不通「中國式」的禮儀形式，而要鍾肇政幫忙處理幾類瑣事。

大概 1970 年代，鍾肇政在回給一位臺灣大學以翻譯日本古籍出名的臺大教授，鍾肇政「以日文回信」，卻被毫不客氣的說大家都是中國人，日文只是職業工具云云，不知鍾肇政何以出此，這也算是歷史中的小插曲。此種小插曲還有，如一位外省女作家被徵詢投稿《臺灣文藝》時，以奇怪的口氣說「我又不是臺灣人」而拒絕了。反日厭日、拒臺鄙視臺灣，在當年都是普遍的現象。但是，今日這些人往往也僅是換了嘴臉，心情仍一。令筆者感嘆同情，但又為其在此民主時代仍以謊言掩飾自我而感到人性扭曲。

有關《臺灣文藝》編務，前四期由吳濁流、龍瑛宗、文心、王詩琅等人負責。第五期則專由鍾肇政負責。之後到第十期吳濁流請鄭清文幫忙。鄭清文勞苦功高，接著則由廖清秀幫忙從 1966 年 4 月第十一期到 1967 年 4 月的第十五期。[12]之後則吳濁流請鍾肇政編輯一直到吳濁流過世。可以說吳濁流在整個《臺灣文藝》出刊過程，就是如偉大的文丐在負責募款，而編務大都交給他人。或者就說是鍾肇政寫信邀稿，以

---

[11] 鍾肇政著，錢鴻鈞編，《鍾肇政回憶錄二》，前衛出版社，1997 年。

[12] 廖清秀，〈編臺灣文藝五期與吳老〉，《臺灣時報》，1988 年 3 月 24 日。

指導後進方式，以拜託方式，以個人名望號召，才能維持《臺灣文藝》水準（吳濁流則另外努力親自造訪青年作家、女作家，邀稿、鼓勵許多；另有葉石濤給予作家許多評論、指導）。這樣講並不為過，而且也不會減損吳濁流的偉大，更不會抹煞其他幾位文友的苦勞。另外詩稿方面就暫不提了。所以本書強調在所謂「吳濁流時期」，鍾肇政與《臺灣文藝》的關係，這是因為學術上一本研究《臺灣文藝》的論文，似乎未有詳加的調查並考證，進一步瞭解《臺灣文藝》「運作」情況。[13]

儘管鍾肇政在《濁流》、《流雲》有一些性方面的描寫，奇異的是在 1963 年 6 月左右，鍾肇政經歷嚴重的氣喘，長達十年才算起色。[14]而 1964 年鍾肇政卻頻頻除了以前衛的方式表現創作，而題材卻跟性事大量相關。[15]之後在《八角塔下》，也有相關情況的描寫。這當然是鍾肇政在突破題材的創舉。不過，一方面鍾肇政把文筆指向日治時代，以免如《大壩》、《大圳》的現實題材，如《魯冰花》一樣，牽涉到偷竊、選舉、教育、貧窮等社會黑暗面。鍾肇政卻在日治時代的背景，又加入會被認為「黃色」的描寫。

> 肇政先生：
> 收到明信片了。今天提出「十大傑出青年」推薦書。
> 今天接到省政府新聞處如下之通知：
> 「——國家安全局函以該局暨各治安機關公共關係單位曾訪問本省中、南、東部地區地方人士反映意見謂報紙雜誌對於社會上黃

---

[13] 張金墻，〈斷裂與再生——《臺灣文藝》研究（1964-1994）〉，成功大學歷史學系碩士論文，1997 年。

[14] 1962 年，鍾肇政又染有胃病。文心給鍾肇政信，1962 年 2 月 26 日，「胃的檢查結果如何？仍希望好好保養才好，劇本的事進行了嗎？幾時殺青？」

[15] 從施翠峰給鍾肇政信，1958 年 8 月 27 日，得知鍾肇政很早就對有關性的創作抱持興趣。「來函敬悉，關於稍為色情一點的戰後小說，在我記憶中是田村泰次郎的最出色，他的『肉體之門』、『東京之門』等長篇作品，我曾經讀過，雖具色情，但卻有高尚的藝術氣氛。女作家平林泰子的作品也不錯。你要我舉出書名，我一時記不出，你只要到臺北市日文書局找這兩人的『選集』就可以找出幾篇了。」

色案件加強渲染對於人民士氣不無影響等由到部希轉知各報社注意改進。」

以上當然是一般性通知，然而，我卻想趁這次機會決定不刊載黃色文學。因為我本來就不喜歡黃色文學，在五、六年前，我到日本的時候，曾對中村先生諷刺過「日本的大學教授竟寫出裸體隨筆而洋洋得意」。中村先生就立即回答「已經恢復正常了」，如今，沒有人會對這種黃色文學感興趣，只有四、五十歲的半老人在閱讀而已，我始終主張健康的文學。我也在「瘡疤集」中的「漫談文化沙漠中的文化」一文中強調了這一點，在這種時期，最好不要採取要把雜誌的命運賭上去的方式。我認為反而致力於其他方面較好。因此，已決定取消在第五期刊載「闇夜，迷失在宇宙中」，因為它的描寫容易被誤會為黃色文學。雖然稿子已送去印刷廠，但想要取回它。它已經把活字都撿出來了，另一個重大的理由是，擔心今天提出的「十大傑出青年選拔」推薦書會受到這種作品的不佳影響。以上要請你諒解，也希望其他的作家不要再寫黃色作品。在以往，吳瀛濤先生也一直極力反對黃色文學，因為是如上述原因而不得不取消刊載，這一點要特別請你原諒，雖然因此而會缺少稿子。[16]

從這裡可見，這段時期，儘管臺灣只是稍稍走出嚴酷的白色恐怖時代，但是鍾肇政仍是不斷的想要突破、創新。即使，他也是漸漸的學習到自我設限、隱忍的一面。

你第一期和第三期的小說都是有關性的描寫，而「暗夜，迷失在宇宙中」則預定要刊在第四期。據吳瀛濤所表示，對你在創刊號的有關性的描寫，林海音和新生報的副刊某人之批評不佳，但

---

[16] 吳濁流給鍾肇政信，1964 年 8 月 20 日。黃玉燕翻譯，錢鴻鈞編，《吳濁流致鍾肇政書簡》，九歌出版社，2000 年 5 月，頁 107。

是，我一點也不在乎。以文藝的眼光而論，若要避免這種描寫，就產生不了像「查泰萊夫人的情人」那種傑作。然而，在目前的文藝界卻有許多假紳士存在。但是，也不必顧忌這一點。前天，臺北市立女中的教師看了之後抗議表示，不能讓女同學閱讀，不過，這件事我只是通知你而已，而並不意味我也持反對意見。我是擔心讀者們會認為你是專門處理性的問題的作家，所以寫這封信給你。[17]

可見《臺灣文藝》前幾期，並非鍾肇政所編輯，他只能推薦若干作品。雖然最後還是退稿了，鍾肇政心胸寬大，對《臺灣文藝》的認同的關係，並不會在意。甚而，吳濁流把鍾肇政的長篇小說《鳳凰潭》在刊登一期後就遺失了。吳濁流沒有道歉，鍾肇政也同樣沒放在心上。

辦了四期之後，吳濁流沒有錢了，就開始去臺灣人的有錢人處募款。並且臺灣文藝改為季刊來發行。

因為有楊肇嘉、吳三連、葉榮鐘、徐慶鐘、邱仕榮、顏朝邦、李君晰、林宗毅等人士擔任發起人，並決定將招募一股一千元的捐款，所以大概可以長久辦下去。[18]

這也是鍾肇政期待吳濁流能幫助他出版臺叢，因為吳濁流有有錢人的募款門道。另外，小說獎，一開始是拜託老作家居多：

上星期日打擾你了。小說評選委員已決定如下：

「林海音、鍾肇政、龍瑛宗、王詩琅、江肖梅、江尚文（新

---

[17] 吳濁流給鍾肇政信，1964 年 6 月 16 日。黃玉燕翻譯，錢鴻鈞編，《吳濁流致鍾肇政書簡》，九歌出版社，2000 年 5 月，頁 102。

[18] 吳濁流給鍾肇政信，1964 年 8 月 30 日。黃玉燕翻譯，錢鴻鈞編，《吳濁流致鍾肇政書簡》，九歌出版社，2000 年 5 月，頁 107-108。

> 竹）、張文環、張深切、李君晰、葉榮鐘（以上四人臺中）、吳新榮（臺南）」。[19]

不過很快的換掉了，因為吳濁流認為老一輩作家不中用了，都沒有活力似的，也不出席會議。

> 《臺灣文藝》第六期上做了一個臺灣文學獎特輯，讓評審委員們寫點感想。我寫了寥寥幾行字：
> 「它，首先應該是新的；
> 它，其次應該是臺灣的。
> 他，首先應該無愧於臺灣文學的；
> 他，其次應該是潛力雄厚的。」[20]

這是第一次鍾肇政對臺灣文學所做的初步的定義，它是新的、臺灣的。

> 記不起是從創刊第二年或者次年，吳氏還把《臺灣文藝》的編務交付給我（主要是小說方面的審稿工作，從此以後我一直負責到底）。我因為編了兩大套叢書，手上臺灣作家名單堪稱齊全，故此約起稿來倒也方便，勉強使稿源不致匱乏。[21]

儘管一開始，《臺灣文藝》的編輯，在小說創作部分並非是請鍾肇政幫忙，而是住在臺北的廖清秀、龍瑛宗。不過吳濁流終於體會到，還是要依賴鍾肇政才是。這情況一直到吳濁流過世為止，且吳濁流對鍾

---

[19] 吳濁流給鍾肇政信，1964 年 8 月 4 日。黃玉燕翻譯，錢鴻鈞編，《吳濁流致鍾肇政書簡》，九歌出版社，2000 年 5 月，頁 105。

[20] 《鍾肇政全集 19》，隨筆集三，頁 166-167。

[21] 《鍾肇政全集 19》，隨筆集三，頁 166-167。

肇政的依賴是越來越大的。

二、兩大《臺叢》的創舉與臺獨

戰後很長的一段時間沒有臺灣文壇，整個被所謂的「自由中國文壇」霸佔。1960 年代外省人之間盛傳「臺灣人還要二十年才有小說家」。於是「我的中文要寫的比你們還要好。」這種不服輸的聲音，充斥在鍾肇政心中，一如在日本時代楊逵、龍瑛宗、呂赫若抱持相同的反抗心理，一舉以異族語言日文打入日本內地文壇。鍾肇政還有另外一種聲音是「我們沒有自己的文字嗎？為什麼日本人來了要用日語，中國人來了，又還是用別人的語言呢？」一種強烈的反抗心理、強烈的感到「雖然說是國語但是實在是中國北方的方言。」

沒有好好提煉自己的母語成為臺灣文學的文字工具，仍然是臺灣文學的最大遺憾。當 1964 年 7 月左右，鍾肇政正在為《臺灣文藝》的〈鍾理和專輯〉作準備，或許鍾肇政想到鍾理和死前一直痛心自己的作品《笠山農場》無法發表、出書。另外，每年的光復節，霸佔文壇的外省編輯總會向臺灣作家邀稿，要臺灣人寫寫在光復「承受恩澤」的故事與心情。鍾肇政或許一個怒火中燒，暗罵「承受恩澤」嗎？或許冷靜的想到明年是臺灣光復二十週年，外省人說臺灣人還要二十年才有小說家嗎？鍾肇政要向外省人作一個巨大的展示，那就是《臺灣作家叢書》十冊，以幾個人合集為一本的宏偉計畫，完成一個奇蹟，變成一個「神話」。

至於，鍾肇政在實踐編輯《臺叢》計畫之前曾徵詢吳濁流、林海音、鄭清文、李篤恭等等人意見，主要為找誰出版、以及內容設計，這些另文詳述。該一提的是林海音就是在此時讓鍾肇政以為林海音譏諷他為「臺灣文學主義者」。李篤恭則在好幾封信上畫了很多「臺灣作家叢書」的設計圖，似乎很興奮莫名，符合他的熱心的個性、臺灣人的心。而陳火泉與許多文友回覆鍾肇政的計畫，在為擔憂稿酬、版權問題，幸虧鍾肇政誠意溝通，才得到作家的配合而同意合作，這種溝通的成功，牽扯那樣多作家詩人，所以也是一種奇蹟。而 1965 年 3 月，鍾肇政開始有「第二《臺叢》」計畫。鍾肇政首先想到的就是陳火泉，因為陳火泉也和鍾理和一樣，沒有自己的書問世。所以鍾肇政點名陳火泉。可惜《幼獅》的朱橋先生以陳火泉非為青年，所以將陳火泉打下，另外塞了兩個嫁給外省人的女作家。以《幼獅》為蔣經國系統來看，拉攏年輕人為其主要目的，因此陳火泉雖然被打下而心理難受，應該也能諒解鍾肇政的誠意！倒是鍾肇政當年也只好照朱橋所藉口的意思辦理了。縱然鍾肇政有所抱怨，也是無可如何，只有繼續前進。那時代鍾肇政常常給文友信件說到「有一天我們的理想」、「我們的地盤」、「我們的什麼」，內容不是很清楚。不過不難想見，這是可以用一種以臺灣人為主體，為了「民族文學的理想」來綜括的。

而鍾肇政另外點名了陳映真，依舊是被陳映真以自己不好名且作品不好而拒絕。是否有其他因素可以猜猜，觀察 1989 年鍾肇政編輯《臺灣作家全集》，真正打出臺灣兩字時，陳映真立場與為人，可從兩大《臺叢》時期知道幾許，他這次仍以歉意拒絕鍾肇政的邀請，在信上也提起了當年《臺叢》往事。最後第二臺叢名單為：鄭清文、鄭煥、鍾鐵民、李喬、陳天嵐、黃娟、劉慕沙、魏畹枝、呂梅黛、劉靜娟。其中仍有文友疑慮版權等等問題，幸虧鍾肇政誠意溝通，始完成此一不可能的任務。

鍾肇政編輯的標準，就是要證明臺灣人的中文水準，所以他將第一集選為日治時代就有寫作的五個人，但要求戰後以中文寫出的小說。所以排第一個人是鍾理和，表示鍾理和最早有中文能力。第二集五個人，第一個人是文心，也是相同理由，只是這五個人是戰後才開始寫作的。那麼就是有十個明星了。再加上三、四、五集總共有二十七人。都是質量俱佳，經常發表作品的。這就打破說臺灣人要二十年後才有小說家的說法。第六集則是六位女作家，不讓外省女作家專美於前。

以上，從內容我們可以注意到的特色是，濃厚的鄉土味、泥土味，其實就是臺灣味。《臺叢》的出版，其時代意義來講，打破了「臺灣人文字不好」的「神話」。對未來的影響來講，直接就造成了一股蓬勃的鄉土文學的力量。於是才有在 1977 年統治者開始要以工農兵或是臺獨來指控來打壓鄉土文學的論戰發生。另外，其他集的特色是：

1.第七集有八位作家，大都發表在《現代文學》雜誌。這表示現代派，也不是外省人在玩而已，也不是臺大的外文系的那群人在玩的。筆者在這裡講，或許給人有種「吸納」別人成果的意思。因為一般觀念上認為「臺灣文學」就是以泥土味為特色、有鄉土的土土的落後形象。不過鍾肇政本人早就對現代文學派提出嚴厲的批判，認為這是外國文學的末流了。不要說臺灣人早就於日治時代直接從西洋吸收意識流、心理小說的精華，而且也吸收日本的融合了意識流與日本古典精神的新感覺派的精華。鍾肇政個人來講，為了證明此點，也寫了很多充滿意識流的短篇作品發表在《臺灣文藝》。一手寫傳統史詩大河，另一手寫有如現代派的長篇《大壩》、《大圳》與結集為《中元的構圖》的中短篇小說，採取一種土俗與現代技巧結合的方式。表示自己並非是講空話、空想，也能寫那種「搞怪狀的」、「意識流的」技巧性作品。絕非搞中國式的阿 Q 自我勝利法。

2.很值得重視的一點是鍾肇政對臺灣文學作品的選取。其中有一名原住民陳英雄。日後並對其充滿眷戀的愛護與期待，通信不斷。這否定了今日被外省人攻擊污衊的本土暴力與沙文主義。這是鍾肇政未卜先知嗎？當然他是沒有中國人那樣的謀略，那是很自然的讚嘆原住民是了不起的一群、一種「愛」的出發點，也就是將原住民與臺灣人兩個名詞看成毫無差等的意識。另外這十本臺叢也創造出閩客融合的狀態，那種在文學上合作無間的情況，為今日的族群造就一個典範與「神話」。可貴的是，這位原住民，自己也視為自己是臺灣人的一分子，如李喬給鍾肇政第一封信上所言的狀態一樣，向鍾肇政的《臺叢》「報到」。其在精神上似乎有共同的與平地人打過乙未抗日戰爭，也打過二二八戰爭。形成臺灣人反抗暴政、外來政權不公不義的美麗圖畫。

總之：從 1965 年兩大《臺叢》所標舉的——對照鍾肇政於 1990 年所主編的《臺灣作家全集》——臺灣文學內涵就是臺灣的文學、臺灣人的文學，只要不是歌功頌德反共戰鬥八股，臺灣文學容許無限的流派。

除非有的人不承認自己是臺灣文學，為了尊重，那也就無法「暴力」的將其收錄於《臺灣作家全集》。不過很妙的，1998 年時這些人似乎學聰明了，來個「大轉向」，也說出自己是屬於臺灣文學的，並引爆「臺灣文學經典事件」搶奪「臺灣文學」這個神聖的稱號。[22]或許他們學到1980 年代的對岸中國人也承認臺灣文學的豐富，不過指出是「中國文學的重要的一支」。這是中國人的謀略嗎？跟中國人真是有理講不清，這確實一種解釋權的搶奪啊。

如同百年前就已經沒有人說美國文學或是愛爾蘭文學屬於英國文學的重要一支。我們必須要拿出更好更源源不絕的作品。並且我也相信，目前我們是有實力將臺灣文學拿到世界接受嚴厲的評價。

從本書「附錄二」的年表，顯示出「1965 年是臺灣文學史上頗具關鍵特殊的一年」。除了將提到的兩大《臺叢》的「神話」般的成功出版外，未來臺灣文學史上重要的兩大文豪李喬、葉石濤，分別也因為兩大《臺叢》的關係，與鍾肇政取得聯絡，並發展緊密的友誼。等於是臺灣作家在恐怖陰影下，有賴光復節——慶祝光復二十週年——掩護來大集結。

對照補充：島外的臺獨團體，則皆以二二八這一天集結活動、成立組織，凸顯臺灣人的命運。島內外各選擇不同日期活動，這象徵什麼？豈非如同位於日本的大臺獨王育德博士所言，島外怎麼喊怎麼危險，還比不上島內人士活動的危險於萬一。

這是一個白色恐怖、特務橫行壓制臺灣人的時代，兩套叢書後來不得不加上「省」字或去掉「臺灣」兩字。而新著《臺灣人》甫發表首日即受警總阻止，稿子被帶走，剛剛復刊的《公論報》也因此就停刊了。這些在出土的文壇社長穆中南給鍾肇政信中有著相當委婉卻頗詳細的紀錄：

---

[22] 廖淑芳，〈臺灣文學經典三十事件〉，網路發表於「文學好臺誌」。

> 來示拜悉，這一陣子的確很忙，我得湊這空檔給您兄回信，以免苦待。在此期中，我同樣和您一樣的急，此中苦處，非一言可說得明白，我很希望和您見了面，才得以抒胸中心悶。《臺灣人》長稿在報館（發刊人手中）當局手中，我一直希望能把它推出去。我所以沒能言即回覆，也與這種心情有關。我希望有個決定。為什麼報館當局要看這篇東西，這也是受了外界的影響，為您為我，我一直在努力。如果您一定要把它要回去，我即把它拿回來，我明天就去辦這件事。不過，無論如何，也請能諒解我的心情。
>
> 至於《臺叢》請了個專人在評閱中，出版絕對沒有問題，為您為我的責任，必以穩健處理始可真正達到我們當初的目的，不然節外生枝，不僅辜負了您我當初的苦心，以及金錢的投資，也把當初的目的抹殺了，所以需慎重將事，叫各方面都說不出話來。多少年來，我已學會了忍耐。我相信三、四個月來，除了我以外，為此事都不會有如此之堅強，但是，我得穩健，才能使此事圓滿實現，我相信我這關如果打不通，朱橋也不可實現第二輯，這裡面牽涉的問題很多，但可用「稍待勿燥」的這句話來處理此事。請您放心。[23]

所謂報館當局，其背後的掌控者，也就是上文提到的警總，一個十足令臺灣人感到驚惶恐懼的單位，在其他極權國家來說便是像過去蘇聯的 KGB、納粹的蓋世太保，這些組織殘忍沒有人性，如出一轍。《公論報》原是和雷震等人共同籌組新黨、敢於向蔣介石挑戰的李萬居創辦，一直以來當局便極力打壓搶奪之。鍾肇政手頭上的《臺灣人》稿，這時已完成了三四萬字，便應邀投寄，刊載於復刊試版的該報，第一天《公論報》就因此停刊，遭到嚴厲的一擊。不過，穆中南回覆給鍾

---

[23] 穆中南給鍾肇政信，1965 年 5 月 24 日。

肇政的書信中「受外界影響」，指的可能是《公論報》試刊兩天後，即1965 年 3 月 27 日將辦理的彭明敏、魏廷朝、謝聰敏三人以「臺灣自救運動宣言」獲罪的叛亂案的公開審判。鍾肇政在那種恐怖年代執意打出「臺灣」、「臺灣人」字眼，可能有其用意在，當然是敏感之至，也與《公論報》一樣成為打擊注意的目標。另外《臺叢》係鍾肇政為所編輯的《臺灣作家叢書》，在報刊廣告徵稿文中所取的簡稱。下封信隱隱透露出與《臺灣人》稿，同樣的敏感受到注意，這時鍾肇政本人到底又增加幾個所謂的「案底」呢。再看短短一個星期內穆中南再度回覆給鍾肇政的信件：

> 我們原先的設計，如果在年前或一月邀稿，折算分兩次出書，一次是在四五月，一次是在九十月，現在通改在九十月一次出書，並無多大變動，僅不過兩次改為一次出來而已，這裡的原因，一者吾兄繳稿較遲二月到三月，二者是受了外界的影響，現在說出來也無所謂，但希望只吾兄知道就算了，千萬不必為外人道，大概是一批新詩的朋友為出此書有幾次集會，同時，這批寫詩的朋友之中也或者其他省籍的寫作朋友神經過敏，向當局報告可能有其他作用，於是我的困惱就來也，尤其簡稱《臺叢》您懂嗎？（以後我們對此簡稱最好避免）但我多年的正大和忠貞，我因不談政治，也不太願和政治糾在一起，但我之純潔[24]如白紙和忠貞

---

[24] 林海音在船長事件後，在 1963 年 5 月 8 日給鍾肇政的信件中，也提到「純潔」這兩個字。「謝謝你的關心，我很好。事情也許不大，可是鬧大了些，所以大是有些因素的，但是我的純潔是各方面都瞭解的，所以並沒有遭受到外界傳說的可怕的事。我和報社也很好，是在和平的會談下辭去職務的。因為我的朋友多，名氣大一笑！所以消息傳得也快、廣。有些傳言確實使我困擾，事情那樣突然，那樣緊張，怎不使人驚異呢！朋友們關心我，慰問我，這是人世間最寶貴的，我得到了，失去別的什麼都不要緊。休息在家，並不損失什麼，因為我自己許多事待料理，現在正是時候。現在，事情已經確實知道，現在正是時候。現在，事情已經確實知道平靜下來了，沒有事了。你看，日子過得多快，半個月了！這次的事情，使我真正體驗到的是：『吞下眼淚』是什麼滋味！我是喜歡笑的女人，但是喜歡笑的人，大半也喜歡哭，我不例外，我像一隻受了委屈的鳥，本應當大哭一場的，但是硬把眼淚吞下去了！我告訴自己，笑面有益。」

> 之情為各界所知，所以我頂得住這一場誤會，同時，我不得不慎重的借用各方的關係來出此叢書，我本來不打算對您說的，因為用什麼方法到最後仍然可以把書作出來的，不料您太急，我含糊的解答，您可能更糊塗了，但這些千萬別影響您個人的寫作心理，您應該和我一樣，更加堅強。[25]

信中又指稱有「外界的影響」，也就是《臺叢》的簡稱與「臺獨」政治案件被聯想在一起的意思。此段時間，除了彭明敏等人的叛亂案，從事臺灣獨立運動的「臺灣共和國臨時大統領」廖文毅在 1965 年 5 月 14 日投降歸臺，可知道統治強權目光所視在哪裡了。鍾肇政此時，已建立了廣大的聲譽，有了值得國民黨收買的身分。鍾肇政說：「國民黨很奇怪，要捧紅臺灣人，但又怕臺灣人太紅」，意思是國民黨對臺灣人的不信任。

以一個文壇的領導人該具備的謹慎小心的個性，鍾肇政或許自忖有了保護色，其地位該不是隨便會受約談乃至逮捕的人。這樣的說法未免太奇怪，警總要抓你，還要真憑實據嗎？連蔣介石身前的紅人彭明敏都逃不過了魔掌。所以鍾肇政自己也奇怪從未被約談。或許我們應該感謝上天對「臺灣文學」的發展推一把手！否則，特務們間接要從鍾肇政的文友來問鍾肇政的行為，在被反問為何不直接去問鍾肇政本人，這些特務怎麼會回答：「我們不想去打擾他的寫作生活」呢？

時間過去很久了，筆者仍然感受到，雖然鍾肇政當時是利用了國民黨最受用的言語，如祖國愛護臺灣同胞、紀念臺灣光復、臺灣文學是中國文學的一支等等包裝來自我保護，鍾肇政在驚濤駭浪中提出《臺灣人》的創作與編輯兩大《臺叢》等不可能在當時提出的計畫與敏感的字眼，這便是鍾肇政與恐怖政權作最強力與猛烈的鬥爭，轟轟烈烈的編出值得臺灣人紀念的兩大套叢書的心理基礎了。以今日來看，可以說這幾

---

[25] 穆中南給鍾肇政信，1965 年 5 月 31 日。

件事的成功，肯定是戰後臺灣文學建構的關鍵點。

第三節　吳濁流、穆中南與朱橋

一、文學巨人吳濁流

在過去，鍾肇政想要有自己的雜誌，以建立臺灣文壇，有自己的地盤。可以說是吳濁流幫鍾肇政實踐了。吳濁流對臺灣文學的建構，也是相當重要的一分子。除了他創作了《亞細亞的孤兒》第一個寫出臺灣人的形象，也寫下二二八題材的小說《無花果》，然後創辦以臺灣為名的雜誌，以及以臺灣為名的文學獎。儘管這兩個名稱都是鍾肇政建議而來的。

反過來講，也是鍾肇政真正的當作自己人的雜誌，為之付出大量的心血，協助編輯。除此之外，還協助吳濁流創立了臺灣文學獎，之後吳濁流成立吳濁流文學獎，鍾肇政還擔任主任委員，一直服務到 1990 年代才卸下職責。

而在吳濁流在 1976 年過世後，鍾肇政仍義無反顧的接下整個《臺灣文藝》的出版工作。並且以提早退休方式，暫停了創作，全力的投入《臺灣文藝》的編輯與革新。以此來培育新一代作家，以及凝聚臺灣作家。比如李喬、東方白的大河小說的作品，都是鍾肇政以版面來支持他們的創作與發表。

而從鍾肇政認識吳濁流開始，鍾肇政更是協助吳濁流的部分作品的翻譯工作。本來吳濁流的《亞細亞的孤兒》等作品，也會請傅恩榮、廖清秀等人幫忙，但是吳濁流總是不滿意。最後如《無花果》、〈路迢迢〉更是請鍾肇政協助翻譯了。

不止如此，在吳濁流的最後的作品《臺灣連翹》，仍是請鍾肇政翻譯，但是剩下的幾章，吳濁流囑咐鍾肇政在吳濁流死後十年或者二十年後再翻譯。鍾肇政也是信守承諾，甚而遇到鍾肇政長子車禍過世的不幸，鍾肇政也完成這個累人的翻譯工作。

當然，吳濁流的遺稿，尚未翻譯出來時鍾肇政也先看了，並且知道與二二八相關細節，而且比《無花果》更深入知道害死臺灣菁英的到底是誰，國民黨的派系的複雜如何。鍾肇政不免自稱恐懼的不知道往哪裡藏放才好。而比較起來，吳濁流的膽量堪稱是臺灣文學的巨人，鐵血詩人也是其來有自的稱號。特別吳濁流又是比鍾肇政高大，臉型四四方方的，表現著得理不饒人的的硬漢形象。

吳濁流不僅在日治時代末期就冒險偷偷寫下非國民的《胡志明》（1960 年代最後定名為《亞細亞的孤兒》），戰後則有〈波茨坦科長〉強烈批判整個中國人的貪污腐敗問題。最後還寫下兩本二二八為題材的小說。而鍾肇政可說碰都不敢碰，只有在《流雲》稍稍的觸及二二八發生前的癥象。

而特別是《亞細亞的孤兒》這本書，成為臺灣文學史上公認的經典，第一部描繪臺灣人的形象的長篇小說。這與鍾肇政的生命主題就是臺灣人是有相當聯繫的，鍾肇政最重要的主題就是要探討臺灣是什麼、臺灣人又是什麼。因為《亞細亞的孤兒》的關係，大家立刻就會說臺灣人是孤兒。

儘管鍾肇政對臺灣人的詮釋是不一的，鍾肇政也自認自己不會有孤兒情結。鍾肇政的《臺灣人三部曲》更為龐大，是一部英雄的史詩，內容更為豐富，文字描述更有藝術性。可是，《亞細亞的孤兒》更有一種思想上的啟示、預測性。所以，在創作上這好像成為鍾肇政的一種終身扼腕的遺憾了。

而鍾肇政做為編輯者、文壇的領導者，除了創作第一外，還要鼓舞伙伴創作，更要培育下一代。這方面吳濁流也是有所貢獻的，不過個性關係，吳濁流喜與人爭論。如李喬、陳映真皆向鍾肇政反應過，不能接受吳濁流的大老心態，甚而吳濁流喜影響編輯方向與左右臺灣文學獎的審查。但是浪漫氣質的古文人風度，女作家是視之為父親與溫柔的老人。禮數上，吳濁流也是相當有人情味的。

說回來，鍾肇政雖然獨力編輯了兩大《臺叢》，且不說仍是受到穆中南與朱橋等後臺的強力的支持。鍾肇政缺乏一個長期的版面可以支持作家伙伴的發表。儘管《臺灣文藝》是一個沒有稿費的雜誌，發行量又很少，能見度低。但是仍不失一個凝聚大家的心，可以團結大家在臺灣的旗下。儘管《臺灣文藝》有時，讓伙伴感到名稱上是敏感的。但是，這些伙伴仍是勇敢的參與了《臺灣文藝》，付出了膽戰心驚的代價。

更重要的《臺灣文藝》的正式的發行，還有頒發與評審臺灣文學獎、吳濁流文學獎的關係，讓伙伴更有理由聚會，而不必藉由某人生日或者其他喜宴。通信當中，更可以多一些自由討論文學作品。於是，《臺灣文藝》便多少達到保護臺灣文人的功能。

因此吳濁流在創立《臺灣文藝》的貢獻上，確實是鍾肇政所無法達到的境界。而直到解嚴後，臺灣文壇才可能有自己的筆會、協會的組織等進一步的在團體上的運作模式。

且，若非吳濁流背後的臺灣省籍的上流社會的人脈關係，恐怕臺灣兩字的文藝雜誌，無法被警備總部核准下來的。而一開始同樣的被刁難許久，且策略性的召開多次的座談會，邀請年輕作家之外，也特別單獨邀請本省籍的社會名流。讓吳濁流有恃無恐堅持雜誌的名稱。[26]

就版面與稿費而言，《臺灣文藝》畢竟是比較缺乏的。鍾肇政自然的還會跟外省人方面比較親切的對待本省文人的，彼此合作供稿、邀稿。

從對皇民文學的看法，可知吳濁流與鍾肇政的態度差異甚大。陳火泉也參加了 1964 年 3 月 1 日所辦的「青年作家座談會」，只是在

---

[26] 座談題目：「閒談文藝」。
時間：二月廿二日（星期六）下午三時（1964 年）
地點：臺北市懷寧街七〇號臺灣省工業會四樓
出席：吳三連先生　葉榮鐘先生　林攀龍先生
黃登洲先生　朱昭陽先生　林佛樹先生
李君晰先生　陳逸松先生　徐慶鐘先生
蕭家棟先生　林衡道先生　顏朝邦先生
林挺生先生　辜偉甫先生　李沛霖先生
陳秋子女士　徐傍興先生　吳濁流

《臺灣文藝》上陳火泉只幫忙了在第五期的「鍾理和專輯」，寫了一篇文章「倒在血泊中的筆耕者」，或許沒有稿費，陳火泉無力支持《臺文》。另值得提到的是陳映真也來參加「青年作家座談會」，只是在吳濁流時期，陳映真一篇稿也不願意投來。

從《吳濁流致鍾肇政書簡》得知吳濁流對陳火泉作品〈道〉稱為奴隸文學。

> 我沒有勇氣可寫長信。總之，不打算轉載「兩年來的省籍作家及其小說」。理由很簡單，例如，陳火泉的「道」並未得到芥川獎而說已得到芥川獎。所以，當我看到這一點後就嚇一大跳了，我把這件事告訴過龍瑛宗後，他即表示「豈有此理」。在當時，連有心的日本人都在指責。然而，要把那種奴隸文學當做文學，我真搞不懂你們的想法。我曾經說過，批評家就是鬥雞，與其要拍作家的馬尾，不如不寫，他竟寫出不是事實的事情，而連戰後的日本人都在大罵特罵，然而，例如岩波書店於一九六二年發行的「文學」四月號所刊載之尾崎秀樹的論文「決戰下的臺灣文學」就可供我們做為參考。因為原文很長，所以我要節出其中一部分，筆者在「文學」第六十三頁指出「可是，陳火泉熱烈的呼籲之對象是什麼呢？要皇民化、做為一個日本的臣民，當聖戰的尖兵，這就是等於要把槍口指向同胞中國民眾，同時也不是等於背叛亞洲的民眾嗎？我重新讀過這篇帶有未成熟成分的陳火泉的大作。這時，我是無法排除掉滲透在字行中的作者的苦悶在我心中所刻成的無奈的反響」。
>
> 「道」的主角不久當志願兵並唱出「身為日本國民而無日本人之血統，這多悲哀，然而，如今吾等將可當天皇的盾，這時應該踴躍、毫不害怕地獻出生命才對」，並且對一個女孩子說「如果我陣亡，就要你到我的墳墓來看我——」、「青楠（『道』的主角之徘句筆名）居士生於臺灣、居於臺灣、但死為日本國民」，或「居士為協助天皇偉業而生，居士為協助天皇偉業而致力，居士

> 為協助天皇偉業而死」，這就是他的想法吧。對這種精神之荒廢，戰後的臺灣民眾是否以憤怒的心情反省過呢？日本人是否以自責之心反省過呢？除非是經過了嚴厲的試鍊，戰中精神的荒蕪仍然會遺留到現在」。
>
> 讀過這篇文章後，我就覺得在日本人中也有具有正義感的人存在。然而，戰後的臺灣第一流文學批評家竟會介紹「道」為芥川獎得獎作品（這根本就不是事實）。像尾崎先生所說的「戰後的臺灣民眾是否以憤怒的心情反省過呢？」如今，則竟演變為不但不憤怒，反而出現了要稱讚的人。如果你讀過「道」後，也不懷疑它得過芥川獎的話，像我這種老人家就會終於變得什麼都不懂的。不久，辜顯榮和許丙的銅像也會以抗日英雄之名豎立起來吧。我完全不能瞭解你要把「道」轉載於「臺灣文藝」的想法。[27]

或許也影響了陳火泉與《臺灣文藝》的往來。吳濁流有其個性，以及他的成長時代背景與作風，吳濁流對陳火泉與〈道〉關連，相當的不滿。這並不令人意外。不過 1968 年《臺灣文藝》四週年慶的照片上，仍有陳火泉的影像出現。

而 1960 年初期，吳濁流出版了幾本自己作品的選輯，鍾肇政曾表示那是疊床架屋的作品集，認為吳濁流太重視文名了。不過，日後吳濁流寫環遊世界的隨筆，鍾肇政倒表示吳濁流年紀大了，還願意寫作，實在是值得鼓勵的。鍾肇政經常被文友拱出來，希望鍾肇政能自創一個雜誌，以免吳濁流似乎把雜誌當成自己的，過分的干預編輯。但是鍾肇政仍盡力的疏通年輕一輩作家對吳濁流、對《臺灣文藝》的不滿。鍾肇政在建構臺灣文學的理想之下，他首先對鍾理和的友誼與文業，非常的珍惜。而再來是對吳濁流的的巨人形象，也是持續的維護與尊敬。

---

[27] 吳濁流給鍾肇政信，1967 年 12 月 6 日。黃玉燕翻譯，錢鴻鈞編，《吳濁流致鍾肇政書簡》，九歌出版社，2000 年 5 月，頁 179-181。

二、最友善的編輯穆中南

在臺灣文學史上，穆中南是值得記上一筆的。不過基本上穆中南的身分地位的關係，為人是比較倨傲的。但是，他對鍾肇政卻一直非常的禮遇。而穆中南對於「臺灣作家叢書」的支持，鍾肇政認為與穆中南的生意頭腦有關係。穆中南認為這套叢書應該是可以賺點錢的。筆者以為，或許背後可以獲得政府當局的補助，畢竟這與黨國的德政的宣傳是有關係的。

他們應該是在 1963 年 8 月於臺南某會議上見面。當然穆中南早知道鍾肇政的「大名」，且強調知道鍾肇政是本省籍。而鍾肇政才於 1963 年 12 月末將「大壩」的長篇小說投稿給穆中南。穆中南認為這小說的技巧、人物都好，主題上對石門水庫的偉大建設也寫的好，意思是對政府的建設有了宣傳上的效果。

鍾肇政對《文壇》也是相當的支持的，除了投稿長篇小說如《大壩》、《八角塔下》、《流雲》之外，《流雲》也直接在《臺灣作家叢書》中印出來。《大壩》也是在文壇社出版。部分原因則是《中央日報》連載了第一部、第二部，第三部的《流雲》就不續刊了。可是《八角塔下》發表後，則遲遲沒有印出來。穆中南的來信，談了很多錢的事情：

> 肇政吾兄：
> 兩函皆拜悉，因為我去了南部兩天，故遲覆乞諒。「八角塔下」近期難能出版，一、我已將兩部都打了紙型（第二部因印刷廠催的太緊，壓鉛之故所以前一半由我校對，而後一半由內人校對，又校出一些錯字）；二、我近來的經濟情況奇劣，幾個地方調的錢遲遲難能湊齊，我還得維持「文壇」經常出版，祇可暫緩一口氣再說，如果一旦周轉靈些，此則提前出版。
> 為了應付友人的慶賀，這是好事，如果需要書，大壩和流雲都有，需多少本，祈來信，我就寄上，將來按成本計算於稿酬中扣

> 除，將來「八角塔下」出版後，再贈送，事實上，一個禮拜的時間，連印帶製封面和裝訂也太趕弄。
> 「八角塔下」擬奉壹萬元連出版權讓給「文壇」不知兄意若干，懇請明示。但這筆錢，我也在短時間還不能奉上，一有好轉即行奉上，我對外面的處理是這樣的（一）有幾處支持我的如可兌現，立即清理；（二）如果都無希望了，「文壇」也無法維持了，我則處理不動產，也是都一一清理之，知兄關注，茲先奉聞。[28]

可以見到穆中南算盤打的很精，且言談間，都是生意上的客套文字，解釋自己的經營困難。很多稿費、版權費說好要給鍾肇政的都是一拖再拖。之前對《大壩》的稿費與出版，也是如此，希望買斷版權方式來合作。其他或者如鍾肇政獲得教育部文學獎，穆中南也會討人情，好像跟穆中南的幫忙有關係。但是說回來，穆中南或許也真的幫忙推薦有了效果。或者他也協助葉石濤得些什麼獎，幫忙洗刷葉石濤在中國文壇中，大家所知道的坐過牢而令人不敢接近葉石濤。穆中南也極力的建議鍾肇政加入「文協」，認為比較妥當，且好處多於壞處。

當鍾肇政正在進行了第一套《臺叢》，發現到來稿質好量多，決定第二套《臺叢》十本，以每個人一本集子的方式。此時碰巧與朱橋商量，而一拍即合，這就是「幼獅版」的《臺叢》由來了。而且還發生穆中南似乎要「搶功」，希望兩套《臺叢》都由穆中南自己印。只是，穆中南後來也被牽累「《臺叢》與臺獨」的麻煩，連印一套都有問題。因為他並沒有像朱橋這樣的後臺大老闆蔣經國的關係。況且穆中南原乃東北人，曾經淪陷日本佔領區，在外省人之間一直有被認為有漢奸的色彩。所以發生「《臺叢》與臺獨」的事件時，他在給鍾肇政信上：

---

[28] 穆中南給鍾肇政信，1967 年 6 月 8 日。

> 這批寫詩的朋友之中也或者其他省籍的寫作朋友神經過敏，向當局報告可能有其他作用，於是我的困惱就來了，尤其簡稱「臺叢」您懂嗎？（以後我們對此簡稱最好避免）但我多年的正大和忠貞，我因不談政治，也不太願和政治糾在一起，但我之純潔如白紙和忠貞之情為各界所知，所以我頂得住這一場誤會。同時，我不得不慎重的借用各方的關係來出此叢書，我本來不打算對您說的，因為用什麼方法到最後仍然可以把書作出來的。不料您太急，我含糊的解答，您可能更糊塗了，但這些千萬別影響您個人的寫作心理，您應該和我一樣，更加堅強。[29]

此信安撫鍾肇政的寫作心情，是指鍾肇政的「臺灣人」稿子被警總帶走。而對穆中南則是有逼自己自承清白與「正大和忠貞」，只差點沒高喊蔣總統萬歲而已，可見臺叢事件的嚴重性。信中也看出穆中南相當有手腕，他找了王藍、朱嘯秋、魏希文等等 9 位黨政巨頭與他一起列名編輯委員的方式，等於是有「功」大家分，才安然的將《臺叢》印出。之後確實獲得軍中黨內外的讚賞，大賣其錢。穆中南的確有生意眼光，不僅僅是錢方面，而且等於是懂得與「當道」做生意了。

而那種漢奸的色彩，或許也使得穆中南對曾經淪為日本殖民地的臺灣「同胞」一分「同情」嗎？所以「慨然」相助鍾肇政的《臺叢》計畫。只是賺了錢，一毛錢也沒給鍾肇政，連慣常的編輯費都黃牛了！一如他在《文壇》給臺灣人的稿子稿費，是都有給，不過少的可憐。但是鍾肇政都不在乎的，因為鍾肇政或許是抱持著「臺灣文學寧靜革命」的心胸，一心就是要建設臺灣文學。並且為伙伴出版作品為榮。

很妙的一點是，《臺灣作家叢書》推出的廣告小冊子，以穆中南署名的出版的話，寫些光復二十年臺胞怎樣愛國怎樣艱難學祖國文字的八股外，居然說這批臺叢「可以向全世界文壇宣示的輝煌成果」，這句

---

[29] 穆中南給鍾肇政信，1965 年 5 月 31 日，顯示出《臺叢》的問題。前一封信為 1965 年 5 月 24 日寄出。

話很像是鍾肇政的口吻。鍾肇政確實希望臺灣文學能打入世界的文壇。小冊子背後則印兩行字「自習祖國語文僅二十年有此驚人之傑作，可向世界文壇宣示我國文化起飛的鐵證」，這確實是鍾肇政擬出的話，否則外省人自打嘴巴，因語意有「自由中國文壇」要仰靠臺灣作家之意。

另有兩行的廣告文字是「再沒有比本省籍作家，描寫本省人生活更為逼真。」鍾肇政的意思便是鼓勵臺灣人寫臺灣文學。並且穆中南也應鍾肇政之請，協助葉石濤等人爭取以五四為名的中華文藝協會獎章。鍾肇政推薦了四人，最後只有葉石濤得獎。[30]一般認為葉石濤比較機靈，可是卻格調拉得很高，或者是一種幽默，好像還不是很樂意、很領情的樣子。當然，相信葉石濤懂得鍾肇政的一種好意，並且瞭解鍾肇政為他極力爭取的原因，可以洗刷葉石濤的一些在中國文壇的不良印象。葉石濤來信說：

> 下面要談的是我個人的私事。
>
> 第一件，我的描寫偷雞賊的小說〈群雞之王〉投寄《人間》已一個月，到現在仍不見刊登。桑君還稱此篇是近年來難得一見的佳構，但卻遲遲不見刊出。我實在困擾極了，其實呢，與其拍我馬屁誇讚我，還不如早點替我刊出對我來說要來得更實惠些。我畢竟不是可以餐霞飲露的神仙呀。
>
> 其次，前面提過的《青溪》的小說〈決鬥〉。你信中說是刊在三月號，可是這《青溪》三月號迄今尚未送來，由此看來，大概是還沒有登吧？雖然很是對不住，我還是想請你儘快幫我再問問看。我若不趕緊重抄一遍，想辦法拿它換點錢的話，馬上生計就要成問題了。《青溪》這雜誌實在是教人不敢領教。在你百忙之際，還要給你添這樣大的麻煩，非常過意不去。不過你也是做了過河卒子，乾脆就好人做到底，把事情做個決斷吧。

---

[30] 穆中南給鍾肇政信，1969 年 3 月。

> 我對這個黨報抱有很大的疑問。事實上，我的小說很多是遭這些國家主義者（nationalism）的傢伙所辦的雜誌或報紙所退稿。遺憾的是我並非國家主義者，所以遭《中央副刊》或《中華日報》整得很慘。這是你無從瞭解的憤慨。這一點也要請你諒解。簡此。[31]

其實葉石濤對外省人與外省文壇的憎惡，在許多信件裡都有表示。雖然信件裡發洩居多，但作為戒嚴體制下，或許葉石濤視鍾肇政某種領導人身分，爭取保護、發表空間等等，這還是鍾肇政手腕更為靈巧。但是兩人對臺灣文學的招牌的堅持是一致的。而奇異的葉石濤受到年輕一輩的作家抨擊、誤解的情況，並不會比鍾肇政少。特別在 1980 年代後，兩位都直接受到不小的衝擊。年輕一輩的作家，反而好像變成臺獨的先鋒，臺灣文學的最有力與激進的吶喊者。這之後會在第七章、第八章討論。

三、蔣經國的橋樑：朱橋

筆者曾為文刊出「文壇版」的《臺叢》出版者穆中南回覆給鍾肇政的關鍵信件，其中提到《臺叢》被認為是「臺獨」的危險，要鍾肇政慎重將事。[32]這裡另有「幼獅版」的《臺叢》的出版者（《幼獅文藝》編輯）朱橋一樣於同日 1965 年 5 月 24 日發出一封信：

> 肇政兄：
> 這幾天忙校對，頭忙的暈暈的，遲覆你的信，實在抱歉！
> 五月號的《幼獅文藝》都寄了，你有沒有收到稿費！所提請十二

---

[31] 葉石濤給鍾肇政信，1968 年 3 月 13 日。《鍾肇政全集 29》，頁 81。

[32] 錢鴻鈞，〈鍾肇政內心深處的文學魂：向強權統治的鬥爭與周旋〉，《文學臺灣》34 期，2000 年 4 月。

位作家撰寫說說在國軍文藝大會所提的十二項精神，現正照兄所示在準備中，屆時尚請兄寫一篇。

兄對文壇之貢獻，對朋友之關照，和愛國之赤忱，是口碑載道的，我們決全力支持吾兄，沒有人敢打擊您的，如有什麼事情發生，我們決做你的後援，請兄放心吧！千萬勿為此煩惱。

光復節出版省籍青年作家叢書，上版已批准，請兄就積極籌備，關於選稿之原則，請兄稍注意，弟亦曾當面與兄談及這一問題。

十位作家名單是否是：

鍾鐵民、李喬、鄭煥、陳映真、劉慕沙、呂梅黛、魏畹枝（郭錦隆作品太差了）還有三位請兄卓裁！

弟六月二日赴東部，八日返北，如兄有空來臺北時，再面談一切如何！

信寫得很匆促，祈原諒！祝愉

弟　朱橋　　五月廿四日

能否在六月十日前賜篇萬字以內的小說！為盼！

若對照另外一封穆中南給鍾肇政的信，當可知，此時鍾肇政是一方面擔心兩大《臺叢》無法付諸實踐。另外一方面身家性命問題難保。仔細閱讀信件內容，會疑問朱橋為什麼要力保鍾肇政，褒獎鍾肇政的愛國與對朋友熱誠呢？且朱橋口氣相當大，顯示警總這邊已經調查鍾肇政很久，沒有特別的證據，說鍾肇政是臺獨分子。而朱橋與上面的長官，決定支持鍾肇政，也是等於要好好利用鍾肇政。

當然朱橋遲覆信的原因，筆者認為是一種藉口。實際上《臺叢》會被認為是臺獨，與當時的彭明敏「臺灣自救運動宣言」事件與廖文毅回臺投降，引起整個社會的高度敏感，朱橋在發信前當也與特務系統配合再一次徹底調查鍾肇政。[33]

---

[33] 從出土的調查局檔案，確實鍾肇政雖然被強烈質疑有臺獨傾向，但是也是為人和善、樂於助人，甚至也有相當的意見，判斷他是愛國的。

簡單分析三點原因，讓鍾肇政安然過關：一、鍾肇政身家清白，父親是小學校長。二、鍾肇政在 1962 年開始，陸續於《中央日報》發表兩大小說《濁流》、《江山萬里》，依政府看來是個愛國抗日小說。三、而自 1957 年在《文友通訊》從事文學運動以來，鍾肇政的確一股領袖氣質，愛護後進，幫助前輩如吳濁流譯稿等不遺餘力。鍾肇政被認為是古道熱腸的好人。

不過，朱橋力保鍾肇政，可能更可怕的是一種兩面手法。就是一方面打擊你，要你聽話，一方面又保你，給你恩澤。那麼你就乖乖的當然不敢亂動，也當然也會對之效命，要你寫什麼稿你就寫。

因為鍾肇政的確是「不聽話的」。朱橋曾經當面「請」鍾肇政到救國團上班。可是鍾肇政說不想上臺北，離家太遠，這當然是給朱橋軟釘子的說詞。朱橋又說也可以不上班，在家裡寫小說即可，薪水照領。鍾肇政心想哪有這麼好的「臺灣」，他告訴朱橋說喜歡教書。因此，筆者推測是朱橋略施小計，一方面壓迫穆中南那邊的第一套《臺叢》，一方面遲遲不給「受臺獨污蔑」有如熱鍋上的螞蟻的鍾肇政回信，這是極有可能的。

有研究者說鍾肇政曾經「迷失」於官方的誘惑、接近官方權力。[34] 這正可已瞭解，「臺灣文學」的旗幟確實是不容易撐起的。而穆中南也想拉攏鍾肇政，還說過要介紹鍾肇政去大學教書。鍾肇政卻毫不動搖，安於龍潭國小的教職與《臺灣文藝》的「丐幫」。

筆者以為，《臺叢》所以會受到官方支持，主要還是因為 1966 年蔣介石要連任第四次的總統。因此向臺灣人示好是一定的。所以像 1965 年底蔣介石釋放了彭明敏，強迫其悔過，也是應有之務了。而臺灣光復二十週年，的確也是統治者與國民黨的底下的文人想要表功、邀功的好日子。所以大力贊同鍾肇政的想法。要強調的是，《臺叢》是鍾肇政從 1964 年開始一年多來的想法與獨自努力編輯邀稿，並非官方主

---

[34] 李麗玲，《五〇年代國家文藝體制下臺籍作家的處境及其創作初探》，清華大學文學研究所中文組碩士論文，1995 年。

動辦理的。

朱橋到底與鍾肇政的認識是怎麼展開的呢？在 1964 年底他發給鍾肇政第一封信：

> 肇政先生：
> 您在文藝創作上的努力，我衷心的欽慕。我們救國團將在近期由蔣經國先生邀請你們幾位青年作家談談話，屆時尚請賞光蒞臨。盼覆示知為感！
> 敬請
> 文安
>
> 弟　朱橋敬上　十月廿八日[35]

其實，這並非突然的「邀請」，蔣經國是有計畫的要靠近年輕人以及臺灣人的。這是他除了以特務系統幫助蔣介石掌權，發動「白色恐怖」以外，也逐漸為自己的將來建立人脈基礎。比如接見十大傑出青年就是一例。1963 年彭明敏就曾當選十大傑出青年，他可能因為自恃為蔣介石前的紅人，根本不將小蔣的接見放在眼裡，而未與會。不過，的確彭也是夠大膽了。這也造成其日後被逮捕的遠因與罪證之一。從此信也可以看的出來，朱橋與幼獅文藝確實是屬於蔣經國掌控的，朱橋也是直接幫蔣經國辦事的。

10 月 28 日這一天，鍾肇政同時接到「國際青年商會中華民國總會」的信，提到有關《臺灣文藝》雜誌社社長吳建田先生推薦鍾肇政，參加本會舉辦的「十大傑出青年」選拔，而使得總會感到非常榮幸等等的場面話語。並要鍾肇政在 10 月底提供代表性著作給評審委員參考。因此，才會有朱橋這一封邀請函。不過不知道是否鍾肇政虛歲早已超過四十歲的競選年齡，結果 12 月公布名單後，並未當選。妙的是朱橋

---

[35] 朱橋給鍾肇政信，1964 年 10 月 28 日。

1965年初來第二封信：

> 肇政兄：
> 有件事先向您告罪，弟曾馳函先告知蔣主任約見，當時弟一共簽十六位，因臨時主任指定約定日期，不及通知吾兄，所以祇請了十人，其他外埠的人均因有電話連絡，所以未能趕得上報知吾兄參加盛會，實深抱愧！
> 兄之作品與處世向學精神，極為弟欽慕，希望兄有暇北上時聯絡聚晤！
> 弟已於元月接編「幼獅文藝」盼兄惠賜小說，並請在三、四月間賜一三萬字左右之中篇！
> 學校期考近了嗎？想您一定很忙，敬祝
> 文安
>
> 弟　朱橋敬上　　元月十九日[36]

朱橋推說不及通知鍾肇政，十分令人懷疑，主子要見的人，奴才竟敢「不及通知」，所以說鍾肇政應該是被放鴿子了，朱橋是十足的中國人辦事方法，先訂下你的行程，一切其他好辦。主要原因是鍾肇政沒選上「十大傑出青年」，官方尚不「青睞」鍾肇政，何況只請了十人與會。筆者認為其他六人大概也是徵選十大傑出青年，也都被放鴿子，因為名落孫山了。而且朱橋來信，也都是要鍾肇政交稿的。這可能都還是一種來自於蔣經國的賞賜也不一定。

> 大函敬悉，多承關注，突深銘感！
> 弟平日忙於工作，無暇談及婚姻大事，雖容易結識，但都市女子多半浮華，不是弟之選偶對象，感蒙介紹，弟當竭誠以赴，問祈

[36] 朱橋給鍾肇政信，1965年1月19日。

吾兄大力幫忙！

弟本星期天上午十時左右，擬來桃園一行當住教，就便到市郊玩玩！

專此　敬祝

教安

弟　朱橋敬上　十一月廿四日[37]

比較妙的，還是鍾肇政主動要幫朱橋作媒。這方面幫外省人牽線的事情，似乎也不是第一次。儘管鍾肇政對外省人有一種不認同的想法。但是，在私人關係上，鍾肇政也是不吝於作媒、與之結交的。儘管，內心深處還是對外省人不信任的，認為有可能會被告密。

肇政兄：

日昨把晤，至為快慰。

承蒙不棄，為弟謀終身大事，銘感在中。兄告對方小姐身材嬌小，弟返回後再三思之，恐弟身材一六九略長不能匹配也，故擬從長計議，尚祈

吾兄卓裁原諒是幸！

專此　敬請

文安

弟　朱橋　十一月廿八日拜[38]

看來朱橋也是很挑的，以身高理由，這次就婉拒鍾肇政的好意了。只是朱橋也很短命，1930 年生，在 1968 年就病死了，享年 39 歲而已。

---

[37] 朱橋給鍾肇政信，1966 年 11 月 24 日。

[38] 朱橋給鍾肇政信，1966 年 11 月 28 日。

肇政兄：

令侄女此次來參加文藝營，表現極佳，實令人慶幸，咸認其學途不可限量！

有一本不得不相告，即王 X 松似與令侄女有往還，王之為人欠誠，且私生活不好，令侄女涉世未深，最好少接近。請兄勿說弟所言？亦勿張揚，此免損傷其自尊心。因與兄友誼甚篤，不得不據實相告，尚祈曲諒！

祝　文安

弟　朱橋　八月十五日

有稿件賜來！[39]

在朱橋過世前一年，也不知道事情的真假，還是暗地破壞他人聲譽呢？還是有什麼私心，告訴鍾肇政小心姪女被騙了。在此，也可以發現，臺灣的新生代青年作家，就算是鍾肇政的姪女，也是會受到外省文人集團的影響，畢竟那邊的資源多。就如廖清秀、陳火泉在 1950 年代都上過外省文壇所辦理的一些文學課程。

小結

在這個階段，鍾肇政對於建構臺灣文學做出了輝煌的成就，首先就是編輯了兩大《臺叢》，這幾乎是不可能的任務。中間克服了不少的困難，特別是臺獨的指控。但是也獲得了如穆中南與來自服務於國民黨高層支持的《幼獅文藝》主編朱橋的協助，才得以完成。展現了臺灣作家的盛大的筆隊，一洗臺灣作家被自由中國文壇看衰，認為 1960 年之後還需要再二十年才有成熟的臺灣作家。

不過自此之後這些臺灣作家的創作，再度的被以歧視的眼光冠以

[39] 朱橋給鍾肇政信，1967 年 8 月 16 日。

鄉土文學，鍾肇政也感受到這種歧視，不過他還是堅定的打著臺灣文學的旗幟向前行。且在 1964 年吳濁流創刊了《臺灣文藝》，之後創辦「臺灣文學獎」，這也都是鍾肇政參與命名的結果。並且鍾肇政樂於投入《臺灣文藝》的編輯，而有了《臺灣文藝》也可以免於臺灣作家集會時，被統治者視為有政治意圖、分離意識的問題，而進一步的打壓。

在下一章，將繼續探討鍾肇政一方面似乎受到統治者的青睞，想要收買鍾肇政，一方面有進一步的監視鍾肇政，甚而有所謂 1966 年的「臺灣作家事件」，眾多臺灣作家被約談的情況。以及鍾肇政如何跟警總的刊物《青溪》合作，走所謂的鄉土路線，對臺灣作家邀稿，表現出鍾肇政開發發表園地，讓臺灣作家有更多有稿費的發表空間，可以進行更多的創作。

第五章　1966-1969：成名作家與臺灣作家事件

鍾肇政在這時期不僅得到教育部的小說獎大獎，也因為發表《臺灣人三部曲第一部：沉淪》成功，之前則是被警總注意的《臺灣人》而得到嘉新新聞獎。鍾肇政利用這些獎金加上國宅貸款，大公無私為年輕教師著想而搬離了宿舍。這在第一節加以講述他的成名，且也不無成為被國民黨利用的資產。但是鍾肇政並沒有被收買。

第二節講他利用自己的聲望，協助編輯《蘭開文叢》，並且與警總的刊物《青溪》雜誌合作。鍾肇政建議《青溪》走鄉土路線，藉此鍾肇政協助向臺灣作家邀稿，目的就是讓臺灣作家練筆，並且也可以藉此讓大家得到一種保護。當然，這樣子與警總合作，不明瞭的人，可以會認為鍾肇政投誠國民黨而批評。

第三節講鍾肇政的文友陳韶華遭到約談，並且還擴及許多臺灣文友。這被陳韶華稱為「臺灣作家事件」。這事件並未為臺灣文學史所記載、研究過。而陳韶華實際上也是調查局的政治檔案中，成為鍾肇政檔案的根源。

第一節　得獎連連與外省編輯往來

一、成名為領袖、得獎連連

因為《臺灣作家叢書》兩套每套十本共二十本的發行，鍾肇政成為臺灣作家最受到矚目以及尊崇的地位已經鞏固了。儘管某些人會誤解這二十本叢書，鍾肇政是被動而受到邀請編輯的，或者當中有不少利益也不一定。這完全是誤解的，但無論如何都不損其漸漸的被年輕一代的作家稱呼老大的稱號。

而吳濁流也漸漸的知道《臺灣文藝》的編輯還是要靠鍾肇政，以至於後來十多年來的小說編務都交給了鍾肇政，而頒發「臺灣文學獎」或者「吳濁流文學獎」的主任委員都是請鍾肇政來擔當。

鍾肇政更進一步的與臺灣作家聯繫了，而早在 1962 年陳映真就曾經警告鍾肇政在書信中要謹慎小心用語，這當中一定有書信檢查，以至於通信的速度比較慢，收信者都要多幾天才能收到信。

只是鍾肇政對於凝聚臺灣青年作家，青年作家除了仍受到林海音方面的拉攏外，更有來自於救國團方面的朱西甯等外省作家的吸引。

或許鍾肇政這一段時期有點韜光養晦，學習到了不過分招搖、驕傲的態度。並且學習與《青溪》這類警總的刊物合作。找尋給臺灣文友們的發表機會。另外一邊主編《蘭開文叢》，幫助臺灣作家出版。或者找到適當而有地位的編輯如穆中南，幫忙給葉石濤一個獎，藉此洗刷葉石濤曾入獄的經驗，讓文壇能夠接受葉石濤，也讓葉石濤感到安全。

> 肇政吾兄：
> 來示拜悉，因為到中、南部跑了一趟，所以遲覆，祈諒。
> 「臺灣人」一稿既然已交臺灣日報發表，弟甚欣慰，因為其副刊編輯徐秉鉞，乃弟認為在今日難得之青年，協助他能把副刊編好，乃吾等之重大責任，但不知此稿已否寄去，如未寄出，希吾兄多加注意，避免一些無聊分子誤會為要，因為每個作家對於地域之偏愛在所難免，然過分濃厚則易於引起過敏人的偏見，我們犯不著被人誤會，徐對我兄甚為敬重，對兄之作可能不便修改，故吾兄應多注意。[1]

當然穆中南好心的提醒是有的，部分也有可能最後一步的給鍾肇

[1] 穆中南給鍾肇政信，1967 年 11 月 15 日。

政警告，或許這種稿子給穆中南刊登，比較妥當。

這時候的鍾肇政，已經有能力，並且也有外省人所提供的版面，希望鍾肇政協助。甚至有《青溪》拜託鍾肇政邀稿。可見臺灣人某個角度看，鍾肇政的地位提高了。事實上，從國民黨的角度應該說是更有必要去利用鍾肇政。特別是蔣經國的拉攏的手段，增加自己的政治實力。

於是鍾肇政此時獲得教育部小說獎，接著又獲得嘉新小說獎。後者正是過去國民黨有疑慮的稿子《臺灣人》，這時候改為《臺灣人三部曲第一部：沉淪》。不過，國民黨也是一方面培養鍾肇政，一方面打壓，甚而更為嚴苛的監視鍾肇政、審查鍾肇政，看他到底聽不聽話。

在所謂的 1966 年「臺灣作家事件」（詳見本章最後部分的討論），雖然筆者說鍾肇政是核心人物，但是他並沒有被約談。這雖然矛盾，卻是可以解釋的。第一，鍾肇政是蔣經國特務下面所主導的「鄉土文學」路線最需要利用的人。當然這也表示鍾肇政當時是唯一有能力寫長篇的作家、遠遠超越外省人相當「有價值」的臺灣作家。第二，鍾肇政在 1965 年「借用外力」獨力編輯兩大《臺叢》，這可以說是不得不與外省人所控制的自由中國文壇「合作」，如《文壇》社長穆中南，以及救國團系統的《幼獅文藝》主編朱橋。

尤其後者，在給鍾肇政信中保證要支持鍾肇政，朱橋言明假如有人要以兩大《臺叢》來質疑鍾肇政動機的話，矢言不會有事的，會做他的後盾。朱橋也知道與他不同系統的警總在連結「臺叢」、「臺獨」、「鍾肇政」的相關性。然而鍾肇政、兩大《臺叢》後來都平安無事，只不過原來的「臺灣作家叢書」，自此不得不去掉「臺灣」二字了。

因此，在沒有確切的證據，複雜多線的特務系統都不會去約談鍾肇政，其中倒有一事：不知何年，特務到鄭清文工作的辦公室，問有關《臺灣文藝》與鍾肇政的一些底細。鄭清文要他們直接去找鍾肇政，特務說：「我們不想去打擊鍾先生寫作」。難道他們也怕鍾肇政往上告嗎？當然上面的人是看上鍾肇政的利用價值，只是鍾肇政又能往哪裡告呢？主要原因大概是因為特務也不願意隨便影響鍾肇政寫作。

國民黨特務並非都是笨蛋，看不懂鍾肇政的「臺灣文學運動」、

「臺灣人創作」在幹什麼。當然鍾肇政基本上不會逾越什麼，透露出什麼完整的臺灣人的心理、想法。在國民黨與鍾肇政中間存有許多暗中鬥爭、鬥智的意味。[2]

雖然說「臺灣作家事件」中沒有約談鍾肇政，但是 1966 年 2 月 2 日，就在陳火泉被約談前一天，鍾肇政卻接到警總內部的小刊物《警備通訊》署名「周清秀」的來信邀稿，還先付上了九十元稿費，警告意味十足。約稿者就算無意，受邀者豈會不覺得詫異而有所警惕呢？當然這種警惕，在鍾肇政心中所引起的大概是「我是愛國的、作品是發揚民族精神的」自我安慰，這當然是「場面話」。事實上鍾肇政作事情是難有把柄的，比較危險的是跟幾位坐過牢的臺灣作家有深入的通信交情，如此而已。[3]

二、親近的外省人編輯與閩客問題

除了上一章提過的穆中南外，徐秉鉞算是比較親近的。當然過去還有林海音，甚至早年編輯《自由談》的彭歌。[4]但是，徐秉鉞似乎更為偏愛臺灣作家的關係，所以值得在此一提。穆中南則是對鍾肇政本人算相當禮遇的，相對的鍾肇政為《文壇》也是付出很大，稿費、編輯費少了或者沒有給，鍾肇政也不計較，稿費被拖欠也是一樣。

而似乎徐秉鉞跟穆中南的關係也是很深的：

> 肇政吾兄賜鑒：
>
> 我介紹徐秉鉞先生和您通訊，他現在接編臺中的臺灣日報副刊編輯。

---

[2] 錢鴻鈞，〈向統治者的周旋與鬥爭：鍾肇政內心深處的文學魂〉，《文學臺灣》34 期，2000 年 4 月，頁 258-271。

[3] 早期例如，楊逵、葉石濤等。

[4] 彭歌，〈《自由談》歲月：並追悼趙君豪先生〉，《文訊》240 期，2005 年 10 月，頁 25-30。

> 徐秉鋮先生幫我編「文壇」有六七年之久，他對文學很有修養，但他更大的美德：認真工作、熱情奉獻，而最怕出鋒頭，臺灣日報能得到他去編副刊，相信對於文藝的貢獻必有新的成績。
> 我們是應該協助這種埋頭苦幹的誠懇人。
> 臺灣日報在中部地區是相當有地位的，相信吾兄為了文藝的發展必可樂於供給大作，他所需要的稿件，如三、五千字的短篇小說，四、六百字的典故小品及其他有關本省鄉土文藝、臺灣風俗。至於稿酬必可從優許比臺北各報發的慢一些，但必可兌現。
> 希望您在接到這封信的一個禮拜內，大作已經寄到徐君的手中，則弟感同身受。
> 此頌　　撰安
> 弟　穆中南敬上十一月十八日[5]

不過鍾肇政信任徐秉鋮，或者感受到徐秉鋮不同於其他外省作家的地方是，徐秉鋮竟然對鍾肇政表白，希望外省作家都死光光，這樣子的意思。並且還在信中指出特別關心葉石濤。

> 弟所以重視省籍作家的作品主要有兩點：一是他們的作品值得重視，我很注意年輕人的作品，他們的作品常有新的意境，也有新的創作方式。（雖然有時顯得稚氣，但那只是文字上的不熟練）（話說來很複雜，又不得不稍加解釋，我認為創作的方式要新，意境要新，但不能脫出寫實的範圍，故意創造些莫名其妙的句子，那麼是新、是悟、悟不足取。文字要跟著時代走。）
> 另一點是相對的，就是那裡老牌作家實在叫人不敢恭維。我想他們最好都去自殺，以免直丟人現眼。（細節讀已完，有機會再說吧）我直覺得今後的文壇裡有年輕的，省籍的作家們來負起了，

[5] 穆中南給鍾肇政信，1966 年 11 月 18 日。

而他們的作品，意念是有，衝勁也有；只是，缺乏指導。[6]

而鍾肇政這邊，似乎也在測試徐秉鉞的誠意真心，到底如何。鍾肇政去信時，一定問了徐秉鉞一些問題。而徐秉鉞回答說：

一方面為何介紹新作，新人，臺灣文藝已夠力量，可能發行少的關係。
你要為我建議，如何才能使臺副真正成為省籍作者的園地，這園地要好過那些老牌作家的東西，這些作者的東西們有影響，一方面弟該在這塊園地上把那些誤人的老牌作家的劣作刊露後，使青年多模仿，我發覺是錯的，青年寫作會受影響。[7]

徐秉鉞也確實有眼光的，對於鍾肇政寄來的本省青年作家的稿子，也並非照單全收，也給鍾肇政回信，清晰表達來稿，到底有什麼問題。且因為鍾肇政的關係，還進一步的修改看看，最後覺得還是不能用。

肇政兄：陳韶華「課外」一篇，照說是不能刊出的。一因是兄寄來，二因我很早就知道他曾在文壇投稿而在我印象中是最劣的一個，我幾乎沒見他有過較好作是一所不願意多花時間來修改這一篇。（其實並不見修改，而是由「剛才情節上分毫未動。」）是要他知道，他的毛病在那裡他的毛病在於不必要的敘述太多，而那些多餘的敘述又那麼庸俗。
當兄寄來時，我看得兩三頁就看不下去，再修改也無法修改。幾乎費了一天時間：先從頭到尾看一次，瞭解內情，再作消除記

[6] 徐秉鉞給鍾肇政信，1967 年 10 月 29 日。鍾肇政在 2000 年左右跟筆者提到徐秉鉞此人，並說出他的來信提到那些外省作家最好都自殺。

[7] 徐秉鉞給鍾肇政信，1967 年 10 月 29 日。

號，再看一次，看有沒有只能銜接的地方，不能銜接的作文字修飾，刪除，再看一次。（此稿兄未改一字，是否來看，他一開始「雨脈霂」三字我查了字典不知道是細雨。）
這篇作品除了中國一段日記之外，一無可取。經過刪除之後勉強可看。他若能產生一點，任何一點，應該知道不是「面目全非」，而仍是他「本來面目」。他一直沒有進步，也許與不能接受他人意見有關。我本想隨便敷衍兩句算了，仍是兄的關係，實話實說，希望他能多想想。[8]

鍾肇政也非常認真努力的介紹很多作家，如黃娟、鄭煥、葉石濤、江文雙，甚而李榮春投稿到《臺灣新聞報》。1960 年初發表《魯冰花》一樣，要鍾理和趕快寫作，佔住《聯合報》副刊的版面。現在雖然有《臺灣文藝》的自己的園地，可是沒有稿費，發行又非常少。既然有外省文壇若干編輯對臺灣人相當友善與寄望，鍾肇政便扮演起多少聯繫與推薦的角色了。

最後是有關如吳濁流文學獎的評選委員，鍾肇政主張委員的聘任都是閩客各一半來維持公平性。而吳濁流生前也寄望著鍾肇政，希望客家人能夠繼續的掌握《臺灣文藝》，這樣的方式來鼓勵鍾肇政可以接下《臺灣文藝》的雜誌。但是這是一種鼓勵的方式，特別對鍾肇政來說，閩客融合是他的目標。吳濁流顯得對閩客的融合沒有那麼大的理想，比較敏感、不安，特別是對在日本的臺灣獨立的運動，認為是只屬於閩南人的活動。[9]

從徐秉鉞的來信看，省府的文學政策事項，國民黨也當然會考慮

---

[8] 徐秉鉞給鍾肇政信，1968 年 4 月 8 日。

[9] 不過，筆者另有研究認為，吳濁流在《無花果》所建構的客家人保護鄉土的義民精神，與反抗日本人的接收的精神，連結在一塊，對閩客融合的影響非常的大。參考筆者著，〈吳濁流與鍾肇政的二二八書寫：客家集體意識與歷史記憶的變遷〉，真理大學臺灣文學系主辦「鍾逸人文學學術研討會」，2014 年 10 月 25 日。

閩客的差異所在，而告訴鍾肇政推薦作家時，需要考慮閩客的平衡。

> 肇政兄：
>
> 有新聞處友人口頭告我，將編印省文藝叢書，將請本報推薦省籍作家二人，（客家、閩南各一）需要新稿。又過去已經有書的不再邀約（如兄、林鍾隆等）
>
> 弟意如需要本報推薦，又要弟辦的話，擬推薦鄭煥及用青樺，不知他二是否同為客家。
>
> 希望兄能給我提示。這種事，有些人可能並不希罕，總要皆大歡喜才好。他們說：稿費是很高的。這事為何，時在念中。祝
>
> 文安
>
> 弟徐秉鉞上六、十一[10]

因此，鍾肇政對閩客融合的理想，[11]認為臺灣人需要團結在臺灣文學的旗幟下。[12]可以看到鍾肇政在解嚴後，從事客家與民主運動時，特別宣揚客家意識與尊嚴、標榜客家文學，講述了客家文化的危機感為其動機。

> 走筆至此，忽悟既謂臺灣文學本無福客之分，何以又如此標榜客

---

[10] 徐秉鉞給鍾肇政信，1969 年 6 月 11 日。

[11] 可參考本書第二章，原因跟鍾肇政的母親是福佬人、鍾肇政的摯友沈英凱也是福佬人，這些成長經驗的影響。鍾肇政不僅在創作中傳達閩客融合的理想，在建構臺灣文學的運動中，也注意到這一點。參考筆者著，〈戒嚴體制下的反抗書寫：鍾肇政小說《沉淪》的臺灣人形象〉，第四屆客家文學會議，苗栗聯合大學主辦，2004 年 12 月 14 日。

[12] 從筆者研究鍾肇政的創作中，特別是大河小說，含有濃烈的閩客融合的理想，在一些隱晦的段落與情節當中。筆者也在研究論文中發表，對吳濁流與鍾肇政來說，他們的客家意識都相當強烈，而吳濁流對於在日本的臺獨運動，可能認為是閩南人的運動，因此並不信任，而不會認同臺獨團體。這也是鍾肇政、吳濁流在臺灣意識上差異的地方。參考，錢鴻鈞，〈吳濁流與鍾肇政的二二八書寫：客家集體意識與歷史記憶的變遷〉，真理大學臺灣文學系主辦「鍾逸人文學學術研討會」，2014 年 10 月 25 日。

> 籍作家、客家文學呢？無他，乃鑑於解嚴後吾臺民氣驟升，各種民間運動尤其本土運動風起雲湧，而過去受創較深的客家文化語言瀕臨消失，於是客家危機意識抬頭，一時客家運動蔚然興起，特別是挽回客家意識、客家尊嚴成為首要之務。筆者不憚其煩，編輯《客家臺灣文學選》，可以說是出自這樣的心情。就像前此，我執意辦客籍作曲家鄧雨賢、林子淵等人的音樂會，不外也是出自同樣的動機。
>
> ……
>
> 自從本土化的呼聲普遍地喊開了以後，吾臺客家文學也面臨文學語言和本土化問題。臺灣文學發展七十年以來，幾乎可以說是從未擁有過自己的語言來從事文學創作。如何建立自己的臺灣文學，或客家臺灣文學，便也成了當前吾臺文學的一個重要命題。[13]

但是，鍾肇政也進一步的解釋，客家文學也面臨了文學語言和本土化的問題。重點在他把「臺灣文學」與「客家文學」融合在一起的方式，標榜的是「客家臺灣文學」而非「臺灣客家文學」。他的目的就在於「臺灣文學」是一整體的，「臺灣文學」四個字不能分離。這是他的用心，如同他思考「臺灣人」與「客家人」，他認為是沒有位階的問題。這是他特殊的思考方式。[14]

而外省人編輯儘管也有幾位是善意的，但是畢竟他們在很長一段

---

[13] 《鍾肇政全集 17》，隨筆集一，〈硬頸文學——簡介《客家臺灣文學選》〉，1994 年 5 月 25 日，頁 253-254。

[14] 李喬的思考方式倒是認為「臺灣人」與「客家人」有上下位階的關係，不過李喬補一句，如果彼此都利益上的衝突，則要同時思考這個位階所產生的問題。筆者以為，表面上好像李喬表現的比較清晰，但是鍾肇政的思考更為直觀，可以直接跳過位階問題，因為位階似乎就指出客家人需要為大局犧牲什麼。而儘管李喬認為上下位階有利益衝突，則思考位階上的問題，等於有矛盾在其中。以上為筆者分別聽鍾肇政、李喬講述而成，時間在 2000 年左右。

時間還是統治者、壓迫者。也就是外省人其實都是認同中國的，本質上就是中國人。從今天的角度，或者現在寫成的臺灣文學史的內容來看，以包容的或者加法的方式來撰寫臺灣文學史，那是正確的。比方林海音確實培養、愛護過許多臺灣作家，被鍾肇政稱呼為臺灣文學之寶。但是，回到歷史的脈絡中，林海音並非如鍾肇政一般打著臺灣文學的旗幟號召臺灣作家建立自己的文學、組織自己的文壇。甚而林海音對臺灣文學的定位，是抱持反對其中含有地方意識與所謂的排斥外省作家的情況。

林海音自然也不會如葉石濤打著「臺灣鄉土文學」的旗幟。而其實在葉石濤與鍾肇政書信當中，提到的都是「臺灣文學」，鄉土只是葉石濤的掩護而已。有關葉石濤的討論，在第七章會有更多的篇幅處理。

而儘管外省人編輯如林海音、穆中南、徐秉鉞對臺灣人作家有相當偏好或者抬舉之處，但是遇到鍾肇政所標榜的臺灣文學的旗幟，特別是鼓吹臺灣文學是自主獨立的，上述三位編輯的態度為何？是否支持就很有疑問了。何況是更多被鍾肇政認為是霸佔臺灣文壇、有統治者心態歧視臺灣、蔑視臺灣人的外省編輯。這部分在第八、九章會持續的討論。

第二節　編輯《蘭開文叢》與為《青溪》邀稿

一、編輯《蘭開文叢》

在 1967 年「商務」有大規模的出版計畫，稱為《人人文庫》，但不同於鍾肇政打出「臺灣文學」的名稱計畫。陳火泉作品在此時始得集結成冊。這時鍾肇政亦有蘭開書局的《蘭開文叢》出版計畫，仍是憑著當年為鍾理和生前不得出書而感遺憾的心情幫忙文友，只是顧忌外省人講話，收錄了他們幾本外省作家的書，而不再成為《臺灣作家叢書》。但陳火泉也就無法擠進《蘭開文叢》了，陳火泉反而參加商務書局的出版。

鍾肇政曾向外省文人楊品純詢問「商務」的詳細計畫，也請楊品純推薦葉石濤與陳火泉。楊品純在回信中提及葉石濤「思想不穩」。「思想不穩」這倒是一句時代性的詞彙。其實，葉石濤的「問題」並不在左傾思想或者坐過牢，而是與鍾肇政一樣屬於「思想穩定」的臺灣意識。這倒是後來陳映真所深切理解的。

楊品純有封給鍾肇政信很有趣，其中一段：

> 賜信拜悉，非常謝謝。葉君之稿請寄下，至於用否，須俟讀後始能決定，但弟以為「省籍」，似乎在畫小圈子，光復之初，「省籍」作家初接觸祖國語文，如今光復二十餘年，語文教育比（舊日）各省均普及而進步，「省」字似應泯除，而不必給人「特殊階級」之感。如弟是江蘇人，從事寫作者亦很多，並未來一個「江蘇省籍……」以自外於中國文藝作家之整體。——此乃隨便想到，不知兄以為然否？[15]

雖然筆者是相信楊品純的誠意，但掌權者、統治者總是很容易汙名化、標籤化弱小者、被統治的殖民者。就像有錢人總是很容易表現「愛心」、「慷慨」，弱小者表現出一點臺灣主體意識、反抗意識，就是被視為不知好歹了、狹隘了。

筆者不清楚楊品純與廖清秀彼此討論「省籍問題」呢？但是可以猜測廖清秀是抱持可以跟外省人好好的作朋友、結交的態度，鍾肇政則是沒有這麼樂觀的。說回來，可以說楊品純幫忙《文友通訊》很大的忙，如同林海音也是戰後臺灣文學建構之初的寶貝，林海音有眼光提供篇幅讓這群「退稿專家」有生存壯大的空間，不過寶貝歸寶貝，空間也僅止於初始而已，何況林海音自認為是「一視同仁」的選稿，連小孩子都知道她是「唐山阿姑」。[16]總之，她對臺灣人心情的瞭解、體會是非

---

[15] 楊品純給鍾肇政信，1967 年 12 月 10 日。

[16] 不過從彭歌的說法，林海音又是本省籍，或者說「外省郎娶了寶島姑娘」，這外界的認

常有限的。而且他們都對「臺灣文學」四個字都非常敏感、非常不以為然。[17]

另外如嫁給外省人的劉慕沙起初願意來參加《臺灣文藝》聚會，鍾肇政向她推銷「臺灣文學」理念，竟也換來小眼睛、小鼻子的譏諷。這又是鍾肇政所獲一個活生生的教訓，所以才會忿恨的在給文友信上說「多一隻腳有什麼了不起」。

因此，《文友通訊》一開始說明限「臺籍」人士參加，雖然危險卻是百分百正確的。以今日民主的角度來看，對於臺灣未來的歸屬，每一個人有個人的成長背景、經驗而決定統或者獨。但是保有臺灣人自主、自決的自由安全應為共識。由此來看當年的臺灣文學在主張統的、大中國的人的想法裡，以及他們借助了政治力量的壓迫所謂的本土派作家，使得鍾肇政的「臺灣文學」主張要想實踐是相當艱辛血淚的。[18]

戒嚴時代有沒有覺醒不再有關係了，這是個人反省的能力問題、無關道德，與個人愚蠢與否也都沒有關係。有覺醒的也不必太過於驕傲、自傲、誇大。不是某些人滲透進來，仍然會有其他人。而這些人滲

定上，對林海音是尷尬的。見彭歌，〈深情永不舊：林海音與何凡〉，《文訊》257期，2007年3月，頁51-55。

[17] 筆者感到奇怪的是，這種「外來者」的心理，筆者仍很難捉摸。而日本人來臺灣，他們的心理、作法又有不同。兩種統治者、高高在上者態度雖然一致，但是日本人這種異族卻較喜歡「臺灣文學」四個字。大概是外省人並不認同臺灣這塊土地，認為自己遲早是要回祖國故鄉的。

[18] 在那個年代，外省人（其實就是中國人）因為立場問題，外來者的身分，對於臺灣人自主的想法是不能容忍的。因此，對於臺灣人來講，這些人都很自然的成為負有特務、監視任務的存在，這也是筆者聽鍾肇政這麼認為的。而且不要說外省人如此，例如吳濁流就說過「欺負臺灣人都是臺灣人」。因此鍾肇政不對外省人有任何期望，兩人都期望臺灣人自立自強不要被人看不起，只是吳濁流又總是失望居多，而連同臺灣人也批評。在美麗島事件發生的時代，臺灣作家已經成長到戰後的第三代，都是受中華民國黨國教育成長的人。大多數人沒有獨立思考與足夠判斷的資訊，因此國民黨政府喊誰是匪諜，並且以臺獨、匪諜、土匪多合一手法，臺灣成為特務島。當筆者看到《臺灣文藝》在1960年代末期開始，有些外省人混入週年集會的照片，令人不寒而顫，因為其中某些人打手色彩特濃。當然，另外一種看法是，就讓他們來，表示《臺灣文藝》是純文學的聚會，沒有任何思想政治問題，可以讓他們回去報告，讓黨政高層安心。

透進來，有些人也只是盡責任，只要不過分羅織罪名，那麼等於是傳消息回去，例如說：「《臺灣文藝》這批人都是單純的作家」，而讓上面的統治者放心，這也算是對「臺灣文學運動」的發展與安全有功！

筆者認為鍾肇政是被徹底的調查過的。一個文人在國民黨最高層並無特別的利用價值，但文藝宣傳難免。在當時鍾肇政可以說是唯一的作家人選，在蔣經國整個特務系統下，蔣經國為了承傳蔣介石的政權安排下的，一種「吹臺青」、「本土化」之前，拉攏臺灣人、或者不得不找一個臺灣人作家的樣版。因此 1960 年末期那幾年中國文藝獎章、教育部文藝獎金、嘉新文學獎等等落到他頭上。[19]這中間廖清秀也有幫忙鍾肇政與外省人團體牽線，兩位文人互助合作，令筆者是非常感動。

---

[19] 筆者聽鍾肇政說過，國民黨既然要捧紅他，但是又不敢讓臺灣作家太紅。可以推測，鍾肇政得到國民黨的大獎，可說是政策性拉攏臺灣人，又要進一步的利用臺灣人。但是，也不會讓臺灣作家能夠有超越外省作家的地位。據陳有仁於 1998 年告訴筆者，他約在 1970 年代，於臺北見到鍾肇政與朱西甯等人坐在一旁，陳有仁感到非常的光榮。不過卻又感到鍾肇政在當中顯得是那麼卑微渺小。同樣的是，李秋鳳受筆者採訪於 2024 年 1 月 14 日於大溪李秋鳳家中：「她告訴我當時同時間認識鍾肇政與朱西甯時，她覺得朱西甯握有園地《新文藝》、『黎明出版社』外，還是領導者，被認為有現代主義的文風。鍾肇政只是會寫寫故事而已。那種渺小藐視，真讓我嚇一跳。確實也是，1967 年的鍾肇政就創作而言《魯冰花》、《濁流三部曲》著稱。其他，李秋鳳大概不知道。而所謂的三部曲，當時也沒有聚集起來。總之，臺灣文人在外省人當中，真的毫無資源外，被看衰是正常的。」補註：李秋鳳老師在閱讀本書初稿後，於 2024 年 2 月 29 日，再度給筆者回應，指正筆者的錯誤，為尊重李秋鳳老師的說法，在此全部引用她的回應，以給讀者正聽。「以寫作技巧來說，朱是比較好比較接近西洋的味道。朱是一位內容很豐富的人；鍾老師寫的比較像故事形狀，講這樣也不等於我看不起他。寫作有幾種要素，文字、故事的編排，當然重要，但是還有其他的因素，如寫作的主旨、大意是否有強烈的使命感。我當然瞭解鍾老師胸中一股為臺灣作家出人頭地，提拔後起之秀的誠心好意，這些是我對他一生的敬重。我是一個講義氣的人，是關帝公的妹妹，我和他同一天生日。所以我是講究義氣和情感，我不會看不起他，我只會感謝他，感謝他對我的諄諄教誨。我當然也尊敬朱西甯先生，但那是兩回事情不相干的。所以我認為你下筆不是很謹慎，我不過說了那個事實，你卻可以連想成為那樣的結論、是很奇怪的。」「提到外省人覺得他們比本省人的文章好，也不很奇怪。本來用國語來寫作，我們用字語句，當然不如他們。何況朱先生還一直鼓勵我，用我們自己的詞句，寫我們自己的故事，他實在是一位很有眼光、很有見地的作家，這樣說是事實、是公平的。」筆者回憶，當時自己在訪問時，可能精神不佳，李老師認為筆者有所誤聽，這應該是很有可能的。不過，鍾肇政在客觀的大環境之下，確實是渺小的鄉土作家地位，這是筆者真正的意思。

廖清秀也幫「中國文藝協會」總幹事宋膺傳話給鍾肇政，除恭喜外，另言：

「盼望本省文藝界在兄領導下更團結，更有輝煌的成就。」[20]

從這句話來，鍾肇政在外省文人看起來，的確是目光專注之處。但是這中間「麻煩事」前後緊接而來，1965 年 12 月鍾肇政被推薦參加「中國青年寫作協會」，並將其理事候選資格列入。但是終究並未當選，也還好沒當選。不過開會什麼的，一開始是會「令鍾肇政無法拒絕」的。一般沒本事的本省籍作家，外省人自然不會找他的。

1965 年 10 月時，中國青年寫作協會推薦鍾肇政參加 1965 年「第三屆十大傑出青年選拔」。而在第二屆之時，是吳濁流應江文雙建議，推薦鍾肇政參選，這兩次都未上。而鍾鐵民對於鍾肇政落選「十大傑出青年」非常的不服氣。[21]

以上種種，鍾肇政成為臺灣人作家揚眉吐氣的象徵，這是很清楚的。這中間鍾肇政本人倒發生一件大事，他的摯友、戰友沈英凱於 1965 年 11 月 14 日過世，從沈英凱給鍾肇政的信件，特別可以知道鍾肇政在 1951 年就想寫《臺灣人》，就有臺灣文學運動的心。

或許鍾肇政得大獎，有人大概認為很風光，比如對鍾肇政在《臺灣文藝》發表所謂現代主義作品，因為讀不懂而有讀者批評鍾肇政「不要辱沒你那幾個獎」。在那個年代，臺灣作家、臺灣人的地位如何卑微，是可以想像的。剛剛講過的，很多臺灣人以鍾肇政為榮。筆者仔細想起來，「中山文藝獎」終究被外省人把持住，沒有落到鍾肇政頭上，這是很可惜的。獎牌獎盃都不重要，倒是其中的五萬元獎金，這可為鍾肇政家人、生活帶來多少好處。尤其自 1963 年起，鍾肇政染上氣喘，每天服含有類固醇成分的藥，將臉吃的胖胖腫腫的，一星期常常要幾十

---

[20] 廖清秀致鍾肇政書簡，編入《臺灣文藝》178 期，2001 年 10 月 20 日，頁 81。

[21] 鍾鐵民致鍾肇政書簡，1966 年 2 月 5 日。

塊錢，十年間可說是貧病交迫，也讓鍾肇政認為他活不過五十歲。

1969 年，在臺灣的中國政權漸漸在國際上失去代表正統中國的地位，故找余光中編一套巨人版《中國現代文學大系》，即表示希望在世界文壇上，在臺灣的中國作家仍是代表中國的。[22]在 1989 年余光中又接續巨人版的文學大系，編輯 1970 年後在臺灣的文學作品，名稱亦為《中國現代文學大系》，此刻則以抹殺臺灣文學的獨特性與獨立性，成為余光中在大系中總序的重點之一。[23]

由 1977 年鄉土文學論戰的著名文章「狼來了」，可知余光中扮演的角色，此人代表的是統治者的打手。但是其卻也代表著外省人的意識型態，在中國文學史觀、中華民族論述上與鄉土文學論戰的另二方——中國民族鄉土派與西化現代派——的外省人一樣，都是中國人霸權論述的立場。臺灣鄉土派永遠是渺小而卑微的。不過以上兩套大系，臺灣人若不被編入，那也是很奇怪的。臺灣作家在中國文壇的存在，可成為他們統治臺灣的正當性。

於 1993 年余光中發表〈藍墨水的下游〉說：

> 這四十年裡，大陸陷入低潮或瀕於停頓，也為時不短。藍墨水的上游雖在汨羅江，但其下游卻有多股出海。然則所謂中原與邊緣，主流與支流，其意義也似乎應加重估了。[24]

文意裡充滿余光中遭遇到來自「真正的中國」，也就是共產中國對國民黨的自由中國的歧視，余光中想要提高自己在臺灣的中國文學的地位，是非常扭曲的心態。結語裡他又說：

---

[22] 余光中，〈總序〉，《中國現代文學大系》，臺北：巨人出版社，1969 年 1 月。

[23] 余光中，〈總序〉，《中國現代文學大系》，臺北：九歌出版社，1989 年 1 月。

[24] 余光中，〈藍墨水的下游〉，《四十年來中國文學》，臺北：聯合文學出版社，1995 年 6 月，頁 515。

> 島，原來只是客觀的地理侷限，如果再加上主觀的心理閉塞，便是雙重的自囚了。但是反過來，大陸原是寬闊的空間，但是如果因自大而自閉，也會變成一個小島，用偏見、淺見之海將自己隔絕在世外。[25]

這段話可謂是很離譜的，讓筆者感到在臺灣的中國作家總是歧視臺灣人的態度說話，好像臺灣作家註定是狹隘閉塞的。也明顯表達其作為戒嚴體制下統治者的打手，在解嚴後面臨中國與臺灣無處立身的困境。[26]

在 1968 年 5 月，鍾肇政受賴石萬之邀，主編《蘭開文叢》系列，由「蘭開書局」印行，原預定這一年編輯彭歌《小小說寫作》等 18 本作品，不過最後僅出版 11 本。原來鍾肇政的命名是「復興文庫」，不過鄭清文並不認同而建議直接用書局的名字即可，最後名稱成為「蘭開文叢」。[27]

鍾肇政預定第一批為七月初出版第一批五冊，預定人選為鄭清文、葉石濤、黃春明、劉慕沙（譯作）、黃娟、彭歌（專欄的隨筆）等。[28]鍾肇政也考慮過七等生、張良澤等。而《蘭開書局》本來是國校參考書、考卷，因為這條路走不通了，才改變想要出版文學類。不過，鍾肇政已經預期該書局無法長期投資，不利於文學類型的出版。

首批五本結果是彭歌的《小小說寫作》、葉石濤的短篇集《葫蘆巷的春夢》、鍾肇政的《沉淪》兩本、鄭清文的短篇集《故事》。[29]中

---

[25] 同上。

[26] 錢鴻鈞，〈臺灣文學：鍾肇政的鄉愁〉，收錄於《臺灣文學十講》附錄四，2000 年 7 月。2001 年 1 月-2002 年 1 月，《共和國》連載六期。

[27] 鄭清文給鍾肇政信，1968 年 5 月 15 日。《鍾肇政全集 26》，頁 231。

[28] 鍾肇政給鄭清文信，1968 年 5 月 13 日。《鍾肇政全集 26》，頁 234。

[29] 其他六冊為：葉石濤的《葉石濤評論集》、水上勉撰與荷書譯《湖畔琴絃（上）（下）》、鄭煥的《毒蛇坑繼承者》、菊池寬等撰與廖清秀譯《投水自殺營救業》、曾野綾子撰與劉慕沙譯《曾野綾子短篇選》。

間夾雜彭歌，與計畫中的劉慕沙等外省人或者嫁給外省人的作家，從兩大《臺叢》的出版經驗可知，鍾肇政對於這類作家是沒興趣的。而違背他自己的意願，主要還是兩大《臺叢》被指為臺獨的經驗。1968 年的鍾肇政可說比較收斂些、保守些，收錄幾位外省人作家可以避免被說成鍾肇政是懷抱著狹隘的地方意識，或者分離的意識，濃厚的省籍情結。

鍾肇政為了建構臺灣文學，之前已經有兩大《臺叢》的經驗。這次，他主要感覺臺灣作家的作品除了能夠出版，更希望版稅上不要受到剝削，能帶給臺灣作家更多收益。鍾肇政認為有自己的出版社是很重要的，或許當時的出版業漸漸的興旺起來的關係，也激起鍾肇政這方面的想法。[30]不料出版了十一冊後，宣傳不佳、印刷費漲價等因素，《蘭開書局》周轉不靈，而之後預定的七冊，就無法順利印出胎死腹中了。[31]

二、與《青溪》的合作

1967 年後陳火泉幾乎不寫稿了，可能因為是遭逢 1966 年的「臺灣作家事件」。其他有關《文友通訊》時期的所謂戰後第一代作家，鍾理和過世、文心改作編劇、李榮春部分原因也是白色恐怖因素躲回頭城孤獨隱居、施翠峰則繼續作美術方面的名教授，只剩下廖清秀在創作上偶而為之，比較多的工作是翻譯。這時候，除了葉石濤、鄭煥外，在臺灣文壇活躍的就是戰後第二代作家了。

不過因為警總要發展「鄉土文學」，找上鍾肇政要他「幫忙」為《青溪》邀稿，筆者不知道鍾肇政心情如何？不過，往好的地方想，《青溪》稿費充裕，這對苦哈哈的臺灣作家有幫助。鼓勵寫日本統治時

---

[30] 對照今天，臺灣作家的書籍出版是方便許多了，但是能獲得的稿費、版稅是不多的。甚而特定主題的臺灣文學也不一定獲得出版機會。而老一輩的臺灣作家的重要作品，基本上是集中在「遠景」、「前衛」幾家出版社而已。

[31] 感謝陳祈伍引介，指示筆者可參考陳逸華在 Facebook 所整理的資料。未出版的七冊為：七等生的《錄音帶．羅武格》、邵僩的《邵僩評論集》、李喬的《故鄉．故鄉》、三島由紀夫等著與劉慕沙譯的《芥川獎小說選第一集》、三島由紀夫著與江上譯的《仲夏之死》、魯稚子的《電影藝術小論》、周青樺的《熱季》。

代的抗日作品，鄉土路線也受《青溪》歡迎。這些可以發揚臺灣人精神與鄉土文學路線，這是鍾肇政體會很深與國民黨鬥爭時，可資利用的創作空間。如陳天嵐來信可以稍證明國民黨的鄉土路線：[32]

> 青溪要我們表現鄉土，我覺得所謂的臺灣鄉土，已經不具特色，如果仍然以阿某某或木屐養女一類的調調，恐怕不大令年輕一代的學子們心服。[33]

陳天嵐的眼光有其限制，感受到的鄉土文學就是落後的象徵。但是也表示了陳天嵐對鄉土文學有了反省批判的眼光。無論如何，國民黨的文學系統一直有這條鄉土路線。這跟蔣經國個人曾有過共產思想的經歷有關連。在軍中也有很多位作家是屬於鄉土路線的，或說是懷鄉文學路線。蔣經國知道自己是回不去中國了，如何在臺灣生根發展是他思考的路線之一。也可以這樣講，當年的創作空間，要容納「百萬字大河小說」，也唯有打進國民黨天羅地網的壟斷的資源中。[34]

在一封鍾肇政給張良澤信件中，表現出歷史頗為微妙的地方：

> 目前還參加一個新月刊《青溪》的編務，為臺籍作家們開闢了一個新園地。此刊為警總的刊物，將採鄉土路線，正可讓朋友們好好寫一場的。[35]

最需要注意的是鍾肇政雖然可以說沒有標榜過鄉土文學，而都只

---

[32] 另參考：《肝膽相照》「鍾肇政卷」第四十三信，1967 年 8 月 28 日信，前衛出版社，1999 年 11 月。《鍾肇政全集 24》，頁 137。

[33] 陳天嵐給鍾肇政信，1967 年 10 月 16 日。

[34] 錢鴻鈞，〈戰後臺灣文學之窗（系列四）：論陳火泉、鍾肇政的戰後文學歷程〉，《臺灣文學評論》2 卷 1 期，2002 年 1 月 1 日。

[35] 鍾肇政給張良澤信，1967 年 8 月 28 日。《鍾肇政全集 24》，頁 138。

標榜臺灣文學。但是在 1967 年他卻應邀在《青溪》雜誌幫忙邀稿，鍾肇政也建議了鄉土色彩的方向。[36]

《青溪》雜誌於 1967 年 7 月 1 日創刊，是警總為了配合文藝復興運動，推行戰鬥文藝出發，發行對象為後備軍人，要用臺灣風格的字眼，可能有困難。原要求本省鄉俗小故事，以鄉村為對象，經過與鍾肇政信件討論，以「鄉土風格」改進，並希望鍾肇政能幫忙邀稿。這一年鍾肇政已經得到了教育部獎金，聲望在本省籍作家中是最高的，但在整個自由中國文壇說是渺小如蟻也不為過。鍾肇政利用這次機會，給本省籍作家發表、獲得稿費的機會，並順著《青溪》的編輯路線，改以「鄉土風格」名之。鍾肇政順水推舟，可以說利用軍方的雜誌，培養臺灣作家、又有稿費讓作家的生活稍微改善，還有一種所謂的保護作用也不一定。

> 青溪的版型，正建議上峰改為廿四開本，內容決自第三期起，照與兄計畫中的鄉土風格改進。稿請能在本（七）月十五日至卅日間，集得三、五萬字。此事，均有賴兄鼎力。[37]

很快的，鍾肇政就非常積極的展開邀稿，顯示鍾肇政的效率驚人。而他的目的是為了讓臺籍作家有更多發表空間，並非為他個人，這動機是非常的令人敬佩，那也就是戰後臺灣文學的建構者的本色。

> 連來兩批稿件，均先後奉到。至謝。從三期起，將漸漸進入鄉土。非常感謝您的鼎助。王詩琅先生回以稍遲即寫，一因未見到青溪，二因近來感冒。弟已覆書，請他早些寄來。改日當再去拜照。更由於青溪已改版，擬待二期出版後，再推二期青溪去拜

[36] 鍾肇政的用字，是鄉土「風格」、「色彩」、「味」，極少用鄉土文學為名作為標榜。

[37] 魏子雲給鍾肇政信，1967 年 7 月 4 日。

> 懇。[38]

而一開始有其他外省作家的稿件，所以鄉土風格的開展，以及省籍作家的稿件刊登，還要稍緩。鍾肇政想必是去信主編，想要瞭解為何許多稿件尚未刊出。事實上，所謂的三位軍中作家之一的朱西甯[39]也是走所謂的鄉土風格的，朱西甯也是鼓勵臺籍作家寫鄉土文學，後文可證。

> 來示拜悉。青溪改變版型，率多出自弟的主張。因創刊號出版後，雖未發到書攤，但一般作家反應甚差，認為不應走皇冠路線。在大會時兄已聽到了。以後的版型，將以廿四開型繼續。但內容則以鄉土文學為主，第三期才能顯示鄉土色彩。由於他稿稍長（朱西甯稿占四十版）兄稿及江上稿，均留作四期用，鐵民的稿盼能在本（八）月十五日前寄來。廿日前必須集完四期稿。三期稿已發清了。[40]

因此，鍾肇政極力的邀稿，從上信看到有江上、鍾鐵民，還有王詩琅，其他還有李喬、鄭煥等人。這時的《青溪》雜誌聽鍾肇政的建議走鄉土路線，只要健康不要帶有諷刺時政與批評教育的內容都是歡迎的。不料在 1977 年的鄉土文學論戰，軍方人士如朱西甯卻批評起鄉土文學。

在這裡，照本書第二章說過，「臺灣文學」才是鍾肇政的旗幟，可是在警總的刊物，不可能直接打出這個旗幟。只能配合外省統治者的立場與認同的創作方向。鄉土本來就是外省人對臺灣作家的一種稱呼，

---

[38] 魏子雲給鍾肇政信，1967 年 7 月 22 日。

[39] 所謂有軍中三劍客美名的是司馬中原（祖籍江蘇，1933-2024）、朱西甯（祖籍山東，1927-1998）和段彩華（祖籍江蘇，1933-2015）。

[40] 魏子雲給鍾肇政信，1967 年 8 月 7 日。

且帶有蔑視的意味。而《青溪》的讀者就是退伍的臺籍軍人，即後備軍人。自然接觸所謂的鄉土風格，也就是以這些臺籍退伍者的農村生活的題材，甚而語言、主題、人物來構成所謂的鄉土風格，是可以提升讀者的閱讀興趣，獲得共鳴。

魏子雲還在 1979 年 8 月 28 日，請鍾肇政、郭嗣汾[41]與司馬中原三位作家於電視藝文夜讀中，宣傳《青溪》雜誌。[42]從這裡可以想見，這些與軍方有深切的關係的作家，如司馬中原絕非是單純的說鬼聞名的作家，都是擔任要職，甚而就是與警總有緊密關係，負責監控文壇作家。比方司馬中原就常出現在《臺灣文藝》的年度聚會中，目的是可以想見的。

其後由隱地接任《青溪》主編，隱地給鍾肇政信說：

> 肇政先生：
>
> 自十一期起，弟接編青溪，聽魏先生說，您對青溪一直很支持，也頂熱心的為青溪拉稿，因此一直想寫信給您，希望您一本初衷，繼續鼓勵我們。
>
> 晚間，我在純文學幫林先生工作，因此從您給他的信裡知道您近來很忙，有空時請賜下大作一篇，小說、散文、文藝批評各方面性質的文字都要，字數長短不拘，惟題材方面請盡量輕鬆或富人情味的，過於嚴肅的作品，暫時還不能刊登太多，因青溪讀者須慢慢帶引。
>
> 另外我們還有一份中國民防月刊（由一位王先生主編）他希望有一些厭倦都市而嚮往鄉村生活的小說以達到疏散之目的，稿費比青溪還高，可付六十左右，如有這方面的稿件請寄給王毓芬先生

---

[41] 郭嗣汾曾任海軍出版社總編輯、省新聞處科長、臺灣電影製片廠主任秘書、錦繡出版社、江山出版社發行人、中國文藝協會理事長等職務，曾主編《海洋生活》、《中國海軍》等刊物。

[42] 魏子雲給鍾肇政信，1967 年 8 月 15 日。

收。我們的辦公室搬了，新址是：臺北市郵政 7220 附一號信箱。（在總部裡面上班）
十一期青溪想已收到，您是編輯委員，有什麼改進意見請隨時告訴我，當設法改正。祝
愉快
弟隱地敬上　5/14
附：鄭煥先生的「探寶寮」已發排，惟部分不適合已刪改還要請鄭先生原諒。[43]

一般認為鄉土文學論戰，是受到國民黨的打壓，事實上，國民黨在早期也有推動的痕跡。因為在白色恐怖下產生歷史缺口，鄉土文學為民間所引導，某種歷史時代的因素，鄉土文學澎湃激盪起來，恐懼無法控管的國民黨才轉而打壓。最後非常尷尬，平和收場，暫時鳴金休兵，民主時代終於降臨。

在彭瑞金的著作，也有提到《青溪》等官方辦給阿兵哥看的雜誌，其實就是王昇的警總系統的文藝雜誌，曾經推動過鄉土文學。彭瑞金說：「《幼獅文藝》、《青溪》、《文藝》等軍系刊物也接納此具有濃厚鄉土主義的作品。」[44]另外著名的軍中作家朱西甯、司馬中原，也是屬於有別於臺灣鄉土的廣義的鄉土作家的，即所謂懷鄉作家。

彭瑞金瞭解的很透徹，他說：「右翼文人其實並不恨『鄉土』，他們只是怕共匪、恨共匪，自然痛恨有人在臺灣搞共匪行，講共匪話，但是他的痛恨卻被掛上『反鄉土派』的肩章臂章。」[45]雖說不恨鄉土，但是事實上開始搞鬥爭，外省人是什麼都怕，怕左翼的，也怕臺獨，怕被排斥，怕失掉了統治權與高高在上的地位。

瘂弦就強烈的抨擊掛有臺灣為名的雜誌，抨擊臺灣人的強調，甚

---

[43] 隱地給鍾肇政信，1968 年 5 月 6 日。

[44] 彭瑞金，《臺灣新文學運動四十年》，《自立晚報》，頁 156。

[45] 彭瑞金，《歷史迷路、文學點渡》，富春出版社，頁 243。

而臺灣鄉土，就是一種小鄉土，是有侷限的。瘂弦認為不必再分本省外省，好像這種分的背後的體制、歷史、現實，完全都不重要，就是強調臺灣、鄉土的，一律都打成懷有偏見的態度，甚而就是一種臺獨意識。

> 小赫和保真是好友，我打電話請保真的母親小民女士轉告小赫，小民的母親說：「我們保真能給臺灣文藝寫稿呢？他又不是臺灣人！」這裡引出一個問題：即是「臺文一定要臺籍作家的作品才登嗎？」如果是這樣的話，那麼本次年度小說選中尚有孫瑋芒，張安槿，侯楨都是外省人，一方痕也是。不過，我想依先生對文學的認識，該不至於把「臺文」的範圍侷限於小鄉土主義的範疇才對。目前有許多後起之秀都是外省人，這些人大都是民國 38 或 39 年逃難來臺的外省人定居臺灣後生的第一個孩子，成長到現在正好是精力充沛的文學青年。當然也看不少新秀是臺灣人，如廖偉峻、古蒙仁、陳雨航、吳念真、蔡昭仙、蕭麗紅、心岱等。我覺得經過近三十年的「生活震盪」產生的同化作用，目前除了地理血緣之外，不應在文化或文學上再作太強烈的外省，本省的區分。我不太贊同目前許多人熱心倡議的「鄉土文學」、「本土文學」、「臺灣文學」之類曖昧不明的文學觀點，我認為那是小鄉土主義，不足為取。目前臺灣的作家，不管外省或本省，該把眼光放遠，致力於發展「民族文學」才對。從政治立場而言，日本統治五十年殖民地，惡夢已過去，殖民地時代才具特殊意義的「臺灣文學」也該成了歷史名詞。[46]

這種對臺灣文學的否定，跟上一段的友善的外省人編輯的情況，真的差距很大。而能夠對臺灣人友善的外省人編輯，是否也是極為少數的呢？比較妙的是瘂弦說致力於民族文學才是方向。這反而就是葉石濤

[46] 瘂弦給鍾肇政信，1977 年 8 月 3 日。

所指的一種國家主義的見解，而沒有平等自由個人人權的價值觀。事實上，鍾肇政在 1960 年代就強調過民族文學，只是各自的民族，又是不相同的。在戒嚴時代，鍾肇政故意用同樣的詞彙，但是各有各的理解方式。

儘管瘂弦並沒有主編《青溪》，但是瘂弦仍是編輯由蔣經國控制的《幼獅文藝》，瘂弦是接替了朱橋的位置。瘂弦於 1966 年以少校退伍，但是等於仍是軍系出身的作家，繼續的參與黨國所控制的文壇。瘂弦的意見，也可以作為為警總之後備軍人刊物《青溪》的編輯如魏子雲、隱地等與警總關係密切的作家所持有的思想型態。

總之，鍾肇政幫忙編輯《青溪》雜誌，這個代表後備軍人的刊物。從外省人許多意見來看，1. 覺得不要強調臺灣比較好，認為臺灣沒特色、代表的東西或語言水準低。2. 覺得被排斥，自己不是臺灣人。3. 鼓勵，但是仍是狹隘的、地方的疑慮。要匯聚到大中國與中華民族才好。4. 覺得有臺獨意識問題。

在這裡還值得一提的是，有關外省人對「臺灣文學」的看法，也就是對鍾肇政所打出的臺灣文學的看法，除了林海音對鍾肇政的嘲諷為「臺灣文學主義者」，當中林海音的意思並不明白。但是基本上，大致外省人會認為鍾肇政所為是一種狹隘的地域意識，或者說是省籍意識，進一步的認為這是臺灣人在排斥外省人。而並不思考外省人之間沒有省籍意識嗎？沒有地域意識嗎？

當然，在早期如 1960 年代，「臺灣文學」根本是不被承認的、渺小的，也因此根本談不上排斥問題。1980 年代「臺灣文學」的壯大、正名後，特別是 1990 年代解嚴之後，「臺灣文學」之名就容易被說是排斥性的。連年輕一輩的作家、評論家，都會打出要包容、要寬容，或者所謂的加法。就鍾肇政而言，這位臺灣文學的建構者，一開始就打出臺灣文學的旗幟，他從沒有提過臺灣文學要包容、寬容。如此，好像他就是不夠包容的。

這好像是說，打出臺灣文學的旗幟，注定可能是狹隘的、不夠包容的。而用中國文學的旗幟，就不會有狹隘的問題，就不會有地域意識、省籍意識。而打出臺灣文學，對標榜中國文學的人來說，臺灣文學是不必要的名詞，臺灣文學就是一種地域主義，地域主義是不必要的，甚而是一種分離主義，帶有政治意涵的分離意識，甚而是臺獨意識。臺灣文學獨立於中國文學之外，這樣子的主張，背後就是明顯的臺獨意識了。

從本書的研究來看，他對林海音似乎就頗有怨言，而且確實有強烈的省籍意識，跟葉石濤一樣，對外省人常有極度的厭惡的心情。特別在通信中，會沒有顧忌的談論外省人編輯。先不管鍾肇政、葉石濤這一代人是怎樣的時代背景，造成他們的極端厭惡的看法。且先引用彭歌受李瑞騰訪談的內容：

> 也許是背著黨報負責人的頭銜，有人指責彭歌太偏向官方、太愛國了，彭歌語重心長的說：「我們那一代的人歷經戰亂，深知個人的存在是非常渺小的，如果沒有了國家，還談什麼個人的抱負？所以在當時，每個人都覺得愛國是天經地義的事，若是聽到或看到什麼對國家不利的事或言論都會難以忍受？」有了這個時代背景，難怪彭歌會對一些分裂國土、省籍對立的言論顯得十分氣憤。「我二十四歲到臺灣來工作，就將全部的心血放在這片土地上，努力了一輩子，竟然有人說：你不是臺灣人，臺灣人不是中國人，這種說法我真的無法接受。」看著謙謙君子言及此時的慷慨激昂，不難想見彭歌心中對家國的感情有多麼的深厚。[47]

彭歌說在臺灣經過那麼久的努力、灌溉這塊土地，否認他是臺灣人當然是不好的。特別是他認同臺灣、自認是臺灣人，更應該鼓勵。且也不要論及他當年剛來臺灣，對臺灣又怎麼看法，也可以同意他是沒有地域觀念的。

---

[47] 李瑞騰訪問，陳宛蓉記錄整理，〈文學筆畫人性，新聞眼觀世情：專訪彭歌先生〉，《文訊別冊》，1998 年 7 月，頁 61-66。

不過基本上，愛國的說法，每每也可以成為作惡的理由，何況他是黨國的文藝機構要員，說法作法是相當有影響力的。相對於他也認為自己是臺灣人，那幾十年前生於臺灣的，又經歷怎樣的歷史背景呢？彼此原來的國家認同為何呢？如朱西甯在鄉土文學論戰就會懷疑臺灣人的血液是帶有皇民色彩，骯髒不忠誠的，天生的洗不掉這種污名式的看法與歧視。

顛倒過來，臺灣人又是怎樣看待彭歌所謂，他愛的那個「國」，是獨裁統治、沒有民主自由的呢？臺灣人遭受怎樣的對待、歧視呢？就鍾肇政對文學的看法，臺灣文壇是整個被壟斷的、霸佔了。而進一步的彭歌的國，是否已經無法代表中國，統治臺灣的正當性已經消失了。但是，彭歌一律認為那叫做分裂國土，或者對國家不利的言行，他就憤怒不已。其實那個彭歌所謂的「國家」是一個獨裁統治、父傳子的、殖民統治臺灣的國家，並非自由、民主、重視人權的國家。彭歌更沒有臺灣的前途是兩千三百萬人所決定這樣子的概念。儘管彭歌生前可能還一直是反共的。

彭歌只能單一角度看待省籍對立，那是原來臺灣人的問題。如此而言，臺灣文學，所謂臺灣人的文學，在彭歌眼裡就沒有正當性了。那本身就是地域性的、分離主義的、排斥外省人的。儘管他認為他也是臺灣人了。這樣子的爭議，在鄉土文學論戰中，反而是本省籍的陳映真更尖銳的指出葉石濤是帶有分離意識的，而非國民黨的文人高官。這倒是非常有趣的情況。這可參見第七章的討論。

至於鍾肇政對臺灣文學的主張，他所建構的臺灣文學，他的詳細的活動，是否是排斥性的、地域性的、不包容的。筆者認為並非如此，鍾肇政連陳映真都可以包容了。狹隘性、分離主義的質疑，那僅僅是外來統治者、殖民統治者的一種觀點之下產生的扭曲的看法而已。[48]

---

[48] 亦可參考鍾肇政給莊華堂信中，所回應莊華堂的質疑，1990 年 10 月 19 日。《鍾肇政全集 34》，頁 576。「華堂：信和書都已收到了。謝謝。該是你的第一本著作吧。幾年來努力終究有了美果，對未來的寫作道途，想必也添了無限力量，可喜可賀！

『序』好在你沒有找到我，否則我很可能使你失望。因為聯經曾拒絕過我為一個朋友寫那一節是首日的首場討論，從下午兩點開始，而我提前於一點半左右就趕抵會場，當下就碰到了幾位老友，其中一位是多年不見的舊識——筆者自己如今已垂垂老矣，而這位朋友則比我年長十歲有吧。他誠懇且熱烈地告誡我不要排斥某些人，並告訴我，他一直不想回去探親，父母都被共產黨害死了，根本無親可探，四十幾年來如何受到本省人的照顧與和諧相處……。一位可敬的且曾經享有文名的白髮長者，娓娓道來，委實是甚為動人的，唯獨所說的「排斥」云云，卻是我不敢同意的。我知道他指的是什麼，事實是入秋以來已有過若干篇文章對我提出了頗為嚴厲的指控，正是這項「排斥」的問題。我應該對這位長者做一個辯正，兼且也對這樣的指控間接來個答覆，誠然是機不可失啊！按：我對上述的指控，認為沒什麼好說的，因此也一直不想為文反駁。我說的是最近我主編了一套書《臺灣作家全集》共五十冊，其中確實有些作家未包含在內。自從「開放」以後，那邊大國以強制的方式，把臺灣過去的人，不管探親的，或者是觀光的，一律稱為「臺胞」，有些人也許心裏不同意，但不敢表示異議，回來臺灣，掛在嘴邊的卻依然是中國人。這中間牽涉到的，不用說是所謂的認同問題。同樣道理，文學方面，有些人永遠把中國文學、中國作家掛在嘴邊，並以此自居。《臺灣作家全集》是臺灣作家

的序。
對來信中二事，我略作說明如下：一、『臺文應拓展胸襟』云云，這說法恐怕是『誤會』吧！？她不是只刊本土作家作品而不刊『臺北』作家，而是只有不屑於獲高酬，也不稀罕發行之廣的寫作者，才向她投稿。你嫌她意識形態重，也是同樣道理。否則這種作品哪裡發表？二、『小鼻子小眼睛』，或『格局小』的說法，常掛在某些人嘴邊，想不到你也有這種觀感。你也喜說關懷本土，這是否就是『格局小』呢？我也不懂我們應去關懷大陸，關懷世界，才算格局大？你以為呢？請好好努力再接再礪。匆匆祝好　肇政 10 月 19 日深夜
P. S. 我與『臺文』毫無關係，編委只是掛名而已。我原不必為她解釋什麼，可是忍不住寫了此信。」由於莊華堂都有批評鍾肇政或者《臺灣文藝》是狹隘的看法，可見外省人的作家、學者那方，更有話說了。筆者在本書的第七章第二節，提過如彭瑞金希望臺派這邊的雜誌、胸襟，該抱持「有容乃大」，那是 1978 年所說的。似乎鍾肇政的看法中，恐怕問題不是出在臺派這邊的。

> 的文集，若想把中國作家的大作也收錄進去，那是對他們的「不敬」。[49]

走筆至此，筆者感到荒謬。從臺灣文學在戰後根本不被認可，然後漸漸壯大後被稱之為鄉土文學而對臺灣作家的作品帶有貶抑。同時稱呼臺灣，甚而把弱小、無權、被歧視的一方聚集起來，互相鼓勵卻又被視為臺獨組織，而羅織罪名加以打壓。在這種狀況下，隨著民主人士犧牲奉獻，政治打壓力量逐漸變的薄弱，而臺灣文學終於獲得正名，跳脫鄉土文學、本土文學的模糊不清的名稱，最後臺灣文學卻又變成帶有狹隘的原罪。

更糟糕的是，更深層的否定臺灣文學的獨立自主的身分，否定臺灣文學的正當性，認為臺灣文學都是受到政治性的影響而成立的，更不要說臺灣文學系所的成立了。

還有一種反省能力不足的說法是臺灣文學論者剽竊了在鄉土文學論戰時的成果，說那成果是些左翼作家勇敢參戰面對國民黨極右政權所不畏打壓而得來的。當時陳映真可說利用了國民黨的獨裁統治，刻意在《臺灣文藝》的刊物上，指出葉石濤的〈臺灣鄉土文學導論〉是有分離意識的。只能說陳映真是否還心存善念，點到為止呢？

第三節　陳韶華與陳火泉的「臺灣作家事件」

一、陳韶華成為案件根源

回到更早期的 1964 年，陳韶華就是相當特殊的年輕人。在第三章則提到比他更早認識鍾肇政的陳有仁，喊出了臺灣文壇是該獨立了。後來陳韶華在 1966 年 2 月就被逮捕過，可能跟雲林地區的政治事件相

---

[49] 《鍾肇政全集 17》，隨筆集一，〈臺灣文學論者之辯——參加「四十年來中國文學會議」小記〉，1993 年 12 月 29 日，頁 164-165。

關，如蘇東啟的案子。

> 上次返里，據衡茂兄說，您正準備撰寫百萬巨著「臺灣人」很高興聽到這則消息，並希望早點拜讀大作。
> 一個民族，亡國並不可悲，沒有自己的歷史才是悲哀的，我記得連橫在臺灣通史的序之中說到這句話，但連氏的臺史似乎有很多地方不好，他看來缺少「太史公」的條件。您認為怎麼呢？
> 小說雖然是虛構的故事，但可以寫出民族的特性來，毛姆的「不服征服的人」，故事雖看來不怎麼匠心，但，已把法國的民族性表現出來。因此，我希望吾兄的「臺灣人」亦能把我族的精神寫出來，則我七百萬人將一致感謝您了。[50]

從這封信可以看出陳韶華的臺灣意識相當強烈，對臺灣悲運的歷史很有共鳴。可知道他希望鍾肇政寫出臺灣民族的民族性，也就是反抗意識。而陳韶華對國民黨政權也是相當不滿的。

> 肇政兄：
> 返里後，就到斗中報到，也許是不習慣的關係吧！顯得忙和慌。同時感到疲倦。
> 您最近可好，佩服你，又在「文壇」讀到大作。
> 我常常想，為什麼我的力量這麼薄弱，薄弱得無法替我的民族出一點力，我學習寫作，希望能以筆寫出點「鼓舞士氣」的東西，然而，我一直失望。每當我看到不平的地方，我想講，可是有時連講的自由都沒。這不只幾個人的悲哀，相信很多人與我同感。[51]

---

[50] 陳韶華給鍾肇政信，1964年8月11日。（本名陳照銘，1940年生。）

[51] 陳韶華給鍾肇政信，1964年9月11日。

陳韶華也是有志於創作的，對當下的社會有相當多不滿的地方，希望多加批判。這也是陳韶華被有關當局盯上的緣故。當然，鍾肇政在1964 年後連連遭到臺獨指控，他們彼此的通信是會特別檢查的。如第三章也提到陳映真因為收到鍾肇政的信件過於延宕，陳映真就認為他們的信件被檢查了。

> （一）我們必須有一個強有力的刊物，和其主持人。
> 為什麼我在上封信提到停刊「臺誌」。（a）「臺誌」的命名使人容易起疑心。「現代知識」就曾因命名問題而延期出版，因此，以臺灣人辦的臺誌文藝事件誌，怎能不令他們擔心呢？（b）哭大家叫苦的辦下去，不是辦法會使臺灣人看不起我們這些搖筆桿的，而減低了我們的號召力（c）由月刊（薄薄的月刊，完全文藝的月刊）而季刊，力量不夠強有名存而實亡，有害而無益（d）我並非看不起吳老先生但不可否認的他的力量不夠，心有餘而力不足，不單是金錢方面。
> 主持人還要敢擔當事務，就是萬一不幸被當局處分亦險不變道。
> （二）我們必須開一次大會。
> 「臺文」雖有其不差處，但是，我們亦可利用其現成名義，召開一次臺灣作家大會。與會者必須先經選為其乃正直之我輩中八方時祺參加。我們的會，應有聲有色，不要只是吃午飯的座談會。
> （三）我們必須吸收新血輪。
> 看大會的進行如何，假如順利的話，我們分別去吸收有志青年，必須是敢言而力有充分足夠對啥事認識的「臺青」，我認為以大學生或小學教師、中學教師為最佳。
> 我們的信念：團結敢言之士，展開救國自救運動。我們必須在認為有足夠力量時才有所作為，讓執政者曉得我們是一群有作為的青年，不歧視我們，當然，以後還有見面詳談。
> 因此，有時人選的需要的是，召開一次大會，把愛國愛民族的年輕朋友召得來大家所一起共商大計，而首先，我們必須加以確

認，誰是可以夠得上條件參加的人——這是一件困難的工作。
只有悲哀見無一點困難的，並且更使故人看不起。我們必須拿出力量來，讓時間與我們的力量，讓又聾又啞的人群驚訝，還有這樣一群人存在，讓我們為這群啞的人看病，並且治癒他們。
稿子的事，容後，是否照你的意思撕下兩篇「手落」裡的寄去？我看這樣也好。
假如，你認為我的意見還可採納的話，或有所修改，盼來信。而後，我們全力展開活動。我不信，每一個人都沒有正義感的，我更不信每個青年人都只是結婚的，都只是有點小成就就大說——「狂言」的，或，祈求×官的召見為榮的。[52]

這封信就是要結黨結社的意味，這是干犯禁忌的事情。這在第三章提過的陳有仁，就同樣表現敲邊鼓要鍾肇政領導大家，只是侷限於文學活動上的團體。陳韶華似乎進一步的希望他們的團體能夠批評時事，且使得教師、學生更多的加入他們的團體。

奇妙的是，陳韶華一方面想要集結、啟蒙大家，一方面又擔心《臺灣文藝》的雜誌名稱過於彰顯而危險，也就是容易被認為是臺獨的政治活動。這在李喬、鄭清文之間的通信也有類似擔憂。[53]以「臺灣」為名的雜誌等等，確實都容易被羅織政治思想問題的。但有趣的是，如鍾肇政自詡是純文學工作者，事實上鍾肇政不會沒有意識形態，自己不搞「臺獨」，其實是支持臺獨，甚至還比政治臺獨紮下更深刻的臺灣文學獨立於中國文學這樣子的文化思想建設。陳韶華不也類似如此嗎？奇異的更是鍾肇政說自己是純粹創作，與政治無關，但是他卻是最堅持「臺灣文學」的招牌的，更支持《臺灣文藝》的名稱。[54]

---

[52] 陳韶華給鍾肇政信，1964年12月4日。

[53] 參考本書第六章的討論。

[54] 鍾肇政回答筆者，這是臺灣文學之下自然的、不得不存在的意識形態，於2000年。

> 我有一個年輕的朋友，他對您的《濁流》一書很關心，他對我提出了幾個問題，要我在信裡寫上，說您有空的話，請您順便答覆答覆：
> 《濁流》第三部未見刊，中副編者說讀者反應不佳。我朋友說是否第三部寫的是民國以來的事而這裡面寫得不討好，不符《中副》要求？[55]

陳韶華的好朋友林衡茂，也在通信當中暗示了二二八的創作題材的事情。林衡茂似乎跟外省文壇也很有往來，不斷的提到敏感的問題，積極的詢問鍾肇政的活動，但鍾肇政似乎都不會懷疑年輕人，或者保持平靜。甚至也歡迎外省人藉由臺灣青年來調查鍾肇政自己，鍾肇政在信件中反而可以陳述自己是純粹的創作者。

> 肇政兄：
> 早上收到您的復信。
> 果然不未所料，有人在雜誌上對兄那篇〈溢洪道〉有言辭了？是朱介凡先生，他在這期的《晨光》上寫了一篇「不必要的拙寫」，他說，他本來應允為某本新雜誌寫篇捧物的文章，可是看了後，尤其是看到首篇，令他失望極了！
> 不過朱先生還算客氣，他並沒有指名道姓，我想您取不理睬的態度就可以。
> 不知這期的《晨光》您是否看到了？[56]

上面已經提過，林海音曾告訴鍾肇政朱介凡上校，就是鍾肇政的案子的負責人。[57]從此信看得出朱介凡一直在注意《臺灣文藝》、鍾肇

---

[55] 林衡茂（1939 年生）給鍾肇政信，1964 年 5 月 13 日。

[56] 林衡茂給鍾肇政信，1964 年 5 月 15 日。

[57] 鍾肇政於 1999 年轉述給筆者的訊息。朱介凡（1912 年 9 月 28 日-2011 年 10 月 1 日）在

政的活動等等。

> 肇政兄：
> 很抱歉這麼久沒向您問候，自結婚後三個多月來，我幾乎沒有和外界通訊，只前一陣我替江上兄的「落葉集」寫的那篇書評，我終於找個地方刊出來，出差到中部時我寄了一份給他，還通了一次信，而且兩次之中一次是從草屯，一次是從屏東寄信的，那時我就職在一家食品廠，非常的忙非常的忙！忙到透頂，也就沒有時間和心情寫信了（那篇「落葉集」的介紹本來趙振東要刊用，這下子才給南郭，可是南郭好久沒刊出來，我寫信去問，他說即將刊出，可是不久退回來了，張愛玲還給我寫了一封信，說「落葉集」俗氣，說我言過其實，故退還給我。）
> 隨信我將「江湖行」三冊寄還，原諒我擱了三個多月，很對不起。我至今還沒看完，只是我爸爸看了一過。但我不好意思再排下去了，聽說您的「臺灣人三部曲」在公論副刊連載，又被抽下了，是真的嗎？[58]

可以說林衡茂當猜測，《臺灣人三部曲》被抽下，就是跟臺獨的疑慮有關係的。這裡似有套話的情況。無論林衡茂真正的意圖在哪裡？相信鍾肇政的回答只能裝糊塗了，但是也不至於在私信當中提到光復臺灣、愛祖國那一類的話。[59]

因此吳介民論文中提到美麗島事件後，隱蔽文本才被公開。事實上，他們真正的心聲，在之前的信件當中多少就存在了。對鍾肇政也

警總任職十三年（1951 年 8 月到 1963 年底），並任職政治部副主任。

[58] 林衡茂給鍾肇政信，1965 年 4 月 25 日。

[59] 馮輝岳於《我的老師鍾肇政》，2011 年 9 月，桃園文化局出版，就自白自己為國民黨線民，監控鍾肇政言行思想，大約於 1975 年代。這種坦誠的態度，令人感到尊敬與佩服。

好，或者受他影響的次世代的作家也是。[60]

二、1966年「臺灣作家事件」與陳火泉

寫作不是要拼性命，生存下去寫更多的作品，這是最重要的。當然盡寫歌功頌德、拍馬屁，這一類不是以表現人生為目的文章，或者迎合時潮、完全配合當政者為目的東西，寫再多、再美也不會被認為是該存留下的作品。不過，只要不是文化特務去害人監視人，打小報告。筆者相信沒有人願意花了心血，卻一輩子被解釋成拍馬屁作家。寬容去面對「皇民作家」，檢視自己嚴格的純潔的批判，該是為人處事有必要的工作。或許自己處在當事人的時代、階級、成長歷程，當可能更瞭解「真相」。筆者見過這類的寬容展現，例如在 1999 年真理大學所主辦的「鍾肇政文學會議」歡宴場合時，鍾肇政遇到文化特務、打小報告的人，他就是不願當面將其面目公布出來，只是譏刺她仍利用新聞局的錢在做文化特務的事情。鍾肇政仍舊以對方是因為「職務」關係著想，不得不聽從長官的話語，為了生活下去等等同情心理予以寬容了。

已故作家陳火泉以優美的勵志散文「人生三書」、「人生七書」蓋棺論定，綜觀他努力成為作家的奮鬥過程，其終究只能以散文形式表現人生，這是很可惜的。不過其才華所表現出的拼鬥的生命，筆者是很感動的。近年來一同被提起的幾位性質類似的作家如：王昶雄在〈奔流〉中批判筆下人物為了成為進步的皇民而鄙視父母。又有後來自稱是「青春無悔」的周金波在「皇民文學」中以表現主角鄙棄父母落伍可恥。個中心情、這種人生的表現，筆者多少能體會其時代背景。周金波能夠肯定青春無悔，不畏批判，所傳達出的日本精神，筆者是頗為景仰，不禁想起他帶著麥桿帽的精悍面容。王昶雄過世前則仍然背負〈奔流〉的歷史十字架，他背負的是臺灣人的十字架。

---

[60] 錢鴻鈞，〈隱蔽下的文學世代傳播：鍾肇政與葉石濤的臺灣文學旗幟〉，淡江大學大眾傳播學系碩士論文，2023 年 1 月。

陳火泉在日治時代的「皇民文學」作品〈道〉，以及 1980 年代的「人生三書」多有歌功頌德、贏取功名利祿、更好的生活的心理成分，這是很多人都看得見與互相爭議的部分。但是其中以陳建忠博士的研究「皇民文學」內涵充滿痛苦的特徵來看，[61]這點環境所造成的艱辛掙扎，筆者也有所體會，筆者覺得個中心情是非常動人的。陳火泉在那個時代選擇作為一個日本人、效忠日本，其實並沒有錯。但是也必定會受到許多的批判，此罪陳火泉已經吃得太多太多了。再加以任何批判為辯證的主題論文，筆者頗不以為然。

不過，有一個臺灣歷史上可大可小的「臺灣作家事件」，[62]任何人要批判歷史與人性的脆弱，這「臺灣作家事件」應該拿進來作整體考量。在 1966 年 2 月 3 日下午三點半上班時，陳火泉「無緣無故」為警總帶走，審問終夜至凌晨。[63]陳火泉如此精明的人仍逃不了特務的追殺。筆者以為他僅僅單純的因為寫作、因為臺灣人身分，因為與鍾肇政、吳濁流、《臺灣文藝》接近，警總就想從陳火泉口中套出一二，終究結論是沒有結果的，所以陳火泉才被放回來。

偵訊當中很特別的情況是，特務並不會直指你跟誰交往、做了什麼確定的事情，因為他們都知道你的一舉一動。所以他們在旁敲側擊，而且拿出信件照相版來印證，講出你自己都忘記的話語。厲害的是他們會讀你的文章，細膩到被偵訊的人都嚇一跳。比方說，他會講你在作品中怎麼寫治安不好、經濟不好，那麼他們對你的作品解釋成，你這樣寫就等於「批評政府」、「對政府不滿」，而批評政府就是「為匪宣傳」。

因此這些被偵訊的人，當時真的莫名奇妙的，只能在以後下筆小

---

61 陳建忠，〈大東亞黎明前的羅曼史——吳漫沙小說中的愛情與戰爭修辭〉，《臺灣文學學報》3 期，2002 年，頁 109-141。

62 這個事件是陳韶華定名的，參見陳韶華於國家圖書館「當代文學史料影像全文系統」網站，筆者從「陳韶華致鍾肇政書簡」開始調查，將整個事件拼湊出大致輪廓。

63 陳火泉，〈學習國語文的經驗〉，《中央日報》，1985 年 10 月 10 日。廖清秀，〈兩朝代均被傳喚的陳火泉〉，《民眾副刊》，1994 年 8 月 27 日。

心，不要說寫有關臺獨了，就是很細微的真實社會的描寫，都不知道自己會惹什麼事情。戒嚴體制下，作家別想表達臺灣意識，且還要不斷表明自己的愛民族、愛國家。陳有仁、陳火泉當年都是如此莫名其妙，心中持續不斷地在想自己做錯了什麼呢？寫了什麼呢？所以可以說，在那些老 K 的人看來，「寫作」就是有罪。

陳火泉還算是歷史留名的人，在這種約談下造成心理傷害，其他還不知有多少「無辜」的人。而那傷害，我們能瞭解實在不多。[64]而當時又有誰能幫助他、安慰他呢？

自此陳火泉從此十多年沒有發表。復出後已經不再能寫小說，苦苦挨挨過了許多日子，才華的虛耗，令人感慨。筆者想起鍾肇政 1960 年代的《魯冰花》、《江山萬里》與《流雲》的創作中，不曉得裡頭有多少明顯的批評中國軍隊髒亂、戰後經濟凋敝，這真是令人捏把冷汗的事情。

這個「臺灣作家事件」從中部作家李篤恭、[65]張彥勳、陳韶華、林衡茂等等牽連到北部的陳火泉，或者如鄭清文也稍稍牽連著。[66]這是與 1965 年代「彭明敏事件」、「廖文毅歸臺」所引起特務對「臺獨」敏感的時代背景。這時鍾肇政《臺灣人》長篇、兩大《臺叢》就因此被打為臺獨。而第二年蔣介石要連任，年初北市議員林水泉集團中有人與日本臺獨接觸，而在中部散布臺獨傳單，特務以其敏感的判斷，認為「臺灣人語文差勁，一般人不會有這樣好的文筆」，因此接連約談「臺灣作

---

[64] 又比方陳有仁先生，也是《文友通訊》的周圍友人，1967 年被約談的原因，參加「鍾肇政集團」是其中之一。當時，陳有仁妻子正挺著大肚子，不明不白的跑到警總要人，從此家庭安和方面受到長遠的影響，恐懼、不安，此事也僅有自己一個人終生承擔而已，真是很無辜，這將另文闡述。

[65] 《臺灣作家全集：李篤恭集》年表部分，1966 年記事，上言「遇難而幾乎沒寫作」，真是字字血淚。

[66] 《鍾肇政、鄭清文往來書簡》，編入莊紫蓉、錢鴻鈞等主編，《鍾肇政全集 26》。可見頁 167，1966 年 4 月 11 日的信件內容，鄭清文表達要辭《臺灣文藝》編輯，恐怕有內情。一年前鄭清文也表達過要辭職，1965 年 12 月 17 日，頁 151。而且，鍾肇政告訴筆者，某次特務曾約談鄭清文。

家」，於是臺灣作家都成為嫌疑犯，這就是所謂的「臺灣作家事件」。

而鍾肇政雖未被約談，事實上鍾肇政是警總的最大目標，被約談者都在當場由警總都出示鍾肇政與他的往來信件的照相版。很久以來，鍾肇政一直都是整個臺灣作家事件的核心，這是很可以想像的，理由在後文有很多解釋。[67]

這段時期的臺獨問題，已成為特務主要目標，因為幾年來的大肆搜捕，左派幾乎已絕跡，不過另有吳濁流因為在 1965 年底遊日本，回來即被認為與臺獨團體有接觸，而致使《臺灣文藝》蒙受陰影，影響銷售，也影響其他臺灣作家的投稿意願以及幫忙編輯。[68]另外一起單獨的事件如施翠峰在 1964 年以後在「國立藝專」學校內因任美工科主任，而大力從事人事改革，將許多不適任的教師解聘，得罪許多小人。而在 1965、1966 年中被檢舉匪諜、臺獨、思想有問題，調查局人員假校長室偵詢他，甚至在他上課時於學生面前帶走他。[69]若在 1950 年代，普遍的要陷害一個人是以「匪諜」為罪名。1960 年代仍舊是利用「匪諜」舉發，不過時代推移，特務、三腳仔也漸漸懂得「臺獨」也是一項容易「羅織」的罪名。唉唉！其實施翠峰這一代的人，誰不是「自然的臺獨意識者」呢？可以說當時所有臺灣人都是被特務、被賦予監視任務的文化特工視為臺獨。想起來，筆者為鍾肇政慶幸，終究他有「響亮」的名聲、廣大的聲望。相信也有很多小人想找他麻煩，有很多特務想舉報他。不過終究沒有引發約談之類傷害心靈的事件。

---

67 錢鴻鈞，〈戰後臺灣文學之窗：1965 年的兩大《臺叢》〉，《臺灣文藝》，2001 年。鍾肇政，〈臺灣精神與插天山之歌及其它〉，《臺灣文藝》178 期，2001 年 10 月 20 日。

68 黃玉燕譯，錢鴻鈞編，《吳濁流致鍾肇政書簡》，九歌出版社，2000 年 5 月，頁 135。鄭清文給鍾肇政信，1965 年 12 月 17 日。《鍾肇政全集 26》，頁 151，「最近，我已決心辭去『臺文』的編務。你也許會吃驚，但我是已對吳老談過了，吳老當然留我，但我仍然是堅持自己的意見。主要的原因是這樣，吳老到日本，遭人中傷，這個刊物就不好辦了，其次是個人的理由。我還有事和你商量，這兩天（星期天、星期一）我們放假，我想到桃園，天氣好的話，我會去見你，我桃園的地址是桃園鎮安東路五號陳芬郁先生轉。如果沒有什麼要緊的事，我們還是面談好。」

69 許素華，〈本土藝術家施翠峰的文學與繪畫〉，《中央日報》，1994 年 12 月 24 日。

以上種種，其中還需要警總本身來作解釋。因為事件本身是「子虛烏有」，臺灣作家與政治人物如林水泉臺獨集團根本沒有關係。所以這些臺灣作家在當時是搞不清楚狀況的。不過，說搞不清楚狀況也不對。臺灣作家、《臺灣文藝》本來是被外省人視為對立的，就如同外省人都被臺灣人當成有特務任務一樣。臺灣人的想法，無不是有臺獨的因子的，「臺灣文學」、「臺獨」都一樣，這在外來者、霸佔者看來，都無法容忍。這中間就是「省籍隔閡」與「自然的臺獨意識者」的真意。[70]

當然這種見解在當年是天經地義的。現在反省起來，這是過去的狀況，彼此也無由以過去狀況當成目前大家融合為臺灣人的阻礙。只是彼此認知情況，雖言民主、多元文化，目前仍不免有種種的衝突。這是民主臺灣的進步文化使然，若在中國則根本是一言堂。[71]

這段時期，鍾肇政得獎連連，利用獎金與貸款購地建屋即龍華路的地段，搬離之前張良澤稱之的「臺灣文學發祥地」的龍潭國校宿舍。但是似乎「風光」一時便開始受到嚴重的打壓。《臺灣文藝》的經營與推廣越來越困難，連第二代作家都不一定支持，似乎也是有政治造成的恐怖因素在裡頭。幾乎長達十年，鍾肇政在建構臺灣文學的路上，除了創作比較有表現外，其他方面則維持繼續掙扎的情況，一直到吳濁流過世，鍾肇政整個接手《臺灣文藝》，才有建構臺灣文學的新局面。下一章將詳細的討論。

---

[70] 從《臺籍日本兵 簡茂松傳記中文版》得知，傳主於 1970 年代仍不知二二八事件，但是受國民黨邀請，從日本回來，在蔣介石面前，竟然為蔣介石受到中共欺侮而抱不平，當面告訴蔣介石，我們可以獨立，並一定號召他們這些日本兵，為蔣介石奮戰。這中間毫無所謂中國意識、中國大一統觀念，頗令人玩味。幸虧蔣介石只是內心尷尬，大概也念及簡茂松「一片赤誠」未將之逮捕入獄。以上，就是所謂的「自然的臺獨意識者」的某種面貌之一。《我啊！一個臺灣人日本兵簡茂松的人生》由日本「新潮社」出版，圓神出版社印行中文版，2001 年 4 月。

[71] 詳見各報「臺灣文學經典事件」，1999 年 3 月，這是主辦者、協辦者與臺灣文學的反動者在歷史上留下的污名。

第六章　1970-1976：國內外巨變時期

第一節講由於國內外局勢的大變化，鍾肇政在這段時期遭受最嚴重的臺獨指控，他是如何掙脫這種恐怖的感覺的。而在鄉土文學論戰前，這段時期的時代背景為何？鍾肇政對鄉土文學的認知又是如何呢？

不僅鍾肇政作為文壇的領導者，而強烈感受到白色恐怖的逼進。幾位作家也因為接近《臺灣文藝》，因為臺灣兩字而感到壓力沉重，有點半逼迫似的希望鍾肇政能夠改名。不過鍾肇政堅持這個名稱，非常的堅定，在這一點上貫徹他張揚臺灣文學的旗幟。並且鍾肇政在拉近臺灣青年作家，也遭受到外省編輯的挑戰。為了維繫臺灣文學香火、建構臺灣文學，鍾肇政花很多時間與年輕作家通信，讓他們靠向臺灣、走到臺灣文學的道路上。這是第二節部分。

第三節講鍾肇政這段時期的重要伙伴張良澤與李喬，如何攜手合作建構臺灣文學，又作家是如何恐懼白色恐怖的打壓，而仍然對臺灣文藝不離不棄，他們的臺灣意識又是怎樣成長起來的呢？

第一節　臺獨傳言與鄉土文學的時代背景

一、臺獨三巨頭帶來恐懼

國際局勢、臺灣社會的變化，造成臺灣的文風的轉變。國民黨推波助瀾，掩蓋自己在外交的種種失敗。如所謂的退出聯合國，實際上是被趕出聯合國。還有中日斷交，實際上是中日建交、臺日斷交。另外，美國將釣魚臺的主權交給日本，造成中華民國的留學生大量的傾共。

而退出聯合國，等於是中華民國代表中國的合法的政府被質疑，更糟糕的是臺灣的地位或者國民黨統治臺灣的正當性消失。反共無望論一直都存在，實際上蔣介石面對美國人強迫，已經放棄了反共，但是國民黨欺騙臺灣人反共還是國策。現在反共不僅是無望，更是沒有正當性。也就沒有戒嚴的方式作為獨裁統治的藉口。

因此國民黨為了轉移失敗的源頭，不希望臺灣人將焦點怪到國民黨的執政上，或者為了獨裁統治的正當性。於是國民黨掀起了崇洋媚日的批判，也開始拉攏日治時期的臺灣作家，特別是如楊逵這種抗日色彩鮮明的作家。

不過，對鍾肇政而言在這當中，卻遭受到李喬從立法院得來的傳聞，說鍾肇政是島內臺獨三巨頭之一。筆者猜想時間點應該是 1972 年，這造成鍾肇政的嚴重恐慌。而鍾肇政回顧那幾年有三件事情，符合這說法。首先是自己與臺視簽署合約的劇本稿子被退稿，[1]然後是《第一代》雜誌刊登的文章被查禁，以及為了紀念霧社事件四十年的《馬黑坡風雲》找不到地方發表。[2]

這是鍾肇政個人感受到的創作以來，最強烈的壓迫的時代，感受到自身生命的危險。甚至有調查局的假借學生身分要來跟鍾肇政租房子，就近監視鍾肇政。其實，這種臺獨三巨頭的說法，在彭明敏還在國內時，也這麼聽過自己被如此看待，而且還是要最先暗殺的意思。[3]

前文提到的《臺叢》事件，經過五年後，似乎很安穩的告一段落。且鍾肇政得到不少官方的大獎與獎金，因此買了房子從國小宿舍搬到現在的龍華路住址。這是埋藏在鍾肇政內心中，有一個很大的

---

[1] 文心給鍾肇政信，1969 年 1 月 18 日，「鍾正兄：來片收到。臺視退劇本事，事先我並不知道，昨天才從朱白水先生得知，原因仍是你所講的兩個理由。據說，他已回信挽留你不要取消合約。我想，你不要退約，因為電視劇界，仍需要我們兩人合力來領先開路，你如退出，『省籍』就只剩我一個勢必『孤掌難鳴』。我熱盼你守住崗位！」可見鍾肇政在連得大獎後，立刻就遭受到黨政方面的打壓。又見，曹永洋給鍾肇政信，1971 年 9 月 22 日，「你丟掉臺視劇約，可見你真是個有心人，這年實靠筆耕維持生計，談何容易，而又要保持自己的鵠的，尤其不易，我祈盼你在隔年多寫多譯，雙管齊下，康雄曾勸我說不要勸你費心譯了，以免分心，我覺得以你的條件火候而論，似不會礙事。」鍾肇政真正合約編劇稿件出問題是在 1971 年 9 月的時候。

[2] 《鍾肇政全集 30》，演講集，頁 285-286。

[3] 彭明敏，《自由的滋味》，臺北：前衛出版社，1995 年 4 月。

「謎」。即為什麼在 1966、1967、1968 年自己連連得到官方大「賞」，而大約於 1970 年開始受到列名島內臺獨三巨頭之一的「傳言」籠罩？

其中，有一件「小故事」，1968 年 9 月 20 日魏廷朝假釋出獄，在必須向管區警察報到前，就先到他平時尊為老師的鍾肇政家中拜訪，魏廷朝告訴老師說：「你要小心啊」、「老師的名聲在牢中的比牢外大」。這正是《臺灣人三部曲》第一部《沉淪》刊載於《臺灣日報》的年代，可謂是鍾肇政之心，牢中人皆知。當然特務是緊盯魏廷朝出獄後的一舉一動。想起這兩人見面，彼此都該有一種強烈的相濡以沫的恐怖感，同時或許也有某種意在言外的安慰感與友誼。

鍾肇政面對的方式，這次是更為積極主動的投稿《中央日報》，以求得「保護」的作用，至少讓自己的心理感到安心許多。

> 鍾肇政想到的是發表作品到《中央日報》，等於是告訴四方特務，我是愛國的，連《中央日報》都肯定我了，我的思想是沒問題的，這部作品就是李喬與彭瑞金最推崇的作品《臺灣人三部曲第三部——插天山之歌》。終於沒被抓，後來還受《中央日報》邀稿，這就是《臺灣人三部曲第二部——滄溟行》。這回，就算是他個人的小小勝利吧！以深藏的抵抗精神倒打國民黨一把。更重要的是一個臺灣人作家，總算推出代表吾臺名作的《臺灣人三部曲》了。[4]

鍾肇政終於完成了《臺灣人三部曲》的創舉，把自己的生命主題，在創作之初就想要寫的小說執行完畢。這也是當年跟沈英凱或者鍾理和的約定似的。儘管第三部先寫出來了，而在第一部《沉淪》就安排好的人物，沒法運用上。事實上原先以臺灣歷史為題材的想法，是包含

---

[4] 錢鴻鈞，〈鍾肇政內心深處的文學魂：向強權統治的周旋與鬥爭〉，《文學臺灣》34 期，2000 年 4 月。

二二八這個事件的。因此，寫二二八成為未來所謂不寫不能瞑目的小說歷史背景。

另外，這個臺獨三巨頭的傳言，成為鍾肇政最要命的創傷一般。因為，在解嚴之後，他不斷的對任何好友都在解釋《插天山之歌》的完成，跟臺獨三巨頭的傳言有關。於是，他非常慌張，只好寫一部稿子投往《中央日報》，尋求一種保護的安心的作用。他非常的在意《插天山之歌》的小說不斷的被批評為男主角非常的懦弱，只會逃。在逃亡過程什麼都沒做，只把女孩的肚子弄大了。這種形成一種口頭禪的情況，一直到他過世前幾年，在公開演講、簡短的上新聞、在某些會議上做開頭的演講都會提及。所以筆者認為這是他的一種創傷，在創作生涯中，在1970 年代中給鍾肇政最恐怖的事件。

當然，筆者現在可以很單純解答那個鍾肇政心中的謎：「我是臺獨嗎？」臺灣人哪一個不是受統治者敵視而視為臺獨呢？尤其是像鍾肇政，得到幾個大獎，或許國民黨拿他當成臺灣作家的樣版，表示我們正統的中國人還是「一視同仁」的，盡了照顧臺灣同胞的「責任」，也說明臺灣人為了祖國愛積極學習中文而已經有了「愛國的鍾肇政」。

那麼，外面社會、政治上的一點點臺獨聲音的風吹草動，特務自然的總要指向鍾肇政。又再幾年後發生的「鄉土文學論戰」、「美麗島事件」，此時握有臺灣人的兩大刊物《臺灣文藝》與《民眾副刊》，正全力培養臺灣青年作家，以致形成了鍾肇政感到「動彈不得」的景況。直到解嚴後，鍾肇政才能放心在文學運動外，以卑微的文學家身分，全力投入客家與民主運動。

前文提到的在 1966 年的「臺灣文學事件」，有關陳韶華，被特務約談，事後他告訴鍾肇政，自己糊里糊塗的當時不知道怎回事，後來才曉得是不知道哪個「笨蛋」，在斗六地區，散發臺獨的傳單。另外也有中部的幾位作家如張彥勳、李篤恭等人都被約談。因為調查的特務說，那些傳單「**臺灣人不可能有這樣好的文筆**」。於是另外找了一堆與鍾肇政有來往的作家來問話。

這句話「臺灣人不可能有這樣好的文筆」，彭明敏在《自由的滋味》一書，也提到自己被審問時，特務講「宣言文章寫的太好，一定有大陸籍的人參與其間，否則臺灣人不可能寫出這樣的好文章。」

所以本書也提過，1960 年代外省人之間流傳，要二十年後才有臺灣作家等言。顯示出臺灣人的文筆問題，不僅僅牽扯到中國籍的作家之間的看法，連特務也對臺灣人的作文能力歧視。事實上這正是殖民統治者在「光復臺灣」後一直以來普遍歧視臺灣人，往往以語言文字能力不足的藉口佔據臺灣人的一切資源。

如果陳韶華或者李篤恭、張彥勳等人（他們都在《臺叢》的名單中）告訴特務，臺灣人目前文筆最好的是鍾肇政，那麼鍾肇政不是很危險了嗎？鍾肇政當時的處境就如他自己說的：

> 這個時段（指 1965 年代），我算得上是一棵「成樹」了，也許也可以說是貧瘠、淒苦的臺灣文學原野上的唯一的一棵吧？卻是先天不良、後天失調，那麼弱不禁風瘦楞楞的小樹。[5]

而對照的臺獨運動史方面的，[6]可牽扯到一年多後爆發的北市議員林水泉臺獨案，其中有顏尹謨、呂國民、吳文就、許曹德、黃華等 247 人被捕。而名單中的吳文就，此人與陳韶華一樣是斗六人，吳文就也是雲林的大臺獨蘇東啟的親戚，蘇東啟則早於因 1960 年與雷震等人組黨不成，而於一年多後以臺獨罪被捕。而吳等人在 1966 年開始在中部有散發臺獨文宣的舉動。當時陳韶華真的是莫名其妙的，也不知道自己因為是文筆較好且與鍾肇政通信來往頗密切而獲罪？成為特務邀功打賞的一個悲哀的臺灣文人。

吳文就散發傳單，又為何一年多後，才於 1967 年被逮捕呢？其實特務早就打到他的團體之中，並且還「幫忙」吳等人與日本的臺獨如王育德牽線，也與島內臺獨彭明敏牽線，彭明敏沒再度被抓，也僅僅是因

---

[5] 鍾肇政，《自由時報》副刊「臺灣的心」專欄，1998 年 7 月 6 日。

[6] 陳佳宏，《臺灣獨立運動史》，玉山社，2006 年 8 月 1 日。亦參考 Google 林水泉。

為蔣介石保他！蔣介石不想擴大打擊面。彭明敏於 1970 年終受不了監視而有逃出臺灣的「神話」。

現在回頭看看鍾肇政，若有特務想要邀功打賞，魔掌伸到鍾肇政那裡，約談、逮捕也不是沒有藉口的。只是鍾肇政早就成為臺灣人的代表作家，也已被「賞」多次大獎，在社會上總算也有些影響。抓了鍾肇政，正表示他與吳濁流的《臺灣文藝》集團等人，都有必要約談。還有這樣多與鍾肇政通信的人、他的同事學生、作校長的父親的同事學生……牽連就更不得了。一旦鍾肇政以臺獨入獄，相信鍾肇政的「廣大」讀者，也會覺得「意外」吧？

只是也可以看得出來，在這個時候，國民黨也不想要擴大打擊面，沒有確切的證據，國民黨也是不會動手逮捕或者約談鍾肇政的，徒然製造更多有關臺灣文化界的反彈。美國也在 1970 年代漸漸的重視了臺灣人的人權，國民黨在臺灣統治地位的正當性問題，也讓國民黨不得不重視美國人的反應。[7]其後的鄉土文學論戰，國民黨並未採取大逮捕行動，也是同樣的道理。

二、鄉土文學論戰前夕

在鄉土文學的脈絡上來看，可以追尋到在 1960 年代。而這裡先簡單的分野第二代作家的與第一代的方式，就是「省籍意識」的有無，更進一步說，是第二代作家雖然口頭上有「省籍意識」，但是並不會成為一種堅強的意志的動力。這在作品上就表現出來，鍾肇政在 1965 年 1 月發表文章講：

> 他們與第一代作家之間還有個不同之點，那就是作品中臺灣鄉土色彩，在文學上而言只是構成作品的要素之一，其絕對價值前此

---

[7] 陳翠蓮，《重探戰後臺灣政治史：美國、國民黨政府與臺灣社會的三方角力》，春山出版社，2023 年 11 月。

尚無定論；從而第二代作家在臺灣味兒上較淡，其為利為害也是無從判斷的。[8]

還有一個分別是，鍾肇政說他們至少是受「初中以上我國正規教育」。此點也就說明，是第二代受了中國殖民教育的影響，才有日後「脫中國化」的問題。鍾肇政內心裡「臺灣人的命運與未來」，一直是他內心的痛與執著臺灣文學的根源。在這一點上，有第二代臺灣作家陳映真解釋說，某某作家失去了中國人的立場。[9]

說到「省籍意識」的微妙，與表現在兩代間的「鄉土」的認知，卻有顯著的差異。葉石濤在 1977 年點出臺灣意識，藉以導正鄉土的本意，其實就是臺灣，鍾肇政則說是風土，或是說鄉土文學是國民文學。[10]更正確的說，第二代作家早先並非不知道「臺灣文學」四個字，或許考慮到因為臺灣兩字帶有地方的、狹隘的、排他的疑慮的關係，而不會讓一般性的省籍意識發酵。

第二代作家若說是對《臺灣文藝》的認同，無寧說是對於編輯者的熱誠人格而受到吸引，是否願意堅持《臺灣文藝》的「臺灣」招牌，強烈需求的標的「臺灣的」、「我們的雜誌」，是很值得探究的，更不用說，對於臺灣文學的日治時代傳統與臺灣文學的未來有深入的感受。第二代作家以降與第一代作家建立臺灣文學的使命感，在 1965 年代至 1976 年這段時間內，實有很大差異。

在這個階段，不僅「臺灣」是敏感的，甚而連「省籍」兩字也是觸動人神經的：

---

[8] 鍾肇政，〈光復二十年來的臺灣文壇〉，《自由談》16 卷 1 期，1965 年 1 月，頁 71。

[9] 陳映真，〈原鄉的失落：試評夾竹桃〉，1977 年 4 月，收錄於《孤兒的歷史，歷史的孤兒》，臺北：遠景出版公司，1984 年 9 月，頁 97。

[10] 鍾肇政，〈對鄉土文學的看法〉，《大學雜誌》119 期，1978 年 11 月，頁 69。

> 肇政兄：
> 好久未通音訊。時常在報章拜讀大作，甚是敬佩。
> 國立中央圖書館館刊，想請您寫一篇「二十年來省籍作家文集舉要」，介紹省籍作家之作品，可採分類介紹，如小說、詩、詞……等。因為館刊是以圖書目錄學為主，介紹書目給讀者。本應親往府上請教，因事忙，只好以短箋索稿，請您原諒。[11]

邀稿來信甚是謙卑、恭敬的，不過劉兆祐似乎考慮不周，當收到鍾肇政的同意撰寫後，卻要鍾肇政改題目了：

> 承兄惠允撰寫文稿。關於題目，可從兄之意撰寫，字數亦不拘。弟之意，本來是要兄寫光復以來省籍作家作品之介紹，當時以為光復才二十年，仔細算來，已經三十年了！不過，有個顧慮，目前在這個時候，如用「省籍」二字，深恐外界誤會可否將題目略為更改一下——民國三十八年以來小說書目——（所謂書目，弟意不妨包括散文者在內），介紹的內容，限於省籍也好，把範圍擴大也好，一切從兄之意。

原來連「省籍」兩字也都是敏感的。來信意思是限於省籍，其實已經暗示範圍擴大比較好。劉兆祐或許是公務人員，更保守敏感才是。說回來，他算是鍾肇政的舊識，在 1960 年 10 月就與鍾肇政通信往來，他也參加了第三次的文友聚會。不過或許是被特務人員嚇到，之後就停止通信了。他現在敢跟鍾肇政邀稿，而且有意傳播現代文學，已經是很不錯了。

以上對第二代的講法，有一特例，這位先行者值得一提，那是鍾肇政於 1977 年以「臺灣文學使徒」提及的張良澤，並在信件中對張以

---

[11] 劉兆祐給鍾肇政信，1973 年 12 月 28 日。

「（蕃薯）文學」掩飾臺灣文學，[12]所以張說「鍾肇政再造張良澤」。1977 年張良澤在《吳濁流作品集》總序說：

> 最近有人宣告鄉土文學的死刑！您地下有知，豈不大笑道：幼稚！幼稚！什麼鄉土不鄉土、城市不城市，臺灣有臺灣特殊歷史背景，特殊地理環境；贊成也好，反對也罷，她已自然成為中國文學一枝獨秀的臺灣文學！

在這裡的說法，完全是鍾肇政講法的模式，而實際上，兩個人一點也不主張臺灣文學是中國文學的一支。[13]而且，此刻的張良澤似乎感受到，只要提出臺灣文學就是危險的。就必須補上中國文學的一支。等於回到了 1957 年《文友通訊》時期的鍾肇政的狀況。從這個序，也可以看出來，張良澤的認同、用詞，都有轉變，已經從「臺灣鄉土文學」轉成「臺灣文學」。這部分張良澤認為是吳濁流給他的影響。城市不城市之說，是受到鍾肇政回應媒體，對鄉土文學的詮釋。

奇異的是，此刻為何不會引起統獨論戰呢？臺灣意識論戰？激起其他人說臺灣文學是獨立的，不是中國文學的一支。主要的是臺灣人的民氣尚未起來，甚而臺灣文學的概念，也正在興起而已。最重要的是社會上的政治打壓還非常的強烈。因此，瞭解臺灣文學概念的，閱讀到張良澤的說法，也能理解張良澤只是為了保護自己，才不忘記補充強調臺灣文學是中國文學的一部分，而重點其實是臺灣文學才是主體，是特殊的、獨特的。意涵是有別於中國文學的。

相反的，1981 年時，詹宏志的兩種文學心靈的文章出現，直接說出臺灣文學是中國的邊疆文學，意思是未來，但是也指稱現在。讓支持

---

[12] 鍾肇政、張良澤合著，《肝膽相照》，張良澤編，臺北：前衛出版社，1999 年 11 月，序之頁。

[13] 錢鴻鈞，〈臺灣文學：鍾肇政的鄉愁〉，收錄於《臺灣文學十講》，鍾肇政講、莊紫蓉筆錄，2000 年 7 月。

臺灣文學的作家感到自尊心受損。而張良澤在上述的發言，反而是提升臺灣文學的自主的地位的。因此，臺灣文學是否邊疆文學，在 1981 年時，有了統獨議題之外的可爭論的空間，不會立刻的受到國民黨的逮捕或查禁。這部分將在第七、八章詳述。

而在臺灣文壇上，也有不少早慧，更有藝術品味的作家讀者，他們對於鄉土文學的侷限性，有更為敏感的批評。如林柏燕給鍾肇政的信：

> 中元的構圖全文已拜讀，但我常想以您的造詣似乎可以超越這種鄉土文學了，我常自問當人間已沒有戰爭鬥爭以及民族之間的矛盾與社會的不平，那麼文學所要追求的境界是什麼樣問題呢，但我希望我們都能寫些這方面的不是嗎？[14]

林柏燕做為作家，他很能夠領會到一般被稱為鄉土文學的不足，甚而從外省人那邊來的命名臺灣作家的作品的方式，是帶有歧視性的。歷史也證明了，所有留下的鄉土作品與所謂的鄉土作品，都是超越鄉土的，或者就是臺灣的。

另外如也是作家的陳恆嘉在信中更為清晰的討論的《臺灣文藝》的創作取向，以及所謂的一般社會所流行的鄉土文學的缺點：

> 很多作品誤會了「臺文」擺出來的立場，以為它是純鄉土的，更要命的，他們又以為所謂「鄉土的」就是用一些生硬的方言或一些土氣的名字給主角，來寫成就是，這毛病就像「文學」季刊的那些作者，以為在文中錄幾段童謠就是所謂的「新表現」一樣淺薄，殊不知道這些都是毛皮的。[15]

---

[14] 林柏燕（1936 年生）給鍾肇政信，1967 年 1 月 25 日。

[15] 陳恆嘉（1944 年生）給鍾肇政信，1968 年 4 月 27。

這是在第五章討論了，在 1968 年時，《青溪》等軍方的雜誌，也都在推廣。而省政單位的文藝刊物，更是在更為早期的時候鼓勵所謂的鄉土、鄉村的、農民耕作方面題材。陳恆嘉特別給予用語上的批評：

> 另外，有關「地方色彩」的問題，我始終在探討「鄉土文學」的用語。因為我反對給鄉土文學那樣狹隘的範疇，我在這方面的意思以為鄉土文學，在風格上題材上可以是鄉土的，用語卻不能是寒酸的，不能是給那該土的人才能（或是才喜歡）讀得進去的。外省籍的狗子，毛子和本省籍的什麼伯什麼姨是這方面的典型的例子。亞塵曾經有過這種感覺——用臺語無法談戀愛。這又是一端，臺語說真的，很不容易拿來優雅地表達什麼。[16]

鄉土文學路線在《青溪》上，第五章已經說明了鍾肇政如何與《青溪》合作，鼓勵鄉土文學路線。有創作者以創作本身的立場反應，很容易看出來鄉土文學的路線並不一定適合每一個人：[17]

> 祇是該刊歡迎「有鄉土色彩的小說」（編者致弟函語）一點，頗使弟躊躇彷徨，久久不敢下筆。弟也瞭解該刊以鄉土色彩為特色，然而每一位作者自有屬於他個人的寫作動向，是不容易加以囿限或改變的。[18]

陳天嵐也有類似的看法，可以說早在 1967 年，鄉土文學、鄉土特色早就讓讀者、創作者感到侷限、狹隘，或者也有被歧視、醜化的味道。

---

[16] 陳恆嘉給鍾肇政信，1968 年 12 月 2 日。

[17] 筆者以為李秋鳳也是不適合往有鄉土風格的方向創作，除了她是臺北出生長大，也是個性偏向尖銳、敏感。筆者以為黃娟也是如此。

[18] 蔡鴻罩（1925 年生）給鍾肇政信，1967 年 4 月 25 日。

> 青溪要我們表現鄉土，我覺得所謂的臺灣鄉土，已經不具特色，如果仍然以阿某某或木屐養女一類的調調，恐怕不大令年輕一代的學子們心服。[19]

以下進一步解釋鄉土文學論戰發生重要因素，這是由獨裁統治的國民黨中，主要發動者為一股新的力量，由蔣孝武掛頭名於 1972 年 9 月 28 日的華欣文藝工作者聯誼會，其他委員為朱介凡、尹雪曼、魏子雲、劉枋、彭邦楨、墨人、尼洛、彭品光、吳東權、羊令野、蔡文甫、司馬中原、瘂弦等。有點類似蔣經國要放點權力，讓蔣家第三代的太子進入文藝的特務系統。如同 1950 年代成立文協、青年、婦女各協會情況，由蔣經國所控制的文藝系統。1966 年還有一個文藝復興總會，直屬蔣介石。基本上，一個警總系統的文藝組織，他的本質就是要壓制文壇，最後總要以抓人收場的。

蔣家第三代這時的警總主導的刊物系統為 1971 年 3 月的《中華文藝》，由國軍退除役官兵輔導委員會支持。主編尹雪曼，共出版 170 期，直到 1975 年 2 月《中華文藝》，革新版面，二月交給華欣文藝工作者聯誼會接辦。發行人尹雪曼，社長司馬中原。當然，中時、聯合各大報，甚至《自立晚報》也幾乎都是警總控制著，尤其主編的任用，都需經過警總的指派或認可，而且絕無本省人主編的可能。

1976 年 3 月 27 日青溪新文藝學會成立，1976 年 11 月張良澤編輯的《鍾理和全集》出版，1976 年 11 月 7 日青溪文藝協會舉辦文藝創作總批評座談會，由尹雪曼主持。1977 年 3 月 20 日於高雄鳳山成立南部分會，陸震廷任理事長。1977 年 6 月 26 日青溪文藝學會成立臺中分會，舉行文藝座談，主題「當前文藝創作總批判」。1977 年 8 月 12 日青溪文藝協會主辦「鄉土文學座談會」，參加者有尹雪曼、魏子雲、侯健、尼洛、熊有義、司馬中原、尉天驄等。

---

[19] 陳天嵐（1939 年生）給鍾肇政信，1967 年 10 月 16 日。

鄉土文學論戰爆發後，彭歌等著的而於 1977 年 11 月出版《當前文學問題總批判》，[20]正是中華民國青溪文藝協會掛名出版。很清楚的，將在朝的中國文學派的主要系統弄清了。在野的尉天驄則於 1978 年 4 月編輯《鄉土文學討論集》，[21]這是目前學術研究最佳參考的兩本書了。其他不被編進的文章，似乎就在臺灣文學的歷史上消失似的。而由於美麗島事件爆發，蔣孝武該是專心政治工作，華欣文藝工作者聯誼會，就沒有什麼活動了。之後 1984 年 10 月據稱是蔣孝武主導了江南一案。那幾年後國民黨的文藝掌控則直洩千里，大不如前了。[22]

從鍾肇政的年表[23]得知，1971 年鍾肇政受邀撰寫「中華民國六十年文藝史」之臺灣小說家部分。1972 年鍾肇政參加警總的文藝大會、在花蓮參加國建會。加上之前，鍾肇政受到警總的《青溪》雜誌的青睞，邀請協助拉稿，可說凡是跟國民黨官方接觸，都可能引起側目，甚而嫉妒。儘管鍾肇政一心建構臺灣文學，利用了官方的力量，協助伙伴有了版面可以練筆，甚而有稿費幫助，或者保護的作用。鍾肇政並無私心，可是又有多少人在當時就可以深刻體會呢？

又如在 1977 年鍾肇政也是被黨史會派了任務，有了一種合作關係，也是同樣的道理：

> 昨天，黨史會主委約見，云擬為吾臺先賢先烈寫十部傳記。執筆人中弟臺亦列名（他們擬的名單），並定本月廿九日上午十時在愛國西路自由之家（警總大門對面）聚首交換意見。他們初步構想是每本五～十萬字，將來黨史會並不出面，而由外面出版社印行，以「七分歷史三分文學」的執筆態度來發揮。務乞弟臺屆時

---

[20] 中華民國青溪新文藝學會出版，1977 年 11 月。

[21] 遠流、長橋聯合發行，1978 年 4 月。

[22] 錢鴻鈞，〈隱蔽下的文學世代傳播：鍾肇政與葉石濤的臺灣文學旗幟〉，淡江大學大眾傳播學系碩士論文，2023 年 1 月。

[23] 《鍾肇政全集 37》，年表、補遺、演講大綱，頁 154-158。

> 列席。有寒暑兩假吧，或許不致成為太重負擔，千字 300 元（或可能有 400 元，有待大家席上爭取）。將來，找資料，他們可以盡力幫忙，採訪等，跑一些腿或不可免。弟臺寫羅福星應是最恰當不過，不過他們已預定由羅秋昭來寫此人，希弟臺預先有個初步構想，或較方便也。匆匆馳告，並祝
> 近佳（又：我初定寫姜紹祖，執筆者當有林懷民、林文月、心岱、季季……等等。[24]

這方面的先賢先烈的傳記，也大概就是痙弦鼓吹的民族文學。一切抗日舉動，都是愛國的，愛中國的，中華民族的精神的發揚。自然在鍾肇政的考慮下，是值得合作，因為傳記主角就是臺灣人，發揚中國人的民族精神，可以轉化為臺灣人的精神。猶如鍾肇政所撰寫的《臺灣人三部曲》的臺灣人精神的內涵，加上了發揚中華民族精神的保護的外衣。[25]

不過，無論是鍾肇政的創作發表在《中央日報》，編輯《臺灣作家叢書》等等跟官方或者國民黨的接觸，在未來都可能被誤解，負面的解讀。對作品的內涵，更無法做更深入的理解與判斷。特別是《插天山之歌》又在《中央日報》發表，便有了負面的傳聞：

> 文友中有頗多認為你已「過氣」了，而且走向御用文人的道路，這話我不原敢對你說，你曾這樣努力……我不應該相信這些人信口雌黃。
> 我一直對你很尊敬的，可是現在我們回顧三〇年代的作品，其間

---

[24] 鍾肇政給李喬信，1977 年 1 月 19 日。《鍾肇政全集 25》，頁 452。

[25] 鍾肇政也告訴過筆者，看不慣大陸人吹捧的英雄都是殺手、特務，臺灣人當也有臺灣人的英雄，約 2000 年。

高下，截然分明，時間畢竟是殘酷而公平的。[26]

相信鍾肇政聽聞了從曹永洋轉述的傳聞，應該是相當難過，卻又莫可奈何的。這「文友中頗多」，可以想見都是曹永洋經常聯繫的臺灣作家。筆者就不進一步猜測是誰，仍是祝福有誤解的文友，已經得到了正面的解釋、深入的理解。

這在 1980 年之後，海內外掀起了政治上的反抗運動，臺灣文學從鄉土文學正名為本土文學甚而臺灣文學，鍾肇政這時候受到了無情的攻擊，連跟他一同奮戰二十多年的伙伴也會背叛他，在背地裡清算鍾肇政。這在本書的第八章做進一步討論。

第二節　堅守《臺灣文藝》與維繫臺灣文學香火

臺灣文學旗幟的張揚、維繫在 1970 年代，就鍾肇政個人就受到相當的威脅。之前也討論過《臺灣文藝》的創刊，除了讓臺灣作家有了自己的地盤以外，更為重要的是有了保護的作用，可以讓大家集會、討論、通信，以純文學的名義集結。維繫了臺灣文學整個團體外，更有啟蒙後代作家的重要性。因此，《臺灣文藝》刊名也就顯得重要了。第一段討論鍾肇政在這個時期，對《臺灣文藝》此刊名的堅持，頂住外在的白色恐怖、臺獨指控，也頂住內部團體對更名的建議。第二段討論新一代的臺灣作家，除了受到鍾肇政影響外，也受到外省人編輯的影響。在外省文壇中的資源、聲望更高之下，鍾肇政更是辛苦的經營年輕的臺灣作家能靠攏過來。

[26] 曹永洋給鍾肇政信，1973 年 9 月 14 日。

一、堅持《臺灣文藝》的刊名

李喬、鄭清文是《臺灣文藝》群體最重要的投稿者、支持者，但是在 1966 年至 1972 年，特別可看出李喬對於《臺灣文藝》的名稱、臺灣文學的主張是有所疑問。似乎李喬對《臺灣文藝》的名稱在文學的寬廣內涵有意見。儘管筆者認為李喬有相當的臺灣意識，但至少對於鍾肇政所強調的「臺灣」意義，不願意與之共同堅持：

> 肇公：來片拜悉。所示目前文壇大勢良有以也；吾人於新舊之間以第三者出現尤為的論，就弟日常所見所想，謹提私見如下：（一）標題「臺灣文藝」實不如「鄉土雙月刊」名實相副而涵蓄深遠，此臺文成立之初即竊自議之，將來可與臺文合併，吳老祇管彼臺文獎足矣，掛全銜則不可，「招牌」也。（二）一定有一出版社為後臺，由林佛兒氏等能予效力最佳，不然朋友間籌資成立一出版社亦勢所必要。（三）七等生、黃春明等人，能責之為雙月刊成員，「現代文學」及「文學季刊」可謂臥龍藏虎，應「挖」來部分如「王禎和」、「施叔青」均在二十五歲以下，其潛力當不在七、黃之下。夫臺文目前之幾員「大將」，誠「大將」而已矣——能否收年輕作者及讀者或為成敗之關鍵？今日文壇，倘依人籬下，或孤魂野鬼，或托佑遊勇，均不能以自存，「勢力圈」固為事實且為必要，而自強振作乃生存之唯一途徑，公以為然否？野鄙之見，請莫見笑。[27]

信中所謂李喬對《臺灣文藝》名稱的意見，早在創刊之初就有疑問，那是在 1966 年 10 月 14 日，李喬給鍾肇政信：

> 在書局忽然發現「文學季刊」尉素秋發行，尉天驄主編有黃春

[27] 李喬給鍾肇政信，1969 年 2 月 6 日。《鍾肇政全集 25》，頁 180。

> 明、七等生稿，林海音先生的月刊得改名了——我提議您：有一天由您籌組的雜誌，可名為「鄉土月刊」，蓋現代藝術趨向，孤獨寂寥的人類在尋找其已迷失的原始形上鄉土耳。

這封信牽涉的鄉土的意涵，在李喬的短篇小說中表現甚多。而鄉土與臺灣的意涵比較，李喬對「迷失」於形上鄉土在 1972 年 3 月 27 日的信上有進一步的表示為文學的重大主題：

> 我私以為，要「門戶開放」，與一些「學院派」年輕人合作，尤其對年輕一輩的，守門戶不如守水準、守「主題趨向」，這不是降格，而是自我提昇於同儕之上。另外：為了一新耳目，不妨把「臺灣文藝」刊名也改了，這點吳老會誓死反對吧。守虛名而不務實而且徒增許多因而招致之困擾，可謂可笑可憐。在臺文剛成立之初，其時我未識荊，當時我就曾要文雙轉向您致意，不要用此觸目的名字，我建議或可用「鄉土」兩字，少言之，臺灣鄉土，中言之，中國各省鄉土；大言之，七十年代之人類在科學猛進之壓力下，尋找屬於人類之合理「鄉土」，此非今日人文學術之至高鵠的乎？我們的同人創作路線，往此方向挖掘，孰謂不高？[28]

李喬不曉得《臺灣文藝》的「臺灣」兩字正是鍾肇政建議吳濁流而設立的。吳濁流在向警總極力爭取是事實，但是所謂吳老會誓死反對改名，李喬不曉得鍾肇政對此名稱的堅持，可不下於吳濁流。只是依照鍾肇政溫和的個性，李喬單從鍾肇政的回信，並無法解讀鍾肇政真正心情。鍾肇政對於李喬的意見，回覆時很小心的應對李喬說《臺灣文藝》相對於其他刊物的豐盛與水準不佳，鍾肇政聲稱同意此點，不過對於改

---

[28] 李喬給鍾肇政信，1972 年 3 月 27 日。《鍾肇政全集 25》，頁 316。

「臺灣」名稱的問題，則一點也不提。鍾肇政轉以預言方式：「時代將會有所轉變」，希望李喬稍安。鍾肇政說有事實根據，可能與臺灣政治變動、社會的動盪有關係。畢竟鍾肇政一直在注意著整個臺灣的變動，掌握歷史時機。

總之，李喬雖然提議對《臺灣文藝》改名，主要是因為刊物的氣勢、出路輸給了其他刊物，這中間有點志氣與現實考量。但，李喬在美麗島事件之前，分不清認同的方向，情感上無法徹底的與中國割裂開來，應該是確定的。而且不強調臺灣，白色恐怖固然是原因，而認同上的思考並不以臺灣為主體，這是李喬的精神史層次問題。[29]其次，李喬是另外一種類型的將現代主義與鄉土思想加以提升、結合。這也算是李喬眼光特別突出於其他臺灣作家的地方。而鍾肇政只是將現代主義與土俗兩者結合，純創新的觀點，造成一個新風格。題材與主題上，鍾肇政已經是指向歷史與民族的精神。

依照李喬自己的說法，這時仍在「迷度山上」。進一步的解釋可看李喬的作品來印證，將時間拉到 1965 年李喬發表的〈鱒魚〉，那是作者自述反對抄襲西方現代主義，又沉迷於西方現代主義描述的虛無，畢竟這部分貼近自己的現代心靈。而李喬的精神故鄉，投射到這一條迷戀東北故土的臺灣鱒魚。比較李喬解嚴後的想法，可見作者更見時間空間中的定位迷惘了。到 1968 年的〈故鄉・故鄉〉，1970 的〈迷度山上〉表現出李喬相同的迷惘心境。

而從 1973 年發表的〈劉土生〉中一段：「沒有需求，不再渴望，來自大地，回歸大地。他酣睡著，也是清醒著……。」1974 年發表〈火〉也提到「人來自大地，先天地有反歸的鄉愁，而母親，就是大地的化身。」換言之，這時李喬對於大地、母親有深厚獨特的形上化的感情。但是要到 1980 年前後創作《寒夜三部曲》時才有轉變。從該書開頭所引的高山鱒，漸漸失去腦海中的故國依戀，方向是臺灣唯一的故

---

[29] 本書主要研究鍾肇政，鍾肇政周圍的重要文友，只作為對照性質。

土，是肯定的。而當年的傳統與現代、故鄉、母親、大地之戀，也都不再令李喬迷惘了。

李喬常提到的《結義西來庵》讓他找到自己，[30]這意思應該是促成了《寒夜三部曲》的寫作動力。在 1972 年底，李喬發表以噍吧哖事件為背景、牽涉了一家三代的小說〈流轉〉。這是李喬少年時常聽父親閒談的話題觸發的。1977 年《結義西來庵》成書，基本的呈現是符合當時政治上的抗日民族意識，但是李喬為此書閱讀三百萬言臺灣史料，該是觸發其意識轉變的重大因素。

而《寒夜三部曲》的計畫則是在 1972 年 2 月 23 日提出的，這部分顯然是鍾肇政《臺灣人三部曲》的寫作對李喬的影響：

> 生這場病，使妻兒苦一些歲月，負債多些年頭，此外，諸如我收穫極豐，我徘徊菩提園外二十年，病後我已決心皈依；審現實環境之動向，量自己才智之區區，今後寫作，將去名利之念至最底限度而決心寫心愛之篇章，凡此皆生病之賜也。
>
> 我心中已有一大輪廓：以我先母悲苦身世，與先父矛盾荒唐之生活為主構一長篇，一寫民前數年之臺灣，二寫民三十四年前之臺灣，三寫光復初期，各二十萬字，是亦師意大作三部曲之結構也，（唯第三部沒把握）今有一請教：您「沉淪」之作，歷史性資料不知如何籌集？——我只求大環境大背景之安置而已，至若內容情節，當以純虛構行之。此文預定五年內完成，身體粗健則明年動手，敢問，此舉是否狂妄？[31]

鍾肇政在 2 月 24 日回覆李喬拼命鼓勵並給予詳盡的指導：

---

[30] 李喬，〈歷史素材心得——我的寫作行程〉，《臺灣大河小說家作品學術研討會論文集》，臺南：國家臺灣文學館，2006 年 12 月，頁 221。

[31] 李喬給鍾肇政信，1972 年 2 月 23 日。《鍾肇政全集 25》，頁 310。

> 喬弟：給你寄出了一明信片，即收到來信，至為感奮！你終於也想到了要寫個「大河」長篇。私下裡，好久就已渴盼著你這項宣布。實在也是時候了。也許你胸中尚只是個模糊的輪廓。倘若這也是臥病期間閃現的靈感，那我要感謝上蒼給你這一場病了。此舉豈止無何狂妄，而且也是每一個有志寫作者應有，抑且終必會動此念的雄心壯志。[32]

該年底發表的〈流轉〉可以印證李喬的信件，也可以說《寒夜三部曲》的寫作除了是鍾肇政的影響，李喬的父親也啟發了他。之後該年李喬暫時命名為《寒夜孤燈》，鍾肇政則積極希望實踐《臺灣人》第二部的寫作。

只是李喬此篇在 1975 年開始起稿，然後 1977 年 6 月廢除初稿後另行起稿，第一部在 1979 年 12 月完成。1978 年又同樣發表以噍吧哖事件的田野調查為背景的〈尋鬼記〉，但是帶有強烈的神秘主義思想。中間過程，《寒夜三部曲》第三部於 1978 年 2 月起稿，與第一部同時進行，卻於 1979 年 3 月先完成。三部曲完成為 1980 年 9 月。鍾肇政則因為白色恐怖在 1972 年底暫時擱置第二部，先著手第三部《插天山之歌》，於 1975 年完成第二部《滄溟行》。分別出版時，鍾肇政都在書中明白表示為《臺灣人三部曲》的第二部或第三部。

而李喬大河小說寫作前的準備，要求自己對於臺灣有堅定的認同意識的完成，還需要真正的實踐、創作，經由田野調查，接觸臺灣過去歷史，如寫《結義西來庵》及經歷美麗島事件。

在 1979 年 8 月發表的〈皇民梅本一夫〉提到「皇民化」、「中民化」、「臺民化」、「漢民化」，很明顯的李喬第一次在小說中提到臺灣歷史的尖銳之處，與臺灣人的矛盾。可見李喬在此刻的精神意識，激烈的轉化與昇華之中。《寒夜三部曲》創作過程，橫跨了美麗島事件的

---

[32] 鍾肇政給李喬信，1972 年 2 月 24 日。《鍾肇政全集 25》，頁 311。

發生，也因此作品的回鄉主題經過了李喬意識的轉換。

李喬對於臺灣母親的追尋過程，是一個活生生的臺灣人所必須經歷的割禮，特別是代表第二代的臺灣作家的李喬的追尋歷程。這也成為他的重要主題之一，而也才會在《寒夜三部曲》後有〈泰姆山記〉，以確切的認同臺灣為主題來使當代臺灣人有所反省。如果從「臺灣的心臟」開始追索，可以更細膩的串出了李喬開始創作起二十年間的精神史。[33]因此，鍾肇政絕對在李喬的意識轉變當中，起了指引的作用，當然李喬個人的成長背景、時代的變化、田野調查時所獲得的個人的領悟，也是重要的。

二、臺灣文學一脈香火

戰後第二代作家對鄉土文學的認知，差異很大。某些作家更認同臺灣文學，基本上可以說受鍾肇政的影響很大，如陳有仁。有些很早就顯露大中國意識強烈如陳映真。而如張良澤則受鍾肇政影響也有，但是應該受到社會思潮與個人的文學喜好有關，傾向鄉土文學的說法，不管在題材上、語言或者風格，或者就是感到小人物的親近感。

而如李喬、李秋鳳就比較複雜，事實上李喬也跟外省文人很有來往。[34]而李喬跟鍾肇政的往來，可說和張良澤與鍾肇政一樣的深厚，可謂長期的文學運動的戰友。只是兩人跟鍾肇政在 1980 年代似乎都有所誤解存在，造成鍾肇政相當的衝擊，這部分在第八章說明。這章的重點在李喬對臺灣文學、鄉土文學的認知又是如何呢？這在上一段已經探討過了，這一小節則討論李秋鳳、林聰敏。基本上他們是徘徊本省與外省

---

[33] 錢鴻鈞，〈從批評《插天山之歌》到創作〈泰姆山記〉——論李喬的傳承與定位〉，師範大學臺灣文化及語言文學研究所、長榮大學臺灣研究所共同主編《第五屆臺灣文化國際學術研討會——李喬的文學與文化論述》，2007 年 4 月 27 日。

[34] 當然，鍾肇政從《自由談》開始投稿時，也受到外省文人的提拔、照顧，如彭歌，後來如林海音、穆中南、王鼎鈞等。不過，鍾肇政從整個自由中國文壇，更感受到歧視、文壇被霸佔，反而更堅定要有自己的地盤與建立臺灣文學的特色與旗幟。李秋鳳、李喬等與外省文人的往來，缺乏資料，無法深一步的探討。

人編輯中間的作家。

屬於戰後第三代作家李秋鳳，因為沒有鄉村的經驗，最後放棄了鄉土風格的鍛鍊。無法成為一種都市型的風土與鄉土，她後來的創作倒是往臺灣歷史探索過，不過也很快的停頓這條創作之路。且創作內容顯然與歷史真實差距甚大，捕捉不到時代氣味，想像性的故事居多，意識形態符合主流觀點。

而在外省人作家也有提倡鄉土文學者，不過他們最怕鄉土味最後被臺灣味取代。鄉土並沒有什麼問題，但是他們主張要有中國文化的個性，或者中華民族的精神。結果在這種敏感性之下，往往對「臺灣鄉土文學」帶有歧視與恐懼的陰影。外省人對戰後第二代的臺灣作家的鄉土觀念所持有的地方意識而恐懼。這在李秋鳳與外省作家、臺灣作家之間的交遊，可得到許多暗示。

若以鄉土文學、地方文學為核心，嚴格來說臺灣作家以提煉民間故事[35]、地方語言、原住民傳說，而走鄉土文學最為本質的路線，而鍾理和算是在作品中採用了很多客家山歌。如同民族音樂，乃是改造地方戲曲、歌謠而成。葉石濤在〈臺灣鄉土文學史導論〉一文中所提倡的乃是現實主義道路，傾向於批判寫實主義。但實質上葉石濤指的鄉土或者現實也好，其實就是臺灣文學。[36]

其實，也還可以進一步的說，葉石濤、鍾肇政根本沒有在推動所謂的鄉土文學，陳映真也沒有，或者說都有。各自鄉土的概念與指涉的民族意識有相當大的差距。相對之下，某些外省人有更清楚的鄉土文學

---

[35] 鍾肇政曾在 1970 年代改編臺灣民間文學，藝術價值值得研究。根據曹永洋這位偏向現代主義美學的評論者，他 1973 年 4 月 21 日去信給鍾肇政時，認為：「在辦公室拜讀〈大龍峒的嗚咽〉數日，民間故事寫得這般深入、精細，國內想來沒有第二人！那些時流的童話、寓言、民間故事相形之下，未免遜色，這種風格的創作形式，值得努力來寫。李喬兄有新作品發表在《人間》，我未細讀。」

[36] 筆者認為戰後第一代作家鍾肇政也好、葉石濤也好，所提倡鄉土文學若不標榜臺灣文學，都是受到白色恐怖的影響。或許說「鄉土文學」是第一代作家、第二代作家之間共通的語言吧。鍾、葉認為因為臺灣的特色在於鄉土，紮根於鄉土的基本文學觀念需要推廣。事實上，從他們往來的書信來看，鍾肇政與葉石濤都是高度標榜臺灣文學的。

路線。這也導致，鄉土文學論戰，完全是政治性、意識形態攻防，而所謂的鄉土文學風潮被揭開真面目後，所謂的鄉土運動反而急速隕落，各自歸隊，還原為民族意識與民族主義的論戰。特別的是原本就有臺灣意識的作家如李喬、鄭清文，有了勇氣，回歸到上一個世代臺灣作家的臺灣文學旗幟，在 1980 年代就開始標榜了臺灣文學而不再談鄉土文學。[37]

在 1968 年，有朱西甯鼓勵李秋鳳的情況，其實內在還是有所貶抑的。這也可以想見，朱西甯在鄉土文學論戰的發言，其實對於他自己的「東北鄉土文學」、「臺灣的鄉土文學」抱持著相當大的差異觀點。朱西甯表現的立場十分不穩，以致於發表文章脈絡交雜，顯得觀念錯置不清。鍾肇政在給李秋鳳序文上說：

> 我不得不坦白說出來，這三十年間，我與秋鳳在信中或者碰面時談過、討論過什麼，我完全忘了，對她，我僅有有限的，而且模糊的印象而已。自然，那些整理出來的舊信在這方面幫了我大忙，我很高興地發現到，我與她一來一往的信件明顯呈現著，原來我們是從一開始就「進入情況」的。她的第一信裡寄了一篇作品的剪報，並云：「這篇鄉土味較濃的東西，用了一些臺灣話的字眼和臺灣調調，希望你給我鼓勵和指示，並且喚醒我們本省作家開創我們自己的遠景來！」[38]

李秋鳳給鍾肇政的信中表示要寫些臺灣話的字眼和臺灣調調，正是朱西甯所建議的。而朱西甯除了指示李秋鳳寫些自己的東西外，在鄉土文學論戰中卻又強調一定要有中國的民族性的，否則就否定臺灣的鄉土為純正的鄉土，而是帶有日本遺毒的鄉土。所以朱西甯的發言有點自

---

[37] 詳見本書第七、八章的討論。

[38] 鍾肇政給李秋鳳著作《X 先生在橋上》之序文，寫於 1998 年 4 月 15 日，出版於《萬卷樓》，2022 年 10 月，頁I。

相矛盾，似乎朱西甯就是掌控文壇發言、界定純正的鄉土的執行者。[39]

鍾肇政給李秋鳳的第一封信，表達就非常的深刻，甚而激烈，暗示的非常明顯：

> 很高興拜讀到來信及大作。想來妳必還甚年輕，真難得妳居然還保存著一份對鄉土味兒的熱愛。幾年來，通信的年輕朋友為數也不少了，可是他們和她們都已很少有這種觀念，也很少有這種興趣，生活上也近乎「外省化」——這個詞兒妳以為可笑嗎？臺灣，的人，的文物，的習慣，應該有著臺灣的特色才是，這當然也無損於中國，中華民族的完整，相信妳一定明白我的意思。[40]

鍾肇政強調臺灣的特色，無損於中國、中華民族的完整，這裡就有強烈的暗示請李秋鳳寬慰，臺灣文學的主張並非是分離意識、獨立意識，也等於是傳話給朱西甯等人。但是事實上，臺灣文學的獨立卻真正是鍾肇政的主張，相信朱西甯等外省人也是如此理解的。

李秋鳳、鍾肇政兩人在 1968 年通信的開始，剛好鍾肇政的《臺灣人三部曲》第一部出版了，鍾肇政也寄給李秋鳳。李秋鳳收到書後回應：

> 謝謝您的書（沉淪），我將好好的念完它，作為一個臺灣人，一個初習者，對於富有意義的文學創作，應該抱著什麼樣認真的態度去讀它，想信您會瞭解的！[41]

「作為一個臺灣人」這樣子呼應鍾肇政的創作、信件所表達的臺灣人的心，應該是很熱烈的。李秋鳳是否真正受到影響，而有行動、更

---

[39] 朱西甯，〈回歸何處？如何回歸？〉，《仙人掌》雜誌，1977 年 4 月 1 日。

[40] 鍾肇政給李秋鳳（1943 年生）信，1968 年 3 月 21 日。《鍾肇政全集 26》，頁 414。

[41] 李秋鳳給鍾肇政信，1968 年 8 月 20 日。《鍾肇政全集 26》，頁 435。

為堅定、深刻，又是另外一回事了。也就是下一個世代的作家，是知道臺灣與中國、外省人與本省人這些概念的敏感部分，但是會怎麼選擇，自己的價值是否真正被改變，又是一回事了。如李秋鳳還是繼續的跟朱西甯（1927 年生）、舒暢（1928 年生）相互通信，而似乎感情更為綿密，至今也是。可以猜測李秋鳳跟他們的通信間就不談有關臺灣意識的話題，甚而轉而成為中國意識了。只是他們那一邊的通信、對話內容如何，就無從知曉了。[42]

而李秋鳳比較滿意的作品，也大都沒有投稿《臺灣文藝》而是更受到矚目的雜誌中。這情況，鍾肇政倒是一點也沒介意。除了李秋鳳外，看同時期另外一位與本省、外省前輩作家有接觸的作家林聰敏的狀況：

> 我曾於五十七年參加文藝營，因嗜愛鄉村風味的作品，以「吊橋」得佳作刊在「新文藝」（這是司馬中原先生評定的）。
> 日後，我雖致力於臺灣文學，惜乎無先進作家指示我應習作的方向，所以每投必退，只好投民聲副刊（我高工畢業因尚未服役，暫在民聲日報校對組工作）。
> 前年，司馬先生曾說要介紹我一兩位鄉土文學的作家，要我多向這方面學習，後來也許司馬先生忘了，我也不好意思去信，就這

42 有關李秋鳳與外省文人的通信或者往來細節，筆者訪談李秋鳳時，她並不願意多談。筆者只能側面的感受到她跟外省文人如朱西甯、舒暢的情誼不少於她與鍾肇政之間的友誼。有關這類問題，可以從與李秋鳳同一創作背景的詹明儒，作為參考。詹明儒在受訪的文章中，可以觀察出軍中作家對他的影響，這種歷程可說是為黨國利益，來拉攏臺灣人年輕作家的典型情況。如詹明儒強調的他在 1973 年獲《中外文學》佳作獎，朱西甯便來信鼓勵詹明儒。當時參賽的還有古蒙仁、李喬等，第二名還是銀正雄、第三名是林柏燕。當中不少人未來發展是貼近國民黨政權也是自然的。而詹明儒早先在屏東師專時，更遇到「中華民國筆會」巡迴演講，講者是司馬中原、段彩華、羅門、舒暢等。詹明儒還傳紙條問了問題，詹明儒認為這就是他創作的啟蒙。（見，陳柏言，〈我要盡情在泥巴裡面打滾：訪小說家詹明儒與他的《西螺溪協奏曲》〉，《文訊》392 期，2018 年 6 月。）

> 樣子在家東摸西寫而已！[43]

林聰敏正是另外一個愛寫「鄉土」的作家，也受軍中三劍客之一的司馬中原在這個方向的鼓勵。在信中更為重要的是林聰敏似乎是受到鍾肇政的影響，而提到臺灣文學，跟李秋鳳的狀況一樣。林聰敏可能希望未來投稿到《臺灣文藝》的關係。畢竟林聰敏作品的特性、題材，是鄉野故事類，符合軍中作家所言的鄉土文學，或者他們常寫的懷念東北故鄉為主題的作品。

> 近文思頗苦，我自文藝營回來後不寫幼稚的男女奇戀，只想寫鄉土（臺灣）文章但又怕誤入舊小說（寫實）的格式內，故近少提筆，請有空來信以敲開生之創作慾望。[44]

這封信則看得出來，外省作家除了控制發表管道，並且利用文學營隊影響青年作家、省籍作家，也被鼓勵寫鄉土。但似乎林聰敏有受到存在主義的影響，或者鍾肇政指導下，有土俗融合現代主義的技巧的建議，鍾肇政個人也嘗試這路線寫短篇小說多年。在與本文更有關連性的是在 1970 年代，這封信林聰敏若非個人有強烈的臺灣意識，就是受鍾肇政影響，敏感的把「鄉土」二字限定於臺灣。甚至筆者推測，林聰敏的真正的本意，就是說只想寫「臺灣」。

其實，就李喬、鄭清文來說，也跟外省文人有相當友好的關係，這也是很正常的。到底受的影響如何，因為沒有資料，所以無從瞭解了。像第一代作家廖清秀、文心顯得省籍意識就相當的低，卻也相當認同臺灣文學。就是鍾理和傾向中國人意識，[45]但是也相當認同臺灣文

---

[43] 林聰敏（1951 年生）給鍾肇政信，1970 年 2 月 18 日。

[44] 林聰敏給鍾肇政信，1970 年 6 月 15 日。

[45] 從鍾理和的日記中極端的對臺灣託管於美國而強烈的反彈得知。儘管鍾理和有強烈的臺灣意識，但是在政治上的主張、文化的獨立性，跟鍾肇政是不同的。

學。而陳火泉則在不同時代之下，縱然有相當的反抗性，可是為了生存下去，主要的創作也不免歌功頌德一番居多了。

第三節　一起打拼的伙伴：張良澤與李喬

一、張良澤的臺灣鄉土文學

這一節對於臺灣文學史的建構與臺灣文學未來的發展，有很大的意義。筆者認為，過去十多年來，學界在探討鄉土文學轉變成臺灣文學的解釋，那是以第二代作家的眼光來看的。從社會主流的現象分析，的確也如此。何況 1970 年代正是戰後世代出生的，所謂第三代作家，那種轉變自然是正常的，但並不能據此也推斷戰後第一代作家的想法。不過，也算第二代作家的張良澤，若從他的觀點來看，張良澤對於臺灣文學的認識算是先知了。筆者也在很多文章提到，[46]其實以第一代作家來講，那種鄉土文學轉變到臺灣文學的認知是不成立的。更不要說對於日治時代作家對臺灣文學的觀念與界定了。

鄉土文學、地方風格的語言，在眾多作家中大概算張良澤最為敏感。在張良澤的定義下，以文心的《千歲檜》、鍾理和的《故鄉》、鍾肇政的《魯冰花》等作品，構成他對鄉土文學的理念。還有黃春明的作品，張良澤也歸類於鄉土文學。王禎和的作品，他則認為不是很純的鄉土文學，他認為模仿西方的影子太多。換言之，他的鄉土文學、鄉土味的定義，是有文學的創作基本要求的，並且是相對於西方文學現代主義的技巧與思想。

鄉土味在鍾肇政的本意則就是臺灣味，鄉土文學則為民族文學、國民文學的意思。鄉土也包含都市，其實指的就是臺灣文學。鄉土味另外的說法則是泥土味。所以鍾肇政說的鄉土也有風土，並非為都市的對

[46] 錢鴻鈞，《戰後臺灣文學之窗——鍾肇政六百萬字書簡研究》，文英堂，2002 年。

應。那麼都市哪來的泥土味呢？這是第二代作家所不能理解的。或者與鍾肇政領略的鄉土其實就是臺灣，有了重大的差異。

臺灣文學在戰後所以有今天的局面，可以追溯到《文友通訊》中的幾個人，然後是吳濁流與鍾肇政的合作，使得戰前與戰後的各世代文學家的合流，以及後來以評論者身分加入歸隊臺灣文學的葉石濤。之後慘澹經營，在創作、辦雜誌、評論各有傳承。接著值得一提的便是張良澤在 1970 年代於學院中首開風氣傳播臺灣文學。可以說，除了吳濁流、葉石濤、鍾肇政外，真正有臺灣文學運動理念的，且有巨大活動與影響的人就是張良澤。

張良澤的文學運動，可說是鍾理和的影響，或者鍾理和文學是張良澤發揚「臺灣鄉土文學」的第一課題。也因此在課堂中介紹給學生，也積極的有多篇研究鍾理和的論文在各大媒體傳播，然後是臺灣文學第一套個人全集《鍾理和全集》問世。十年後第一個向外國傳播臺灣文學的也是張良澤。今天，他以數十年拋棄家財式的奉獻，在臺灣真理大學成立了「臺灣文學資料館」、經營《臺灣文學評論》，影響是非常重大的，也可以確定，張良澤的收藏可與國家臺灣文學館媲美。他雖然主持世界第一個臺灣文學系的創系，但是對臺灣學術界的影響力，張良澤由於久居日本，成果幾乎難展現，但他仍做為未來資料蒐集與整理做更多準備。[47]

事實上在編輯個人全集，或者臺灣文學的作品集與翻譯，某一個時段在外人看起來鍾肇政與張良澤還有一種競爭的關係似的。事實上這無所謂競爭不競爭，各司其職，能力更強的就做更多，如此而已。說回來，每一個臺灣作家似乎也都要經歷一個追尋期，最終目標要建立一個臺灣文學，與要建立一個獨立的臺灣文學為世界文學的一支。也就是臺灣本身並非一個國家，這是從臺灣新文學發仞以來到今天都如此。如果

[47] 今日，除了吳濁流，筆者眼中對創建臺灣文學與傳播的每一個層面最前端的幾位，如創作、評論、資料整理、學術發展的代表人物，應該就是鍾肇政、葉石濤與林瑞明（1950 年生），最後就是張良澤（1939 年生）還健在了。

不是一個有國家意識的人推動臺灣文學，那麼臺灣文學在世界文學當中終將被中國文學所吞併。因為世界文學並非以地域文學而組織起來的，而是國家為單位。

就張良澤而言，從他的年表[48]來整理他的文學意識，從 1955 年 16 歲開始有志於文學創作。1958 年讀文心《千歲檜》後鄉土意識開始萌芽，指的是小人物的角色、親近的鄉情，讓張良澤知道文學可以這樣子走。1961 年 6 月 4 日參與鍾肇政舉辦在龍潭的「文友聚會」，體會到臺灣作家的命運坎坷。1962 年閱讀《魯冰花》，鄉土文學意識確立。1965 年閱讀葉石濤的〈臺灣的鄉土文學〉非常佩服。1961-1965 年就讀成功大學中文系決心作一個偉大的中國作家。1966 年留學日本，1967 年發現魯迅影響臺灣文學甚大。1969 年從胡風編譯《世界弱小民族文學選》，才認知自己是世界弱小民族最為弱小者。同年閱讀尾崎秀樹《文學的傷痕》，才知道日治時期有優秀的臺灣作家，增加張良澤整理臺灣文學史料的決心。1970 年向友人借閱《臺灣青年》，才知道日本果然有「臺灣獨立聯盟」。1970 年 5 月回臺，開始在成大教書，被禁教魯迅，轉教鍾理和文學。

雖然說，張良澤所認識的第一個臺灣作家為文心，而鑽研最多者為鍾理和，鄉土文學種子因此深植心中，可以說是他自有慧根。但是要說文心、鍾理和對他影響重大，那麼鍾肇政的影響也不能忽略，張良澤也多次讚頌了《魯冰花》。而 1965 年的兩大《臺叢》更是給張良澤未來的事業，一個重要的鼓舞。1962 年 1 月 1 日，張良澤給鍾肇政信上說：「這一支表現臺灣氣質的戰鬥軍。」另一信說：

> 我要讓更多的人瞭解這位偉大的臺灣文學家（指鍾理和）。[49]

---

[48] 張良澤，《四十五自述》，前衛出版社，1988 年 9 月 15 日，頁 443-479。

[49] 張良澤給鍾肇政信，1962 年 4 月 16 日，收錄於《肝膽相照》，前衛出版社，1999 年 11 月。又可參見《鍾肇政全集 24》，頁 60。

這裡頭應該有許多鍾肇政不斷鼓吹臺灣意識的說法影響了張良澤的口吻。只是張良澤對於鍾肇政作品解讀不是那麼全面性的，因此在《四十五自述》有多次提到作品不純、有過多政治味的說法。這在 1980 年代，張良澤進一步的宣傳之下，從鍾肇政的作品與官方的接觸批評，這誤解造成鍾肇政相當長時間的傷害。這在第八章會再提及。

更為重要的是，在 1999 年筆者與張良澤的訪談，在他的記憶中，他並不覺得鍾肇政在 1960 年代就喊出臺灣文學，這完全是為當年白色恐怖陰影下的判斷所致。但看在鍾肇政於 1961 年 6 月 8 日給張良澤的信提到：「你的光臨……我真是又驚又喜，不禁暗叫臺灣文學不愁沒人了。」也因此《四十五自述》有相當多並不確實與誤解的記錄，有關張良澤對鍾肇政的理解。[50]

> 學分已修滿，可不必上學，白天撰寫畢業論文「日本近世小說に與えた中國小說の影響」。範圍頗廣，沒有創見，只蒐集資料，加以整理排比而已。打算以後從中取一部分詳加研究做為博士課程的副論文，而主論文是「臺灣鄉土文學的研究」。這是十年後的夢，姑且不為外人道也。[51]

這表示張良澤敏銳的發現到臺灣文壇流行了所謂的鄉土文學這個特色，而確實符合他內心中對鄉土文學這個流派的想法，從此張良澤即很長一段時間都稱為「臺灣鄉土文學」，好像臺灣文學有另外的一種非鄉土文學。這一點跟鍾肇政的理解是完全不同的。

大概一直到吳濁流在張良澤的課堂上演講，[52]有點抗議似的說臺灣

---

[50] 莊紫蓉訪談，〈談戰後第二代作家之五——專訪鍾肇政之八〉，編入《鍾肇政全集30》，頁 362-388。《四十五自述》，頁 115、121。

[51] 張良澤給鍾肇政信，1969 年 3 月 22 日。《鍾肇政全集 25》，頁 196。

[52] 張良澤給鍾肇政信，1975 年 10 月 20 日。《鍾肇政全集 25》，頁 326。亦見於《四十五自述》，頁 236-237、216-217。

文學就是臺灣文學，幹嘛要加鄉土兩字呢？從這裡可以發現，張良澤在事後反省到臺灣鄉土文學的正名問題。這是比 1980 年代後的正名都還要早好幾年。

總之，張良澤在 70 年代喊出臺灣鄉土文學，這跟葉石濤在發表文論，總是要在臺灣文學之外，加上鄉土兩字。兩人提出臺灣鄉土文學的意義是不同的。在葉石濤是單純避禍的關係。[53]而張良澤是偏好有鄉土文學這個派別，好像臺灣文學就非鄉土文學不可，並非單純的認為鄉土只是一個臺灣文學的特色。至於鍾肇政跟葉石濤，甚而就跟吳濁流一樣，標榜的就是臺灣這塊土地的文學，就是臺灣文學，屬於臺灣人的文學。

此後，張良澤把臺灣作家稱為鄉土文學作家，或者把臺灣文學稱為臺灣鄉土文學或鄉土文學。陸續出版作家全集或作品集，張良澤特別命名稱為「臺灣鄉土文學叢刊」。他在教學之外並在各地演講臺灣鄉土文學。雖然其後被吳濁流批評臺灣文學就臺灣文學，為何稱為臺灣鄉土文學。筆者以為，張良澤這時候對鄉土文學有偏好，認為正宗的鄉土文學，才是代表臺灣文學。張良澤引領鄉土文學風潮，不直接用臺灣文學除了有戒嚴的因素外，也有個人的文學趣味的偏好。

這位戰後第二代作家張良澤，受鍾肇政等第一代作家影響、啟蒙臺灣文學，很明顯的比對鍾肇政、葉石濤對於臺灣文學的旗幟似乎不比臺灣鄉土文學熱衷。這中間有來自於張良澤自己的文學觀，鄉土對他而言並非一個虛詞。而更重要的是二二八的影響，與跟日治時代的臺灣人的連結，這與鍾肇政、葉石濤兩位也是最大的不同。在 1960 年代，他 21 歲之後還有立志做為中國的偉大作家。至於葉石濤、鍾肇政在差不多時間，膨脹的祖國意識已經破滅了。各自走上了專注於臺灣文學之路，甚而脫離中國文學。葉石濤在其中還稍微偏向左派的，或許對共產中國還有期待也不一定，也因此坐了政治牢。最後兩人終於在 1965 年

[53] 請參考第七章第三節，對此有充分的討論。

四十歲的時候，聚在一塊成為終身將臺灣文學送進世界文學的一支而努力。張良澤小他們兩位十四歲，就這樣子認同與啟蒙的時間點或者因素都不同。

張良澤的臺灣文學歷程，在上面詳述了 1970 年前狀況。而 1970 年代十年間的「臺灣鄉土文學運動」，張良澤是扮演了可觀的角色，比方吳豐山就認為張良澤正是製造鄉土文學論戰的土壤的重要人物。[54]其影響面實際上很難評估，但是巨大的足跡，已經成為典範。這裡希望進一步探討他在 1970 年代前後的思想變化，以及受到鍾肇政的影響程度如何。

在 1975 年 3 月鍾肇政打算為「三信出版社」編輯「臺灣鄉土文學全集」，後來並沒有成功。這時候，張良澤也有種種翻譯、編輯計畫，從外表看來有種競爭的態勢。鍾肇政大概想炮製如兩大《臺叢》的光復二十週年紀念，而以光復三十週年紀念為藉口再一次整編臺灣文學作品。但是鍾肇政為何多加了「鄉土」兩字？筆者判斷鍾肇政，或許是為了配合社會潮流，而可以打開銷路、進一步影響文壇的關係。筆者認為還有一個原因是需要張良澤的合作、配合，鍾肇政瞭解張良澤長久以來是鼓吹「臺灣鄉土文學」的。[55]

總之還是張良澤年輕、行動力更強，編了許多部個人全集，而鍾肇政繼續創作與協助《臺灣文藝》的編輯。接著，鍾肇政在 1977 年整個接辦《臺灣文藝》，退了東吳大學的聘書，後於 1978 年 10 月為了《光復前臺灣文學全集》翻譯了好多好多的日治時代臺灣文學。大致在

---

54 〈張良澤與鄉土文學論戰〉，吳豐山手稿，美麗島網站。

55 張良澤給鍾肇政信，1975 年 3 月 24 日。《鍾肇政全集 24》，頁 312。「老大：快信及平信先後收到了。關於楊逵的書，已送印刷廠，且楊逵希望在五月一日同窗會前出書，故不便抽回。其書名為《鵝媽媽出嫁》，內收七篇。俟出書後，抽換兩篇，另以他名收入叢書，如何？《臺灣鄉土文學全集》必能比《省籍作家選集》更為完整。我正四處尋訪臺灣老作家。有此一目標，我可盡力而為。」可見，張良澤確實是比較偏愛「臺灣鄉土文學」之名，甚而臺灣文學。這跟鍾肇政與葉石濤往來的通信，就有這樣子的顯微的差異。鍾、葉兩人之間幾乎完全沒有稱呼「鄉土文學」四個字。

1976 年吳濁流過世時，本土文學的說法出自鍾肇政口中，也應該是政治上最為敏感時刻而少提臺灣文學，同時也要與鄉土文學作區隔之意。

在 1975 年 9 月張良澤陸續編了吳濁流、鍾理和的作品集，訂為《臺灣鄉土文學叢刊》。之前 1975 年 5 月所編的《鵝媽媽出嫁》則尚未命名《鄉土叢書》。不過張良澤在 1969 年 3 月 22 日致鍾肇政信提到將來的博士論文題目訂為「臺灣鄉土文學的研究」。此時，為何張良澤突然出現「臺灣鄉土文學」字眼，並不可考。之前在《臺灣文藝》創刊之初，寒爵、王詩琅都有提議《臺灣文藝》應該走「鄉土文學」、「地方文學」的路線。[56]而 1965 年 1 月 9 日，張良澤提到了鄉土文學的沒落，這也正表示張良澤對當時現代主義思潮的不以為然。很明顯的，這時候「鄉土文學」的字眼開始抓住張良澤的心裡。只是張良澤因為服役，後又於 1966 年 11 月渡日留學，他與臺灣文壇就暫時脫節了。

葉石濤在《臺灣文藝》連續刊登有關省籍作家的評論，1968 年《葉石濤評論集》的出版，一如 1990 年後葉石濤的臺灣文學論述對臺灣文學學術界的影響，無遠弗屆。對「臺灣文學」鼓吹最力了除了鍾肇政外，就是葉石濤。只是葉石濤的論述，往往被誤讀為「鄉土文學」而已。這也是白色恐怖的因素，不得不讓葉石濤以臺灣的鄉土、本省的鄉土作為偽裝，而不直接提臺灣文學，而能夠以日治時代文學的傳統展開對臺灣文學史論述。

在 1970 年張良澤回臺後，在成大專任講師展開鄉土文學教學上，有很大的發展空間。比方他推薦了學生張恆豪、張德本、陳雀華、安宜靜的評論文章，刊登於 1972 年 4 月的《臺灣文藝》第 35 期，幾乎篇篇帶有「鄉土風味」的字眼。

我還在成大讀書時，有一次張良澤老師出了一個題目，要我們研

---

[56] 寒爵（本名韓道誠，1917 年生，1948 年 2 月來臺），〈臺灣文藝的方向〉，《臺灣文藝》，1964 年 4 月。王錦江，〈日據時期的臺灣新文學〉，《臺灣文藝》，1964 年 6 月。

究臺灣的鄉土作家，那時我好想寫信給您，可惜後來張老師取消了原意，否則早幾年我就會寫信給您了。[57]

似乎「鄉土風味」正是張良澤推廣臺灣作家的招牌，作為品評文學的美學標準。之前張良澤為兼任講師時，期中考題為：「試論鍾理和小說的特點」，也是有趣。日後《鍾理和全集》的資料整理蒐集工作，在這一年便積極展開了。此時的上課內容，引導學生的方向，還是不外於《魯冰花》、《千歲檜》所含的鄉土味小說。

至於後來為什麼鄉土文學之外，後來還要加上臺灣兩字呢？據張良澤後來的說法，那也是一種掩飾，就是要指明是臺灣的鄉土，而非其他地方的鄉土。不過，相信張良澤對於臺灣文學中的鄉土文學路線，是頗有偏好的。由此可見，張良澤算是戰後第二代較早認同葉石濤、鍾肇政的想法的。只是葉石濤、鍾肇政一開始對臺灣文學的領悟，就沒有鄉土文學的限制性，也可以說一開始就沒有堅持所謂的鄉土文學路線。

對於鄉土文學論戰，以某個觀點來看，並非臺灣文學史的一部分，而是中國文學在海外的論戰。因為那個時候，鍾肇政正在編輯《臺灣文藝》，張良澤則在編輯《吳濁流作品集》，都遠離了鄉土文學的論戰，而兢兢業業的從事臺灣文學的紮根。「鄉土文學論戰」其實對當時的臺灣文學影響沒有那麼大，臺灣文學的主角都沒有上場。這有一點像 1980 年代的所謂的南北分裂、南北論戰，也是太誇大了，還會讓人誤會，是南葉北鍾有什麼分裂。不過是有英雄色彩的人，自以為是民主鬥士，對統治者打了漂亮的勝仗，這完全是誤會一場。

如葉石濤所言，「鄉土文學論戰」讓臺灣不同世代的作家，透過鄉土論戰的閱讀與思考，終於一起歸到日本時代就有的臺灣文學旗幟下。也等於是歸到鍾肇政、葉石濤的臺灣文學陣營中。當然 1980 年，年輕世代特別是戰後第三代作家，偶爾會有批判的方式來面對鍾肇政、

---

[57] 沈丞君給鍾肇政信，1980 年 4 月 3 日。沈丞君 1955 年生，大致是 1973-1975 年接觸到張良澤。功課臨時取消，或許是政治因素居大。

葉石濤，想要跑得更前面，衝破個人內心的膽怯，也是很自然的現象。只是從今天來看，在戒嚴的特殊時代，批判角度可以更體諒與包容一些。

當年辦《仙人掌》雜誌的王健壯，由今日的形跡看當年的他，可以領略到，他有點唯恐天下不亂的心情，搞了「鄉土與現實」的專輯，終於引爆了中國文學朝野兩派的廝殺。這種論法，有蕭阿勤的論文認為是一種「集體記憶」因為認同轉換後的再建構。[58]這是未能對鍾肇政、葉石濤不認同「臺灣文學是中國文學的一支流」的想法，作進一步的確認。

不過，基本上蕭阿勤論文的理論建立在對大多數其他臺灣作家的想法，筆者是很同意的。但是，試圖用世代觀念來統一所有作家的看法，仍是亟待商榷的。尤其葉石濤、鍾肇政這類經過二二八與有日本經驗的作家，算是不同世代，卻有同樣看法。

鄉土文學論戰影響張良澤較大的，可能就是使他逃往日本的因素之一。大概就是 1978 年間的時候，他申請到日本的簽證，將戰場轉往海外。留在國內，對他的事業沒有發揮空間，他將會如龍瑛宗、張文環一般被世人所遺忘，虛擲光陰，文學家在臺灣坐牢，如同所有論戰，目前已經證明沒有多大意義。不過他倒是把發起的「鍾理和紀念館」，留給文友扛，接著的鍾理和傳記電影，他也無法參加，非常的可惜。

另外，鍾肇政在 1970 年代的活動，為什麼尚未獲得學術界的重視呢？是因為沒有很大的詮釋空間嗎？而事實上，鍾肇政不能評論嗎？筆者聽黃玉燕女士說，很欣賞鍾肇政的日本文學評論，她是非常注意純文學，鍾肇政所翻譯的日本文學與短評的。廖清秀也曾經在其他方面很不以為然的，認為鍾肇政不要自以為自己鑑賞力很高，創作就怎樣好。彭瑞金說，創作先於理論，認為鍾肇政並非不懂理論。這部分在第八章討論鍾肇政的文學觀與人格，可以進一步的解釋。

---

[58] 蕭阿勤，〈民族主義與臺灣 1970 年代的鄉土文學：一個文化（集體）記憶變遷的探討〉，《臺灣史研究》六卷二期，1999 年 12 月。

總之，鍾肇政、張良澤的發言與在那時代的作為，未受到後來的研究者對探討鄉土文學論戰的注意，這是正常的。何況，他們也不要進入暴風圈。這是葉石濤看得最清楚，也是令筆者最佩服葉石濤之處。只是葉石濤自己反而介入起了一個頭。

由以上的觀點，可以注意到鄉土文學論戰時期，被忽視卻是推動臺灣文學不可或缺的幾個人。以創作技巧論，鄉土文學所指涉的是比較傾向寫實主義的。但是，張良澤也並不認同寫實主義或者批判性的寫實主義。他是對於黃春明式的鄉土文學、文心、鍾理和、還有鍾肇政的《魯冰花》，作為文學創作意識的認同。因此，他強調臺灣，也不忘鄉土文學。這在 1977 年 4 月刊於《仙人掌》雜誌中，〈我來自泥土〉的隨筆中，表達很清楚。曾經作為創作者的張良澤非常敏銳，他甚至認為陳映真、王禎和的創作，並非鄉土文學，因為充滿了模仿的現代技巧，並非純粹的創作。

而從鍾肇政的創作、編輯取向，或者葉石濤雖然強調鄉土文學，但是實際上的欣賞、評論眼光卻廣泛許多。鄉土的字眼，幾個人的體會在 1977 年時，還是有些許差異。或者一開始，鍾肇政、葉石濤就是臺灣文學意識。第二代作家則是鄉土文學意識先行的。

筆者想換一種說法，那是一種戰後第二世代的臺灣人的時代精神，屬於他們這個世代的尋根的漫長旅程，文學內涵則表現為「**自身有其哀衿，且又有無限的悲憫情懷**」。[59]這也是戰後第二作家不同於日治時代作家，皆非大地主的階級的關連性。而鍾肇政、葉石濤早就在二二八的時代立刻完成臺灣文學意識了。

另外的例子是李喬在 1972 給鍾肇政信中表示，[60]提議將《臺灣文

---

[59] 鍾肇政，〈《當代中國新文學大系——小說二集》導言〉，1978 年 12 月，天視公司，出版於 1980 年。

[60] 參見，莊紫蓉、錢鴻鈞編，《情深書簡》，1972 年 3 月 21 日、1970 年 12 月 19 日、1966 年 10 月 14 日，李喬給鍾肇政信。收錄於《鍾肇政全集 25》，桃園文化局，2002 年 12 月。

藝》改名為「鄉土月刊」之類名稱。這也是《臺灣文藝》創刊之時，李喬幾次給鍾肇政的提議。以李喬創作技巧之不斷翻新，又對現代主義小說不以為然，可知李喬時代的精神所在。不過，白色恐怖時代，那種禁箍心靈的思考方式，也深深的影響這一代人在 1970 年代的思維。[61]

二、李喬對「臺灣」的恐懼與認同

李喬比起張良澤，或許古文的涵養與自修還要深刻，抗日的意識也比張良澤還要強烈。早先的時候，李喬帶有的仍是樸素的住民、愛護家鄉的概念。甚至可以說是在一個大中國的概念之下的鄉土概念。不過，強烈的臺灣認同，這顆種子卻可能在經歷某種個人獨特的事件，或者政治社會重大事件，或者受到他人的影響，發展為他未來的更為澄清的臺灣意識與臺灣獨立的立場與價值觀。

> 中壢之會方式出我意料太多，當時沒法進入情況的大概有三人，「寡人固有斯疾也，」但那個方式，我不喜歡，我曾靜觀一會兒，他們的意識形態離我太遠，我把這個取名為「老日本」，這也正是臺文有集會，我從不參加的緣故，「老日本」我的文人，那份「集體」的蒼涼，諷世，而帶兵「電流……」的作風，除非我要找資料，不然我不願接近，那就叫做一代吧？葉石濤氏曾在「論吳……」、「論鍾……」裡什麼臺灣文學的傳統者，臺灣文學的未來云者，我都有些茫然。我自知氣質，有頗為明顯的這區域特性氣質，但我和那所謂傳統，實在全無瓜葛。甚至「臺灣文藝」四字我根本就反對，我曾向文雙連議：您不若用「鄉土」二字？鄉土固有鄉土的命意，而二十世紀，科學鑽牛角尖（一）哲

[61] 就文學本質而言，已經有不少臺灣作家對鄉土文學的想法並不全然認同，見趙天儀給鍾肇政信，1976 年 11 月 9 日，「鄉土文學是一種特色，但文學的領域甚大，因此，不妨在鄉土文學之外，也能開拓目前我們文壇所缺的東西，以刺激讀者的重視。以吾兄在文壇上知交甚多，盼能將刊物內容充實起來。」

> 學走進數理符號（二）那股失敗情結急求補償之心，使我橫裡插進來的，所以讀書，本解脫痛苦與恐懼，結果成了痛苦的連續。您的這封信，許多點是切切說到我心裡面去了。例如：「您之所以一再強調內容方面，不能為力，是說明，您對自己認識之清楚」——對自己無能為力的認識清楚，我是這樣的。[62]

從這段約莫同時間的書信，可以印證上述的對日本文化的排斥與陌生，也就是對日治時代的臺灣人的生活方式與思想觀念的抗拒。更直接對日治時代的臺灣作家疏離，以及對臺灣文學、《臺灣文藝》的傳統感到反感。上述的臺灣確實為地理的概念，而對於臺灣人的歷史，比方說經歷二二八的問題，或者有強烈的省籍的意識如對外省人的歧視而敏感。更無法體會所謂上一世代的臺灣人的悲哀、臺灣人的命運的種種論斷與感受。

李喬反而是傾向於接受鄉土的概念，也就是區域特性與居住成長的環境，所謂的單純的故鄉、鄉村的意涵。

> 上電視的事本來不打算去，吳老慫恿我去，打算談一點老一輩的作家和鄉土文學的事，反正我只知道怎麼寫，要談東談西就沒有辦法，尤其是那些大場面，一想就氣。[63]

因此，李喬對鄉土文學是相當有感的，跟葉石濤、鍾肇政不同，後者都是提臺灣文學，特別在通信之間。不過，在 1970 年代後，可能受到國際事件的影響，轉而關注臺灣歷史，李喬想法漸漸的轉變了。當然也是對於 1960 年代鍾肇政不斷在書信上對李喬所灌輸的臺灣文學的主張，李喬漸漸的接受。特別首先在臺灣人的歷史命運的苦難，更有感受。他也對鄭清文這麼說：

---

[62] 李喬給鄭清文信，約 1972 年。（鄭清文交由筆者整理。）

[63] 鄭清文給李喬信，1970 年 10 月 23 日。

> 半年來，身心似乎突然衰老十載，個中種種，不提也罷？小說，久久不寫了，現在祇專心讀臺灣野史，時有觸感，掩卷欲泣。臺灣祖先，真是淒涼啊！[64]

1974 年受到鍾肇政影響，想要寫大河小說的關係，開始閱讀臺灣歷史相關書籍。所謂篳路藍縷，受到過海困難、開墾環境的惡劣、颱風地震、水源與械鬥問題，還有原住民出草、清朝官員剝削、日本殖民統治等等。李喬對臺灣不再是地理上、故鄉與鄉村的認知了。而是自己的生命與祖先，也就是與臺灣人的歷史相結合。當中，是否有二二八的史料，就不清楚。不過 1968 年吳濁流在《臺灣文藝》連載二二八為題材的《無花果》，李喬當有印象才是。

> 「夏潮」亦索稿評，其中複雜確實問題不單純，聽說還是林戴爵主編，謂葉介紹給我云云，考慮再三，決定以臺文忙拒之，以免惹上不必要的雜色，您以為然否？我看您我都要提高警覺才是，文學，畢竟是個人性底，文學除了是本身的工具之外，不許做任何其他活動的工具，我們永遠不會成為左派同路人，祇怕人家有心，我們無意被人綴上了，那才冤枉，您說對不對？我有些替老大擔心；您名氣的大，也一樣要小心，這是早上的閒話。[65]

之後發生鄉土文學論戰，李喬這時候並非一個激進的文學運動者，他對《臺灣文藝》雖然有相當多意見，但是仍是和《臺灣文藝》繼續保持關係，除了鍾肇政的呵護的因素，李喬對《臺灣文藝》仍是感到親切的。而左派共產黨思想，則更是李喬所畏懼，更為排斥的。比較排斥共產思想，李喬與諸多本省籍作家的意識形態反而比較接近。這可以推論為，李喬對於敏感的話題與主張、認同，如臺灣意識、臺灣文學的

---

[64] 李喬給鄭清文信，1974 年 10 月 24 日。

[65] 李喬給鄭清文信，1977 年 9 月 5 日。

主張，是有著強烈的壓抑，無意識的閃躲的。李喬並非完全排斥臺灣意識。而鍾肇政、葉石濤卻是認同之外，而加以主張。但是在發表主張時，會有意識的避開或者稍加扭曲臺灣意識或者臺灣文學是獨立這樣子的主張。

> 是否可用莊園和壹闌提，每期對一比較敏感主題作一「討論」，包括作品，思潮，都可以，例如目前鄉土文學攻防戰中，我們借討論標示，臺文純粹文學之立場就是很有意義而引人的。[66]

李喬不願意參與論戰，不過也不願意缺席。從這封信的意味是想要表達《臺灣文藝》是純文藝的，也就是非政治性的，這是李喬一貫的立場。而這立場多半仍是戒嚴體制下的恐懼與自我設限。前面已經提到了，他與臺灣歷史的連結與同情，這本身就是政治性的。這種地域性的關懷，在外省人來看就是一種臺獨思想。

> 阿文哥：
> （一）前面諒已收入：今天搞到鄭英男的一千元支票！
> （二）我想那「當代臺灣小說選」名稱，非刪臺灣二字不可，何必故意在名稱上惹麻煩嗎？[67]

在這時候李喬四十五歲，仍是一貫的保持不願意「惹事生非的」。倒也非反對臺灣兩字的運用，因為臺灣對他而言已經有種悲情的意涵，他與臺灣的命運更加緊密的結合在一塊。只是因為恐懼的關係，而希望避開臺灣兩字。

> 「臺灣文藝」水準雖然不高，一向卻還能保持相當純粹的傳統，

---

[66] 李喬給鄭清文信，1977 年 9 月 17 日。

[67] 李喬給鄭清文信，1978 年 1 月 11 日。

想不到竟蒙上這麼大的陰影，實在不幸。我常常有一種感嘆，有一些人不想把文章寫好，卻拼命想叫人家承認，甚至於拼命想拿獎。……我的理想是不搞什麼文學運動，只是安安靜靜規規矩矩寫些自己喜歡的東西，這一次給吳老拖下海，許多理由不得不做，也不知浪費多少時間和心血。有一點可以安慰的是一向還平靜也認識了一些朋友，想不到半途殺出了程咬金，照理評選委員的名單已在上面，是一種招牌也是一種負責。如果他看不上大可不必投稿，為什麼投了以後，再表示不滿。論智慧他沒有季季小姐的一半，季季還和吳老說她不替臺文寫文章，一半是沒有稿費，一半是有些委員她看不上（以前的委員）。多麼坦白和率直也多麼明是非，他如果看不上我們七人，以後他不應該再投才是，如果他再投，就表示他沒有風度，不然就是腦筋有問題。……關於臺灣文藝的將來，我實在沒有多少信心。能辦到現在已很不錯了，上面對得起天，下面對得起地。鍾隆兄提出的建議，我很贊成把委員改選，就自私的觀點可以不惹是非，也可以省一些時間做自己的事。人到現在越覺得路之狹窄，也越覺得生命是有限和可貴。一個文人的成就似乎不只在什麼運動，而是在他的作品，這一點我相信你會同意我吧！至少他的事我想告訴老大也是一個辦法（不必告訴吳老），也可以給他心理有個準備，也可以告訴他我們希望改選是有理由的，說消極一點我實在不希望「介入」。[68]

從這裡看，回到 1972 年的時代，鄭清文與李喬一樣，算是比較「自私」的作家，可是這並沒有什麼大錯，文學創作基本上是個人的、極端自我的。這裡的爭議，主要是不服吳濁流掌控《臺灣文藝》的風格與制度，甚而是給獎問題。鄭清文、李喬認為吳濁流的《臺灣文藝》是

[68] 鄭清文給李喬信，1972 年 11 月 2 日。

一種臺灣人、臺灣文學的文學運動。他們並不認同。

但是說回來，兩位仍是對《臺灣文藝》不離不棄，部分原因就是鍾肇政的關係。而兩位作家不知道的或許是鍾肇政對臺灣文學的堅持，可能不會輸給吳濁流。

> 我想現在應該更認真的考慮退出來的問題，我既打算封筆十年，實在不值得再留戀在這個是非圈，好好的看一點書，好好的想一想。你想我應該把這一件向老大表示一下，這並不是和吳老只發生了爭執才想到，而是這才引起更大的決心。我一向不主張搞運動，文學應該是歸人的，最多是幾個朋友間談論談論，我一向主張以作品為主，如有什麼可稱為「運動」，也是作品本身的問題，不知你如何想法？[69]

從以上可以看出來，比較起鍾肇政，李喬怕麻煩、怕惹麻煩，不希望凸顯臺灣兩字。這並不表示他沒有臺灣意識，甚而不表他沒有臺獨意識。只是相對的如鍾肇政、葉石濤、張良澤極力要凸顯臺灣的作家，如果有中國意識、中國人意識，不知道為何要如此冒險呢？僅僅只要強調臺灣是中國文學也就可以了。不必要特別的掩飾、修辭。他們的強調臺灣文學是中國文學的一支流，僅僅是修辭而已，並非真有此意，且是反對的。而李喬、鄭清文沒有參與論戰外，也完全不參與支流與否論爭。遠離麻煩。

不過，儘管他們看不慣《臺灣文藝》的程度、敏感性，他們還是願意參與《臺灣文藝》，除了鍾肇政的友誼的因素外，還是有臺灣意識在裡頭。

> 寫作「寒夜三部曲」長篇小說是筆者平生宿志，但如果沒有肇政

---

[69] 鄭清文給李喬信，1972 年 11 月 21 日。

先生的「嚴重督勵」，筆者心裡明白，那將不知是何年何月以後的事；「遠景」沈登恩先生把這部極可能冷僻的書毅然迅速出版，凡此謹致虔誠敬意。

最後一點是：「寒夜三部曲」將還有許多「餘曲」等待筆者繼續去完成。這是記述臺灣島開發及歷史事件的小說。富足美麗的臺灣島，它三百多年的歷史卻是先民們的血灌溉而成的；今後更有艱鉅但必然是光明的前途等待我們後代子孫來開創。但願享盡安樂富裕的我們以及後代子孫，能夠愛它、護它。這是筆者的心願並祈望於全體同胞的；也正是苦寫這一系列小說的存心所在。[70]

解嚴後他提出的「臺灣的心臟」意象，乃是有建國的思維才有的。並且李喬在解嚴以後，才在作品《埋冤一九四七埋冤》中完整表達。解嚴前、甚至美麗島事件前，對李喬的精神意識需要進一步瞭解。[71]

這是李喬提出的一個相當美麗的文學意象，而且是解嚴以後才提出的看法，代表了臺灣人的終極認同。特別是李喬與《亞細亞的孤兒》比對時，在《插天山之歌》裡獲得了這個意象的印證。而解嚴前李喬曾經對臺灣人形象作討論，當時將《亞細亞的孤兒》的主角作為「臺灣人歷史上的那些性格——懦弱、依賴、自卑而滿懷被逼害的孤兒意識。」[72]直到 1996 年的論文〈當代臺灣小說的「解救」表現〉才對「插天山」提出「臺灣的心臟」的講法。但是李喬加了一個但書「深山」。這也表示在地理位置上，插天山並非臺灣的心臟。這表現出李喬刻意為之處，當然也是創新的詮釋。

---

[70] 李喬作品《孤燈》的廣告文宣，1978 年 1 月。

[71] 錢鴻鈞，〈從批評《插天山之歌》到創作〈泰姆山記〉——論李喬的傳承與定位〉，師範大學臺灣文化及語言文學研究所、長榮大學臺灣研究所共同主編《第五屆臺灣文化國際學術研討會——李喬的文學與文化論述》，2007 年 4 月 27 日。

[72] 李喬，〈從文學作品看臺灣人的形象〉，1984 年 8 月 26 日，芝加哥同鄉歡迎會上的即席講詞《臺灣文學造型》，高雄：派色文化，1992 年 7 月。

現在找出李喬過去與友人的通信集，發現到「臺灣的心臟」的說法早已存在李喬心中，於 1969 年 8 月 20 日李喬致鍾肇政信：

> 肇公：久沒致候了。慚愧的是，到今天的現在，才把那個可能永藏高閣的長篇寫完，計十二萬字以上，它已盡我最大力量，如果不好，除愧對您外，別無心不安也。所以會這樣慢，是除了招生花去一禮拜外，自八月十日至八月十六計七天，我隻身跑到霧社住了。我到臺島的心臟部分默聽森森林山的電訊，我跑了四個十個小時路程的蕃社（從霧社起程）。[73]

臺島的心臟，表明是臺灣島的地理中心位置。對於李喬造訪霧社這件事，在李喬與鄭清文往返的書信中，有更進一步表達對這個位置的感情：

> 阿文哥：現在，你正在寫長篇是吧？我在昨天（十號）隨朋友到霧社仁愛國中遊覽幾天，預定一週後回去。如果可能我真願意在這裡「棄聖絕智」，恢復為赤嬰，做山的兒子，與草木為鄰，與動物同居——這裡是臺灣的心臟地帶，生為臺灣之民，實在說來擁抱他（她）的母親！這裡，是由臺中乘車 1.20 到埔里，由埔里到霧社 60 分，到仁愛國中 50 分，您想，我是怎樣忍著暈車來的？[74]

可見，「臺灣的心臟」、「臺灣之民」、「母親」在李喬的認同意識中早有一定的地位。不過，李喬此行之後發表於 1970 年 9 月的小說，以霧社為背景的〈樂得福之晨〉，稱呼此地為「山的心臟」，而並未將給鍾肇政信中的所強調「臺灣的心臟」時的興奮感再度表現出來。

---

[73] 李喬給鍾肇政信，1969 年 8 月 20 日。《鍾肇政全集 25》，頁 207。

[74] 李喬給鄭清文信，1969 年 8 月 11 日，錢鴻鈞整理。

而是去掉了臺島的地理位置，而只凸顯自然景致的美。除了是作品主題放在原住民教育上，也並不需要為文學生命而冒險凸顯臺灣的必要。何況，此刻李喬並未將「臺灣」作為生命救贖的主題。可見此次撰寫霧社事件歷史的田野調查，似乎對李喬寫作意識改變不大。而鄭清文也響應李喬，他在回信中寫：

> 喬兄閣下：來信收到，很羨慕你到臺灣的心臟地，聽著整個島嶼的脈膞，很羨慕。我自十八起休假一週，打算到中南部一遊。[75]

鄭清文提出「整個島嶼的脈搏」的說法似乎有臺灣歷史、社會的象徵意涵，但是並未進一步發揮。以上「臺灣的心臟」是李喬的說法，筆者卻不曾在鍾肇政文集中發現。從文化意義來看，李喬從《亞細亞的孤兒》、《滄溟行》主角都往外跑，數下來到《插天山之歌》往「臺灣的心臟」躲藏，發現這是很特殊的意象，因此李喬對插天山的詮釋，受到學界很大的肯定。不過，照鍾肇政所想，臺灣人在日治時代往外跑，並非是不回臺灣的，而不同於戰後的臺灣人留美潮。否則鍾肇政作品《怒濤》最後也是讓主角往日本跑。

對於李喬而言，解嚴後他提出的「臺灣的心臟」意象，乃是有建國的思維才有的。並且李喬在解嚴以後，才在作品《埋冤一九四七埋冤》中完整表達。解嚴前、甚至美麗島事件前，對李喬的精神意識需要進一步瞭解。

小結

鍾肇政在這個時期渡過了驚天駭浪的進一步的臺獨的指控。原因是臺灣在國際情勢的變化下，造成統治者的政權岌岌可危的因素。而海

---

[75] 鄭清文致李喬信，1969年8月15日，錢鴻鈞整理，全文尚無機會發表。

外臺獨勢力也漸漸的壯大起來。而鍾肇政協助編輯《臺灣文藝》與過去的案底，就是他被傳為島內臺獨三巨頭的原因。這也使得李喬、鄭清文產生某種對「臺灣」兩字的恐懼，要求鍾肇政把《臺灣文藝》的名稱改為《鄉土文藝》。但是鍾肇政仍堅持《臺灣文藝》的名稱，而李喬、鄭清文雖然恐懼，但是也仍支持著吳濁流、鍾肇政的臺灣文學陣營。

而這時候從日本留學回國的張良澤，儘管受鍾肇政打著臺灣文學的旗幟的影響，但是因為文學觀，也因為社會上產生回歸鄉土的風潮，張良澤開始打著臺灣鄉土文學的名義，諸如編輯《鍾理和全集》、《吳濁流作品集》集等，之前也編輯楊逵、王詩琅等日治時期作家的作品。也因此，張良澤也激化了臺灣鄉土文學，或者鄉土文學思潮的盛行。

直到吳濁流批評說張良澤說，臺灣文學就臺灣文學，為何要加上鄉土兩字。張良澤才漸漸的拋去鄉土為名，直接打出臺灣文學。這樣子的過程，鍾肇政稱張良澤為「臺灣鄉土文學的使徒」是非常合適的。後來張良澤也建議「鍾理和紀念館」的籌建，只是因為恐懼被國民黨所逮捕的可能，張良澤離開了臺灣，並且很快的加入了在日本的臺獨組織。

下一章則將談在吳濁流過世後，鍾肇政眾望所歸也是他建構臺灣文學的志向，一肩挑起延續《臺灣文藝》的重任，並且又手握《民眾副刊》的編輯權，準備大展身手，進一步的培植臺灣年輕作家，並且提供版面鼓勵了李喬撰寫大河小說《寒夜三部曲》；鍾肇政也有純文學立場的包容，協助剛出獄的陳映真發表新作在《臺灣文藝》，並且鍾肇政也與葉石濤合作主編《光復前臺灣文學全集》。

第七章　1977-1982：《臺灣文藝》與《民眾副刊》

在美麗島事件前後，臺灣內部社會最為動盪的時候，青年作家投入政治運動所在多有。這時候的鍾肇政正握著兩個媒體，他如何把握住文學創作第一的信念，培養新一代作家，而又如何的忙碌。而在鄉土文學論戰中，他又如何堅守臺灣文學的立場，不參與論戰，又在不得不回應時，以暗示方式，表達出自己的立場。這是第一節。

第二節講鍾肇政與葉石濤合作主編《光復前臺灣文學全集》，儘管不是整個臺灣文學的全集，但是堂皇打出臺灣文學，他還是非常高興。並且在協助翻譯上盡了最大心力。第三節講與鍾肇政理念一致的葉石濤，葉石濤是唯一的戰友，一開始也是打著臺灣文學旗幟的創作與評論家。他跟鍾肇政有同樣的時代背景，而心靈相通，互相勉勵。儘管葉石濤在發表兩篇重要文論都是提到鄉土文學。其實應該還原他真正的名字是要寫上臺灣文學。在這裡應該還原葉石濤的主張。最後講葉石濤與鍾肇政的共同指導出的評論家彭瑞金，他的臺灣意識的認同。

第一節　美麗島事件前後

一、最為忙碌的那幾年

這段時期是鍾肇政感到最為疲累，但是又豐富的一段時期。因為他手握兩大刊物，可以培養更多的創作人才，給予伙伴更多園地創作與評論發表。不過，在政治上的打壓中也越顯激烈，經濟上更讓他有沉重的負擔。

面對相關論戰，如鄉土文學、臺灣意識論戰、第三世界弱小民族論戰、南北分裂，他的態度都是以創作第一，而並不鼓勵創作者過於投入。他更希望臺灣作家不分統獨都可以團結一起，在臺灣文學的旗幟下。

但是，他也心焦動彈不得的面對美麗島事件與國民黨的殘忍報復、獨裁統治。他沒臺灣文學以外政治上的野心，鍾肇政也沒有誇耀自己，認為能在政治場合有太多貢獻。還是兢兢業業的搞臺灣文學，希望臺灣文學的壯大與香火的延續。

他當時更有責任感的問題，催生了《寒夜三部曲》、《浪淘沙》的創作，還要協助他們的發表。如果失去了版面，更進一步的失去了人身的自由，那麼這是鍾肇政所不同意的。不過他也會設法突破發表諸如東方白、陳映真、施明正的作品。

> 事實上，我在「突破」方面已然做了不少嘗試。例如陳映真出獄後，第一篇作品是在《臺灣文藝》上發表的，不用說是我強拖硬拉逼他寫，才有他文壇上東山再起之作〈夜行貨車〉之完成。宋澤萊抨擊農業政策的〈打牛湳村〉，我不只在《臺文》上揭露，還為此篇做了一場「對談評論」同時發表出來，以示對此篇特別推崇與重視。當然，這方面我也有過失敗的經驗。記得是民眾副刊接編不久，我看中了一篇也是宋澤萊的作品（篇名已忘），文中以光復後初期為背景，隱隱觸及了二二八。我覺得背景既未顯現出來，當不致有問題，何況這樣的禁地正是我急於一闖的。不料手下幾個編輯們對此篇竟是談虎色變，紛紛以報紙本身的存廢來反對此篇的刊載。在這頂大帽子下，而且又是眾寡懸殊的情勢下，我只好退讓，撤下了這篇作品。如今回想，「人人心裏有個小警總」的戒嚴心態，竟然到了這步田地，真令人感慨之至！[1]

1 《鍾肇政全集 20》，隨筆集四，〈滾滾大河天上來——談東方白和他的《浪淘沙》〉，頁 177-178。

在 1981 年 5 月，鍾肇政從日、韓訪問後回臺灣。陳銘城來雜誌社對鍾肇政說，《臺灣文藝》會被查禁，鍾肇政的態度與反應，很難得一見。

> 我幾乎嚇呆了，但次一瞬間無名火勃然而起。查禁《臺灣文藝》，這真是天大的笑話。純文學刊物也要查禁，天下還有這樣的道理嗎？陳君不會向我撒這種謊，他還說這消息已傳遍了整個臺灣，不知道的恐怕只有我一個人。我幾乎不加思索就下定了決心：我要抗爭到底。如果真有查禁令下來，我馬上要提出控告，不管是警總也好，或者哪個單位也好，一定告，還要請尤清當我的律師。當下我就把這個意思告訴了陳君，算是放出了空氣。[2]

可見鍾肇政不爽之外，當然也是會恐懼的，但是他也是勇敢的，因為他自認為在純文學之下，他是站得住腳的。總之，這種政治打壓的傳聞，還是相當令人困擾的。

1979 年末，也就是美麗島事件發生，接著政治家林義雄先生的家人在二二八的象徵性日子遭到統治者的屠殺。在此之前，鍾肇政擔任《民眾副刊》副刊主編，加上手頭上接辦的《臺灣文藝》雜誌，當時的臺灣人從來沒有掌握過有那樣大的培養臺灣作家的園地，頗讓富有使命感與熱誠的鍾肇政發揮。但是遭到當時新聞局長宋楚瑜，請到一家餐廳餐敘，被「誇獎一番」說「我從小看你的作品長大的」，讓鍾肇政感到這是警告作家的言論要小心。果然不久《民眾副刊》主編的位置就遭拔除了。使鍾肇政扼腕不已，明明是已經培養起來的好些臺灣青年作家，之後都銷聲匿跡了。

美麗島事件不久前，《美麗島》發行量很大，賺了很多錢，施明德來到《民眾日報》的辦公室找鍾肇政，說美麗島也有文藝政策，那就

---

2 《鍾肇政全集 20》，隨筆集四，頁 184-185。

是鄉土文學。頗希望與鍾肇政合作。鍾肇政希望施明德另外成立一個「臺灣文學發展基金會」，那麼，便可間接的幫助《臺灣文藝》的發行。可惜，施明德不久就被當作匪諜通緝，一個政治與文學的合作便胎死腹中。

美麗島事件發生時，文學的領導人之一鍾肇政為什麼不能去聲援呢？張良澤回答了筆者：「鍾肇政是大樹，不能動。鍾老大是王牌，最後才能出。有事情，讓我們這些小兵出動就好了。」[3]事實上，鍾肇政那時動彈不得的心情與不得進退的處境，並不容易被人瞭解？

> 你說的做一個人的尊嚴，畢竟太高貴了些，非常人所能堅持；而肆意的摧折，往往也是專找那棵比較硬挺的樹木而來，在不仁不義的世界裡，仁義的高潔一無是處，人生就是這麼無奈，這麼可憐！當然，我深知你熟諳這其間的分寸，在這分寸之下，你懂得保護自己，也必然會保護自己的，是不？如今我更痛切地感受到，你這棵硬挺的樹木是多麼珍異可貴，我只有祈求上蒼，除了你會保護自己之外，上蒼也會加意保護，渡過這段歲月。至於楊青矗，我想我們也祗從旁給他一些叮嚀了。那一次高雄事件，楊曾邀我南下與會，發表演講。那一次，他是那麼意氣飛揚，近乎得意忘形。我向來不涉政治，所以也沒答應。這些，都成了過往煙塵，如今已不留痕跡了。[4]

鍾肇政致力於文學上的活動，或者建構臺灣文學的主體而持續努力。與政治則保持距離，也不參與任何的論戰。在美麗島事件的前、後都是如此。鍾肇政說呂昱的人格是珍貴的，也等於是一種自剖，相知相惜。總是鍾肇政從 1960 年代到 1970 年代遭受到最大的的臺獨指控時（如上兩章所言），鍾肇政總是學習到低調，修練一種深厚的人格涵

---

[3] 張良澤回答筆者，2006 年於麻豆真理大學臺文系。

[4] 鍾肇政給呂昱信，1983 年 10 月 23 日。《鍾肇政全集 27》，頁 291。

養，無論從事文學或者政治活動，趾高氣昂的態度，都是令鍾肇政所不喜的。

直到 1983 年正式交棒《臺灣文藝》的編輯地位，之前又失去《民眾副刊》的編輯權，大概就是鍾肇政的純文學的立場，開始在臺灣與海外受到越來越大的批評。甚而鍾肇政還有一種臺灣人本位的思想，無論臺灣作家是主張統或者獨，鍾肇政仍是一視同仁予以扶持、培植。除了陳映真、黃春明的派系外，連陳昭瑛發表的〈青山有約〉，鍾肇政也能夠高度的欣賞。日後才看出來〈青山有約〉是相當有統派的色彩的，不過在當時僅僅是熱愛中華民國、愛國的一種題材罷了，鍾肇政並不以為意，特別注意到文中有特殊的意識形態問題。

這最後一點更使得所謂的本土派的作家、評論家，覺得鍾肇政是過於寬宏包容，連帶的就把鍾肇政與國民黨文壇權貴人物在一起的出訪活動或者受到政府邀請的國建會等等，予以討好、接近權貴的指控。[5] 再加上對他的小說，多為抗日題材，甚而描寫「過多」祖國思想。始終對鍾肇政的認同與人格不能夠放心。直到解嚴後，還會因為一些誤會，以為鍾肇政偷偷的跑到中國去了。留下在當地的照片，結果子虛烏有，根本是在臺灣本地的背景。[6]

鍾肇政忙亂，可用他搞出版賺錢來看，他除了幫忙寫書來賣，甚至做了他自認相當痛苦不堪的事情，就是為有錢人擦脂抹粉寫傳記。不僅他要自己寫，他還安排許多文友一起寫，不過最後只有他自己寫成而已。

[5] 在 1970 年代，《臺灣文藝》在文壇上容易被指為狹隘，是地方意識的產物。而臺灣的年輕文友間，就會以包容的說法來避免類似指控。而在之前《臺灣文藝》是受到歧視、不被重視的身分。到了 1980 年代，意識形態激烈論爭時，包容、寬厚，又會被指為軟弱，甚而出賣立場。之後，臺灣文學持續的發展，仍舊容易被指為是狹隘的。這在從事臺灣文學的建構的鍾肇政，恐怕感受最深，也最能把握基本原則吧，也就是臺灣文學是獨立於中國文學之外的主張。

[6] 新埔潘家老宅前，鍾肇政與一老人合照。時間為客家文化夏令營，1994 年。

> 《臺灣文藝》收回自營以後，春節前後即開始展開拉訂戶工作。迄今收到的款子是廿萬元多一點，出兩期便可以花光了，臺北一個當年我教過的學生邱君幫我在臺北成立一個經理部，近中要找人正式去推銷，順便也拉訂戶，所以這方面的進款也會有一些吧。邱君還為我付了本（十三）期的印刷紙張費。看樣子可以再挺一陣子。當然，這樣下去總不是辦法，所以我很快地就要從事更根本之計，即搞出版，以養刊物。這有二：其一是「臺文叢書」，首本書我已決定印行我寫的《原鄉人——鍾理和的故事》，希望能賺一點錢。這首批書還出施明正的小說、稿、素描、畫畫等的雜集，以及邱君的一本隨筆。施的不致於賠吧。此批將七月底出，以配合電影公映。
> 其二是《工商人士傳記叢書》。這是為「只許賺不許賠」而設計的。那些大老板們都是目標。我已向吳三連先生試探，希望由他開個頭。可是第一回合，他不肯；我還會去求見。蔡萬春、王永慶、吳火獅等許多大頭都將一一去試探。[7]

總之，鍾肇政是致力於純文藝的，但是基於臺灣人歷史的複雜，標舉了臺灣兩字，這似乎帶有意識形態，他認為是臺灣文學所特有的，臺灣作家的心態上無法免除的。除此之外，他對於所謂的鄉土文學，甚而寫實主義並未有強烈的偏好或者堅持。

以鄉土文學來說，他只是把鄉土作為一個特色，他的說法是鄉土味。他也能接受鄉土文學的說法，不過是當成一個臺灣文學的一個特色來標舉的。而非限制於農村與城市、臺語與國語這樣子的對立。從下面可以看到鍾肇政的文學觀：

> 我渴盼有更切身、深入的作品，當然也在知悉你的困境下的希

---

[7] 鍾肇政給張良澤信，1980 年 4 月 23 日。《鍾肇政全集 24》，頁 504。

冀，施明正就有頗為輕妙的處理方式，在臺文上想必你已看到。我說的「切身」正是這程度的。不敢有更多的奢求的。我寧可放棄對你「市鎮小知識分子掙扎圖存於都市裡的一份哀怨與無奈」的期待。因為這一份哀怨與無奈，那種千奇百怪，光怪陸離，從報紙的平面描寫，絕無法體會出夠你形成更真實（非如你目前的表現）的作品的創作質素。我甚至也寧可期待你去寫童年情境，或青少年時的豪邁與反叛。既是存心當做「習作」，則題材的來源實在無關宏旨，對不？說不定你也可能有若干對所謂「社會性」的迷信？我以為這大可不必。如果容我放肆而言，你的思考方式，似更適合純文學範圍的追尋，讓「反應現實」的迷妄，轉入字裡行間，也許會有更圓滿的境界出現。[8]

而對於寫實，如果是所謂的反應現實、批判社會，鍾肇政認為這個格局仍是受限的。對於題材上，鍾肇政是期待於指向歷史的長篇小說最為適當，或者挖掘個人內在的扭曲的或者深刻的心靈世界。與新技巧如過去的現代主義來挖掘人類的、普遍的潛意識，也是他所追求的境界。結合臺灣的土俗與現代技巧，曾經在 1960 年代，是他的目標，創作了相當多篇的實驗性的作品，有長篇也有短篇。

進一步的看，鍾肇政認為 1970 年代所提到的鄉土文學的詮釋，特別是王拓的是寫實、反映，不是鄉土，事實上並未真正的符合鍾肇政的文學觀。有關小人物的美化、浪漫化，鍾肇政認為這種寫實、反映，仍是侷限於殖民地文學的性格使然。[9]

「寫實不是反映」是篇好論文。目前能看出文學現況裡的大病的，你是少數人中之一。小人物的「美化」、「浪漫化」，絕對

---

[8] 鍾肇政給呂昱信，1982 年 1 月 5 日。《鍾肇政全集 27》，頁 21。

[9] 吳濁流認為殖民地性格是不肯完全屈服，但是沒有行動，只會自怨自艾的、愛發嘮叨的。見《無花果》，吳濁流著，草根出版社，2007 年 3 月。

> 可以休矣。如果不能早日擺脫這種殖民地性格的文學，臺灣文學便不會有前途。這也是黃春明不再有作品的原因吧？如果我仍握有臺文，我會建議你把原信與你這封回信一併刊出。你此信應是當前重要論文，無可懷疑的。[10]

過了許多年，從這封信件，可見鍾肇政對於鄉土文學的風行確實是感到不耐、不以為然的。

> 繼鄉土類作品之後，今年兩報得獎作品又造成了一個新的「角度」，顯見可能成為時流，一如鄉土成為時流，席捲了臺灣文壇五、六年久那樣。如果說，這與臺灣社會一窩蜂習性有關，也許把問題看得過分單純了些，但也確實有這種氣味。你長篇大論，談起人物塑造的問題，證明你也是個先知先覺，不僅看出了「現有的」的缺失，也有意突破現局。既是一窩蜂，時流形成後會有莫之能禦之勢，而繼之是盛極而衰，也是必然的過程。文學問題，頭緒萬端；鄉土潮流的形成，一方面固然是作家們缺乏主見，另一方面卻也指出作家們擷取題材的困局，一般人除了跟著時流跑之外，還有什麼法子呢？你先走出了一步，形成時流之後，大家跟著跑，新局即成矣！再者，一窩蜂現象，根本上是我們的文學不發達有以致之。文學不受重視，文人地位低，還有幾個人肯真正去下功夫，去真正為文學賣命？如是因因相循，這才是我們所應三思的問題吧。[11]

顯見文學就是藝術創作，也就是創新，這也需要長久的努力、投入才得以獲得的成果，而非人云亦云跟著潮流漂流，因循抄襲。由鍾肇政在忙碌之下的情況，與以鍾肇政的文學觀來看，在本書下一段可以進

---

[10] 鍾肇政給呂昱信，1983 年 1 月 24 日。《鍾肇政全集 27》，頁 116。

[11] 鍾肇政給呂昱信，1984 年 1 月 4 日。《鍾肇政全集 27》，頁 361。

一步的談鍾肇政在鄉土論戰中的立場，以及認知到他確實是在戰後臺灣文學的建構上，一直是一個臺灣文學論、臺灣文學主義者，也可以說是一個文化的臺灣意識者。

二、鄉土文學論戰中的發言

在討論鄉土文學論戰的論文中，蔡明諺的研究是相當值得注意的。[12]他最注意到鍾肇政發言，並有獨特的判斷，更為細膩的資料闡述。[13]例如，他少見的挖掘如朱西甯曾呼籲重新開放中國新文學的作品，特別是五四與 1930 年代作品。[14]

在 1977 年的鄉土文學論戰中，鍾肇政最多被引述的意見就是把鄉土解釋成風土，以及認為鄉土是無關於鄉村的，也包括立足於都市而生活，寫作的場景與環境在都市也是作者的鄉土。[15]鍾肇政這種理解影響了王拓，後來王拓把風土以現實兩字取代。[16]

蔡明諺也認為鍾肇政的「風土」之說，給了葉石濤相當的啟示，在〈臺灣鄉土文學史導論〉中的結尾表現了葉石濤對於「未來」的想法。葉石濤在 1965 年寫的〈臺灣的鄉土文學〉的視域是停留在中國文學史內，葉石濤受到鍾肇政的影響，在 1977 年時改以世界文學的目標，這樣子的說法。[17]

蔡明諺以為葉石濤在 1965 年還停留在中國文學史內，這與本文看

---

[12] 蔡明諺，《燃燒的年代——七〇年代臺灣文學論爭史略》，臺南：國立臺灣文學館，2012 年 11 月。

[13] 同上，頁 121。

[14] 同上，頁 222。

[15] 林小戀，〈鍾肇政的世界：寫作、教書與讀書〉，《出版家》52 期，1976 年 2 月。轉引自蔡明諺，《燃燒的年代——七〇年代臺灣文學論爭史略》，臺南：國立臺灣文學館，2012 年 11 月，頁 299。

[16] 王拓，〈是「現實主義」文學，不是「鄉土文學」：有關「鄉土文學」史的分析〉，《仙人掌》1 卷 2 期，1977 年 6 月，頁 55-73。

[17] 蔡明諺，同註 12，2012 年 11 月，頁 300。

法不同。葉石濤在給鍾肇政最早的書信就提到：「唯有對臺灣人的命運有透徹堅定不移的信念，你這篇小說才能踏進世界文學之門。」[18]本文認為葉石濤提到中國文學史，只是一個自我保護罷了。而蔡明諺將葉石濤在鄉土文學論戰的論文，聯繫到更早時發表的〈臺灣的鄉土文學〉，然後對於臺灣文學史走向更有影響的鍾肇政，對鍾肇政在臺灣文學的一貫的主張，蔡明諺都沒有繼續的強調。筆者認為這討論是不夠的。

不過可貴的是蔡明諺對與鍾肇政關係密切的張良澤，也做了相當的整理。[19]這一部分本書中第六章已經有更細膩的探討。以下對過去的相關重要文獻做整理。從林玲玲的博士論文研究：

> 葉石濤最初的臺灣文學藍圖，是最早用「鄉土文學」來形容臺灣文學的整體特性——特殊的歷史背景、風土、語言文化與風俗習慣；在時間上，從日治時代開始將鄉土文學作家分為三個時期——戰前派、戰中派、戰後派。[20]

這是最為典型論及葉石濤在 1965 年的文章。[21]而本書認為「鄉土文學」的鄉土二字，完全是一個虛詞，在文章中所有的鄉土兩字都可以去掉，或者直接以臺灣兩字代替。對於鍾肇政在 1960 年代更是明顯打出臺灣文學的旗幟，[22]更不用說他們兩位在隱蔽的書信當中所透露的主張。[23]

---

[18] 葉石濤給鍾肇政信，1965 年 12 月 27 日。《鍾肇政全集 29》，頁 17。

[19] 蔡明諺，同註 12，2012 年 11 月，頁 233-234、305。張良澤，〈鍾理和的文學觀〉，《文學季刊》2 期，1973 年 11 月，頁 48-59。

[20] 林玲玲，〈葉石濤及其臺灣文學論的建構〉，國立成功大學歷史學系研究所博士論文，2008 年，頁 44。

[21] 葉石濤，〈臺灣的鄉土文學〉，《文星》97 期，1965 年 11 月；收入葉石濤，《臺灣鄉土作家論集》，臺北：遠景出版社，1981 年，頁 28。

[22] 錢鴻鈞，〈臺灣文學：鍾肇政的鄉愁〉，收錄於《臺灣文學十講》附錄四，2000 年 7 月。

[23] 莊紫蓉、錢鴻鈞編，鍾肇政與葉石濤往來書簡，《鍾肇政全集 29：情純書簡》，桃園：

有關鄉土文學論戰的討論，在林巾力的博士論文中：

> 戰後影響「鄉土」概念則有兩個重點，一是臺灣在形式上成為中國的一部分，「鄉土」成為收編在國家底下的「地方」；其二是臺灣被納入以美國為首的經濟圈，工業化與都市化在六、七〇年代臻於高峰，因而此時的「鄉土」也意含了在資本主義衝擊下面臨改變的「鄉村」處境。[24]

該文拓展鄉土概念的對話對象為現代主義，而本來則是與中國的國家概念來對話。這樣子將概念定義的清晰明白，可以更方便的審視「鄉土」的本來原貌，其實不一定跟「現代」是衝突的。而本文認為鄉土文學是在臺灣文學歷史中的一個偶然的主流表現，並與戒嚴體制有相當的聯繫。另外一個要點則是，鍾肇政、葉石濤一旦打出真正旗幟為臺灣文學，自然就打破了與中國文學對話的可能。也就是臺灣文學的旗幟，在戰後的語境中，就是自主與獨立。臺灣文學的未來原本就是以世界文學為對象的，並不需透過中國文學。

有關以鄉土為核心的論文，陳惠齡的研究是最為完整與深入的。[25]她認為鄉土文學本身有一個現代化進程，在臺灣文學史的不同階段，鄉土文學也有不同的發展階段。本論文則認為，陳文的鄉土文學，其實就是臺灣文學。所謂不同階段，也就是整個臺灣文學的不同階段罷了。就鍾肇政的說法，世界上的重要文學作品，無不鄉土。所以鄉土文學沒有所謂如何發展的問題。[26]

無論臺灣意識的說法，或者臺灣意識與中國意識的論戰，鍾肇政

文化局，2004 年 3 月。（原為日文，李蔦英翻譯。）

[24] 林巾力，〈「鄉土」的尋索：臺灣文學場域中的「鄉土」論述研究〉，國立成功大學臺灣文學系博士論文，2008 年，摘要。

[25] 陳惠齡，《演繹鄉土：鄉土文學的類型與美學》，臺北：萬卷樓，2020 年 12 月。

[26] 同蔡明諺，頁 299。

還是保持一貫的被林海音於 1960 年稱呼的「臺灣文學主義者」的姿態，[27]為文學、為臺灣文學打拼與創作。直到解嚴以後才直接參與政治社會運動。在過去都是藉由創作與編輯，這也等同做了間接的政治社會運動。

所謂鍾肇政在文中強調自己是「臺灣文學主義者」，也就是一方面褒獎葉石濤，其實也強調了自己在一開始從事臺灣文學運動，如在 1957 年《文友通訊》之前，就是要把臺灣文學推到世界文壇當中，成為世界文學的一支，這是鍾肇政早就有這樣子的打算。或者另外一種說法，鍾肇政也自稱為「臺灣文學論者」。簡單的詮釋，就是茲茲念念以建構臺灣文學的職志。臺灣文學的發揚，就是他的責任。

至於，臺灣文學史的撰寫，更是兩人在 1965 年一開始通信時，就不斷的互相提起的事情。

> 謝謝你送給我一本《流雲》。我本來有一個打算，蒐集臺灣作家的作品，研究他的身世及其遭遇，以便能寫出較完整、詳盡的臺灣文學史。但因限於財力根本無法做到，而且我的氣力也衰，不知何時何日才能達成我的宿願，你送給我一本《流雲》實在太好了。[28]

這是他們兩人通信的第一信，鍾肇政覆信葉石濤，雖然已經遺失，但是從葉石濤回信來看，鍾肇政對臺灣文學史必然是強烈回應與進一步提出建議、看法，並且大加鼓勵葉石濤的。

> 大函所提到的幾點，令我非常感動，而且你建議的，正是現在我著手進行的。我總覺得我們臺灣作家之中，必須有人挺身而出，作一個冷靜的紀錄者；把這一代我們臺灣作家的作品加以一番整

[27] 林海音給鍾肇政信，1964 年 9 月 30 日。

[28] 葉石濤給鍾肇政信，1965 年 12 月 11 日。《鍾肇政全集 29》，頁 15。

> 理，批判，以免歷史的黑暗把這一代臺灣作家的輝煌成就吞噬了。[29]

猶如鍾肇政一直在創作與編輯當中，是被質疑臺獨的。筆者認為鍾肇政知道他的文學旗幟是無法擺脫政治干擾的。而這個旗幟的背後當然就是臺灣意識，是臺灣人意識、臺灣文學獨立自主的意識，也就是相對於中國在文學與政治的意識，應該是肯定的。[30]

三、臺灣文學與鄉土文學

從鍾肇政參與編輯《光復前臺灣文學全集》這一點來看，讀者在這時間必是想要認識臺灣的，除了地理歷史民俗外，也要認識日治時代的臺灣文學。這是跟著 1970 年代初，國際政治方向的轉變，也造成臺灣人關心現實，也就是關心臺灣。過去的存在主義的流行等等，造成了崇洋媚外的批評。中日的斷交，日治時代作家、作品紛紛的出土了。上一章講到，張良澤編輯《吳濁流作品集》、《鍾理和全集》、《王詩琅全集》，都是上述的時代特色使然。

似乎臺灣人的命運使然，就是鍾肇政本身，也曾經有一段「崇洋媚外」的情況出現。那是在 1943 年他從和歌轉向西洋文學的閱讀時，對臺灣文學的作家、作品，也是不屑一顧的。

而李喬、鄭清文在 1960 年代的創作之初也同樣的對葉石濤的臺灣文學史的視角評論作品與建構臺灣文學的企圖，一開始也是無法體會的。

而聯合報、中國時報也起了推波助瀾的作用。他們也在推動所謂的鄉土文學。雖然不承認臺灣文學，不過臺灣作家以鄉土文學為名的作

---

[29] 葉石濤給鍾肇政信，1965 年 12 月 27 日。《鍾肇政全集 29》，頁 16。

[30] 錢鴻鈞，〈隱蔽下的文學世代傳播：鍾肇政與葉石濤的臺灣文學旗幟〉，淡江大學大眾傳播學系碩士論文，2023 年 1 月，第一章。

品，也終將正名成為臺灣文學。

而這一切就鍾肇政來看，就是代表著臺灣文學的持續的復興。包括黃春明、陳映真等人受到更多民眾的喜愛，儘管他們並不支持臺灣文學的名稱。不過，如果他們接受被以「臺灣文學全集」以臺灣為名的叢書編輯入內，這樣子他們就是臺灣文學的一分子，即使他們並不願意參與鍾肇政的臺灣文學旗幟。

另外，對於外省第二代的作家，鍾肇政這時候也漸漸的接受他們是臺灣文學，如果他們也承認臺灣文學、認為自己是臺灣人。因此，之後所謂的臺灣文學，加上本土兩字，就是要區隔臺灣作家與外省人但是又是住在臺灣許久了，擔心混淆而加上本土兩字。而鄉土文學，加上臺灣兩字也是強調本土的意思。不過，就鍾肇政的角度，一開始他就是打出臺灣文學。而臺灣文學本身，就沒有特別重視寫實主義、現代主義，或者所謂鄉土的素材。鍾肇政而言，鄉土只是一個文學風味，或者只是臺灣文學的特色。

觀察 1978 年的時間點，鍾肇政受邀擔任外省人主導的《當代中國新文學大系》之《小說第二集》的編輯，鍾肇政在導言說：

> 筆者一直堅信，臺灣的文學，從歷史、地理背景及人文環境而言，有其不可移的特色，因而在整個中國文學史上，是可以自成一個體系的。易言之，臺灣文學有其獨特的地位，且又當然而然被包容在整個中國文學之中，構成相當有力的一個支脈。基於這種見地，我們也可以說，五十餘年來的臺灣鄉土文學與夫中國文學，確有其不可分割的整體性。故此，編纂一套完整的，包含五十餘年來的每個階段的代表性作家的代表性作品的書，也就是筆者多年來懸為理想的工作。這是件大工程，以目前而言，筆者祇能說應俟諸來日。[31]

[31] 鍾肇政，〈《當代中國新文學大系──小說二集》導言〉，臺北：天視公司，1980 年。

這一年恰是鄉土文學論戰之後，可以知道這個大系，是官方收編論戰的各派系的動作。鍾肇政說臺灣的文學是「可以自成一個體系的」、「臺灣文學有其獨特的地位」。[32]筆者認為這部分是鍾肇政真正要表達的，從歷史、地理與人文的特色而言，可看出來他是以一個獨立的文化臺灣意識的立場來論述的。而他說臺灣文學是中國文學的支脈，那是明顯的包裝與保護罷了。文中可看出，他有濃烈的鄉愁，他想編一套屬於我們的《臺灣作家全集》。而另外又強調說「在整個中國文學史上」這部分，應是自我保護的說法。

筆者論述「支脈」等言，這是鍾肇政採取的「保護」的說法。此時，臺灣的政治越發敏感，自稱代表中國正統的國民黨政權似有被「黨外」推翻之勢，而第二年果然爆發美麗島事件，臺灣人受到二二八以來的最大彈壓。鍾肇政此刻手握《臺灣文藝》與《民眾副刊》兩大刊物，極力培養臺灣作家，堪為臺灣文學界的龍頭。上述在導言中的說法，苦心昭然，極力的要凸顯臺灣文學的地位，且又注意安全上的問題。

第一種理解方式為，目前學術上對上述的鍾肇政在美麗島事件之前的言論，都肯定這僅僅是一種「臺灣主體臺灣本位」的論述，[33]學術界依鍾肇政的語意上判斷其目的有 1.提升臺灣作家的地位，確立臺灣文學的地位，使外省人與官方能肯定省籍作家。2.一種與外省人的競爭

---

[32] Google「當代中國新文學大系——文學叢書」，臺灣文學館線上資料平臺解說：這套書是「1979 年 2 月，由天視出版公司陸續出版。收錄 1949～1979 年之間臺灣的文學作品，包括小說 3 卷、詩文 2 卷、詩 1 卷、戲劇 1 卷、文學評論 1 卷、文學論爭 1 卷、史料與索引 1 卷，共 10 冊。分別由魏子雲、鍾肇政、尉天驄、王文漪、齊益壽、瘂弦、王夢鷗、劉心皇撰寫導言，並主持編選。在編選的立場上，仍傾向以中國新文學為依歸。」然後該解說引用《小說》二集導言，正是本章註 31 引用的部分。基本上解讀該大系的編輯取向是正確的，不過解讀鍾肇政的導言的意涵，需要更精細與深入的探討。如本書所論述的，鍾肇政真正的用意是臺灣文學是可以自成一個體系的。在這裡，本書進行著深入的討論。

[33] 游勝冠，《臺灣文學本土論的興起與發展》，臺北：前衛出版社，1996 年 7 月。游勝冠，〈葉石濤的臺灣文學論〉，臺北：第十九回「臺灣文學」研討會演講稿，陳萬益主持，莊紫蓉整理，1993 年 11 月 27 日。應鳳凰，〈葉石濤的臺灣意識與文學論述〉，《文學臺灣》，1995 年秋季號，16 期，頁 55。

意識，希望能被肯定為中國文學、中文文學最重要的一支。3.進而進入世界文壇，提升臺灣文學也就是中國文學的地位。那麼臺灣文學當然是中國文學最光耀的一支。

第二種理解，有可能說一個令人感到悲哀的「假設」，即鍾肇政強調了臺灣文學自成一體系與獨特的地位，而其也認為臺灣文學是中國文學的一部分，一般而言就不必再強調臺灣文學與中國文學的關係，不過他還是喊出這一部分。如此的宣告，真是顯示出臺灣作家的苦楚，因為尚須中國人對臺灣人忠誠度的考驗，必須不斷向中國的統治者表現一種「發自內心」的「忠誠」的狀態。這種尚須忠誠度考驗的「臺灣人悲哀」，很難相信會發生在鍾肇政身上，或任何人身上，除非你「不碰」或「不懂得碰」臺灣人命運的問題，你必須對此「考驗」問題作一個了斷，臣服或者是反抗或是妥協。

可以確知的是他一直知道臺灣文學的界定問題，是「可以自由的認同與建構」，如此說來，他何以不選擇臺灣文學不是中國文學的一支這樣的路線呢？而且解嚴後，他正式提出臺灣文學的獨立宣言，鍾肇政若非早有認定臺灣文學是獨立自主，不就是說，他有一個態度上的轉變，那麼他為何轉變呢？是「受政治情勢的影響？受新生一代的理論？受統獨的影響？」這些答案，筆者認為是難以令人信服。也就是說，以上兩點的反面論證的理解方式，是難以清楚本書所敘述的「省籍意識」與鍾肇政標舉「臺灣」的作法。

因此我們可以深一層問，有什麼跡象，他在內心深處裡，知道臺灣文學的界定是「選擇的問題」，一如「中國人」在他內心裡是「可選擇的認同問題」，而非「自然的本質的問題」。當他在 1957 年於《文友通訊》第一次講出，臺灣文學是中國文學的一支之時，這就是證據。因為所謂的「一支」這就是一個界定的問題，當年日治時代張我軍喊出「臺灣文學是中國文學的一支」這條是張我軍認為臺灣文學應走的路線，也正表示張我軍知道，臺灣文學還有其他路線可走。事實上日治時代的臺灣作家就有其他路線的主張，自主獨立的，甚至後來也有「皇民」的。所以，筆者認為不管鍾肇政是否選擇臺灣文學獨立路線，至少他極懂得「保護」自己，懂得「選擇」。

筆者認為鍾肇政心中會有相當疑問，雖然臺灣新文學的起源有受中國五四運動的影響，也有用中文發表。在精神傳統上與祖國文學反封建反帝國的民族意識相通。但是日治後期臺灣文學皆以日語發表。而在他個人的文學歷程而言，受中國五四白話文學與世界文學、日本文學各有多少影響？他如何衡量自己的文學屬於中國文學與否，又甘心於將被外省人打壓的臺灣文學定位為中國文學的一支呢？就像詹宏志在 1981 年「不小心」脫口引用東年所說「這一切，在將來，都只能算是邊疆文學」，[34]被同代臺灣作家、評論家猛批猛打，詹宏志變成臺灣人的出氣筒。

所以筆者認為鍾肇政一直是有臺灣文學的尊嚴，時間上並非 1980 年或 1970 年後！而是自 1957 年在《文友通訊》開展臺灣文學運動，他開喊的就是臺灣文學要在世界文壇佔有一席之地，還有喊出「我們是臺灣新文學的開拓者」，志氣不輸任何人。

在鍾肇政心中臺灣文學是「選擇」獨立於中國之外與自主的路線，戒嚴時期或許只可能在葉石濤與鍾肇政往來的信件，才可能隱約透露出來！也因為第二代作家在 1965 年代，可能想都沒想過「臺灣文學根源的問題與定位的問題」。葉石濤說：「高信疆及瘂弦都是極狡猾的傢伙，就是因為這批人專橫跋扈，中國文學才無從發展。」雖然說是 1979 年寫給鍾肇政的信，但是將中國文學的發展遲緩歸為外省編輯，而臺灣文學在其信中自始就都獨立出現，且以臺灣文學是否產生古典作品來定位，希望見到臺灣作家爭取到諾貝爾獎與進入世界文壇。由上文來分析，在葉石濤的心中，中國文學就是指在臺灣的外省人的文學罷了。葉石濤與鍾肇政怎麼會甘於認定「臺灣文學」是外省人所建立的落後的「中國文學」的一支流呢？

或許有人質疑，這些信件與發言都是 1970 年以後的事情，那麼

---

[34] 詹宏志，《書評書目》93 期，1981 年。

鍾、葉便都是跟著臺獨政治人物的尾巴跑，才體認到了臺灣文學應走獨立與自主的路線嗎？不過，鍾肇政在 1965 年同樣的以中國文學的一支，作為掩飾與保護的情況。在 1965 年，筆者認為正是鍾肇政確立了臺灣文學的一年，並與中國文學正式決裂的一年。

今日站在臺灣為獨立國家的眼光，過去鍾肇政似乎在一個「前獨立國家、前獨立民族文化」的時代裡，那時候他的言論，今天若不深一層的想，是會令人感到模糊與迷惑。我們已經找到鍾肇政過去有留下很多「證據」，表達同於「今日獨立國家時期下」的臺灣文學獨立界定的論述，就是因為：

1.「前獨立國家時期」是充滿白色恐怖的壓迫。

2.他無法向第二代作家說明白，更因為第二代作家覺醒時刻未到，他簡直是無能力對抗國民黨汲汲在臺灣為建立合法統治，對臺灣的下一代進行的中國意識教育。

3.他是一個文學家，並非政治人物，會強硬灌輸臺灣文學獨立自主的意識型態給第二代作家，他僅能希望每一個有志於文學的臺灣作家都應該要有一部「臺灣人」小說。

4.「前獨立國家時期」完全沒有團體的溝通、辯論，沒有共識，以致於詞彙上不可避免有社會習慣性的同於中國論述者的表達。這並非是「臺灣中國雙重意識」的表現，在臺獨運動者也往往有相同的習慣性的表達。就像是說「這該是咱們中國人才能發明出來的最匪夷所思、最恐怖的刑具，可以傲視全球吧！」[35]

要注意到這句話是解嚴以後 1992 年在《臺灣筆會月報》發表的，雖然自承是中國人，但是此刻無人會錯認他真正的想法，那是一種習慣性或者在臺灣社會中的語境使然，他在批評諷刺中國人的說法。他一點也不會認為自己是中國人。

上述未免完全以「政治獨立」的眼光看鍾肇政過去行止？這有政

---

[35] 《鍾肇政全集 17》，隨筆集一，頁 113。

治運動者比文學家更來得「先進」之感，不過事實上卻非如此。有一個很弔詭的觀念，在日治時代的統治者日本人向臺灣人陳述過「一個沒有獨立文學的民族，是沒有資格建立獨立的國家。」文學家鍾肇政在解嚴後，很討厭他人認為只有自己「覺醒」，自己才懂得「獨立」似的炫耀姿態，什麼要「勇敢的喊出獨立、加入獨立」，不無對獨立運動者的淺薄與臺灣人內部的統獨爭議，表現有如打混仗，這與兒戲吵鬧無異，內心中深深遺憾與可笑。[36]鍾肇政的態度是：

> 鄉土文學論戰打得如火如荼之際，兵燹處處，流彈四射，我原則上還是保持一份創作第一、作品為先的態度，絕少參與戰事，但以力事耕耘為務。
> 我念茲在茲的，毋寧更以突破現況為急務。幾十年來，文壇上一副銅牆鐵壁，這不能寫，那不能碰，沒有人敢輕易去挑戰，尤其從事編輯工作的人，禁忌特多，有時幾句話也可能惹來莫大的麻煩。[37]

因此，以文學家的立場，以一種文化的臺灣意識出發，來定位鍾肇政謹守創作者的歷史，鍾肇政只在美麗島事件的前後，在編輯中做了讓新一代作家的突破寫作題材的限制。而並不是帶領臺灣作家從事政治人物一般的直接投入社會、政治上的抗爭。以免遭受到臺灣文學的生命受到政治打壓一樣，受到嚴重的滅絕。將使得臺灣文學的延續、創作力延緩數年才能夠恢復。

---

[36] 錢鴻鈞，〈臺灣文學：鍾肇政的鄉愁〉，收錄於《臺灣文學十講》附錄四，2000 年 7 月。2001 年 1 月-2002 年 1 月，《共和國》連載六期。

[37] 《鍾肇政全集 20》，隨筆集四，頁 175-176。

第二節　培育新一代作家與《光復前臺灣文學全集》

一、鍾肇政整個接手《臺灣文藝》與《民眾副刊》時期

從下面的信件，可以知道這一時期，鍾肇政主要在臺灣文學建構上的工作，除了協助鍾理和紀念館之外，還有為了伙伴與新一代的創作者能夠靠自己的影響力，得到一些獎項的鼓勵：

> 入夏以來，我真是過得「多彩多姿」，真是忙昏了頭。先是八本日據作品弄出來還不足，又為一個日據作家龍瑛宗譯出他的唯一長篇「紅塵」（刻在眾副連載）。接下來是中國時報小說獎的評選工作，緊接著又是國家文藝獎的評選工作（後者目前仍在進行中）。其間又有籌建「鍾理和紀念館」之議，近日更因這籌募活動（我在幾個刊物上弄了特輯）而帶動電影界的興趣，「鍾理和傳」也確定要拍了。上週還為此，與導演李行專程跑了一趟理和故居（在高雄縣美濃），與他的兒子鐵民商討拍片事。另有一事是遠景已決定不支持臺灣文藝，我必需自己來想辦法，以便使此刊能延續下去。不敢喊忙，但常常努力工作，而越是努力，便越是發現非做不可的工作越多。常常為自己乏力而苦笑不已！[38]

但是，最重要的還是編輯日治時代作家的作品，而最花力氣的則是翻譯了。而翻譯又不止在一些短篇作品上，也幫助龍瑛宗的短篇小說集，做為《蘭亭》版的臺灣文學集的第一冊。且還有龍瑛宗的長篇小說《紅塵》的翻譯。

自然也是提供版面給龍瑛宗發表長篇小說的。這情況跟鍾肇政在1964 年代開始就幫忙吳濁流翻譯長篇、短篇的小說，但是那自然是發表在吳濁流自己的雜誌上。而現在則是鍾肇政所主編的《臺灣文藝》與

---

[38] 鍾肇政給東方白信，1979 年 10 月 15 日。《鍾肇政全集 23》，頁 34-35。

《民眾副刊》了。另外也會帶動培養臺灣新一代的作家。

其他就是鍾理和紀念館的籌建，還有一些評選工作，試圖為臺灣作家爭取一些榮譽或者獎金。忙碌的可說是不亦樂乎。

1967 年林海音創刊《純文學》，外省人的自由中國文壇上有與尉天驄的《文學季刊》、白先勇的《現代文學》鼎足而立的說法。而臺灣文壇呢？似乎還是那樣的卑微，文壇仍舊是被霸佔的，如同臺灣人沒有一個專科以上的校長（吳濁流言）、沒有臺灣人報紙編輯，鍾肇政也是這種心情才投入《民眾副刊》，時為 1978 年 9 月。不僅擱下創作之筆，且為此從龍潭國小退休。

不過當年有所謂「小報誰看」，鄙視鍾肇政作為，真是令人夠刻骨銘心的。更何況《臺灣文藝》所受到的眼光如何了。過去臺灣人新起一代的反抗意識、文化意識也亟待建立，否則他們不會瞭解《臺灣文藝》值得珍惜的。比如出國前的陳芳明、林衡哲都自承曾經非常的鄙夷《臺灣文藝》、鄙夷吳濁流。這兩位並非是特殊的例子。這裡指出大名來，是因為他們在某個時期常常指出自己為當年不知道臺灣人、臺灣事，而痛哭悔恨。

在檢閱鍾肇政所有的通信，早期除了七等生帶有現代主義色彩，其他臺大外文系派的作家，就算是臺灣人曾經為《臺叢》收入作品，也幾乎沒有與鍾肇政建立通信友誼。李喬、鄭清文、葉石濤、龍瑛宗、文心等等，或者鍾肇政個人哪一個不早就超越現代主義了嗎？當年七等生在 1966 年 1 月出刊的《臺灣文藝》第十期第一頁，發表小說〈黃阿水的黃金稻穗〉，刊頭注明「獻贈給我敬愛的朋友鍾肇政先生」，引起黃春明極大的嫉妒，認為他自己也可以這樣作的，似乎可惜自己沒作。

如林海音雖主張「純文學」，難道鍾肇政的「臺灣文學」不是「純文學」嗎？在《臺灣文藝》創刊後，臺灣文壇至少不再是 1957 年，僅僅由幾個戰後作家幾枝筆，發行像《文友通訊》那樣的一、兩張白報紙容量。此時人數眾多，也有兩大《臺叢》的集結。還有一個所謂公認的「領導者」鍾肇政，而鍾肇政也甘願在小小的《臺灣文藝》耕耘。廖清秀說：

> 「臺灣文藝」有今天的成就，兄的功勞不可沒，如果沒有兄的拉稿，要維持相當的水準實在太難，十多年來兄對文藝以及省籍作家的熱誠有增無減，真令我欽佩。
> 自從兄刊印「文友通訊」演變到能出「臺灣文藝」，這在以前我連夢都不敢做，因此我追隨吳先生與兄，盡一切力量貢獻「臺灣文藝」。[39]

鄭清文在信上說：「這次兩套叢書，已近成熟階段，可望順利誕生，這全是你一個人的力量，差不多近於奇蹟。」[40]文心說：「臺叢是自由中國文壇的一大壯舉」。[41]不過在吳濁流過世後，鍾肇政必須肩負吳濁流過世後的遺產《臺灣文藝》。

> 我自九月接編眾副以來，已完全擱下創作之筆，甘心淪落為一名「編輯人」，是有理想的。上信似已說過，第一是為了許許多多的文學使徒闢出一塊純文學的乾淨園地，而更重要的則是供臺灣作家發揮的據點。在這方面，也相信已有了初步的成就。因此，即令高某如你所說有其膽識，對我們的作用仍等於零。我還是需要奮力一搏。[42]

除了提到鍾肇政為了臺灣文學的發表園地，而自願的犧牲創作外，還認為東方白在前信所提到的高信疆是有見識、有魄力、有骨氣。但是鍾肇政認為對臺灣文學、「我們的」文學還是沒有幫助的。在旗幟上、文學主題、臺灣人的心聲的表現，鍾肇政全盤否認高信疆。鍾肇政

---

39 廖清秀給鍾肇政信，1966 年 7 月 13 日。

40 鄭清文給鍾肇政信，1965 年 10 月 4 日。

41 文心給鍾肇政信，1965 年 12 月。

42 鍾肇政給東方白信，1979 年 3 月 16 日。《鍾肇政全集 23》，頁 18-19。

在回信中，只稍稍的點一下而已。[43]

可見過去，從林海音、朱西甯等，到現在的高信疆等算是外省文人的代表編輯與作家，他們是不會認同臺灣文學的。鍾肇政等於跟這些外省文人不斷的在做一個地盤上的爭奪，文學路線上的對抗。如以上所說的，外省文人將臺灣的年輕作家，侷限在鄉土文學的小圈圈中。[44]

> 吳老過世後，我在義不容辭的狀況下負起了《臺灣文藝》的責任。緊接著，次（一九七八）年，我又接下來了甫從基隆南遷高雄的《民眾日報》副刊編務。在我心目中，葉不用說是「臺柱」了。除了需要他的作品之外，更非有他經常的指點不可。並且有了他，我也覺得可以放心地承攬這兩大刊物的工作。
>
> 如所周知，這時也正是臺灣鄉土論戰打得如火如荼之際，被拋出來的帽子漫天飛舞，一片殺伐之聲。葉是戰後使「臺灣鄉土文學」這個詞復活過來的人（見一九六五年十一月《文星》上〈臺灣的鄉土文學〉一文），也是第一個提出「臺灣意識」的人（見一九七七年五月《夏潮》〈臺灣鄉土文學史導論〉一文），以他的先知性卓見，暢論臺灣的鄉土文學，簡直是不作第二人想，但

---

[43] 參考周浩生，〈紙上風雲第一人：「顛覆者」高信疆〉，《文訊》367 期，2017 年 2 月。文章提到「高信疆把『傳統副刊』純以刊登文學作品為主，改為宗旨為認識時代、瞭解現實、體悟歷史、追尋個體和群體生命共同價值的園地。簡言之成為『文化副刊』，而創作方面加強了『報導文學』這種文類。」在 1978 年 8 月 11 日的「理想的副刊」座談會，鍾肇政即向高信疆表示，副刊以文學為主流的傳統被打破，是副刊編務的人主動設計，還是讀者口味的改變而有所反應。提出溫和的批評。可見鍾肇政、高信疆編輯方向在堅持純文學與否的理念上，截然不同。

[44] 又如當下的名作家，詹明儒於 1978 年，獲得高信疆所主持的第一屆時報文學獎的小說獎首獎〈進香〉。儘管小說內容是臺灣鄉土的，但是詹明儒當時是沒有意識到臺灣的特色。而僅僅是秉持個人的生活與家族的傳統。儘管這個獎項鼓舞了詹明儒，可是詹明儒直到解嚴，都沒有臺灣意識的薰陶。這當中的原因是詹明儒都在雲林鄉間教書，少數機會來到臺北，就是跟高信疆等文人聚會。要一直到解嚴後，才搬到臺北縣居住，接觸到更多資訊，又接觸到文學臺灣的葉石濤、彭瑞金等人，才真正底定自己的創作方向，往鍾肇政、葉石濤所指出的臺灣人族群、臺灣歷史的題材作為主題，而終於在臺灣文學應有的道路走去。

> 是他除了在若干「訪問」一類的場合略抒意見外，並未參與戰爭。這與我保持著旁觀的立場不謀而合。我編的《臺文》與民眾副刊，除非有這方面的佳構投來之外，我自始至終不願意主動去找這一類論戰文字。我念茲在茲的是實踐——創作，以實際的鄉土文學作品，來呈示或者闡釋鄉土的主張。當然，主力是小說創作了。
>
> 為了鼓勵小說創作，提倡批評風氣，在《臺灣文藝》上我維持了一貫的大量刊登小說作風，並開始做〈作家研究專輯〉，每期選一位作家，從多方面加以檢討，其中例必有一篇座談筆錄，來談這位作家。這種用口頭表達的方式，除照樣可以坦承個人的批評意見之外，談者之間若有意見相左的情形出現，更可以當場甲論乙駁，造成唇槍舌劍的熱鬧場面，效果相當不錯。因此，我編的民眾副刊開始登場以後，我設計了每月一次的〈對談評論〉，採同樣的由兩個人對談的方式，就該月內民眾副刊所採刊的小說作品做一個廣泛的評論。擔綱的，除了葉石濤之外，我還請到當時新進的評論家彭瑞金，作為葉的對手。
>
> 我不知道是項〈對談評論〉收到了什麼樣的效果，看看這些評論筆錄刊露時所取的題目，如〈鄉土文學的實踐〉、〈新生代的訊息〉、〈題材新穎的新趨向〉等，可知立場穩固而堅定，尤其對我所採刊的眾多新作家，必有了若干鼓舞與啟導的作用，而在那些躍躍欲試、齊頭冒出來的新進作家之間更是一片叫好之聲。[45]

鍾肇政對於葉石濤倚賴很深，這造成鍾肇政每每也感到，這也造成葉石濤因此長篇小說的創作受到耽擱嗎？鍾肇政總是想到可能會對朋友造成一種負面影響或者傷害。這也是一種作為領導者該有的特質吧。

---

[45] 《鍾肇政全集20》，隨筆集四，頁136-137。

> 如今回想，這段期間我與葉石濤都可以說是活得頗為熱烈吧。也有不少朋友肯定我在培養新作家方面，很盡了一份微力，究其實，葉在這方面居功最偉。特別是每每午夜夢迴之際，我就禁不住地想到葉君與彭瑞金在執行前後達一年之久的〈對談評論〉裏花了多少心思——不提別的，光是通讀每月達十幾篇，平均字數每篇在一萬一、兩千字左右的短篇小說，就不知花了多少時間，何況為了評論，每篇至少也要讀兩遍以上。而我能付的酬勞，不過是筆錄的戔戔稿費（每千字三百元，由對談者與筆錄者均分）而已。想到那簡直無異對他們的「勞力剝削」，不禁為此冷汗直下。而他們任勞任怨，為臺灣文學奉獻的精神，更是我永遠感激於心的。[46]

這時的《臺灣文藝》編輯全由鍾肇政負責，鍾肇政的作法很多、很靈活，於是提供版面、稿費讓葉石濤與彭瑞金進行「對談評論」。另外，也鼓勵葉石濤撰寫「文學傳記」也就是葉石濤的回憶錄。並且請日治時代作家也能夠寫些回憶到專欄「歷史的一頁」。

> 閒話表過。葉君的巨著既然一時還不可想望，我便退而求其次，要求他撰寫回憶錄——這也是我當時構想中的重點之一：傳記文學。起初，我想到的是給臺灣文藝設計一個專欄叫〈歷史的一頁〉，專門邀請日據時代老一輩的作家、文士來執筆，寫一個小小的、記憶裏塵封的故事或掌故。原以為可以積少成多，不料老先生們總是惜墨如金，效果不十分理想（指數量不多，其實那些零簡斷墨，價值連城）。
>
> 後來，我忽發奇想：何不發展成完整的傳記呢？一來是因為目睹坊間一份以傳記為主的刊物，風行多年，那麼多那麼多的「可傳

[46] 《鍾肇政全集20》，隨筆集四，頁136-137。

> 人物」，獨缺臺灣人的，並且把一些過去殺人如麻的軍閥、特務一類人間惡魔也寫成多麼了不起的英雄傑士，恨得我牙癢癢的。人家不理，何不自己來！也是這樣的「伙伴意識」吧，於是我設計了臺灣傳記叢書，打算一批批地推出，其中也有工商界的巨賈之類，是為了賺點錢，以彌補其他勢必賠錢的藝術界人士的傳記。自然，我也想到，如果真能賺錢，那麼挹注期期虧損的《臺灣文藝》，更是我求之不得的。其中臺灣的傑出人物，例如美術界的廖繼春、黃土水、音樂界的鄧雨賢、呂泉生，文學界的賴和、吳濁流、楊逵等，都在我的預定名單之內。葉也是我屬意的寫自傳的現成人物。在我的千呼萬喚之後，他終於答應了。[47]

不過有關臺灣藝術家的名人傳，最後只有呂新昌完成《吳濁流傳》。[48]可見鍾肇政有心推動，不過能夠配合的伙伴很少，執行力也相當的低落。

維持純文藝，是鍾肇政辦雜誌的宗旨。並非說取名純文學就是純文藝。鍾肇政自有他自己的純文藝觀念的堅持。儘管命名是臺灣的，且在趣味性與高水準之間，他寧取後者作為編雜誌的準則。

> 臺文太嚴肅，久已有朋友提過，降低格調，增加趣味性文字等，便是這些朋友的意見。我也曾為之迷惘，不過我確實也是個偏執的人，總以為純文藝刊物，旨在一個純字，據此，則格調、水準，但求其不能提高。而趣味性與高格調高水準之間，是否能求得協調呢？我看了不少日本純文學刊物，無一非嚴肅到底。想美國的亦是，故有美國純文學雜誌無以立足的歷史，以及日本純文學雜誌的期期巨額虧累，以致垮臺者時有所聞。純文學在現今社會已無立足餘地，這也是時勢使然。倘求其折衷，則我寧願放棄

[47] 《鍾肇政全集 20》，隨筆集四，頁 139。

[48] 其後以《鐵血詩人吳濁流》出版，前衛出版社，1996 年 4 月。

> 不辦。頑固不化，這是我的素志。東方白適有信來，有謂：「文學是奉獻的」，旨哉斯言。為了還有這樣的朋友，我可以再力拼一段時間，然後我會適可而止。無何留戀。我已奉獻多年，至今生活狼狽，可以無憾了。[49]

另外，儘管戰後第四代的作家漸漸的出現了，新的臺灣人即將產生，鍾肇政有心打破一向被說嘴的地域之見。可是，所謂的外省人還是抱有個人被排斥，或者主動的排斥自己也可以認同臺灣，成為臺灣作家的可能。

> 打破界域之見，幾乎也是「臺文」創刊的宗旨，無奈吳濁流時代，形象即以「被」確定。幾年前有一女作家（省籍）亦以此相識，我說非我不願，是人家不願。她不信，我要她代拉稿。她是素來沒有界域觀念自許的，交遊亦廣。她蠻有自信地答應了。結果不久來信：向小民女士請托，要她兒子保真供稿，小民答曰：我們保真又不是臺灣人，怎麼可以給臺灣文藝寫稿呢！？這個小故事，可以告訴你臺文的前面兩字所造成的形象，也可知成見何由而生。我也試過廣泛拉稿，完全失敗。自是而後，我不再去求人了。再，所云大牌作家，徒具虛名者居多，而且多是追逐高稿費的。我極難相信現今某些明星作家會有奉獻的體認。這多半可由他們作品，也可猜知一二。[50]

早在《臺灣文藝》辦理之初，臺灣兩字的名稱就被警總關注，若非吳濁流堅定的爭取，恐無法過關。而且持續受到有關單位注意，相信有作家或者一般讀者，都會多少有疑慮接觸。之後更受到如李喬、鄭清文因為某些讀者不易接受臺灣的名稱，或者個人也有恐懼的疑慮，希望

---

[49] 鍾肇政給呂昱信，1982 年 2 月 26 日。《鍾肇政全集 27》，頁 43。

[50] 鍾肇政給呂昱信，1982 年 2 月 26 日。《鍾肇政全集 27》，頁 43-44。

改名為鄉土文藝。[51]時局的緊張，在 1978 年從彭瑞金給鍾肇政的信，更看得出來《臺灣文藝》被「抹黑」為臺獨雜誌，也使得彭瑞金有某些疑慮。當然鄭清文、李喬、彭瑞金仍是熱烈支持《臺灣文藝》的，已經算是排除某些恐懼與壓力，忠誠於鍾肇政的主張與堅持。

> 您為我們衝鋒陷陣，我們自無不奮力前進的道理，至於我該努力的部分，一時還想不出具體的內容來，容我仔細考慮再回答您怎麼做。如果是書評我外文又不行光本地作家可能太單調來源亦容易枯竭，我想我先請教葉老再看看吧！
> 辦刊物雜誌都該有特色，但我最近發覺「臺灣文藝」卻吃虧在別人硬是派給的「特色」上，前幾天劉紹銘來高雄他說美國方面普遍認為「臺文」是臺獨的刊物，主要的原因，是根據之中的「作者清一色是臺灣人」一點。因此我想到找尋我們的「綠洲」固然重要，為刊物之長遠計，在建立此刊之權威過程中不妨以廣大的胸襟兼容並蓄，尤其在約稿方面，您交遊廣登高一呼始可做到一點。副刊畢竟不同於雜誌，容量大、性質對象不同，照顧我們這些「老友們」固然重要外界之物議亦不可不妨，想必這些您都早已顧慮到了，接到這消息，我直想到的便是「有容乃大」。[52]

奇異的是，年輕一輩要鍾肇政接受新一代的外省作家。鍾肇政確實也不忌諱臺灣作家的統獨兩派，對新一代的外省作家認同臺灣文學，也是會接受的。不過，也遇到阻礙，而並非如彭瑞金所言，鍾肇政需要更包容這情況。相反的是外省作家怎麼看《臺灣文藝》的。

---

[51] 也可參考鄭英男給鍾肇政信，1976 年 10 月 9 日，「『臺灣文藝』名稱，如果能影響外界的印象，應予更名之，但原有的本色不能改變。」鄭英男是鍾肇政的外甥，也相當有本土意識，支持本省籍作家的出版。非常客觀的提出《臺灣文藝》的名稱，在這個時代的敏感性。

[52] 彭瑞金給鍾肇政信，1978 年 8 月 3 日。（張良澤編鍾肇政所藏書信輯。）

而更為荒謬的，例如中美斷交後，康寧祥被黨外批鬥很嚴重。而鍾肇政對批康的事件是不以為然的。當然，鍾肇政不一定就是支持康寧祥與國民黨合作似的，配合停止選舉活動。可是鍾肇政總是對不同想法加以包容的。不料，這種態度在美麗島事件以後，包容統、獨兩派的臺灣作家，反而遭受到更為激進的臺灣作家所批判。

二、《光復前臺灣文學全集》

1970 年代的臺灣社會掀起一股回歸熱氣氛下，社會大眾想要更多的瞭解臺灣的鄉土，臺灣的歷史。而在現代文學上就展現了對日治時代臺灣文學的興趣。因此有了編輯《光復前臺灣文學全集》的出現：

> 抱歉。我忙是有特殊事態的。最近「遠景」要出一套日據臺灣文學作品八冊，其中日文部分居半，需要翻譯出來。事出倉促（二月末始定案），而出版已定五、四，算起來只有一個月的時間即需送進印刷廠。而在這方面，我又得負起較多責任，於是動員了幾個譯手，展開工作。我自己更只好拼命地譯。說起來這也是個好消息。日據時期作品在冷凍三十星霜之後，終究有了大規模展示出來的機會，你必也會為此覺得興奮吧。[53]

儘管小說的 8 冊是有年輕一輩的協助蒐集資料，然後主編掛名鍾肇政、葉石濤，而有會議討論編入何人與作品。但是重點其實是借重鍾肇政、葉石濤的翻譯能力。如鍾肇政就擔任了呂赫若兩篇、張文環五篇、楊逵一篇、翁鬧一篇、吳濁流一篇、龍瑛宗十一篇與葉石濤一篇這樣子的分量。因此再建構臺灣文學的重要一環，編輯全集，特別是日治時代的作品，鍾肇政又扮演重要的角色。在編輯兩大刊物之外，工作分量之大，連鍾肇政自己都不免給友人說了幾句話：

---

[53] 鍾肇政給東方白信，1979 年 3 月 16 日。《鍾肇政全集 23》，頁 18。

> 得先向你致歉，這多時以來一直都想給你信而不易有靜止的心境。不記得前信有沒有告訴你，數月來因為臺灣文學的尋根熱潮，我也被逼不得不負起更大的責任，整理、翻譯、出版等每個程序都得插一手，使我忙迫萬分。以為差不多了，又有新的資料出現，於是一次又一次地延緩鬆口氣的機會，直到現今，總算告一段落——說不定又是個中途的段落呢。這是一直沒有寫作的原因。[54]

這個號稱《光復前臺灣文學全集》，其實離全集還差了很多。不過第一次把臺灣文學四個字以全集名義打出來，對鍾肇政意義重大，這在他於 1965 年就有「臺灣作家叢書」的構想，不過印出來最後的名字卻是「本省籍作家作品選集」。這在第四章已經有相當的討論了。

進一步來看，1970 年的回歸熱，經過鄉土文學論戰的關係，可以說也是促進了這套全集的出版。而作為大本營的《臺灣文藝》此後經歷了「鄉土文學論戰」，這論戰是由國民黨右翼所發動的，打完了西化的現代文學派，開始要打工農兵的左翼文學，又要打臺獨。在這中間發言最為有趣的是朱西甯與陳映真了。朱西甯的立場並不能打「鄉土文學」，因為他是鼓勵鄉土文學的懷鄉派作家，所以他打的是質疑臺灣作家的鄉土是否純潔，是否是毒化、奴化的染有日本血統，非正統中國的文學。朱西甯從臺灣遭受過殖民統治的傷口下手是非常狠毒的，這也與其臺籍的夫人有關係，有懂日語的醫生岳父，所以他深知臺灣文學本來就不是中國文學。朱西甯在外省人當中的發言內涵特別令人玩味。[55]

而陳映真一方面要保護自己避免被戴上紅帽子，不過他也不避諱將臺灣作家打成臺獨，同樣的利用了政治情勢來打壓臺灣作家。[56]但

---

[54] 鍾肇政給東方白信，1979 年 5 月 7 日。《鍾肇政全集 23》，頁 25。

[55] 參考第七章第三節的第一部分，出處來自於探討朱西甯文章〈回歸何處？如何回歸？〉，《仙人掌》第二期，1977 年 4 月，收於《鄉土文學討論集》，頁 220。

[56] 陳映真回應葉石濤在《夏潮》發表的〈臺灣鄉土文學史導論〉（《夏潮》第十四期，

是，他也批判朱西甯的說法是不公道的，意識形態與立場捉襟見肘。

此時鍾肇政所作的，仍是苦苦的寫信、邀稿、請日治時代作家復出，培養新一代的臺灣作家，這段期間鍾肇政信件又要暴增了。難怪他創作《臺灣人三部曲》全部完成後，直到《臺灣文藝》交卸了，才有更新更好的作品出現。雖然犧牲了他寶貴的創作生命，但這中間，因為「臺灣文學運動」有不少成果、第二代大河小說創作出現，鍾肇政的犧牲還是有價值的。

還值得一提的是，這時候的年輕一代作家、編輯者如張恆豪、林瑞明還是有強烈的抗日意識。這性質的反抗意識，是多少符合上述朱西甯所提到的臺灣土地上的某種傷痕，可能也會刺激到這兩位年輕人。不過，對鍾肇政寫的表面上含有抗日意識的作品，他們倒是歡迎的。而差不多已經逃到日本的張良澤則態度略有轉折。

先說鍾肇政在 1978 年請陳火泉自己來翻譯〈道〉。此時《民眾副刊》正刊載龍瑛宗的《紅塵》。1979 年 6 月陳火泉終於翻譯好〈道〉。並於次月七日開始連載於民眾副刊，共三十三天到 8 月 8 日結束。其實這正是鍾肇政有意要將〈道〉編入《光復前臺灣文學全集》，可惜因後輩作家持不同的意見，甚而是強烈反對而作罷。

可以說這個全集，以今日角度來看，少了所謂的皇民文學。除了陳火泉外，更不要說周金波了。另外更不可能會考量西川滿等日本作家在臺灣的作品。而且如張恆豪、張良澤甚至還對楊逵、吳濁流曾經寫過

1977 年 5 月 1 日），陳映真說：「陳映真如此回應葉石濤：『所謂『臺灣鄉土文學史』，其實是『在臺灣的中國文學史』……（葉石濤）倡說臺灣人雖然在民族學上是漢民族，但由於上述的原因，發展了分離於中國的、臺灣自己的『文化的民族主義』。這是用心良苦的，分離主義的議論』（〈「鄉土文學」的盲點〉，以筆名許南村發表，《臺灣文藝》革新第二期，1977 年 6 月）。」吳介民認為：「今日回顧，陳映真將葉石濤之堅持『臺灣意識』，解讀為『文化民族主義』，是精確的；只不過，陳點破葉之鄉土曲筆，指其『分離主義』用心，在當時國民黨統治下，帶有不小殺傷力；『分離主義』的標籤，也應和了中共批鬥臺灣獨立的措辭。」參考吳介民，〈隱微與毒辣之間：葉石濤、陳映真、余光中在鄉土文學論戰中的位置〉，《上報》，2017 年 12 月 26 日。本書認同吳介民為陳映真的批判，陳映真是有意利用國民黨的統治暴力來壓制葉石濤的有關臺灣文學的論述，當然也藉以恐嚇其他與葉石濤有相同主張的臺灣作家。

配合日本的皇民文學而憤慨不已。之前，陳火泉也相當的猶豫，1979年3月2日來信說：

〈道〉的翻譯，使我遲遲未能完成的原因有三：一為從去年九月間（？）聯合報主辦「座談會」時起，黃武忠先生一再的囑意，嗣後又蒙　您再三的催促，究竟要投向何方？使我拿不定主意，因而提不起精神來；二為時間問題，兄要我這半個月內交卷，這是絕對不可能的事。雖說是「自作自譯」，但我沒有「日試萬言，倚馬可待」之才，況且裏面有許多「和歌」、「俳句」之類的東西，非要仔細琢磨不可；三為內容是不是有待商榷的地方？是不是不合時宜？此時此刻發表是否妥當？[57]

為了慎重，翻譯完畢後，陳火泉還寄給 1950 年代就讀「中華文藝函授學校」時的老師黎中天先生過目。大概又怕是「問題小說」發生問題再度被警總帶走！發表時，陳火泉仍慎重其事，要鍾肇政說幾句「刊頭語」或者「開場白」之類言論。仍是害怕將來引起問題、滋生誤解。真是慎重又再慎重。發表時，鍾肇政也照陳火泉意思，若有地方不夠道道地地的中文，或者有不妥的地方，加以潤飾了。發表不久，隨即在1979年7月22日《民族晚報》刊出商禽「皇民文學可以休矣」一文，可說陳火泉與鍾肇政都挨轟了。

莫說陳火泉引起的莫大的爭議，楊逵也是被批判為皇民：

三、四年前老陌有來過電話，要我替他寫千字左右的專欄。一千字三、四百元，夠做什麼用呢？但考慮到老陌的立場，我還是草成一篇寄過去。據說這個企劃是吳錦發策動的，而聽說吳錦發是在提倡文學無用論。

---

[57] 陳火泉給鍾肇政信，1979年3月2日。

> 張恆豪在《文星》揭發楊逵的皇民化。楊逵雖然不是多麼的崇高、偉大，但至少是位值得尊敬的老前輩。我是決不會說楊逵壞話的。更何況揭死人瘡疤是「鞭屍」的行為，相當不可理喻。張恆豪更硬派楊逵為「漢奸」。
>
> 你、我要是不小心點，說不定哪天也會被扣上「臺奸」的帽子。這是個無情的功利世界。四十幾年來為臺灣文學奉獻的心力，在年輕一輩眼中看來不過是身上的一塊惡瘤而已。我勸你還是要小心一點吧。在你的身邊，說不定就有個人哪天會置你於死地。所以沒有錢的事最好少管，失去了延豪，這把年紀了仍得靠寫作維持生計的你跟我一樣都是文丐。任誰都不願意跟我們沾上邊。周遭全是敵人。因為你跟我一樣是老好人，所以更要十分小心。[58]

葉石濤說的沒有錯，1979 年時，鍾肇政的兩個大河小說一起出版，印成兩本書，鍾肇政獲得了吳三連獎。不過，之後沒幾年鍾肇政就受到海內外的質疑，鍾肇政是迎合國民黨的說法。如葉石濤所預言的情況：

> 不必在意「接近權力者」的說法，年輕一輩過去稱我是「漢奸」，如今又惡意宣傳指我是「臺奸」。不過是無聊的議論罷了。請你打起精神來，芝麻小事大可不必放在心上。[59]

而葉石濤另外進一步的被批判為老弱文學，這與 1980 年代美麗島事件之後的時代氣氛有關。相信鍾肇政應該也有被暗指的情況：

> 接到你的信，好高興。老早以前，我就聽聞年輕人之間認為我是「漢奸」、「臺奸」對我冷眼相看，或暗中杯葛我。

---

[58] 葉石濤給鍾肇政信，1986 年 9 月 18 日。《鍾肇政全集 29》，頁 479。

[59] 葉石濤給鍾肇政信，1985 年 10 月 26 日。《鍾肇政全集 29》，頁 485。

> 其實不必說要打倒我，我不打就自己倒了。在生活的種種磨難與貧窮之下，根本無所謂的文學或其他。
> 因此，有偉大的宋澤萊為「盟主」，帶領臺灣文學向前邁進就行了。我很樂意袖手旁觀。數十年為臺灣文學鞠躬盡瘁，卻換來這樣的後果，我想這大概也是自作自受吧？我也沒有什麼好說了。你最好還是靜觀情勢的演變，要是被捲入這般無聊的事件中，有可能會縮短壽命的。現在你並沒有成為被謾罵的對象，所以最好還是不要插手的好。臺灣人淺薄有如此者，所以才會被統治者各個擊破。我打算就此與文學絕緣，靠翻譯偵探小說賺錢糊口。如果這樣也行不通的話，就乾脆棄筆從商，做個小生意養家活口也就算了。[60]

這種臺灣人內部的批判，年輕人對老一輩人的不滿，所在多有。進一步將在下一章討論。不過從自由中國文壇來看，鍾肇政協助編輯了「當代中國新文學大系」的小說部分。不瞭解的人，可能認為鍾肇政甘願被收編了。確實，也是有此效應的。如同，沒有在《臺灣文藝》、鍾肇政的臺灣文學旗幟下所發表的作品與作家，都容易在認同上，甚而題材上導向非臺灣文學的領域。

可見，鍾肇政所標舉的旗幟，還有至少在信件當中鼓吹的理念，是戰後臺灣文學的建構中，非常重要的，有歷史的累積的意義的。也有傳承的意義。

> 天視公司的大系，我編的不是「掛名」，是實際執編的，小說第一冊（魏編）以自由中國早期文學作品為主，頗多「戰鬥文學」作品，二、三兩冊則是鄉土為主，都是大家所知的作品居多，很不易說必看或非必看，不過如果願以史的眼光來看，倒值得擁有

[60] 葉石濤給鍾肇政信，1986 年 1 月 24 日。《鍾肇政全集 29》，頁 491。

> 一部。且體例上，包括散文、詩、劇本、論戰文字等，也頗完整。[61]

因此，鍾肇政在協助掛著中國文學的小說編輯，仍是可以從正面的角度來看待。儘管有合作的意味，但是讓自己掌握的臺灣作家、作品盡量的上這個新文學大系，也等於爭取臺灣作家的地位、一點經濟上的幫助等等。特別在美麗島事件發生後沒有幾年的日子當中。也可以讓臺灣作家安心的創作。

第三節　理念一致的葉石濤

在鍾肇政的臺灣文學建構中，葉石濤可說是觀念、想法跟鍾肇政最為契合的。首先就是臺灣文學這個旗幟，兩人是完全一致的。儘管葉石濤在公開發表的論文中，都是加上鄉土兩字，事實上鄉土是可以完全去除，而不妨礙他真正的意思，就是臺灣文學。

其次，葉石濤在整個鍾肇政的臺灣文學建構中，葉石濤對臺灣文學史的撰寫，以及長期的以評論的方式鼓勵臺灣作家，為臺灣作家而宣傳。這剛好彌補了鍾肇政所不足的地方，特別是葉石濤對日治時代的臺灣文學就有相當的接觸。

鍾肇政、葉石濤兩人於 1925 年同年出生，精通日語，深受日本文化與世界文學的薰陶。雖言葉石濤在日治時代就已經接觸到臺灣的文學與作家，對黃得時的臺灣文學史論也熟悉。但兩人基於人道主義，以及對臺灣人的悲哀深有感慨，因此臺灣文學的意識、概念，都深有所感。

最後談及鍾肇政、葉石濤兩位共同指導的評論家彭瑞金，他在這個時期的臺灣意識的大致樣貌。

---

[61] 鍾肇政給呂昱信，1982 年 8 月 24 日。《鍾肇政全集 27》，頁 91。

一、同樣是標榜臺灣文學的旗幟

鍾肇政與葉石濤兩人在臺灣文學建構的目標的一致性與互補性角色，兩人的志趣相投，無所不談。通信都以日語為之，相知相惜，可說是兄弟情誼。從葉石濤提到鍾肇政的摯友沈英凱來看，確實表現了葉石濤對鍾肇政的瞭解甚深：

> 仔細想來，你已死的好友英凱君或許也在你的心裡劃過這麼一道傷痕吧？為了再次凸顯這道傷痕，你才奮寫不輟，你是在代替已故亡友在盡他未發揮的天才吧。你這對時代、社會的復仇，或是對抗命運的心境，都有助於你的作品成大氣候。不過我可要先聲明，有這麼透徹看法的，可能只有我一個人喔。[62]

恰巧鍾肇政認識了葉石濤也正是沈英凱過世不久。要再說明的是，可能在僅存的文獻記載中，沈英凱會成為臺灣人想要寫「臺灣人」的第一人。而真正寫出「臺灣人」的鍾肇政，他給沈英凱的信件早遺失了。重要的是，他們兩個人都想寫名為「臺灣人」這樣的一本書。廖清秀在這 1950 年代，也準備寫《第一代》，只是在《文友通訊》時期，卻一點也沒有表示過。而且過了二十年才完成。寫完後廖也不再有寫第二代的意思。

沈英凱的死，對鍾肇政的打擊甚大，之後葉石濤或許可說取代了沈英凱成為鍾肇政在心靈上最感到安慰的朋友了。他們兩位也是最為契合的臺灣文學戰友：

> 從 1965 年開始到今天，葉石濤給鍾肇政的 350 封信中，出現「臺灣文學」的字眼就有 66 次之多。其實 1980 年後，講臺灣文

---

[62] 葉石濤給鍾肇政信，1968 年 8 月 4 日。《鍾肇政全集 29》，頁 121。原為日文，李鳶英翻譯。

> 學大概不怎麼稀奇了。只是那時候比較常講的名字，正由鄉土文學轉為本土文學。今天，幾乎不講鄉土文學、本土文學了。若在1970年以前開始算，從1965到1969年間葉石濤給鍾肇政有166封信，出現臺灣文學的次數則有27次。[63]

因此信件多達350封外，更重要的就是兩人交談時，都只有提「臺灣文學」，幾乎都不講鄉土文學。道理何在呢？鄉土文學只是葉石濤的一種掩護而已，其鄉土指的就是臺灣。

依據呂正惠教授觀點，鍾肇政鼓吹臺灣文學的反殖民精神，似乎能通過白色恐怖的斷層，而與日治時代的傳統接合，也因此免除了1965年代葉石濤對鍾肇政無知於日治時代臺灣文學傳統的擔憂。[64]

很奇異的，第二代以降要在1970年代後，甚至美麗島事件後，才樂於打「臺灣文學」的旗幟，這是因為臺灣退出聯合國凸顯出臺灣人地位與未來命運的問題，所造成的本省外省青年的回歸熱。又因為兩方回歸不同鄉土，造成往後省籍問題的再提起與激化。才會有80年代的臺灣文學正名論，至此與第一代作家的志向完全的接合。

而且也要到1990年代，大家才發現，前行代諸如葉石濤、鍾肇政，原來其在1965年代內心裡打的，完完全全是「臺灣文學」這四個字的旗幟。這也是因為前行代作家，往往要以鄉土、省籍來包裝臺灣文學的不得不的模糊作法。作品則需要在抗日與祖國愛的情況下包裝。無法真正的將造成省籍意識的二二八事件予以見證，刻劃臺灣人真正的心聲與悲哀。致使需要研究者進一步的以歷史眼光審查分析。

以上的情況，就是呂正惠所觀察的，鍾肇政、葉石濤這批人被「奇怪的重新發現」。而「鄉土文學」則是陳映真、黃春明、王禎和等

---

[63] 錢鴻鈞，〈「南葉北鍾」的遺產——臺灣文學〉，《文學臺灣》第五十期，2004年4月15日。

[64] 葉石濤，〈鍾肇政論〉，《臺灣鄉土作家論》，臺北：遠景出版社，1979年3月。

人受重視而炒熱的。[65]他認為「臺灣文學論述」是受到政治的影響才激化而後成立的。1960 年的鄉土文學或臺灣文學並非是反中國的文學，1980 年後的反中國的臺灣文學，則是政治化的影響。

呂正惠對臺灣第二代以降臺灣作家的政治性觀察，這是有某種道理的，或許說，這也是其早先無知於戰後第一代臺灣作家的努力的一種判斷。也就是說若論及第一代作家對於「臺灣文學」四個字的堅持，看做是單純的政治化，是尚須加以證驗的。事實上，呂正惠因為有更多的學術研究與看到新資料的出土，在近幾年也修正了以往那種握緊歷史詮釋權的看法：

> 不可否認的，是戰後第一代的葉石濤，在〈臺灣鄉土文學史導論〉和《臺灣文學史綱》中提出類似「臺灣文學獨立宣言」這樣的東西。這一論述，無疑是葉石濤根據戰後第一代的經驗，隨著半世紀來臺灣曲折複雜的歷史逐漸形成的。臺灣的歷史將來怎麼走，無疑也會影響臺灣文學未來的走向，正如過去一百年一樣。我相信，如果把葉石濤（及戰後第一代作家）的一生，他的創作生涯和他長期發展的臺灣文學觀，做為臺灣歷史的一部分來加以思考，也許我們對臺灣人未來命運的想法會更具有開放性。[66]

另外，呂正惠認為是三十年代的作品未傳到臺灣來，所以斬斷中國文學傳統對臺灣文學的影響。[67]這是無視於日治時代的臺灣文學歷史，而依其意識喜好下，假想的臺灣文學歷史的可能動向，以求得臺灣文學能復合於中國文學的說法。事實上，例如西化派的外省作家根本不

---

[65] 呂正惠，〈臺灣文學研究在臺灣〉，《戰後臺灣文學經驗》，臺北：新地文學出版社，1992 年 12 月。

[66] 呂正惠，〈葉石濤和戰後臺灣文學的「斷層」與「跨越」〉，《點亮臺灣文學的火炬》，高雄：春暉出版社，1999 年 6 月，頁 93。

[67] 呂正惠，〈七、八十年來臺灣鄉土文學的源流與變遷：政治、社會及思想背景的探討〉，《四十年來中國文學》，臺北：聯合文學出版社，1995 年 6 月。

需要三十年代文學，卻仍願依照父兄的血統，而有強烈的中國文學使命感啊！或者我們是否也可說「臺灣日治時代新文學」的斷層，對戰後的新一代的臺灣文學產生了迷霧呢？無論如何，戰後的臺灣文學與中國三十年代文學、日治臺灣新文學的阻隔，這可以說是獨裁的國民黨政權造成的。

事實上，鍾肇政是閱讀過那些中國作品的，只是要依賴中日對照的版本。不僅如此，對於五四文風在臺灣，一直沒有改變進步，也是早就注意到與鄙棄的。自己則困苦於，找尋代表臺灣特色的的風物，突破臺灣沒有日本那樣的古典的文學作品，美學的文字語言而執著而努力。[68]

從葉石濤與鍾肇政往來的書信，[69]可知道兩人都非常的憎惡外省

---

[68] 錢鴻鈞，〈臺灣文學：鍾肇政的鄉愁〉，收錄於《臺灣文學十講》附錄四，2000 年 7 月。2001 年 1 月-2002 年 1 月，《共和國》連載六期。

[69] 見《鍾肇政全集 29——情純書簡》，莊紫蓉、錢鴻鈞編，李鴦英翻譯。例如，葉石濤給鍾肇政信，1968 年 6 月 5 日，頁 99，「我這二、三天在讀諾班達勒理跟沙曼塞・毛姆的傳記，另外也讀你給我的那位外省作家放言高論的評論集，真的非常有意思。那些齷齪的傢伙明明彼此嫉妒，卻還要裝模作樣寫些莫名其妙的歪理，教人啼笑皆非。真是一群讓人倒胃口的傢伙。」；1968 年 6 月 20 日，頁 104，「七等生君有跟我類似的遭遇。我曾因為嫌惡外省人（ポコペン），一度停筆達十五年之久，其後因家計困難，為了養育妻、子，以及種種理由，因而再度執筆。」；1968 年 8 月 29 日，頁 127，「本土（芋）作家的發表園地太小了，很傷腦筋，到處受杯葛，到處碰壁。且看看現在的《人間》吧，無聊、拙劣的外省籍作家作品可以拖拖拉拉刊登好久，但卻幾乎看不到本土（芋）作家作品的影子。真是混帳！什麼時候一定要報這受迫害的怨氣。我看那海音君是有點糊塗了。有點像是在走下坡的時候，想力挽狂瀾，卻反而走錯路一般，雖然覺得可悲，卻也預見到今後前途黯淡。」；1968 年 9 月 7 日，頁 128，「由於出版、編輯權都握在那批外省鬼子（原文ベルグ，外來語，出自德文 Berg，原意：山，山側）手上，我們就只好忍受被迫害，受排擠的命運。一個月要賺個平均二百元左右的稿費，就得賣命地寫才行，想到這一點，我就忍不住有折筆的衝動。」從鍾肇政給葉石濤信來看，1969 年 2 月 1 日，頁 156，「我的偏見已經很深了，但你的可以說猶有過之而無不及。總之，我對那些下嫁外省人（ポコペン）或想去美國的女孩是毫無好感，甚至感到厭惡。」總之葉石濤與鍾肇政在往來書信中，對外省人以日文來稱呼，都有輕蔑的口吻、說法。例子還很多，不甚枚舉了。葉石濤在 1979 年 8 月 30 日（頁 324）給鍾肇政的信，也提到鍾肇政跟朱西甯處的不太好。雖然書信中指的都是外省編輯，不過從用詞可以推論是對整體的外省人厭惡的，更不用說對那些外省權貴與高官了。另外書信他們在指稱中國文學、自由中國文壇，可以明顯看出有「他們中國」與「我們臺灣」的對比意思，在此就

人。這是昭和時代成長，完全接受日本教育的一代的人。特別在成年左右接觸到二二八事件的臺灣人的普遍情緒。更何況從事文學創作，特別是對臺灣文學的建立有強烈的意識的作家，如葉石濤、鍾肇政正是這樣子的個案。他們強烈的感受到臺灣作家、臺灣文學是被歧視的、被壓迫的。臺灣作家是沒有自己的地盤的，甚而被認為要到 1970 年以後才會有臺灣作家。

從朱西甯的角度，他認為臺灣作家最有問題的部分，不在於懷疑臺灣人的階級意識，而是說：

> 儘管臺灣省的鄉賢們如何為保衛民族文化而盡力，甚至流血犧牲，仍不能免的這期間要繼續生新的民族文化主的有所脫節，況乎在臺灣這塊邊土所存留的漢文化老根，實則已多多少少受到了日本文化有意的斲傷。
>
> ……
>
> 在這片曾被日本佔據經營了半個世紀的鄉土，其對民族文化的忠誠度和精純度如何？[70]

這裡頭充滿歧視臺灣人、不信任、沒有同情，甚而厭惡日本的情緒，且表面上是支持所謂的鄉土文學的，實際上是惡意的毀謗臺灣鄉土、臺灣的民族文化。第二段更是批判臺灣人的忠誠度、精純度。這是非常有象徵意義的，朱西甯認知像鍾、葉對日本統治抱有一定的正面態度。也就是熟悉日語的葉在給鍾還是用日語的方式咒罵外省人，稱為阿山（原日語為ポコペン）[71]而自稱臺灣人為いも[72]（芋，蕃薯的意

先不多談了。

[70] 朱西甯，〈回歸何處？如何回歸？〉，《仙人掌》第二期，1977 年 4 月，收於《鄉土文學討論集》，頁 220。

[71] 出處很多，例如葉石濤給鍾肇政信，1978 年 4 月 3 日。《鍾肇政全集 29》，頁 269。

[72] 出處很多，例如葉石濤給鍾肇政信，1968 年 6 月 15 日。《鍾肇政全集 29》，頁 103。

思）。又如鍾肇政會使用張科羅，這是日本人罵中國的說法，戰後鍾肇政同樣的以此罵中國人。可見他們的語言、意識思維當中，就有把自己不當成中國人的意識，當然也不會認為自己是日本人，但是某種程度，至少認同日本文化是比中國文化好。而臺灣文化繼承日本文化，也因此臺灣文化比中國文明。不過，這都是有歷史因素、有複雜的轉折。基本上一開始他們欣喜日本人離開，而有強烈的祖國情結。然後鍾肇政這一世代的人，看不慣中國人的統治的糟糕又驕傲的狀況，而祖國情結很快的破滅，才轉而憎惡外省人的。[73]

除了臺灣人最被外省人所看不慣的日本文化認同的問題，就是陳映真曾在鄉土文學論戰中指出，葉石濤所提出的臺灣意識有分離主義傾向。[74]當然陳映真是臺灣人，卻有強烈的中國意識，他敏銳的在更早之前就認識到鍾、葉這一代的國家民族的意識狀態。

在定位了葉石濤的日本文化認同與分離主義的思想之後，首先看葉石濤在 1980 年代後對鄉土文學在文學角度上的批評。他說：

> 大陸來臺第一代作家的反共八股，第二代作家的放逐主題和西化，都是遠離臺灣現實生活的無根的文學。這些文學傾向跟臺灣、中國以及全世界的現代文學思潮脫離。不但未能發揚民族性格，反而增加本土人民的迷惘和挫折，違背文學是反應人生的根本命題。嶄新的文學觀念必須建立。而鄉土文學是唯一能滿足本

---

[73] 莫說鍾肇政、葉石濤兩人厭惡外省人的狀況與原因。就是跟外省編輯、文人親近的東方白，且東方白也相當潔癖，遠離政治、社會的改革與紛爭，他都對外省人的歧視臺灣文學的態度，相當不以為然與氣憤。見東方白給曹永洋信，1995 年 7 月 5 日，「對了，文欽剛為我出版了《雅談雅文》有聲書，其中阿姜一文是內人親身故事，由陳美枝念出來，太動人了。外省人老說《臺文》不成氣候，只寫下三流東西，寫不出第一流文學作品，我就不相信，所以就想牛刀小試一下，請他們聽聽看！也請你們聽聽看我說的對也不對？」而且這封信的時間點是解嚴後多年，可以想像所謂本省作家對於外省人的歧視與污辱，是長久以來的狀況。

[74] 許南村（陳映真），〈「鄉土文學」的盲點〉，《臺灣文藝》革新第 2 期，1977 年 6 月，收於《鄉土文學討論集》，頁 93-99。

> 土人民心靈的精神食糧。有了一九七〇年代的鄉土文學論爭，才使臺灣作家越來越明白，鄉土文學必須有所超越，應走向接近文學本質的多元化表現。文學必須透過描寫臺灣特殊現實的鄉土文學更上一層樓，描寫普遍的人性，使臺灣地區文學脫離狹窄的視野，成為屬於中國的、全世界的巨視性文學。八〇年代文學的一些旗手，如黃凡、李昂、東年、吳念真、鄭炯明、黃樹根的小說和詩的確證明了八〇年代臺灣文學多元性發展的萌芽已破土而出。[75]

其中：「有了一九七〇年代的鄉土文學論爭，才使臺灣作家越來越明白，鄉土文學必須有所超越，應走向接近文學本質的多元化表現。」雖然這段話是在 1980 年代所說的話，是鄉土文學論戰與美麗島事件之後，可是葉石濤的文學本質的觀念老早就建立了，何況認真說起來，那只是一種常識而已。「鄉土文學」本身有侷限性，這也是葉石濤早就清楚的。可以說，葉石濤本來就是拿著「臺灣文學」的旗幟，一生職志就是建立臺灣文學。因為這樣子的態度，他很清楚他曾經寫了兩篇文章，分別是〈臺灣的鄉土文學〉、[76]〈臺灣鄉土文學史導論〉，[77]其實鄉土完全是虛詞，避免政治因素遭致筆禍而加上去的。

有論者[78]說美麗島事件後，如葉石濤才改變說法，正名臺灣文學。這從上述兩篇文章到 1984 年發表的〈七〇年代臺灣小說選〉文章來看，就表面上是如此改變的。事實上，葉石濤在這時候更強調三民主義文學。這很明顯的可以解釋為一個保護作用。要到解嚴後，甚而刑法一

---

[75] 葉石濤，〈七〇年代臺灣小說選〉，《民眾日報》，1984 年 4 月 16-18 日，收錄於《葉石濤全集 7》，頁 47-48。

[76] 葉石濤，《文星》第 97 期，1965 年 11 月。

[77] 葉石濤，《夏潮》2 卷 5 期，1977 年 5 月。

[78] 參考蕭阿勤相關論文，見本書參考文獻。例如：《重構臺灣：當代民族主義的文化政治》，聯經出版社，2012 年 12 月。

百條廢止後，才能避免分離主義的指控。就算有臺獨的非武力暴力革命的主張，才不至於獲罪。

本節要說明的是，葉石濤跟鍾肇政一樣，其原意就是建立臺灣文學，這在隱蔽的文本，也就是兩人之間的通信，可以直接看出來。而且在讀者建立了這樣子的認知後，對葉石濤的兩篇重要論文中，將非常容易的解讀。其實，幾乎可以把鄉土兩個字去掉，在標題或者內文，直接就是臺灣文學即可。至少對葉石濤而言，鍾肇政也一樣，並非是跟著臺灣文學界的作家，到 1980 年代，葉石濤又另外提出本土論，然後臺灣文學正名這樣子的歷史發展。

> 七〇年代臺灣文學是整個臺灣文學的發展歷史上，佔有關鍵性而多彩多姿的重要年代。假如缺乏了七〇年代鄉土文學的狂飆，那麼臺灣文學將是游離傳統的支離破碎的文學，可以明顯地割裂為戰前的新文學和戰後的在臺灣的中國文學了。有了七〇年代鄉土文學的提倡，戰後的臺灣文學才找到其歷史傳統，回歸源泉，使得戰前的新文學和戰後的臺灣文學順利地銜接起來構成一幅割裂不開的完整面貌。[79]

在這一段的「鄉土文學」意涵是比較客觀的文學史家的觀點，看待臺灣文學的歷史發展。而葉石濤在實踐上，並未刻意的要傳布鄉土文學為旗幟、派別的文學。或者可以說，如果是在自由民主的環境之下，他就直接闡釋臺灣文學方向即可，不需多增鄉土兩字。但是倒可以用鄉土色彩、風土，連結戰前的臺灣文學精神與方向。

這一段更重要的是暴露出葉石濤的整個臺灣文學史的構想，也就是臺灣文學精神戰前、戰後的一貫的走向，裡頭加上在臺灣的中國文學，也是一種虛詞，並非他真實的主張。否則陳映真也不至於給葉石濤

[79] 葉石濤，〈七〇年代臺灣小說選〉，《民眾日報》，1984 年 4 月 16-18 日，收錄於《葉石濤全集 7》，頁 35。

添加分離主義的說法了。陳映真也是可以判斷出來葉石濤真正的想法，就是臺獨與臺灣文學的獨立與分離。

基本上，可以說戰後第二、第三世代本來是認同鄉土文學的或者走到現代主義那一邊，大致上說是經過鄉土文學論戰後，臺灣不同世代的想法才連結起來。也就是對「鄉土」的認同，與葉石濤所詮釋的有臺灣意識的鄉土是一致的。

從葉石濤給鍾肇政所存的第一封信可以看到葉石濤對臺灣文學的志向。葉石濤說：

> 肇政兄：
>
> 謝謝你送給我一本《流雲》。我本來有一個打算，蒐集臺灣作家的作品，研究他的身世及其遭遇，以便能寫出較完整、詳盡的臺灣文學史。但因現財力根本無法做到，而且我的氣力也衰，不知何時何日才能達成我的宿願，你送給我一本《流雲》實在太好了。[80]

而葉石濤在給鍾肇政的信中，從來沒有提到鄉土文學，或者意涵有臺灣文學要走鄉土文學路線，臺灣文學中有一種重要的鄉土文學說法，或者把鍾肇政的文學命名為鄉土文學。甚而也不曾表示臺灣文學史外，還有臺灣鄉土文學史。葉石濤不斷的表明的就是他要撰寫「臺灣文學史」。

特別是比較左翼的鄉土文學說法，或者王詩琅、或者戰後第二代、第三代作家對鄉土文學的支持，更可以感受到葉石濤也好、鍾肇政也好，很單純的看待所謂主張或者喜愛鄉土文學的作家、讀者。葉、鍾大都是說鄉土味、鄉土色彩，甚而風土、泥土味這樣的說法。鄉土只是一種色調，並非就是代表他們所創作的文學，而整個命名為鄉土文學。

[80] 葉石濤給鍾肇政信，1965年12月11日。《鍾肇政全集29》，頁15。

他們的文學觀，基本上都是反應人性、探索人生真實與真實的生命，這樣子的本質性看法。

又如，葉石濤鼓勵李喬為臺灣文學而努力。想來，李喬接到信時，情緒也是很複雜的。一方面他願意跟上一世代作家在一起，可是卻對他們所要推廣的臺灣文學卻並非很認同。[81]

> 李喬兄：
>
> 我謝謝你送我一本「戀歌」，這樣一來你的大作我這裡大都齊全了，將來可供比較研究之用。
>
> 本來我上梓了一本小說集，也打算送給你一本，可惜至今書店尚未把書寄給我，只好等待有了書再寄給你吧！
>
> 肇政兄寫的「故鄉！故鄉」評極好。你曾經說過他只會「懂」，不會「評」，恐怕錯了哩！他寫拙作「葫」評也頗有見地。希望你拿到臺灣文學獎以後再接再厲，為臺灣文學開拓更廣、更深的領域。祝
>
> 筆健！[82]

其實，鍾肇政在寫〈故鄉！故鄉〉的評論，正是要批評中國文學所走的方向的錯誤，甚而指出李喬文學應該要走的方向為何。鍾肇政、葉石濤就是站在臺灣文學的立場上來勉勵李喬，引導李喬的。對某些人故鄉、鄉土已經就是根了，可是鍾肇政、葉石濤卻想要對李喬指出根就是臺灣。

觀察葉石濤發表在《夏潮》的〈臺灣鄉土文學史導論〉中，引發論戰的一份關鍵文本，葉石濤說：

> 儘管我們的鄉土文學不受膚色和語言的束縛，但是臺灣的鄉土文

[81] 參見第六章第三節的討論。

[82] 葉石濤給李喬信，1968年8月12日。（李喬收藏，交由筆者整理。）

> 學應該有一個前提；那便是臺灣的鄉土文學應該是以「臺灣為中心」寫出來的作品；換言之，他應該是站在臺灣的立場上透視這個世界的作品。儘管臺灣作家作品的題材是自主的、毫無限制的，作家可以自主地寫出任何他們感興趣及熱愛的事物。可是他們應具有根深蒂固的「臺灣意識」。否則臺灣鄉土文學豈不成為某種「流亡文學」？這種「臺灣意識」必須是眾多廣大臺灣人民的生活息息相關的事物反映出來的意識才行在臺灣鄉土文學上所反映出來的。一定是「反帝、反封建」的共通經驗以及篳路藍縷以啓山林的廣年大自然搏鬥的共通經驗，而絕不是站在統治者意識上所寫出來的，背叛廣大人民意願的任何作品。[83]

可以看出來，基本上重新歸納整理葉石濤的兩篇文學論，核心就是標舉臺灣文學，方向就是注意臺灣的種族、時代、風土做為臺灣特色的寫作。而背後有臺灣意識或者說臺灣人的意識，經歷四百年來的反抗統治者的意識，臺灣特色指向的題材將是以臺灣歷史為背景的臺灣人精神。

由此看來，如鍾肇政的創作來看，在時間上都是超越葉石濤所言。他們兩人的想法，對於創建臺灣文學，培養新進作家，一個主要以創作、一個則以評論來引導，走向有臺灣特色的文學創作，是一致的。這在葉石濤給鍾肇政的第一信，就可以顯示出來：

> 馬太傳第三章那施洗約翰對耶蘇講的一段話，發人深思。我們這一代的臺灣作家只能算是使徒，我們為後來者鋪路，期待有一天能把後來的人帶進世界文學的潮流裡，確立臺灣文學的歷史的位置。你是我們裡面的佼佼者，你的魄力，你的犧牲將不會白費的。也許你是個施洗約翰，抑或你就是那耶蘇，這就要看你的努

---

[83] 〈臺灣鄉土文學史導論〉，《夏潮》第十四期，1977 年 5 月 1 日。引自尉天驄編，《鄉土文學討論集》，1978 年，頁 72-73。

> 力了。不過，不容懷疑，你的作品的一些，已經是臺灣文學的古典了。[84]

但是，說回來，無論鍾肇政的創作或者葉石濤的評論，對於所謂的鄉土文學論戰的掀起也好，或者 1970 年代鄉土文學漸漸為大眾所接受。在傳播的角度來講，影響比較深遠的，反而是張良澤所編輯的《鍾理和全集》，以及出版標榜「臺灣鄉土文學叢刊」有楊逵、吳濁流等作品集。

又再說回葉石濤的兩篇文論，已經成為臺灣文學史的經典，做為臺灣文學史的最重要的論文，已經是可以肯定的。反應了臺灣文學終將正名與多元的取向，而為討論臺灣文學史的形成，都需要納入討論的。葉石濤做為臺灣最重要的評論家是當之無愧的。而下一章，將討論戰後第二代、第三代作家是如何面對葉石濤或者鍾肇政的臺灣文學旗幟，是什麼主張，又怎樣的影響而轉變。

總之，葉石濤所言，兩相對照之下觀點頗為不同。葉石濤在〈臺灣鄉土文學史導論〉雖然標榜鄉土文學，事實上他是要將臺灣文壇導正走向臺灣文學意識，串聯戰前與戰後的臺灣文學史，充分展現一代評論大師的風範與勇氣。可是，事實上葉石濤的創作卻傾向於浪漫主義，他的文學觀則廣泛無比，接受任何門派的文學創作。以本文對鄉土文學的觀點，或許根本沒有人真正的推動以改造臺灣語文或者提煉民間文學而成的鄉土文學與地方文學。葉石濤有日治時代參與臺灣文學的經歷，鍾肇政顯得更把握住現實的狀況。而在 1990 年代的學界，葉石濤獲得無比的推崇。鍾肇政發言在學界論文倒是很少人注意的。

由此可知，鍾肇政的文學史隨筆、運動策略，採用的策略與葉石濤有很大的差異。兩者雖然都是為了臺灣文學的運動，但是葉石濤都是以日治時代的臺灣文學史為出發點、為基礎，而以建立整個臺灣文學史

---

[84] 葉石濤給鍾肇政信，1965 年 12 月 11 日。《鍾肇政全集 29》，頁 15。（此信為中文信，葉石濤寫「耶蘇」沒錯。）

為目的，並以「臺灣意識」為標的，為臺灣文壇點燈。而鍾肇政則以戰後臺灣文學作家之創作為基礎，以伙伴意識宣揚臺灣作家的成就，達到標舉出臺灣文學的目的。在 1970 年代已經不能說鍾肇政對於日治時代的臺灣文學不清楚，不過比較起來，葉石濤是將日治時代鄉土文學的傳統，將黃得時甚至王詩琅的臺灣文學史中的鄉土文學傳統發揚光大。當然經過鄉土文學論戰，為配合時勢，鍾肇政有如下的說法：

> 由於有過這種艱困過程，所以第一代作家的文字技巧較差，幾乎可稱之為語彙貧乏，但也因而形成樸實的文學特色。兼之所寫多為鄉土人事，故而自自然然造成一種充滿鄉土色彩的風格，與日據時期的作風遙相呼應，保持臺灣鄉土文學一脈相承的情況。[85]

從文本分析來看，鍾肇政強烈的是臺灣文學的特色，也就是樸實的鄉土色彩。在文章中，之後聯繫上鄉土文學，是配合時代潮流的。但是更為重要的他是加上了臺灣兩字，而成為臺灣鄉土文學的說法。這與葉石濤的文章如〈臺灣鄉土文學史導論〉一樣，強調是臺灣，鄉土也就是臺灣而非農村之意。也就是說，是直接可以去除鄉土兩字，鍾肇政在文章中要講的就是臺灣文學。

之後，鍾肇政也不吝於讚美、褒獎葉石濤的貢獻：

> 千呼萬喚的臺灣文學史
> 在前文裡，我說葉石濤是第一個提出「臺灣意識」這個詞的人。根據葉石濤的說法：「臺灣意識必須是跟廣大臺灣人民的生活息息相關的事物反映出來的意識才行。」這一番話，雖然是指臺灣鄉土文學的內在精神而言，但是也正可以看出葉君執筆為文，不管是小說也好，評論也罷，無非都交織在這種意識上。美麗島軍

---

[85] 鍾肇政，〈《當代中國新文學大系——小說二集》導言〉，1978 年 12 月，天視公司，1980 年。

> 事大審之後，本土精神昂揚，反映在文學上則是一片反抗極權的強悍作風，鄉土文學精神被發揮得淋漓盡致，席捲了整個臺灣文壇。於是乃有一九八三年到八四年間的「臺灣意識論戰」，打得如火如荼。
>
> 在這當兒，有人憂慮地倡起了臺灣文壇南北分裂之說。南自然是指在臺灣南部的作家，事實上只不過是以葉為中心的一派，與在北部的陳映真為中心的一派之間的意見之發揮，質言之仍然是意識型態之爭罷了，與南北的地理意義風馬牛不相及。葉成了本土精神的象徵存在，時而不免遭受到攻擊。在這當兒，葉本身紋風不動，好像在靜觀龍虎鬥似的，那麼好整以暇地看著他所投下來的一顆石頭激起的一波波的漣漪，向四方八面擴散——實則它根本不是一般意義下的擴散，相反地是對臺灣意識的釐清與凝聚，形成對此本土精神的牢不可拔的普遍認同。坦白說，我也是這場論戰的受惠者。這個時期，我退隱鄉間，對文壇事不再問聞，埋頭寫我的長篇小說。然而，原來存在於我心中的意念——一個臺灣文學主義者的思念及嚮往，被那一場論戰具體化、理論化了，也被凝固了。這也可以說是拜葉石濤之賜吧。
>
> 然而他自己呢？他是靜觀那場論戰的硝煙四起、火花迸裂沒錯，不過他還是默默地在奮勇從事他另一個大工程的建構：臺灣文學史的撰述。[86]

不過，要強調的是，這是褒獎、謙虛的講法，而並非一種解讀成鍾肇政因為這場臺灣意識論戰、因為葉石濤所提的臺灣意識，而在臺灣意識上有所加強，並在臺灣文學運動的方向上有任何的變動。這一點，蕭阿勤的解讀認為是鍾肇政受到葉石濤的「臺灣意識」影響，筆者與他的看法不同。[87]

---

[86]《鍾肇政全集 20》，隨筆集四，頁 145-146。

[87] 蕭阿勤，〈1980 年代以來臺灣文化民族主義的發展：以「臺灣（民族）文學」為主的分

而在鄉土文學論戰之前，鍾肇政發表文章的意涵，則除了臺灣文學的意識，而一方面敏感的知道外省人對於臺灣文學、鄉土文學看法的差異，基本上鍾肇政比較以純文學的角度看待鄉土文學，並未標榜鄉土文學中的田園色彩、地方色彩的文學創作觀。所以他說：

> 他們與第一代作家之間還有個不同之點，那就是作品中臺灣鄉土色彩，在文學上而言祇是構成作品色調的要素之一，其絕對價值前此尚無定論；從而第二代作家在臺灣味兒上較淡，其為利為害也是無從判斷的。[88]

另外兩人更妙的一點是，1965 年幾年間，不管鍾肇政在編選兩大《臺叢》，葉石濤在評論各個作家，都皆未以「鄉土文學」、「鄉土意識」為批評、編選的依據。在戒嚴時代，特別是白色恐怖炙熱的年代，作家怎麼會去談論政治呢。所有關係到政治的言論，都是要符合國策的，而無關政治的也同樣的要考慮再三，避免被抓把柄。人人心中有一個小警總，如這句話所說的。而在文學當中，最敏感的字眼，莫非就是臺灣兩字了。只要有臺灣兩字，就必須加上政治語言。

> 在史綱的前序中，葉石濤明白地指出撰寫該書的「目的在闡明臺灣文學在歷史的流動中如何地發展了它強烈的自主意願，且鑄造了他獨異的臺灣性格」（葉石濤 1987：ii）。雖然他承認日本殖民時期臺灣現代文學的出現，是受中國五四時期白話文運動的影響，但他認為當時臺灣作家已「逐漸產生和建立自主性文學的

析〉，《臺灣社會學研究》第三期，1999 年 7 月。進一步可參考筆者著，〈隱蔽下的文學世代傳播：鍾肇政與葉石濤的臺灣文學旗幟〉，淡江大學大眾傳播學系碩士論文，2023 年 1 月。

[88] 鍾肇政，〈光復廿年來的臺灣文壇〉，《自由談》第 16 卷第 1 期正月特大號，1965 年 1 月 1 日。收錄於《鍾肇政全集 19》，隨筆集三，頁 532-545。

意念」。他認為，因為日本統治而使臺灣與中國大陸持續分隔，因此這種發展方向是必須的、「正確而不可避免的途徑」（葉石濤 1987：28）。

抱持這種多少有點決定論意味的態度，葉石濤在《史綱》中修訂了他過去對臺灣文學的一些看法。就像前面已經討論的，事實上，直到鄉土文學論戰時期，葉石濤仍認為鄉土文學當然是中國文學的一部分，而文學表現應該追求臺灣地域認同與中國國族的平衡。對他而言，這兩種認同並非無法並存。1984 年，亦即《史綱》出版的三年前，他在一篇討論六〇年代臺灣文學的文章中，曾推崇《臺文》與《笠》兩種刊物具有「臺灣新文學運動一脈相承的傳統精神」，亦即「對時代社會的強烈的批判精神」。但是他也批評這兩份刊物的作家「過分注重本土現實及社會性觀點」，因此使他們「失去由整個中國或世界的立場來分析鄉土問題的巨視性看法以及歐美文學嶄新思想的吸收和容納」（葉石濤 1984：118）。

這個例子也讓我們想起葉石濤對七〇年代初的鄉土文學的看法。在這篇 1984 年的文章中，葉石濤也指出年輕的本省籍鄉土小說家，包括陳映真、黃春明、王拓、楊青矗等人，跟老一輩本省作家，譬如吳濁流，已少有接觸，因此他們的作品已非「老調的鄉土文學」。葉石濤繼續說：「這可能是新一代這些作家不太認同臺灣本土意識較強老一輩鄉土文學，而是較能從整個中國的命運來思考臺灣文學的前途的關係。這也許是一種進步吧」葉石濤（1984：146）。不過在源自 1984 年這篇文章的《史綱》的段落中，上面引文中對年輕一代鄉土小說加正面讚賞的肯定語氣，已被修改成中性用語，而「這也許是一種進步吧」一句，則被略去（葉石濤 1987：123）。

修改自己過去對臺灣文學的看法，以符合自己目前的臺灣民族主義主張與當前的民族主義政治發展，這種情況並非只發生在葉石濤一人身上。八〇年代下半葉，在支持臺灣獨立的作家與文學批評者之間，這並非不尋常的事。[89]

他們兩位受到釣魚臺事件、美麗島事件、鄉土文學論戰的影響是什麼呢？他們確實是建構臺灣文學的，而旗幟就是臺灣文學。這是蕭阿勤錯誤的認知，但也是隱蔽造成的問題。

其次，如果他們是臺灣文學，不是鄉土文學，而且又有中國意識的，那為何不就臺灣文學就好了，要跟陳映真一樣在表面上稱呼為鄉土文學呢？其實就是沒有中國意識。而早被陳映真看出來，是有分離意識的。也被朱西甯理解，他們本來就是對日本文化、精神有不同的看法與認同。[90]

二、還原葉石濤的主張

葉石濤因為坐過黑牢，出獄後相當久的時間，也因為經濟、謀生問題，停筆許久。說起來是一個謹慎且不得不更為小心的人，畢竟他是有案底的。他終究不甘寂寞，也是寧鳴而死的。在歷史的關鍵時刻寫下論文與臺灣文學史著。

但是，他一方面寫下敏感性評論文字，一方面自我保護也非常的強烈，且時時刻刻都被監控。更敏感於時代、社會被國民黨控制更為嚴厲的時候，比方 1970 年初社會上接連發生的爆炸案等等。這方面，鍾肇政也是一樣的被認為是島內的臺獨三巨頭。[91]都是可說臺灣最容易因為臺獨、地方意識而入罪的兩個作家。這方面年輕作家可能不懂，而發

[89] 蕭阿勤，《重構臺灣：當代民族主義的文化政治》，聯經出版社，2012 年 12 月，頁 221-222。

[90] 錢鴻鈞，〈隱蔽下的文學世代傳播：鍾肇政與葉石濤的臺灣文學旗幟〉，淡江大學大眾傳播學系碩士論文，2023 年 1 月。

[91] 鍾肇政於 1995 就告訴過筆者，是李喬從老立委那邊聽來的，說鍾肇政、高玉樹、XXX 是島內臺獨三巨頭。還有一位鍾肇政並不告訴筆者，鍾肇政說那人是外省人，不應該是臺獨。後來鍾肇政才告訴筆者是陶百川。筆者調查認為是陶百川是主張兩國論的監察委員，可能因此被說是島內臺獨三巨頭之一。

生過嚴厲批評葉石濤，甚至不恥葉石濤喊出三民主義文學的說法。

有趣的是葉石濤似乎也不懂得怎樣的獲得保護，得到一時的自我安慰、心靈安靜。還需要鍾肇政想方設法，希望一些外省人能幫幫葉石濤得個什麼獎之類的。葉石濤顯得機靈，卻似乎又高傲。常常給鍾肇政的信，只能夠拼命的發牢騷。連鍾肇政想辦法弄個獎給葉石濤，他也似乎不大領情的抱怨著。但看以下的信，就曉得葉石濤的名聲非常不佳，遑論想要多發表作品，在各個不同的外省人控制的雜誌上。

> 葉君請介紹只是聽說此君思想不很「穩」，有此事否？又「人人文庫」有朋友因我送他書（宋瑞），引起他的動機，自己把稿子寄去了，已獲通過，並說半年後可出書只是都沒有錢版稅六個月結一次，視售出數量，抽15%這似乎倒很公平。再談祝
> 健康
> 弟 楊品純上 十月十一日
> 又：書送少了怕補助減少，全部印，錢又要多，此投機取巧之計也——一笑[92]

好事不出門，葉石濤就是這樣子被傳播出去的壞名聲。常常也會有不少人，包括臺灣作家不願意跟葉石濤往來。但鍾肇政不僅不畏懼，還積極的拉攏、合作。

> 肇政兄：
> 賜信拜悉，非常謝謝。葉君之稿請寄下，至於用否，須俟讀後始能決定，但弟以為「省籍」，似乎在晝小圈子，光復之初，「省籍」作家初接觸祖國語文，為今光復二十餘年，語文教育比（舊日）各省均普及而進步，「省」字似應泯除，而不必給人「特殊

[92] 楊品純給鍾肇政信，1967 年 10 月 11 日。早期，楊品純與廖清秀交好，藉此，楊品純對《文友通訊》內容瞭解，而相當熟悉多位本省籍作家。他自稱為《文友通訊》之友。

> 階級」之感。因為弟是江蘇人，從事寫作者亦很多，並未來一個「江蘇省籍……」以自外於中國文藝作家之整體。——此乃隨便想到，不知兄以為然否？自有稿費是四〇～七〇，普通大概是六〇元但有個陋規，就是扣空格，兄不妨說得少一點，多給會高興，說多了，就不以為怎樣了，兄為生活而改寫劇本，也不壞。反正都是要人去做的，能給社會一點好處，人生的意義不就為此麼？祝好[93]

因此葉石濤投稿楊品純（筆名梅遜）的雜誌《自由青年》，還算是鍾肇政推薦的。有時候慢收到稿費，或者許久不刊登，也需要鍾肇政的幫忙。不瞭解的人，又會認為鍾肇政黨政關係好，事實上只是多少為人處事被欣賞、表面上的溫和、鍾肇政又很會寫稿，在國民黨控制的文壇，總是需要「培養」幾位臺灣人作家的。

不過，如鍾肇政這樣子強調臺灣之餘，偶爾用了省籍、臺灣省，也是會被外省人忌憚的。總認為鍾肇政排斥外省人，甚而就是地方意識、臺獨意識。

而有關葉石濤的〈臺灣鄉土文學史導論〉沒有發表在《臺灣文藝》。這讓鍾肇政感到非常生氣，為什麼不在《臺灣文藝》發表呢？他幾年來一直叫葉石濤寫臺灣文學史，葉石濤也好久沒寫東西了，竟然這樣好的稿子不給《臺灣文藝》。

這事情的細節值得談論，可以說各方人士希望不同陣營的讀者能夠有更多閱讀的可能。因此葉石濤投往《夏潮》，後來不同意見的陳映真在反駁葉石濤文章，卻投往了《臺灣文藝》，可能葉石濤希望左派的鄉土文學陣營可以聚焦到臺灣鄉土，而陳映真發表在臺灣意識陣營的《臺灣文藝》，是予以反擊反宣傳。而鍾肇政居然不顧一切似的也照刊登。在鍾肇政給張良澤的信上說：

---

[93] 楊品純給鍾肇政信，1967 年 12 月 10 日。

> 《臺文》上，你是否可以試著整理出臺灣文學史？採片斷式的發表，亦可暫不必顧慮系統與前後，將來印成專著時，可略加整理即可成書了。如果可以，請隨時準備動筆。原本葉說要寫，我早即知他有意於此。近閱《夏潮》上的「序論」，使我氣得七竅生煙，真不知他何以把這樣的東西交別人。這還好，以後我屢次去信催他寫，均支吾以對，所以我想還是由你來吧？期以兩年或三年，當不難完成，可對？葉雖未答應，不過他可能也會寫。我想這更好。這方面如果你有什麼構想，盼示。[94]

鍾肇政不僅鼓勵葉石濤寫臺灣文學史，也鼓勵張良澤，甚而在1960 年代與陳映真通信，就鼓勵過陳映真寫臺灣文學史。所以說起來，陳映真也是理解鍾肇政最為深刻的作家之一。只是兩人想法完全的不同。

在張良澤回信給鍾肇政，信中為葉石濤解釋說，《夏潮》逼稿很急，葉兄也有難言之隱。上段說了，本文所關注的是陳映真卻將反駁葉石濤的文章投到《臺灣文藝》，這算是一種教訓臺灣文學本土派的用意，陳映真的意圖明顯。反過來說，葉石濤也有相同的意味，到了對方的陣營挑戰了。當然這是私底下較勁，表面上大家仍舊相安的。而看不懂門道的人，都還在合作著，尚未有 1980 年後的分裂之說。[95]

有人說，陳映真指出葉石濤有分離意識，這有危險性。那麼編輯者鍾肇政豈非該考慮刪改陳映真的文章？事實上，鍾肇政認為不會有問題，認為吵吵有何妨，他回答筆者說，陳映真所言也是一個觀點，熱鬧一陣也不錯。[96]而葉石濤在 2000 年對著筆者回憶起來，認為鍾肇政沒

---

[94] 鍾肇政給張良澤信，1977 年 5 月 19 日。《鍾肇政全集 24》，頁 390。又見《肝膽相照》，前衛出版社，1999 年 11 月。

[95] 本段文字，引自錢鴻鈞，〈鍾肇政的「臺灣文學觀」研究〉，2006 年國科會專題研究計畫成果報告，2007 年 10 月 30 日。

[96] 筆者訪談鍾肇政於 2000 年 2 月，鍾肇政龍潭宅。

有意識型態。但這並不表示說，鍾肇政沒有立場。只是陳映真這樣的稿子投來，鍾肇政也不可能將之退稿，反而會引起風波的。葉石濤回答筆者說：

> 我的〈臺灣鄉土文學史導論〉是念蘇俄文學的吳福成先生要的，他當時在《夏潮》工作，我並不知道《夏潮》是怎樣一本雜誌，也就把稿子給了吳先生。至於肇政兄登了陳映真的文章我並不介意，這只表示鍾老的寬容大量不被意識心態束縛的智慧。很好！[97]

筆者對於鍾肇政有兩大假設，第一臺獨主義。第二勇敢堅毅的個性。訪鍾老談此篇稿子，他說：「熱鬧熱鬧也好。」畢竟陳映真的想法，也是一種觀點。1977 年前幾年，葉石濤因為白色恐怖，相當的沉潛，被認為已經退隱。哪知道，一上來，又是一個巨作，難怪鍾肇政說，非常的倚賴葉石濤。所謂鍾肇政氣的七竅生煙，問題就在於倚賴葉石濤評論才華與撰寫文學史唯一的一支筆。

陳映真的「鄉土文學的盲點」，光就題目來講，非常的適合鍾肇政的講法，也非常的適合的點出葉石濤所要表達的，對 1960、1970 年代以來，所謂的鄉土文學的「盲點」，鍾肇政的認識，是在白色恐怖下的成果，或者外省人、極權統治者所推動的，與臺灣文學精神有相當的差距，不是中國鄉土、不是階級的意識。所以，往後葉石濤也就不談鄉土文學，而談寫實文學。照鍾肇政、葉石濤的意思，應該稱之為臺灣鄉土文學，或者就是臺灣文學了。

彭瑞金說的好，藉由鄉土文學進行本土化，也就是臺灣文學運動。而之前，鍾肇政不也是藉由光復節、反共文學、戰鬥文學來壯大臺灣文學嗎？一種鬥爭與周旋，一種弱者的反抗。葉石濤說：

---

[97] 葉石濤回給筆者信，2000 年 12 月 11 日。

> 以臺灣人作家的領導者鍾肇政而言，他興趣缺缺並不想參與這場論爭。他只在被訪問時發表簡短聲明，說臺灣文學是世界文學的一部分，所有文學都來自土地與小民的信念。[98]

從這句話可以發現，葉石濤是唯一深刻的理解鍾肇政，在 1965 年通信之初，彼此就發現心意相通的，講一句話就可以理解講給別人聽的十句。且不會被誤解，縱使是有所掩藏的、曲折的。比方說鄉土文學、鄉土這樣子的代稱多餘的詞彙。講鄉土，其實就是講臺灣，而非什麼鄉村、故鄉、地方、方言的意味。兩位都是一開始就立志要將臺灣文學帶入世界文學、世界文壇的。

鍾肇政的文學論，乃是人性美善的發揚，基本上是很廣的，看他在 2000 年後，從事情色小說的創作來看。但是他仍要求是美的文字表現、最後表現人性向上的理想性，這樣的發揚生活的光明面與探索生命的看法。且抱持藝術就是創新與突破自我的創作。

所以，鍾肇政對於臺灣文學的臺灣精神、民族文學的主張來看，他基本上是民族主義者。但是這也是為了服務居住在這土地上的臺灣人民的幸福而論的，並非是血緣論。

而鍾肇政在民主運動的參與、客家運動的參與、原住民的同情代言，都是文學為了提昇美善為本的。本質是全人類的，但是實踐上是針對臺灣人幸福的。

鍾肇政的臺灣文學論的主張亦同，文學本質是全人類的，但是實踐上需要臺灣文學的主張，才有階段性的發展。這與各國的國家文學論，都是相同的。若是作為作家本身而言，則比較沒有侷限的色彩。文學講求個性，也就是文學的創新。在臺灣文學的論述上也就是特色。鍾肇政的文學論與臺灣文學論是一致的。

與葉石濤臺灣文學論比較，葉石濤在 1965 年開始展開臺灣文學的

---

[98] 葉石濤，《臺灣文學入門》，高雄：春暉出版社，1997 年 6 月。

論述，乃是臺灣文學是種族、時代、環境下的產物論起。並以日治時代的臺灣文學抵抗精神作為臺灣文學的內涵。在 1976 年提出臺灣文學需要有臺灣文學的意識。並持續對臺灣文學作品廣泛的評論，鼓勵臺灣作家。在此架構下，積極呈現日治時代的臺灣文學史料。

雖然鍾肇政沒有如葉石濤以泰納的理論架構自己的想法。但是基本上兩人都以抵抗精神為核心講述臺灣文學要旨，指出臺灣文學創作特色的方向。而葉石濤指出臺灣意識，鍾肇政則在創作中實踐臺灣意識、臺灣認同，也等於間接的表達臺灣文學就是帶有臺灣意識的文學的意思。

在活動上，葉石濤積極挖掘日治時代臺灣文學史料，鍾肇政則積極集聚現役作家，並為之介紹發表機會與出書。葉石濤的以評論的方式培育青年作家。兩人對於臺灣文學的未來，除了個人努力創作外，也培育臺灣文學的作家，引導青年的創作意識。

以開玩笑的說法，葉石濤是扭曲了臺灣文學旗幟而成為評論者所誤讀為倡導鄉土文學的始作俑者。事實上，在〈臺灣的鄉土文學〉一文中，葉石濤說是延續黃得時論文中的種族、時代、環境的鄉土文學的說法，可是黃得時的〈臺灣文學史序說〉根本沒提到鄉土文學啊，而都是講臺灣文學的特色等等。[99]其後幾年，葉石濤所寫的〈吳濁流論〉、〈鍾肇政論〉、〈兩年來的省籍作家及其小說〉、〈鍾肇政和他的沉淪〉等等，[100]就少提鄉土文學，而是直接講臺灣文學與鄉土色彩。更可見葉石濤確實所打的旗幟就是臺灣文學。

只是葉石濤不得不強烈的補充臺灣文學是中國文學的一環，臺灣與中國是不可割裂的。奇妙的是，在接下一去一段，葉石濤又會用「然而」來在強調一次臺灣文學的特色、獨特性。筆者以為葉石濤根本不認為臺灣文學是中國文學的一環或者一部分。之所以如此強調，正顯示著

---

[99] 黃得時，〈臺灣文學史序說〉，《臺灣文學》第三卷第三號，1943 年 7 月。收錄於葉石濤翻譯，《臺灣文學集》，春暉出版社，1999 年 2 月，頁 1-18。

[100] 見《葉石濤全集 13：評論卷一》，頁 73-166。

強調了臺灣，就會跟臺獨扯上關係，便立刻需要說出符合國策的文字，以自我保護。

而在〈臺灣鄉土文學史導論〉中，葉石濤的文章關鍵詞就是臺灣意識。在開頭不斷的用中國的普遍性、漢文化的一支流來掩蓋其真正的主題，就是臺灣的獨特性。或者用在臺灣的中國人、居住在臺灣的中國人來淡化臺灣意識的敏感性。

更有趣的是葉石濤強調了寫實主義，似乎為其開展的鄉土文學之說，而產生的文學主張的扭曲，而進一步的希望讀者更該把握住其實是臺灣文學而非鄉土文學。臺灣文學的前提成為臺灣意識，可以說是排除了鄉土本身的模糊性。臺灣意識也就是站在廣大的臺灣人民的生活上的意識。妙的是陳映真看出來了，葉石濤無論如何轉彎，葉石濤的主張正是一種分離意識。陳映真反倒是沒有誤讀的。

不久後，葉石濤在〈簡介陳少廷先生的《臺灣新文學運動簡史》〉與〈日據時期臺灣文學的回顧與前瞻〉，邏輯就非常混亂，特別強調了中國文學、中國與臺灣是不可分割的等等，而再也不敢談及臺灣意識了。[101]

三、彭瑞金的臺灣意識

在 1970 年代，國民黨遭受前所謂有的外交衝擊，甚至失去統治正當性。因此，蔣經國開始有吹臺青的方向，提拔本省人從政。但是，省籍問題、臺獨的打壓卻是比過往更為嚴厲與敏感。鍾肇政更在此時有風聞他是島內的臺獨三巨頭。在 1960 年代與鍾肇政通信者，不乏積極的呼應鍾肇政的臺灣文學旗幟的表現。甚而激進的要鍾肇政結黨結社，進一步的落實臺灣文學獨立的樣貌。

而這些激進者，大都在 1970 年代就停止通信，有些則遭受白色恐怖的威脅，或者遭受調查，或者入獄。鍾肇政小心翼翼的跟這些年代的

[101] 見《葉石濤全集 14：評論卷二》，頁 37-54。

通信者保持聯繫。

而 1970 年代後，似乎對省籍、臺灣、臺獨、地域性等等詞彙、概念更加的敏感，如原來在 1960 年就有通信的劉兆祐，竟然對「省籍」為題的文章就擔心害怕的不得了。

> 肇政兄惠鑒：
> 承兄惠允撰寫文稿。關於題目，可從兄之意撰寫，字數亦不拘。弟之意，本來是要兄寫光復以來省籍作家作品之介紹，當時以為光復才二十年，仔細算來，已經三十年了！不過，有個顧慮，目前在這個時候，如用「省籍」二字，深恐外界誤會可否將題目略為更改一下——民國三十八年以來小說書目——（所謂書目，弟意不妨包括散文者在內），介紹的內容，限於省籍也好，把範圍擴大也好，一切從兄之意。[102]

這一狀況，在上一章第三節的部分，針對李喬、鄭清文也有類似的表態。就是恐懼，而隱藏了真正的聲音。不過新一代的讀者、作家，似乎有更為大膽的把某些認知給吐露出來，根本還不必通過美麗島事件之後所激起的潮流。早就拋棄鄉土之說，而針對臺灣的鄉土，而以本土取代鄉土的說法。

> 我最近和司徒都有一強烈慾望，想弄清楚這三百多年來，究竟哪些人在這島上幹了那些事，但這工作不簡單。
> 在眾副及李南衡的明集上，看到不少前輩作家的作品，才知這小島上，原來也是人才輩出的，可惜，這小島，可能是生得太美了，竟遭天忌似地有了「紅顏薄命」的遭遇，每念及此，常難以自抑，也常想何以這小小島嶼，竟負載了這麼多的苦難？而現展

[102] 劉兆祐（1935 年生）給鍾肇政信，1974 年 1 月 4 日。

> 望她底未來，也是一片茫茫……。
>
> 近拜讀遠景出的葉石濤先生的評論集，頗為心折，您的「濁流三部曲」，也買了一套，打算找個時間一口氣來讀完。
>
> 本土文學現已成為文學主流，這都很歸功於您及臺文諸君的耕耘，眼看著就要開出燦爛底花朵了。[103]

對王世勛而言，在美麗島事件之前，就不斷的在追求日治時代的臺灣人優秀人物的史料，更開始對日治時代的作家做瞭解。也就是去瞭解整個臺灣的歷史，瞭解臺灣的美麗與苦難。而對鄉土概念有進一步的理解的，可說在美麗島事件之前就崩解了。也就直接認同所謂的臺灣文學，但是仍小心翼翼說本土文學。但是有《臺灣文藝》、《臺灣人三部曲》等臺灣的旗幟，也相當能正確的引導他們的認同，確立就是臺灣。

而且說起來，美麗島事件，也並非只是發生在 1979 年底的那一刻。在事件之前的幾年當中，特別從中壢事件開始，新一代、老一代的作家，也就是次世代作家如張良澤、彭瑞金等人，跟時代都相激相盪的互動的，從釣魚臺事件、退出聯合國，都在省思著臺灣的地位與未來，以及與中國在政治、文化文學上的關連性。除了背棄國民黨的中華民國，也不認同共產黨的中國，自然就思考上臺灣獨立的道路。而國民黨這邊，也越行打壓臺獨思想的發展，特別從美國、日本不斷傳回的臺獨主張。

鍾肇政來說，這些主張一點都不稀奇。對之前葉石濤被陳映真指控，也是一樣的情況。鍾肇政在 1965 年時更是遭受臺獨指控。不過倒是可以很清晰的說明，大概算是戰後第三代作家的彭瑞金在 1980 年代會被指控臺獨。而且還是在美麗島事件之前。彭瑞金相當清楚自己所觸及的指控，而他避險的方式就是用所謂的「有容乃大」的說法，意思就是包容外省人作家。

---

[103] 王世勛（1951 年生）給鍾肇政信，1979 年 4 月 30 日。

因此可以判斷，如彭瑞金在 1980 年代之後，外顯表現出了臺獨思想，那只是一種延遲而已。事實上，在 1970 年代末期就已經顯現出來了，特別加入隱蔽文本的分析，這才是真正的歷史脈絡。

信件中，雖然表明《臺灣文藝》是純文學的並未涉及政治，但是從名稱來看被認為是與臺獨有關。這樣子的通信，在過去也有許多，只是這次明白的指出敏感的地方就是臺獨。而說回來，鍾肇政更是支持臺獨的，只是不便明白表示。彭瑞金這時候三十一歲，已經娶妻生子，縱然有相當多奉獻給臺灣文學的精神，遵循鍾肇政、葉石濤的路子，但是也不免要保護自己與家庭的想法。

對比之下，鍾肇政在 1965 年編輯的兩個《臺叢》，還有更早始於《文友通訊》的伙伴意識，都是主張要臺灣人的，並且還是標榜清楚的旗幟。鍾肇政並非故意的排擠外省作家，這是歷史使然，當時臺灣人的位置使然。之後 1990 年代的《臺灣作家全集》，鍾肇政作法自然又不同了。

而這時候彭瑞金對臺獨會支持嗎？還有所謂的中國意識嗎？中國民族文學，臺灣文學是中國文學的一支流嗎？筆者並不以為彭瑞金還是認同中國的。只是當下的情況，只有避禍第一了。而鍾肇政、葉石濤呢？會如蕭阿勤所指的，他們兩位在美麗島之前仍是抱有中國意識的。筆者認為這種領會在邏輯上很不通。如果抱有中國意識，熱愛中國、認為中國是他們的國家，又為何要冒險被指稱是主張臺獨的呢？就是因為他們是主張臺獨，所以才會利用各種方式壯大臺灣文學，主張臺灣文學的。而這種臺獨思想，也並非受到政治事件的影響，而是與彭明敏一樣，受到歷史事件的影響，受到臺灣歷史的影響所認同的主張。

這種臺獨的氣氛、指控，連指控葉石濤的陳映真都在 1968 年 7 月被捕時，也是以臺獨的指控為名義。非常的荒唐。李敖也是如此，實在令我們難以相信。而真正的臺獨者鍾肇政卻連約談都沒有過，擦身而過。就如蔣經國保過李登輝的狀況一般。

有一天，一個陌生人來陳耀圻的住處，對他家的女傭人說，陳耀

> 圻託他來拿幾件換洗的衣服。這些都使人愈來愈感到困惑。直到五月二十日政治大學校慶那天，碰到拍臺視新聞的莊靈，才知道陳耀圻已經被警備總部關進去了。接著又得知吳耀忠等人，也遭到同樣的命運。就在這些日子裡，我們最怕有新的事件發生，因為每天傳來的幾乎都是令人緊張的消息。有一天清早，我被宿舍的工友叫起來聽電話，一拿起聽筒就聽到黃春明太太的哭聲，趕到他家，知道春明已經被情治單位帶走了；那天傍晚，春明被放了回來，但是仍然不知道映真做了甚麼事。過了一個星期，陳耀圻也回來了，一副失魂落魄的樣子，問他甚麼也不肯說，而且對我們的態度也有了一八〇度的轉變；這樣，我們只好終止了彼此的往來。
>
> 映真關到那裡去了？他到底做了些甚麼事？就連我們這幾位寫作上的老朋友，也彼此之間問不出答案。有一天在一家文藝界朋友的作家咖啡屋裡聽到一位現代派詩人的談話，他說：陳映真幹的是臺獨工作，他已被內定為臺灣獨立後的教育部長，而吳耀忠則是負責另一重要工作。他這樣說話的時候，不禁使我想起兩個星期前他在野人咖啡館和映真攀親道故的情景，世事變化之快，真讓人難以相信。[104]

陳映真是 1968 年 7 月被逮捕的，令人意外的是外頭所風聞的入罪方式，居然也是臺獨。這可能他自已都沒有想到，他所瞭解的應該是鍾肇政或者葉石濤這樣的人物有臺獨思想，沒想到他也會有類似身分。

回到彭瑞金意識認同上的探討，彭瑞金基本上是沿著鍾肇政與葉石濤的文化臺灣意識路線而前進的，出發點則是沒有沾染過西化崇洋的鄉土精神，也沒有帶著浪漫主義。類似張良澤的純樸鄉土文學意識。不過彭瑞金對於臺灣歷史的理解，漸漸的擴大了他的視野，而不會侷限同

---

[104] 尉天驄，〈三十年來的伙伴，三十年來的探索〉，《陳映真作品集．鞭子和提燈（自序及書評卷）》，人間出版社，1988 年 4 月，頁 19-26。

情小人物或者農工的困境。

所謂文化的臺灣意識，就是謹守純文學的領域，不參與政治活動，如討論國家定位、選舉黨派與階級思想。儘管也有現實批判的思想，但是文學觀仍著眼於人道主義與人性的普遍觀點為文，以表現真實的生命、人生的真相為目的。

在鄉土文學論戰中，基本上彭瑞金是沒有參與的，不過從他的通信中，可以知道他的想法，基本上是反對黨國機器對左翼的鄉土派的攻擊。但是，他保持的態度，還是創作第一，無須太多理論或者路線上的爭論。

> 「高空文學」一文投哪裡都無所謂，目前四處都在圍剿鄉土文學，誠如您所言基礎不穩不宜冒這個險，至於出文集事，我希望能出一本作家論集，所以零碎的文字不計，目前距八萬字距離還，我亦希望加緊努力，到時還要勞您費神，前幾天造訪葉老，他鼓勵我寫一篇（臺灣人三部曲）的評論，這亦是我的宿願之一，所以又想煩您將大作借我希望能全部借我（近作《插天山之歌》、《滄溟行》除外）。[105]

而從美麗島事件後，他提出臺灣文學的本土論上，以本土說法更換原本就著眼於臺灣的鄉土，戰戰兢兢的拿捏臺灣意識中，很難在獨裁統治的時代下被容忍，而不被認為仍是一種有違黨國意識型態的臺獨主張。

這將在下一章第三節進一步的藉由鍾肇政與呂昱的通信，討論文化的臺灣意識為何，探討彭瑞金與宋澤萊之間在 1980 年代的南北分裂的事件中，各自的想法與衝突為何。

另外本章已經論證的葉石濤也是打著臺灣文學的旗幟，這是跟鍾

---

[105] 彭瑞金給鍾肇政信，1977 年 8 月 23 日。

肇政的主張是一樣的，只是葉石濤是在論述的名稱上加入鄉土兩字，本章也已經還原葉石濤真正的主張了。不過下一章將會提到，鍾肇政與葉石濤卻不約而同的受到文壇上的攻擊與誤解，他們又是如何的度過這時期呢？將會詳細的說明。

第八章　1983-1987：海內外瀰漫誤解傳聞

在過去因為鍾肇政投稿到《中央日報》，還有撰寫小說大多為抗日的時代背景，以及跟國民黨、官方的一些合作，加上美麗島事件與一些政治謀殺，讓臺灣人群情奮起，可是鍾肇政仍是嚴守文學與政治之間的分際，加上交出《臺灣文藝》的編輯權，使得鍾肇政受到海內外許多的攻擊。又加上編輯《臺灣文藝》為了籌款所開設的出版社虧了大錢，而負債累累。第一節就是講鍾肇政是如何度過這段痛苦的時期。

第二節講鍾肇政一貫以純文學立場，並且寬容的性格，而主張團結臺灣所有派系，無論統獨，都能夠在臺灣文學的旗幟下，不斷的創作。而他也提出「臺灣文學發展基金會」的想法，試圖能補助臺灣作家創作，特別是補助張良澤收集資料，葉石濤以私人力量撰寫《臺灣文學史》的辛苦。

第三節從呂昱跟鍾肇政的通信，可以看出鍾肇政的文學觀，鍾肇政抱持的文化的臺灣意識，以及各派系、理念不同的作家，在南北分裂中所扮演的角色。

第一節　從苦痛到重生

一、眾叛親離痛苦掙扎

鍾肇政艱困經營《臺灣文藝》，於 1982 年秋間實在是無法經營下去了。除了銷售每期都不超過五百本之外，寄到海外國內也都常常遺失或者莫名原因無法到達訂閱的讀者手中，其中恐怕也有特務單位的阻撓。但是，不曉得的讀者，不止怪怨鍾肇政，甚而國外幫忙訂閱收錢的志工。也會怪到協助鍾肇政的鍾延豪身上，畢竟都是鍾延豪負責寄遞的。鍾延豪除了忙碌的原因外，做事情是否不夠仔細的情況也有類似批評。

更糟糕的是鍾肇政兩父子（鍾延豪）除了開門市部還有出版業。儘管都是父子兩出錢、出力，奉獻犧牲，且門市部也是為了《臺灣文藝》的銷路考量。出版社賺了錢更是可以掖助《臺灣文藝》的印刷費用。但是，因為出版並沒有賺錢，反而陷入巨大虧損，因此不免也引起協助鍾肇政的友人如李喬、鄭清文等有關帳目透明化的建議，以昭公信。更不要講一般讀者可能的誤解。

但是在鍾肇政這邊，只是想著盈虧都是鍾肇政父子負責的，所以也沒有聽進建議。從事後來看，特別是鍾延豪於 1984 年意外車禍過世，留下的大量的債務，確實也都是鍾肇政個人扛起來，賣了房子、拼命翻譯還傷了眼睛，艱辛狀況難以跟外人說。

而恰好陳永興有意接辦，而並非過去黃春明、陳映真那樣子說說而已。陳永興於 1983 年 8 月 29 日開了座談會討論《臺灣文藝》的未來。當日來的還有葉石濤、彭瑞金、鍾鐵民從高雄來北，其他還有李喬、鄭清文。事後，鍾肇政給李喬信：

> 喬弟：
>
> 忽接蔡文甫寄來八月三十一日華副，並有按語：「此文捧兄很好，請珍藏」等語。拜讀大文，不覺熱淚盈眶，近來微有「眾叛親離感」，似乎半生心血盡付東流，讀此文，總算覺得有了唯一收穫，亦足多慰矣！尚有一憾事：唯一佳作尚未能寫成，抑才盡矣乎。心田涸竭，靈泉何處。沒有滋潤，此生休矣。
>
> 目前在計畫擬做一次霧社之旅，能否成行。猶在未定之天。[1]

---

[1] 鍾肇政給李喬信，1982 年 9 月 3 日。《鍾肇政全集 25》，頁 570。

其中有「眾叛親離」之說，該是眾友沒有積極慰留或者感謝之意。而一致要鍾肇政交出編輯權。儘管鍾肇政原本就是背負《臺灣文藝》已經辛苦多年，希望交棒，而讓《臺灣文藝》更好。但是也是主持《臺灣文藝》編務快要二十年，多少也會有濃厚的感情在。除此以外，《臺灣文藝》在經費、寄送過程有不少問題留下來。也造成鍾肇政自言「表面有不光榮轉移之概」。[2]

不過，進一步讓鍾肇政難過的中傷，也是好友的言語才會讓鍾肇政感到「心灰意冷」的情況，才是讓鍾肇政在意的：

> 剪報上拙文，你可以看出我的心境。我好久以來聽了不少中傷我的話。連一個廿年來的老戰友也如此。我真的有一點心灰意冷呢。只是我不是容易被擊敗的人，我仍然是我。這是勢利的人間，但是我的為人早已定，「老眼平生空四海」與我不合。我會做小小努力，也要為自己打算一點點。[3]

儘管鍾肇政是不會為文反駁，或者跟這樣子的好友翻臉，但是在私信中是會偶爾提到的：

> 林衡哲提的回憶錄，其實已著手多時。我採的是一個單元一個單元的方式，以文壇上交友的情形為重心，也已完成了幾篇。「鐵血詩人吳濁流」寫我與吳老交往的回憶，「臺灣文學之鬼葉石濤」寫葉，也有以《文友通訊》為主的第一代作家（戰後）群像，其中包括鍾理和等人。我覺得明明可以寫，也應該寫的人之中，有些竟輕易聽信謠言，認為我是老 K 打手。有一個還是廿年來並肩作戰的戰友。這種人我已沒有下筆的心情，形成此書撰寫上的困擾。唉唉，反正此書，能寫多少篇算多少篇，不能成書也

---

[2] 鍾肇政給李喬信，1982 年 9 月 6 日。《鍾肇政全集 25》，頁 573。

[3] 鍾肇政給東方白信，1985 年 2 月 26 日。《鍾肇政全集 23》，頁 159-160。

> 無妨。也許我只寫真正能推心置腹，像你、明正等人就算了。[4]

特別鍾肇政在寫回憶錄時，他的個性就是對這類背叛他的好友或者伙伴，便無法下筆了。

> 我面臨了困境，有些朋友我應該寫，必需寫，可是有的明明是二～三十年的老友、戰友，卻那麼輕易地出賣我、傷我。泛泛的朋友，我不會在乎，戰友啊，幾十年的呀！我就囿於私心，無法下筆了。當然，我還會再寫幾篇的。[5]

上面提到的戰友，指的是李喬。除了鍾肇政告訴過筆者外，筆者所編輯的鍾肇政回憶錄，當中就沒有李喬這一篇。另外，在 1989 年時，鍾肇政所寫的回憶錄當中，至少還缺少一個伙伴就是張良澤了。這在鍾肇政受訪時，也幾次提出來是怎麼回事，其中有認為李喬在某一段時間認為鍾肇政去巴結國民黨或者外省人了。而張良澤的情況是：

> 記得 1983，海外的客家團體邀請我到美國紐約去演講，我不能出國，好像是簽證不肯下來，他們就另外邀請張良澤，從日本邀過去。張良澤公開演講，說我的作品是在討好國民黨，向客家鄉親這麼講的。《四十五自述》有沒有講？
>
> 莊：我忘記了，我是很久以前看的。
>
> 鍾：因為美國的中文報的剪報上面有張良澤演講內容，大標題：「鍾肇政討好國民黨」，張良澤就剪了影印給我。
>
> 莊：這樣的話不能隨便講啊。
>
> 鍾：他就是這麼講的啊。他認為應該這樣教訓我，對我是一種很嚴厲的教訓。我看了這樣的信當然免不得難過，不過，他不可能

[4] 鍾肇政給東方白信，1989 年 6 月 28 日。《鍾肇政全集 23》，頁 255-256。

[5] 鍾肇政給東方白信，1991 年 9 月 22 日。《鍾肇政全集 34》，頁 70-71。

> 知道我所做的背後的那種苦心、那種不得不然的種種做法，譬如所謂的討好國民黨。[6]

另外，張良澤也在《四十五自述》提到不滿意鍾肇政專寫抗日的作品，也暗示著鍾肇政討好國民黨。[7]這造成鍾肇政之後創作時，寫了《姜紹祖傳》、《望春風》，也仍都是日治時代的背景，產生了相當的困擾，怕又被說是討好國民黨了。

> 去年，我曾告訴他有個新的「主題」，是在一些雜讀過程中想到的：霧社事件後十年，為什麼高砂義勇隊的隊員，尤其事件的僥存少年，那麼踴躍地出征去了？也許我會寫寫這個作品。這也正是「高」作的直接動機了。塚本聽罷撫摩胸口說聽了我這話，心口便發疼了。意思該是我又要拿日本人過去的「罪惡」來開刀，他以一個日本人立場，不免感到痛苦。我與塚本友誼甚深，這反應頗出乎我意料之外。當然，我相信他不會是碰到日人罪行被揭露就會痛苦的那一類人。
> 另一樁是去夏張良澤應邀到美參加「客家同鄉會」做了幾場演講，「客家作家印象」。入秋後張把在美期間的剪報資料寄來，其中論旨提到我的部分略謂：作品以日據時為主，有詆譭日人以討好當道之跡象等言。這是對我的當頭棒喝。我曾以歷史見證者自許，甚至也自以為寫日人只有我這枝筆。卻也可以有張的這種看法。[8]

而寫《高山組曲》時，也是遇到同樣的感觸。[9]不過，鍾肇政自詡

6 《鍾肇政全集30》，演講集，頁383。

7 張良澤，《四十五自述》，前衛出版社，1988年9月15日，頁115。

8 鍾肇政給呂昱信，1983年8月31日。《鍾肇政全集27》，頁251-252。

9 塚本照和、彭瑞金皆對鍾肇政寫《高山組曲》，對批判日本人、寫日據時代背景有不以

是歷史的見證者，且仍處在戒嚴時代，寫當下的時代，仍是有諸多限制的。因此，鍾肇政還是照自己的計畫寫下去。除了李喬、張良澤對鍾肇政的不諒解外，海外的文化人例如有林衡哲抱持著對鍾肇政不以為然的地方。

> 林衡哲來電要我去花蓮演講，云係明年秋間，與你同臺。我打算談談《插天山之歌》寫作經過，剛好讓林明白我把長稿給中副連載乃為了保護自己（我當年認定老 K 要抓我時，只有老 K 能保護我！！怪不怪！？）而不是林所認定的，作品在中副發表，所以是老 K 打手。這不是報一箭之仇之類想法，而是為歷史作一個澄清而已。與林同樣想法的人好像也還有哩！！[10]

這是指鍾肇政的諸多長篇都發表在《中央日報》，而這是國民黨的黨報，都是在宣傳國策。在有黨外的年代則是都在攻擊、污衊黨外的民主人士。所以《中央日報》的形象很糟糕。

甚至到了解嚴後，鍾肇政似乎還是被誤以為有相當濃厚的祖國意識，或者其他利益的關係，會跑到中國去訪問。

> 前信，忘了提李喬已把你送的維他命劑交給我。是寫信前兩天在新竹縣政府一起參加母語教科書審查會時碰頭的。阿喬還詰問我為什麼去大陸搞什麼尋根之旅！？彭瑞金在鍾理和紀念館看到客家雜誌封面我照片（在一所老屋前拍的）以為是在大陸拍的，實則屋子是杜潘芳格的娘家（在新埔）。彭好像常常有這一類莫名其妙的誤會。即祝[11]

為然的看法。見鍾肇政給呂昱信，1983 年 8 月 31 日。《鍾肇政全集 27》，頁 251-252。

[10] 鍾肇政給東方白信，2001 年 9 月 1 日。《鍾肇政全集 34》，頁 276-277。

[11] 鍾肇政給東方白信，1994 年 10 月 1 日。《鍾肇政全集 34》，頁 168-169。

因此，鍾肇政的形象似乎是長期以來形成的。而與鍾肇政的自我認知，也就是堅定的，並且是懷有臺獨思想的，並未被瞭解。文友除了認為鍾肇政跟國民黨高層的糾葛很深，交換利益，犧牲臺灣立場外。也認為鍾肇政的祖國思想濃厚，需要教訓一番。

特別在 1980 年代，正是第二代、第三代作家，徹底覺醒的時代，表現更為激進的將自己圈內的人也批判一番。而 1980 年代，鍾肇政更配合國民黨訪日、韓，與國民黨的文人高官同行，也難怪引起嫉妒或者憎恨，或者更深的誤解了。

> 九月末到十月中旬，我將赴日一行，專為一個小型文藝訪問團，我相信幾乎是「官式」的，我還要當團長，出去看看也是好事，只怕這麼忙碌的當兒，對我也是沉重的負擔哩。「原鄉人」電影正在上映，譽多毀少，倒確乎是很動人的，我的《原鄉人》也賣得不錯，大概可以賣到一萬本吧。[12]

這個時間剛好是美麗島事件的第二年，且是林義雄滅門血案的一年。鍾肇政就被約定跟官方一同訪問日韓，目的是協助維護中華民國筆會[13]在國際上的地位。[14]裡頭的國民黨的代表是尹雪曼。且，也是 1980

---

[12] 鍾肇政給東方白信，1980 年 8 月 21 日。《鍾肇政全集 23》，頁 52。（後實際為 1981 年 5 月 1 日，參與者另有尹雪曼、林秋山，赴韓、日歷時一個月。）

[13] 開放博物館網頁介紹：「中華民國筆會成立於 1928 年，1958 年在臺復會，歷經蔡元培、張道藩、羅家倫、林語堂、陳裕清、姚朋、殷張蘭熙、余光中、朱炎、彭鏡禧、黃碧端會長，並於 1972 年創立英文季刊《臺灣文譯》（*The Taipei Chinese PEN-A Quarterly Journal of Contemporary Chinese Literature from Taiwan*，原名《當代臺灣文學英譯》）向國際推介優秀臺灣文學作品，享有高度聲譽。筆會的會徽是一支毛筆斷斷一柄劍，象徵筆勝於劍。立會宗旨是『團結優秀作家，提高創作水準，保持創作自由並促進國際文化合作。』」可見早期全是外省作家、學者所把持或參與。出國參加世界筆會活動者，也幾乎都為外省人。

[14] 開放博物館網頁說明：「1980 年，第四十五屆國際筆會年會以小型會議形式在南斯拉夫布萊德 （Bled，今斯洛維尼亞）舉辦，由殷張蘭熙、姚朋代表參加。中共派觀察員陳荒煤等與會，大會同意北京成立筆會分會。中國分會於 1980 年 4 月 17 日在北京成立，同

年 2 月 28 日，鍾肇政、林海音、姚朋、侯健、林懷民、張曉風、嚴停雲、殷張蘭熙等人被蔣經國召見，在陪有馬紀壯、蔣彥士。收買意味濃厚，當然，這一切都很難拒絕說不去。

不過，鍾肇政自然利用這機會去見了張良澤，且是大大方方的讓尹雪曼知道。也在韓國考察韓國文學在教育系統中的情況，回來寫了相關報導，深深的影響了陳萬益，種下陳萬益未來也要在臺灣的臺灣文學教育做一番貢獻的種子。

> 在一家大學裏得知他們的國文系所教的是現代文學，讓學生唸的、研究生研究的都是當代文學。韓國也有古典文學，都是中文、文言的，那套東西只有特殊的同學、研究生會去鑽研，一般大學國文系裏面學的都是當代他們自己的文學，還有西洋的、日本的文學。他們大學國文系畢業的學生，一大部分分散到全國各地的中學去當老師，把他們在大學裏所唸的，或所受的影響帶到中學去。所以，不但中學生和中學老師會看，大學的學生都會看當代的文學雜誌，三、四萬份的發行量就是這樣建立起來的，就是這麼簡單。十幾年前，臺灣哪裏有大學會開臺灣文學的課？！我從韓國旅遊回來沒有多久，有一次清華大學請我去演講，我就把在韓國的所見所聞，特別是有關文學雜誌發行，以及大學裏國文系所開的課程的情形報告出來。那時有一個老師也在場聆聽。過了好多年之後他向我透露說，他會在清華開那麼多臺灣文學的課，清華大學中文系會有一種在全國來講開風氣之先的而且最盛況的臺灣文學研究，就是受了我那場演講的影響。他就是清華大學的陳萬益教授。[15]

年 5 月經南斯拉夫舉行的國際筆會年會中正式通過，成為國際筆會會員。時任中國作家協會主席的巴金為首任會長。」

[15] 《鍾肇政全集 30》，演講集，頁 23-24。

而信中也有提到原鄉人的販售，鍾肇政是將此事為了鍾理和紀念館得到更多款項，而非個人的收入。如同 2001 年《魯冰花》電視版權的四十萬所得，他也是捐給時為主編的傅銀樵的《臺灣文藝》。這樣子的好事，可能知道的不多。不過，跟國民黨官方接觸，好像會成一種壞事，被不知道內情的人是強烈的不以為然了。

再往回細數，包括《江山萬里》的祖國情懷的內容，與《江山萬里》、《插天山之歌》等都刊到《中央日報》，內容又都是所謂的符合國民黨的國策，這樣子的解釋。還有鍾肇政參與《青溪》、編輯兩套《臺灣作家叢書》，也等於可以解釋成幫助國民黨、配合國民黨的政策了。

二、負債累累重拾創作

除了受到海內外的伙伴或者文化人批判、誤解的狀況，《臺灣文藝》的不光榮交棒的恥辱事件。在家庭中遇到母親病逝。儘管鍾肇政在步入老年時，埋怨母親比較疼愛姊妹，而忽視他這個單丁子。

> 本月十三日，家母在臥病（肺癌）三月餘之後死了。這幾天才辦妥了後事，落入茫然自失之中。無業在身，正好為母親最後一段日子盡力。三月初起服侍湯藥，總算讓她安祥離去了。去秋起，寫《高山組曲》，完成了第一、二部共廿六萬字，第三部因母病擱下來了。第三部是光復後山地的總帳，千頭萬緒，光搜集資料也得再跑山地多趟，因此心頭怯怯，頗有不知如何是好之概，一、二部各寫戰前與戰中，可不是為了取悅「某方」而寫的！[16]

鍾肇政在信中稍稍提醒張良澤，表示了自己受到誤解的不以為然。不過，這時候的張良澤恐怕不能體會。並沒有再回信說什麼。

---

[16] 鍾肇政給張良澤信，1983 年 6 月 26 日。《鍾肇政全集 24》，頁 606。

1983 年 6 月鍾肇政母親的過世，儘管這一點是可以預期的，畢竟母親年老、久病多時。而 1985 年 12 月長子鍾延豪的車禍驟逝，更是鍾肇政不可承受之重。而父子為了《臺灣文藝》，而辦了出版社與門市部，虧損連連，留下大批債務，急迫需要收拾。還有纏訟多時的車禍官司，才是折磨人。

> 我談不上大計畫，總是點點滴滴地寫下去吧。去冬起著手的「高山組曲」，一、二兩部完成後已擱下，三、四兩部還渺茫無期。倒是近日又開始了「夕暮大稻埕」之作，憑我幼時曾住該地，又有不少親戚熟悉該地事，故而大著膽子寫起來了。
> 該是有關大稻埕的第一部長篇作品吧。心中另又在想著卑南文化的事。兩個月前偶然看了卑南文化展（在博物館）甚受感動，便立意想寫寫了。還早，大稻埕完成以後，約明年三、四月間到臺東去流浪流浪，也許會有些什麼東西吧。目前是漸漸在構思——不是正式想，不過是有時偶而會浮現腦際，故事輪廓就呼之欲出了。[17]

寫完《高山組曲》，繼續《夕暮大稻埕》的創作，然後計畫《卑南平原》並到臺東田野調查。本來鍾肇政交出《臺灣文藝》的編輯權後，可以好好的回歸創作的本業。

另外鍾肇政推薦陳火泉與王詩琅參與 1981 年國家文藝獎特別貢獻獎，最後都獲獎。不過局外人很多位不認同鍾肇政為臺灣同仁，爭取一點官方「榮耀」的作法。最後鍾肇政也退出評審了。因為推薦李喬，而李喬在最後因某一評審打 50 分而告落選，讓鍾肇政瞭解這條路能走的已經是有限了。

1986 年鍾肇政推薦陳火泉參加吳三連文藝獎，則未能獲獎。回顧

[17] 鍾肇政給東方白信，1983 年 12 月 19 日。《鍾肇政全集 23》，頁 128。

鍾肇政編輯《臺灣文藝》與《民眾副刊》期間，陳火泉配合很多，只是報刊稿費常常很慢發下，陳火泉又非常需要這筆收入，兩個人也真為此情況傷了腦筋！

鍾肇政創作才華耀眼的兒子鍾延豪過世，鍾肇政經歷哀痛，在回復生機後，始而繼續為還子債而忙，文運方面呈退隱狀態輕易不出門。其後，因為廖清秀熱心，應該也有要鼓勵、安慰鍾肇政之意，於 1986 年 7 月 26 日聯絡召開中斷二十多年的「文友聚會」。這種老友情誼是令人感動、無可取代的。到者有陳火泉、李榮春、陳嘉欣、文心、鄭清文、許山木以及廖清秀共八人。此後這種聚會每年一次到兩次。不料於 1987 年 2 月 12 日最年輕的文友文心竟然最早過世。

泛臺書局是 1981 年底成立，主要是鍾肇政父子為了《臺灣文藝》的發行而為。另外或許也有利可圖，可以滋養《臺灣文藝》的延續。

> 門市部（泛臺書局，在信義路三段 172 號，附中斜對面 Tel：7083219）已成立了，也算是背水一搏，如果垮了，那時我就可以心安理得讓臺文也垮了算了。[18]

鍾肇政父子希望都放在這個書局的營運當中，不過店租昂貴，營業額是否都可以樂觀，就很難預料了。

> 年尾，已成立了門市部，曰「泛臺書局」，是小犬延豪與一友人合夥辦起來的，地點在師大附中斜對面，除了書籍之外，文具、運動器材也賣。為出版書籍尋求一點出路，兼且也博取微利。如果書店可以搞下去，《臺文》也可以維持吧。目前景況尚可，每天約一萬元營業額，店租近五萬是最大的開銷與負擔。據云這種店是會漸漸好的，希望如此。上次華文作家會，名單上看到你，

[18] 鍾肇政給呂昱信，1982 年 1 月 5 日。《鍾肇政全集 27》，頁 22。

> 高興了一下，結果你還是未返，至悵！延豪週前有弄瓦之喜，我正式升級為祖父了，一笑。[19]

另外呂昱出獄的時間也快到了。呂昱似乎更有經營與生意的頭腦，表示了會積極的幫忙，並且找到足夠的資金。

> 我曾有個構想：出版文化事業，應是以大資本來立體經營，主要是發行雜誌，做出版工作，並須有門市。泛臺曾在此想法下開始，惜資金全無，終成畫餅。泛臺即有關臺灣的歷史地理人文一切文化範疇的東西，都要包羅之意。只要有人想研究臺灣的一切，便可以在泛臺找到所需資料，這是最後也是最高理想。你為將來的企業體策劃時，亦不妨以此念頭為出發點。這是當前已是，未來更可能是最需要的一個機構，且應是有利可圖的吧。[20]

不過，呂昱於 1984 年 2 月出獄後，一方面《臺灣文藝》已經不是鍾肇政能夠控制。要辦新雜誌如名稱為「臺灣文學」也未成。呂昱終究沒有成立出版的企業，或者專心於創作上。從下信看得出來，泛臺書局是完全失敗了。一家書店生意好，立刻會引來一窩風的競爭者。鍾延豪漸漸的退出泛臺書局的運作。

> 泛臺構想與弟臺想法不謀而合，正是英雄所見略同（一笑！）。祇是我們父子檔已敗下陣來，弟臺繼起，當必成竹在胸，我自然是樂見其成。我們失敗，敗在資金，資金也強烈限制了人材的吸收。弟臺擔心人材難得，固然是理之所當然，唯資金既可解決，則有理想而又能幹的人，說不定也是可以找到的。由於延豪因雜誌、出版、門市一連地承擔下來，寫作已荒疏了整兩年。故而想

---

[19] 鍾肇政給張良澤信，1982 年 1 月 14 日。《鍾肇政全集 24》，頁 578-579。

[20] 鍾肇政給呂昱信，1983 年 5 月 8 日。《鍾肇政全集 27》，頁 170。

> 到臺文既已交卸，泛臺理想渺茫，乃決定放棄一切，已從臥龍街住處搬回來。目前泛臺漸作退出（延豪與一友合夥）打算，並在鄉間謀教職。這些，算是已初步定案了。問題是謀教職是否得成（延豪夫婦倆均需這樣的職位），萬一落空，又當如何，目前是還沒想到這一點。此事仍然在未定之天呢！謀職若成，則暇時寫寫小說，這是最真的「理想」。因此，弟臺云要與延豪談談未來計畫，我還不知如何回答你才好呢！做為一家書店，維持並不難，祇是因為店租負擔太重（月計五萬），且在無資金下既開始的，故而無力他及，這是開店一年半以來景況。數月以來，泛臺附近書店驟增，原來只此一家，如今已有五家，頗有可為。弟臺所云，電影、雜誌、出版，實屬龐大計畫，令人驚喜，為我們的文化、文學計，是定要好好幹才是的。我曾為泛臺想的計畫中，尚有畫廊、文藝沙龍，全告落空了。弟臺將來亦可將此二者包羅進去，務使成為一文化中心型態之企劃。[21]

不料鍾延豪退出泛臺書局，卻又另外弄了一個新書店。原來的書店沒有處理乾淨，甚而新書店還要姐姐一起來幫忙。甚而認為可以拿回《臺灣文藝》的編輯權，好像精力永遠也用不完似的。

> 延豪未與會，回程我們同車而返，他說二千訂戶，訂費一百萬，出六期已是遊刃有餘，我們不妨接回來辦云云。唉唉，小子沒有忙怕，老子卻好生害怕呢。抑他已認定寫作不足恃，寧願棄筆不顧乎。他搞出來的新書店「聯臺文物供應社」已開鑼。地點在師大後小巷裡。專業性書店（包括出版）是最後理想，可是這一類書只有長程目標，近利則等於零，又如何挺下去呢？這是個大問題。泛臺方面，因為生意做大了，只好漸漸退出，他暫時還得兩

[21] 鍾肇政給呂昱信，1983 年 5 月 26 日。《鍾肇政全集 27》，頁 176-177。

頭忙。我大女兒（延豪之姐）從屏東搬來，暫時權當店員幫弟弟的忙（女婿在恆春核三廠上班）。[22]

在這中間，鍾肇政為了紀念吳濁流，也是為了研究者，把吳濁流時期的《臺灣文藝》，整理印出重刊本，總共八巨冊。更是一個耗費資金的冒險行動。但是鍾肇政的義氣使然，決定這麼做。也認為出版這事情也好，甚而《臺灣文藝》也好，都可以不必再干涉了，已經對得起良心。

「臺灣文藝」，編輯部已改組，由張恆豪出任總編輯，不必再由老人來忙，值得慶幸。如今唯一的願望是文學的歸文學，別再讓文學淪為政治奴婢。這一點尚待恆豪去掙扎，去努力。你我都有責任鼓勵、鞭策、協助他，對不？我已痛感歲月不居，諸事也不怎麼順遂，此際該是急流勇退的時候了。我將不再過問世事，只為這枝禿筆多留一點時間與精力。
出版工作方面，把重刊本弄出來，心願已了，也對得起故人了。此後當不可能再做下去。[23]

鍾延豪的死，讓金錢也是沒什麼概念的鍾肇政，由於支票的名字都是鍾肇政的，嚴重的負債開始一筆一筆跑出來。原本，鍾肇政經歷了眾叛親離，受到多方面的污辱與誤解，辛苦重拾心情，回到創作。這時候，為了債務，必須賣掉一棟房子，且辛苦的翻譯，讓利息不至於過分的膨脹而破產，失去更多的信用。

你問我寫了什麼，譯了什麼。記得已向你提過，創作自五月中旬起即完全停頓了。譯的倒不少，都是「大眾小說」，推理類的，

---

[22] 鍾肇政給呂昱信，1983 年 9 月 29 日。《鍾肇政全集 27》，頁 273-274。

[23] 鍾肇政給張良澤信，1985 年 2 月 7 日。《鍾肇政全集 24》，頁 629。

> 五個月整，得六十六萬字。我工作得像隻老牛，沒別的。在一年間勉強夠過止債膨脹。再過一年才能輕鬆些。就是這麼回事。[24]

儘管如此，鍾肇政對《臺灣文藝》的關心在解嚴以後，還是一再關心，甚而把《魯冰花》的電視劇本版權費四十萬，一下子就捐出去給總編輯傅銀樵。有錢可以捐，這一點讓鍾肇政感到非常的幸福。而鍾延豪車禍過世，鍾肇政蒙受巨大的打擊，債務的壓迫，還為了信守吳濁流遺言，將《臺灣連翹》後半部尚未翻譯的，辛勞翻譯出來，不顧債務問題，做了沒有獲利的而是有義氣的事情。

第二節　團結各派與協助基金會成立

一、維護臺灣文學的純文學本質

到底鍾肇政的文學觀是什麼？創作觀又是什麼呢？本書論證、建構鍾肇政對於戰後臺灣文學的整體，其實也就是整個臺灣文學與未來。創作第一的理念是鍾肇政從《文友通訊》以來不變的想法。因此對文學論戰，特別是牽涉到意識形態的爭論，他是沒有興趣的。而對鄉土文學、現代主義、寫實主義或者現實主義，他則沒有抱持彼此排斥，或者特別的偏愛哪種派別。不過，基本上臺灣文學的創作是以寫實作為基礎的。他所堅定的就是臺灣文學這樣子的旗幟。

因此，美麗島事件前後，他都是沒有參與政治活動，謹守文學人的角色。編輯的工作，也是主張純文學的，希望臺灣文壇有更多新人，有更多永恆的創作出現，培養年輕世代，或者呵護臺灣作家。作為一個臺灣文學的褓母一般，很自然的成為臺灣文學的領袖。而且，他也不贊同臺灣作家的作品加入意識形態，他認為意識形態是泡沫，也不建議作

---

[24] 鍾肇政給東方白信，1986 年 10 月 12 日。《鍾肇政全集 23》，頁 205。

家參與政治活動。

那麼鍾肇政謹守文學家本分，而低調的姿態，跟美麗島事件之後的年輕人希望能夠文學救國、以文學反抗國民黨的想法，步調不一致。甚而他也不認同楊青矗意氣昂揚的參與美麗島的政治運動。[25]可以說維護純文學的立場，也是讓自己心安，可以在編輯、創作、通信等發言，都可以不必擔心憂慮。但是這也是一種自我安慰、矛盾的，因為鍾肇政又是扛著臺灣文學的旗幟、不寫現實性的作品，仍等於是失去創作的自由，卻又獲得某種程度的自由，如此而已。就如同他一輩子都想寫二二八這種使命感、臺灣人的伙伴意識，又豈是一種「純文學」立場呢？特別是他所反抗的體制、外省人文壇來看他的作為，「純文學」也不是他能定義規範的。

鍾肇政對邊疆文學的看法，跟他對鄉土文學論戰的看法，他還是以為創作重要，那些論爭熱鬧熱鬧也好，這樣子的態度。

> 邊疆文學問題，我想不必太「正經」，有人憂心，有人反對，熱鬧一下也是好事。努力創作，我非常同意你的看法。[26]

這是鍾肇政在回答東方白的信件中表示的態度，並且鼓勵東方白抓緊當下的創作。而東方白則不免對邊疆文學之說感到氣憤、不平。

> 《臺文》剛收到。讀到詹宏志與東年之悲觀論調，真叫人歎息。

---

[25] 筆者認為這應該是鍾肇政的一種潔癖，他不喜歡朋友高調、驕傲、得意洋洋的樣子。他對個人更是謹守著謙卑，甚而過分的低調、忍讓。特別是撰寫長篇的小說家，他認為需要的就是長久的煎熬、忍耐寂寞的功夫。這樣子才是真正的忠誠於文學，是一種純潔。因此在書信上，他偶爾會透露出誰互捧啦、得了獎就得意啦、因為文學想要成名跟女生炫耀啦，都是他所不喜的。當然白色恐怖，也不得不讓他更深切的養成這種性格，否則必然他這種鋒頭上的作家、領頭羊的角色是很容易折翼的。他自認為自己有保護臺灣文學園地的責任。在他深入骨髓的日本精神的教育，也是讓他謹守高潔、隱忍的教條。

[26] 鍾肇政給東方白信，1981 年 9 月 29 日。《鍾肇政全集 23》，頁 87。

> 打開世界文學地圖來看，難道還有所謂「邊疆」的嗎？只要文章寫得好，就自動成了世界文學，何必再把自己圈在亞洲之內？在中國之內？在臺灣之內？即使莎士比亞生在無人島，那無人島也可以變做文學的聖地。不努力去寫超越國界的世界文學，卻自悲歎淪做「邊疆文學」，何必？我的「奴才」寫得不夠徹底，連我們臺灣文學界也有不少的奴才！
>
> ……
>
> 為此，在這次《浪淘沙》中，特別加了一段，討論愛爾蘭文學，以資對詹、東的抗議，也藉此向臺灣人勉勵！[27]

經過兩年多，文壇又發生南北分裂之說。大家都不希望分裂，然後有陳若曦回臺調停。就宋澤萊的立場是打倒國民黨政權第一的態度。而鍾肇政則是正在興起的統獨爭議的兩派，如陳映真、黃春明與彭瑞金，都仍能夠團結在臺灣文學的旗幟下。鍾肇政不希望政治與意識形態的介入。

> 國內文壇情況，最近呈現一片紊亂，本土派與第三世界派，可能針鋒相對，尤其是文學的事，很可能被架上政治的框子來談，來筆戰。我覺得這個爭論，可能結果必少——少得可憐。這也是令人悲哀的事。作品才是一切，這是永恒的我們的信心與決心。[28]

這時候的宋澤萊支持的卻是第三世界文學論，而對彭瑞金的主張不以為然。認為後者是製造分裂的，實際上則是不滿彭瑞金的純文學活動的主張。但是，鍾肇政以為黃春明才是製造南北分裂的揚聲筒。

> 昨天也剛接到了文季 NO.5.，刊有陳「中國文學和第三世界文學

---

[27] 東方白給鍾肇政信，1981 年 9 月 9 日。《鍾肇政全集 23》，頁 85-86。

[28] 鍾肇政給東方白信，1984 年 3 月 18 日。《鍾肇政全集 23》，頁 135。

> 的比較」講詞。認定：本土化、自主化的臺灣人意識的文學，主動地為鄉土文學論戰當時控訴鄉土文學是臺獨意識的文學的控方，提出不智的佐證。恰與宋冬陽（陳芳明？）之文，形成一個鮮明對照。想來您也會看到文季上陳文，而會有會心之處。陳的思想架構已極明顯，這一趟美國之行，似乎只有加強了這個思想架構，而未有更廣大的視野上的開拓吧。我還是想，如果這個論戰真要打起來，可能也不會有什麼結論，陳倒說對了一事，即：寫出更好的作品，才是大家最重要的事。作品才是決定一切的吧。（如果你有興趣參與論戰，請不必顧慮我。）[29]

回歸到鍾肇政在 1950 年代開始有的臺灣文學意識，到 1963 年鍾肇政實踐了扛起臺灣文學的旗幟多年，被林海音戲稱鍾肇政為臺灣文學主義者。此時的脈絡是鍾肇政要反抗文壇被霸佔，臺灣人作家被歧視，希望藉由臺灣光復二十週年的名義編輯「臺灣作家」為名的大規模叢書。當中也有為鍾理和死前不得發表、出版的困境與不平，為新一代作家打開一條路。

能說鍾肇政主張的臺灣文學的名稱，如 1963 年吳濁流要辦「青年文藝」，鍾肇政仍建議「臺灣文學」。之後吳濁流又聽了鍾肇政對名稱的建議又建議辦了臺灣文學獎，鍾肇政自己則趁此時開始撰寫以「臺灣人」為名的三部曲。這是一種充滿臺灣意識、臺灣人意識的文學，但是就是臺獨意識的文學嗎？儘管「臺灣作家叢書」或者以「臺灣人」的創作都引起了情治單位的注意，認為鍾肇政是為臺獨鋪路的，意圖就是為了臺獨。且情治單位擔憂鍾肇政不僅以所謂的排斥外省人、有地域思想之外，還想以集結臺灣人作家集會。調查局與警總想要約談鍾肇政，但是終究放棄。

筆者以為鍾肇政 1963 年時，甚至更早於十年，鍾肇政確實是贊同

---

[29] 鍾肇政給呂昱信，1984 年 2 月 1 日。《鍾肇政全集 27》，頁 395。

臺灣獨立的，如廖文毅的主張。他的所作所為，所標舉的臺灣文學旗幟，他所要建構臺灣文學的運動包含創作思想，確實有凝聚臺灣人意識，以及激發反抗精神的，並且有追求民主與自由的內涵。這除了可以得到臺灣文學的自主與獨立的理想，當然會引發政治臺獨效果。或者鍾肇政所為的這一切，以臺灣文化民族主義的臺獨名之，應該是可以確立的。他謹守本分，與政治上的臺灣意識，也就是臺灣獨立的政治活動保持距離。鍾肇政只標榜臺灣文學是世界文學的一支，臺灣文學是獨立的。當然還要加上保護的一些外衣，如臺灣文學是中國文學的一支。一直到解嚴後，才脫掉外衣，清晰表達自己在文學上的獨立主張，並且也一同支持臺灣人在政治上的獨立。

且不管 1963 年的情治單位如何看待鍾肇政，情治單位要抓你，不會需要怎樣的理由與證據的。鍾肇政如何逃過一劫，被怎樣的力量「保護」或者「利用」，本書也做了很多猜測、證實與論述。而就 1984 年如鍾肇政包含葉石濤被陳映真指為從事含有分離意識的文學。首先筆者以為，鍾肇政、葉石濤一直都是為了臺灣文學，而非主張鄉土文學這樣子的流派，只是特別是葉石濤是為了避禍，而掛上鄉土兩字。把鄉土兩字換成臺灣，就是他真正的主張。與他的文章的原意是完全沒有違和的。鍾肇政更是一直都是標舉臺灣文學的。

其次，鍾肇政這次給呂昱的信中，好像對陳映真的說法，不以為然。這並非說鍾肇政不贊成政治上的臺獨。鍾肇政確實是文化民族主義的臺獨主張，如臺灣文學不是中國文學的一部分，臺灣文學一直是獨立的，這樣子的主張。他就是要建構獨立的臺灣文學。只不過，他一直是排斥文學活動、創作內涵與政治的、意識形態的掛勾。就是 1980 年代，針對《臺灣文藝》的編輯，他不希望《臺灣文藝》成為另外一種黨外雜誌，成為政治的附庸。他是純文學的，希望能為時代培養新秀，留下「好」的文學作品。

當然，文學與政治之間，關連複雜。猶如鍾肇政說臺灣文學的創作，他一直有一種使命感背負著。歷史的命運使然，臺灣文學也免不了會有意識形態的問題。因此臺灣文學的主張本身、創作本身，不可能脫離政治。情治單位更是以政治的眼光看待臺灣文學的主張與臺獨政治運動到底有何關連。

陳映真在 1976 年也直指葉石濤等鄉土文學的意識，就是有分離主義，是一種文化上的臺獨。在當時的時代下，或者 1984 年 2 月 1 日鍾肇政給呂昱的信，鍾肇政的臺灣文學主張，被定位為臺獨意識的文學。在那年代是要排除被政治打壓的危險意外，再來就是鍾肇政一向主張是純文學的，不反對政治文學，但是也不支持任何固著政治的文學，甚而過去風行標榜的鄉土文學，鍾肇政也並非支持。

只不過，在解嚴之後，去除了政治的打壓的可能。鍾肇政卻改變態度，比任何作家都積極的以行動介入政治，支持黨外或者民進黨，甚而之後執政的民進黨。標舉臺灣文學是獨立的，是世界文學的一支，政治上更是支持獨立的。這將在第九章討論鍾肇政為何改變了，又以怎樣的文學人本質參與政治活動。

在這裡繼續討論鍾肇政對於純文學與政治之間的看法為何呢？鍾肇政仍希望有一個純文學的《臺灣文藝》的堡壘。儘管 1980 年代，文學的集會、討論已經不會像 1960、1970 年代那樣子恐怖與危險了。鍾肇政還是希望有一個園地是純文學的、是臺灣文學的基地。

> 我對政治小說之說也深感不以為然！臺文已落入邪道。我理解他們的用意，在現階段，盱衡局勢，說不無這個需要，也未嘗說不過去。但是你我都是文學的信徒，拜倒在繆思女神腳下的人物。文學既然包容一切可能性（倘非如此，便不算文學了），則讓有此興趣（或說野心）的人，去搞他的政治小說去好了。陳永興醫師原定兩年為期接辦臺文，兩年之期馬上就要過了。今夏（至遠夏秋之交）須決定下一棒人選。不過看看情形，陳未必全部交出，而臺文在他塑造下也有了一副「新貌」，他也未必即願意脫離。我們將會靜觀其變。必要時我會插一腳（在不正面接辦的原

> 則下）。文學仍須一個像臺文這樣的保壘。你已能瞭解到目前我們的文學問題不少，還需要大家來付出心血。[30]

呂昱因為跟鍾肇政接近，而且沒有相關臺獨的政治意識上的表態。因此呂昱認為自己不被陳永興所信任。鍾肇政、呂昱都認為陳永興不會輕易的把《臺灣文藝》的編輯權，甚而整個《臺灣文藝》的發行交還給文學界，回歸純文學的境地。

> 為了李喬的面子，我答應擔任《臺文》執編（六月底），然後李喬於八月初離臺，九月為了九期林義雄專輯，我即忿而辭職。事實是陳永興打從開始，便對我有所不放心，我的熱心令他怕怕，而且，我又是「鍾派」人物，（為了您我的淵源）再加上我和陳映真的關係，以及我從來不曾和臺獨掛勾，或說過贊許臺獨的言論，（包括我的評論和小說）我又成了「統」派人物了。很無稽可笑的事。
>
> 看來，陳永興是不會將《臺文》交給文學界來辦了，依我看，他會繼續辦下去。[31]

不過，呂昱因為信任李喬的關係，才答應協助陳永興主導的《臺灣文藝》。但是可能陳永興也不理會李喬的意見，還是刊出臺獨色彩政治意味濃厚的「林義雄」專輯，這不符合呂昱的文學第一的編輯路線。呂昱認清楚陳永興因為排斥鍾肇政，也不喜陳映真的思想，而且陳永興根本不會信任呂昱。呂昱完全認清了陳永興主導的方向跟自己是不同的。

因此，早先在南部文學人創辦了《文學界》於 1983 年 1 月。呂昱後來則在 1986 年 10 月創辦《南方》雜誌，是一種改造學生思想的運動

---

[30] 鍾肇政給東方白信，1984 年 4 月 21 日。《鍾肇政全集 23》，頁 139-140。

[31] 呂昱給鍾肇政信，1984 年 10 月 5 日。《鍾肇政全集 27》，頁 428。

型雜誌。雖然由鍾肇政擔任社長，因為內容無關於臺灣文學，鍾肇政只是掛名而已。在這中間呂昱提出原本要辦理有關臺灣文學雜誌的方針：

> 臺文既非我們所能插手，其生存與否吾等實無能為力了！
> 我到臺中，將事端本末，向許提出詳盡說明，許當即承諾另辦一份《臺灣文學》。並開出下列條件：
> 1.要辦就辦月刊，不要辦雙月刊。
> 2.不能背離「文化上臺灣意識」的宗旨。
> 3.七月到九月之間出創刊號。
> 4.尊重編輯部門的獨立作業，不予干涉。
> 我不敢貿然答應，許雖十分爽快，我卻有所疑慮。一、辦月刊需稿量甚大，我們有沒有把握？人事組織如何安排？二、「文化的臺灣意識」究竟只是單純的文學本土化或另有政治上的多重解釋？三、只剩半年的籌備期夠不夠？會不會太匆促了？四、發行網如何布置？事關重大，非我個人所能承擔的大責重任，我只好先保留，再就教於前輩們和同儕們。[32]

所謂文化的臺灣意識，也就是非政治上的臺灣意識，無涉於臺灣獨立的組織、言論與行動。就之前的討論，呂昱是認同臺灣文學是獨立的，並非中國文學的一支。不過，呂昱也清楚文化的臺灣意識，不止是文學的本土化、自主性等主張。就鍾肇政而言，臺灣文學是獨立於中國文學之外，這種言論也是鍾肇政的紅線。但是鍾肇政一直是以純文學為本位，創作第一。也是有臺灣文學成為世界文學的一環、寫下諸如二二八的題材以塑造臺灣人精神、伙伴意識等使命感。這些自然含有意識形態的想法與作為，但是鍾肇政可能不去區分文化、政治上的臺灣意識，他是戰後臺灣文學的建構者，一直都是提倡獨立的臺灣文學，謹守一個

---

[32] 呂昱給鍾肇政信，1985 年 1 月 31 日。《鍾肇政全集 27》，頁 437-439。

文學創作者的角色。而對臺灣獨立的政治主張的支持對他而言，也是自然的，只是他並非是一個政治上的行動者。儘管臺灣文學的獨立與國家的獨立，前者可以說是一個臺灣國民精神上獨立的象徵，兩者關係是緊密的。後者則是保護著臺灣文學的獨立與存在，也是清楚的。這部分在第九章會進一步的探討。

二、構想「臺灣文學發展基金會」

在 1979 年，美麗島雜誌發行量大而黨外陣營獲得不少的資金。施明德到《民眾日報》拜訪了鍾肇政。施明德便提到黨外也有文學路線，就是鄉土文學，看彼此是否有合作空間。鍾肇政便想到一個方式，他請施明德另設「臺灣文學發展基金會」，以協助也算走「鄉土文學」路線的《臺灣文藝》，還有協助鍾理和紀念館的成立。如此，便可以讓鍾肇政與政治保持一個距離，以免《臺灣文藝》受到被國民黨找到藉口，而禁刊而查封《臺灣文藝》。

不料發生美麗島事件，施明德等人被捕，「臺灣文學發展基金會」也就不了了之了。就鍾肇政以一個臺灣文學的工作者、建構者而言，從吳濁流過世接手《臺灣文藝》的編輯以外，還要募款。經費成為鍾肇政的重中之重了。

從《臺灣文藝》以外，鍾肇政還考量了希望有基金會來協助臺灣文學史的史料的整理，以彌補葉石濤、林瑞明、彭瑞金等人蒐集史料的困難。特別是葉石濤要撰寫臺灣文學史、林瑞明編輯「臺灣文學年表」。也希望補助彭瑞金的評論工作，尤其鍾肇政離開《民眾副刊》，甚而失去《臺灣文藝》的編輯權，彭瑞金等人便失去了創作與評論的園地。最後已經逃亡日本的張良澤，早年在臺灣便為了蒐集更多的臺灣文學的文獻資料，還打工賺錢傷了身體。如今在日本更蒐集與臺灣相關的歷史、文化，還有圖片等資料，更是需要資金。於是他跟仍在牢中的呂昱提到此事。呂昱回應說：

> 文學工作者有權投身於政治活動中，也可以公開選擇自己的政治立場，但絕不是拿自己的作品去參與，或供為政治宣傳。事實上，黨外的群眾裡多是廢物，攪局者和摸魚營私利的人，我們不能為了立場的選擇而不惜閹割了自己的文學良知。我們寧可保持沉默卻萬不能出賣良心去公然撒謊！
> 沉默是文學人妥協的最大極限。
> 瑞金兄有志寫諸如「鍾肇政論」的專著是再好不過了！我構思今後基金會成立後，每年能提撥數十萬元做為臺灣文學的研究基金，一方面供為研究者申請補助之用，期使臺灣文學的研究工作能登堂進入學院中，另一方面則用來提供文學專著的出版經費。有張良澤那種編全集的人，也還要有專事研究單一作家的人才行。我自己就想這樣做的，可是個人力量畢竟有限，而且要將精力時間放在基金會的實務上，勢必減弱這類研究工作的效率，果能在經費充裕的前提下，集結有志者集體為之，碩果必鉅。[33]

前文也提到，鍾肇政父子為了《臺灣文藝》的稿費與編輯出版，成立了「聯臺文物供應社」、「泛臺書局」，結果失敗而返，且日後遭遇鉅額債款，拖累了自己好幾年。

在這中間，有關《臺灣文藝》的出版，這時候的陳永興倒是不客氣的想到成立公司的方式。這些苦哈哈的作家當然願意支持，不過其後又感到陳永興以政治手段掌握一切董事、監事人選，實在令鍾肇政等不能接受。鍾肇政在 1983 年 12 月 25 日《臺灣文藝》的股東大會後告訴呂昱：

> 二十五號照預定舉開了臺文股東大會，到者大約六、七十人，不可不說是民間文化界尤其雜誌界一項盛會，是以作家為主，但也

[33] 呂昱給鍾肇政信，1983 年 8 月 27 日。《鍾肇政全集 27》，頁 248-249。

有些圈外人；高雄地區有約十來個人參加，也是一驚奇。陳醫師報告謂，股東已有一百二十餘個，另有美國廿幾人，已電話連絡，唯未匯錢來，約可以有150人。決議是募到200股，名稱是臺灣文藝事業股份有限公司。不過我想這個名稱，公司登記或不易通過，將來換個名稱亦大有可能。董監事選舉，董事是：巫永福、陳永興、李喬、鄭清文、柯旗化、李筱峰、陳坤崙，監事：江鵬堅。巫為董事長，陳永興總經理；候補董事：我、李魁賢、趙天儀，候補監事：郭楓。我們三個候董均二十七票，當選董事最低票陳坤崙二十八票；陳永興九十八票（有若干委託票，陳此巫多出二十餘票）。章程最特異的是所持股數超過三股者，投票只能算三票，被委託亦不能超過三票。即不會有掌握多數的大股東。

回程與李喬同車，謂原來希望中、南部各有兩個監事，結果中部無，南部有二。即柯（也是留學生，英文法著者）與陳坤崙。我始恍然於原來經過安排，回家看到葉石濤來信，有謂：「據悉董監事人選已內定。我未在其內。也好，差不多該翹辮子了，但望早一點被人們遺忘。」等語，想是高雄地區亦經過安排。陳永興不愧是「政治家」，口口聲聲說要交棒，卻弄出了這局面，也是令人驚異的事。[34]

事實上鍾肇政的想法，第一次提出來還要到 1984 年夏天訪美的時候提出來的。那是在美東夏令營臨時起意而提的，因為鍾肇政嗅出了美國鄉親的本土文化的覺醒，還有如林衡哲、謝里法所從事的臺灣文庫與本土文化研究的豐碩成績所刺激的想法。不料沒有具體的計畫，鄉親反應雖然熱烈，終究沒有進一步的行動了。而回到國內也是遇到一些人不看好的地方，讓鍾肇政又把此事放入心中。

[34] 鍾肇政給呂昱信，1983年12月27日。《鍾肇政全集27》，頁345。

好久沒寫信了，近況如何，至念至念！最近發生了些事，也許弟臺亦風聞一二：今年度吳濁流獎、巫永福獎，照予定在紀念館辦頒獎活動。到有近一百人，午餐八桌坐得滿滿的，算是落成典禮以來的盛況了。我在想，也許以後就年年這麼辦吧。可是午餐每桌料理是最低的一千五百元（好在菜居然還算不錯！）連飲料費共需一萬五、六千吧，由「文學界」負擔，也是很沉重的。

二樓工事，正達三分之二的樣子，快完成了，是件令人興奮的事。可是經費方面，依然是鐵民一個人在苦撐，想想真是罪過啊！鐵民二女兒已停藥（仍每二周赴高受檢一次），落光的頭髮已開始長出（約有半寸長了吧），還有鍾媽媽健碩如昔，都是喜訊。

上周下村來臺，在北見了一面，也看到了《會報》八～九合刊號。與下村聊了三個小時，也是愉快的事。有關「咿啞」特輯，我亦已展開約稿，近日還準備去函美國的許達然、洪銘水等人，請求助一臂之力。這次特輯，我個人覺得有三角競作的感覺，恐怕非好好努力不可吧。另，我的《臺灣文學全集》（每人一冊）精裝亦已付諸實施，首冊《龍瑛宗集》已排定下月中旬出書，須譯的都由我一個人譯出來了。仍是小本經營，由蘭亭書局出版，希望能系列地出下去，可是目前只能說出一冊算一冊。每集約三百頁，作品為主體，另有照片、手跡、年譜等資料。我介紹謝里法的文章裏（《臺文》三月號）如果你已看到，便知我的夙願「臺灣文學發展基金會」構想泡湯以後，轉而決心著手做這個的。[35]

在這一段時間中，成立鍾理和紀念館也是鍾肇政作為戰後臺灣文學的建構者值得一提的。儘管鍾鐵民付出最多金錢、勞力，還有相關委

---

[35] 鍾肇政給張良澤信，1985 年 4 月 3 日。《鍾肇政全集 24》，頁 630-631。

員。但是一開始的募款，鍾肇政利用撰寫《原鄉人》，與導演李行的一些商討，募得更多資金。

而吳濁流文學獎、巫永福評論獎，鍾肇政仍承擔例行性的工作，儘管《臺灣文藝》已經不在他的手上了。更重要的是，也是鍾肇政一輩子想要從事的《臺灣作家全集》的編輯，在 1975 年曾計畫過，可是沒實踐。1965 年的兩大《臺叢》，則無法打出「臺灣文學」的旗幟。在 1985 年鍾肇政又有《臺灣文學全集》新的構想，可是最後只有龍瑛宗一本而已。但是仍是第一次的打出《臺灣文學全集》這樣子的字眼了。這是鍾肇政在 1985 年 2 月一口氣翻譯出龍瑛宗小說九篇六萬字才有的成績。[36]

另外雜誌方向又不合老作家的純文學的走向，造成鍾肇政對好友葉石濤發一頓牢騷，也提到「臺灣文學發展基金會」的構想。之後，葉石濤更退出公司拿回股金，而另外捐給鍾理和紀念館了。

> 這個節骨眼，要退還也「很可惜」（好不容易募集得來），不如就設個《臺灣文學發展基金會》（暫定），其利息收入可以做為臺灣文藝的補助款，或用以獎助貧困的作家，或做為國際研究交流基金等，還可以做一些必須做但又還沒有做的事情。對策之一是在海外也可以募到一些款項。因為去年夏天我訪美之際，曾以「心願」為題演講，當時就曾提到這件事情（上一期雜誌有刊出

---

[36] 陳祈伍問筆者，這套僅出版一本的《臺灣文學全集》為何選擇龍瑛宗為出發點。筆者認為鍾肇政以龍瑛宗是日據時代最傑出的臺灣作家，在之前的《光復前臺灣文學全集》中，鍾肇政協助翻譯最多也是龍瑛宗。其次，龍瑛宗大概是除了鍾理和之外，最為渴望出版個人集子的作家。因為龍瑛宗在日據時代就有的願望，卻因為日本總督府打壓而無法實踐。其他可能原因，龍瑛宗與鍾肇政同為客籍，又是認識相當久的老友，之前鍾肇政還幫龍瑛宗翻譯《紅塵》刊登在《民眾日報》。並且龍瑛宗恢復執筆後更努力的創作了。以兩人熟悉度、默契，也都是積極的因素，而促成龍瑛宗文學為《臺灣文學全集》的第一冊；此書也成為龍瑛宗在七十五歲時的處女小說集。另外從體例來看，之後的《臺灣作家全集》是受到影響的，而出版《臺灣文學全集》的方式是作家出一半的費用，以龍瑛宗的經濟狀況，他應該是相當願意拿出來的。

講稿），還獲得相當熱烈的迴響，之所以沒有付諸具體的行動，是因為還沒有具體的提案，且又因與陳庭茂老先生的基金募款相衝突，所以遲遲無法提出。今年有人呼籲，所以就趁這個機會提出具體的方案，由於有去年的熱烈反應，想必可以募到相當的款項。如此一來，基金會也可望有所成長，可以真正做一些事情。陳告訴我陳老四處奔走了三個月的時間，好不容易才募到七萬美金。所以他認為這件事可能會有困難，更何況其他的雜誌可能也會去募款，且國外的人也未必見得都手頭寬裕。我回答是已通知大家：（通知寄出時已退）（捐款給臺文）（捐款給基金會）等三件事。

然而今天接獲通知，說是第三提案的（基金會）已取消。原來我就認為成立的希望不大，不過是想說提議試試看也無妨，結果竟然真的就被撤銷了。

我的結論是：徹底認識自己的無用。因此我決心從今而後不再參與一切的事務，社務委員、評選會召集人的職務也將一一辭退。也就是如你常說的，一切撒手不管。今後將只為賺銀子而執筆寫作以度餘生。絕望之餘前面所說的「心願」當然也就泡湯。不過有一件事：我會繼續為前輩作家出單行本（至少為仍在世的作家每人出一本）的事奔走。鍾理和生前未出過一本單行本，令人遺憾，希望這樣的憾事不要再發生。所幸年輕人當中有人跟我想法一致，首先我想出的是龍瑛宗氏的書，如今正著手翻譯當中，希望這個夏天能夠付梓出版。

為大家、為臺灣文學努力了數十年（別說我誇大其詞，這一點你應該最清楚才是），也沒有什麼遺憾，所以這個時候退出，也是心安理得。[37]

---

[37] 鍾肇政給葉石濤信，1985 年 2 月 3 日。《鍾肇政全集 29》，頁 470-471。

1986 年秋天鍾肇政再度訪美，就不敢再提構想，而專注於臺灣文學未來的發展，以及介紹新一代的作家。這又引起鄉親想要貢獻力量，支持故鄉這些文學的新發展。另外也遇到朱真一等熱心人士，但仍是遇到些白色恐怖的麻煩，而結束了訪美之行。

在這麼艱困的年代，特別是鍾肇政遭逢攻擊與家庭上的債務問題，可是鍾肇政還接受編輯《龍潭鄉情》雜誌。除了愛故鄉外，也是愛客家的一種表現。解嚴後鍾肇政參與客家運動，確實是早有跡象的。更不要說他的《臺灣人三部曲》雖說標榜著閩客融合，但是細描客家文化，為客家人打抱不平也是時有出現的。

> 你一定想不到我這些日子裡在忙的事。本鄉將創刊一份「鄉刊」，叫《龍潭鄉情》，暫定為半年刊，是要發給鄉中每家戶及出外鄉親的。我被央擔任「總編輯」。自己鄉裡的事，無法推辭，首期「龍潭鄉介紹」、「鄉土人物介紹」、「發刊詞」、文藝作品，都也只好承擔下來。前二者已成稿，共一萬四千字。鄉土人物介紹了鄧雨賢（望春風、雨夜花、月夜愁作曲者，已故）。幸好材料是現成的。這些寫完才寫葉石濤回憶錄之評介。長篇暫時無法寫了。高山續稿也暫無法寫。創作力衰退，恐是一大隱憂——其實我從不承認創作力衰退，資料蒐集夠了，便可以寫吧。李喬要我試試戀愛小說，雖也是笑料，但倒是有趣的提議哩。[38]

在 1986 年 4 月南方雜誌成立了，鍾肇政除了擔任社長，也幫忙邀稿、推銷。儘管如此，鍾肇政還是期盼有重新接手《臺灣文藝》，或者其他編輯的機會，目的仍是培育下一代。

---

[38] 鍾肇政給呂昱信，1985 年 8 月 17 日。《鍾肇政全集 27》，頁 240。

> 「臺灣文學」已改名為「南方」，十月一日創刊了。是年輕人辦的。我只幫了少許的忙。例如代約在美朋友的稿，卻是一篇也沒到。看樣子朋友們對這份刊物尚有疑慮之處，非看過貨色，便也難伸出手來支持吧。已關照他們寄一份給你，又不知能否順利。此刊毫無經濟基礎，連林雙不他們的《新文化》都不如（他們至少有同仁們的一份資金，南方均在學或剛畢業的，一個錢也拿不出來）。不過新的面貌已經顯示出來了。至少他們是覺醒的一代，有奉獻的熱忱。即使無法支持下去，他們也會有一份心安的。故鄉的一些變局顯然就要來臨了。這些年輕人將會是時代的先鋒，嶄新的時代不久必來到，這是我深信不疑的。[39]

未來，「臺灣文學發展基金會」的構想，大概類似現在政府機構的文化部、國家文藝基金會、國家文學館等業務。其中有申請各種創作與研究補助。民間作為自主的文學的工作者，是最為重要的。但是資金上，不免還是要靠國家來支撐。下一章將繼續討論鍾肇政在這方面的貢獻。

第三節　呂昱書信與南北分裂

一、與呂昱通信：文化臺灣意識

呂昱是經過筆者訪談，[40]唯一提到鍾肇政在美麗島事件之前，就認為臺灣文學是獨立的，並非中國文學的一部分。筆者以為呂昱的領略，大概是跟鍾肇政這一段話講法是一樣的：

> 文學有這樣意識形態的問題嗎？有的。這是我們臺灣文學非常特

[39] 鍾肇政給東方白信，1986 年 10 月 12 日。《鍾肇政全集 23》，頁 205。

[40] 呂昱與筆者筆談於 Facebook，於 2023 年暑假間。

> 別的地方。歐美、日本的文學並沒有意識形態的問題，我個人還認為在文學作品或其他的藝術，意識形態並不是需要的東西，假使有，也是泡沫，終究是要破滅、消失的。唯獨臺灣的文學在這方面非常特殊，統獨的問題到現在還沒有完全探討清楚，這是因為臺灣過去有五十年間被殖民的歷史，戰後雖然說是光復了，事實上也等於被殖民的狀況，跟日據時代是五十步與百步之差而已。各位老師當中也許有人並不同意這樣的說法，這都沒有關係，各人有各人的見解，這是應該的。如果讓我來主張，我認為臺灣文學是臺灣人的文學，是產生於這塊土地、這個人民、這個文化背景下的文學作品，跟中國文學是無關的。這些是從今天開始要跟各位聊一聊，同時也和各位討論，交換意見，甚至向各位討教的內容。[41]

臺灣文學的定位，是文化背景有關係，這文化是產生自這塊土地與人民的是跟中國無關的。可是意外的是，呂昱卻不認為鍾肇政在美麗島事件之前，鍾肇政就有主張是臺灣獨立的想法。這兩個問題，難道是可以分開的嗎？如果中國統一了臺灣，臺灣文學還會存在嗎？臺灣是中國的一部分，臺灣人是中國人，臺灣文學還是獨立於中國文學之外嗎？

當然，這是指臺灣文學處於的未來的國家定位的狀況而言。到時如果統一了，臺灣文學的獨立的地位，必然會被統一的中國所消滅的。一如國民黨統治的意識形態所為。相反的如果不贊成臺灣是獨立的，鍾肇政為何要干犯禁忌認同臺灣文學是獨立的呢？不過就呂昱對鍾肇政的政治認同上的理解，因為呂昱有清晰的文化臺灣意識與政治臺灣意識的分野，以致於呂昱認為鍾肇政在美麗島事件之前，只是一種文化上的臺灣意識。而到了美麗島事件之後，鍾肇政才有政治上的臺灣意識。這不僅是對鍾肇政的包裝、自我保護的心裡不瞭解，也是對鍾肇政在戰後臺

---

41 《鍾肇政全集 30》，演講集，頁 18-19。

灣文學的建構早期過程不夠瞭解所致。

就筆者的研究而言，鍾理和、吳濁流所認同的臺灣文學，應該是那個時代的脈絡下所產生的，是一種要求臺灣人的尊嚴的結果。這尊嚴與受到歧視的問題，除了來自於日本統治時代的臺灣人受殖民的悲哀，也是戰後臺灣人、臺灣文學仍舊是被歧視的。所以，需要一個特殊的名稱「臺灣文學」，這是不同於外省人的文學，是臺灣人自己所建立的文學。吳濁流、鍾理和正是屬於一種文化上的臺灣意識，而沒有政治上的臺灣意識。因此筆者認為，吳濁流、鍾理和在主觀、客觀上所認同的仍是臺灣文學是中國文學的一部分、支流。否則就會形成政治上的臺獨意識了。

筆者以為鍾肇政與吳濁流、鍾理和在祖國認同最大的不同，就是鍾肇政的祖國意識一直是相當淡薄的。這是從鍾肇政的成長過程當中來瞭解的，鍾肇政在戰後的祖國意識，只是一時的膨脹。因為二二八，甚而是戰後在國民黨短暫的接收歲月當中，鍾肇政的祖國意識就破滅了。因此，對於臺灣在國家與政權的看法，就不同於鍾理和、吳濁流。[42]

另外，鍾肇政又沒有任何的社會主義思想，對共產黨、共產中國並沒有太多的憧憬。如此，筆者認為在鍾肇政有臺灣文學的意識，把臺灣文學的命運當作也是臺灣人的命運。因此鍾肇政在政治與文學的主張，必然是同一的概念。[43]

如同鍾肇政對「臺灣人」的思考方式，他說戰前他做了日本帝國的國民，戰後他則變成中華國民的國民，而他一直是臺灣人。所以他寫

---

[42] 當然筆者不認為鍾肇政在二二八當下就有了政治與文化上的獨立主張。這參考鍾肇政的初戀情書可以發覺。不過，確實已經種下了獨立的種子，就本書第二章提到大約 1953 年，鍾肇政在臺灣文學的意識與政治上的獨立意識已經確立。

[43] 「對社會主義的思想，我當然也有些羨慕，知道那樣的社會是比較理想，可是在現實上卻是很難實現，就只能是一種烏托邦的理想。再說，當時就已經看出來一些端倪，那些實行共產主義或社會主義的國家，他們的人民也不見得有什麼幸福可言，沒有啊，反而比不上他們仇視、反對的資本主義社會。」講述有關陳映真、吳耀忠出獄時，對相關事情的理解。參見《新編鍾肇政全集 40》，頁 650。（《印刻文學生活誌》8 卷 3 期，2011 年 11 月 1 日。）

《臺灣人》，他認為他的臺灣人是純潔的，與政治無關的。事實上，他知道臺灣人的說法，一直是敏感的禁忌的，原因就是與臺獨有關係的。鍾肇政委婉的說法，其實他就是認同臺灣人是要追求獨立的。臺灣人不是中國人，臺灣人要建立自己的國家。

當然，上述的說法，可以是一種理論。不過筆者在第二章利用《文友通訊》，就說明了鍾肇政內心中，已經知道了統、獨的問題，也就是臺灣文學與中國文學的關連，在公開的說法，必須要說臺灣文學是中國文學的一支。而這並不是他真正認為的。在第三章，筆者對比鍾肇政、陳映真、陳有仁書信上的對臺灣文學定位上的討論、對臺灣人的命運的瞭解，他們的意見也已經涉及了不僅是文學上的獨立問題，也是政治上的獨立問題。而這種爭論，在鍾理和、吳濁流的相關史料中，並不曾發生。不僅沒有政治上的主張統獨的問題，只有臺灣人的尊嚴的問題之外，甚而筆者也說鍾理和政治取向甚而是傾向於被共產黨統治的。

因此在第四章、第五章，筆者也一再談到 1960 年代就開始，鍾肇政一直被特務機構將他跟臺獨組織掛勾在一塊，有關臺獨的案底一直存在鍾肇政的政治檔案中。這也是相當自然，這是他與鍾理和、吳濁流最大的不同之處。而第六章，鍾肇政更受到臺獨的最嚴厲的指控，傳言他是島內的臺獨三巨頭。

鍾肇政認真的培育呂昱、彼此通信，從呂昱仍在坐牢時的最後兩年開始通信（1982 到 1983 年）。信件當中談到鍾肇政曾經要寫《臺灣人三部曲》的續篇：

> 「梅」大綱趁這幾天無心執筆，抽了半天多時間看完。閱畢，為之沉思良久。你難道亦寄望於玉琳肚子裡那個小雜種嗎？這真是悲苦大地了！我亦曾想過一篇作品，小雜種會「胎死腹中」的。那種結合，在我觀念裡原本是一項錯誤！我這部作品是準備從光復後寫起的，就說是「臺灣人三部曲」的續篇或完結篇吧——是不會完結的完結篇，由於它所涵蓋的時代背景，使我迄猶未能執筆，或竟終我此生無法執筆，大愛大恨，使我動彈不得。你沒有

> 歷史包袱，輕易地可以越過這麼一堵牆，說起來是自然演變的必然，卻也未始不是臺灣文學之福。[44]

鍾肇政想要寫續篇的時間點，最早應該是 1975 年。也就是第二部寫完，即整個三部曲的完成之時，當時鍾肇政就曾經想以日文來寫下有關二二八的題材的小說。筆者在研究《濁流三部曲》，在第三部《流雲》的內容當中，鍾肇政就已經暗示了二二八即將發生社會大亂前的景況。[45]何況後來，他還閱讀了吳濁流的《無花果》、《臺灣連翹》，對二二八的理解又加深了一層。無論如何，他自己也是親身體驗當時的一種大幻滅的憤怒。儘管二二八發生幾年後，才開始凝聚臺灣文學的概念以及有了「臺灣人」的創作的主題。並且產生臺灣獨立的認同的情況。[46]

而在跟呂昱通信的內容中，所說的小雜種，就是臺灣人與外省人（其實在二二八當下與長久以來，在鍾肇政的認知中就是中國人的意思）的婚姻的結合，如果是鍾肇政對情節的安排，所生的小孩是流產的。暗示著與祖國統一是失敗的。

這想法在 1976 年時，或者到了 1983 年鍾肇政回應呂昱時的時間點，甚而 1989 年鍾肇政開始創作相關題材的《怒濤》中，在《怒濤》的內容裡，確實安排了這樣的一個象徵性的情節設計。鍾肇政以小說來反映出臺灣被中國在政治上、文化上的吞噬下的一種心靈上的反抗與憤怒。表現了對中國、中國人的拒絕，以及臺灣、臺灣人、臺灣文學的獨立自主的理想。

回過頭來說，鍾肇政在信件中，他對呂昱的小說中的情節設計，似乎把臺灣的未來寄望於「統一」，鍾肇政似乎有點不滿。或者呂昱只是單純的如陳映真一般，製造出臺灣人與外省人的融合，而不涉及國家

---

[44] 鍾肇政給呂昱信，1983 年 2 月春節。《鍾肇政全集 27》，頁 130。

[45] 錢鴻鈞，《鍾肇政大河小說論》，遠景出版社，2013 年 2 月。

[46] 從沈英凱交談中獲得的廖文毅的臺灣共和國的訊息得知，時間約為 1953 年。

上的認同。當然，陳映真的小說中的本省外省的結合，與他的國家政治思想，是一致的。儘管他安排外省人與臺灣人的結合往往死亡做終，但是那是製造一種感傷的力量，讓這個結合更加的浪漫而讓讀者感到認同。

呂昱大概是葉石濤以外，最為瞭解鍾肇政想法的作家。不過如上所述，呂昱接受筆者在 Facebook 的訪談，他仍認為在美麗島事件之前，鍾肇政在政治上的傾向並非是贊同臺獨的。而呂昱個人的對臺灣文學、文化的臺灣意識的看法又是如何呢？

> 臺灣對中國大陸而言，是地理的邊疆，但不是文化的邊疆，漢文化仍是三百年歷史的主幹，從五四發源的臺灣新文學脈流質地裡也來自漢文化的傳統理念，雖然歷史因緣已使臺灣文學和大陸文學有所區別，可是本質上還是同源體的。正如英美雖已兩百餘年的分家，本質上仍屬「中心的重複」。不管將來大陸文學怎麼變，臺灣文學相對於以北京為中心的漢文化而言，也一定據有絕對重要的位置。而設若我們的自主路線能走得穩當，我們的作品終能在東南亞、在亞洲、在世界上獲得應有的重視。[47]

可見得在八〇年代後，呂昱也是支持臺灣文學的自主路線的，他有著濃厚的獨立的文化上的臺灣意識，完全用地理、文化、歷史的觀點來看臺灣與中國的關係。說兩邊的文學是有區別的，他認同臺灣文學應該自主的走，而有自己的特色。不過，他仍認為兩邊的本質還是相同的。鍾肇政也是在這一點上，跟呂昱的看法不同。鍾肇政認為臺灣的文學一直是自主的，也是獨立的。沒有跟中國文學有本質上的相同的問題。

因為鍾肇政、葉石濤具有特殊的日本經驗，經歷過兩個國家的統

[47] 呂昱給鍾肇政信，1983 年 6 月 28 日。《鍾肇政全集 27》，頁 201。

治，早就決心走自己的臺灣文學之路。筆者所論述的鍾肇政的認同，更在 1950 年代已經是認同臺灣在國家認同上走自己的路，跟臺灣文學的獨立是一體兩面的。只不過，鍾肇政主張政治與文學分離，走純文學的路。但是鍾肇政又認為，自己又不得不背負一種使命感，對於臺灣歷史的書寫，情有獨鍾。而且認為臺灣人的命運是有特殊性，無法脫去強烈的臺灣意識認同的創作色彩。

八〇年代，臺灣文壇也已經有更為激進的臺語文學為主的臺灣文學的看法，而認同臺灣獨立的政治人物、作家、普通大眾更是多起來了。主要受到國外來的臺灣人所投稿內容的刺激，與臺灣社會內部的爆炸性的反抗意識。國民黨的獨裁統治已經是強弩之末，臺灣青年也越來越敢表達自己的想法。

在第三世界民族論與本土論、南北分裂的論爭中，鍾肇政仍是很少發表時下的論戰提出意見。而呂昱是支持陳映真派的第三世界文學論，這是帶有左翼思想的，要聯合世界的弱小民族以對抗美國、蘇聯的大國的對抗，而以中華人民共和國為師，聯合不同民族的勞農來共同抵抗資本主義。文學也等於是揭露這樣子的資本主義的病根。只是，鍾肇政還是希望以創作來實踐理念。當然，鍾肇政還是有自己的理念與想法的。有關陳映真提出的第三世界文學論，鍾肇政在私信上他這麼說：

> 關於第三世界文學問題，我頗同意弟臺見解。我曾蒐集了幾本日文本非洲文學譯作，當時也曾思予以推介，後因某些人喊出向第三世界文學看齊的口號而作罷。如果說，第三世界都有對抗經濟、文化侵略的意識，那麼開發中國家是有其連帶感的，但我覺得純粹在這番意義下來談文學，無異教條文學，我不以為然。我想目前我們還是「實踐」最重要。大家再努力寫，除了在實踐裡之外，再無提升文學水準的途徑，而若水準不能提升，一切都不用談了。[48]

---

[48] 鍾肇政給呂昱信，1983 年 7 月 3 日。《鍾肇政全集 27》，頁 204-205。

對於第三世界的弱小民族的看法，鍾肇政認為臺灣已經是開發中國家。他另有看法，他認為原住民（當時稱為山地人）才是弱小的。他自認為是原住民的代言人，且是原住民題材作為創作方面的開創者。以他寫原住民題材的創作量以及時間點來看，特別是牽涉到原住民的時代歷史，這應該都是成立的。

> 整個高山組曲一、二兩部，我的最大的企圖是讓它們有普遍的壓制者與被壓制者之間的衝突。我雖無意與所謂之第三世界掛鈎，但卻有站在「弱小」者立腳點來執筆之意圖。如果這一點未達到預期的效果，那我這部作品依然是失敗的。它只不過是一個小小部族的受難圖而已。不知弟臺亦有見於此否，使我無限懸念！[49]

如此，可印證鍾肇政並不認同臺灣是第三世界的弱小者的說法，且對於原住民也僅僅是以人道主義的觀點，用世界性的眼光來看待原住民的困境。鍾肇政揭發原住民在臺灣歷史上的隱微的民族心靈的世界，鍾肇政想作為原住民代言，並且塑造出原住民的純潔、美麗的形象，還其原住民精神。呂昱說：

> 「不如退而結網」一文，李先生決定刪去月旦人物的三、四百字，我函覆「從之」。李先生大概不希望我任意的文字，因得罪人而纏進無謂紛爭中。他也勸我埋首創作，讓「本土化」和「第三世界文化」的爭論留給黨外雜誌去廝殺——前封信才說希望引出我這類文論呢！此可以見出李先生的矛盾。李先生寄了幾份影印資料給我，其中陳映真發表於《前進》週刊上的「向著更寬闊的歷史視野」令我驚嚇著。那種文字哪裡是我印象留存的文學人？其用句刻薄，襲用戴帽子的惡風，何來理性可言？其文中有

[49] 鍾肇政給呂昱信，1983年8月17日。《鍾肇政全集27》，頁239。

> 些用字甚至比某些文化打手還令人反感，他憑什麼認定臺灣意識就一定會含括「反華意識」？又憑什麼拿激進的省籍人士（特別是新生代）來做為臺灣人的代表？臺灣意識一定是病態的嗎？一定不能延伸為中國的、全人類的嗎？誰在畫地自限？只見泰山，不見玉山，誰的視野較廣？一個充滿良知的知識分子怎麼會把自己的眼睛矇上有色紗巾呢？[50]

從這裡發現到呂昱所理解的臺灣意識，與鍾肇政、葉石濤的臺灣意識，縱然都是文化上的臺灣意識，兩者是有相當差異的。邏輯上呂昱理解的臺灣意識，不一定會有反華意識，從這裡可以看出呂昱其實也是有矛盾的，並沒有從臺灣的歷史發展與現實來理解臺灣意識的產生與變化。而就鍾肇政、葉石濤的文化上的臺灣意識，卻是陳映真所理解的，就是獨立的文化臺灣意識，也會是政治上的臺灣意識。

呂昱儘管不贊同陳映真在文壇上激烈的帶入政治性的攻防的言論，但是呂昱多少也矛盾的，除了文學的創作本位外，在出獄後很長一段時間，他終究還是放棄純文學的理念，放棄創作，去從事直接社會與學校的年輕人的改造運動。

而八〇年代，李喬也是主張文化上的臺灣意識，認同臺灣文學的自主性。但這時候的發言，李喬還是刻意的切割政治上的臺灣意識，唯恐受到臺獨的指控。所以李喬才會說：

> 關於臺文，我與瑞金兄見解一致，我現在替自己訂一標準：「臺灣文藝」必須是文學上，主張臺灣文學本土化、自主化（不是政治上的，可別誰扣我帽子！）的旗幟——如果有一天把那些黑龍江、黃河搬來而不知濁水溪是何物的口號沙文主義滲進來，我便退出。您這些年的有容乃大，結果您被所容腐蝕可知道？我願做

[50] 呂昱給鍾肇政信，1983年7月16日。《鍾肇政全集27》，頁212。

個孤獨的人！

「我看臺灣人」話題文章，請快擲下，如果能由大文引起一戰也不錯。不過您要考慮清楚前前後後倒是真的。那天在臺中您的一席話，迄今我仍十分「恍惚」呢！[51]

一如吃臺灣水臺灣米的說法，那是主張臺獨人士的口頭禪。李喬一方面不屑這種簡單的調調，有失文學家身分，主要仍是恐懼被指控臺獨。何況他現在協助陳永興編輯《臺灣文藝》，這本雜誌在美麗島事件之前早被定位是臺獨團體附屬的雜誌，這點李喬是深知的。何況是陳永興把《臺灣文藝》辦的小說越來越少，已經傾向於黨外雜誌了。

而「有容乃大」，應該是李喬指責鍾肇政包容陳映真、黃春明，特別是陳映真已經明顯的標榜為本土派的對立面，甚而就是統派。在1982 年這個時間點，不僅統獨的爭議比不上現在那麼激烈，更重要的是鍾肇政除了溫和的個性外，更有帶領整個臺灣文學各派系的高度。因此，鍾肇政對無論統或者獨，或者什麼派別，只要是臺灣作家、本土作家，他就希望彼此團結一致，在臺灣文學的旗幟下來團結一致。

儘管現在回頭來看，鍾肇政的理想與包容，那幾乎是不可能的，且陳映真也再度拒絕鍾肇政邀請編輯在《臺灣作家全集》，鍾肇政還是寬容以對，協助陳映真創作發表、提名得獎。[52]

甚而鍾肇政也有讓黃春明來接編《臺灣文藝》的想法。儘管鍾肇政認為，是黃春明惹出南北分裂之說。而鍾肇政仍是希望黃春明有意願接編的話，可以拓展《臺灣文藝》的銷路。

《臺文》依舊被叫好，本期許多朋友都認為內容充實，其奈銷路依然打不開何！訂戶也減少了。去春許多朋友硬拉來的訂戶，滿

---

51 李喬給鍾肇政信，1982 年 10 月 22 日。《鍾肇政全集 25》，頁 576-577。

52 如 1978 年，鍾肇政鼓勵陳映真寫出的〈夜行貨車〉，投稿到 58 期的《臺灣文藝》發表，並推薦他參加第 10 屆的「吳濁流文學獎」。

期後不少都不再續訂了。硬拉的便有此結果，也是無可如何之事。目前我正在計畫著重大的改革，也許明年起交黃春明主編。是他願意這麼做的。大概是近來的論戰，使黃他們那一夥人不高興了。尤其他們認為彭瑞金那篇談一九八〇年小說的論文不應該刊出，那是鬧分裂的前奏。當然這是一項天大的誤會。他們堅持文學工具說，所以容不下純文學論點。我也覺得交黃編，會使純度變質，至少像彭那樣的辛辛苦苦培養起來的文評家會失去發表園地吧。但葉老、李喬似乎不反對讓黃一試。

黃也說要付出心血來編，同時再開始執筆，讓一個長篇也在《臺文》上連載。黃似乎也可以在財務上動動腦筋。不管如何，黃點子多，《臺文》有了新貌，也許可以多吸引一些年輕讀者買雜誌，有助財務上的困窘，這是頗令人寄望的。所以我目前也是打算給他一試，唯尚未談妥合作事，近中有了機會，當與黃好好交換意見，談妥這件事。[53]

之後，黃春明當然是說說而已。多年以後黃春明以鍾肇政父子處理《臺灣文藝》負債甚多作為理由，因此黃春明才不願意涉入。這說法似乎過於單一與牽強。因為這時期鍾肇政父子所成立的泛臺書局，債務尚未是大問題。以黃春明反對鄉土文學之說，或者不認同臺灣文學的立場，恐怕不希望《臺灣文藝》坐大，或者也有考慮收編進來而導引新的文學走向。

陳的那篇文章我沒看到。那些眾多的雜誌，我無法都看。上次影印給你的也是那一類雜誌中一文。我原有推薦陳競逐本居吳三連獎之意。李喬告訴我他有那樣的文章發表，我就打消這個意思了。或許那也是一種左傾幼稚病吧。趕熱潮的文章，我想你就不

[53] 鍾肇政給張良澤信，1981 年 9 月 16 日。《鍾肇政全集 24》，頁 571-572。

> 必寫了。真的，能文而有思緒且正缺無處發揮的人好像還有不少位，讓他們去以政治意識為本位去爭論就好。你還是照自己的預定進行吧。[54]

不過，從這封信來看，鍾肇政的考量還是會參考伙伴的觀感。特別是作家從事政治上的意識形態爭論，鍾肇政是不以為然的。還是希望臺灣作家無論統獨，都可以拿出作品來，以創作第一為執志，並且在作品中減少政治與意識形態上的表態。

> 我今年要寫的「文學權威與創作自由」的理論就是要以這個論旨加以發揮的。但資料不全，引證上太弱，所以才被擱置。我想4、5 兩圖是分離主義的文學殆論可斷定。6、7 兩圖則是中土優越論，也絕不可取，兩者均失之偏頗，只有第 3 圖才能正確說明中國傳統文學蛻變為新文學的模式。展望未來，大陸和臺灣兩個文學圓是逐步接合，讓重疊部分擴大，或漸漸拉開，縮小重疊部分，就看海峽兩岸的局勢而變了！這有賴巨眼來看出答案吧！高瞻遠矚的識見何在？陳映真等人堅持第 6 圖，我不以為他是巨人，其他人持著第 5 圖，我也不以為是識者。[55]

於是乎呂昱保持著文化上的自主的臺灣意識，但是保留這個文化上的意識，是會被政治與時代的影響而改變的。至於他個人當下的政治上的意識形態，筆者以為是偏向統一居多。這一點在上面也指出來了。

> 這次在南部兩天，本與葉老談得愉快，不料太座（同來）下令回府，故未盡興而分手，且葉有暑期輔導課，無暇再敘。八、七夜與彭瑞金（北埔客家人）在紀念館套房（已設有一房，將來二樓

---

[54] 鍾肇政給呂昱信，1983 年 7 月 21 日。《鍾肇政全集 27》，頁 215。

[55] 鍾肇政給呂昱信，1983 年 8 月 6 日。《鍾肇政全集 27》，頁 228。

> 建成，會有二、三房）同榻而眠，聽了些文友動態。我自三月份以來即與朋友們睽違了！有幾點：陳永興赴美，演講時談到黃春明，黃曾有言：如果陳接臺文，他要到我家門前來自殺。彭解釋云：黃希望臺文在我手上繼續「無所作為」，而不願陳接後使她壯大。在美同鄉們頗恍然於黃的為人云云。看情形，自主論者與邊疆論者，已近水火不容。這是頗令人傷感的消息。我與陳映真仍保持良好關係，但在實際活動上，我是無力的人，陳（映）亦影響不了黃。[56]

這時候的黃春明、陳映真已然是邊疆論者，並且黃春明正是炒作1982 年「臺灣文學南北分裂」之說的重要人物。鍾肇政認為絕對沒有南北分裂的事情，但是黃春明、彭瑞金為首分為兩派的人馬，確實是意見不同的。

> 所謂分裂純是空穴來風，且不是別人，是黃叫出來的。我擔保絕無其事。起因是彭瑞金的那篇論文，對社會派做了強烈的批判。不容批評便成了分裂了。刊物不好辦，純文藝尤然。但既然有人辦，那麼是越多越好，這一點無庸懷疑也。我也會盡力去幫這份純文藝刊物。這個新年，文學園地更熱鬧起來了。我肯定同一個刊物內，也應容不同文學見解存在，尤以此時此地為然，相信弟臺亦首肯。[57]

以鍾肇政的立場而言，儘管他也有他的臺灣文學是獨立於中國文學之外的主張，甚而比本土論、自主論者都還要前進、深刻與堅定。可是，就派別、論爭而言，他還是希望凡是臺灣作家都能夠團結在臺灣文學的旗幟下。從這封信看來，鍾肇政跟彭瑞金一樣，是屬於純文藝派

---

[56] 鍾肇政給呂昱信，1983 年 8 月 10 日。《鍾肇政全集 27》，頁 232。

[57] 鍾肇政給張良澤信，1982 年 1 月 14 日。《鍾肇政全集 24》，頁 578-579。

的。只是鍾肇政不會明顯的去批評社會派。鍾肇政仍是艱辛的為了維持《臺灣文藝》的存在，成立門市部。年輕一輩的，在八〇年代似乎都按耐不住，就算是純文藝的主張，或者文化的臺灣意識，或者恐懼臺獨的指控，也都有奮起之勢，互相為文辯論，難以定下心來從事臺灣文學的創作。

二、彭瑞金與宋澤萊的衝突

從彭瑞金最開始的評論說起，他在 1973 年 7 月發表於《臺灣文藝》的〈論鍾肇政的鄉土風格〉，大概是有關鄉土論述的最高傑作了。4 年之後，彭瑞金也有很大的蛻變，也跟著強調臺灣鄉土文學、甚而臺灣文學了。[58]美麗島事件後更帶頭寫下〈臺灣文學應以本土化為首要課題〉，為戰後臺灣文學的建構中，烙下清楚的痕跡。[59]

以彭瑞金與宋澤萊為例，他們在 1980 年代公開發表了自己的主張。其實從私人書信來看，他們是已經在美麗島事件之前就已經有濃厚的臺灣意識，內心真正的主張如一顆種子，一旦有了勇氣以去除了對戒嚴的恐懼，就開花結果，儘管仍是小心翼翼的，也會說出真正的心聲了。宋澤萊說：

> 今日的臺灣文學實在已面臨緊要的時刻，如何肯定他的地位，已是重要的時候了。我自認淺薄，本不應談這件事，但最近《大地》刊物囑我撰文，禁不住就寫起來了。題目是「文學十日談」，我寫十天，一天一個小題，分別有「臺灣文藝者的自卑」、「期望批評界」、「臺灣文學的傳統和價值」、「文壇的省籍問題」、「以文學貢獻民主」、「文學裡反應的臺灣經濟問

[58] 彭瑞金記錄，〈葉石濤、張良澤對談——秉燭談理和〉，《臺灣文藝》革新一號，1977 年 3 月。

[59] 彭瑞金，發表於《文學界》，1982 年 4 月。

> 題」、「重整臺灣作家的道德」、「文學與生活品質」、「再論臺灣文藝者的自卑」、「附詩」，現在已寫三小題了。在我的眼中，目前的臺灣文學應該獨存於西洋與傳統中國之外了，老老實實來充實它，不卑不亢地經營他，不要再稱自已是別人的支脈了，不要自己再侮辱自己了。只有經過這樣的自我肯定，臺灣文學才會有前途，否則一味數人財寶，賤視自己，永遠都沒有出頭的日子，我不曉得有沒有人贊成我的意見，可是我相信很多人都默認我的說法，只是不敢說罷了，既是如此，我先下煉獄，亦無不可。執筆以來，惶恐再三，自知不能在臺灣文藝登出，只能由《大地》這種黨外的刊物來發表了，不過我影印一份給你過目，並求你指教。[60]

宋澤萊在給鍾肇政的信上，明確提到臺灣文學應該獨立於西洋與傳統中國之外，更要獨立於中國文學之外，臺灣文學並非中國文學的支脈。這在過去，例如在 1957 年的《文友通訊》或者 1965 年的《臺叢》，鍾肇政都清晰的表達出他思考過這問題，只是儘管主張臺灣文學是獨立的，但只能以臺灣文學是中國文學的一支加以包裝。

就這獨立與支流的定位問題，大多的戰後第二代作家還尚未有此問題意識呢。而宋澤萊在這美麗島事件之後，已經敢於直接表達出來了。並且也初露端倪，認為文學必須有政治、社會性功能，貢獻民主。也就是支援美麗島事件的受難者。宋澤萊內心中有深刻的感受到文學的無用論，必須改革。而在日後提出了人權文學，並且對葉石濤攻擊斥之為老弱文學。這攻擊，以及過分的政治取向的文學論，當然鍾肇政是不認同的。

> 處理不當，真的臺灣文學會分裂了。所以一切寄望鍾先生，要秉

---

[60] 宋澤萊（1952 年生）給鍾肇政信，1981 年 6 月 4 日。

> 持臺灣全體的觀點來看這件事，調和他們，必要時向他們哀求吧。我最近一心要考中醫，同時也勤修學佛，所有課業都沒做，所以大概不能去了。可是我已經寄〈十日談〉給您，我的範圍比你所列的討論事項要多很多，我看您摘要在會中幫我念一念，特別是請您強調我認為「臺灣文學復歸於臺灣人立場來看」這觀點，至於什麼是「臺灣人」，我在〈十日談〉裡有好的界定。另外請表示我對詹宏志和彭瑞金的厭惡，前者用大漢沙文主義，後者搞分裂，將置臺灣文學於死地，並致意我對一切文評家的關懷，我在十日談裡都說了。如今，我是把臺灣文學的發揚寄託在黨外的刊物和他們的參與上，對現在的文評家，我不存大的希望。希望鍾先生能看到我眼裡的熱淚。[61]

筆者認為鍾肇政的謹慎習性，一方面他在二十多年來都打著臺灣文學的旗幟。可是他也知道紅線在那裡，只要戒嚴尚未解除，或者刑法一百條還在，他是不會在信件中明白道出如宋澤萊的說法。儘管筆者在本書一再地指證出鍾肇政一開始的本意，就是臺灣文學是獨立的。

以鍾肇政的地位，他一直是臺灣文學的領導者，臺灣文學在創作、編輯方面的領頭羊，若不小心，不僅自己得禍，可能把整個臺灣文學的創作都帶入毀滅的破壞，例如作家紛紛坐牢，讓臺灣文學的創作發生停滯的現象，人才也斷層。至於分裂之說，宋澤萊受訪於筆者回答說：

> 當時我還沒那麼激進。我記得當時雖然把臺灣文學獨立出來看，但還把臺灣文學當成是第三世界的文學，算是左派文學的一環。我希望左右派的作家都能合作，不要排斥，因為我們正面臨國民黨的壓迫，要能合作。

---

[61] 宋澤萊給鍾肇政信，1981 年 6 月 10 日。很奇怪的是，宋澤萊不希望臺灣文學分裂，可是自己卻激烈的攻擊他人，挑起爭端。

> 實際上對於詹宏志我當然討厭，因為他認為臺灣文學不是獨立的。對彭瑞金這批人嘲笑楊青矗等作家的介入政治，我也厭惡。但是我還是希望大家都能合作，沒有分裂的本錢。
> 當時討厭詹宏志與彭瑞金的年輕中北部作家不下 20 多個，都無懼於國民黨，隨後展開了多次臺灣意識論戰。1985 年我和幾個朋友也辦了《臺灣新文化》，可能被逮捕下獄，我們也不怕！[62]

令筆者相當意外，在宋澤萊的認知中，彭瑞金等人是製造南北分裂的罪人；而不是之前鍾肇政提到的是黃春明所引起的。主因是彭瑞金雖然提出自主論，但是卻對於文學所扮演的政治社會角色不以為然，彭瑞金也是主張純文學。相對的陳映真、黃春明或者已經被關進黑牢中的楊青矗、王拓是現實主義論者，也就是文學介入社會政治改革者，這部分是被宋澤萊所認同的。

其實說起來，宋澤萊、彭瑞金應該都是臺灣文學獨立論，甚而都是政治上的臺獨論。而表現開始激進的宋澤萊，也在這時候對葉石濤公開說臺灣文學是三民主義的文學，大加的批判與不滿，非常傷葉石濤的感情。[63]原因更深層的正是不主張介入政治的言論，事實上除了葉石濤、彭瑞金，應該李喬、鍾肇政等，在這時期仍希望是文學本位，不期待《臺灣文藝》搞的跟黨外雜誌一般，登出來的文字都缺乏文學創作。而宋澤萊的主張是打倒國民黨比文學藝術還重要。

> 近來你南奔北走，不能說你問心有愧。但總是現在是你和葉老該出面的時候。尤其葉老，如果他再萌退意，恐怕就真的沒有機會

---

[62] 宋澤萊回覆筆者於 Facebook 通訊，2022 年 7 月 27 日。

[63] 葉石濤給鍾肇政信，1985 年 12 月 17 日：「至於巫永福獎，我實在沒有出席的意願。我想辭去這方面的評論。既拿不到錢，還可能招來禍端。在這一期的《臺文》中，宋澤萊把我罵得狗血淋頭。我也是氣得不得了。從今而後，我打算就靠翻譯推理小說或寫雜文渡此餘生。請保重並繼續努力。」《鍾肇政全集 29》，頁 488。

了（葉老有六十歲了吧？）有時我覺得奇怪，你們那些人在文學圈裡嘎嘎叫，但一碰到政治問題（黨外）就不敢開戰，故曰：藏頭露尾，適為年輕輩所笑哉！（請轉告葉老）笠，鹽分地帶，文學界，只躲在蚊帳裡捉蚊子，自詡掌握時代脈動，但只是一群整天追支票半夜搞迷藏的人罷了，故曰：有志者不屑與之。（請告訴南部朋友）祝

筆健　　　盼來日暢談

宋澤萊　　禪拜[64]

宋澤萊激進的態度不止針對葉石濤，連對李喬也一樣的督促。似乎戰後第三代作家，又比戰後的第二代作家更甩開戒嚴所造成的恐懼了。宋澤萊在給李喬的信件中，明白指陳是針對南部作家。雜誌包含《笠》、《文學界》等，此時的《臺灣文藝》則是陳永興主導，李喬參與，但是主導權都在陳永興身上。基本上，李喬也是沒有陳永興那麼衝的，扮演的角色，比較是多面的折衝的性質，但傾向於陳永興的陣營。

我現在擔心陳永興和高天生是否知道臺灣文學應該怎麼走，他們有點外行，看事情又很表面，陳永興一喊「臺灣文藝復興」，以為出幾本書就復興，哪有那麼簡單？現在文學文藝方向不是要復興不復興的問題，現在的文學路向應該是要更深入的揭發。我以為，必須揭批中國人固有封建的、殘蠻的民族脾性。臺灣本身的奴隸，反民主、自卑的民族性。（如林洋港等人……。）

這二點現在根本沒有人在做，如果臺灣真的要走入未來廿一世紀的文明世界，這二千萬人必須是全新的，合乎未來文明世界的人，一定要有民主、自由、自主的新精神，用筆不停去打擊腐朽的鎖鍊，掙開一重又一重的限制，一代一代地走（不一定要這一

[64] 宋澤萊給李喬信，1983 年 8 月 1 日。

> 代就完成），多做一分，下一代就少一點苦，磨之再磨，民族的未來結晶就會閃閃發光。[65]

從這裡可以看出來，宋澤萊已經有了臺灣作為一個新民族的論點，也贊成新國家，並且更積極的批判中國文化。除了對中國文學與臺灣文學的彼此獨立，中國人與臺灣人的分離，宋澤萊在進一步的在中國文化之外，要塑造獨立的臺灣文化，且對中國文化強烈的批判。其實，這在經歷過二二八的鍾肇政這一世代，對中國政權與文化的弊病，已經是親身經歷，感到大失所望了，祖國情結早就破滅了。

而從彭瑞金的角度來看陳映真的文論，陳映真的政治性的鬥爭手法早年在鄉土文學論戰中，利用國民黨獨裁政權來針對葉石濤為他戴上分離意識的臺灣意識論，現在陳映真針對彭瑞金也是一樣的手法。

> 三月八日那天陳某用那種不光明的手段攻擊我，所顯示的狹隘而猙獰的面目，頗出乎我的意料也令我心驚，對毫無野心的，一如您戲稱的以支流自居的「異己」亦要去之而後快未免太霸道了，過後我回想起來鄉土論戰之際，許多似是而非的聲音，卻無一真正原因，大家好像基準點沒有定好，亂跑一起，所以我聽葉老講「三民主義文學」我就頭痛皺眉，實在是搞不懂，我寫民副上那篇短文就是有意把他套牢。
>
> 鍾老肚子裡並不如您想的那麼不堪，七月初我曾去找他談了半天，但是他的位置和我們不同，我可充分諒解做「大老」的人的心情，我在葉老身上也聞到這種味道，所以我自認文學的路如果要走下去，我只能扮演獨行俠的份，以前我總認為是臺灣文壇批評風氣未開，現在我完全體會出來之中的錯綜複雜並不關乎文學，滔滔者皆是真正關心臺灣文學走向者又有幾人？勸自己認真

[65] 宋澤萊給李喬信，1983 年 9 月 21 日。

不得，醉時也有捨我其誰之自負，言不盡意願南來時大談。祝好
弟　瑞金拜[66]

從這裡看，就算是 1980 年代之後，以彭瑞金對鍾肇政、葉石濤的瞭解，尚且不容易體會葉石濤、鍾肇政真正的主張與意圖。還常需要面對面的溝通，並且抱持信任與寬容的態度。更別說其他讀者與作家了，怎麼解讀鍾肇政、葉石濤的文字。特別是李喬對鍾肇政的認識，儘管常通信、見面，仍是有相當不滿意的部分。[67]致使在本章開頭即提到，鍾肇政被眾叛親離，或者幾十年的伙伴都不瞭解他而產生誤解。彭瑞金也為著陷入論戰而感到相當的苦惱。

不讀書反覆這些陳腔舊調實在沒意思，這是我以前想向您徹底求教的事，寫詩、寫小說，可以業餘，有多少時間多少精力，生產多少作品，寫文評也業餘的話就要常常貽笑大方了，有時候的確是灰心喪志透了，只是不甘心，沒有一個為臺灣兩個字講話的人，才沒有把筆甩掉而已，[68]

說回來，彭瑞金此時是徹底的領悟到為臺灣說話的職志。彭瑞金是客家人卻比島上其他大多數的族群的還要為臺灣，有顆臺灣的心。只是彭瑞金跟李喬告解似的，有點奇怪。或許這時候彭瑞金所認為的李喬已經是敢於發言，把 1970 年左右對臺灣文學真正的支持的隱蔽想法，而非使用鄉土文學以避開敏感性，完全改變了。如果，能將這些書信都公開，相信可以確切的知道更早且一貫的支持臺灣文學的，就是鍾肇政。同樣的葉石濤也是一樣的為臺灣文學講話。[69]

---

[66] 彭瑞金給李喬信，1981 年 7 月 27 日。

[67] 筆者認為李喬態度與作法是不穩定，更是讓他自己陷入自相矛盾的境地，而遭受批評。

[68] 彭瑞金給李喬信，1982 年 3 月 29 日。

[69] 錢鴻鈞，〈隱蔽下的文學世代傳播：鍾肇政與葉石濤的臺灣文學旗幟〉，淡江大學大眾

> 肇政先生賜鑑：
> 「臺文」評文一定給您很緊張，但並不如一般人想的那麼嚴重，我旨在批判不事創作的南北評論家及「笠」那批有害真正的好詩的創作的人，對作品（尤其是我們創作家）是無傷的，同時我也帶出了施明正、呂秀蓮、林雙不一大批小說家，及新生代詩人（十人以上），我的一部分理論是為他們奠基。
> 同時我用「人權文學」想進行統一南北兩派，陳映真可能被我使用的「人權文學」、「併吞」掉哩。另外我要逼南派的評論重新釐訂「臺灣人」的定義，尤其是謝里法把臺灣人套上「原罪」，這一點對我們臺灣人無益，戴國煇也很壞，我要逼他們走入死巷，再用人權條款的美好定義來界定臺灣人。[70]

宋澤萊的企圖心相當強烈，企圖一統臺灣文學的走向，呼喊出人權文學。可以說，中國意識與臺灣意識論戰後，主要是民氣可用，大家講話就越來越沒有顧忌似的。不過鍾肇政並不以為然，鍾肇政認為這是對創作沒有幫助的。

林央敏也是另外一位，在詩作、創作中提出與祖國分裂的主題。在給鍾肇政的信件中，林央敏同樣的大膽明示。

> 數月前，老哥所贈《滄溟行》長篇。（三部曲之二）。近日得空，（我的上課時間沒以前那麼多了）一字一字閱讀完畢。心中波濤起伏，有如過去閱讀巴金的三部曲。而這種波濤是更貼切的，而且書中氣象更比三十年代恢弘，技巧更是超越了。
> 另外我邊讀邊聯想現在的臺灣，本土仍是殖民地而已，前一陣子我寫了一首詩〈斷奶〉，最後一段便是與所謂的「祖國」斷奶，現在我的祖國就是臺灣，臺灣雖然不是法律上的國，但確是活生

傳播學系碩士論文，2023 年 1 月。

[70] 宋澤萊給鍾肇政信，1986 年 1 月 27 日。

> 生的土地。我早計畫寫一部或數部臺灣現行（日本走後）政治、文化、社會、經濟的小說。但出生在一九五五年以後的我，特別是新聞封鎖，歷史受扭曲、腰斬之環境下的我是本土的過去仍然是陌生的。今老哥身歷兩代統治集團，恰可繼續寫新的《臺灣人三部曲》。盼日後能拜讀。[71]

林央敏指稱的應該是期待鍾肇政能夠寫下有關二二八的題材。不過，鍾肇政早在 1960 年代於《濁流三部曲》、《臺灣人三部曲》，有類似想法，只是終究停頓於二二八事件之前。而鍾肇政真正的拿起筆來撰寫二二八，已經是解嚴以後，且是 1991 年了。

總之，1980 年代的臺灣文學，是更為分裂的、激進的，同立場的群體，彼此又有不同的行動上先後順序的主張。對於在美國開始恢復寫作的黃娟，一方面被外省文壇嚴厲的排斥，不給版面讓黃娟發表作品，等於封殺黃娟。黃娟也對《臺灣文藝》的編輯方向有了疑惑。《臺灣文藝》在陳永興的主導下，政治取向增加已是定論，讓黃娟感到是否向《臺灣文藝》投稿，也諸多疑問。

> 臺文沒有強調臺灣意識的作品不採刊之說，我倒未盡同意。李喬未參與實際編務，但這一點可以從已刊作品看出端倪，是無庸置疑的。去年一年度，執行編輯是高天生，李喬排名主編，可是許多稿件，高主動取捨，且不少作品未經常過目。高在自己的主見，也是無庸置疑。李也因而有所不滿，今年起李要負多些責任。而臺文再次改組（改為公司組織）之後，高也離開了。近日盛傳楊青矗將北遷，並負責臺文編務，雖未見正式定案，但大概會這麼做下去的吧。
>
> 現在此間「文壇」，意識問題吵得很兇，但在臺灣的文學作家，

---

71 林央敏（1955 年生）給鍾肇政信，1985 年 9 月 20 日。

都緘默不語。寫小說的人總是較純潔的。妳說對否？我也覺得，這個樣子的吵，無聊且難看，親痛仇快是不用說的了。我近日因須在成行前清理稿債，大忙特忙著。看樣子，跑一趟美國，還著實不多呢！[72]

……

臺文革新一號有鍾理和專輯，另郵寄上，也許有參考之處。近中有些人士認為鄉土文學要從黃春明起始，這是可笑的話語（尤其以小人物為主的作品）。也是有意的歪曲。想妳在細讀他的作品之後，洞悉理和實直承賴和、呂赫若、張文環、龍瑛宗、吳濁流之系列，而辨識他的價值。

自立晚報百萬徵文，近日正好發布了正式的消息，辦法也公布了。另郵附上的是四，廿四自立晚報上登載的。唯一的意外是期間拖到近兩年有半之久。這是因為過去兩次都有人對期間匆促表不滿之故。

另有一點：過去入圍作品（兩次都無得獎人）筆下都極坦率，凡愛情的描寫、敏感問題，都有突破傳統的「欲說還休」作風。並且時勢所趨能帶有現實觀點的，似乎較易受到重視。這一點，在決定題材時不妨列為考慮因素也。[73]

鍾肇政並在回給黃娟的信件中指出，鄉土文學並非只是小人物為主的，鍾理和的小說就算是以小人物為主角，但是也並非都是要引人同情、憐憫的。這種鍾理和式的鄉土文學就是有臺灣特色的文學，也就是臺灣文學。並非主流社會所理解的起源於黃春明。而且當下的社會主流是寫實批判的。鍾肇政在信中，另指引黃娟如果要投稿參賽，需瞭解現在評審的口味。

最後，由呂昱的角度來看，臺灣文學的本土派，似乎分成三個團

---

[72] 鍾肇政給黃娟信，1984 年 4 月 26 日。《鍾肇政全集 29》，頁 631-632。

[73] 鍾肇政給黃娟信，1984 年 4 月 26 日。《鍾肇政全集 29》，頁 631。

體，一個是陳永興的《臺灣文藝》，彭瑞金等南部的《文學界》，而宋澤萊、林文欽等中部作家，要辦另外一個刊物《臺灣文學》（後未成）。

> 昨晚林雙不提及前衛林文欽、利錦祥等人正積極籌辦另一份刊物，（因宋澤萊的攻擊性文章有可能被臺文封殺），他建議兩路人馬會合，全力支持《臺灣文學》。（意謂和《臺文》相抗衡！！）
> 林佛兒贊成恆豪之議，見鬼說鬼話，他不以為《臺文》有必要再讓大家耗下去，他甚至認為陳永興只是出力並未出錢，不應該有那麼大的權力。
> 李喬見人說人話，他在許面前誇讚許接臺文並表示支持，一面又迅速通知陳太太，等許打電話給陳太太時，陳已和永興聯絡過，並告訴許，臺文已決定社長人選，並無停刊之事，（我成了撒謊者）恆豪批評他是個鄉愿，抹壁兩面光，我再怎麼尊敬他也不得不承認了！
> 宋澤萊的攻擊，讓許多人受不了！我對其行文草率，通篇情緒性用語，對小道耳語未加查證，均表示反對，但他發表的權利應該受到維護，何況我們的文壇的確也該來一次大批鬬了，很多人光會在背後說人長道人短，被人嚴重分化了還沾沾自喜，很多事情公開表明了反而更能澄清真相。臺灣文學界沒什麼不能批評的，甚至是也應該徹底檢討了！
> 宋還有四篇，將陸續發表，恆豪只敢保證再登一篇，壓力很大，必要時我將拿來登在《生根》，四年前他唱哭調我強烈反對，今天他要求大家要有骨氣我強烈支持。我們的文壇再鄉愿下去，再墮落下去，再腐化下去，我們還剩什麼？[74]

---

[74] 呂昱給鍾肇政信，1985年1月31日。《鍾肇政全集27》，頁437-439。

呂昱個人則因為接近政治人物，以及黨外的刊物，漸漸的也遠離了他純文學的本意了。由他的實踐來看，基本上他應該是屬於帶有政治社會意識的批判寫實型的作家。

而鍾肇政對於《臺灣文藝》的政治化、黨外化，非常不以為然。事實上新一代的年輕作家，義憤填膺，想要打倒國民黨政權，這是宋澤萊等中部陣營的想法。宋澤萊等人又排除黃春明、陳映真的現實主義、第三世界文學、邊疆文學的說法，他們已經是統派的。

剩下來的是，也略有獨派色彩的評論家彭瑞金，只是尚未敢公開臺獨的言論，戒嚴時代仍只想維持一個純文藝的色彩的園地，這是比較接近鍾肇政的想法的。鍾肇政更希望把上述所有的人都團結在臺灣文學的旗幟下，只是在 1980 年代顯然不可能了。

而解嚴後，至少鍾肇政在編輯《臺灣作家全集》，除了黃春明、陳映真外，自然都團結在一起了。呂昱在給鍾肇政的信上說李喬立場比較游移，或許李喬也是一種領導者的角色，希望大家都能夠和平相處、放下歧見。只是鍾肇政的想法也是希望大家都以創作第一來考量，如本章開頭所寫，鍾肇政因此受盡了海內外的攻擊，到解嚴後都還是有點不被諒解，也就不奇怪了。因為，比較寬容、採取和諧，希望團結一致的領導者，除了犧牲奉獻以外，被誤解似乎是必然的。

下一章將討論鍾肇政好不容易迎來了解嚴後的時代，臺灣有了基本的言論自由後，鍾肇政除了寫下一輩子不能不寫的有關二二八題材的小說《怒濤》，他還一改過去不參與政治，而謹守純文學的本分培育年輕作家，只為建構臺灣文學而努力。解嚴後，鍾肇政卻投入社會改革、身體力行上街頭、組織客家助選團等，這是否跟他在解嚴前，謹守純文學的立場、文化臺灣意識的主張有所改變呢？在文學與政治之間，他又是如何拿捏呢？第九章將會繼續探討。

第九章　1988-2020：投入民主與客家運動

解嚴後，臺灣言論的自由還是帶有一小段時間並非真正的言論自由，以及黑名單的狀況。鍾肇政在確信國民黨並非引蛇出洞後，受邀決定參與客家與民主運動。走上街頭示威抗議，甚而成立「客家助選團」、臺灣各地巡迴助選演講，有別於過去只在文化的臺灣意識界線內，從事建構臺灣文學的活動。

表面上是打破了鍾肇政在戒嚴時代，特別是美麗島事件後，依然堅持純文學的立場，但是實際上他仍然是文學家的角色，參與民主改革，參與社會運動。比較過去，他的創作等等，擴大而言也是一個更為深刻的有淑世理想的社會運動。現在因為沒有白色恐怖，不怕會因為社會運動而坐牢，也失去創作發表機會。所以他放手的加入民主陣營的改革、加入支持臺灣立場的選戰。而獲得臺灣文學在政治上的地位。

不過，他心中念念不忘的還是創作、寫作，而終究在快八十高齡有了人生最後一本創作《歌德激情書》，也有幾十萬字的隨筆《滄海隨筆》陸續寫成。

第二節講因為他帶動起來的臺灣文學得到政治上的地位，除了他獲得聘任總統府資政外，臺灣人政府更成立國立臺灣文學館、臺灣文學系等，而他也仍不怕辛勞編輯了《臺灣作家全集》。以及他留下了大量的書信史料、回憶錄文章，這是他在最後時期的所建構臺灣文學的貢獻的地方。

第三節講他最誠摯純潔的文學上的朋友東方白，如何兩人互相鼓舞，表達創作第一的信念，相知相惜的過程。與莊紫蓉受到感召作為鍾肇政的義工，幫助完全《鍾肇政全集》，以及協助鍾肇政更多書信史料、演講、錄影等種種的對臺灣文學史料整理、辛苦筆錄的重要貢獻。

而這也顯示鍾肇政信任、大方、溫暖的一種隨和性格使然，讓人尊敬而忠誠協助。

第一節　文學家本色投入社會民主改革

一、解嚴的影響

1987 年 7 月解嚴了，不過鍾肇政花最多時間的是在還債，從 1986 年中開始，花了兩年半以翻譯日本通俗文學的方式度日，解決過去，應該說父子兩一起留下的債務。鍾肇政不得不先賣掉中壢的房子，降低利滾利的風險。這時候鍾肇政 61 歲了，身心受創，且到了鍾延豪車禍的次年中才開始打車禍的官司，又是對鍾肇政一種精神上的折磨。

總算因為解嚴的關係，鍾肇政開始寫所謂的回憶錄，但是首先是藉由寫文友的方式，裡頭順帶的說出自己在臺灣文學的活動，如創作、編輯活動等，一如一種社會運動一般，裡頭有鮮明的臺灣旗幟，更是臺灣文學建構的過程。這些大概是 1989 年開始書寫的，後來筆者協助，將之編輯成《回憶錄二：文壇交友錄》。以及《回憶錄一：掙扎與徬徨》，裡頭的文章就比較晚，也比較亂，全書並沒有一定的發表時序，按照從小到大的歲月。但基本上兩本書都能夠吐露鍾肇政不少的心聲。

只因為還有刑法一百條二條一條款，以言論如表露臺獨思想就入罪的條款。於是如 1989 年初才開始準備的《怒濤》的創作或尖銳的言論，並非一解嚴就寫的。而是多少觀察一下時局而行動的。直到 1992 年 5 月修正了刑法一百條，臺灣才真正有言論的自由。而之前，鍾肇政也加入「一百行動聯盟」，代表文化界作為發起人。調查局對「一百行動聯盟」也是強烈的監控的。但是，有關鍾肇政相關活動的案底，也到此為止了。

> 馬漢茂之死，給了我不小的衝擊。這樣的臺灣文學之友，怎可以這麼年輕就走！

> 我與他初識是一九九一或九二年，記得我尚在臺灣筆會會長任內。我應邀參加一個文學聚會，席上人們開口閉口都是「中國文學」，我半途退席——下一個鏡頭是文建會附近（中正廟旁）的一家咖啡店，與馬一起啜咖啡。馬：為什麼不表示非中國文學而是臺灣文學！？他好像猜到我退席的原因。可是我又驚又喜又慚愧，不敢明白主張，只能退席，慚愧極了！不為什麼，因當時尚在解嚴之初，心中仍有小警總（真警總也還沒撤除，刑法一百條還在，一○○行動聯盟的抗爭是否已發動，一時想不起）。這些馬好像已忘了，而我記憶深（前文從國家圖書館到咖啡店的經過也想不起來），乃因那一番內心的慚愧。這幾乎是永生難忘！[1]

可見就算是解嚴，臺灣文學不是中國文學，因為刑法一百條的二條一條款尚未廢除，這讓鍾肇政還是不敢大剌剌的把臺灣文學的定位說出來。

> 剛讀畢你為《臺灣新文學全集》寫的總序。你這序也夠長夠磅礴澎湃了，特別欣賞你的開宗明義：
> 「臺灣文學是世界文學的一支！」
> 你這聲明將十年來「臺灣文學是不是在臺灣的中國文學？」的奴言婢語一把掃光，在文學奧林匹克大會上堂堂昇起臺灣的國旗，而不必像奧林匹克運動會上可憐兮兮地手拿荒天下之大唐的奧林匹克大會旗，唱奧林匹克會歌！讚！！！[2]

或許在統派媒體的文學聚會中是公開的場合嗎？讓鍾肇政一下子有顧忌起來了。可是下筆為文，又感到時代空氣畢竟不一樣了。因此在總序中就不客氣了，可以突破的講出略有禁忌的聲明。

---

[1] 鍾肇政給莊紫蓉信，1999 年 7 月 5 日。

[2] 東方白給鍾肇政信，1990 年 8 月 24 日。《鍾肇政全集 23》，頁 295。

鍾肇政在 1990 年 12 月，一下子擔任了兩個組織的會長。分別是「臺灣客家公共事務協會」理事長、「臺灣筆會」會長。不過，在 1988 年 12 月的還我客家話運動大遊行，鍾肇政並沒有參與。原因主要是鍾肇政都是謹守文學家的本分，直到客家界與文學界紛紛要推舉他，希望他出來領導時，鍾肇政不僅義不容辭，且成為客家運動與文學運動，參與政治、街頭遊行等等，鍾肇政把自己推到最前線，帶領大家向前衝、上街頭。鄭清文如此懇求鍾肇政出來帶領大家：

> 星期六，參加臺灣筆會的理事會。討論十二月間改選理事及會長的事。會中，陳千武會長、楊青矗前任會長及各位理事一致希望您能出任下一屆會長。我也認為這是當然的事。
> 您知道，除了臺灣文藝和臺灣筆會以外，對於各種文藝活動，我都很少參加。其實，臺灣筆會，也是因為帳務的關係，無法推辭，才答應下來的。
> 不過，再說回來，臺灣筆會，應該是臺灣文學活動重心，也應該是臺灣文人結合的基點。只是它一直沒有發揮它應有的功能。因此，大家懇切請您出來主持，希望這個會能結合臺灣文學的力量。
> 戰後，臺灣文學發展到現在，形成幾股不同的力量，而其實，最先的源泉，都可以追溯到您。像我，像李喬，甚至像鍾理和都是。
> 所以，我自己也很希望，您能出來擔任這個職務。在理事方面，您心中如有什麼構想，也請您提出來，大家來支持，使這個會能真正帶動臺灣文學會發展。我很希望，大家意見可以不同，力量卻應該合一的。無限期盼。[3]

[3] 鄭清文給鍾肇政信，1990 年 10 月 17 日。《鍾肇政全集 26》，頁 405。

畢竟，鍾肇政才是真正有領導力、號召力的作家，並且在 1961 年時，陳有仁就不斷的敲邊鼓，希望鍾肇政能夠帶領大家，有一個群體組織。[4]總之，「臺灣客家公共事務協會」一樣是客家界強烈的期待之下成立，並且要求鍾肇政來領導的。鍾肇政在這裡從事很多相關的民主政治活動，也有很多的成果。最後鍾肇政成為文學界與客家界的代表，並且也成為政治上的文學與客家的代言人。

但是，鍾肇政並沒有忘卻文學，仍是以臺灣文學的代言人的立場，不斷的為臺灣文學爭取政治上的資源，其結果建構了臺灣文學的主體性。如國立臺灣文學館、臺灣文學系等等。儘管這些成果並非是鍾肇政個人就能夠為力的。不過，他確實是站在最前線，每役必與，並提出創造性、前瞻性地想法如「客家助選團」、「陳水扁助選團」，然後加以實踐。2000 年之後，鍾肇政在總統府獲得資政的地位，儘管說他是臺灣文學界的代表，或許更為重要的是他成為民進黨贏得客家票的象徵人物。而客家票對民進黨而言是有關鍵性的地位。[5]

只是創作應該是作家真正的價值所在，這一段時間鍾肇政只有大量的隨筆、雜文、演講筆錄等超過一百萬字，想起來個中的「失職」心情也只有作家自己感受最深了的。這種失職的心情，讓他人也是覺得很感動的。好像他沒有創作，就不值得活了一般。

總之解嚴三年後，「臺灣客家公共事務協會」與「臺灣筆會」，

---

[4] 這在第三章討論過。

[5] 鍾肇政曾說他是抱持永遠的在野精神，不過為何民進黨執政後，他不僅擔任資政，後來也加入了民進黨呢？這可以參考：呂政達採訪，〈鍾肇政談客家文化和文學經驗〉，《自立晚報》，1995 年 1 月 9 日。《鍾肇政全集 31》，頁 332。「永遠的在野精神，追求民主，也是包含在這個新的理念裡面。過去，客家人容易被視為是靠向權力者這邊的，因為他們是弱勢，需要有比較硬的靠山，否則怕被人家欺負。而新的客家人，永遠在野的理念，就是要消除『西瓜靠大邊』的想法，為整個臺灣兩千萬人的未來，貢獻自己的棉薄。」可見，鍾肇政的重點在於為臺灣的未來，而民進黨才是值得支持的，國民黨是出賣臺灣的。因此國民黨下臺在野，鍾肇政仍是支持民進黨，何況國民黨背後還有一個更大的中國要併吞臺灣，客家人更不可靠向已經在野的國民黨，成為中國附庸的國民黨。

同時推舉他為會長，鍾肇政雖然正在從事《怒濤》寫作，武士的性格，他自然的承擔下來，乃有十年來為民主與族群的平等奮鬥不懈勞碌之事蹟。就任兩個會長之後，不久即有了第一次筆會和客協連袂上街頭高喊「郝柏村下臺」、「廢除刑法一百條」之創舉。另外，《臺灣文藝》營、客家冬令營與夏令營、「全國客家助選團」等也在他帶領下相繼首航出擊。雖然文學家社會地位仍不比政治人物，但是因為解嚴的關係，他再也顧不了力量如何卑微了。十餘年忙碌下來，竟然結論是其自言成為失職的文學家，文學創作呈一片空白。

其他還幾個戒嚴後的軼事值得一提，例如，李登輝前的紅人戴國煇告訴鍾肇政「都是因為你不聽話。國民黨本來要培養你的。」筆者認為「不聽話」是對鍾肇政的恭維！解嚴前也會有林衡道等人來告訴鍾肇政不要參加敏感的活動、雜誌。鍾肇政糊塗以對了，直說他只有參加《臺灣文藝》的活動而已。類似來自於文壇名人的威脅、傳說，不勝枚舉。仍會給人一種恐怖的壓力。

國民黨雖然懂得籠絡文人，認為作家是修飾文字的工匠，要你多寫寫歌功頌德與暴政必亡的文章，比如說他要鍾肇政寫歌頌「蔣公紀念堂」，鍾肇政推說沒看過紀念堂長得怎樣，國民黨便派車載你去，讓鍾肇政無法拒絕而不去，這或許就是被當代人視為懦弱的證據了；[6]至於還獲文工會欣賞，要求日譯「蔣介石傳」，倒是鍾肇政稱自己未被允許看日文書，連「總統」的日語都不知道怎麼翻譯，算是拒絕了這份「殊榮」，總算就此了結。

國民黨也懂得文學家帶有危險性，故從不會讓臺灣文學進入國文教科書內，一如先進的國家那樣，使文學家走進下一代的心靈中；更別說讓臺灣人民將你送到世界的文壇，這在鍾肇政這種人看得真切多了，

---

[6] 這首讚歌刊登在報紙中，約於 1980 年 4 月，中正紀念堂完成之時，但是沒有收入《鍾肇政全集》。一如《蔡萬春傳》，這種歌功頌德的、不得以而寫的，經過鍾肇政意見，也沒放入莊紫蓉、錢鴻鈞所編的《鍾肇政全集》中。其他也有被迫歌頌「中正紀念堂」完成的詩作，刊登於《中國時報》，亦沒有收錄在《鍾肇政全集》。

尤其在蔣經國要收買臺灣人的年代，國民黨的文學獎開始給臺灣人，要收買你。那鍾肇政想，就大方的收下，以求得保護避開恐怖，這是那個時代的智慧，雖然是怎樣也逃不開隨時會遭到逮捕、約談的恐怖感；至於附帶的獎金，則光明正大拿的是納稅人的錢，貼補像修牙齒等，不無有益健康，功過就需要讀者進一步判斷了。這部分收買的問題，在第三、四章也提過不少了。

在鍾肇政的意識中，「臺灣」二字，雖然本身就有反抗性，對其個人是執意打出的反統治者的硬頸精神，創作上凸顯臺灣的特色。現在可以指出「遠離中國」，正是鍾肇政這一代人的時代所產生的特色，臺灣意識的最佳詮釋。很有趣的，這樣的觀點，卻是要島內中國人、外省人與統治者看的最真切，最早指出來，臺灣文學的代表人物葉石濤、鍾肇政是有分離意識，或就乾脆說鍾、葉失去作為中國人的立場。

如今解嚴了，身為臺灣人、認同臺灣的人，很高興能夠呼應正名為臺灣兩字。而臺獨原本就是臺獨，而不必喊冤似的說被「誣指」。甚至被說成是帶有皇民遺毒與日本精神遺毒的影響。有趣的是，雖然是有某種立場產生的偏頗指控，卻也帶有深刻性的理解這一代人的意識。確實鍾、葉是強烈的憎惡中國人，因為他們真得很難瞭解「中國人」是什麼，「中國人」指的是什麼。故，「臺灣──我的唯一的故土」就浮現在他們這一代臺灣人的心靈之上了，產生強烈的奉獻的生存依據。

鍾肇政以一名先知告訴我們的，以今日的語言來理解就是要我們學習尊重自己，並且獲得中國人尊重臺灣人的意願，以立足於世。這真是對臺灣的未來與自己的使命有深刻信心與毅力的一代。這時，鍾肇政能更放開手來建構臺灣文學了。

鍾肇政在九〇年代確實參與政治活動，不過在政治與文學之間，因為時代的變化，他仍盡了時代的使命，一如他在《魯冰花》中，也批判社會希望改革政治。不過，他並沒有失去文學的本位。回顧他在1980年代的發言：

從談話中，我發現鍾先生是主張文學歸文學，政治歸政治；他追尋永恆的文學，而不願文學當政治的奴婢，於是我提出了這個問題。

「我辦臺灣文藝六年整，算是失敗了。我不想把文藝刊物辦成政治色彩太濃厚的雜誌，不過我也做了些突破，這點我是很欣慰的，但，或許陳永興醫生他們有自己的理想，我也不反對，因為我既然已經交出了《臺灣文藝》，最主要是希望這份有歷史意義的文學刊物能延續下去。」[7]

可見，鍾肇政將文學與政治分開，主要是編輯雜誌的問題，他希望編輯純文學的雜誌。純文學的園地已經非常小了。純文學的人沒有必要去辦摻有政治話題的文章。然後將文學創作、文學雜誌變成黨外刊物或者政治的奴婢。失去了文學追求永恆人性的目標。他也不希望「藉文學來黨同伐異，來製造文學風暴。」[8]這並非說，政治、社會改革的活動中，完全不能參加。只是他認為，在戒嚴時代為政治而犧牲文學生命是相當可惜的。而文學的社會性，讓文學真有改造社會的功能；這種積極性也是值得發揚的。但是鍾肇政認為不能因此認為之外的就沒有文學，他認為這太極端了。鍾肇政認為好的文學都有助於提昇人類靈魂，激發人性的光明面，促進社會的和諧。[9]

二、外務的增多與《歌德激情書》

就上一章提到鍾肇政的立場是文化的臺灣意識，其本質也就是一個純文學的工作者，而擁有臺灣心、有使命感的作家。並且創作第一，

---

[7] 康原，〈歷史為證　鄉土為懷——訪大河小說家鍾肇政〉，《自立晚報》，1986 年 1 月 10 日。《鍾肇政全集 31》，頁 149。

[8] 張洋培，〈龍潭的秋色——訪遊美歸來的老作家鍾肇政〉，《新書月刊》16 期，1985 年 1 月 1 日。《鍾肇政全集 31》，頁 151。

[9] 康原，〈歷史為證　鄉土為懷——訪大河小說家鍾肇政〉，《自立晚報》，1986 年 1 月 10 日。《鍾肇政全集 31》，頁 144。

臺灣文學第一。解嚴前，他並不參與政治活動，特別在美麗島事件前後，他也沒有直接參與黨外的選舉造勢活動，還是守護著手上的兩大文學刊物，《臺灣文藝》與《民眾副刊》。編的內容也以創作為主，並且呵護著新一代的臺灣作家，提供版面給前輩作家發表，無論創作與評論、文學回憶錄。他也不贊成臺灣作家放棄創作，去參與政治活動。

不過，就上面所述，解嚴後，他自己反而積極參與「臺灣客家公共事務協會」、「臺灣筆會」，而且成立客家助選團、帶領兩個會上街頭示威抗議，不能不說鍾肇政在解嚴以後已經改變態度了，確實是參與了社會文化改革運動，並且積極參與政治的民主改革運動。

只是，那兩個會的領導人的位置，都不是鍾肇政去競選要來的，都是外界硬塞的。而如戒嚴時代，《臺灣文藝》的編輯、編輯《臺灣作家全集》等等也都是別人拜託他做，或者沒有人要做的事情，他才會去做，他不會跟人搶。解嚴後，仍然可以說，他一樣是以文學家的身分從事客家與民主活動。例如成立筆會月報、客家人月報、臺灣的心專欄等等，仍是以隨筆文字的形式來影響社會，宣達客家與民主的活動。這方面在下一節還會繼續提到。

回到創作方面，解嚴後，他立刻展開的就是《臺灣作家全集》的編輯，更重要的還是他稱為一輩子不寫不會瞑目的題材，也就是《臺灣人三部曲》、《濁流三部曲》，兩部大河小說共通的第四部，有關二二八事件的歷史背景的題材。那就是《怒濤》這本書：

> 九月近尾，《怒濤》總算全文脫稿，解除了被連載緊緊追趕的心腹大患。此刻，《怒》的完成比預定遲了多少時日，我已不敢去想，只記得每天早上寫兩個半小時（其中因眼力不濟，約有一半的時間是在喝茶、抽菸、休息），多時千來字，少時就不必提了。下午，我必需應付一些小稿及寫信及雜務。晚上幾乎已無力看書，遑論寫作或做什麼。稿子是去歲十一月間寫到四萬字時交出去的，年初開始上報。易言之，大約十二月份起我過的就是這樣的日常。當然啦，我無法天天這麼做，因為也是去年十二月

> 間，我忽然成了兩個社團的會長（臺灣筆會與臺灣客家公共事務協會。後者為新創的會），兼顧兩個會，工作更加忙碌，開會也極多。這就是形成被追趕的原因。入夏後更苦，因不能適應冷氣、電扇也不能久吹，所以揮汗苦寫，嚐夠了「生產」的苦楚況味。[10]

其實不止是解嚴後撰寫《怒濤》如此與文字苦鬥，他的身體、忙碌、眼睛等等問題困擾他。其實早在鍾肇政在編輯兩大《臺叢》、《臺灣文藝》時，不也開始緊鑼密鼓寫《臺灣人》？而在《文友通訊》時，鍾肇政不也持續的創作，不以為文友服務為苦。或許那時候他才四十歲，現在（九〇年代）他已經快七十歲了。

在美麗島事件前後，鍾肇政的創作停頓了六年，那是因為他要編輯手上的兩份刊物。1982 年底交棒《臺灣文藝》，隨後他開始創作《高山組曲》等等，恢復創作。1973 年他的父親鍾會可車禍臥床，外在又有臺獨三巨頭的指控，他也在慌亂中，靜下心來創作出《插天山之歌》的美麗世界與愛情故事，在小說中悠遊自在，文字乾爽清靜而迷人。而且也常常一下子同時執筆三個連載都有。

那麼他創作《怒濤》的忙亂的情況，又是如何呢？

> 糟的是我的「外務」忽又增加了。公投會、一〇〇行動連盟、新憲助選團等，我都有推卸不掉的任務。我舉本月行事為例：11／3：助選團發起人大會；11／4：公投會經費稽查委員會；11／7：師大客家研究社演講；11／8：林一雄（客協秘書長）競選總部成立酒會；11／9：客協理監事會（另有兩個無法出席的會）；11／14：吳三連獎頒獎會（因東方白與劉還月得獎，不可不去）；11／17：讀書會（一群客家青年來舍由我教漢書）；11

[10] 鍾肇政給張良澤信，1991 年 11 月 6 日。《鍾肇政全集 24》，頁 3-4。

> ／23：客家文化研討會（客協主辦）；另有日期未定的歡迎東方白回來，並為東方白與劉還月祝賀獲獎之晚宴（由筆會、客協合辦），東方白演講會（未定）等。你看，我剩下的日子極有限了，可是我都不能脫身。十二月一日有客協週年慶及接著而來的助選活動；12／10：中山大學演講（原來該拒絕，太遠，可是我問那個來電話連絡的女學生你們是保守的學校，怎麼可以找我？回答是：「我們也要突破啊。」就憑這句話，我答應了！）這是下個月的了，不再細列。[11]

上述密集的活動，可能一直到公元兩千年民進黨的陳水扁當選總統前，都是如此過的日子。而且大都是沒有收入的事務，眾人的事務。

鍾肇政希望臺灣人能夠團結，政黨內能夠團結，他也在許信良與彭明敏之爭當中希望團結客家，一如團結臺灣文學內的統獨兩派。因此，他看到民進黨內的不合，支持民進黨的團體另外成立一個黨，這是最令他憂心忡忡與難過的。也認為這是臺灣人最糟糕的地方。

> 臺灣民眾黨是臺灣自有歷史以來第一個政黨，而且是民間的，所追求的是民主，當然也是改革的。臺灣的共產主義、社會主義追求的也是改革，臺灣社會的改革。臺灣民眾黨標榜的民主，同樣把他的目標訂在社會改革上面。所以這就變成同樣是要改革臺灣社會，可是一方面是激進的，共產主義是激進的，另一方面是溫和派的。我們看到今天是不是歷史在重演？臺灣民主化以後，有民進黨出現，國民黨這邊又有路線之爭，國民黨的主流標榜的是臺灣化的改革，這對於一些標榜中華民國的就變成路線之爭，所謂的主流派跟非主流派。國民黨是這樣分裂的，所以會有新黨出現。民進黨這邊最近也在鬧分裂，當然民進黨的分裂不像國民黨

---

[11] 鍾肇政給張良澤信，1991 年 11 月 6 日。《鍾肇政全集 24》，頁 4-5。

> 那麼明顯——同樣是國民黨員，一方變成臺灣國民黨，一方面是保存中國國民黨這樣的路線之爭。民進黨方面則不一定是民進黨員分裂出來的，而是過去民進黨成立以後，一直地都在幕後給民進黨做一個後援的，比方臺灣教授協會為主的這些高級知識分子，他們覺得民進黨要談大和解、不主張臺灣獨立、說臺灣已經獨立了四十幾年，民進黨這樣的主張，他們認為這是不對的，有違原來的追求臺灣獨立的民進黨黨綱，所以他們離開（所謂離開，並不是本來是民進黨而脫離民進黨，而是本來成為民進黨後援的這些人，他們有的集中力量地來支持民進黨），另外成立一個獨立黨，這可以算是一種路線之爭，也是一種分裂。
> 臺灣人，包含來自中國的中國國民黨，中國國民黨在臺灣化的過程當中就有這樣的分裂，我們也可以說這是臺灣的國民黨開始分裂了，臺灣的民進黨開始分裂了。所以我說歷史在重演，臺灣人就是這樣，簡單地說是見不得人家好，你了不起，我比你更了不起；你大，我比你更大，誰怕誰啊。所以一直都在反覆著這樣分分合合、合合分分的狀況，我認為臺灣人從移民社會的移民性格留存下來的民族性是非常要不得的。[12]

在此忙碌與憂心於客家與民主運動之下，鍾肇政仍自言：

> 浪漫之蟲已告寂滅，沒有創作，我的生命便毫無意義。真不知有什麼、有誰能再讓我搧起這把火？投入客家運動較多，乃因可憐客家已近滅亡。每年選舉都組織助選團四處奔波，乃為了對民主的渴求與信仰，非願參與政治也。[13]

鍾肇政從《怒濤》到 1996 年說出沒有創作的遺憾之感，那段時間

---

[12] 《鍾肇政全集 30》，演講集，頁 97-98。

[13] 鍾肇政給張良澤信，1996 年 2 月 17 日。《鍾肇政全集 24》，頁 662。

已經四、五年沒有創作了。他所寫的也都是隨筆、回憶錄的文章。而他希望完成的《怒濤》三部曲，據其說除了外界的活動外，也有家中不好說的情況，造成他終究無法完成了。

但是，他還是在 1996 年旅德時，寫下一點創作的種子，也就是後來的《歌德文學之旅》小說的構想。真正發表時，被出版單位命名為《歌德激情書》，以期能夠吸引讀者眼光，有更多銷售。

2002 年鍾肇政重拾鋼筆，撰寫《滄海隨筆》，也想藉此漸漸的恢復創作。並且之後還寫了續篇，展現了創作為業的作家本色：

> 從《滄海隨筆》以來一有空就動筆，我太太兩天前就開始認定我又回到從前執筆的歲月，個性「神經質」起來了！！我確實已恢復了以前的那種熱狂，也衝破了幾年來已不再能寫作的感覺，這旅行記仍是《滄海隨筆》續篇（前已寫好的，早已交給 XX 了），妳可以跟他要影本，這續篇也會交給他的，當然妳也可以看到。[14]

果然 2003 年重拾 1996 年旅德的創作題材，最後完成個人突破性的作品，也是受到日本的老人文學的啟發，如川端康成的《睡美人》、谷崎潤一郎的《鍵》等，他也不認為自己會輸給時下的年輕作家寫的情色文學。最後完成六篇成為一本小說《歌德激情書》。

之後，他還是寫下一個續篇，也是有關《歌德激情書》系列的情色小說，不過只成就一篇，後來也沒發表出來。無論如何，他作一個文學家，儘管投入民主政治活動，他還是維持創作家的本色，創作再創作，一直寫到不能寫為止。當時將近 80 歲的他，也終於完成最後一本創作了。

[14] 鍾肇政給莊紫蓉信，2002 年 7 月 29 日。

第二節　《臺灣作家全集》、國家文學館與史料貢獻

一、回應 1957 年的臺灣文學定位：《臺灣作家全集》

上述鍾肇政因為參與民主運動，使得特別是在民進黨組成的新政府中，他大力的推廣臺灣文學在官方的建設。鍾肇政是秉持客家人的硬頸精神，自稱要做永遠的在野。然後他終於在自己身上，實踐了臺灣精神，支持民主與自由的本土政黨，並且在戰後臺灣文學的建構中，回應了在 1957 年辦《文友通訊》時，鍾肇政就想直述的話，無需保護色彩的方式，說出「臺灣文學是獨立於中國文學」。

1990 年後李登輝在政治上提出「新臺灣人」，鍾肇政則認為「新臺灣人」是臺灣意識的倒退，可見政治人物畢竟與文學家是不一樣的，顯得較「心胸寬大」。筆者認為，政治上李登輝重新提出了 1960 年代就存在的「兩國論」，卻得不到外省人的贊同。是否族群利益現實利益的分配，統獨、文化認同糾葛成一團，需要進一步改革政治體制。鍾肇政這種批判「新臺灣人」的想法，與「臺灣文學」並不需要本土、鄉土的「加持」角色，顯出鍾肇政在拿捏「臺灣、臺灣人」的「過去與未來」，有其相當獨特與直觀的思維。筆者必須強調一點，並不是有「新臺灣人」思維的，對於族群觀念的心胸就比較寬大的。

文學界於 1999 年發生外省人「搶奪」（鍾肇政語）「臺灣文學」的解釋權，是否早為「狹隘的死抱省籍意識」的鍾肇政所預見。確實，有人既然不認同臺灣文學，那麼怎麼會有被臺灣文學排斥的說法呢？真的有所謂的「本土論述的暴力性與排他性」的事實嗎？這些都是外來殖民統治意識無法靠「新臺灣人」融合的餘緒。「臺灣文學的悲情」或者謂「臺灣文學的歷史」、「臺灣文學的主體性」的精神傳統，其實就是臺灣的人道主義精神。相對的中國文學，或是外省人在臺灣建立的文學形貌，反而統治者的高傲、無知、狹隘、荒謬、流離者的心態，且沒有民主與自由的價值觀。

鍾肇政的意思是「認同斯土之民者就是臺灣人，怎麼又需要新臺

灣人呢？」、「臺灣文學一直是血淚的文學、掙扎的文學」其實臺灣文學的內涵才是寬廣無比，當鍾肇政強調臺灣文學的悲情，也正是謹記愛、容忍與和平的重要之時，但絕對記取歷史嚴酷的教訓。小而美的、民主的國家確實是鍾肇政的夢想。

> 為臺灣文學大系而忙。我不但負總責，還被塞了部分翻譯。總序正要著手（會是兩萬字的，在我來說是「大論文」）又有幾個無法推辭的拉雜文字之約猛襲而來。
>
> ……
>
> 我剛做完的工作是大系裡一些舊譯（張文環、巫永福、翁鬧的，有些是我譯的，有些別人譯的）的校訂工作，我只好承擔了這苦差事，誰叫我接受了大系編輯小組的召集人這個「職位」呢！[15]

在鍾肇政為了編輯而負起翻譯的繁重工作中，在這個總序中，鍾肇政終於喊出了臺灣文學的獨立宣言了：

> 總序是我這一輩子極少的理論性文字中可能是最後一篇吧。我要好好地開陳一己的文學主張，也該是臺灣文學的獨立宣言。[16]

而且鍾肇政在國內，宣揚臺灣文學的自主獨立，以及臺灣文學是獨立於中國文學之外的，臺灣文學並非中國文學的一環。這本也可以是一種文化的臺灣意識使然，不必與政治扯上關係。但是無論在戒嚴前或者解嚴後，文學作為國家文化的一環，文學的獨立、自主，免不了與政治上的自主與獨立會有緊密的關連性。無論如何，刑法一百條的二條一廢止後，文學的獨立也好、政治的獨立也好，彼此相關或者不相關，都可以任意的加以論述或者把內心中的意思給表達出來。

---

[15] 鍾肇政給東方白信，1990 年 3 月 7 日。《鍾肇政全集 23》，頁 274。

[16] 鍾肇政給東方白信，1990 年 3 月 7 日。《鍾肇政全集 23》，頁 274。

甚而鍾肇政在國際上找到機會，也會努力宣揚他的想法：

> 我預計十一月上旬會去京都。說是有一場李登輝費力籌備的「亞洲展望」學術會議。除了 K 的色彩濃厚，讓我不是很想去之外，主題更和文學無關，去了也很可能只是浪費時間。但我依然抱著一線希望，想著或許會有將「臺灣文學非中國文學的一環」這份信念推廣出去的機會，所以我還是參加了。[17]

至於，對於省籍問題，在 1990 年《臺灣作家全集》總序中，鍾肇政講：

> 戰後臺灣文學，長久以來存在省籍界限，此為不由否認之事實。大約自七〇年代起，由於戰後出生的一代逐漸長大，通婚、同學、同事的情形漸漸普遍，省籍歧見遂有漸趨淡薄的現象出現。在文學方面情形亦復如此。此無他，戰後一代已較少大陸情結，縱有上一代人及黨化教育之影響，長江黃河之思，畢竟是空幻的。尤其文學之構成，貴在獨立自主之思考。認同自己所生於斯長於斯的本土之寫作者，由偶一出現而至越來越多，實乃自然趨勢，無由遏止。迄八〇年代，這種現象愈趨明顯。九〇年代的臺灣文學，省籍界限及地域成見之被一掃而光，應是可以預見之事。是則本土文學之益愈壯大，自是意料中事。筆者不願以此而即對未來抱過分樂觀的看法，然而在有心人努力之下，臺灣文學應該有光明前途才是。[18]

---

[17] 鍾肇政給岡崎郁子信，1992 年 9 月 28 日。《新編鍾肇政全集 38》，頁 298。鍾延威主編，桃園市政府客家事務局出版，2022 年 7 月。

[18] 鍾肇政，〈血淚的文學、掙扎的文學：七十年來臺灣文學的發展縱橫談〉，《鍾肇政回憶錄一》，臺北：前衛出版社，1998 年 4 月，頁 293。

在這裡可以知道，「臺灣文學」在外省人的認同情況一如鍾肇政預期的，不敢太樂觀，還需要鍾肇政多多觀察。鍾肇政向筆者提到龍潭地區見到許多老榮民一日復一日閒閒的坐著無聊。[19]筆者以為鍾老要講這些老榮民的寂寞孤苦之處，筆者問鍾老會去寫他們的苦難嗎？鍾肇政回答說：「他絕不會去寫。」

而幾次提到臺灣文學本身被說是狹隘的、有地域意識的、排斥性的說法，甚而根據的是鍾肇政所主編的《臺灣文學全集》所收錄的作家的問題。鍾肇政也向岡崎郁子提出的疑問來回應，所謂陳映真是否因為政治因素，而不被認為是屬於臺灣文學的範疇。鍾肇政回應是陳映真自己拒絕被歸入臺灣文學，全集並沒有拒絕任何人才是。這在本書前面也提過了。

而有關島內的文學的團結、和解，在第八章時提過八十年代發生的南北分裂的傳聞狀況。而鍾肇政在1996年告訴岡崎郁子：

> 最近這裡開始提倡大和解，這風氣在文壇也漸漸萌芽。當然這是條相當遙遠的路，但我也是全心期盼。特別是中國身為臺灣、臺灣人公敵的立場越來越清晰明確，更讓我覺得臺灣內的和解應該是有可能的。[20]

筆者以為，鍾肇政把事情看得真切，相當委婉隱約的說明和解的共識，往往是在對方的認同問題，而非主張臺灣文學的獨立與自主的一方造成的。要外省人或者認同中國文化、中國文學的作家或者一般人，認為「中國」是敵人。恐怕在當時還是很遙遠的。

不過，下一代作家應該會去書寫的，為融合外省人為「新臺灣人」。這一點上鍾肇政與年輕作家是多麼的不同。「他絕不會去寫」語

---

[19] 鍾肇政告訴筆者，於1998年鍾肇政宅。

[20] 鍾肇政給岡崎郁子信，1996年4月22日。《新編鍾肇政全集38》，頁310。鍾延威主編，桃園市政府客家事務局出版，2022年7月。

意似乎含有臺灣人有更多的苦難，以及他筆下都是歌頌臺灣人精神，還有意圖建構來自千百年前的「臺灣人原型」，這些他是都寫不完的。但是筆者知道他是鼓勵年輕一輩的多多挖掘幾十萬來臺老榮民的本身身世，或與當地女性土著結合的真實故事。奇異的是外省後輩的作家，不大去觸及這方面的題材。

鍾肇政英年早逝的作家兒子鍾延豪，未能留下太多作品，卻寫了帶有重量性的以老榮民為主人翁的短篇，給予真實的人道記錄，「書寫立場」上充滿了「本省人與外省人融合後」的臺灣人的正義感。來訪的外省新銳作家張大春問鍾肇政：

> 您作品中的許多男主角都在現實和理想的衝突中得到「大地之母」般的女性照顧和啟發，這樣的愛往往在文學作品裡形成某種意味深長的象徵，喚起讀者對親情、友情、鄉里之情的廣泛聯想和感動。但是，用「土地」作譬喻的愛究竟有沒有地域或族群的限制呢？[21]

鍾肇政跟告訴筆者的意思一樣，他回答張大春說：

> 很長的一段時間，我早晚牽著狗散步，每次都經過一座茶園，常常有一些老兵在那裡散步，如果我們深入去挖掘他們的生活，一定有很多動人的東西。我一直認為老兵的故事沒有人寫是「臺灣文學」的缺陷，我個人對他們有一種很強烈的同情感，為什麼這些人被忽略了呢？[22]

鍾肇政意思大概是暗示張大春而已，筆者卻強烈的感受到，鍾肇

---

[21] 王之樵，張大春採訪，〈大河小說上游的長跑老兵——鍾肇政〉，《中時晚報》，1994年4月13日。

[22] 同上註。

政似有很強的譴責外省青年作家未負起作家該有人道主義的社會意識關照。而鍾延豪絕對是延續了父親的臺灣文學的精神。比照起張大春的訪問，以為「臺灣的愛」就是有地域狹隘問題，未能去作自我實踐、尋求解答，而在狹隘意識裡以想像中的牢籠無法脫困，兩者形成一個極端諷刺的對照。

本書表達的重點即在於「省籍意識與鍾肇政對臺灣文學界定的關聯」。一般學術界認為在 1965 年鍾肇政的意識狀態，僅僅是一種臺灣文學的主體論述，但仍舊是位於中國文學之下。筆者認為真實的歷史並非如此，應該用「鍾肇政本來就認為臺灣文學獨立於中國文學之外」的角度來看。會有這樣的選擇，正是因為「省籍意識」，例如，像外省人余光中以中國文學為主體來壓迫臺灣文學的論述，是不會讓鍾肇政同意，鍾肇政認為臺灣文學自有一個體系與獨特的地位。就是在 1950 年代，鍾肇政對政治上都支持獨立，何況是臺灣文學的定位，鍾肇政當然也是獨立於中國的。目前的學術研究論述總以為鍾肇政沒有政治獨立的觀念，所以就不會認為文學獨立。

其實，文學要獨立的信念，要比政治獨立的選擇更困難，因為有同樣是中文、文化傳承的客觀存在這一層的思考上的困難。戒嚴時，進行臺獨運動是會判死刑的，儘管這的確是蠻勇敢的、了不起的臺灣人精神。但是鍾肇政著重文學創作第一，免除政治打壓的危險。他從事臺灣文學運動、建構臺灣文學的主體性，是以文化、純文學的表象加以掩飾。但文學文化工程是相當艱辛，筆者明白，鍾肇政的以建構文化臺灣意識的臺灣文學運動，實不比政治運動容易輕鬆。在這充斥政治語言的時空，在本書已經討論到文學與政治的牽扯的問題，且這在第八章也談過不少了。

筆者認為，鍾肇政並沒有「脫中國文化」的概念，倒不如說他認識到中國腐朽文化的包袱，他希望以身為臺灣人，擁有臺灣新文化為傲。並且以臺灣文化共同體為號召，而非血緣論的排他性格，來團結臺灣，比較有包容性。[23]也因為他的民族意識、漢民族意識原本不強，何況鍾肇政的認識裡，並不需要有政治獨立的概念，臺灣文學才可獨立，鍾肇政認為文學本來就有獨立性，換言之，他就是主張在本質上臺灣文學獨立於中國文學之外。[24]

二、國立臺灣文學館、國家藝術院

因為鍾肇政組織客家助選團、阿扁客家後援會等活動，提升了客家的地位，水漲船高，也提升了自己的地位。從而提升了臺灣文學的地位，鍾肇政成為第一個作家而作為總統府資政。如此，也才有中央的客委會，國立臺灣文學館的成立，以及在各大學設立更多臺灣文學系所等機會。

當然這是很多臺灣作家共襄盛舉的情況，幫助實踐的文化人也非常多。不過，鍾肇政不僅是領導者，且無役不與，參與街頭活動、寫作宣傳、組織計畫，都是最多的，跑到最前線的。

> 來信中說我被任資政，你說的客家票源的考慮，是可能的。但就我而言，最重要的原因應該是我從阿扁第一次選北市長，我就組成北市客家後援會，客家助選團等（我都是團長），我的追求民主（即打倒老K），使我不只北市，全國我都是去助選助講，南端的蘇嘉全我也去講。李下臺時給我勳章，阿扁聘我任資政，並不是我太幸運的。不是天上掉下來的。[25]

鍾肇政回應東方白說，固然有客家票的考量，事實上鍾肇政的助

[23] 魏可風，〈中國文化腐敗的驗證——訪鍾肇政〉，《臺灣春秋》，1989 年 8 月 1 日。《新編鍾肇政全集 40》，頁 103。

[24] 錢鴻鈞，〈臺灣文學：鍾肇政的鄉愁〉，收錄於《臺灣文學十講》附錄四，前衛出版社，2000 年 7 月。2001 年 1 月-2002 年 1 月，《共和國》連載六期。

[25] 鍾肇政給東方白信，2002 年 6 月 14 日。《鍾肇政全集 34》，頁 293-294。

選團之舉，全國跑透透，為民主，也為客家、為文學。他忍住病痛咳嗽多年，備嘗辛勞，而終究獲得了上述的臺灣文學工程建設上的成果。這也是陳水扁總統更是有情義之人的一種回報。

鍾肇政並不以自己當上資政為滿足，他更重要的是藉助這樣子的位置，為臺灣文學而打拼。這正也是他接受擔任總統府資政的意義所在。

所以除了他也在 1997 年的私立真理大學臺灣文學系的成立，做了努力。鍾肇政建議張良澤能夠擔任臺灣第一個臺灣文學系的系主任。儘管並非是直接促成這件事，也是間接的讓張良澤回到臺灣來，也真的擔任了系主任，其後張良澤並在真理大學與葉能哲校長合作，成立了「臺灣文學資料館」，以及辦理《牛津文學評論》、《臺灣文學評論》雜誌。

然後國立臺灣文學館成立，[26]本來鍾肇政也是屬意張良澤來擔任館長的。不過，最後也是鍾肇政的文友林瑞明教授擔任館長。從林瑞明邀請鍾肇政來寫下「國立臺灣文學館」的字幅，可以確定林瑞明這位臺灣文學之父賴和的文學研究專家，林瑞明認同鍾肇政在戰後建構臺灣文學確實是跑第一名的。而原來這個館的名字是「國家臺灣文學館」，鍾肇政本來已經寫好了，卻臨時改名為「國立」，鍾肇政也不厭其煩，趕緊重寫一幅給林瑞明館長，以在開幕典禮時用得上。

除了國立臺灣文學館的設立外，鍾肇政利用資政的身分建議國家藝術院的成立，而且似乎早就有這樣子的規劃，這是不愧為戰後臺灣文學的建構者的理想，兢兢業業的努力著。

我也當面（指五月四日那天）向阿扁提及，做資政，還是要有工

---

[26] 鍾肇政對此館的推動，有一個原始動機是來自於吳濁流生前就有意在大茅埔的老家成立「臺灣文學資料館」，收集臺灣文學相關作品，以便給更多外國來的人研究臺灣文學時，有資料可方便查詢。一時很多作家響應吳濁流的想法，包含鍾肇政，不過可惜後來遭遇小偷，連鍾肇政所寫的字墨都被偷走了。

> 作，我想做的是中央藝術院，與中研院同層級的。阿扁同意了。所以往後我打算以資政身分，把這件工作做出來，期以三年應可實現。順便也請你把 Canada 的類似機構的資料要一份提供給我，並有中文的要點（翻譯）說明。尚不急，方便時弄弄即可。[27]

而且，鍾肇政對於受勳事情，可以盡量的看淡。但是筆者作為臺灣文學的教育者，是肯定鍾肇政的受勳，代表著也是整個臺灣文學的榮耀的，臺灣文學是受到國家的重視。

> 授勳事，我也覺得有點無聊。當然我高興，但細想便覺意義不大，只因他（李）在位十二年，從未關心「臺灣文學」。我有個奇怪的想法：李知道阿扁要聘我當資政，所以他搶先一步給我勳章，以表對文學並非毫無關心，並以掩飾他的「內疚」。這些都不重要了，以後靠扁的力量來個臺灣的文藝復興，這才是我所寄望，且熱切期待的。如何著手，尚未有具體想法，如果新政府說可以開始規劃「國家藝術院」了，那時再來集思廣益，大家一起來動腦筋吧。[28]

國家藝術院可對比如中央研究那樣，裡頭都是藝術家，各類的藝術如文學、電影、舞蹈、雕刻等等，如此藝術院士等同研究院的院士一般，可以提升藝術家在臺灣人心中的地位。並且底下應該也有相關研究員，可以研究臺灣文學等藝術。鍾肇政說，如果陳水扁實踐這個事情，他是願意當院長來主持大計的，建設出這確實是一個屬於臺灣的藝術院。可惜，終究並沒有成立，到現在經過二十多年，也沒有人再提了。

---

[27] 鍾肇政給東方白信，2000 年 5 月 22 日。《鍾肇政全集 34》，頁 263-264。

[28] 鍾肇政給東方白信，2000 年 6 月 9 日。《鍾肇政全集 34》，頁 265。

三、文學下鄉、留下大量的史料與全集

在《臺灣文學十講》中，鍾肇政自言自己是頭號臺灣文學義工：

> 還記得，當武陵高中的藍老師來舍，向我提議為他們學校的國文老師同仁作此系列講座時，我是有點猶疑的。主要是因為我只是個從事創作的寫作者，於吾臺文學，談不上有任何的研究，就像我常說的，我不學無術，豈能有系統地向人家講授臺灣文學？！末了，我還是被藍君說服了。
> ——今年度高中國文開始有本土文學作品了。而這方面，我們一無所知，如何能教學生去認識、欣賞這樣的文學作品呢？！而它又是我們的文學，無可取代的……。
> 1996 年，該是打破幾十年來的慣例——或者該說是禁忌吧，臺灣文學作品終於在時代巨輪的強大牽引下，上了高中國文課本，而那些老師們，在他們接受語文教育的過程當中，是不可能有所謂的「臺灣文學」的，因為他們都是「國文系」或「中國文學系」出身。
> 頭號臺灣文學義工，永遠的臺灣文學義工——我常這麼自許、自居，我又如何能不接受這項差事呢？[29]

這是一個文學下鄉的行動，鍾肇政來到武陵高中，擔任十次講座的演講，以將臺灣文學的種子傳播到高中國文老師身上。其他還有到師大、成大、元智等大學擔任駐校作家，不辭辛勞，也是同樣的道理，以在大學建構臺灣文學的基地，在大學散播出種子。

猶如 1980 年代，林衡哲多次建議鍾肇政撰寫回憶錄，鍾肇政正是參與戰後臺灣文學的重要作家。因此鍾肇政可以藉由回憶，留下大量的臺灣文學運動的史料。而張良澤在 1990 年代陸續編輯成《臺灣文學兩

---

[29] 《鍾肇政全集 30》，演講集，頁 299。

地書》、《肝膽相照》往來書信集，加上筆者將鍾肇政寫給鍾理和的信補入張良澤曾經編進《鍾理和全集》中的鍾理和給鍾肇政的書簡集，最後成為《臺灣文學兩鍾書》。進一步的筆者也利用編輯《鍾肇政全集》的機會，將已經整理好的鍾肇政所收六百萬字書簡，以及協助將鍾肇政寄出去的信給收回整理，將有一來一往的書簡部分，編入《鍾肇政全集》。也就是說，鍾肇政所藏的五十多年的書簡集，與他自寫的回憶錄是相輔相成的，成為戰後臺灣文學史最好的資料。[30]

而筆者撰寫這本書《戰後臺灣文學的建構者：鍾肇政研究》，以建構鍾肇政的文學運動史，大部分正都是利用鍾肇政留下保存的書簡，作為史料，來建構鍾肇政的臺灣文學運動的歷史。其他也有優秀的學者利用部分書簡，如陳映真給鍾肇政書簡，完成有關陳映真的文學歷史的研究。[31]

其次，除了上述的信件史料、回憶錄外，最終還有演講集等筆錄、其他還有他在臺灣文學運動中大量的隨筆也是相當精采的，而都收錄在《鍾肇政全集》當中，成為臺灣文學歷史最有力的見證。

第三節　東方白與莊紫蓉

90 年代與鍾肇政通信最多的除了東方白，可能就是莊紫蓉了。[32]其他作家、朋友，與鍾肇政已經是很少以書信交流情感。東方白繼續的以創作者身分，跟鍾肇政討論文學、社會與家人。而莊紫蓉則是作為訪談

---

[30] 歐宗智，〈臺灣文學的萬里長城：鍾肇政相關書簡對於建構臺灣文學之意義〉，清華大學主辦鍾肇政文學國際學術研討會，2004 年。

[31] 陳明成，《陳映真現象：關於陳映真的家族書寫及其國族認同》，臺北：前衛出版社，2013 年 6 月。

[32] 原本莊紫蓉與鍾肇政的往來書信，預定 2004 年 3 月出版。該文集被編入《鍾肇政全集 33》，書簡集八，二校稿都完成了，付印前為不明理由擋下。原來名稱還被鍾肇政命為：「情潔書簡」。後於新版全集，編入第三十五冊（上），共 123 封，留下鍾肇政寫出部分。2022 年 7 月出版。

鍾肇政最多的、筆錄鍾肇政文字最多的義工身分跟鍾肇政交流，並且中間以受邀擔任《鍾肇政全集》的編輯。因此解嚴後，東方白、莊紫蓉兩人在跟鍾肇政往來書信中，相信可以呈現出鍾肇政繼續作為戰後臺灣文學的建構者的眾多貢獻的細節。

一、東方白作為最純潔的文學朋友

在經歷 1980 年代的眾叛親離，鍾肇政對文學上所結交的朋友，就更嚴肅的看待，與渴望更為真心相待的朋友了。那就是所謂的最純潔的文學朋友。

> 於是一九八一年三月出版的《臺灣文藝》革新第十八號（總號第七十一期）上，《浪淘沙》登場了。而在這第一回，我一口氣刊出了五萬餘字——我們約定，他交來多少我便刊登多少，他也每兩個月（《臺灣文藝》為雙月刊）寄一疊厚厚的稿子來，都在三～五萬字之間，從未失誤。
>
> 從此，我們間書信往返更勤。他的信是最使人激動的，他渾身是火，是熱，並且還是最純最摯的，每每使我熱血沸騰，無能自已。這時，我已被剝奪了民眾副刊編輯權——從一九七七年秋間上任到七九年之初，我實際負責民副編務大概一年半不到，不久還正式被調離副刊崗位，我只好一走了之了。幾年後才聽報社內部的人透露，我是在「有關方面」的壓力下，報社才不得不把我攆走。這一來，我是更能把精力投注在《臺灣文藝》上了，然而事實卻是《臺灣文藝》的景況越來越窘迫，雖有美麗島事件及軍法大審後民間力量及本土意識之抬頭，無奈我經營不得其法，仍然落得個叫好不叫座的窘境。因此，東方白的信總是適時地給我激勵，使我享受到一份難言的溫慰。
>
> 榮耀歸《浪淘沙》

> 我這麼說東方白，應該抄一些他的信為證才是，不過這裏為免煩瑣，只抄錄於次（一九八二）年《浪淘沙》僅以連載五期，還只能算是開完了一個頭的狀況下輕易奪獲吳濁流文學獎後寫來的〈得獎感言〉全文，以見其為人及心跡。[33]

除此背叛的問題外，就是對於創作的熱情而言，鍾肇政希望一代一代都會有長篇小說家出現，更鼓勵大河小說的接棒。東方白正是這樣子的人物出現，也是一樣以創作為第一，日常生活總是以創作優先，不斷的思考著作為文學的題材、語言、主題種種考量。

> 鍾大哥：
> 剛閱完《臺灣文學兩鍾書》，書中《笠山農場》一再出現，幾乎是這書的主題，一部這麼傑出的作品，竟然落得如此悲慘之境地，被彭歌、張道藩之類一貶再貶，終作者一生不得見世。如今見得天日，都驚為傑作，而當初把它壓搾的文人（彭歌之流）的作品如今安在哉！實在令人長歎！
> 文學年齡不應以目前算計，非二十年、三十年、五十年不算，今日在報上紅極一時的作家，不終日煙消雲滅，倒是那些默默耕耘的才留得長久，不是嗎？
> 讀〈文學通訊〉摘要，儘是洩氣、怨氣、嘔氣、低氣……不忍卒讀，今天終於出頭天，有自己的地盤，自己的編輯，自己的評論家，自己的讀者，咱們更應好好利用、發揮，跑完自己的圈，才把棒子交給咱們的下一代……。[34]

從這裡可以回應到第二章提到鍾理和的部分。鍾理和的命運，一樣的讓東方白想起了，臺灣作家的命運，臺灣文學的悲哀。這些確實刺

---

[33] 《鍾肇政全集 20》，隨筆集四，頁 181-182。

[34] 東方白給鍾肇政信，1998 年 5 月 21 日。《鍾肇政全集 34》，頁 218。

激了鍾肇政，讓他想要出頭天，為自己的地盤、編輯、評論家、出版社等等而努力，培育下一代。而到臺灣解嚴後、加上有臺灣人的政權出現，更有臺灣的文學組織如「臺灣筆會」，以及將臺灣文學納入臺灣的大學教育、國家機構之中。

> 以後別再為人助選了，付出多少心血，卻出這麼多賄選、黑道、私利、山頭……真是令人灰心，還是回到文學岡位吧，終究這女神最純潔，一分愛情總多一分收穫。七十歲而已，退休還太早哩，人家 Tolstoy 七十一歲才開始寫《復活》哩！[35]

東方白總是規勸鍾肇政放開跟文學無關的選舉、社會運動，回到自己創作的天地裡。其實，鍾肇政在一開始創作，從《文友通訊》就一直背負著建設臺灣文學的使命感。而不止是侷限於創作當中。

> 「遺產」我覺得會是明年度吳獎候選作品之一。《臺灣文藝》上，最近小說方面有不少是相當「衝」的作品。有人為我擔心，也有人為我叫好。不管如何，能抓住較深刻的問題總是好事。你以為是嗎？當然我在刊出時會有個分寸，必要時也做一些字眼上的修飾。我們應是很純潔的純文學工作者，是可以問心無愧的。[36]

因此，除了創作以外，鍾肇政作為編輯，一樣以純潔的文學家自居，認為創作不該含有意識形態。相對的，東方白是完全不參與社會改革與政治活動的。東方白完全是創作為中心的創作者。因此，鍾肇政也認為東方白是真摯與純潔的文學朋友。

---

[35] 東方白給鍾肇政信，1994 年 2 月 15 日。《鍾肇政全集 34》，頁 154。

[36] 鍾肇政給江百顯信，1981 年 3 月 18 日。《鍾肇政全集 34》，頁 430。

> 你說的方言的主張我當然都很瞭解，我們的方言，在文字創作上是一大問題，有待我們努力去探索、去解決；你的真摯與純潔，必會為你及我們的文學荒蕪多時的園地帶來生機，這是我確信不疑的。[37]

比較在第八章提到的鍾肇政受到眾叛親離，特別是幾位跟他一起奮鬥二十多年一起建構臺灣文學的伙伴，會誤解鍾肇政的作法與人格，還有對他在創作內容中意識形態的問題，[38]是因為政治、意識形態的關係的糾葛呢？還是特別的時代的氣氛，如美麗島事件所引起的社會氛圍的改變所造成的呢？

因為東方白對鍾肇政的瞭解，除了創作之外，鍾肇政是有強烈的伙伴意識，擔負文學周邊的事務，一直都是付出極大的時間，影響自己的創作，在所不惜。所以，東方白第一個喊出鍾肇政是「臺灣文學之母」的美稱：[39]

> 黃昭堂給你「國寶」之稱，我也覺得有欠妥當。因為在日本，一提起「國寶」，總讓人聯想起鎌倉大佛、奈良大佛……是高貴的寶物，而不是有生命力的人。我倒以為「臺灣文學之母」來得妥切，因為誰像你如此多產，有如健壯之母親？誰像你給後輩作家這麼多溫暖，有如偉大的母親？「國寶」有人會嫉視，會偷竊；可是有誰會嫉妒或偷別人的母親？人家只有敬佩，所以賴和當了

---

[37] 鍾肇政給東方白信，1980 年 12 月 13 日。《鍾肇政全集 34》，頁 65。

[38] 對鍾肇政在創作方面的研究，可參考筆者所著《鍾肇政大河小說論》，遠景出版社，2013 年 2 月。重編為《鍾肇政大河小說論第一冊、第二冊》，臺北：元華文創股份有限公司，2021 年 4 月 15 日。

[39] 鍾肇政作為領導者、呵護者的角色，在《文友通訊》時代，文心就稱呼鍾肇政為「戶長」，也就是他們這一群文友有如家人，鍾肇政就是家長。見文心給鍾肇政信，1960 年 2 月 20 日，「我們一家人幸虧有你這位戶長，（不是瞎捧）戶長既能照顧自己，又能照顧大家；誰說會輸給別人呢！盼望你的『夢魘』中獎！」

> 「臺灣文學之父」，你當了「臺灣文學之母」，應無愧矣！[40]

而鍾肇政期許東方白完成《浪淘沙》，書信鼓勵、提供版面，最終完成時，鍾肇政認為他努力建設臺灣文學的苦節，到 1990 年為止有四十年了，一切都是值得的，並且有東方白這樣子的朋友而感到沒有遺憾。

> 我知道你也哭了，看樣子你我都是易哭的老頭——當然，你是還不算老。有人告訴我，林鎮山講的，東方白一個人哭（你說不敢聲張，但該有不少人看到吧），我講時大家都哭了。我半信半疑。也許我講著講著，自己先哭了，感染了不少人。看你信，看了兩次，哭了兩次，第三次只算酸了好一陣就過去了。哭，像我當眾一哭雖云情不自禁，但實在是大出洋相，自己都禁不住靦腆呢！這個毛病我犯過多次，改也無法改。自己不哭讓人哭，自己不笑讓人笑，該是更有「境界」吧？你講完後去擁抱你，一半是感動，一半是為你高興。唉唉，我又想哭了。老弟，為臺灣文學苦節四十年，有了你這位朋友，可以無憾無悔，連我這一生也可以無憾無悔了！！[41]

他們兩位，還有共通的一點，就是特別易感而時常禁不住就流下眼淚，勇敢的哭泣，表達彼此的相知相惜的的共通的感受。

還值得一提的是前面說到，鍾肇政、東方白都是純潔的、純文藝的創作者優先。過去彭瑞金、李喬、葉石濤、黃娟、鍾鐵民似乎也是以此定位。當然戒嚴時期多少是以此來避免誤觸政治的紅線。結果，解嚴以後，鍾肇政、彭瑞金還有李喬甚而黃娟、鍾鐵民，作為文學家或者評論者，卻在政治活動或者評論上的激進，都參與的很深，跑到最前面去

---

[40] 東方白給鍾肇政信，1989 年 10 月 3 日。《鍾肇政全集 34》，頁 261。

[41] 鍾肇政給東方白信，1990 年 8 月 8 日。《鍾肇政全集 34》，頁 291。

了。是否，這就是客家人的硬頸精神的特性呢？一旦有自由、民主的空間，本來被認為是退縮的、保守的，實際上內心的世界卻非如此，而一旦有機會，就會衝到第一線去。

二、莊紫蓉受感召作為鍾肇政的義工

《鍾肇政全集》的版權，完全是鍾肇政的好友莊紫蓉，也是作為《鍾肇政全集》主編的她處理的。特別是與「遠景出版社」的交涉，因為鍾肇政最重要的作品《臺灣人三部曲》、《濁流三部曲》還有《魯冰花》都是在「遠景」手上。如果無法解決這部分的版權問題，《鍾肇政全集》也等於不必印了。

歷經五年的出版與編輯時間，《鍾肇政全集》在經費的與人力的短缺下，除了 38 冊全集的內容、篇章的編排、收集之外，更為重要的就是校對了。莊紫蓉負責了一、三校的部分。[42]一校也是最為艱辛、錯誤最多的部分。而且就是三校，她仍是重新仔細的看一次。如此，出現在清樣仍有錯誤，使得認真忠誠的她，感慨遺憾不已。

有關《鍾肇政全集》編輯的開始運作、計畫是這樣子的：

> 日前剛接桃園縣文化中心來電，我的全集本籌印要開始行動了。這才想起我需要一份完整的著作書目——當然是創作的（譯作除外）。妳那邊有嗎？他們下周一要來談，妳如有，請馬上影一份寄給我，譯作在內的也無妨，不必另打字，現成的即可。XX 不在，妳就是我唯一的依靠了。[43]

莊紫蓉確實是鍾肇政的唯一的依靠了。而莊紫蓉的說法，也可以

---

[42] 二校是筆者負責。

[43] 鍾肇政給莊紫蓉信，1998 年 7 月 16 日。（莊紫蓉捐給真理大學臺灣文學資料館，但現為張良澤收藏。）

看出來，她是多麼的感到榮幸與願意從事這些辛苦的工作。並且，其他許多除了全集以外的雜事，她也願意承擔下來。

> 幫您注意這些細節，本來就是我該做的事，尤其 XX 入伍前特別交代我要替他照顧您，我更是義不容辭了，何況那也是我樂意為之的事呢！
>
> ……
>
> 自今年二月一日退休以來，關心、參與都是和臺灣文學有關的事，內心十分充實。少了學校教書的工作，時間充裕多了，假如您有事需我跑腿，儘管吩咐我，我將會盡力去做的。[44]

她訪談鍾肇政是最多的，可以單獨印一本訪談集了，總共達十一次之多，個中辛苦最多的還是聽錄音帶筆錄下來。也是從這個十一次的訪談中，鍾肇政才透露出極少說出的在上一章提到的被長久合作的伙伴背叛的痛苦回憶，說幾位伙伴怎樣的背後講鍾肇政。莊紫蓉在訪問當下，回應以「這樣的話不能隨便講啊。」抱以極大的不平與不滿，莊紫蓉感到深切的同情。[45]

另外，鍾肇政似乎也感受到有一個懂得聆聽他的心情的聽眾，把過去編輯《臺叢》的苦心，完全沒有遺漏的講出來。

> 我剛剛提的一種伙伴意識，使我立意要利用慶祝光復二〇週年——這在當時那些特務聽起來是很舒服的，很中聽的啦。所以我就利用這樣的招牌，把這兩套東西弄出來。為了這叢書，我說：「臺灣省同胞能夠寫優美的中文文章，這表示真正的光復。」說出來讓人家中聽的啦，同時我這也是保護自己。「臺叢」，這根本就是臺獨思想下的產物，我一定要把這樣的內涵掩飾過去，要

---

[44] 莊紫蓉給鍾肇政信，1998 年 7 月 18 日。

[45] 《鍾肇政全集 30》，演講集，頁 383。

> 不然我性命難保，這是一定的。這是明白當時的一種社會風氣，一種時代狀況，很熟悉的人就會很清楚我這樣的心理，否則年輕一輩的，他不會瞭解的，不可能瞭解的。[46]

鍾肇政非常的清楚，他所做的事情「這根本是臺獨思想下的產物」，也就是說他知道黨政、特務機構會這麼想，筆者在本書第四章的研究也證實如此。而回過頭來說，鍾肇政確實有臺獨思想，所以才會有編輯兩大《臺叢》的想法與所有標榜臺灣人作家、臺灣文學的作法嗎？筆者在本書各章中，也不斷的論證確實是如此的。鍾肇政在訪談中，也告訴莊紫蓉，他又是如何的避開這些政治上的指控，讓編輯這兩套叢書可以順利的出版。

在本書第八章所提到的鍾肇政的文化的臺灣意識，以及純文學的創作方向外，他是不贊成文學有意識形態的：

> 十講之六收到了。謝謝，真辛苦妳了！
>
> 這一篇，有關文學的講述少了許多，多半在說明時代背景。也許這也沒什麼不好，因為老師們（當然不只老師們）對臺灣歷史知道得實在不夠多了。
>
> 有關意識型態的問題，好像談得不夠充分，尤其在文學裏為什麼是泡沫，都未見交代清楚。這是不應該的。譬如貧農鬥富農，佃農鬧地主，這種階級意識必然是短暫的。文字所應追求的，應該更永恆的東西。
>
> 我用年代表來講述時代、社會、文學，雖然是受時間所限不得不然的取巧之計，但總算可以浮現那個時代的輪廓，好像也蠻不錯的樣子，不過妳太過揄揚了！[47]

---

[46] 《鍾肇政全集 30》，演講集，頁 369。

[47] 鍾肇政給莊紫蓉信，1999 年 11 月 19 日。

鍾肇政當然也有意識形態的，特別是上述講的「臺獨意識」，讓他有編輯兩大《臺叢》的想法與行動。這也是他建構臺灣文學時所帶有的意識形態，是伙伴意識、臺灣文學意識、文化的臺灣意識等等。不過，在創作中，儘管他不認同階級的意識形態，但是對於臺灣人的文化意識形態，甚而與臺灣歷史、時代社會的帶有悲哀的成分，卻讓他除了在文學運動上，甚而在創作中，仍是不得不帶有意識形態的。儘管跟他的純文學的主張，是有矛盾的。鍾肇政當然很清楚這個矛盾，他也常說到自己有揮之不去的使命感。或許到了《歌德激情書》的創作發表，鍾肇政終於卸下了一些臺灣文學建構的使命感了。把臺灣文學的境界，帶到更永恆的地方、帶到世界去。

上面提到的十講之六，也就是指《臺灣文學十講》的內容。這是她從筆者手上拿到鍾肇政在武陵高中演講的十場錄音帶，她毫不考慮就立刻投入整理。讓鍾肇政有另外一本意外的有關臺灣文學史、臺灣文學教育用的著作。

莊紫蓉第一次訪談鍾肇政的筆錄，就叫做「探索者、奉獻者」，所謂的探索者就是創作再創作，奉獻者就是對於臺灣文學運動的建構。這題目實在是非常的恰當。

然後在影視方面，莊紫蓉又協助「作家身影」的拍攝，除了鍾肇政為其中一集的主人翁外，其他集有關鍾理和、吳濁流、龍瑛宗、葉石濤，也需要鍾肇政參與錄影。這都是靠莊紫蓉協助之下，才順利展開的。

莊紫蓉不僅筆錄了《臺灣文學十講》，還把閱讀的心得寫信給鍾肇政：

> 紫蓉：
>
> 前信未覆，好久以來都覺得抱愧，今天又接來信及武陵十講之五，真是又感謝又慚愧了！我連第四講的內容都記不清楚了。這第五講，好像蠻有內容的。不知是此講原來就較有內容呢，還是讀時心情較不同才有此感覺？

> 近來因連連洶湧而來的「工作」，心口沉重，常常會忽然莫名所以陷入迷濛的感覺。這時什麼都不能做，只有乾著急，於是待理的工作愈積愈多了！
> 每次來信都有對筆錄的看法乃至闡釋，細膩深入，常使我佩服。作筆錄等於凝神諦聽，也等於精讀。有時妳所見比我這講的人還多，很令我驚異。
> 也發現到妳做筆錄，常常做到凌晨二、三點。這太辛苦了。請不必趕，慢慢來，千萬別影響了健康啊！
> 第五講使我覺得再講，必無法講得這麼周到。明天元智的一場，因對象是大一、二的「小朋友」，所以須以淺顯方式講述，在擔心能否做好。成大的五天也頗令我擔心能否有較好的發揮。目前只有簡單的大綱，還得下一番工夫細想才行。[48]

而其他信件中，安慰、鼓勵鍾肇政，當然也是多有彼此鼓勵的。詳細閱讀兩人的往來信件，才發現鍾肇政最後一本創作《歌德激情書》，[49]也是莊紫蓉大力的鼓勵鍾肇政恢復健康，利用各種方式，讓鍾肇政恢復信心，養好病，終於回到創作當中。

這大概是鍾肇政在建構臺灣文學的使命感、大公無私之下，感動了莊紫蓉。也算是人間遲來的安慰，上天給鍾肇政的一點回饋，莊紫蓉確實在 2000 年前後各五年，協助鍾肇政甚多的文業。[50]

> 昨日（五月五日）周導演和我先到淡水學院拜訪張良澤老師（他此次返臺十日，五月十日返日）。張老師說，您是臺灣文學的一棵大樹，迄立在臺灣這塊土地上，為人擋風擋雨。他說，臺灣文

---

[48] 鍾肇政給莊紫蓉信，1999 年 10 月 19 日。

[49] 在此之前，鍾肇政以隨筆的方式，暖身似的寫下了十萬字以上的《滄海隨筆》。

[50] 更重要的是協商「遠景出版社」的版權問題，僵持不下。另外一位編輯想到一個方式，印多少本，我們就給遠景版權費。結果莊紫蓉慷慨的拿出來解決。

學如果少了您，就沒有今天的局面。我覺得張老師對您，對整個臺灣文學都很瞭解，他用「大樹」來比擬，是很恰當的，那也是我對您的看法。不過，我還感覺，做為「一棵大樹」是很寂寞的，雖然枝繁葉茂，但是秋冬時節，葉子紛紛掉落；雖然鳥雀經常停駐歇息歌唱，但是，不久又都飛去。好在，這棵大樹，因為「大」，所以能夠包容；因為根紮得深不時從土地得到滋養與撫慰。雖然我對您本人認識不深，您的作品也讀得不夠多，但是僅從粗淺的瞭解，就能感受到那股像母親一般的溫暖。不知道有沒有人稱您為「臺灣文學之母」？[51]

甚而莊紫蓉也感受到鍾肇政是作為「臺灣文學之母」的身分，等於建構是臺灣文學的使徒。

也確實有人說我是「臺灣文學之母」，是東方白。想不起對外公開說過，抑只是私下的信裏說的。這也言過其實吧，被說成「女性」，我也不知恰當否。我只能說是個「伙伴意識」特強人吧。[52]

鍾肇政自謙僅僅是伙伴意識罷了。

看到您那麼慷慨地將珍貴的物品借給周導演帶回臺北，深深地體會到您的豁達與開朗。從您接受訪談的言談、舉止、神情當中，使我感受到您的智慧，難怪鴻鈞那麼佩服您，那是有道理的。我依稀感覺，對文學、做人的基本原則，您是有所堅持，始終一貫，其餘的您就不會太在意。我想，在很多人眼中很重要、很在意的事物，您大都能夠一笑置之，因此，您常常能夠遠離俗務的

---

[51] 莊紫蓉給鍾肇政信，1998 年 5 月 6 日。

[52] 鍾肇政給莊紫蓉信，1998 年 5 月 7 日。

> 干擾，而才能有那麼多的精神從事創作，提拔後進、文運……等工作。這只是我很膚淺的推測，不知道對不對？[53]

並且莊紫蓉感受到鍾肇政的堅持、忠誠於文學的性格，非常的深刻。甚而，莊紫蓉還協助鍾肇政發表《圳旁人家》，對鍾肇政而言是值得紀念的一篇初步的長篇作品。字跡非常潦草之外，因為是草稿，整行字小小的，全部都擠在一塊，莊紫蓉竟然有辦法整理出來。而且還當作她在生活中逃離一些苦惱的事情的方式。

由此看來，鍾肇政除了創作的發表外，也出版了《鍾肇政全集》，裡頭若干豐富的史料與成果。若非莊紫蓉根本無法完成的。臺灣文學史的建構，鍾肇政真的是慶幸有一位這樣子的義工精神的人來協助他。猶如鍾肇政也是自稱臺灣文學建構的第一號義工。筆者認為莊紫蓉就是見到鍾肇政忠誠於文學，為建構臺灣文學而犧牲奉獻的一片心，因此莊紫蓉也是一片心做起為鍾肇政服務的整理鍾肇政的相關文學史料的工作。

[53] 莊紫蓉給鍾肇政信，1998 年 7 月 12 日。

第十章　結論

本章講述本書在鍾肇政建構臺灣文學中與前人研究所不同的新意在哪裡，並以條目方式列出重要發現。

鍾肇政最有貢獻的時期，也就是所謂的建構臺灣文學最多成果的，應該是 1964-1965 年、1977-1982 年、1989 年之後，三個時期。分別在第四、七、九，三個章節中討論的。當中最重要的貢獻也就是鍾肇政在編輯臺灣作家、臺灣文學的全集，在上述三個時期都出現過。巧合的是，在其他時期，則是他熱切撰寫大河小說的時候。這表示他為了造福臺灣作家，一定犧牲很多他的創作時間。這可以說其實並非巧合，因此他自己也感嘆到，他是成名過早了。不過，這也不代表他無意投入臺灣文學的建構工程，只是他還有許多大部頭的作品，終究沒有完成。而且他也缺乏更多時間閱讀世界名著，從世界名著多多學習、多多研究。

當然作為建構者的草創時期，在 1957 年辦的《文友通訊》也是很重要的。而編輯《臺灣作家全集》，也就是在這個時期就已經定下了目標，主要也是跟鍾理和的遭遇，讓鍾肇政受到刺激、強烈的感受到不平。其他時期似乎都受到戒嚴時期的來自於黨政的嚴厲監視，或者臺灣文壇海內外的誤解。不過也等於是鍾肇政都在做聯繫文友、繼續培植新一代的作家而努力，以作為編輯《臺灣作家全集》的目標來做準備。

本書重要的發現，首先是將鍾肇政對於臺灣文學的忠誠與堅定推動，除了他作為一個純潔的文學家，創作第一，有使命感，寫出有臺灣文學的特色、臺灣人的心聲、臺灣人的史詩，如《臺灣人三部曲》、《濁流三部曲》與《高山組曲》等大河小說之外。

他犧牲創作的寶貴時間，謙卑自持，服務大家，不僅自己創作還鼓勵大家創作，有強烈的伙伴意識。並且扶持年輕作家，培養新生代作家。鍾肇政突破很多難關，除了協助吳濁流編輯《臺灣文藝》。並且在那麼艱困、白色恐怖的時代中，編輯出兩大《臺叢》。讓臺灣人作家有了尊嚴，有地盤，更有臺灣文學旗幟與希望。

鍾肇政更苦心與統治者周旋，不被買收，也幫助葉石濤可以站穩文壇，洗刷他坐過牢的名聲。更與外省人編輯之間，做了競爭，分別拉攏年輕一代的臺灣作家。更堅定臺灣的文學的旗幟，維持《臺灣文藝》的名稱。

在鄉土文學論戰當中，仍堅持創作第一，站穩腳步。把握住鄉土文學潮流與臺灣文學旗幟之間的關係與差異。適時矯正主流，提醒臺灣文學應該走的是民族精神、歷史背景的小說，而非僅是表達對小人物的同情。鄉土只是一個特色。展現個人的表現臺灣文學的文學觀。

經歷美麗島事件，鍾肇政更感到自己有責任，維護好《民眾副刊》與《臺灣文藝》的純文學的版面。鼓勵新一代青年作家，並給伙伴作家創作大河小說或者對談評論的園地。這時，他秉持的一種文化的臺灣意識，純文藝的目標，得以度過整個白色恐怖時代。讓臺灣文學能夠持續壯大，且繼續有傳承。在此時期，他與葉石濤主編了《光復前臺灣文學全集》。

之後，鍾肇政受到許多海內外的污衊、誤解，因為辦《臺灣文藝》欠下巨債，忍住母喪子逝，仍屹立不搖，創作之外，還實現吳濁流的遺言，翻譯出《臺灣連翹》最後的部分。

解嚴後，終於編輯出鍾肇政的夢想《臺灣作家全集》，以及把不寫不瞑目的二二八小說《怒濤》寫完，並且提出臺灣文學是獨立於中國文學，是世界文學的一支的主張。呼應他在 1957 年辦理《文友通訊》時，就該喊出來的，而去除保護的語句。

鍾肇政並跳脫文學家創作本位的立場，積極參與民主與客家運動。進一步的組織「客家助選團」，改造客家人精神、恢復客家人尊嚴，並取得臺灣人政府的認同，讓臺灣人政府建立國立臺灣文學館、辦理臺灣文學系，在國高中推動臺灣文學的教育與母語。鍾肇政還利用他擔任臺灣人總統的資政的機會，提出國家藝術院，試圖提升臺灣藝術家的地位。

總之本書完整的對研究鍾肇政，對其建構臺灣文學的旗幟、以創作編輯出版等方式，又以不屈不撓的臺灣意識臺灣人精神突破白色恐怖的打壓，堅定建構臺灣文學的腳步。將臺灣文學的地位，推到完整、堅固的地位。讓臺灣作家有信心，將來必可成為世界文學的重要的一支。讓臺灣人知道臺灣也有自己的文學，那就是臺灣文學。

最後以條目總結全書，鍾肇政作為戰後臺灣文學的建構者，成就與影響如下：

1.鍾肇政以臺灣文學作為旗幟，定位臺灣文學是獨立的，凝聚臺灣作家共同努力創作。引導鄉土文學、本土文學的正名來到臺灣文學的大旗下。

2.鍾肇政以創作第一，首創臺灣大河小說，作為臺灣文學的特色，影響臺灣作家創作方向。以文化臺灣意識、純文學觀點，帶領臺灣作家度過戒嚴恐怖統治時期。

3.編輯《本省籍作家作品選集》、《臺灣省青年文學叢書》、《光復前臺灣文學全集》、《臺灣作家全集》，為作家出版第一本書努力，顯示臺灣作家的筆隊陣容龐大與優秀。

4.編輯《臺灣文藝》，讓臺灣作家有自己的發表園地，培養下一代作家。呵護老、中、青三代作家，有「臺灣文學之母」的美稱。鍾肇政並不參與鄉土文學論戰，他認為這次論戰主軸跟他主張臺灣文學的態度是有很大差距的；以及他在美麗島事件的態度是採用關心，但是堅守崗位呵護臺灣作家與維護創作園地的立場。

5.編輯《民眾副刊》，鼓勵評論，間接促成葉石濤《臺灣文學史綱》的寫成。與葉石濤一同鼓吹臺灣文學意識，面對誤解攻擊，不屈不撓。

6.解嚴後，帶領「臺灣筆會」參與民主運動，促成國立臺灣文學館、臺灣文學系的成立。其他於解嚴前即協助成立鍾理和紀念館、賴和紀念館、楊逵紀念館與吳濁流紀念館等。

7.撰寫回憶錄、留下約六百萬字書信史料、接受訪談與留下文學下鄉等演講記錄，作為戰後臺灣文學史的見證。

本書也討論了鍾肇政的文學觀、文學與政治之間的抉擇、外省籍文人對臺灣文學的態度、美國人介入臺灣文壇的狀況。並且也分析鍾理和、陳映真、陳有仁、吳濁流、張良澤、李喬、葉石濤、呂昱、東方白等人，在這個臺灣文學建構的工程中所扮演的角色與位置。有些是排斥的、有些是感到危險但仍持續參與的、有的文學觀不同、有的是完全跟鍾肇政切合。特別是在八〇年代的臺灣文學本土化與正名運動中，上述的作家他們的認同與主張的微妙變化，也在本書中加以討論了。

參考資料

《鍾肇政全集》（錢鴻鈞、莊紫蓉編，1999-2005 年）

1. 《濁流三部曲》（《鍾肇政全集 1-2》），桃園：文化局，1999 年。
2. 《臺灣人三部曲》（3-4）
3. 《魯冰花．八角塔下》（5）
4. 《大壩．大圳》（6）
5. 《丹心耿耿屬斯人：姜紹祖傳．馬黑坡風雲．馬利科彎英雄傳》（7）
6. 《青春行．望春風》（8）
7. 《高山組曲．靈潭恨》（9）
8. 《卑南平原．夕暮大稻埕》（10）
9. 《原鄉人．怒濤》（11）
10. 《綠色大地．圳旁人家》（12）
11. 《中短篇小說》（13-16）
12. 《隨筆集》（17-22，32-33）
13. 《書簡集》（23-29，34）
14. 《演講集》（30）
15. 《訪談集．臺灣客家族群史總論》（31）
16. 《劇本》（35-36）
17. 《年表．補遺．演講大綱》（37）
18. 《影像集》（38）

《葉石濤全集》（彭瑞金主編，2008 年）

1. 葉石濤，《葉石濤全集 01》小說卷一，高雄：高雄市政府文化局，

2008 年。
2. 葉石濤，《葉石濤全集 02》小說卷二，高雄：高雄市政府文化局，2008 年。
3. 葉石濤，《葉石濤全集 03》小說卷三，高雄：高雄市政府文化局，2008 年。
4. 葉石濤，《葉石濤全集 04》小說卷四，高雄：高雄市政府文化局，2008 年。
5. 葉石濤，《葉石濤全集 05》小說卷五，高雄：高雄市政府文化局，2008 年。
6. 葉石濤，《葉石濤全集 06》隨筆卷一，高雄：高雄市政府文化局，2008 年。
7. 葉石濤，《葉石濤全集 07》隨筆卷二，高雄：高雄市政府文化局，2008 年。
8. 葉石濤，《葉石濤全集 08》隨筆卷三，高雄：高雄市政府文化局，2008 年。
9. 葉石濤，《葉石濤全集 09》隨筆卷四，高雄：高雄市政府文化局，2008 年。
10. 葉石濤，《葉石濤全集 10》隨筆卷五，高雄：高雄市政府文化局，2008 年。
11. 葉石濤，《葉石濤全集 11》隨筆卷六，高雄：高雄市政府文化局，2008 年。
12. 葉石濤，《葉石濤全集 12》隨筆卷七，高雄：高雄市政府文化局，2008 年。
13. 葉石濤，《葉石濤全集 13》評論卷一，高雄：高雄市政府文化局，2008 年。
14. 葉石濤，《葉石濤全集 14》評論卷二，高雄：高雄市政府文化局，2008 年。
15. 葉石濤，《葉石濤全集 15》評論卷三，高雄：高雄市政府文化局，2008 年。

16. 葉石濤，《葉石濤全集 16》評論卷四，高雄：高雄市政府文化局，2008 年。
17. 葉石濤，《葉石濤全集 17》評論卷五，高雄：高雄市政府文化局，2008 年。
18. 葉石濤，《葉石濤全集 18》評論卷六，高雄：高雄市政府文化局，2008 年。
19. 葉石濤，《葉石濤全集 19》評論卷七，高雄：高雄市政府文化局，2008 年。
20. 葉石濤，《葉石濤全集 20》資料卷，高雄：高雄市政府文化局，2008 年。

專書

1. 王惠珍，《譯者再現：臺灣作家在東亞跨語越境的翻譯實踐》，臺北：聯經出版社，2020 年 10 月 15 日。
2. 王德威、黃英哲主編，《華麗島的冒險：殖民時期日本作家的臺灣故事》，臺北：麥田出版社，2010 年 1 月 29 日。
3. 中島利郎編，《1930 年代臺灣鄉土文學論戰——資料彙編》，高雄：春暉出版社，2003 年 3 月。
4. 林瑞明，《臺灣文學的本土觀察》，臺北：允晨出版社，2008 年。
5. 林瑞明，《臺灣文學的歷史考察》，臺北：允晨出版社，1996 年。
6. 林淇瀁，《書寫與拼圖：臺灣文學傳播現象研究》，臺北：麥田出版社，2001 年 10 月。
7. 林淇瀁，《場域與景觀：臺灣文學傳播現象再探》，臺北：印刻出版社，2014 年 3 月。
8. 宋澤萊，《誰怕宋澤萊》，臺北：前衛出版社，1986 年。
9. 宋澤萊，《臺灣文學三百年》，臺北：印刻出版社，2011 年。
10. 邱貴芬主編，《日據以來臺灣女作家小說選讀》，臺北：女書文化，2001 年 7 月 9 日。

11. 布魯克斯、衛姆賽特著，顏元叔譯，《西洋文學理論》，臺北：志文出版社，1972 年 1 月。
12. 阮斐娜著，吳佩珍譯，《帝國的太陽下：日本的臺灣及南方殖民地文學》，臺北：麥田出版社，2010 年。
13. 游勝冠，《臺灣文學本土論的興起與發展》，臺北：前衛出版社，1996 年 7 月。
14. 荊子馨著，鄭力軒譯，《成為日本人：殖民地臺灣與認同政治》，臺北：麥田出版社，2006 年。
15. 黃英哲，《去日本化．在中國化：戰後臺灣文化重建 1945-1947》，臺北：麥田出版社，2007 年。
16. 黃煌雄，《兩個太陽的臺灣》，臺北：時報出版社，2006 年。
17. 班納迪克．安德森著，吳叡人譯，《想像的共同體：民族主義的起源與散佈》，臺北：時報文化出版，2010 年。
18. 楊照，《霧與畫：戰後臺灣文學史散論》，臺北：麥田出版社，2010 年。
19. 趙剛，《求索：陳映真的文學之路》，臺北：人間出版社，2011 年。
20. 施敏輝，《臺灣意識論戰選集》，臺北：前衛出版社，1988 年。
21. 郭紀舟，《七〇年代臺灣左翼運動》，臺北：海峽學術出版社，1999 年。
22. 尉天驄主編，《鄉土文學討論集》，臺北：遠景出版社，1978 年。
23. 高雄市文獻委員會編印，《口述歷史：葉石濤先生訪問紀錄》，高雄：高雄市文獻委員會，2002 年。
24. 陳芳明，《臺灣新文學史》，連載於《聯合文學》，1999 年。
25. 陳芳明，《臺灣新文學史》上下冊，臺北：聯經出版社，2011 年。
26. 陳芳明，《左翼臺灣：殖民地文學運動史論》，臺北：麥田出版社，2007 年。
27. 陳芳明，《後殖民臺灣：文學史論及周邊》，臺北：麥田出版社，2011 年。

28. 陳芳明，《殖民地臺灣：左翼政治運動史論》，臺北：麥田出版社，2006 年。
29. 陳明柔，《我的勞動是寫作—葉石濤傳》，臺北：時報文化出版，2004 年。
30. 陳建忠，《日據時期臺灣作家論：現代性、本土性、殖民性》，臺北：五南圖書，2004 年。
31. 陳建忠，《被詛咒的文學：戰後初期臺灣文學論集》，臺北：五南圖書，2007 年。
32. 陳昭瑛，《臺灣文學與本土化運動》，臺北：臺大出版中心，2009 年。
33. 陳映真，《左翼傳統的復歸：鄉土文學論戰三十年》，臺北：人間出版社，2008 年。
34. 陳映真，《陳映真文集：雜文卷》，北京：中國友誼出版公司，1998 年。
35. 陳萬益，《臺灣文學論說與記憶》，臺南：臺南縣政府，2010 年。
36. 蔡明諺，《燃燒的年代：七〇年代臺灣文學論爭史略》，臺南：國立臺灣文學館，2012 年。
37. 張良澤，《張良澤全著作及編譯書目》，1992 年 9 月 1 日。
38. 張良澤，《四十五自述》，臺北：前衛出版社，1988 年 9 月 15 日。
39. 張良澤，《鳳凰樹專欄》，臺北：遠景出版社，1979 年 3 月。
40. 張良澤、鍾肇政，《鍾肇政全集 24——肝膽相照》，莊紫蓉、錢鴻鈞重編自張良澤編之前衛版《肝膽相照》，桃園：文化局，2001 年 12 月。
41. 張文智，《當代文學的臺灣意識》，《自立晚報》，1993 年。
42. 彭瑞金，《文學隨筆》，高雄：文化中心，1996 年 5 月。
43. 彭瑞金，《臺灣新文學四十年》，《自立晚報》，1991 年 3 月。
44. 彭瑞金，《臺灣文學史論集》，高雄：春暉出版社，2006 年。
45. 彭瑞金，《臺灣文學探索》，臺北：前衛出版社，1995 年。

46. 彭瑞金，《臺灣新文學運動 40 年》，高雄：春暉出版社，1997 年。
47. 彭瑞金，《葉石濤評傳》，高雄：春暉出版社，1999 年。
48. 錢鴻鈞，《戰後臺灣文學之窗——鍾肇政六百萬字書簡研究》，臺北：文英堂，2002 年 11 月。
49. 錢鴻鈞，《戰後臺灣文學之窗——臺灣文學的萬里長城》，臺北：文英堂，2005 年 11 月。
50. 錢鴻鈞，《大河悠悠：漫談鍾肇政的大河小說》，臺北：遠景出版社，2017 年 3 月 23 日。
51. 錢鴻鈞，《臺灣文學大河小說論》，遠景出版社，2013 年 2 月。重編為《鍾肇政大河小說論第一冊、第二冊》，臺北：元華文創股份有限公司，2021 年 4 月 15 日。
52. 蕭阿勤，《回歸現實——1970 年代的戰後世代與文化政治變遷》，臺北：中央研究院社會學研究所，2008 年 6 月。
53. 蕭阿勤，《重構臺灣：當代民族主義的文化政治》，臺北：聯經出版社，2021 年 12 月 20 日。
54. 趙遐秋著，呂正惠主編，《臺灣新文學思潮史綱》，臺北：人間出版社，2002 年。
55. 國立臺灣文學館，《臺灣現當代作家研究資料彙編 15：葉石濤》，臺南：國立臺灣文學館，2011 年 3 月。
56. 國立成功大學臺灣文學系主編，《臺灣文學史書寫：國際學術研討會論文集第一集》，高雄：春暉出版社，2008 年。
57. 國立成功大學臺灣文學系主編，《臺灣文學史書寫：國際學術研討會論文集第二集》，高雄：春暉出版社，2008 年。
58. 鄭烱明編，《越浪前行的一代——葉石濤及其同時代作家文學國際學術研討會論文集》，高雄：春暉出版社，2002 年。
59. 鄭烱明編，《點亮臺灣文學的火炬——葉石濤文學國際學術研討會論文集》，高雄：春暉出版社，1999 年。
60. Abrams. M. H.，《A glossary of literary terms》，America：Harcourt

Brace College Publishers，1999 年。
61. Escarpit 著，葉淑燕譯，《文學社會學》，臺北：遠流出版社，1991 年，原著為《Sociologie de la Litterature》，1958 年
62. Francis E. Skipp，*American Literature*，America：Barron，1992 年。
63. Scott James C，*Domination and the Arts of Resistance*，New Haven and London：Yale University Press，1990 年。

期刊論文

1. 朱西甯，〈脈留著純純的中國文化血統——紀念理和先生〉，《書評書目》，1979 年 9 月 10 日。
2. 李喬，〈文學的鄉土性與世界性〉，《臺灣文藝》，1983 年。
3. 李文卿記錄整理，〈文學之「葉」，煥發長青：陳芳明專訪葉石濤〉，《聯合文學》206 期，2001 年 12 月。
4. 夙千蝶，〈他是誰？〉，《愛書人》，1979 年 1 月。
5. 林俊宏，〈葉石濤寫作年表 1925-1981〉，《文學界》8 期，1983 年 11 月。
6. 林瑞明，〈葉石濤早期小說之探討〉，《臺灣文學的歷史考察》，臺北：允晨出版社，2001 年，頁 339-340。
7. 林瑞明、林玲玲，〈從鄉土文學到臺灣文學——葉石濤與臺灣文學的建構〉，《文學臺灣》37 期-38 期，2001 年。
8. 吳濁流，《夜明け前の臺湾》，臺北：學友出版社，1947 年，頁 15-18。原文為日文，翻譯引文轉引自黃英哲，《「去日本化」、「再中國化」：戰後臺灣文化重建——1945 至 1947》，臺北：麥田出版社，2007 年。
9. 吳濁流，〈巷の聲——日文廢止は廢止時期尚早〉，《新新》六期，1946 年 8 月。原文為日文，翻譯引文轉引自黃英哲，《「去日本化」、「再中國化」：戰後臺灣文化重建——1945 至 1947》，臺

北：麥田出版社，2007 年。
10. 吳濁流，〈日文廢止對管見〉，《新新》七期，1946 年 10 月，頁 12。原文為日文，翻譯引文轉引自黃英哲，《「去日本化」、「再中國化」：戰後臺灣文化重建——1945 至 1947》，臺北：麥田出版社，2007 年。
11. 吳浩，〈葉石濤研究資料〉，《臺灣文學觀察雜誌》1 期，1990 年 4 月。
12. 吳海燕、王晉民，〈試評葉石濤《臺灣文學史綱》：在臺灣的中國文學〉，《當代》第 42 期，1989 年。
13. 許俊雅，〈戰後臺灣小說的階段性變化〉，《臺灣文學發展現象：五十年來臺灣文學研討會論文集（二）》，臺北：行政院文化建設委員會，1996 年 6 月。
14. 阪口直樹著，王敬翔翻譯，〈展望臺灣文學的原點：評葉石濤《臺灣文學史》，《文學臺灣》74 期，2010 年。
15. 胡萬川，〈民族、語言、傳統與民間文學運動——從進代的歐洲到日治時期的臺灣〉，新竹：民間文學與作家文學研討會，1998 年 11 月 21-22 日。
16. 康原，〈臺灣文學苦行僧〉，《文學的彰化》，彰化文化局出版，1994 年 6 月。
17. 黃得時，〈談談臺灣的鄉土文學〉，1932 年 7 月 14 日，收錄於《黃得時評論集》。
18. 黃彬發，〈訪尹雪曼——談鄉土文學〉，《青溪》，1976 年 2 月 27 日。
19. 袁聖梧，〈談鄉土文學兼評田原的古道斜陽〉，《青年戰士報》，1968 年 7 月 28 日。
20. 晴晴，〈鄉土文學家——邱淑女〉，《自由青年》，1965 年 8 月 16 日。
21. 馬森，〈我所認識的葉石濤先生〉，《文訊》302 期，2010 年 12 月。

22. 葉榮鐘，〈「大眾文藝」待望〉、〈第三文學提倡〉、〈再論第三文學〉，《南音》第一卷第二號、第八號、第九號、第十號合刊卷頭言，1932 年。
23. 葉榮鐘，〈臺灣省光復前後的回憶〉，《小屋大車集》，臺中：中央書局，1977 年 12 月。
24. 葉石濤，〈給世外民的公開信〉，原刊載自《興南新聞》學藝欄，1943 年 5 月 17 日，後翻譯轉載至《人間思想與創作叢刊——噤啞的論爭》，臺北：人間出版社），1999 年。
25. 曾建民，〈臺灣「皇民文學」的總清算：從臺灣文學的尊嚴出發〉，《海峽評論》99 期，1999 年 3 月。
26. 曾建民，〈臺灣殖民歷史的「瘡疤」：怎樣看葉石濤最近在日本的發言〉，《海峽評論》第 144 期，2002 年 12 月。
27. 曾建民，〈民眾的民族的〉，《人間思想與創作叢刊．清理與批判》，臺北：人間出版社，1998 年。
28. 曾建民，〈評介「狗屎現實主義」爭論：關於日據末期的一場文學鬥爭〉，《人間思想與創作叢刊秋季號：噤啞的論爭》，臺北：人間出版社，1999 年。
29. 曾健民，〈可悲的戰後「再殖民」文學論：陳芳明的臺灣文學史觀再批判（下）〉，《海峽評論》，2011 年 12 月 9 日。
30. 曾健民，〈告別一個皇民化的作家及其時代：蓋棺論定葉石濤〉，《海峽評論》217 期，2009 年 1 月號。
31. 陳芳明，〈如果沒有鄉土文學論戰〉，《文訊》299 期，2010 年。
32. 陳芳明，〈無止無息的造山運動：《臺灣新文學史》餘話〉，《聯合文學》328 期，臺北：聯合文學出版社，2012 年。
33. 陳映真，〈「鄉土文學」的盲點〉，《臺灣文藝》革新號第二期，1977 年 6 月。後收錄至尉天驄主編，《鄉土文學討論集》，臺北：遠景出版社，1978 年 4 月。
34. 陳映真，〈向內戰．冷戰意識型態挑戰——七〇年代臺灣文學論爭在《臺灣文藝》思潮史劃時代的意義〉，《聯合文學》第十四卷第二期，1997 年 12 月。

35. 陳映真，〈後街：陳映真的創作歷程〉，《陳映真散文集 1：父親》，臺北：洪範書店，2004 年 9 月，後轉載至《人間風景：陳映真》，臺北：文訊，財團法人趨勢文教基金會，2009 年。
36. 陳映真，〈為了民族的團結與和平〉，《西川滿與臺灣文學》，臺北：人間出版社，1988 年 5 月。
37. 陳元彥訪談，〈第一個臺灣文學系──張良澤〉，《自立晚報》，1998 年 9 月 28 日。
38. 彭瑞金，〈葉石濤作品簡表〉，《文藝臺灣》62 期，1979 年 3 月。
39. 彭瑞金，〈臺灣文學在大學〉，《中國時報》，1992 年 1 月 12 日。
40. 彭瑞金，〈葉石濤的臺灣文學評論和文學史〉，《中外文學》27 卷第 6 期，1998 年 11 月。
41. 彭瑞金，〈臺灣文學史綱的解讀密碼〉，《文學臺灣》74 期，2010 年。
42. 彭瑞金，〈從現代主義可以到鄉土，從鄉土文學到不了現代主義〉，《文學臺灣》81 期，高雄：春暉出版社，2012 年 1 月，頁 182。
43. 張良澤，〈從鍾理和的遺書說起：理和思想初探〉，《中外文學》，1973 年 11 月。
44. 張良澤，〈鍾理和的文學觀〉，《文季》，1973 年 11 月。
45. 張良澤，〈鍾理和作品概述〉，《書評書目》，1974 年 2 月。
46. 張良澤，〈鍾理和作品中的日本經驗與祖國經驗〉，《中外文學》，1974 年 4 月。
47. 張良澤、葉石濤對談，彭瑞金筆錄，〈秉燭談理和〉，《臺灣文藝》，1976 年 12 月 30 日。
48. 張良澤，〈我來自泥土〉，臺北：仙人掌雜誌，1977 年 2 月。
49. 張良澤，〈臺灣原始神話傳說大系──小序〉，《臺灣與世界》第一期，1983 年 6 月。
50. 張良澤，莊紫蓉筆錄，〈臺灣文學研究的回顧與前瞻〉，臺北：清華大學主辦「臺灣文學」研討會第九次，1992 年 10 月 18 日。
51. 張良澤編，《鍾理和全集》第七卷，臺北：遠行出版社，1976 年 11 月。
52. 張深切，〈「臺灣文藝」的使命〉，《臺灣文藝》二卷五號，1935 年 6 月。
53. 張文環，〈論語與雞〉，《臺灣文學》一卷二號，1941 年 9 月，後由鍾肇政翻譯，收錄於張恆豪編《臺灣作家全集：張文環集》，高雄：前衛出版社，1991 年 2 月。
54. 張恆豪，〈豈容青癸指成灰〉，收於葉石濤《沒有土地哪有文學》，臺北：遠景出版社，1985 年。
55. 郭楓，〈四十年來臺灣文學的環境和生態〉，《新地》第一卷第二期，1990 年 6 月。
56. 游勝冠，〈葉石濤的臺灣鄉土文學論與鄉土文學〉，《成大八十：人文風華會議論文集》，2011 年。
57. 蔡其達，〈鄉土論述的中國情結——鄉土文學論戰與《夏潮》〉，行政院文建會：青春時代的臺灣：鄉土文學論戰二十週年回顧研討會，1997 年。
58. 應鳳凰，〈葉石濤的臺灣意識與文學論述〉，《文學臺灣》16 期，1995 年。
59. 歌雷，〈刊前序語〉，《臺灣新生報》「橋」副刊第 1 期，1947 年 8 月 1 日。
60. 楊逵，〈如何建立臺灣新文學〉，《新生報》「橋」副刊第 96 期，1948 年 3 月。
61. 錢鴻鈞，〈與趙天儀閒談《臺叢》、前輩作家及臺灣文學〉，《臺灣文學評論》2 卷 2 期，2002 年 4 月，頁 142-154。
62. 錢鴻鈞〈從大河小說「濁流三部曲」看臺灣文學經典「亞細亞的孤兒」〉，《臺灣文藝》（新生版）第 180 期，2002 年 2 月，頁 21-26。
63. 錢鴻鈞，〈論陳火泉、鍾肇政的戰後文學歷程 〉，《臺灣文學評論》2 卷 1 期，2002 年 1 月，頁 195-218。

64. 錢鴻鈞，〈「流雲」論——臺灣人你往何處去〉，《臺灣文藝》（新生版）第 174 期，2001 年 2 月。
65. 錢鴻鈞，〈戰後臺灣文學之窗（系列二）：林柏燕書簡出土〉，《新竹文獻》第 4 期，2000 年 12 月。
66. 錢鴻鈞，〈戰後臺灣文學的小窗——從鍾肇政書簡看兩大《臺叢》〉，《國文天地》185 期，2000 年 10 月，頁 45-53。
67. 錢鴻鈞，〈戰後臺灣文學之窗（系列一）：1965 兩大《臺叢》〉，《臺灣文藝》172 期，2000 年 10 月，頁 68-89。
68. 錢鴻鈞，〈鍾肇政內心深處的文學魂——向強權統治的周旋與鬥爭〉，《文學臺灣》34 期，2000 年 4 月，頁 258-271。
69. 澤井律之，〈論葉石濤之《臺灣文學史綱》的重要性與問題點〉，《臺灣新聞報》，2001 年 12 月 14 日第 13 版。
70. 鍾肇政，〈臺灣文學獎評選標準〉，《臺灣文藝》，1965 年。
71. 鍾肇政，〈二十年來的臺灣文壇〉，《自由談》，1965 年 1 月 1 日。
72. 鍾肇政，〈二十年來《臺灣文藝》的發展〉，《徵信新聞報》，1965 年 10 月 25 日。
73. 鍾肇政，〈看光復二十年來臺灣文學的成長〉，《幼獅文藝》，1965 年 10 月。
74. 鍾肇政，〈評選委員選後感「我選七等生的回鄉的人」〉，《臺灣文藝》，1966 年 4 月。
75. 鍾肇政，〈譯 嶺脊上 附記〉，《純文學》，1968 年。收錄於《鍾肇政全集 21》，隨筆集五，頁 458。
76. 鍾肇政，發言於文化復興總會舉辦：「文學和文化復興座談會」，〈我們需要中國的、民族的、地方風土的文學創作〉。刊於《中華文化復興月刊》第一卷第二期，1968 年 4 月 18 日。
77. 鍾肇政，〈臺省文藝與全國文藝的合流〉，1971 年寫，收錄於《中華民國文藝史》，1975 年出版。
78. 鍾肇政，〈談本省的鄉土文學〉，《大同》半月刊，1977 年 2 月 1 日。
79. 鍾肇政，〈序——《崩山記》〉，臺北：文華出版社，1977 年。

80. 鍾肇政，〈《當代中國新文學大系——小說二集》導言〉，1978 年 12 月，收錄於《鍾肇政全集 17》，隨筆集一，頁 419。
81. 鍾肇政，〈鄉土文學二題〉，《人間副刊》，1980 年 2 月 21 日。
82. 鍾肇政，〈臺灣地區文學的過去、現在、未來〉，《中國時報》，1981 年 10 月 25 日。
83. 鍾肇政翻譯，陳正醍〈臺灣的鄉土文學論戰〉，《暖流》，1982 年 8 月。
84. 鍾肇政，〈簡述四十年代本省鄉土文學〉，《文訊》，1984 年 2 月 15 日。
85. 鍾肇政，〈蹣跚步履說從頭卅五年筆墨生涯哀歡錄〉，《臺灣新文化》，1985 年 3 月 5 日。
86. 鍾肇政，〈臺灣鄉土文學經典——《臺灣文藝》重刊本〉，《臺灣文藝》重刊本，1985 年 9 月 10 日。
87. 鍾肇政，〈臺灣文學試論〉，1985 年 9 月 10 日。收錄於《鍾肇政全集 18》，隨筆集二，頁 499。
88. 鍾肇政，〈七十年臺灣文學的發展縱橫談〉，《臺灣春秋》，1990 年 6 月。
89. 鍾肇政，〈臺灣文學七十年〉，《民眾日報》，1994 年 5 月 21 日。
90. 蕭阿勤，〈1980 年代以來臺灣文化民族主義的發展：以「臺灣（民族）文學」為主的分析〉，《臺灣社會學研究》第三期，1999 年 7 月。
91. 蕭阿勤，〈民族主義與臺灣 1970 年代的鄉土文學：一個文化（集體）記憶變遷的探討〉，《臺灣史研究》六卷二期，1999 年 12 月。
92. 蕭新煌，〈當代知識分子的「鄉土意識」——社會學的考察〉，《中國論壇》265 期，1986 年。

學位論文

1. 林玲玲，〈葉石濤及其臺灣文學論的建構〉，國立成功大學歷史學系研究所博士論文，2008 年。

2. 林巾力，〈「鄉土」的尋索：臺灣文學場域中的「鄉土」論述研究〉，國立成功大學臺灣文學系博士論文，2008 年。
3. 杜劍鋒，〈臺灣文學的老井——以五〇年代的葉石濤及其再出發為中心〉，國立成功大學歷史語言研究所碩士論文，1999 年。
4. 余昭玟，〈葉石濤及其小說研究〉，國立成功大學歷史語言所碩士班論文，1989 年。
5. 吳梅君，〈七〇年代鄉土文學中的〈臺灣意識〉——以《臺灣文藝》小說為例〉，國立臺灣師範大學臺灣文化及語言文學研究所在職進修碩士班，2010 年。
6. 徐崇嵐，〈「鄉土」如何論戰？一個場域與權力的分析〉，國立清華大學社會學研究所，2003 年。
7. 許詩萱，〈戰後初期（1945 年～1949 年 12 月）臺灣文學的重建——以《臺灣新生報》「橋」副刊為主要探討對象〉，國立中興大學中國文學系碩士論文，1999 年。
8. 陳明成，〈陳映真現象研究〉，成功大學臺灣文學系博士論文，2012 年。
9. 郭漢辰，〈重建臺灣殖民記憶——葉石濤小說特質研究〉，國立成功大學臺灣文學系碩士論文，2010 年。
10. 黃馨嬋，〈葉石濤文學思想與戰後臺灣文學發展之關係〉，中國文化大學中國文學研究所碩士論文，2006 年。
11. 蔡翠華，〈六〇年代《臺灣文藝》小說研究（1964-1969）——以認同敘事為中心的考察〉，國立臺灣師範大學臺灣文化及語言文學研究所，2010 年。
12. 鄭幸嬌，〈從耽美到解放——葉石濤小說的情慾書寫〉，國立中興大學中國文學系碩士論文，2007 年。
13. 盧伯儒，〈葉石濤及其小說中的殖民、性別和地方感研究〉，國立成功大學中國文學系碩士論文，2008 年。

附錄一　涉嫌藉文學搞臺獨：調查局檔案中的鍾肇政形象[λ]

真理大學臺灣文學系副教授錢鴻鈞

摘要

對於鍾肇政的臺灣文學運動與政治上的主張，是至關密切的。而其臺灣文學運動中的旗幟就是臺灣文學，就過去的利用鍾肇政等人的往來書信研究，這點應該是可以確立的。可是，臺灣文學是否是獨立於中國文學，不是中國文學的一支流，而是世界文學的一支，卻牽涉到臺灣意識、分離主義的政治性敏感議題，甚而在戒嚴時期，牽涉到臺灣獨立的禁忌。都關係到臺灣文學的主體性重大問題。

其實就臺灣文學本身，其他帶有臺灣兩字的稱呼，本身就是敏感的，均有省籍的狹隘意識、地方團體意識，在戒嚴時代就會直接牽連臺灣獨立的禁忌問題。為了確立臺灣文學的主體性問題，進一步的利用政治檔案來研究鍾肇政這位戰後臺灣文學運動的最重要作家，是有必要的。

本文將整理鍾肇政政治檔案的內容，做時間上的發展、內容進一步分析與解釋情治單位對鍾肇政的政治認知與思想。然後，將比對政治檔案出土前，從鍾肇政信件、他個人的發言與情治單位調查檔案的差異性，試圖帶出新的資訊。

關鍵字：鍾肇政、政治檔案、臺灣文學、臺灣獨立

[λ] 感謝康詠琪老師提供題目修改意見。〈涉嫌藉文學搞臺獨：調查局檔案中的鍾肇政形象〉，論文宣讀於「真理大學 2023 財經學術研討會」，真理大學財經學院主辦，2023 年 5 月。

壹、緒言

自由的環境對文學家的藝術創作，至關重大，影響到創作者的想像力、題材，簡而言之也就是創新。而社會上的道德容忍度，至關重大。除此以外，政治上的桎梏，更會造成創作者的恐懼，而限縮自我的表現。收斂批判社會的勇氣，甚而走向逃避、虛無，無關於土地、人民的作品。處處表現虛假、懦弱的氣息。

臺灣文學史上的現代主義的盛行一時，[1]或者存在主義的思想的進入作品中，正是與白色恐怖的環境有關連。[2]其次，對於臺灣文學主體的建立，政治上的壓迫，連帶教育的意識形態灌輸，更是影響重大。

於是，瞭解臺灣作家受到戒嚴時代的影響重大，本論文即想探討，做為臺灣文學之母的鍾肇政，他在戒嚴之下的政治壓迫，特別是從政治檔案中來瞭解，他所受到的監視種種細節與不同時間的情況究竟為何。

目前解密的有關鍾肇政的政治檔案，來自於法務部調查局，其內容摘要為：

> 本案為53至80年間臺獨分子偵查事，司法行政部調查局桃園縣調查站向司法行政部調查局陳報具臺獨傾向之客籍作家其身分背景、平日言行、通信及交往關係等情事，該局並獲國家安全局提供其涉嫌從事臺獨活動之研究報告表，至 63 年時，因查無可疑情事而獲調查局准予停偵結案，80 年時，法務部調查局因該員參與 1009 反閱兵活動而函請桃園縣調查站監偵其活動期間之言

---

[1] 鍾肇政，〈《當代中國新文學大系——小說二集》導言〉，收錄於《鍾肇政全集 17》，頁 419。

[2] 廖偉竣，〈臺灣存在主義文學的族群性研究——以外省人作家與本省人作家為例〉，國立中興大學臺灣文學研究所碩士論文，2009 年。（廖偉竣為宋澤萊本名。）

行動態，臺北市調查處則向該局陳報臺灣筆會之發展情形。[3]

據內容顯示，應該有更早的檔案，且特別來自於警總的有關鍾肇政的政治檔案，內容還包括有照相、相片等，可是並未在這一波的開放文件中。或者，已經為警總與其他各單位所丟失也不一定。

無論如何，在現有的政治檔案中，鍾肇政被呈報為有臺獨傾向，在不同時間中的根據線報情報內容為何？有何變化與特點，又與過往的書信、自述所遭受到的監視情況，可以互相比對的地方又是在哪裡？值得一一進行資料的分析與歸納。

本論文架構將對目前已取得的鍾肇政政治檔案的內容整理分析，分為三段的時間。然後在下一單元，將鍾肇政個人書信與自述當中整理過去的猜測到或者遇到的政治控制情況，然後抽出這個政治案件最相關的鍾肇政與陳韶華、陳映真所通信的內容，與上述三段時間的情況作比對分析，最後進一步的將政治檔案中比較重要的幾個事件抽出做探討。

本論文利用的方法為歷史檔案分析法以及口述歷史，書信資料的文本分析。過去在利用政治檔案來研究政治案件已經有許多案例可以參考。[4]不過對於文學家的政治檔案研究，尚未有案例出現。

貳、政治檔案的內容整理

本節分三段時間來整理鍾肇政政治檔案，從檔案的開始，由鍾肇政與陳韶華的通信，由雲林檢查站偵查而開始立案，交給調查局，然後分到桃園調查站進行進一步調查。並有國安局、警總等單位協助與整合。經過三年時間後，沒有相關調查資料，然後 1970 年時一方面重啟

---

[3] 〈鍾肇政案〉，《法務部調查局檔案》，檔案管理局藏，檔號：AA11010000F/0053/301/05676。

[4] 如參考資料中之陳儀深與吳俊瑩相關論文。

調查，一方面卻沒有鍾肇政的確切證據與行動而建議停止偵查，一直到1974 年停止偵查。然後在 1984 年鍾肇政接受美國臺灣鄉親邀請演講，又開始有相關資料，一直到 1991 年廢除刑法一百條行動聯盟運動，開始對鍾肇政進行跟監。

一、時間一（1964 年到 1966 年）

調查局的檔案中，最早的資料是 1964 年 11 月 26 日。那是鍾肇政給陳韶華的兩封信，分別為該年之 10 月 19 日與 10 月 27 日。是蒯伯超（省立斗六中學訓導主任）取得後，送拍照、抄寫下來的文件。信中被雲林縣調查站署名方岫雲認為有許多隱蓄了「臺獨」的思想含意。此呈報事由為「鍾肇政涉嫌案」，受文者為調查局副局長齊效忠。

進一步的程序是齊效忠行文以副本收受者方式指示方岫雲調查陳照銘，[5]受文者為桃園調查站陸建園，由陸建園來負責調查鍾肇政。並附上方岫雲以拍照方式得來的信件，加以抄寫的資料。[6]

然後方岫雲代電方式發文齊效忠，進一步偵查陳照銘的家族背景資料。還有過往的信件中的不當言論或者進一步的偵查方式：「據嘉義特檢組派駐斗六郵檢員申松華告稱，（一）該組早即檢獲鍾肇政與陳韶華間有可疑之通訊，陳曾在信中表示對臺灣省長不早日實行民選，是政府不民主之表現，似有『臺獨』之嫌。（二）陳已函知鍾肇政，今後來信要寄 XX（檔案管理局加以塗白），而斗南並未派駐郵檢員，故該組已報請上級飭知桃園方面注檢」等語。[7]

而陸建園則從原報者龍耀武於 1965 年 12 月 25 日親查方式，將鍾

---

[5] 檔案管理局藏，檔號：AA11010000F/0053/301/05676/0001/virtual001/0129，1965 年 11 月 28 日。

[6] 同上。

[7] 檔案管理局藏，檔號：AA11010000F/0053/301/05676/0001/virtual001/0122-0123，1965 年 12 月 3 日。

肇政涉嫌案予以回報齊效忠。[8]內容為基本資料，有鍾肇政就學過程與經歷，家庭信仰、住址、家人包括父母姊妹子女資料，以及強調是聾子（經常帶著聽音器）。其次為交往親友的關係，於學校任教科目。特別提到交往對象有魏廷朝，並補說明魏廷朝已於 1964 年 9 月被警備總部逮捕法辦。[9]第三項有鍾肇政投稿之刊物與作品，筆名使用情況。第四項為平日校內之作風，基本上正面說法，如和氣、不爭執，願意幫忙大家。但是保防業務，上級情報單位批示不准鍾肇政辦理該項業務。耳聾少講話，但是學校中全體職員認為鍾肇政是一個天才文藝作家，所以大家敬重他。第五項對政府觀感：

> 該員不願意談及政府及政府官員絕少批評，約在一、二年前曾僅說過一次：「在目前情形看來，要反攻大陸是個作夢的事，他們一定變成『鄭成功』」等情。[10]

那兩封信比較有所謂臺獨嫌疑的地方是：

> 我應該要你瞭解，我與我的幾個朋友一樣時時都是以臺灣為重的。林海音譏我是臺灣文學主義者，我與朋友們通信，時常地用イモ（讀 imo 即蕃薯，指臺灣）如イモ作家，イモ連中之類，你受過日本人的迫虐嗎？你看過二二八嗎？韶華我比你看得更多，也知道得更多，（你們這些乳臭未乾的人們的事，我雖然知道得太少了，如文林了，什麼了，還有哩，中國詩友了，還有不少，只因桌上放著一本剛到的中國詩友，所以我記得了她），話該談向前，你說的不錯，孔子、托、屠都不再是我們所需要的。

---

[8] 檔案管理局藏，檔號：AA11010000F/0053/301/05676/0001/virtual001/0118-0121，1965 年 12 月 28 日。

[9] 因緣於與謝聰敏、彭明敏三人之「臺灣自救運動宣言」案。

[10] 同上。

> 你也知道，宗教、政治，都沒有能救出中國，剩下的也許就是文學了，你應知道，是定了孔、托、屠之後作為文學者之一的你的責任在那兒，一腔熱血嗎？腐爛的愛情小說家嗎？自古相輕的文人嗎？錯了！沒有人比我更喜悅過朋友的成就，沒有人比我更敢痛罵朋友的墮落。我願在此向你伸出友誼之手，我需要更認識你，我也渴望更認識你，我擔承對你觀察的錯誤，你乳臭未乾，可是確乎是個可愛的人，我更不客氣地指責了你，這也表示你儘管在那時還並沒有完全使我失望，現在我已經熱切地期盼看你站起來，不要以前大家都在相輕，也不要以為大家都在為了小名爭得滿頭大汗，縱然都在相輕，在大汗，你也不該如此，你應有文學者的矜持，你要改變筆鋒，創造出真正的文藝作品來，我不相信我們已絕望，我堅信道路開展在前面，我更相信イモ的前途是光明的，握手，肇政 10.27[11]

方岫雲認為「其中甚多隱蓄了臺獨的思想含意」，指的該是信中所言的「時時都以臺灣為重的」、「臺灣文學主義者」、「你看過二二八嗎？」、「我更相信イモ的前途是光明的」，這些強調臺灣兩字，以臺灣為重，思想觀念的來源應該就是二二八事件，儘管信中沒有提到二二八事件有什麼意義，但是從受過日本人的迫虐的脈絡之後來看，就是臺灣人在二二八事件受過的屠殺、歧視。誰是屠殺者、迫虐者呢？筆者認為就是中國人。而鍾肇政特別イモ的方式，來代表臺灣人，就是方岫雲指稱的隱蓄的方式表達臺獨。

不過從文中，又有用文學來救中國的說法，這似乎與臺獨的想法有些衝突。但是鍾肇政顯然又對文壇被外省人控制、被中國人霸佔是不以為然的。那些中國作家爭名奪利的，甚而抄襲的，相互輕視的。難道鍾肇政要以臺灣文學來救中國嗎？筆者認為這是鍾肇政要講給未來稱乎

---

[11] 檔案管理局藏，檔號：AA11010000F/0053/301/05676/0001/virtual001/0132-138，1964 年 11 月 26 日。

所謂的「戰後第三代作家」那些完全沒有受過日本教育、沒有日本經驗的人，他們作為閱聽者，希望他們聽的出意思是中國是糟糕的，而我們是臺灣人，要一切為臺灣而努力。如果鍾肇政是直接對同世代的作家來說話，就不必提到要救中國。

接著調查局開始擴大偵察陳韶華與鍾肇政的往來書信，個人背景資料外。且有國家安全局指示調查局指示，注意李篤恭、林鍾隆等人與鍾肇政的通信，更包括陳映真。但是，事由卻是「密」。[12]檔案中，裡頭有關陳映真的資料，未知是檔案管理局將之刪除歸到陳映真案中，或者警備總部將此部分列為國家機密，尚不公開，沒有交給檔案管理局。從此，調查局開始進一步的建立布防系統：

> 今後偵查方向與查證路線
> 建立該校內運用關係同志及龍潭工作關係同志多方偵監其平日生活言行及交往，並相機予以接近。[13]

之後，鍾肇政的相關情報資料大量的出現：

> 鍾嫌於 3 月 28 日晚（青年節前夕）以臺籍青年作家代表身分出現電視訪問節目，內容強調臺籍文藝作家今應多聯繫，並云「臺灣青年文藝作家聯誼會」有彼在作聯繫人。[14]

所謂的聯繫人，鍾肇政在 1961 年也曾經指示張良澤協助。不過目地並非要張良澤分擔鍾肇政的瑣務，而是讓臺灣文學的伙伴，進一步參

---

[12] 《國家安全局檔案》，檔案管理局藏，檔號：AA11010000F/0053/301/05676/0001/virtual001/0109，1965 年 4 月 13 日。

[13] 《國家安全局檔案》，檔案管理局藏，檔號：AA11010000F/0053/301/05676/0001/virtual001/0112，1965 年 4 月 13 日。指示進度為 1965 年 4 月布偵完畢。

[14] 「偵防線索資料清查表」，《國家安全局檔案》，檔案管理局藏，檔號：AA11010000F/0053/301/05676/0001/virtual001/0113，1965 年 4 月 20 日。

與聯繫工作，培養與訓練伙伴作為領導人著眼。

其他除了陳韶華、陳永善、林鍾隆等情報資料外，最重要的有關鍾肇政案的調查情報有：

> 一、查鍾肇政擬在慶祝臺灣光復二十週年集臺籍作家名單編輯叢書，其蒐集名單如「附件」。又鍾嫌前曾由文壇社出版「大壩」一書（自著作）拿到石門水庫建設委員會去推銷，當時該會各處室均購有幾本。
> 二、謹隨文檢呈鍾肇政著「大壩」一書及名單一份敬請鑒核。[15]

以及：

> 一、鍾肇政於四個月前寫了一本「臺灣人」長篇小說送到某報社內刊登，結果到現在還未見報上披露。鍾嫌近日曾談及何以報社還未將其這篇「臺灣人」文藝小說刊登出來，難道我新寫的文稿內容有問題嗎？
> 言時對報社非常不滿。[16]

因此編輯臺灣作家叢書、創作「臺灣人」，對調查局而言都是重要情報。可以說出現臺灣兩字，可能就會涉及臺獨思想。而集會、組織聯繫，就是進一步的叛亂行動與證據了。

從 1966 年 1 月 15 日的「偵防線索動態續報表」開始，顯示鍾肇政開始警覺。這是經由三位義工作為原報人，他們分別正當工作身分是

---

[15] 《國家安全局檔案》，檔案管理局藏，檔號：AA11010000F/0053/301/05676/0001/virtual001/0089，1965 年 8 月 28 日。名單為：「紀念臺灣光復二十週年臺灣省籍作家叢書編輯計畫名單（名望作家）」

[16] 《國家安全局檔案》，檔案管理局藏，檔號：AA11010000F/0053/301/05676/0001/virtual001/0091，1965 年 9 月 15 日。

鄉公所職員、代書業、服務站主任，側查所提供的線索。專任的工作人員則有陳天化（應為化名），作為轉報人。

> 偵查情形：
>
> 一、鍾嫌之父鍾會可原任平鎮鄉東勢國校校長於去年退休後回到XXXX（塗白）村居住，此後負責龍潭基督教傳教工作，鍾嫌亦基督信徒。
>
> 二、鍾嫌近來說話非常謹慎，每句話先作考慮才講出，不像以前想說就說，對同事間亦比以前和氣。
>
> 三、鍾嫌最近編臺灣省籍作家叢書完畢後，開始寫新作品，目前他的作品，「流雲」在中廣公司播出為小說選播節目。（每晚九時半起）
>
> 四、據桃園特檢小組[17]組長樊俊英透露鍾肇政早年即涉嫌蘇啟東（筆者：蘇東啟之誤）臺獨案重要分子，曾經警總有令密切檢查其函件，並曾一度準備約談，後又無下文，現特檢組已放棄其檢查，等情。[18]

並且，這次情報，有樊俊英透露鍾肇政早年涉及蘇東啟案，值得注意。但是當時不明原因，並未約談。此情報之後還會繼續討論。另外，為何鍾肇政在此時，較之前警覺言行、書信寫作呢？也是十分有趣的，值得追查。

參考附錄 A，有國安局長來的情報資料為「鍾肇政、陳永善、陳韶華等涉嫌從事『臺獨』活動一案之研究報告表」，內容就有該三人往來

---

[17] 維基百科，臺灣警備總司令部之業務單位，特檢處下有 33 個特檢組。「地區郵局設安全檢查組（解嚴後更名為防暴組），派駐郵局專責特殊郵件、包裹攔檢、郵包炸彈檢扣，曾多次攔截郵包炸彈、國外郵寄毒品、臺灣獨立、中國共產黨潛伏人員、國際犯罪組織祕密通訊信函。」

[18] 「偵防線索動態續報表」，《國家安全局檔案》，檔案管理局藏，檔號：AA11010000F/0053/301/05676/0001/virtual001/0088，1966 年 1 月 15 日。

信函的綜合資料，且有陳永善的部分。顯見調查局此案，相關陳永善的部分，都是由警備總部負責，而由國安局統整的。其中有提到：

> 陳韶華寄鍾肇政函之筆跡與「臺灣自立委員會」反動函案類似，經警備總部於五五年二月六日逮訊並無其事，已准釋回並予運用。

過去鍾肇政也曾告訴筆者，有消息指出情報單位除了利用筆跡，也有認為一些反動叛亂的文宣，有可能是鍾肇政所撰寫。因為臺灣人有如此文章能力的，沒有他人。[19]

其他重要內容是追溯到 1964 年 12 月 30 日，警總查復，認為鍾肇政等人有不滿政府，幻想臺灣獨立，並要在 1965 年四、五月召開「臺灣作家大會」。但中六組[20]於 1965 年 4 月 27 日調查，大概整理為：「鍾肇政出版臺灣省籍作家叢書，是為了紀念臺籍作家的努力成果，沒有要召開大會。並且鍾肇政過去著作內容都是要發揚民族精神之愛國表現，平常也沒有不滿現實之言論，對黨交付的任務都誠懇接受，與警總所報的資料，與事實不符。但認為書信資料中，確實有『臺獨』思想。」

調查局則於 1965 年 5 月 24 日電復：「鍾肇政對政府措施絕少批評，惟曾說過：以目前情形觀察，要想反攻是個作夢的事，他們一定變

---

[19] 鍾肇政告訴筆者，約於 1998 年。

[20] 「中六組為中國國民黨中央委員會第六組之簡稱，負責掌理對社會、經濟、政治等動態的有關資料與對敵鬥爭之策劃。1950 年代：國民黨中六組指揮，在組織各校形成『反共鬥爭研究小組』。主導政策、彙整情資，並指揮知識青年黨部在各校組成『反共鬥爭研究小組』，執行第一線的政治偵防。相形之下，情治機關只是配角；既無法『公然』進入校園、也無權直接聯繫知識青年黨部。不過，到了 1970 年代初期，中六組以『工作人員及經費均未納入正式編制』且『黨組織持續擴張』等理由，表示難以兼顧黨部及大專院校的保防工作、建議將相關工作移交情治機關辦理。」參考，促進轉型正義委員會於 Facebook 在 2019 年 5 月 24 日之貼文。https：//www.facebook.com/twtjc/photos/a.2090167454614212/2140328092931481/?type/3。

成鄭成功。至於陳永善、陳韶華二人，無不良資料。」[21]

因此國安局研究分析的意見結果為，鍾肇政應該得知被監視，加上中六組對鍾肇政進行疏導使鍾肇政提供警覺。國安局認為鍾肇政近年沒有可疑行動，但是鍾肇政過去言論偏激，不可能轉變如此之快。還是要繼續偵查鍾肇政。而鍾肇政於 1966 年 5 月 3 日有報載得到中國文藝協會小說獎，名氣更大，更有號召力，應更注意其言行思想，並可以加疏導運用。[22]

此一案件「桃園縣站匪嫌案偵查報告表」，[23]陸建園所作，呈給高立誠（應為當時之調查局副局長。之前副局長為齊效忠。），[24]事由為「洗滌專案（鍾肇政）」。此報告表於 1966 年 6 月 28 日指出涉嫌事實為涉嫌臺獨思想。諸多嫌疑事實，多歸納過去資料。研析為：「查鍾嫌平日言行交往甚為謹慎但對往來信函較多，且行函件方面啟獲資料較多，擬傳向警總借調鍾嫌資料。」最後處理意見為：「擬予約談表白」。

但是之後，並沒有約談。高立誠回覆繼續偵查可疑言行，情報也

---

[21] 不過，卻有其後資料，顯示陳韶華不僅知道廖文毅投降回臺的新聞，並且還可感受到陳韶華是支持廖文毅的主張的。「三、5 月 16 日報載廖文毅反正由日本歸國投入政府，抱愧發誓共同努力國策，承認過去之淺見乙則新聞，各同事於閱後均極為高興，獨該嫌閱報時手發抖，面色變得白一陣、青一陣。繼於升旗後又回辦公室取報外出至一靜處詳讀。四、6 月 1 日上午十時空五分該嫌在辦公室曾與同事林湖閒談，當談及廖文毅反正歸國事時說：廖文毅先生回來當副總統的，否則他是不回來的，這是有條件的。」等語。「偵防線索動態續報表：陳照銘」，「偵防線索動態續報表」，《國家安全局檔案》，檔案管理局藏，檔號：AA11010000F/0053/301/05676/0001/virtual001/0098，1965 年 7 月 26 日。

[22] 鍾肇政告訴筆者，國民黨讓你出名但是也怕你出名，約於 1998 年。這意思筆者認為指的是國民黨並不信任臺灣人，也歧視臺灣人，出名更是一種權力資源，也不會過度給臺灣人分享。

[23] 《國家安全局檔案》，檔案管理局藏，檔號：AA11010000F/0053/301/05676/0001/virtual001/0082，1966 年 6 月 28 日。

[24] 1964 年 6 月 2 日到 1978 年 1 月調查局局長皆為沈之岳。1962 年 12 月 1 日到 1967 年 6 月 30 日國安局長為夏季屏，原臺灣警備總司令部副總司令。資料來自於維基百科。

暫時停止於此。[25]

二、時間二（1970 年到 1974 年）

在 1970 年 4 月 25 日的金湯會報[26]中的附件〈澄清專案「臺獨」分子清查報告表〉，[27]案件根據的是〈奉臺灣省委員會（54）臺保字第六八四號代電交查〉。這距離上一次的調查局〈鍾肇政案〉為 1966 年 11 月 17 日，[28]中間停頓接近四年沒有任何資料。雖然調查局仍指示「繼續注意鍾某有無可疑言行思想」。不知道是否仍有調查資料而沒有出土，還是真的沒有新的調查資料了。

不過檢閱 1970 年 5 月 8 日〈鍾肇政〉檔案，[29]此公文乃是要回應（55）復（甲）字第 109443 號代電奉憲，也就是四年前的最後一個公文所要求。如此一來，為何 1970 年又有相關鍾肇政的新資料或者調查報告呢？後續將提出一些可能性。

在「澄仕專案『反心戰』案件清查表」[30]，目的是調查局認為多年鍾肇政沒有具體犯罪事實，似乎可以停止偵察。此清查表的「緣起」同

---

[25] 《國家安全局檔案》，檔案管理局藏，檔號：AA11010000F/0053/301/05676/0001/virtual001/0074，1966 年 11 月 17 日。

[26] 維基百科：金湯會報。「金湯會報是中華民國戒嚴時期由國安局、調查局、警備總部、憲兵調查組、國防部總政戰部、特種情報單位、國民黨黨務書記與警察局主持的保防會議。金湯會報的任務包括：偵辦集團性與組織性潛伏在臺灣的中國共產黨組織、介入中華民國國內選舉，協助國民黨勝選、蒐集記者筆跡、蒐集二二八事件中遭判刑者及其家屬資料、蒐集並分析反動人士及其家族資料。」鍾肇政案應屬於「蒐集並分析反動人士及其家族資料」。

[27] 檔案管理局藏，檔號：AA11010000F/0053/301/05676/0001/virtual001/0073，1970 年 4 月 25 日。

[28] 檔案管理局藏，檔號：AA11010000F/0053/301/05676/0001/virtual001/0074，1966 年 11 月 17 日。

[29] 檔案管理局藏，檔號：AA11010000F/0053/301/05676/0001/virtual001/0071，1970 年 5 月 8 日。

[30] 澄仕專案「反心戰」案件清查表，《國家安全局檔案》，檔案管理局藏，檔號：AA11010000F/0053/301/05676/0001/virtual001/0055，1971 年 6 月 10 日。

樣是 1965 年前後時間的內容：「斗六省立中學陳韶華寄鍾某函內稱：不滿政府幻想臺灣獨立藉文藝寫作為媒介散播反攻府意識圖攏絡臺籍知識青年從事反政府活動，（53 年上級交查）」，所「涉嫌事實」：

> 一、斗六省立中學陳韶華寄鍾某函內稱臺籍知識分子受歧視籲團結起來爭取地位。
>
> 二、幻想臺灣獨立藉文藝寫作為媒介散播反政府意識圖攏絡知識青年從事反政府活動。
>
> 三、鍾某應公論報之邀請參加 54 年 3 月 18 日在國賓飯店召開之「臺籍作家聚餐會」。[31]

對於第一點，通常可以稱為地方意識、省籍意識，這意識的本身，就情報單位看來，就是臺獨意識、分離意識了。也可以被調查稱為是挑撥族群感情，所造成的危害社會國家的依據，這也就是叛亂。不僅是陳韶華所表現出臺灣意識的根源，更是鍾肇政也類似有此臺灣意識而表現多年。

基本上鍾肇政把文學、文藝創作當成是藝術創作的範疇之一，且名目就是以臺灣文學為旗幟。[32]文學基本上是該避開政治意識形態的，而可以作為臺灣人的代言人。背後，仍顯示出鍾肇政的臺獨意識。雖然說文學並非臺獨或者反政府的工具，鍾肇政不至於在創作上如調查局所言：「幻想臺灣獨立藉文藝寫作為媒介散播反政府意識圖攏絡知識青年從事反政府活動」。但是以臺灣文學為旗幟文學運動與創作，對於臺灣人的代言人、批評時代社會，將會間接的批評了國民黨的統治正當性，以及臺灣文學成為臺灣建國的基礎文化意識與認同。

第三點，對於《公論報》主辦的臺籍作家聚餐會。一方面可以團

---

[31] 同上。

[32] 錢鴻鈞，〈隱蔽下的文學世代傳播：鍾肇政與葉石濤的臺灣文學旗幟〉，淡江大學大眾傳播所碩士論文，2023 年 1 月。

結臺灣作家，拒絕外省人與統治者的專家。作家的串聯與聚會、組織，這是統治者最為忌憚。所謂的臺灣的力量大，意義就該是如此。

「偵查情形」如下：

> 一、鍾某於日據時期被征南洋服役因患瘧疾服藥過多致雙耳失靈，光復後就讀臺大因聽覺不便，轉讀彰化師範畢業後任教龍潭國校。
> 二、平素喜寫作藉寫作而連絡臺籍作家，並稱讚陳韶華很值得培植。
> 三、54 年 3 月自海外寄鍾某之左傾書籍被查扣，暗托臺北郵局郵連組郵務佐陳隆獻設法為其取回。
> 四、54 年暑期鍾某全力彙編臺籍作家作品選集，由文壇社發行以慶祝本省光復廿週年紀念。[33]

鍾肇政並未到南洋，只在大甲的鐵砧山一帶作學徒兵於 1945 年到光復。學徒兵當中罹患瘧疾，應該並非服藥過多，而是沒有恰當的奎寧藥劑致使耳神經受損，而左耳特別嚴重。於 1956 年開始購買助聽器，幫助右耳聽力。在非雜亂音響的環境與比較近的距離，可以聽的清晰，因此才打開交友領域。

偵察內容有些微失實的還有，鍾肇政於 1948 年 9 月到臺大就讀中文系，不到幾個月因為聽力問題，特別是教授的腔調太重，無法聽懂。且上課內容與鍾肇政的現代文學創作的志向無關，因而休學回家。之後也無復學。

而就讀彰化青年師範學校是日治時期，在 1943 年入學到擔任學徒兵那段時間，而並非臺大休學之後。時間的錯置，可能是鍾肇政拿青年師範學校的學歷於戰後去換取同等學歷的教師資格，導致偵查的錯誤。

---

[33] 澄仕專案「反心戰」案件清查表，《國家安全局檔案》，檔案管理局藏，檔號：AA11010000F/0053/301/05676/0001/virtual001/0055，1971 年 6 月 10 日。

偵查情形第二條，與陳韶華的通信內容，一直是調查局調查的首要工作。一開始成立的鍾肇政案，正是跟陳韶華有關係。然後展開擴大偵察、布線。直到 1966 年 2 月陳韶華被約談長達七天後釋放，兩人通信往來就此減少，並少談到有關臺灣、社會等敏感問題。1967 年信中斷一年。1968 年又通信密切，可能與鍾肇政向陳韶華邀稿，投到《青溪》有關，延續到 1969 年 1 月的信。這中間，陳韶華在當時仍大量創作，並經營出版社，還協助鍾肇政的短篇小說集出版。[34]一直到 1972 年有一封陳韶華為朋友之〈「松風」月刊〉請鍾肇政寫稿，之後就未見通信了。不過解嚴之後，陳韶華出版書籍，鍾肇政仍有去捧場，時間大約是 1998 年。

陳韶華有一信即暗示某情報單位的騷擾，可能是調查局在雲林的調查站：

> 肇政兄：
> 忙這忙那，忙得團團轉。
> 我已排滿十本書，兄弟你的作品。
> 葉著留給蘭開好了，小說稿我已有了。
> 「他們」又來找我麻煩，而且曉得我要搞出版。
> 祝好
> 韶華　九、二[35]

奇異的是，鍾肇政似乎未見恐懼，至少仍繼續與陳韶華通信。就算 1968 年 4 月，從陳韶華的信上知道 1966 年 2 月，陳韶華被約談過。[36]

---

[34] 該書為《中元的構圖》（中短篇），康橋出版社，1968 年 12 月。

[35] 陳韶華致鍾肇政信，1968 年 9 月 2 日。

[36] 陳韶華於信上說：「我的寫作生涯，應在兩年前（1966 年 2 月）被捕時終止」，陳韶華給鍾肇政信，1968 年 4 月 20 日。

1965 年的左傾書籍，應該是安部公房的小說。偵查情形最後是鍾肇政編輯「臺籍作家作品選集」，實際上出版名稱為《本省籍作家作品選集》，兩者稍有誤差。原本鍾肇政命名實際上為「臺灣作家叢書」。而為慶祝光復二十週年之說，那完全是場面話。不過自然可以說是事實。[37]有關這套叢書，被發行者穆中南提到說被外人風聞有簡稱為「臺叢」兩字，而給人聯想到「臺獨」。似乎在偵查事實中，並未被提起。不過仍與「涉嫌事實」是有連結關係的。

而此篇政治檔案的「查證結果」：

> 一、鍾某因雙耳失靈，為彌補此缺陷乃埋頭寫作以期有成。
> 二、讚揚陳照銘（筆名陳韶華）是很值得培植，顯係臭味相投同屬不滿政府之知識分子。
> 三、鍾某已發覺被人注意為「臺獨」分子而在徵信新聞副刊上發表指桑罵槐之自清文字，故其即非正式參加臺獨而亦係臺獨同情幫兇者。[38]

是相關於調查局人員根據「偵查情形」，以對「涉案事實」做一個有罪與否的判斷，一開始則對嫌犯的心理基礎做瞭解。而第二條的「查證結果」，顯示了調查局重視結黨、組織的行為。「臺獨」則是判斷中，最重要的與否的問題。只是，調查局判斷結果，鍾肇政至少是「臺獨同情幫凶者」。而更可能是正是參加臺獨者，只是因為鍾肇政有

---

[37] 林衡茂於 Facebook，2021 年 1 月 12 日提到：「民國五十四年時，臺灣光復二十週年，當時創臺灣大型雜誌的文壇社長穆中南，邀請臺灣大老作家鍾肇政編輯《本省籍作家作品選集》。」顯然，林衡茂如不少人，誤認為《本省籍作家作品選集》是穆中南為了慶祝光復二十週年，所發起的。其實是鍾肇政主動提起，而為穆中南所支持。光復二十週年的說法，即為普遍所認同是這個選輯的終極目的，而鍾肇政實際上是一種反抗意識下的行動。

[38] 澄仕專案「反心戰」案件清查表，《國家安全局檔案》，檔案管理局藏，檔號：AA11010000F/0053/301/05676/0001/virtual001/0055，1971 年 6 月 10 日。

警覺，所以無法直接證明鍾肇政有參加以臺獨為目的破壞活動或者組織行為。

之後，調查局安排線民所舉報鍾肇政的言行：

> 一、鍾嫌現仍與臺籍作家有密切連絡喜好文藝青年學生對其尤為崇佩經常有書信往來，臺灣文藝季刊社長吳濁流經常赴龍潭鍾嫌住處商量有關文藝出版事（按臺灣文藝季刊社長吳濁流於本（60）年3月間曾出版了「無花果」一書敘述二二八事變情形為治安機關所查禁）。
> 二、鍾嫌因係作家藏書很多經常有人來向他借書看，常請其介紹書類講評作者風格，是龍潭潛龍國小校長徐兆維、內壢國中教員李堅家等基於好奇喜歡看禁書，鍾嫌將柏楊所著之書借給彼等閱讀。
> 三、鍾嫌於本（60）年8月7日在其自宅談論：目前我正在寫一本十餘萬字長篇小說「青年行」臺灣文藝季刊社長吳濁流自其出版的「無花果」一書被查禁很久沒書看過，初又於閒談到最近國際局勢時鍾嫌則談論：「糟糕的很糟糕的很」即未再談論下去，後又談到魏廷朝問題鍾即說：「魏已被關起來了」我則說：（原工作關係同志）「那魏這一輩子不是完了嗎？」鍾答稱：「那也不一定只要時代一變不就是大人物嗎？」意指臺獨的功勞等語。[39]

魏廷朝於1968年9月20日減刑出獄，又於1971年1月24日，遭指控涉嫌臺北市美國花旗銀行爆炸案、臺南市美國新聞處爆炸案與指揮全臺暴動，而拘押於保安處地下室，1972年2月29日被軍法處以

---

[39] 政治偵防案件動態彙報表，《國家安全局檔案》，檔案管理局藏，檔號：AA11010000F/0053/301/05676/0001/virtual001/0056、0057，1971年10月28日。

「預備顛覆政府」罪刑判刑 12 年有期徒刑。[40]在 1968 年魏廷朝出獄後就去拜訪了鍾肇政，兩人持續往來。魏廷朝曾告訴鍾肇政，鍾肇政在獄中的聲望很高。[41]因此，從「那也不一定只要時代一變不就是大人物嗎？」表示鍾肇政支持魏廷朝，更不要說是支持臺獨了，如調查局的報告所言。

而鄭實樸所根據的是鍾肇政一案，1974 年 10 月 3 日「（63）園偵字一一七二號彙報表」。將以「（62）自（四）字三〇八四四五號書函」指出鍾肇政案「原涉嫌偽『臺獨』思想情節並不具體，據多年偵查亦無涉嫌偽『臺獨』言行資料，請據一年餘來偵查仍無涉嫌資料，請即研究本案應否續偵見告。」[42]

再來，還有熊萬里所整理的「鍾肇政涉嫌叛亂案擬辦報告表」[43]，發文日期為 1974 年 10 月 4 日，受文者為鄭實樸先生。發文字號為：「（63）園偵字第 1283 號」，起源為「緣起：鈞局 53.11.30（53）國（甲）第四二八七六號代電交查」。

該報告表之「涉嫌要點」：「涉嫌於 53 年間與斗六中學教員陳韶華通信，內容似有臺獨思想。」這一直是本案的根源所在。

「偵察情形」為：

> 一、鍾肇政於日據時期被征南洋服役後因患瘧疾服藥過多，致雙耳失靈，光復後就讀臺大，因聽覺不便轉讀彰化師範畢業後，一直任教龍潭國校，擔任高年級作文收音樂課等。
>
> 二、由於自卑感重，故偏向文藝方面發展，頗有名氣，並以臺籍

---

[40] 魏貽君，〈勇士當為義鬥爭魏廷朝傳〉，行院客家委員會 98 年度獎助客家學術研究，2009 年 11 月 25 日，頁 35。

[41] 鍾肇政告訴筆者，約於 1998 年。

[42] 檔案管理局藏，檔號：AA11010000F/0053/301/05676/0001/virtual001/0024-25，1974 年 10 月 15 日。

[43] 檔案管理局藏，檔號：AA11010000F/0053/301/05676/0001/virtual001/0023，1974 年 10 月 30 日。

作家代表自居，常向各報章雜誌投稿筆名為政仙、九龍、肇政等，其作品中鄉土味濃厚。
三、鍾嫌所撰寫之小說部分為痛恨日本統治臺灣，發揚臺胞抗日民族精神之愛國表現。鍾嫌對日本文學家川端康成著作較有研究，曾接受中央圖書館、臺大文學合辦之學術演講會演講。
四、與臺籍作家過去有較密切之聯繫，鍾嫌為一虔誠之基督徒。對人和氣。除上課外致力於寫作以補家計，目前尚未發現不妥言行。[44]

「查證結果」為：

一、與臺籍作家吳濁流、林鍾隆、鍾鐵民等有交往，與龍潭國校教員魏新林等交往。
二、確實常投稿各大報紙與雜誌，惟尚未發現作品中有何不妥處。[45]

「研析」為：

鍾肇政之生活偏向讀書與著作，在文藝生活中有渠文藝之朋友，其交往中或有涉嫌分子，惟其本人涉嫌資料經多年偵查，除鄉土觀念較重外，其他則欠具體。[46]

「第三處擬處意見」為：

鍾肇政涉嫌通信內案及「臺獨」思想，卷查並無具體情節，據該

[44] 同上。

[45] 同上。

[46] 同上。

站多年偵查並未發現可疑擬准予停偵結案。[47]

「擬處意見」為：「擬請准予停偵結案。」[48]

有關鍾肇政與陳韶華通信於 1964 年所開啟的偵查案件，終於在 1974 年 11 月 13 日由鄭實樸發函給熊萬里，對鍾肇政一名，准予停偵結案。[49]

三、時間三（1984 年到 1991 年）

從 1974 年調查局停偵之後，一直到 1984 年 7 月 12 日才有海外情報移文單，[50]這是有關「國內客籍作家鍾肇政訪美活動」。活動內容為：

前「臺灣文藝社」社長鍾肇政，應「北美教授協會」邀請，於 6 月 28 日抵美訪問，最近二週渠分別於左列場合發表演講：
（一）7 月 7 日，參加賓州庫茲城「美東夏令營」活動，主講「臺灣文學的成立與發展」；大要：「分析臺灣文學沒落之原因，緣起經濟發展快速，民性追求名利，忽略文化精神建設。同時又有語文的困擾。鍾以客語演講，由他人翻譯臺語。
（二）7 月 10 日，紐約「哥大臺灣同鄉會」。
（三）7 月 13 日，底特律「美中夏令營」。
（以上兩場演講的題目亦為：「臺灣文學的困境」）。
（四）7 月 14 日，在紐約「臺灣客家聯誼會」，講演「臺灣客

---

47 同上。

48 同上。

49 檔案管理局藏，檔號：AA11010000F/0053/301/05676/0001/virtual001/0021，1974 年 11 月 13 日。

50 檔案管理局藏，檔號：AA11010000F/0053/301/05676/0001/virtual001/0018，1984 年 7 月 12 日。

> 家文學」，並參加酒會，與當地華人文教、藝術、文學界人士見面晤談。（該聯誼會開會通知單附有鍾之簡介，如附件）。[51]

這顯示海外一直有情報單位，即所謂的線民在監控海外異議人士的活動，以及島內異議分子到海外的活動監控。只是，鍾肇政在 1974 年到這一個記錄中間，應該還有相當多的監控才是。相關資料，還需要去申請調閱，或者尚未被有關單位解密。

另外，這次鍾肇政出國，還有活動特別引起情報單位記錄為：「紐約『中國和平統一促進會』左傾分子對鍾肇政此次赴美訪問，頗感興趣。」附件為臺灣客家聯誼會的通知，有關時間、地點與講題，還有對作家的介紹。強調鍾肇政為：

> 作品極具客家風格，也是臺灣鄉土文學的代表。他目前被公認為臺灣文學界主要代表人物之一，除日常創作外，也盡力提攜文學後進，堪稱為當代客家人的光榮。[52]

以上調查局有關處室批示：「內容並無不妥，擬併存。」

接著檔案中為 1991 年 6 月 10 日，國內安全查詢印出鍾肇政資料，只有簡單的編號、出生與籍貫等等。加上參考資料為停偵於 1974 年 11 月 19 日。這是為了「清源專案對象臺灣筆會動態表」上所需，上頭紀錄著 1991 年 5 月 22 日：

> 臺灣筆會會長鍾肇政於 5 月 21 日在其住宅中談稱：「五二〇」遊行活動，臺灣筆會曾電邀各會員參加，參與者廿餘人，分屬不同的抗爭社團。意識型態上言論、思想之自由是基本的權利，對

---

[51] 同上。

[52] 檔案管理局藏，檔號：AA11010000F/0053/301/05676/0001/virtual001/0020，1984 年 7 月 12 日。

> 搖筆桿為文的人來說，更是最需要的創作空間，筆會中有許多人士都是受過類似「文字獄」的受害者，過去大家不敢言，如今可以高談闊論，筆會亦將積極投入支持各項不公不義的抗爭活動。[53]

最後為針對「一〇〇九」反閱兵活動，對所謂的首謀對象及重要參與者，予以全程監偵，對有關偵查名單有「鍾肇政、蔡同榮、林宗正、陳三興、鍾佳濱」由各科負責，並從 10 月 7 日起到「一〇〇九」活動結束為止。偵查報告要每天上午十一點前送出。其中強調鍾肇政是一〇〇九行動發起人。

之後檔案為零碎的偵查鍾肇政的活動，鍾肇政大都在家寫作，沒有外出，甚至「一〇〇九」當日活動也沒有參加。最後於 1991 年 10 月 14 日有「『清源』專案對象臺灣筆會動態表」[54]。活動內容中有林文義、鍾肇政等人於各日的活動情況。其中林文義表示因為及介入活動，而於 10 月 2 日起「即遭不明人士跟蹤，家中電話亦遭竊聽。」

而鍾肇政「近日忙於處理前衛出版社之有關稿務工作筆會亦於日前與前衛出版社分開，結束『寄居』關係故臺灣筆會目前已無正式會址，僅以鍾肇政之桃園住所和自立報系林文義之辦公處所為聯絡點。」[55]

「研析意見」：

> 1、陳報臺灣筆會秘書長林文義為張燦鍙所撰之「菅芝離土」將於十月四日出版，另筆會以鍾肇政住址及林某辦公處所為聯絡

---

[53] 檔案管理局藏，檔號：AA11010000F/0053/301/05676/0001/virtual001/0016，1991 年 5 月 22 日。

[54] 桃園縣站匪嫌案偵察報告表，《國家安全局檔案》，檔案管理局藏，檔號：AA11010000F/0053/301/05676/0001/virtual001/0003、004，1991 年 10 月 14 日。

[55] 同上。

點。

2、擬：併參。

「檔案管理局藏，檔號：AA11010000F/0053/301/05676」乃是經由調查局國家安全維護處註銷，註銷日期為 2018 年 6 月 19 日。[56]

國家發展委員會檔案管理局機密文書機密等級變更或註銷記錄單，由法務部調查局為通知機關，在 2019 年 10 月 23 日發文，將原機密案件「0053/301/05676」予以註銷。登記人為賀語宸專員。[57]

參、與鍾肇政其他文件資料的比對

在政治檔案出現前，筆者即注意到鍾肇政的書信與回憶性隨筆就有多次受到政治偵查的威脅，在本節第一部分就整理所有比較敏感的狀況。然後跟上一節的政治檔案的情況作比對。而第二部分針對鍾肇政在調查局的政治檔案的緣起由陳韶華、陳映真與鍾肇政的書信開始的，在這一部分做仔細探討。最後，有關牽涉到警總的檔案如蘇東啟案、線民問題、臺灣作家事件、臺獨三巨頭等做探討。本論文發現，鍾肇政所受到的偵查並不止於本論文所探討的調查局政治檔案內，有許多鍾肇政所受到的政治偵查應該還有更多，但是在此論文也只盡可能的做些探討而已。

一、書信與回憶中的敏感事件

從筆者對鍾肇政的研究中，認為鍾肇政生平觸及政治的危險狀

---

[56] 檔案管理局藏，檔號：AA11010000F/0053/301/05676/0001/virtual001/0001，2018 年 6 月 19 日。

[57] 檔案管理局藏，檔號：AA11010000F/0053/301/05676/0001/virtual001/0002，2019 年 10 月 23 日。

況，大概是有三個時期或者時間點。大致上是 1965 年、1970 年與 1957 年三個時間點。而最為危險的，筆者認為是 1965 年的時候。因為這時候的鍾肇政已經儼然為臺灣文壇最耀眼的作家。他已經在《中央日報》發表了《濁流三部曲》的第一部、第二部，另外他編輯了兩大《臺灣作家叢書》。在創作上與編輯、為作家出書都甚有貢獻，甚而透過寫信與聚會，凝聚不少青年作家。

有了聲望，會遭受到嫉妒是一定的。甚而有機會接觸美國人，這也是一種危險的舉動，容易被構陷或者利用。而更敏感的是在他的文學創作與其他文學活動中，他都是強調臺灣人，或者限於臺籍作家，這樣子的省籍分野、地域概念。

無論他想到的表面說法是光復臺灣二十週年的紀念等等，或者寫臺灣人受到日本人的虐待與歧視，筆者認為那是一種表面的說法。這種說法也曾經為情報單位所認同或者懷疑。在 1965 年，他開始創作《臺灣人》，寫到四萬字開始在《公論報》發表，沒幾天就被命撤下，稿子被警總帶走，認為有臺灣獨立的嫌疑。

不過就鍾肇政自己的回憶來看，令他感到最為緊張、擔憂的，則是在 1972 年左右，他自稱從李喬那邊得來消息，因為李喬與外省人的立法委員有些聯繫，所以從立法院傳來說島內的三大臺獨是高玉樹、陶百川，再來就是鍾肇政。[58]

在鍾肇政於解嚴後，經常向好友說及此事。但是不把陶百川說出來。因為他認為外省人怎麼也會被認為臺獨呢？經筆者調查陶百川，他有受到 1960 年代的兩國論的影響，所以也算是有臺獨思想。

而鍾肇政更從 1970 年開始的幾次退稿事件，如在 1970 年的第一代雜誌被查禁、鍾肇政是臺視的合約劇本作家也被退稿，另外有寫霧社事件的創作也是。其他也有發現特務扮演房客的角色，要到鍾肇政家租房子的事情。

---

[58] 鍾肇政告訴筆者，約於 1998 年等多次。

於是鍾肇政大加恐慌，才寫下「澄清」的作品《插天山之歌》，他認為如果能刊到《中央日報》就會有一種保護的作用了。而這樣子的狀況之下，撰寫出臺灣人三部曲的第三部，似乎成為一種創傷。成為他到終年之時，變成不斷數說的故事，似乎是一種最大的遺憾一般。

除了上述兩個，筆者認為是比較危險，可能會發生逮捕入罪的狀況。再來就是 1957 年鍾肇政辦理《文友通訊》的狀況了。首先這個年代才剛剛脫離白色恐怖最嚴厲的時候不久，而這種雖然是文友間的通訊，甚而聚會，最容易干犯禁忌。特別是鍾肇政在通訊中除了強調臺灣文學之外，更劃分出省籍的界限，不希望外人知道他們的活動，更不讓非省籍的人參與。也就是僅限於臺籍人士參加，也就是臺灣人參加。

其次，鍾肇政在這時期所創作的題材，大都是發生在生活現實的。這種現實的題材，鍾肇政又極力的是以批判的眼光，介入社會的狀況，作為主題的意識。這很容易成為是一種批判統治者，批判政府、社會，製造社會紛擾，甚而是一種為匪宣傳的證據。

二、陳韶華、陳映真、陳有仁與鍾肇政通信

有關 1964 年陳韶華給鍾肇政的信中，表達組織、新刊物的必要。更期待鍾肇政作為一個有力的領導者。而鍾肇政回應時，少見的慷慨激昂的筆調與內容。這種要求有力的領導者，在蘇東啟案中，也有類似的青年的想法：

> 嘉義縣民雄鄉人張茂鐘與雲林縣民詹益仁等人，計畫奪取保警和空軍訓練中心，發動武裝革命，控制電臺推翻蔣介石政權並實現臺灣獨立，暗中吸收黃金戲院管理員林東鏗、農會獸醫黃樹琳、商人李慶斌、商人陳金全、工人張世欽、陳火城、沈坤、農人王茂己等人為同志；並且將組織發展到中華民國國軍，吸收駕駛兵鄭金河、鄭正成、鄭清田、洪才榮、陳良、通信兵詹天增、吳進來、空軍訓練中心下士教育班長李志元等人。但是他們需要一位

> 在社會上有名望者作為領導，於是找上蘇東啟；而蘇東啟也允諾予以支持。但是事機洩露，1961 年 9 月 19 日蘇東啟被捕，其他人自次日起也先後被捕。總計被臺灣警備總司令部保安處逮捕的共三百餘人。[59]

而文學中，在過去與鍾肇政通信的年輕人中也有陳有仁有類似心理：

> 不過再看到這一班祇憑大家自動熱誠的「聚餐」而還不能做到正式名目和有力的組織。祇有零星散漫的花苗潛在，就是沒有一塊肥沃「土地」來生根，來繁殖，這又使我們最痛心的事。我要鄭重吶喊的說：「孩子長大了，必要具有獨立謀生的能力，做父親的是會老死的。」
>
> 所以，「臺灣文藝」是到自立的時候了，祇要有人號召有一人號召，我相信反應者一定是眾多而且熱烈的，自然要號召的人不是隨便的人就可以的，因為他要必有成就的一個作家。（當然號召的人越多越好）那麼吾兄一定是最具有力量與聲譽的一個。
>
> 總之「臺灣文藝」正是急於待著有力量的人來號召的時候了。
>
> 當然這號召一定會遭受到「某方面」的猜疑而禁止的。這困難便是有待我們團結起來去爭取的。不過文學藝術，是崇高的，獨立的，我們不容許渲染上了任何討厭的色彩。同時，也不要讓「某方面」以任何的作用開闢道路叫我們去走。祇要我們勇猛的純為文學而創作，也就不怕「某方面」以什麼色彩塗抹到我們的頭上來。
>
> 說到這兒，為了自立，我們總覺得自已還很軟弱，但是祇因我們很軟弱才傍依人家的籬下，和才作寄生蟲樣生存，不過要轉弱為

---

[59] 維基百科：蘇東啟，https://zh.wikipedia.org/zh-tw/%E8%98%87%E6%9D%B1%E5%95%9F。

> 強，就要有鍛練堅強的體魄，有了堅強的體魄就不怕不能自立（誠如您前幾年的口號「創作，再創作」）。
> 吾兄對於省籍的作家多有聯繫，而且您又是那麼熱心文學的人，前些年您刊行「文友通訊」用意也在於聯繫臺灣文友，雖然那時候參加的人是那麼少，而且也在不久便夭逝了！但是如果要寫出一部「臺灣文藝史」的話，至少「文友通訊」便是臺灣文壇獨立醞釀期中的先鋒。再說吾兄對這運動的功績是不可磨滅的——我敢這麼說。至於您的創作的成就在文學史上，自然是另有地位的。
> 我說過：「臺灣文壇」是獨立的時候了，吾兄已擁有很大的聲望；更具有領導的才能；與號召的力量，總之的功績正等待您來建立，您能失去這個時機嗎？[60]

當然，鍾肇政這時候是冷靜的，應該沒有正面的回應才是。而之後，在鍾肇政與陳映真的通信中，從陳映真的回信來看，應該又有類似於鍾肇政寫給陳詔華一樣的慷慨激昂的內容。如編輯雜誌、組織，更多的便是臺灣人的苦難與歷史。

> 關於雜誌的事，我想如果我們顧慮的那麼多——或者本來就應該有許多顧慮的——那倒不如不辦。事實上，今天的文壇上不會有省籍的壁壘的。只要有水準的作品，發表的機會不會有多大的出入的。同人雜誌這種花錢吃力賠本的事，如果不出於不可抑止的熱情如需要，是不會也不必產生的罷！
> 聚會我並非贊成，只是根據上次在火泉先生家的印象覺得很不像文人雅集。世故，snob 的氣氛尤其像一群不重名位的熱誠文人的討論會。我不能想像在那樣的聚集上由我這個無名後生提出雜

---

[60] 陳有仁給鍾肇政信，1962 年 4 月 8 日。

> 誌計畫會有什麼效果。您是早矣參與這集會的人，而且名望也較重，我想您應該著手領導一個活潑的群集不使這群集歸於虛空。遠道而來參加的人一定抱存某種希望，看見大家噤然，他們去不作聲了。[61]

陳映真並不認同鍾肇政所有關於以臺灣人為限或本位，或者主體的刊物、集會。

> 來信收到。一直為心有一種欲哭底感覺，我以不曾見著你的這一悲忿面。我深切地認識到，不瞭解您這一代的由於歷史的傾軋而來的創傷，是無權批評的。特別是近半個月來，尤有些感。我是相當自以為是，而且故意偏見的人。但唯這一次我覺得我錯了，使我痛苦不堪。也許你不明白我的意思，但終有一天你會明白罷。我正在重新學習之中。我們之間不會寂寞得太久的。
> ……（略）
> P. S. 您的信直到二十九日才到我手。用語請謹慎。　　永善[62]

這封信與結合鍾肇政在 1964 年 11 月給陳韶華的信，顯現鍾肇政在這時候特別對臺灣人、臺灣史有強烈的悲憤之處。部分原因是鍾肇政為了陳映真不肯接受作品被收入《臺灣作家叢書》，鍾肇政下意識講出做為臺灣人的種種悲哀，與不幸的歷史，希望陳映真再做考量。

另外，筆者認為，這種強烈的臺灣意識的，在信中表達出來，造成調查局等情報單位，見獵心喜，鍾肇政這麼不小心，是非常罕見的。除了鍾肇政碰到了所謂知心的、忠誠的年輕人，而急於想要表白、教導一番。這也與鍾肇政在 1964 年 7 月開始創作《臺灣人》三部曲有關係。也與鍾肇政在不久前完成了《濁流三部曲》的第三部《流雲》有關

---

[61] 陳映真給鍾肇政信，1963 年 2 月 21 日。

[62] 陳映真給鍾肇政信，1964 年 11 月 1 日。

係，此書中的時間點與情節漸漸的接近了二二八事件，鍾肇政無法暢所欲言，表現受到恐怖統治的禁忌之下的反彈。

或許 1963 年 6 月左右，鍾肇政開始了長達十年的氣喘問題，這讓他感到他將活不過五十歲。開始服用類固醇也造成月亮臉，或者生理上的其他功能的異常狀況。氣喘問題造成的痛苦，也可能是造成情緒亢奮的心理基礎之一。

三、進一步討論

上面貳、參兩部分有關（按照時間排列）鍾肇政牽涉到蘇東啟案、調查局所布建的線民、「臺灣作家事件」的約談行動與島內臺獨三巨頭的傳聞，有必要進一步的釐清與探討如下。

蘇東啟案是牽涉臺灣獨立的大案，他是 1961 年 9 月 19 日被捕，牽連頗廣。直接關係是 1960 年的雷震案的延續。參與其中的相關人士還有高玉樹、李萬居等人。不過國民黨為縮小打擊，以免臺灣社會過於震盪。並沒有進一步牽連高玉樹、李萬居等人。

為何 1966 年 1 月 15 日，[63]以及 1971 年 6 月 25 日[64]的情報資料，會有警總的樊俊英鍾肇政涉及蘇東啟案，且原本是要約談的，但不知何故放棄。

最有可能是鍾肇政跟李萬居牽連關係。由早年李榮春曾經過鍾肇政等人推薦，到李萬居的《公論報》中工作。

> 來書誦悉承荷飾愧不克當李榮春君第一部寫作已讀過一大半文字尚差惟內容頗饒興趣尤對祖國眷戀之情令人讀之幾欲淚下實一愛國志士也其第二部寫作尚距理想頗遠如肯代為修改當即寄來因我

---

[63] 「偵防線索動態續報表」，《國家安全局檔案》，檔案管理局藏，檔號：AA11010000F/0053/301/05676/0001/virtual001/0088，1966 年 1 月 15 日。

[64] 桃園縣站匪嫌案偵察報告表，《國家安全局檔案》，檔案管理局藏，檔號：AA11010000F/0053/301/05676/0001/virtual001/0051、0052、0053、0054，1971 年 6 月 25 日。

> 實無暇代為潤飾也如內容尚可用當於本報副刊上發表李君謀職事正在設法中渠目前環境太差縱如何努力恐亦難於獲得進步尊意以為然否耑此即祝[65]

其後鍾肇政跟《公論報》即有密切關係，特別是鍾肇政刊登《臺灣人》於復刊的《公論報》在 1965 年 3 月 30 日。[66]而此刻的《公論報》，則已經不是李萬居所有，而被國民黨的張祥傳利用手段買走。也並未好好經營，不久《公論報》就停刊了。

> 1960 年雷震被捕後，當局便開始進行對李萬居的打擊，讓臺北市議會議長張祥傳以藉著購買增資股權，以及當局司法手段的兩面手法，奪取《公論報》的經營權。李萬居雖然仍然有心辦一份給青年人的雜誌，但是因為糖尿病的舊疾復發與妻子的遽逝，而於 1966 年 4 月 9 日溘然長逝。[67]

另外：

> 1961 年 9 月，《公論報》遭該報股東之一，國民黨籍臺北市議會議長張祥傳以法院假處分方式奪取《公論報》的發行權與經營權。隨即不久，張祥傳將《公論報》賣給王惕吾，《公論報》便被併入聯合報系而成為《經濟日報》。[68]

---

[65] 李萬居給鍾肇政信，1958 年 4 月 4 日。

[66] 《鍾肇政全集 38》，影像集，桃園文化局，2004 年 9 月，頁 371。

[67] 維基百科：李萬居，https://zh.wikipedia.org/zh-tw/%E6%9D%8E%E8%90%AC%E5%B1%85。

[68] 摘錄自，王鼎鈞，〈我與公論報一段因緣〉，2007 年 5 月 11 日刊出。https://www.tianyashuku.com/rwzj/7789/322432.html。（筆者註，應該 1967 年賣給《聯合報》。參考，林麗雲，〈新聞學研究〉95 期，2008 年 4 月，頁 183-212。）

相關故事，鍾肇政也講過給筆者聽。[69]除此之外，為何在調查局調查陳韶華與鍾肇政的案件之前，還有警總的資料顯示鍾肇政跟蘇東啟案，會有其他牽連，因缺乏資料就暫時無法清楚了。而類似來自於警總或者其他情報單位的政治檔案，以及更多書信照相、抄寫的資料，應該還有很多沒有被披露的。

有關線民問題，調查局於 1965 年 4 月 13 指示進行，而於 1965 年 4 月布偵完畢。[70]事實上，從上述蘇東啟案，更早就有線民在偵查鍾肇政。又如情報資料：

> 鍾嫌於 52 年間任教龍潭國校時曾對校長鄧碧賢表示：「在目前情形看來，要反攻大陸是在作夢，他們一定變成鄭成功」。[71]

校長鄧碧賢[72]作為吸收情報的人物，也是疏通的人，洩漏消息的。

> （五）51 年間曾對鄧碧賢校長說：「在目前情形看要反攻大陸是作夢，他們一定變成鄭成功」。
> （六）54 年間被救國團邀函說：「……二、三日前曾收到請慶祝臺灣光復 20 年文藝稿事時，向救國團申憲，經負責人保證後始心安（鄧碧賢校長所洩密）」[73]

---

69 約於 1998 年。

70 《國家安全局檔案》，檔案管理局藏，檔號：AA11010000F/0053/301/05676/0001/virtual001/0112，1965 年 4 月 13 日。指示進度為 1965 年 4 月布偵完畢。

71 桃園縣站匪嫌案偵察報告表，《國家安全局檔案》，檔案管理局藏，檔號：AA11010000F/0053/301/05676/0001/virtual001/0060，1970 年 12 月 15 日。

72 鄧碧賢為龍潭國小第 19 屆校長，任期為 1959 年 8 月 1 日到 1972 年 8 月 28 日。參考桃園市龍潭國民小學網站。

73 桃園縣站匪嫌案偵察報告表，《國家安全局檔案》，檔案管理局藏，檔號：AA11010000F/0053/301/05676/0001/virtual001/0051、0052、0053、0054，1971 年 6 月 25 日。

廣義的來講，連校長也是成為線民。就鍾肇政曾告訴筆者，外省人也常常讓他講話保留許多。也就是說，廣義來講，外省人也大都是特務。[74]鍾肇政在對待臺灣人、外省人的態度，確實有相當大的差異。對臺灣人很容易的就信任對方。

在本論文所運用的鍾肇政案的政治檔案中，最先出現的線民名字為張 X 木（化名為李剛），但是報告中說，張某因為之後積極參與政黨活動，為了效率與正確性，就布建新的人選吳 X 勳。這些都是跟鍾肇政有同事或者師生關係的，而能夠更進一步的貼近鍾肇政，進到鍾肇政家中聊天或者通信。或者注意更多鍾肇政身邊的好友如魏新林、邱琳標、魏廷朝等。

其他更多線民則是有義工、黨部的人員、代書等等不同的職業，線民當中，倒是作家馮輝岳老師，大方承認，光明磊落在書上寫到，時間約是在美麗島事件後當過線民。令人可敬可佩，筆者認為他是在脅迫之下為之，且並未有傷害鍾肇政的情報出現。[75]這方面應該有文件，但是就沒有被分到這個調查局的政治檔案中。

很奇特的，在鍾肇政牽涉到蘇東啟案，或者調查局也曾經要約談他，可是最後都沒有發生。不過在鍾肇政身邊的作家，卻頗多有此劫難。特別是在 1966 年 2 月，有陳韶華在他的年表上紀錄說是「臺灣作家事件」。

> 這個「臺灣作家事件」從中部作家李篤恭、張彥勳、陳韶華、林

---

[74] 鍾肇政告訴筆者，約於 1998 年。筆者發現有軍人身分的司馬中原等人，也是《臺灣文藝》活動的常客。不過，筆者猜測，吳濁流、鍾肇政等人，甚至希望他們來，如果他們是有從事情報關係，因為鍾肇政他人是單純的文學聚會、頒獎典禮，寫作也都是發揚愛國愛民族的精神的。並不怕他們參與，只是說話就難免要小心一些了。更早的時候的楊品純自稱為《文友通訊》之友，原來鍾肇政是不給外省人知道或者參與。既然更多人知道，也就表示通信中沒有秘密，經得起情治人員的檢查。

[75] 馮輝岳，《我的老師鍾肇政》，桃園縣政府文化局，2011 年 9 月，頁 18。

衡茂等等牽連到北部的陳火泉，或者如鄭清文也稍稍牽連著。[76]

但是鍾肇政在前後卻沒有被約談。鍾肇政跟筆者說，大意是鄭清文被約談過，其中調查局提到鍾肇政怎樣，鄭清文要調查局自己去問鍾肇政。調查局回答鄭清文說，我們不好去打擾他寫作。[77]「臺灣作家事件」，鍾肇政又逃過一次約談。[78]

調查局辦案方向，似並未以標舉「臺灣」兩字，就判斷與臺灣獨立有關。而是排斥外省人、地域思想、批判政府，特別是對組織、集會最為敏感。而有共產思想又比臺獨案更讓調查局更加注意。

而 1970 年初，鍾肇政頻頻被退稿，本來不知何故，但大概在 1972 年有李喬從立法院的朋友那邊，聽來訊息說鍾肇政是臺灣島內臺獨三巨頭，兩件事情合起來看，讓鍾肇政大為恐慌。這次，鍾肇政還是沒有遇到約談的情況。

筆者推斷，這種傳聞應該來自於彭明敏逃出海外，以及蔣經國在美國被臺獨分子暗殺有關係。於是 1970 年 4 月又開始有調查檔案的紀錄。而鍾肇政與魏廷朝於 1968 年出獄後，兩人仍時相往來。

海外的臺獨運動，因為彭明敏出逃、中華民國在聯合國的地位不穩固等因素，蓬勃發展中。而島內國民黨控管的更為嚴厲了，畢竟在 1950 年代初的白色恐怖，共產黨與左派分子該抓的也都差不多了。

從彭明敏的相關資料顯示：

彭明敏一些朋友與特務組織有私下聯繫，他們警告彭。現在彭已

---

[76] 錢鴻鈞，〈論陳火泉、鍾肇政的戰後文學歷程 〉，《臺灣文學評論》2 卷 1 期，2002 年 1 月，頁 195-218。

[77] 鍾肇政告訴筆者，約於 1998 年。

[78] 檔案管理局藏，檔號：AA11010000F/0053/301/05676/0001/virtual001/0106。（檔案內容為，1966 年 1 月 28 日之日曆上，有「陳火泉筆跡」與「54 年度年報資料」之字樣。可見，陳火泉也被在 1966 年 1 月時清查，並且認為有什麼文宣，可能是陳火泉所寫。因此於 1966 年 2 月約談陳火泉等臺灣作家。）

> 非常不安全，任何事情都可能發生：逮捕或「意外事故」。彭聽說安全單位已經決定，臺灣如果發生動亂，有三個人要立刻毀滅，一個是臺北市長高玉樹，一個是省議員郭雨新，第三個便是他。這三人在安全機關檔案中提到時，適用特別記號的，即三個同心圓。[79]

因此在他出逃前，就有島內臺獨三巨頭的說法才是。而鍾肇政如李喬所聽來的傳聞，一介文士沒有任何政治影響力的作家鍾肇政，居然會被列為島內臺獨三巨頭，實在令人難以思異。特別是回到歷史現場，鍾肇政小心翼翼創作、編輯、幫忙《臺灣文藝》看稿，培植年輕作家，鍾肇政的力量實在跟高玉樹，甚而跟魏廷朝來比，實在很難論斷高下。

不過，鍾肇政總一直是臺獨嫌疑有案在身的。以今日來看，鍾肇政的影響如蔡英文總統所言，勝過一支軍隊。[80]意思指他所創建的戰後臺灣文學，確實是臺灣新國家的極為重要的文化藝術根基，更是團結臺灣人民的精神所在。

肆、結論

作家是最需要創作自由的環境，尤其一位念茲在茲就要建立臺灣文學的作家，立刻就受到臺灣獨立的指控。更別想在其創作內容上，展開淑世的理想，追求臺灣人民的自由平等人權，與實現政治公理、批評政府社會的功能。本論文有三點結論。

一、對於調查局展開的「鍾肇政臺獨案」，從 1964 年開始一直到 1974 年才結案停止偵查。令人意外的居然是由鍾肇政與陳韶華的往來

---

[79] 維基百科：彭明敏。https://zh.wikipedia.org/zh-tw/%E5%BD%AD%E6%98%8E%E6%95%8F。

[80] 蔡英文，〈溫暖親切的老阿哥仔——祝賀鍾肇政先生米壽〉，〈想想論壇〉，2013 年 1 月 20 日。

通信所開始的。而在陳韶華與鍾肇政的關聯所引起的鍾肇政臺獨案，裡頭還有重要的關連，如陳映真、魏廷朝。筆者推論，應該也有陳映真與鍾肇政往來的鍾肇政臺獨案，以及魏廷朝與鍾肇政往來的臺獨案。而在1964年前，也應該有警總的鍾肇政牽連到蘇東啟的案件。

其他有關編輯《臺灣作家叢書》、創作《臺灣人三部曲》就比較少引起注意。從本論文研究可以看出，情報單位最不願意看到的是鍾肇政會展開組織、集會的活動。而會加以疏導，不會一開始就進行強烈的打壓。但是，似乎情報單位對於是否嚴厲展開打擊，這不一定是需要什麼確切的理由。這顯示情報單位、國民黨的不同系統的統治下，對鍾肇政案都有不同看法。而最後都沒有進一步約談鍾肇政。只是對鍾肇政周邊的作家朋友進行打擊，或者吸收鍾肇政同事、好友進行監控與信件檢查。

二、從政治檔案來看，國民黨統治者最在乎的除了實際的以武力或者集會組織討論進行臺獨的叛亂活動外，左派思想也是國民黨最為忌諱的。而有關鍾肇政政治檔案，他們記錄最多的有違國策的言行，歸納有：說光復大陸會如鄭成功、魏廷朝在不同時代的地位會有相當大的不同、牽連蘇東啟案，再來就是有分離意識、地方主義，以及其他反政府與國策的思想了，如抗日、反共、批評社會，都會被視為偏激的。

然後，與鍾肇政通信、交朋友的也連帶的會被調查、注意，甚而收買當作線民。更不要說全家大小也都要一併接受調查，成為資料線索了。如鍾肇政的父親因為在學校打學生而與家長發生糾紛，就黯然退休。[81]成為情報單位所言的鍾肇政憎恨政府的一個心理因素。或者妹夫鄭煥曾經參加讀書會最後自首一案。

平常言行最好平和，不要得罪人，否則政治檔案中也容易被記上一筆，或者受線民誣陷。而鍾肇政因為當日本兵時染上瘧疾缺乏有效治療而有重聽問題，似乎成為情報單位以自卑心理學，而判定鍾肇政因此

[81] 據鍾肇政好友曹永洋回應，沒有聽過類似事件。2023年4月3日曹永洋給筆者信。

愛好文藝創作、不愛講話，似乎有同情鍾肇政，而減少打擊他的可能。

三、除了上述，讓人民恐懼平常言行小心謹慎、交友工作時互不信任，對創作者的影響至關重大。而對鍾肇政創作的影響就更大了，有以下情況。

從 1963 年寫完《濁流三部曲》後，全部寫日本時代，以脫離綁手綁腳的情況。現實的題材，都不能碰。事實上，連抗日、反日都不過，還需要以為中華民族而抗日，而非為臺灣人而抗日。臺灣人的抗日是必須跟中國的抗日、國民黨的抗日結合在一塊的。滑稽的是中日友好時期，又不能過度的描寫到日本人的殘暴。

而在 1973 年，改先完成《臺灣人三部曲》的第三部，先放下第二部，回頭再來寫第二部，也是時代緊繃，各情報單位監視逼近的影響。

而在 1965 年所發表的《臺灣人》，也是一樣。四萬字被拿走，要回來後，又過了兩年才寫完，不過小說名稱已經改為《臺灣人三部曲第一部沉淪》，而非原來的《臺灣人》第一部、第二部與第三部。

總之，兩個三部曲，都只能寫到二二八事件之前，不能觸碰到二二八這個最大的禁忌。直到解嚴後幾年，鍾肇政才敢動筆寫二二八。一九七〇年代，則有想以日文來寫二二八，發表到日本去。不過並沒有去執行。

因此對轉型正義而言，應該讓更多人知道歷史真相。本文的研究可對創作內容的解說、對作家的言行，更深一部的瞭解。而對臺灣文學的主體更能夠確立，以教育的方式而廣為人知。[82]

參考資料

1. 林慧姃，〈《文友通訊》研述〉，《淡水牛津臺灣文學研究集刊》4期，2001 年 7 月。

---

[82] 感謝陳龍廷教授提共本文未來可延伸發展方向。

2. 陳恆嘉，〈夜寒星光冷——五〇至六〇年代省籍小說家的出現〉，《臺灣現代小說史綜論》，臺北：聯經出版公司，1998 年 12 月 12 日，頁 224-244。
3. 陳明成，〈祕境與棄兒——初步踏查《公論報》藝文副刊〉，《臺灣文學研究》7 期，2014 年 12 月，頁 65-125。
4. 陳明成，〈側論早期的「李萬居／《公論報》現象」——以戰後三次的「藝文」刊評及其歷史脈絡（1945-1957）為考察對象〉，《臺灣文學研究學報》23 期，2016 年 10 月，頁 211-254。
5. 陳明成，《陳映真現象：關於陳映真的家族書寫及其國族認同》，臺北：前衛出版社，2013 年 6 月 1 日。
6. 陳儀深，〈蘇東啓政治案件相關大事記〉，《口述歷史》10 期，2000 年 12 月 1 日，頁 7-11。
7. 陳進金、陳翠蓮、蘇慶軒、吳俊瑩、林正慧，《政治檔案會說話：自由時代公民指南》，臺北：春山出版社，2021 年 5 月 4 日。
8. 吳俊瑩，〈導言：《戰後臺灣政治案件——蘇東啟案史料彙編》〉，全 4 冊（與歐素瑛，黃翔瑜合編），臺北：國史館，2022 年 9 月。
9. 吳俊瑩，〈導言：《戰後臺灣政治案件——江南案史料彙編》〉，全 3 冊（與黃翔瑜合編），臺北：國史館，2021 年 2 月。
10. 吳俊瑩，〈「拂塵專案」與國民黨當局對二二八事件詮釋的學術轉向〉，《臺灣史研究》第 29 卷第 4 期，2022 年，頁 173-230。
11. 周婉窈，《轉型正義之路：島嶼的過去與未來》，玉山社，2022 年 12 月。
12. 錢鴻鈞，《臺灣文學的萬里長城——鍾肇政六百萬字書簡研究》，文英堂，2005 年 11 月，435 頁。
13. 錢鴻鈞，《戰後臺灣文學之窗——鍾肇政六百萬字書簡研究》，文英堂，2002 年 11 月，684 頁。
14. 錢鴻鈞，〈論陳火泉、鍾肇政的戰後文學歷程〉，《臺灣文學評論》2 卷 1 期，2002 年 1 月，頁 195-218。

15. 錢鴻鈞，〈鍾肇政內心深處的文學魂——向強權統治的周旋與鬥爭〉，《文學臺灣》34 期，2000 年 4 月，頁 258-271。
16. 錢鴻鈞，〈戰後臺灣文學的小窗——從鍾肇政書簡看兩大《臺叢》〉，《國文天地》185 期，2000 年 10 月，頁 45-53。
17. 錢鴻鈞，〈戰後臺灣文學之窗（系列一）：1965 兩大《臺叢》〉，《臺灣文藝》172 期，2000 年 10 月，頁 68-89。
18. 錢鴻鈞，〈臺灣文學：鍾肇政的鄉愁〉，收錄於《臺灣文學十講》附錄四，2000 年 7 月。《共和國》連載六期，2001 年 1 月-2002 年 1 月。

附錄A、國安局長來的情報資料[83]

鍾肇政、陳永善、陳韶華等涉嫌從事「臺獨」活動一案之研究報告表：

涉嫌事實：特檢處檢抄鍾肇政、陳永善、陳韶華等三人來往函件綜合資料：

一、陳韶華致鍾肇政函內容顯示陳每對現實極端不滿，有濃厚「臺獨」思想。鼓吹「臺灣人應該團結起來，以爭取應得之地位」。

二、陳韶華與鍾肇政等計畫創辦一純文藝的刊物，以增加「號召力」，以不使當局起疑為原則，並選擇一位「萬一不幸被當局處分亦臉不變色」之有力人士為主持人。並擬借召開「臺籍作家大會」，分別吸收「有志青年」，先團結敢言之士，以「救國自救運動」為名義，展開活動，在有足夠力量時，始正式「有所作為」。

三、陳永善平素不滿政府，並涉嫌閱讀左傾書籍。據彭明敏案在押人犯魏廷朝、謝聰敏供稱：曾於五三年底在日及留華學生淺井寓所與

---

[83] 《國家安全局檔案》，檔案管理局藏，檔號：AA11010000F/0053/301/05676/0001/virtual 001/0085，1966 年 5 月 14 日

陳永善等六人談論「臺灣問題」。陳某認為「臺獨」是一條可靠途徑，應努力致力於「政治改革」。

四、根據歷次檢抄資料顯示鍾肇政、陳韶華、陳永善等三人思想同出一轍，均係不滿政府分子，並幻想「臺獨」，且意圖籠絡臺籍作家從事反政府活動。

五、陳韶華寄鍾肇政函之筆跡與「臺灣自立委員會」反動函案類似，經警備總部於五五年二月六日逮訊並無其事，已准釋回並予運用。

辦理經過：

一、本案經分別電請警備總部及調查局積極偵辦並將偵辦情形見告去後，警總查復：（五三、十二、三十）該鍾肇政等三人經初步偵察研判，認為該等不滿政府，幻想「臺灣獨立」，且意圖聯絡臺籍作家從事反政府活動，正深入偵察並蒐集事證中。並建議本局轉之主管機關，對鍾肇政等擬於五四、五、月間召開「臺灣作家大會」一事加以注意與疏導。經轉知中六組隊該等作家設法疏導見告。

二、中六組於五四、四、二十七、日電復：鍾肇政準備於五月底出版「臺灣省籍作家叢書」計拾本，以紀念臺籍作家在文藝方面之努力成果，並無意召「臺籍作家大會」。又鍾肇政過去著作內容，均屬發揚民族精神之愛國表現，平日未發現有不滿現實之言論，且對黨交付之任務能誠懇接受，原報似有與事實不符之處。本局除將中六組所告鍾某資料摘轉警總併案研參外，並復中六組說明鍾等涉嫌資料均係檢抄該等來往函件內容，確具「臺獨」思想殊值注意。

三、調查局於五四、五、二十四、電復：鍾肇政對政府措施絕少批評，惟曾說過：以目前情形觀察，要想反攻是個作夢的事，他們一定變成鄭成功。至於陳永善、陳韶華二人，無不良資料。

研析意見：

一、本案字五四、四、至今，未具檢抄鍾某等來往函件資料。其原因可能為：（一）治安機關對該等之偵監為其發覺。（二）中六組對該等疏導使其提高警覺。因此，不再藉函件談論「臺獨」問題。

二、警備總部、調查局年來亦未發現該等有可疑活動；好的方面看來，該等思想以徹底轉變，不再幻想「臺獨」。但鑑於以往該等言論之偏激情形，似不可能轉變如此之快。基此觀點，該等所謂之「臺灣人應如何如何」，是否因我情報治安機關之偵察促使其轉趨秘密或暫停活動？殊堪注意。

三、鍾肇政在臺籍青年作家中頗有名氣和具有號召力。據本（五）月三日報載鍾某已獲得中國文藝協會第七屆文藝獎章之小說獎。今後其聲望與號召力必更提高，其思想言行更宜加強注意；如能善為疏導運用，當可收事半功倍之效。

附錄二　與本書相關之鍾肇政年表

日期	本書相關事蹟
1925/1/20	鍾肇政出生。
1925/11/1	葉石濤出生。
1933	鄭清文出生。
1934	陳有仁、李喬、黃娟出生。
1939	張良澤出生。
1942	愛上文學，特別是日本和歌。
1944/4	認識沈英凱，受到影響開始接觸世界文學全集。
1945/1	沈英凱點上徵兵，鍾肇政在彰化車站送沈返鄉入伍。
1945/2	廖清秀被徵為日本海軍八個月，臺灣光復後始復員返鄉。
1945/3	鍾肇政於大甲擔任學徒兵時翻閱西川滿主編之《臺灣文藝》雜誌，認為不過是皇民文學的內容。
1945/4	鍾會可調職三洽水國校，任校長。
1945/7-8	戰後末期最後兩個月，因熱帶瘧疾臥病兩個月。日本投降之後，回到三洽水。
1946/5	在龍潭國校當老師。
1946/8/9	《臺灣新生報》刊載了錄取升學內地專科以上學校公費考試名單，沈英凱錄取文科，8 月 19 日開訓，受訓三個月。11 月 8 日，《臺灣新生報》南部版刊載了公費生分發各校的名單，沈英凱為廈門大學（英語系）。
1947/5	初戀女友結婚離去。

日期	本書相關事蹟
1948	鍾肇政閱讀過《橋》副刊論爭，但對文壇不熟悉，僅粗略知悉而已。
1948/9	考入臺灣大學中文系，不幾日即輟學。
1949/8	鄭煥與鍾連喜訂婚。（1953 年 1 月結婚。）
1950/2/1	與張九妹結婚。
1950	因民眾服務社的人要求，要鍾肇政加入國民黨。鍾肇政鑑於校長膽子小，不忍讓校長困擾而加入。（當時龍潭國小校長魏廷昌，任期為 1946 年 2 月到 1959 年 8 月。）
1950	中華文藝獎金委員會成立。中國文藝協會在臺北成立，以「文藝到軍中去」的口號，推展軍中寫作、培養軍中作家。
1950/10/13	沈英凱結婚。
1951/3	鍾肇政開始創作，投稿《自由談》。
1951	葉石濤入獄。（1953 年出獄。）
1951	林海音任《聯合報》副刊主編。
1951/3/13	沈英凱來信表示想寫一本題為「臺灣人」的書。鍾肇政開始有臺灣人的創作主題、臺灣文學的伙伴意識。
1951/3	寫生平第一篇文章《婚後》三千字，刊於《自由談》第二卷第四期（1951 年 4 月），稿費六十元，約為半個月薪水。
1951/3/21	長女春芳出生。
1951/4	沈英凱來找鍾肇政。
1951/7/31	沈英凱當了爸爸。
1952/3/7	遷入桃園縣平鎮鄉東勢村十七鄰東勢一七三號，與父親同住。

日期	本書相關事蹟
1952/11	廖清秀以《恩仇血淚記》獲得官方「中華文藝獎金委員會」長篇小說第三獎，「開啟戰後第一代作家突破語文障礙而晉身文壇的先聲」。
1953/夏	李榮春以〈祖國與同胞〉獲中華文藝獎金委員會獎勵一萬六千元，其後以二年時間在頭城和平街進行修改。於三哥李榮芳的腳踏車店結識文友陳有仁。
1953	投稿《迎向黎明的人們》到中華獎金委員會。
1953/5-12	廖清秀之《恩仇血淚記》於《文藝創作》月刊，廿五～卅二期連載。
1954/7/24	起筆撰寫長篇小說《圳旁一人家》。
1954/8	婆媳關係惡化。
1955	蔣總統提倡「戰鬥文藝」。
1955/7	為助聽器一事，拜訪好友黃克明、黃乾曜。
1955/8	戴上助聽器。此時月薪四百元，助聽器三千六百元。
1955/9/6	黃克明來信提到：「暑假所剩不長。知道你在構思要寫巨大的三部曲，聽了心中也不禁躍動起來，在此衷心祈求您健康、奮鬥。同封寄上在舊書店偶然發現的長塚節的「土」。雖然是嫌過時的作品，不過想到它對你以後的寫作或許會有些幫助，於是馬上就替你寄上了，你認為如何呀。」（原日文，李鴦英翻譯。）
1955/10/25	光復十週年紀念，對於報章沒有臺灣人作家的報導，感到相當失望。
1955/12	廖清秀獲臺北西區扶輪社第一屆扶輪文學獎。
1956	廖文毅成立「臺灣共和國臨時政府」。同年 2 月 28 日就任大統領。

日期	本書相關事蹟
1956/4/11	搬遷至龍潭國校宿舍，今南龍路 13 號。
1956	《迎向黎明的人們》稿子退回。後考慮改寫舊作，或者從事《姜紹組》作品，陷入苦思，後者有資料不全、對「走反」不夠瞭解的感受。參考「新竹史話」。
1956/9	出版譯作《寫作與鑑賞》，重光文藝出版。
1956	《姜作》脫稿。（即兩年後之《黑夜前》。）
1956	文心以小說〈諸羅城之戀〉獲中華文藝獎金委員會創作獎。
1956/11	鍾理和以長篇小說《笠山農場》投稿，榮獲中華文藝獎金委員會舉辦的「國父誕辰紀念長篇小說獎」第二名。
1957/3	收到廖清秀寄來長篇單行本《恩仇血淚記》。
1957/3	鍾理和著手蒐集第二部長篇小說〈大武山之歌〉的參考資料，計畫描寫臺灣人一家三代的故事。
1957/4/23	鍾肇政創辦《文友通訊》。發行到 1958 年 9 月，總共十六期。
1957/5/24	劉自然事件。
1957/8/31	第一次「文友聚會」於臺北施翠峰家。
1957/9/17	沈英凱父親去世。
1957	《聯副》開闢一萬字的星期小說。年底，刊登了文心的兩萬字《千歲檜》，對鍾肇政衝擊很大。
1958/1	鍾肇政、鍾理和於《文友通訊》同時透露，計畫寫臺灣人從日治時代以來的歷史小說。
1958/1	鍾理和起稿長篇小說〈大武山之歌〉，共三部。
1958/3/21	李榮春與陳有仁至龍潭訪鍾肇政，並將鍾肇政以李氏生平

日期	本書相關事蹟
	為藍本創作的中篇小說〈大巖鎮〉稿件攜至臺北，和施翠峰、陳火泉等文友輪閱。
1958/6/5	將筆名由九龍改為鍾正。
1958/9	九月，整理兩年前舊稿《黑夜前》九萬字，取材於六十餘年前日軍入侵臺島時的臺胞抗日故事。投往《新生報》未獲刊登，稿已遺失。
1958/12	文心獲臺北西區扶輪社文學獎、《自由談》雜誌元旦徵文比賽。
1959	江炳興和吳俊輝（臺中市人，1939 年生）、黃重光（臺中縣人，1941 年生）、陳新吉（臺中市人，1941 年生）等臺中一中學生，組織「自治互助會」。不久與高雄中學的陳三興（1942 年生）、蔡財源（1940 年生）與施明德等人所組「亞細亞同盟」合併成「臺灣獨立聯盟」。
1959	楊召憩翻譯吳濁流日文版《亞細亞的孤兒》，中文版《孤帆》出版。
1959/8/7	中南部發生「八七水災」。
1959/9/20	黃秀琴來信（次年整理信件一本作為寫作資料，後撰寫中篇〈殘情〉）。
1959/10/23	林海音來信索取資料，說要寫一篇臺灣作家的特寫。
1959/12	給鄭清文第一封信。
1959/12	《文星》雜誌（十二月號）要出一篇特稿，及臺灣光復後開始寫作的作家介紹。由林海音與王鼎鈞執筆。
1960/3/7	胡子丹離開綠島。他後來回憶出獄後，在書店和華歐任職，尚是戒嚴期間，戶籍仍在哈密街，管區警員遇上了社會上涉及任何政治性的風吹草動，還是輒轉找上我；例如

日期	本書相關事蹟
	李裁法不見了，施明德找不到，謝東閔炸手了，我都被緊張不安定過一段日子。
1960/3/19	出席文心於臺北舉辦之婚宴，與會者有鄭煥、林鍾隆、陳火泉、鄭清文、鄭清茂、李榮春、林海音夫妻等。
1960/3	再次試寫長篇小說《魯冰花》，自 3 月 29 日（青年節）在《聯副》連載，迄 6 月 15 日刊畢，為發表的首部長篇。
1960/5/23	去信給穆中南。
1960/6/21	鍾理和來信，謂林海音要編輯「臺灣作家合集」。
1960/7/26	林海音來信，謂美國新聞處要出版臺灣作家的短篇作品。
1960/8/4	鍾理和過世。
1960/10	與林海音、文心等人組成《鍾理和遺著出版委員會》，出版小說集《雨》（文星書店出版）。
1960/12/22	以《寫作與鑑賞》獲臺北市西區扶輪社文學獎。
1961/2	寫長篇《濁流》（原命名《阿龍傳》），但還沒有完成。
1961	鍾會可編輯多年的《鍾氏族譜》付梓。
1961/6/4	計畫連年辦理「文友聚會」，第二次為龍潭鍾肇政家。在場有陳火泉、許炳成、陳嘉欣、鄭清茂、陳有仁、鄭煥生、林鍾隆、鍾肇政、張良澤、鍾會可等十人。鄭清文途中因病折返。
1961/6	給黃娟第一信。
1961/7	給江文雙第一信。
1961/8	鍾理和逝世週年祭時，「鍾理和遺著出版委員會」出版其小說集《笠山農場》（學生書局發行）。
1961/8/9	張良澤夜宿鍾肇政家。

日期	本書相關事蹟
1961/9	張良澤（奔煬）考進成大中文系，張良澤計畫明年春在彰化聚會。
1961/9/11	應美國大使到臺北參加大使的茶會。
1961/9/19	蘇東啟被捕。
1961/12/31	長篇小說《濁流三部曲》第一部《濁流》開始在《中副》連載，迄次年 4 月 22 日刊畢。
1962/1	到南部旅行見到張良澤。
1962/2	給陳永善第一信。
1962/3	收到吳濁流第一張明信片。
1962	推論已經有警總的案底，因《魯冰花》內容批評社會、蘇東啟事件、「文友聚會」、與美國人有接觸、與林海音接觸、與文友信件中的激烈言論。
1962	蔡寬裕被捕，牽涉加入廖文毅的組織。1962 年臺灣民主獨立黨地下組織遭破獲，廖文毅的家人朋友多人遭逮捕，1964 年臺灣軍法處宣判有關臺灣民主獨立黨案，其中黃紀男及廖史豪遭判死刑，其餘成員遭判刑 15 年到 5 年刑期不等之有期徒刑。
1962/4/22	第三次「文友聚會」於臺北陳火泉家。其他參加者有廖清秀、陳有仁、文心、施翠峰、鄭煥、林鍾隆、黃娟、鄭清茂、劉兆祐、啟東、陳映真等二十多人。文心見門口許多警察，未進門離開。施翠峰見查戶口的警察上門，從後門跑了。（江文雙無法來。）
1962/4/23	《濁流三部曲》第二部──《江山萬里》開始在《中副》連載，迄 9 月 1 日刊畢。初嘗邊寫邊發表的況味，又是惶恐，又是焦灼。七月間刊完大約一半。寫完後，馬上著手

日期	本書相關事蹟
	寫第三部。
1962/5/5	《中央日報》為出版《濁流》，在臺北賓館宴請鍾肇政。
1962/5	出版《濁流》，中央出版社出版。
1962/6	出版《魯冰花》，明志出版社出版。
1962/6/8	給曹永洋第一信。
1962/7/7	林衡道來信：「最近中央黨部計畫要跟本省知識分子會餐，我已將您的名字提出去了，不曉得會不會對你造成困擾？如果有通知到，我希望你可以撥冗參加。主辦單位會負責交通費。」
1962/6-8	得了十二指腸潰瘍。
1962/10/10	臺灣電視公司成立。
1963/2	鍾肇政想要辦臺灣人自己的文學雜誌。
1963/3/25	參加國民黨中央黨部召開的「作家座談會」，與吳濁流在此第一次見面。謝然之、楚崧秋等人主持。
1963/4/14	預定在鄭清文處舉行第四次「文友聚會」，不明原因未舉辦。
1963/4/23	林海音離開《聯副》編輯。
1963/5/5	《中央日報》為《濁流》出版事情，在臺北賓館請鍾肇政。
1962/5/9	臺視公司播出鍾肇政編劇的《公主潭》。臺視製作人鼓勵劇本有濃厚的臺灣地方色彩，或者鄉土色彩。
1963/5/19	為了電影劇本，跑到臺北中影公司。
1963/5/27	想出一本《戰後臺灣作家選集》，交由《明志出版社》出版。（未成。）

日期	本書相關事蹟
1963/5/28	陳智雄遭槍斃。
1963/6/5	陳有仁結婚，鍾肇政前往祝賀。陳有仁寄居娘家。
1963/6	一連五次傷風後吃藥看名醫都未見好，長達十年後才完全停藥。
1963/8	與江文雙第一次見面。
1963/8	去金門。
1963/9	給黃文相第一封信。
1963/9/30	嘗試短篇之新表現與手法，例如〈溢洪道〉。
1963/11/4	吳濁流來信，表達出版雜誌，刊名「青年文藝」，徵詢鍾肇政意見。鍾肇政建議吳濁流「臺灣文學」的刊名。
1963	鍾肇政與校長鄧碧賢（任期：1959 年 8 月到 1972 年 8 月）的交談中，曾經說：「在目前情形看來，要反攻大陸是個作夢的事，他們一定變成『鄭成功』。」鄧校長似乎有誘導言論的可能，且把交談上報給有關單位。這時間，剛好《江山萬里》連載於《中央日報》。
1963/12	給余阿勳第一信。
1964/1/1	吳濁流來訪。
1964/1	給李篤恭、張彥勳第一信。
1964	李榮春被警總約談。
1964/2	鍾會可拜訪林海音，帶兩隻肥閹雞。
1964/2	鍾肇政小說《大壩》開始在《文壇》月刊（第 44 期）連載，刊畢後於五月由《文壇社》印行出版。
1964/3/1	鍾肇政參加《臺灣文藝》舉辦之「青年作家座談會」。
1964/3	給陳垣三、龍瑛宗第一信。

日期	本書相關事蹟
1964/4	吳濁流創辦《臺灣文藝》月刊，自任發行人，龍瑛宗編輯，鍾肇政協助小說部分編輯。
1964/6/16	想寫《臺灣人三部曲》。
1964/7	起筆《臺灣人》，本月寫了萬餘字。
1964/8	開始有《臺灣作家叢書》想法，穆中南答應合作。（簡稱《一叢》或《臺叢》）
1964/9	沈英凱騎摩托車來訪，同遊石門水庫。
1964/9/20	彭明敏、謝聰敏、魏廷朝臺獨事件。謝聰敏所寫的「臺灣自救運動宣言」，特務認為臺灣人沒有中文能力寫，認為是殷海光所寫。
1964/9/30	林海音說鍾肇政是「臺灣文學主義者」。
1964/9	《濁流三部曲》第三部──《流雲》開始在《文壇》月刊（第 51 期）連載，迄次年二月刊畢。本年著手寫長篇小說《八角塔下》，僅完成上部，後因病輟筆。
1964/10	《臺灣文藝》第五期刊登「鍾理和追念特輯」。
1964/10/22	陳映真拒絕被鍾肇政編入《臺灣作家叢書》。
1964	吳濁流成立「臺灣文學獎」。
1964/11	鍾肇政開始為文壇版《臺叢》寄發徵稿通知。「臺叢」兩字開始頻頻出現於報章。
1964/11/16	鍾肇政在調查局的檔案中，最早的資料是 1964 年 11 月 26 日開始。
1964/11/20	《臺叢》稿件大量湧來。
1964/11/26	鍾肇政寄發《臺叢》徵稿通知給李喬。
1964/12/3	李喬致鍾肇政第一信。

日期	本書相關事蹟
1964/12/16	《華副》請客，臺籍只有鍾肇政受邀。
1964/12/17	交出省政文藝叢書故事大綱。週日省新聞處長請客。三個月內要交出十五萬字稿。一千字八十元。
1964/12/17	張彥勳根據林鍾隆意見，舉行北部本省作家與中部作家的集會。鍾肇政回憶說，當時的自己是驚弓之鳥，不敢再辦這種聚會。
1965/1/1	鍾肇政指出第二代作家的臺灣鄉土色彩只是作品色調要素之一，且在臺灣味兒上較淡。
1965/1/13	行政院局部改組，其中蔣經國任國防部長。
1965/1/31	中國青年反共救國團第一屆「中國青年文藝獎金」評定。
1965/2	鍾肇政在《文壇》進一步發出徵稿廣告。
1965/3	與《幼獅文藝》有《臺灣青年文學叢書》合作機會，簡稱《二叢》。
1965/3/5	陳誠副總統死，蔣經國接掌政權，臺灣真正成為蔣家天下。
1965/3/7	朱橋來看鍾肇政，談第二個《臺叢》。原先計畫作者為：陳火泉、黃娟、鍾鐵民、鄭煥、七等生、魏畹枝、李喬、葉珊、許達然、鄭清文。
1965/3/18	應《公論報》之邀請參加在國賓飯店召開之「臺籍作家聚餐會」，鍾肇政、李喬第一次見面。
1965/3/26	國民黨中央紀律委員會，將監察委員曹德宣除名，原因為發表文章主張「兩個中國」之政策。
1965/3/27	彭明敏、謝聰敏、魏廷朝因「臺灣自救運動宣言」案「公開審判」。
1965/3/30	《臺灣人》發表於公論報試版期，旋被命撤下。

日期	本書相關事蹟
1965/4/8	首屆國軍文藝大會於政工幹校揭幕。
1965/4/10	《臺灣文藝》同仁為林海音赴美考察餞行。
1965/5/14	「臺灣共和國臨時大統領」廖文毅回臺投降。
1965/5/24	朱橋與穆中南分別為「《臺叢》與臺獨」事件，回覆鍾肇政信。
1965/5/31	《臺灣作家叢書》被認為有臺獨嫌疑，穆中南建議避免用此名稱。
1965/6	李喬受鍾肇政影響，感受到臺島的滄桑歷史。
1965/7/1	美國停止對臺灣經濟援助。
1965/7	鍾會可到新營拜訪沈英凱，沈不在家。
1965/9/5	在臺北與十個《二叢》的作者聚會，《幼獅》請客。
1965/10/25	《本省籍作家作品選集》、《臺灣省青年文學叢書》出版。
1965/10	葉石濤發表〈臺灣的鄉土文學〉。
1965/10	《流雲》在中廣播出，未告知鍾肇政。
1965/11	沈英凱因磚窯場工作上的危險發生變故而過世。
1965/12/11	葉石濤收到鍾肇政寄贈的《臺叢》第九集《流雲》後，給鍾肇政第一信。葉石濤首次與鍾肇政通信就提到「臺灣文學」。
1965/12/1	《文星》出刊九十八期後停刊。
1966/1/15	偵防線索動態續報表開始，顯示鍾肇政開始警覺。（據稱是受到校長鄧碧賢透露消息。）
1966	在中國，文化大革命開始。
1966	林水泉、呂國民、許曹德與黃明宗等人組成「臺灣青年團

日期	本書相關事蹟
	結促進會」，與日本臺獨組織聯繫，並散布相關文宣。
1966/2	陳韶華、李篤恭、張彥勳等中部作家被特務機關約談。（陳韶華寄鍾肇政函之筆跡與「臺灣自立委員會」反動函案類似，箭頭直指鍾肇政，鍾肇政歷年來往信件照相版，展現在此三友人面前。經警備總部於 1966 年 2 月 6 日逮訊並無其事，已准釋回並予運用。）
1966/2/3	陳火泉被警總帶走。陸續有其他作家被約談。
1966/3/21	蔣介石第四次連任總統。
1966/5/3	鍾肇政得到中國文藝協會第七屆文藝獎章小說獎。
1966/8/21	彰化青年師範學校光復後第一次聚會。
1966/9	出版《大圳》，省新聞處出版。
1966/10/14	李喬建議鍾肇政，如果由鍾籌組雜誌，可命名為「鄉土月刊」。
1966/11	張良澤留學日本。
1967/4	鍾肇政長篇小說《八角塔下》五月起分一、二部在《文壇》月刊連載。
1967/4/29	吳濁流來信提到想寫三部作。
1967/5	獲得教育部文藝獎金文學創作獎，獎金兩萬元。
1967/6	出版《大肚山風雲》，商務出版。
1967/8	鍾肇政開始協助《青溪》雜誌邀請臺灣作家寫鄉土題材作品。
1967/8/28	留學日本東京大學法政研究所的顏尹謨因涉嫌「臺獨」被臺灣當局逮捕。其後，劉佳欽（留學日本東京大學農經研究所）、黃華（基隆補習學校英文教員）、張明彰（臺北市立圖書館大同分館主任）、呂國民（臺北市古亭小學教

日期	本書相關事蹟
	員）、林中禮（淡江專校總務主任）、許曹德（中興氧氣行協理）、陳清山（東方中學教員）、顏尹琮（顏尹謨之兄）、林欽添、賴水河、林道平、張鴻模等人也相繼被捕。 在這些人中，顏尹謨、劉佳欽、張明彰、呂國民、林中禮、許曹德、陳清山、林欽添等人，均為 1963 年臺灣大學、中興大學的在校學生，因當年一同參與為高玉樹助選和監選臺北「市長」的活動而結為好友。他們多次討論，偏聽偏信在選舉中建立與國民黨抗衡而最終謀求「臺灣獨立」的組織，並與日本的「臺獨」組織取得聯繫。1966 年，林水泉介紹黃華加入討論，並指示顏尹謨、呂國民、吳文就等人多次根據日本「臺獨」組織提供的宣傳品撰擬文章，印成傳單廣為散發。
1967/9	鍾肇政為《青溪》編務，上臺北、上電視。
1967/11/14	鍾肇政發表《臺灣人三部曲第一部沉淪》於《臺灣日報》。
1967/12/25	吳濁流、林海音、鄭清文、廖清秀、文心、黃娟、林鍾隆、鄭煥、江上、李喬、鍾鐵民等十多人人拜訪鍾肇政。等於鬧新房，又逢鍾會可八十大壽。年底鍾會可前往打鐵坑撿回鍾肇政之曾祖母遺骨。
1968/5/26	參加文藝會談五天。
1968/6	主編《蘭開文叢》，預定十八冊。
1968/7	陳有仁被警總約談，警總念著手上的陳映真、鍾肇政的信件數句。曹永洋也被約談。
1968/7/31	陳映真被逮捕。民主臺灣聯盟案，臺灣文學作家陳映真、李作成、吳耀忠、陳述孔、丘延亮等人，利用日本駐中華

日期	本書相關事蹟
	民國大使館的外交郵件，進口左派書籍到臺灣，在讀書會上傳閱。此事遭到告發，中華民國政府指控這群人組織民主臺灣聯盟，以「預備顛覆政府」罪名，逮捕三十六人，並分別處以刑期不等的徒刑。（線民楊蔚舉發。）
1968/8/13	為歡送吳濁流先生環遊世界暨黃娟女士赴美小居，假臺北市延平南路八十三號山西餐廳（中山堂對面）舉行歡送會。
1968/9	《葉石濤評論集》出版。
1968/9/20	魏廷朝來訪。
1968/11/11	以《沉淪》獲「嘉新新聞獎第四屆文藝創作獎」，獎金四萬元。於臺北國賓飯店舉行頒獎典禮。
1968/11	答應臺灣電視公司，三年的基本編劇合約。一劇有兩千二百五十元。一天可以一劇，萬餘字。
1969/1/21	陳中統因加入在日本的「臺灣青年獨立聯盟」遭到警備總部保安處人員逮捕，2 月 22 日至 28 日受到孫上校、崔上校及黃上校密集問供，5 月 8 日被轉押至警備總部景美看守所，6 月 10 日接到起訴書，6 月 24 日進行審理，7 月 21 日警備總部軍法處以「懲治叛亂條例」第二條第一項「叛亂罪」將陳中統起訴，軍事法庭判其有期徒刑十五年。 陳中統於看守所醫務室當外役醫師時，偷偷把裡面三百多名政治犯資料透過管道送出看守所，這份名單輾轉送至日本、倫敦，揭穿臺灣當時仍有政治犯的真相。臺灣政治犯之人權問題受到世界各地的關注。
1969	彭明敏聽說安全單位決定，臺灣如果發生動亂，有三個人要立刻殺掉，這三個人是高玉樹、郭雨新，還有就是彭明敏。

日期	本書相關事蹟
1969/3	鍾肇政商請穆中南推薦葉石濤得中華文藝協會獎章。
1969/3	給洪醒夫第一信。
1969/3/22	張良澤表達如果讀博士，博士論文題目訂為「臺灣鄉土文學的研究」。
1969/4/20	《臺灣文藝》雜誌社舉行創刊五週年紀念會並頒發第四屆臺灣文學獎。會中鍾王壽建議將文學獎名稱改為《吳濁流文學獎》；7 月 20 日，「吳濁流文學獎基金會」成立，鍾肇政應聘任該會管理委員會主任委員。
1969/5/3	與葉石濤第一次見面，葉石濤上臺北領獎。
1969/6	統中案。許席圖、劉秀明、周順吉、呂建興（筆名呂昱）、莊信男被移送警備總部軍法處看守所；同月底被軍事檢察官依《懲治叛亂條例》第二條第三項起訴。
1969/8/14	為鍾鐵民、林懷民餞行。有吳濁流、鄭清文、廖清秀、黃文相、陳恆嘉一起參加。
1969/8/29	張良澤與未婚妻到鍾老家。
1969/11/2	為三沆仔廟宇題字。
1970/1	彭明敏逃出臺灣。
1970	結婚二十週年，與妻子南下訪友，有葉石濤夫婦、施明正等，也見到楊青矗、柯旗化夫人。
1970/2/8	泰源監獄暴動。
1970/4/24	黃文雄於紐約暗殺蔣經國。
1970/5	張良澤留日結束回到臺灣。
1970/7	譯安部公房《燃燒的地圖》在《這一代》月刊連載（第一卷一～五期）。完成長篇小說《馬黑坡風雲》，一時未獲刊載。

日期	本書相關事蹟
1970/9	鍾肇政夫人張九妹，漸有腦神經的頭痛問題。
1970/9/4	雷震十年徒刑期滿出獄。1971 年 12 月中決定撰寫〈救亡圖存獻議〉，提出政治十大建議，希望政府速謀政治、軍事改革，以民主化方式應付危局，並要求將國號改為「中華臺灣民主國」，他認為成立中華臺灣民主國才是唯一出路。
1970/10/12	臺南美國新聞處發生爆炸案。
1971	吳濁流設立「吳濁流新詩獎」與「吳濁流漢詩獎」。
1971	吳濁流《無花果》遭查禁。開始起草《臺灣連翹》。
1971	電視劇劇本被延宕播出。
1971/2/5	美國商業銀行臺北分行也發生爆炸案。
1971	謝聰敏、魏廷朝再度入獄。
1971/4/13	臺灣出現保釣運動。
1971/8	受邀寫「中華民國六十年文藝史」之臺灣小說家部分。
1971/8/7	調查局檔案：「談到魏廷朝問題，鍾即說：『魏已被關起來了。』我則說：（原工作關係同事）『那魏這一輩子不是完了嗎？』鍾答稱：『那也不一定只要時代一變不就是大人物嗎？』意指臺獨的功勞等語。」
1971/10	長篇小說《馬黑坡風雲》自 26 日起在《臺灣新生報副刊》連載，迄次年 1 月 11 日刊畢。
1971/10/26	中華民國退出聯合國。
1972/1	《中國現代文學大系》編輯委員會編輯，臺北：巨人出版社。余光中擔任總編輯。分冊主編以文類為區分，《詩卷》主編為洛夫，《散文卷》主編為張曉風，《小說卷》主編為朱西甯。

日期	本書相關事蹟
1972/3	李喬、鄭清文認為《臺灣文藝》敏感，不如用鄉土文學作為刊名。且李喬從 1966 年就連年有此想法。
1972/4/29	參加警總文藝大會。
1972/5/8	於成大演講「川端康成」。
1972/8	在花蓮參加國建會。與鄭清茂重逢。
1972/8/12	鄭清文自美國回來，辦理洗塵餐會。
1972	推論李喬受到《臺灣文藝》名稱之壓力增加，並在此時從立法院的朋友處聽到鍾肇政為島內臺獨三巨頭之一。
1972/9/29	中華民國與日斷交。
1972/11	李喬、鄭清文並不認同所謂的臺灣文學運動、臺灣文學歷史脈絡。但也不一定認同臺灣文學就是中國文學的一個支流。
1972/11/11	起筆《插天山之歌》。不多久，父親車禍，鍾肇政生活上忙碌於侍奉湯藥、憂心老父傷勢，創作力發揮在想像世界中，撰寫下清新快暢小說《插天山之歌》。
1972/12/4	發生臺大哲學系事件。
1973	楊逵重現文壇，掀起重視日治時代臺灣文學的風氣。
1973/3/6	參加吳濁流夫人葬禮，隨行另有江文雙、黃文相、黃靈芝、李秋鳳、趙天儀等。
1973/6/2	鍾肇政於《中央日報》發表《臺灣人三部曲第三部插天山之歌》。
1973/7	彭瑞金發表〈論鍾肇政的鄉土風格〉。
1973/8	鍾肇政恢復打網球。
1973/9	出版《馬黑坡風雲》（長篇），商務出版。

日期	本書相關事蹟
1973/9/27	父親鍾會可過世。10 月 3 日安葬。
1973/10	張良澤與尉天驄於臺大論壇社的文化講座，合講「臺灣鄉土文學」。
1974	沈登恩與友三人合開出版社。
1974	《大學雜誌》舉辦日據時代臺灣新文學與抗日運動座談會。
1974/4	出版《大龍峒的嗚咽》（中短篇）、《綠色大地》（長篇）、《靈潭恨》（中短篇），皇冠出版。
1974/10/2	高信疆企劃「當代中國小說大展」。
1975	國家文藝獎成立。
1975	《人間副刊》推出「現實的邊緣」專欄。
1975/3	到東吳演講。被要求下一學期到東吳開課。
1975/3	鍾肇政策劃《臺灣鄉土文學全集》，但未成。原寄望三信出版社協助。
1975/5	張良澤編輯《臺灣鄉土文學叢刊》為名的作品集。
1975/5/25	文壇十多位文友為鍾肇政祝壽，於龍潭鍾宅聚餐。
1975/6	李喬起稿大河小說，於 1977 年 6 月廢除初稿後另行起稿，第一部《寒夜》在 1979 年 12 月完成。
1975/8/17	鍾肇政於《中央日報》發表《臺灣人三部曲第二部滄溟行》。
1975/8	應東吳大學東語系之聘擔任講師，授日本文學及翻譯等課程。
1975/8	臺灣省政府函文各機關學校團體及各縣市政府「塑建總統蔣公銅像注意事項」。

日期	本書相關事蹟
1976/1/20	到國教研習會授課。
1976/3/27	青溪新文藝學會成立。
1976/8	帶竹內實往觀高原謝玉珍宅製茶。
1976/9	吳濁流過世，對鍾肇政生活造成極大影響。
1976/9	鍾延豪退伍後一年，考入師大夜間部國文系，協助鍾肇政跑印刷場。
1976/9	第一屆聯合報文學獎小說獎頒獎。
1976/10	王幸男郵包爆炸案。
1976/11	張良澤編輯《鍾理和全集》出版。
1976/12/3	淡江校園舉辦淡江「鄉土作品展」，前往演講「鄉土文學」。
1976/12	給王世勛第一封信。
1976/12	葉石濤近來身邊時有麻煩不與人來往，也不歡迎別人找他。
1977/1/18	黨史會主委約見鍾肇政，討論臺灣先賢先烈寫十部傳記。於 1 月 29 日，在愛國西路自由之家（警總大門對面）與寫作者聚首交換意見。
1977/1	與傅銀樵、趙天儀、鄭清文在臺北喝咖啡，討論《臺灣文藝》編務。
1977/2	鍾肇政給張良澤「臺灣鄉土文學使徒」的封號。
1977/3	繼吳濁流先生之後接任《臺灣文藝》雜誌社長兼編輯，發行《臺灣文藝》革新第 1 號（總號 54 號）《臺灣文藝》「鍾理和紀念專輯」。革新第三號，請遠景承擔付印與發行，鍾肇政只負責編務。兩年後又收回自營。

日期	本書相關事蹟
1977/4	仙人掌雜誌特輯「鄉土與文化」引發「鄉土文學論戰」。
1977/5/1	葉石濤發表〈臺灣鄉土文學史導論〉。
1977/5	建國中學學生來訪。
1977/6	陳映真發表〈「鄉土文學」的盲點〉。
1977/7	管管於 7 月，與辛鬱、菩提、張默、張漢良合編《中國當代十大詩人選集》、《中國當代十大散文家選集》、《中國當代十大小說家選集》，由臺北源成文化圖書供應社出版。入選之十大小說家為：朱西甯、司馬中原、彭歌、段彩華、白先勇、舒暢、邵僩、七等生、于子、楊青矗。
1977/8	鍾肇政主編，將前八屆的得獎作品二十五篇收入《吳濁流文學獎作品集》。
1977/8	鍾肇政編輯《臺灣文學獎作品集》，由「鴻儒堂」出版。
1977/8	退了東吳大學東語系教職。
1977/8/17	作家彭歌在《聯合報》副刊批評鄉土文學，鄉土文學論戰開始。鄉土文學論戰後於次年三月逐漸平息。
1977/10	出版《丹心耿耿屬斯人：姜紹祖傳》（長篇），近代中國出版。
1977/12/3	沈登恩轉來警總查禁《吳濁流作品集》函。
1977/12/22	鄭英男來信言：柯青華（隱地）主持的「年度小說十年」，見不到您的作品，《聯經》的「中國現代作家論」、《幼獅》的「當代中國小說論評」、《源成》的「當代中國十大小說家」都沒您的名字，實在令人很不開心。
1978	施明德找鍾肇政合作成立基金會掖助《臺灣文藝》，走鄉土文學的路線。

日期	本書相關事蹟
1978	中國時報文學獎成立，第一屆小說推薦獎得主：宋澤萊。小說甄選獎得主：詹明儒。古蒙仁獲得報導文學推薦獎。洪醒夫以〈散戲〉獲第三屆聯合報小說二獎，以〈吾土〉獲第一屆中國時報文學獎優等獎。
1978/4/16	鍾肇政仍未看過《陳夫人》，近來有用日文創作的衝動。想要寫的イモ的命運，並以翁廷詮為模特兒。
1978/4/29	在林海音家與巫永福、鄭清文、趙天儀見了面，暫時分頭為《臺灣文藝》的出版找後臺。
1978/5/11	前往耕莘文教院演講，講題「談近代中日文學的關係」。
1978/8	應聘擔任《民眾日報》副刊室主任，兼副刊主編。
1978/8/28	出席《聯合報》第三屆小說獎評委會總評會議。
1978/10	參與《光復前臺灣文學全集》的出版，與葉石濤合編。
1978/10/1	停止到龍潭國小上班。
1978/11/7	林瑞明訪問鍾肇政於鍾宅，談《臺灣人三部曲》。
1978/12/29	張良澤逃到日本。
1978 年底	鍾延豪開始創作。
1978	鍾肇政譯龍瑛宗長篇小說〈紅塵〉，於《民眾副刊》連載。
1978	《楊逵傳記》由林梵寫作出版。
1978	財團法人吳三連先生文藝獎基金會成立。
1979/1/1	中華民國與美斷交。
1979/2	編選《當代中國新文學大系——小說二集》出版（天視出版公司）。
1979/3	《濁流三部曲》合刊出版。

日期	本書相關事蹟
1979/3	李喬完成《寒夜》，三月開始連載於《臺灣文藝》至六月結束。
1979/6	鍾理和紀念館籌建委員會，鍾肇政擔任召集人。
1979/7	中短篇小說集《鍾肇政自選集》出版（黎明文化公司）。
1979/8/3-5	參與第一屆鹽分地帶文藝營。
1979/10/19	以《濁流三部曲》獲第二屆「吳三連文藝獎基金會」文學類，獎金二十萬。11 月於國賓飯店領獎。
1979/11	小學教職退休，經歷過小學、中學、大學教師，共任教 32 年。
1979	長子延豪以短篇小說《高潭村人物誌》獲第二屆時報文學獎；又以短篇小說〈故事〉獲吳濁流文學獎（以上二獎均係於一九八〇年度頒獎）。
1979	鍾肇政與葉石濤主編《光復前臺灣文學全集》，小說八冊，詩四冊，共計十二冊。
1979/12/10	美麗島事件發生。
1980/2/28	蔣經國於下午四點約見藝文人士，有林海音、鍾肇政、姚朋、侯健、林懷民、張曉風、嚴停雲、殷張蘭熙等。在陪有馬紀壯、蔣彥士。（同日爆發林義雄滅門血案。）
1980/春	「巫永福評論獎」開始評選、頒贈。葉石濤獲頒第一屆巫永福評論獎。
1980/6	《臺灣人三部曲》合刊出版。
1980/7/14	參加國建會，分為七組研討十五天。每天來回跑，因為旅館住不慣。
1980/7	「暑期大專院校現代文學寫作班」專題講座。
1980/8/4	偕同多位北部文友南下美濃笠山之鍾理和故居，並與鍾理

日期	本書相關事蹟
	和遺孀鍾台妹一起主持鍾理和紀念館破土典禮。
1980/8/28	參加第二屆鹽分地帶文藝營，演講「光復後的臺灣鄉土文學」。
1980	詹宏志於《書評書目》發表〈兩種文學的心靈〉，其中引用東年的「邊疆文學」一詞，引起「臺灣文學地位論」之爭。
1981	成立「臺灣文藝」出版社，任發行人，期能博取若干利潤，以挹注《臺灣文藝》雜誌。
1981/1	主編《不滅的詩魂：對談評論集》，「臺灣文藝」社出版。
1981	構想「臺灣傑出人物傳記叢書」與「XXX 的奮鬥人生」，以挹注「臺灣文藝」發行。
1981/1/25	鍾延豪結婚。
1981/2/1	受邀六堆客屬大專青年自強大會演講。
1981/2	青師舉行同學會於虎尾。
1981/2	參加姜貴喪禮。
1981/2	辭《民眾副刊》主編暨副刊室主任職。
1981/5/1	應邀參加文藝訪問團，與尹雪曼、林秋山同行，赴韓國、日本訪問，歷時一個月。回臺談臺灣的文學教育。
1981/5	主編《臺灣文藝小說選》，「臺灣文藝」社出版。
1981/6	東海大學演講。
1981/7	寫《蔡萬春傳》脫稿，脫離一個惡夢。
1981/7	李喬發表〈我看「臺灣文學」〉。
1981/8	參加益壯會聚會。

日期	本書相關事蹟
1981/9	想寫一百萬字的大河小說。
1981/7	陳文成案。
1981/10	許達然在美聽到有分派的消息。
1981/12	鍾延豪與友人合夥成立《泛臺書局》門市部。
1982	《文學界》雜誌創刊。
1982	旅居海外學人與作家組成「臺灣文學研究會」，在洛杉磯成立。
1982/3	陳若曦回臺，鍾老南下高雄參加聚會。
1982/4	彭瑞金發表〈臺灣文學應以本土化為首要課題〉。
1982/5	許達然在美表示，已經九個月沒有收到《臺灣文藝》，引起許多謠言，信譽受損。6 月才陸續收到第 22、23 期。
1982/5	時報雜誌報導鍾肇政將代表教育界競選立法委員。
1982/6	東吳同學來訪。
1982/7/10	李喬發表〈臺灣文學——創作的展望（創作化紛爭）〉。
1982/8	到清華大學演講。
1982/8/19	參加第四屆鹽分地帶文藝營，演講「大河小說的欣賞與創作」。
1982/秋	決定交卸「臺灣文藝」雜誌社務與編務，至次年 1 月由陳永興正式接辦。
1982/11	起筆撰寫「高山三部曲」，次月於《中華日報》副刊連載，至年底前共 4 次深入霧社各部落訪問及田野調查。
1983	臺灣文學志業被海外文人如陳芳明、林衡哲不理解不諒解，也被多年伙伴如張良澤說討好國民黨、李喬也對鍾肇政某些作為不以為然。

日期	本書相關事蹟
1983/1	陳永興接辦《臺灣文藝》，李喬主編《臺灣文藝》。李喬策劃「臺灣文學的過去與未來專輯六篇」。
1983/5	李喬前往日本收集「二二八」相關資料，這是李喬第一次出國，同行者尚有鍾逸人夫婦。此次出國李喬亦前往筑波大學拜訪張良澤教授，詢問更多二二八事件資料。
1983/6	母親過世。（之前因母病，無法應邀紐約客家聯誼會之邀赴美，改推薦張良澤。）
1983/8/7	主持鍾理和紀念館落成啟用典禮。
1983	宋冬陽於《臺灣文藝》86 期發表〈現階段臺灣文學本土化的問題〉，三月號《夏潮論壇》推出〈臺灣結的大解剖〉專題加以反駁，引發一場意識形態的臺灣文學論戰。
1984	主編《臺灣文藝重刊本》，共 53 期。
1984	吳濁流傳記《鐵血詩人》由呂新昌寫作出版。
1984/3/11	三田敬三之中國現代文學研究小組在「自立晚報」社五樓會議廳舉行座談，早上為日據時代作家場，下午為當代作家場（參加者約有日本人 9 人、臺灣部分為王禎和等 12 人。）
1984/6/19	北斗鍾逸人來舍。
1984/6/28	應北美洲臺灣人教授協會邀請訪美，回程經加拿大、日本（楊青矗同行），於 9 月 20 日返臺，歷時 85 天，遊歷三國之大城及名勝古蹟多處，並做十餘場演講。包括參加臺灣文學研究會第三屆年會。閱讀了《自由的滋味》感到快慰平生。
1984	提出「臺灣文學發展基金會」。
1984/10	背負三百萬債務。

日期	本書相關事蹟
1984/10/15	爆發江南案。
1985	張良澤等 38 人於日本東京成立臺灣學術研究會。
1985/3/29	參加於臺中之楊逵告別典禮。陳有仁、陳映真也到場。
1985/4	鍾肇政與李榮春相聚於頭城。
1985/4	《聯合文學》第六期製作「鍾肇政專輯」。
1985/4	許達然來信希望鍾肇政寫回憶錄。
1985/5	計畫出版《臺灣文學全集》，後只出版龍瑛宗一冊，《蘭亭》出版。
1985/12	上旬，李榮春來訪，探望甫喪子的鍾肇政。
1986/5	全力投入翻譯。
1986/7/26	《文友通訊》成員於臺北重聚，與會者有李榮春、鄭清文、許山木、陳火泉、廖清秀、鍾肇政、文心、陳嘉欣等。
1986	翻譯《臺灣連翹》後半部。之前半部為十年前，多人合譯而成。
1986	《臺灣文藝》98 期刊出宋澤萊的〈呼喚臺灣黎明的喇叭手——世界臺灣新一代小說家林雙不，並檢討臺灣的老弱文學〉一文，對文壇人士及文藝政策多所批判，引起矚目。
1986/9/28	「民主進步黨」成立。
1986/10	南方雜誌創刊。呂建興（呂昱）創辦學生運動雜誌《南方雜誌》。1988 年 2 月，《南方雜誌》停刊，總共發行 16 期。
1986/11/5	應邀至美國受頒「臺美基金會文藝類成就獎」。

日期	本書相關事蹟
1987/2/25	楊青矗擔任「臺灣筆會」首任會長。
1987/7	解嚴。
1987	一年間譯了一百三十多萬字，出版九本書。
1987	葉石濤《臺灣文學史綱》出版。
1988/1/13	蔣經國去世，李登輝繼任總統。
1988/3/23	到法院出庭應訊。乃為收到 3 月 10 日傳票，有關出版《金陵春夢》，發行人鍾肇政。
1988/5/20	中南部農民在臺北街頭請願遊行，是為「五二〇農民運動」。
1988/12/28	全臺客家社團發起「還我客家話」遊行。（鍾肇政應未參加）
1989/2/25	「臺灣筆會」於陳林法學文教基金會舉行「二二八文學會議」，李敏勇、彭瑞金、李喬、張恆豪分別發表論文。
1989/2/25	參加「臺灣筆會」舉辦的「二二八文學會議」。
1989/3	《怒濤》開了一個頭就寫不下去了。
1989/4/24	電影《魯冰花》開拍。
1989/5	上臺視客家文化講座每週一次每次三十分鐘。
1989/8/15	自日本筑波之會五日後，與故鄉來的一個小團體會合為了龍潭文化會館籌建參觀二十幾所文化社教設施。
1989/9/12	經過 35 年後，陳映真再度拒絕被鍾肇政編入《臺灣作家全集》。
1990/2/4	參加鬥鬧熱日（1 月 31 日賴和忌辰）。
1990/8/18	獲得鹽分地帶文藝營文學貢獻獎（第十二屆）。
1990/6	鍾肇政發表所謂的臺灣文學獨立宣言〈血淚的文學、掙扎

日期	本書相關事蹟
	的文學〉。
1990/6	鍾肇政、林保仁、林光華赴美參加全美鄉親會。
1990/12/1	就任「臺灣客家公共事務協會」理事長。
1990/12	就任「臺灣筆會」會長，副會長、秘書長向陽，舉行第三屆會員大會。
1990/12/8-10	在南部演講，言及事關鍾理和都無法拒絕。中旬「臺灣筆會」邀請演講〈五十年代臺灣文學的一個側面〉。
1990/12/12	參加聯合報第十二屆小說獎短篇決審會議。
1991/1/1	發表長篇小說《怒濤》元旦起在自立晚報發表。
1991/3/7	給東方白信中表示，2 月 25 日適逢龍潭客家民俗文化大展。《怒濤》二月份寫不到一萬，三月份白卷。四月末中國之行未決定去否。
1991/3/9	臺中縣青山兩天文藝營。次日中壢演講。另有臺大客家社演講兩場。
1991/5/15	靜宜大學演講「從我的創作經驗談臺灣文學」。
1991/6/22-24	連三天開會演講，其中一場赴淡水。重遊淡江中學。
1991/7/4	筆會開會，決定請張良澤回臺。
1991/7/14	參加臺語文字統一標準化研究會議。
1991/10/15	鍾老拜訪黃秋芳之龍潭住家。
1991/10	一〇〇行動聯盟代表文化界做發起人。
1991/11/3	助選團發起人大會。四日公投會經費稽查委員會。七日師大客家研究社演講。八日林一雄（新竹人）競選總部成立酒會。九日客協理監事會。十四日吳三連獎頒獎會。十七日讀書會（客家青年來舍讀漢文）。二十三日客家文化研

日期	本書相關事蹟
	討會。
1991/12/1	客協週年慶。十日中山大學演講。
1992	獲得第五屆客家臺灣文化獎。
1992/5/10	民進黨成立「新臺灣重建委員會」，鍾肇政為九人之一。
1992/5/16	總統頒布中華民國刑法第一百條修正條文。
1992/6/7	「臺灣客家公共事務協會」會長鍾肇政決串聯文化、社運界人士組「反腐化聯盟」，批判民進黨。
1992/7/14	國家音樂廳辦鄧雨賢音樂會。鍾肇政、謝艾潔策劃。
1992/10	李登輝路過龍潭，登門造訪。
1993/1/29	參加花蓮客家冬令營，初識錢鴻鈞。
1993/2/3-6	「臺灣筆會」、「臺灣文藝」雜誌社主辦，「前衛出版社」與「臺文通訊」協辦的「第一屆《臺灣文藝》營」，即日起至六日於陽明山嶺頭山莊舉行。由鍾肇政擔任營主任。
1993/2/28	參加臺北二二八遊行。鍾老對於早上去東吳大學參加章孝慈所辦的紀念會，內容只是唱唱歌，覺得很沒有意思。
1993/3/14	參加鬥鬧熱日，賴和文學獎頒獎，礦溪文化協會第二屆第一次會員大會。
1993/3	卸任「臺灣筆會」會長。
1993	鍾肇政擔任《臺灣作家全集》總編輯，出版五十冊。編輯從 1990 年開始。
1993	出版長篇小說《怒濤》（前衛出版社）。
1993	書簡集《臺灣文學兩地書》（前衛出版社）。
1993/7/10	竹北義民中學舉辦第四屆客家文化夏令營，鍾肇政任營主

日期	本書相關事蹟
	任。
1993/10/16	參加聯合報主辦「四十年來中國文學會議」。
1993/10/18	楊逵紀念館籌建會成立。
1993	榮獲國家文藝獎特別貢獻獎。
1994	主編《客家臺灣文學選》，新地出版社出版。
1994/1/30	參加客家冬令營於美濃。
1994/2/1	由「臺灣筆會」主辦的「第二屆《臺灣文藝》營」在陽明山嶺頭山莊一連舉行四天。
1994/3/30	於清華大學中文系演講「從《怒濤》到臺灣文學」。
1994/6/11	「臺灣筆會」主辦「臺灣文學會議」於臺中上智社教研究院，鍾肇政演講「三十年來《臺灣文藝》」。
1994/6/19	民進黨舉辦「作家與土地共鳴活動」於新竹縣政府。討論鍾肇政、龍瑛宗。
1994/8	參加於五指山舉辦之客家夏令營。
1994/8/5	上臺北主持臺北客家界陳水扁後援會，成立記者會。
1994/11/5	於賴和紀念館演講「臺灣文學發展史概論」。
1994/8/6	中央大學臺灣文化營演講。
1995/2/11	參加於埔里舉行之客家冬令營。
1995	成立「賴和紀念館」。
1995	「臺灣筆會」等十八個文學文化團體發起「臺灣文學界的聲明」，強調：「大學文學院不能沒有臺灣文學系」。
1995/5/20	「臺灣客家公共事務協會」、「臺灣筆會」主辦第一屆臺灣客家文學研習營，於本日至二十一日於桃園龍潭國際美語村舉行。主題為「拜訪文學的家鄉」，以鍾肇政及其家

日期	本書相關事蹟
	鄉龍潭為活動範圍，體驗印證文學紮根鄉土情懷的創作根源。
1995/5/21	龍潭鄉公所向鍾老祝壽。參加者有阿光頭、梁榮茂、陳萬益等。
1995/11	於淡水參加「臺灣文學會議」。淡水工商管理學院臺灣文學系籌備處與臺灣文學研究室舉辦「臺灣文學研討會」。
1996	客家電臺建臺事宜。
1996/5	受客家鄉親邀請之德國之旅。
1996/10/5	以紮根著眼，至武陵高中為國文教師們約每二星期一次講臺灣文學。
1997	李榮春由其姪子李鏡明整理其遺作，出版《懷母》一書（臺中晨星）。
1997/2/16	赴彰化高中演講《望春風》。
1997/3/15	參加立法院「臺灣文學系公聽會」。
1997/4	受聘為師範大學人文講座駐校作家，舉行三場演講。於 4 月 30 日，講「臺灣文學的語言問題」，5 月 7 日，談「臺灣客家作家」，5 月 14 日，講「客家的生存之道」。
1997	寶島客家電臺榮譽董事長。
1997	處理臺灣文學館籌建事宜。
1997/9	真理大學招收臺灣文學系第一屆。
1997/10/31	鍾老擔任裁判客家戲劇競賽，於龍潭南天宮。
1998/3	接任臺北市客家文化基金會董事長。
1998/3	出版《臺灣文學兩鍾書》、《掙扎與徬徨》、《文壇交友錄》。

日期	本書相關事蹟
1998/3	春暉影業公司吳敏惠與鍾老電話中談「作家身影」鍾肇政紀錄片拍攝事，取得鍾老同意。鍾肇政紀錄片由中影周晏子導演負責拍攝。
1998/4	將保存的相片，交給楊梅梁國龍整理。
1998/7/11	春暉吳敏惠、周晏子、攝影師二人等至龍潭鍾宅訪問拍攝鍾老，並借回鍾老作品三十五本、相簿六冊。
1998/7/16	桃園縣立文化中心電話告訴鍾老，《鍾肇政全集》即將開始行。
1998/7/30	臺北客家界支持陳水扁連任臺北市長後援會在美麗華飯店成立，鍾老被推舉為會長。
1998/10/14	桃園縣立文化中心李清崧主任、邱惠伶小姐、賴秘書、武陵高中圖書館主任陳宏銘老師、錢鴻鈞、莊紫蓉等六人於上午九時在鍾老府上召開第一次《鍾肇政全集》編輯會議，初步商定由錢鴻鈞提供鍾老作品數量、字數等相關資料，莊紫蓉編列編輯草案，陳宏銘編列印刷規格與預算，莊紫蓉和鍾春芳負責校對。預計共二十二冊，每冊 600～700 頁，1998 年度出版四冊，分三年出齊。
1998/11/7	至淡水學院參加「臺灣文學的瑰寶——葉石濤文學會議」，發表開幕演講：「談葉石濤的翻譯」。
1998/12/2	應元智大學中語系邀請，至該校演藝聽演講：「臺灣文學與我」。
1998/12/7	至元智大學演講：「文學漫談」。
1998/12/9	至臺北，接受拍攝鍾老童年居住過的大稻埕貴德街，並回憶當年。在太平國小憶起當年教他的老師林春雨（律師林敏生父親），連寬寬校長熱情歡迎鍾老。下午，到東吳大

日期	本書相關事蹟
	學日文系，林文賢主任安排當年鍾老學生四、五位與鍾老話舊。
1998/12/27	鍾老剛睡起來，匆匆啟程，帶一個饅頭在車上吃。九時十分到達淡江中學。與曹永洋談就讀淡中五年間往事——坐在馬偕紀念圖書館前面馬偕銅像前想家、撿貝殼要帶回去給妹妹，假日坐在八角塔旁的教室走廊看書，偶而抬頭看到天上爆開躲小小的白雲——炸彈，少年鍾肇政是孤獨寂寞的。
1999/1/14	遠景出版社沈登恩簽下《濁流三部曲》、《臺灣人三部曲》、《魯冰花》等三部作品由桃園文化中心轉載印予《鍾肇政全集》之版權同意書。莊紫蓉慷慨付出版權費。
1999/1/19	確定《鍾肇政全集》首批四冊：《臺灣人三部曲（上、下）》、《八角塔下》、《魯冰花》、《隨筆集一》。
1999/2/15	友人來訪，談到寶島客家電臺之問題，董事會改選，鍾老被推為董事長。
1999/3/19	文建會主辦、《聯合報》副刊承辦「臺灣文學經典研討會」，引起藝文界人士許多不同意見，質疑評選標準。
1999/3/30	至大溪國小拍攝鍾肇政紀錄片。李秋鳳夫婦陪同。 又到大溪街路上鍾老任教於大溪宮前宮學校時所住的宿舍，如今只殘留前面的門樓，不過可以看出當年的氣派。此亦為《濁流》場景之一。大溪公園是當年鍾老經常流連之處，在這裡散步、吟詩、思考。鍾老用日語吟《朝陽下盛開的櫻花》，十分悅耳動聽。午餐由李秋鳳夫婦作東，在大溪用餐。 午後到百吉國小（昔為八結，鍾老父親鍾會可曾任教於此），該國小主任熱忱接待鍾老。

日期	本書相關事蹟
1999/5/30	鍾老到臺北市客家藝文活動中心主持「吳濁流文學獎」頒獎典禮鍾老在會中說，明年起「吳濁流文學獎」將由林建隆負責，他終於可以卸下三十幾年的重任了。
1999/8/8	獲文學臺灣基金會臺灣文學獎。
1999/8/9	獲國家文化藝術基金會文藝獎。
1999/9/27	原定今日於臺北市凱悅飯店舉行的「國家文藝獎」頒獎典禮，因九二一地震而取消。
1999/10/11	擬十月下旬一週間至成功大學當駐校作家的講演大綱。10 月 23 日出發前往臺南成功大學，翌日將展開為期一週的駐校作家活動。此為國家文藝獎得獎者活動之一。10 月 29 日下午由臺南成功大學返回龍潭。
1999/11/6	獲第三屆真理大學臺灣文學家牛津獎。
1999/11/18	黃娟夫婦至龍潭拜訪鍾老。
2000/5/3	總統李登輝頒發二等景星勳章獎章。
2000/5/4	陳水扁來訪，邀請擔任總統府資政。
2000/7/29	往土城，頒發熱愛生命獎。
2000/11	出版《臺灣文學十講》，前衛出版社。
2000/11/4	參加真理大學王昶雄文學國際學術研討會。
2001/2/16	鍾老接受莊紫蓉訪談有關第二代作家。
2001/4/2	東方白至龍潭訪鍾老。
2001/5/4	中國文藝協會特別貢獻獎。
2001/5/27	臺視已經通過拍攝《魯冰花》案，敲定給鍾老版權費四十萬。後，鍾肇政將版權費捐給《臺灣文藝》。
2001/6/16	至臺中文化學院受頒榮譽博士學位。

日期	本書相關事蹟
2001/10/1	搬到平鎮暫居。
2002/5/29	《滄海隨筆》起稿。
2002/6/30	《歌德文學之旅》醞釀、思索當中，確定採五、六千字的短製連作方式。
2002/9/27	一有空就動筆寫《滄海隨筆》。夫人開始認定鍾老又回到從前執筆的歲月，個性神經質起來了。鍾老說：「我確實已恢復了以前的那種熱狂，也衝破了幾年來已不再動筆寫作的感覺。」
2002/9/16	從平鎮返回龍潭整修好的新屋。
2003	教育部將沿用已久的「鄉土文學」定名為「臺灣文學」。
2003/1/21	加入民進黨。
2003/3/30	張良澤拜訪鍾老，張良澤要鍾老為「臺灣文學資料館」寫大字。
2003/5	《鍾肇政全集》第五批八冊印行。
2003/7/1	客家電視臺正式開播。
2003/7/28	第二屆總統文化獎百合獎。
2003/8	「國立臺灣文學館」正式成立，受邀題字。
2003/10	出版《歌德激情書》，前衛出版社。
2003/11/22	清華大學承辦「鍾肇政文學國際學術會議」於龍潭渴望園區，並於中壢藝術館舉行頒贈總統百合獎。
2004/10/15	獲陳水扁總統頒二等卿雲勳章。
2005/11	出席桃園龍潭客家文化館開幕。
2006/3/15	至靜宜大學參加「北鍾南葉，迎春開講」。
2007/4/25	獲得客家委員會首屆客家貢獻獎。

日期	本書相關事蹟
2007/11/2	出席電影「插天山之歌」首映。
2008/8	桃園縣客家文化館之「鍾肇政文學館」啟用。
2008/9/21	「鍾肇政戰後臺灣文學口述歷史」新書發表會，於臺北客家文化會館舉辦。
2008/10/17	國立臺灣文學館推出主題特展「大河浩蕩：鍾肇政文學展」，為期半年。
2008/12/11	葉石濤過世。
2009/1/16	鍾肇政於客家文化館歡度八十五歲生日。
2010/12/6	朱真一來訪。
2011/3	《臺灣現當代作家研究資料彙編 14 鍾肇政》出版。
2011/8/20	妻子張九妹過世。
2011/10	臺灣文學發祥地老宿舍保留。
2013/1/14	成立「龍潭文學館籌備工作站」。
2013/5/22	獲得交通大學客家文化學院名譽博士學位。
2015/3/7	《苦雨戀春風》新書發表會。
2015/5/30	靜宜大學舉辦「鍾肇政文學國際研討會」。11 月出版論文集。
2015/7/3	桃園市成立「鍾肇政文學獎」。
2015/11/15	獲頒臺大傑出校友獎。
2016/3/24	獲得行政院文化獎。
2016/3/26	朱真一來訪。
2017/9/6	連署支持調降教科書文言文比例。
2018/10/21	出席 2018 年桃園鍾肇政文學獎頒獎典禮。

日期	本書相關事蹟
2019/1/20	出席九十五歲慶生會，會中鄭文燦宣布《鍾肇政全集》將重編出版。
2019/4/20	出席鍾肇政文學生活園區開幕儀式。
2019/12	口述訪談叢書《攀一座山：以生命書寫歷史長河的鍾肇政》出版，鍾延威著。
2020/1/20	出席九十六歲慶生會。
2020/5/16	鍾肇政過世。
2020/6/14	獲得蔡英文總統追贈大綬一等景星勳章。
2022/12/20	《新編鍾肇政全集》出版，鍾延威主編。

1. 1986 年前，根據《聯合文學》第二卷第六期《鍾肇政專輯》為主體，《臺灣文學兩地書》（張良澤編）與私底下聊天記錄而成。另外錢鴻鈞做了田野資料的收集，如日本時代戶口謄本。

2. 1994 年-2000 年，莊紫蓉根據個人筆記，與鍾肇政所藏記事月曆寫成。

3. 2001 年後，根據錢鴻鈞個人記憶寫成。其餘年代，或增加內容，錢鴻鈞根據《鍾肇政全集》之《書簡集》與《隨筆集》補入，莊紫蓉、錢鴻鈞編，1999 年-2005 年。

4. 另外還加上 2004 年之後，參考《新編鍾肇政全集》，鍾延威編，桃園市政府客家事務局，2022 年 12 月 20 日。

說明全書內容構成來源

全書五分之四以上為全新的論述。部分篇章為改寫，來自於下面幾篇筆者論文：

1. 2023 年 11 月，〈An Existentialism study of “The Song of Cha-Tian Mountain”〉，曾宣讀於 14TH TAIWAN - PHILIPPINES - JAPAN INTERNATIONAL CONFERENCE, Asian Economy, Development and Sustainability of Post COVID 19 & Joint conference Challenges and Measures for Human Resource Development of ASEAN Engineers Working in Japan (Toyota Foundation Project) Meijo University JAPAN。
2. 2023 年 5 月，〈涉嫌藉文學搞臺獨：調查局檔案中的鍾肇政形象〉，真理大學 2023 財經學術研討會，真理大學財經學院主辦會議中宣讀。
3. 2023 年 1 月，〈隱蔽下的文學世代傳播：鍾肇政與葉石濤的臺灣文學旗幟〉，淡江大學大眾傳播學系碩士論文。
4. 2014 年 3 月 23 日，〈論鍾理和的風格與思想〉，六堆大路關文史研究會主辦鍾理和文學作品學術研討會。
5. 2012 年 5 月 31 日-6 月 1 日，〈談臺灣大河小說的起點與創作歷程——《濁流三部曲》、《臺灣人三部曲》與「大武山之歌的計畫大綱」〉，高苑科技大學主辦「2012 南臺灣歷史與文化學術研討會」。
6. 2007 年 4 月 27 日，〈從批評《插天山之歌》到創作〈泰姆山記〉——論李喬的傳承與定位〉，師範大學臺灣文化及語言文學研究所、長榮大學臺灣研究所共同主編《第五屆臺灣文化國際學術研討會——李喬的文學與文化論述》。
7. 2002 年 1 月 1 日，〈戰後臺灣文學之窗（系列四）：論陳火泉、鍾肇政的戰後文學歷程〉，《臺灣文學評論》2 卷 1 期。

8. 2000 年 7 月，〈臺灣文學：鍾肇政的鄉愁〉，收錄於《臺灣文學十講》附錄四，2001 年 1 月——2002 年 1 月，《共和國》連載六期。
9. 2000 年 10 月，〈戰後臺灣文學之窗（系列一）：1965 年的兩大《臺叢》〉，《臺灣文藝》172 期。
10. 2000 年 4 月，〈鍾肇政內心深處的文學魂：向強權統治的周旋與鬥爭〉，《文學臺灣》34 期。

後記　除了感恩還是感恩

有關本書的大要，在書的兩篇推薦序都有提到了。不如來說說類似在沙灘撿貝殼的小孩的故事，或者感受到渺小的自己也是站在巨人之上的一些話吧。其實，那換一種說法就是謙卑與感恩了。

本書最先還是要感謝陳萬益教授與翁聖峰教授，兩位教授大力給我推薦序。兩位教授一樣是這麼多年來是看我的著作最多，給我最多意見，也鼓勵最大的。學界上仍有幾位朋友，長輩，如曹永洋、朱真一、黃卓權等等，以外我就不列名於此，內心是一直感激的。

不過仍要說感謝提供給我推薦的話的幾位師長朋友，如大作家宋澤萊；許俊雅、陳龍廷與李敏忠等三位名教授；還有過去通信多年、互相砥礪的歐宗智校長。

感謝詩人邱一帆之前幫我在臺灣文學資料館寫了《臺灣人三部曲》楔子大字數百字，彌補了書法牆上的空檔。這次又幫我的新書提上美美的字；台西桃則繼第二十七屆牛津獎上海報的畫作後，繼續慷慨提供畫作兩幅，增添封面的藝術氣質。

今年剛好是我在真理大學任教二十年，真的是一路艱辛，曲曲折折，也終究有這麼幾位專家學者的鼓勵與指點，我才能來到今天，提出我第二本重要的學術專書。

另外，我還要感謝陳祈伍博士，仔細的閱讀，給我修改意見。幾位朋友真的太忙，我也不好意思麻煩好友。看祈伍跟我一樣愛騎腳踏車、摩托車，熱愛大自然，所以就不客氣的麻煩他了。

這本書從年初的碩士論文完成與口試通過，然後黃一城醫師，就不斷的鼓勵我寫更多回憶錄之類的。之後知道我要寫升等論文，更是常常來電或者送禮物給我，增添我許多溫暖。我也常大言不慚，完成這本學術著作，這是一個責任、代表我的尊嚴，升等與否倒是其次了。因為是否能得到審查委員青睞，自己不敢說一定可以。無論如何，自己真的做到了，完成這二十年前就該寫出來的專書。

經過二十年後，此時此刻來完成，這時的我確實更有經驗，也蒐集到更多重要的史料。是的，我就是靠著這二十年來不斷的整理這些史料、閱讀前人文論，所以才能夠對學術產生一點貢獻。其他，我真是太貧瘠、平凡了。

真要感謝老天給我很多機會、好運，最重要的是上天賜下田啟文來到我身邊。因為他，我才能夠去拿那個傳播碩士，也因此才激勵我，百尺竿頭，利用一年的時間，努力不懈來完成這本專書。可惜，完成碩論、專書，他都看不見了。但是相信，他在天之靈可以看見的。

而且，也是因為兩年前他的早逝，刺激了我在處理人際關係更有勇氣面對，更讓我把寫下碩論，當成是他最後給我的叮囑呢。我終於可以安心跟他說再見了，將來真有天上再見之日，我可以告訴他說，我更堅強，這本書就是一個證明。

最後，還要感謝身邊有詹明儒與阿桃夫婦，還有邱思慎（也幫我校對，他自稱校稿王）三個玩伴。陪我看電影、到處的玩。讓我這七、八年不感到寂寞，得到許多的快樂。而莊紫蓉老師（也幫我校對），更是二十五年來的戰鬥伙伴，沒有她的許多犧牲、奉獻，上面說的整理史料等等勞作，根本無法完成。她真的幫助我很多，溫暖的鼓勵也是不用再多說了。

我有那麼多好友、師長，我真是幸福啊，真感恩。最後，我習慣網路上求救、抒發心情，網友好多位，也適時推了一把，讓我繼續的超越自己，越過山巒險阻。在此一併感謝，彼此知名不一一列舉了。我也將學習，將這些人家給我的溫暖，繼續傳播出去。

在感謝上述師長朋友外，完成此書後，寫到這裡，更是痛感該感恩的人太多了，特別許多都仙逝了，沒有他們我一個物理博士，根本無可奈何，變不出什麼新意。連起步都不可能的。

如此，讓我痛感，就算是不認同我的朋友，我還是應該感恩的，其他就無言以對了，自己也無須太過得意什麼。因此，這麼說起來，我真的感到更榮寵與更應該感恩了。

錢寶、老婆，我寫完囉；爸爸、弟弟、妹妹，在天上的媽媽，對這個美麗的帶有竹塹社的祖靈與客家精神祝福之下的學術果實，因為有你們分享才有意義。

P.S.

去年 12 月 20 日，將草稿檔案寄到在美國給黃娟，這時黃娟已 91 歲了吧，感覺她依舊頭腦清楚、行動自如。完成此書，我想她是最替我高興與感到安慰的。她立刻回 LINE 說：「很想拜讀……是一部臺灣人必讀的書……」。果然還給我那麼大的謬賞。應該趕快印出來給她，這樣子閱讀比較方便。

當 1 月 19 日印出試閱版，這段期間字數也在不斷幾位好友建議下，持續修改，竟然從 27 萬來到 31 萬，膨脹許多。我想航空方式寄給她是更好的，29 日她很快就收到了，她在 LINE 上說：「巨作已收到，真是感謝……必可看到許多精采的內容……無法捧讀（太大本了）是一憾！一笑！」

第一時間，我想了，怎麼不讀呢？還花了我郵費快四百元。然後，我才發現，幽默啦，「捧」讀真的太重，不是說不讀啦。

錢鴻鈞
2024年8月28日

國家圖書館出版品預行編目(CIP) 資料

戰後臺灣文學的建構者：鍾肇政研究/錢鴻鈞著.
-- 初版. -- 臺北市 : 元華文創股份有限公司,
2024.09

面 ;　公分

ISBN 978-957-711-401-3 (平裝)

1.CST: 鍾肇政 2.CST: 臺灣文學 3.CST: 文學評論 4.CST: 臺灣文學史

863.2　　113013277

戰後臺灣文學的建構者：鍾肇政研究

錢鴻鈞　著

發 行 人：賴洋助
出 版 者：元華文創股份有限公司
聯絡地址：100 臺北市中正區重慶南路二段 51 號 5 樓
公司地址：新竹縣竹北市台元一街 8 號 5 樓之 7
電　　話：(02) 2351-1607　　傳　　真：(02) 2351-1549
網　　址：www.eculture.com.tw
E-mail：service@eculture.com.tw
主　　編：李欣芳
責任編輯：陳亭瑜
校　　對：邱思慎、莊紫蓉、陳祈伍
行銷業務：林宜葶
出版年月：2024 年 09 月 初版
定　　價：新臺幣 600 元

ISBN：978-957-711-401-3 (平裝)

總經銷：聯合發行股份有限公司
地 址：231 新北市新店區寶橋路 235 巷 6 弄 6 號 4F
電 話：(02)2917-8022　　傳 真：(02)2915-6275